LIAO YIWU

Die Wiedergeburt der Ameisen

Roman

Aus dem Chinesischen
von Karin Betz

S. FISCHER

MIX
Papier aus verantwortungsvollen Quellen
FSC® C083411
FSC www.fsc.org

Erschienen bei S. FISCHER

Für die deutschsprachige Ausgabe:

Hedderichstr. 114, D-60596 Frankfurt am Main

Satz: Dörlemann Satz, Lemförde
Druck und Bindung: CPI books GmbH, Leck
Printed in Germany
ISBN 978-3-10-044817-0

Anmerkung zu den Namen im Chinesischen

Im Chinesischen steht der Familienname zuerst (Mao Zedong). Unter Freunden nennt man Männer oft »Lao + Familienname«. *Lao* heißt wörtlich »alt«, Lao Wei, das Alter Ego des Autors, wäre also »der alte Wei«, so wie man bei uns z. B. einen Freund »der Müller« nennt. Frauen dagegen nennt man gerne »Xiao + Familienname« (Xiao Hong). *Xiao* heißt wörtlich klein, also »die kleine Hong«. Einige Personen werden vom Autor zuerst mit ihren vollen Namen eingeführt, z. B. Wang Jianhui, und dann bei ihren Spitznamen (»Lao Wang«) benannt.

Die lateinische Umschrift der chinesischen Namen folgt der in der Volksrepublik China gebräuchlichen Pinyin-Umschrift, mit Ausnahme von Städtenamen wie Peking und Schanghai und Namen von bekannten Personen und Begriffen wie Tschiang Kai-schek oder Kuomintang.

Vorwort des Autors – Über die Entstehung dieses Romans

Beim ersten Teil dieses Romans handelt es sich um ein Manuskript, das ich im Herbst 1992 im Gefängnis verfasst habe. Nach zwei Jahren und acht Monaten Untersuchungshaft in einem grauenhaften Untersuchungsgefängnis nahe der hügeligen Stadt Chongqing erging endlich ein Urteil und Lao Wei wurde zur Verbüßung seiner Strafe in das Tumen-Gefängnis im Daba-Gebirge in Nordsichuan verlegt. Dieses Gefängnis befand sich auf dem Gelände eines ehemaligen Friedhofs der Republikzeit, verwahrte rund zweitausend Gefangene, darunter mehr als zwanzig »Konterrevolutionäre« vom vierten Juni.

Nur wenige davon waren Dichter wie Lao Wei. Seine Inspiration war ihm zwar gründlich ausgetrieben worden, doch in dem neuen Gefängnis gelang es ihm wie durch ein Wunder, in etwa 400 Tagen 200 handgeschriebene Manuskriptseiten in winziger Schrift zu Papier zu bringen – und ein noch größeres Wunder ist, dass dieses fleckige, zerfledderte Manuskript zwanzig Jahre später über den Ozean gereist ist und im Museum des Deutschen Literaturarchivs in Marbach ausgestellt wurde. Man lud ihn zur Eröffnung der Ausstellung ein, er gab Fernsehinterviews, in denen er sagte, dass seine Augen längst zu alt seien, um zu entziffern, was er als junger Mensch auf Papier gekritzelt habe.

Er sagte außerdem, dass er als Augenzeuge am liebsten gar nichts mehr davon wüsste, denn in dieser chaotischen Welt gebe es schon genug Paranoia. In Marbach war man anderer Meinung. Man brachte ihn in einen Ausstellungsraum voller eiserner Käfige, in diesen saßen Goethe, Schiller, Heine, Hölderlin,

Kafka, Hesse, Paul Celan, Herta Müller … jeder Gitterkäfig ein literarischer Kosmos. Gierig betrachtete der aus der ostasiatischen Provinz stammende Lao Wei die hinter Glas ausgestellten Manuskripte dieser großen Europäer. Er verstand kein Wort Deutsch, aber diese Handschriften sprachen in einer anderen Sprache zu ihm, als Botschaften aus der Vergangenheit gingen sie ihm durch und durch.

Die Journalisten wollten wissen, ob er sich in der Nachbarschaft dieser Schriftsteller wohl fühlte. Er zuckte zusammen und antwortete, er wolle nichts als schreiben, bis zum letzten Atemzug. Draußen dämmerte es, die Landschaft schimmerte im Abendlicht, das Gras und die Blätter leuchteten rot. Der Wind heulte auf und drang stoßweise durch die Fenster. In der Ferne türmten sich rosafarbene Hügel über den fast kahlen Baumwipfeln, wie eine unüberwindliche Wand zum Universum.

Und so beschrieb Lao Wei die Entstehung der Texte im Gefängnis:

Es gab insgesamt sechs Brigaden, die jeweils aus etwa dreihundert Personen bestanden. Jede Brigade hatte ihren eigenen Charakter. Sie waren durch Mauern voneinander getrennt, lagen aber alle nebeneinander auf demselben Gelände. Ich gehörte der Gruppe 11 an; sie befand sich im 1. Stock in einer Zelle, die einer nur schwach erhellten Berghöhle glich. An den Wänden waren rechts und links durchgehend doppelstöckige Eisenbetten aufgereiht. Wir waren sechzehn Häftlinge in einer Zelle. Die Gründe unserer Verurteilung zu Umerziehung durch Arbeit waren vielfältig, und die Länge der Haftzeiten variierte.

Ich hatte eine der oberen Pritschen, Nummer 11. Täglich um 3 Uhr morgens riss uns eine schrille elektrische Alarmglocke aus dem Schlaf, und alle Mann sprangen aus den Betten, falteten ihre Decken zusammen und sammelten sich im Hof zum Morgenappell. Nach einem hastigen Frühstück ging es ans Werk, vorbei an den Wachen und hinaus aus dem inneren Bereich des Gefängnisses zu einer etwa einen Kilometer entfernten Fabrik für Autoteile, wo man den ganzen Tag in kräftezehrender Arbeit den Ofen bediente und Teile schmolz, in Formen goss und polierte. Auch ich musste mich dem Tross anschließen, jedoch bestand meine Arbeit darin, die Anzahl der Arbeiter in jeder der kleinen Einheiten zu registrieren und damit die Zahl der notwendigen Mittagsrationen zu bestimmen. Am späten Vormittag musste ich dann frühzeitig in die Küche, um entsprechend der zuvor ermittelten Zahl mehrere hundert Blechnäpfe mit Reis zu füllen, die ich zum Dampfgaren in einem riesigen Tontopf übereinanderschichtete. Dann setzte ich einen großen Topf Wasser für die Suppe auf. In der Regel gab es dafür keine andere Zutat als Kartoffeln, die ich im Akkord schälte und schnippelte und ins blubbernde Wasser gab, Öl und Salz dazu und fertig. Um 11 Uhr schob ich mit den beiden anderen, die Küchendienst hatten, den Karren mit den Mittagsrationen und der Suppe zur Fabrik, und wir riefen laut zum Mittagessen.

Durch den Küchendienst war mir täglich eine gewisse Auszeit vergönnt. Ich lernte Flötespielen und hockte ansonsten mit Papier auf dem Schoß auf dem Bettrand und schrieb, Tag für Tag. Mein Bett war ringsherum vollgestopft mit irgendwelchen Zeitschriften, unter denen ich meine Manuskripte verbergen konnte. Um meinem Schreiben den Anschein von Harmlosigkeit zu geben, verfasste ich nebenbei ein paar triviale Erzählungen, die ich gelegentlich meinen Mithäftlingen zu lesen gab.

Ich benutzte dafür das minderwertige, fast schon zerfallende Gefängnispapier, etwas anderes gab es nicht. Die Furcht vor Entdeckung ließ mich so tief vornübergebeugt schreiben, dass meine Nasenspitze beinah das Geschriebene berührte. Ich schrieb in winzigen, ameisengleichen Schriftzeichen und kritzelte auf diese Weise jedes Blatt randvoll; das sparte Papier und erleichterte das Verstecken. Leider nahm dadurch meine Kurzsichtigkeit rapide zu.

Natürlich kam es gelegentlich zu Razzien durch die Gefängnispolizei, aber ich kam eigentlich fast immer ungeschoren davon, denn alle paar Tage steckte ich meine Manuskripte heimlich dem alten Yang zu, der fürs Reinemachen zuständig war und auf dem Treppenabsatz wohnte. Er saß schon so lange als Konterrevolutionär ein, dass man ihn fast vergessen hatte. Vor 1949 war Yang Reporter bei der Kuomintang-Zeitung »Saodang« gewesen und wurde, als dann die KP China »zur Herbsternte mit den Feinden abrechnete«, zu einer hohen Strafe verurteilt. Erst Ende der siebziger Jahre wurde er aus der Haft entlassen, aber seine Freiheit währte keine drei Jahre, schon drehte der politische Wind wieder, und er wurde im Zuge der »Kampagne gegen geistige Verschmutzung« 1983 erneut verurteilt und ins Gefängnis geworfen. Soweit ich weiß, kam er erst kurz nach meiner eigenen Entlassung wieder frei.

So hatte der alte Yang sein halbes Leben im Gefängnis zugebracht. Da wir beide als »reaktionäre Literaten« galten, herrschte zwischen uns vom ersten Augenblick an ein stilles Einverständnis. Bei ihm waren meine Manuskripte bestens aufgehoben. Sobald sich einiges Material angesammelt hatte, benutzte ich meine Verwandten als Kuriere, die bei ihren Besuchen jedes Mal einen Teil hinausschmuggelten. Auch Li Bifeng, Xu Wangping und andere meiner Leidensgenossen vom vierten Juni ließen einen Teil meiner Schriften über ihre Verwandten aus den Gefängnismauern herausbringen. Laut Xu Wanping bestachen sie in einigen Fällen sogar Häftlinge, die kurz vor der Entlassung standen, damit sie die Texte aus dem Gefängnis schmuggelten und an Ausländer weitergaben, die sie dann per Post ins Ausland schickten.

Ich verbrachte insgesamt vier Jahre Haft im Voruntersuchungs- und im Untersuchungsgefängnis, in Sichuans Provinzgefängnis Nr. 2, Danzishi, und schließlich im Provinzgefängnis Nr. 3, Tumen. In den letzten Monaten dieser vier Jahre kritzelte ich in Ameisenschrift das Manuskript für den ersten Teil einer Romanserie mit dem Titel *Überleben*, insgesamt etwa 300 000 Schriftzeichen. Das entspricht auf Deutsch etwa 400 Seiten. Viele Jahre später, nachdem ich nach Deutschland geflüchtet war, nahm ich dieses Manuskript als Grundlage für drei Romane, nämlich *Die Wiedergeburt der Ameisen*, *Lang lebe der Große Vorsitzende Mao* und *Lieben und Schreiben im China der 1980er*.

Nach meiner Entlassung schrieb ich weiter und machte das zweimal von der Polizei beschlagnahmte Manuskript von *Für ein Lied und hundert Lieder* zum vierten Teil der Romanserie.

Mein Schreiben war von einem sichtbaren in ein unsichtbares Gefängnis verlagert worden. Dieser Zustand dauerte bis zum 2. Juli 2011 an, als ich über Vietnam aus China geflohen bin.

Ein Großteil meines Lebens liegt hinter mir. Doch vor mir liegt noch immer der lange und steinige Weg eines Schreibens, das frei ist von den Dogmen totalitären Denkens.

Ich weiß noch, wie ich zu Beginn der Arbeit an diesem Roman das Orakel des *Buchs der Wandlungen* befragte und das Symbol für »Kun«, die große Mutter Erde, zur Antwort erhielt. Also schrieb ich: »Jetzt ist sein inneres Gefängnis eingestürzt, die hohen Mauern stellen kein Hindernis mehr für ihn dar …« Auch bevor ich aus China geflohen bin, befragte ich eigens das Orakel. Damals erhielt ich als Antwort das Symbol »Fu« für den Vater Himmel. Dazu schrieb ich: »Geburt und Tod und Wiedergeburt – ein ewiger Kreislauf, den wir hinnehmen wie Hunde. Ist das Leben nicht eine permanente Flucht aus einem Gefängnis?«

Wie sagte der im Exil lebende Hu Ping?:
Die Religion der Chinesen ist ihre Geschichte.

In diesem Sinne widme ich diesen Roman meiner Schwester Liao Feifei (1951–1988)und meinem Vater Li Dekui (1922–2002).
Und ich widme ihn meiner 2015 geborenen Tochter. Meine Frau hatte die wunderbare Idee, unser Kind Yang Shuyi zu nennen, Spitzname »kleine Ameise« (xiao mayi).

Heute ist der 20. April 2014, Ostersonntag.
Trink den letzten Schluck, Liao Yiwu, es ist Zeit, schlafen zu gehen.
Zeit, schlafen zu gehen, auch für dich, meine Familie in Sichuan.
Großvater, Großtante, Schwester, Vater, versteckt euch nicht mehr hinter den Bäumen: geht schlafen.
Wer will schon nicht endlich einmal zur Ruhe kommen?

Prolog

Im Schneidersitz hockt Lao Wei auf der oberen Pritsche des eisernen Stockbetts. Aus der Schachtel in seiner Hand zählt er neunundvierzig Streichhölzer ab. Er schließt die Augen zum Gebet, eine Viertelstunde lang. Es gilt, sich auf die Befragung des Orakels nach dem *Buch der Wandlungen* vorzubereiten. Die Zelle gleicht einem Sarg. Licht fällt nur spärlich herein, und Lao Wei kann mit seinen kurzsichtigen Augen die Körper seiner Zellengenossen unten im Raum kaum erkennen. Ihre Glatzköpfe schimmern im Halbdunkel und scheinen körperlos durch den Raum zu treiben, wie übergroße Fischeier.

Das uralte *Buch der Wandlungen* ist unter Intellektuellen wieder in Mode gekommen. Lao Wei darf sich jetzt zwar nicht mehr zur Klasse der Intellektuellen zählen, aber er kann die alten Gewohnheiten einfach nicht ablegen, er muss das Orakel nehmen. Schließlich geht es um keine Kleinigkeit. Gerade erst hat man ihn ohne jede Vorwarnung von einem Gefängnis in ein anderes verlegt, beide mehrere hundert Kilometer voneinander entfernt. Alles war blitzschnell gegangen, wie von langer Hand vorbereitet. Drei laut geschnauzte Befehle des athletischen Gefängnisaufsehers waren durch den Korridor gehallt, dann hatten sich drei Polizisten die frisch geschorenen Lämmer geschnappt und weggebracht. Mit Vollgas war der Jeep losgerast, durch die Tore der drei Mauerringe, die das Gefängnis umgaben, dann durch das Haupttor, hinaus aus der Großstadt und quer durch die gebirgige Landschaft. Die Straßen waren immer schmaler und holpriger geworden. Ein Großstadtgefängnis schien nicht der richtige Ort für konterrevolutionäre Dichter. Offenbar hielt es die Regierung für geraten, einen wie ihn an einem abgelegeneren Ort wegzusperren. Er hatte geahnt, wohin es ging, und sein Verdacht hatte sich bald bestätigt. Das Ziel war ein Landkreis tief im Daba-Gebirge. Das Gefängnis lag außerhalb des Dorfes und war für die Akte Hu Feng berüchtigt.

Dieser neuerliche Umzug hat ihn ein weiteres Mal um seinen gesamten Besitz gebracht. Die über die Jahre gesammelten Briefe seiner Familie, Fotos, Bücher, seine Flöte – alles ist verloren. Noch schlimmer ist, dass sich Kommissar Huang, der politische Leiter des alten Gefängnisses, seine komplette Prozessakte, das Urteil, seine Berufung, den Rechtsentscheid und die Unterlagen der Verteidigung auf unabsehbare Zeit »ausgeborgt« hat. Diese Unterlagen sind eine Art Häftlingszeugnis, sie sind die Eintrittskarte in jedes neue Gefängnis, der Nachweis über seine bisherige Haftzeit. Nun sind sie verloren, und die restliche Dauer seines Arrests ist der Macht des Himmels überlassen. Das Schicksal wird entscheiden.

Tief durchatmen. Lao Wei lässt seinen Geist zur Ruhe kommen. Dann hebt er die Hände mit den Handflächen nach oben, konzentriert sich, bündelt die Energie von Yin und Yang aus jeder Faser seines Körpers tief im Unterbauch und versenkt sich in die Unendlichkeit des fernen Altertums. Nun wirft er nach den überlieferten Regeln die Streichhölzer, ordnet und zählt sie, konzentriert sich, vertraut sich der Gnade des Himmels an. Die schräg einfallende Abendsonne durchdringt den Dunstschleier, gleißendes Licht umspielt seine blassen Mundwinkel, und schon fallen sie auf das vor ihm liegende Papier, so dass er die Weissagung erkennen kann:

Kun. Das Empfangende, die Erde.

Was steht im *Buch der Wandlungen* über das Trigramm Kun?: *Vollkommen ist seine Fähigkeit, etwas hervorzubringen! Alle Dinge werden aus dem großen Kun geboren und alle Dinge liegen in ihm verborgen. Ergeben empfängt es die Befehle des Himmels. Die grenzenlose Macht des Himmels ist das Echo auf die vollendete Tugend der Erde. Beträchtlich ist ihr Fassungsvermögen und blendend ihre Leuchtkraft. Alle Dinge verdanken ihr ihren Ursprung.*

Kun verheißt: Das Glück ist groß, und wohlgeordnet ist der Himmel.

In den Erläuterungen zum Orakel heißt es: *Erhabene, Vollendung der großen Mutter Natur! Du bist die unendliche Quelle aller Dinge. Sorgst für Vermehrung, immerfort, passt dich den wechselhaften Wegen des Himmels an, immerzu. Tief ist die Mutter Erde, denn in ihr sind alle Wesen geborgen, beeindruckend ist die Mutter Erde, denn vortrefflich ist ihre Sittlichkeit! Du bist die Mutter aller Schätze der Natur, die Mutter des Lichts, der Himmelsbilder und der Götter. Alle Dinge, belebte und unbelebte Phänomene der Natur, finden ihren Platz auf der grenzenlosen Oberfläche der Erde …*

Lao Wei berührt den Boden mit der Stirn und verharrt mit feuchten Augen eine ganze Weile in dieser Haltung. Beim Läuten der Abendglocke glaubt er, das Geläut der Ewigkeit zu hören. Noch immer vor Erregung zitternd, klettert er die Leiter hinunter und marschiert hinter seinen Mitgefangenen her in den Hof, wo sie in Reih und Glied zum Abendappell antreten. Beim Durchzählen macht er gleich zweimal hintereinander einen Fehler und wird vom Gruppenleiter zusammengestaucht. Er setzt ein dümmliches Lächeln auf, während er verängstigt seine Reisschüssel entgegennimmt. Eingelullt in den süßen Glockenklang der Verheißung, sieht er Gespenster. Zum ersten Mal in all diesen Jahren fühlt er sich frei. Freiheit! Gierig zieht er Luft ein, die ihm selbst zu entströmen scheint, die ihm Verstand und Augen schärft, eine fremde, unbegreifliche Luft. Vergessen sind die hohen Mauern, der Stacheldraht, die Wachen und das demütigende Gefangenendasein. Als hätte er für diesen kurzen Augenblick der Erleuchtung den ganzen schweren und bitteren Preis der Haft bezahlt.

Lao Wei badet in den goldschimmernden Wellen der Zeitlosigkeit und lässt sich von ihnen überfluten. Himmel und Erde kreisen abwechselnd umeinander; der Himmel wird Erde, und die Erde wird Himmel. Aus den Wolken des Himmels sprießt Gras, und das Gras zerfällt zu reiner Erde. Die reine Erde ist der Ursprung aller Dinge: Sie birgt unendliche Mysterien in sich. Die Menschen, die auf ihr wandeln, werden einer nach dem anderen wieder ein Teil von ihr. Und dann kriechen sie erneut aus der Fäulnis hervor, scharenweise, splitternackt dem Horizont entgegen, erst hell und deutlich und dann immer dunkler und verschwommener, bis sie nur noch Trugbilder sind, bis zu ihrer endgültigen Auflösung, bis man sie nicht mehr von den Wolken unterscheiden kann.

Lao Wei ist wie im Rausch, alles um ihn herum dreht sich. Er sieht jetzt mit den Augen seiner Seele, und mit ihnen erblickt er zum ersten Mal die sich ewig drehenden Räder des Kosmos, ein gigantisches Treibrad, in dem unzählige kleinere Räder rotieren, winzige, immer winzigere Räder, staubkörnchengroße, die im nackten Auge der Götter kreisen, die Schicksalsräder unseres Lebens. Myriaden von menschlichen und nichtmenschlichen Lebewesen, Mikroben, Proteine, Atome und Quanten, Existenzen, so individuell wie illusorisch, sind die Bauteile der Präzisionsmaschine, die uns zwischen ihren scharfkantigen Zahnrädern gefangen hält. Familie, Rasse, Nation, Sport, Irrenhäuser, Justiz, Guillotinen und Kniefälle – alles ist Teil dieser Maschinerie. Niemand weiß, wie all das seinen Anfang nahm und wie es enden wird, wie die Vermehrung begonnen hat – ein Urschmerz bindet uns schicksalhaft an diesen blauen Planeten.

Nehmen wir zum Beispiel Lao Wei. Er sitzt immer noch im Gefängnis. Wegen eines Gedichts. Warum hat er dieses Gedicht geschrieben? Was hat ihn dazu getrieben? Die Geschichte? »Der

Henker schafft eine blutgetränkte Gegenwart, der Dichter schafft blutgetränkte Worte.« Er hat damit sein eigenes Urteil gesprochen. Das historische Ereignis war da, und Lao Wei fragte nicht lange, warum. Er griff zum Stift und wusste im selben Augenblick, dass er dazu verurteilt war, im Gefängnis zu landen.

Jetzt ist sein inneres Gefängnis eingestürzt, die hohen Mauern stellen kein Hindernis mehr für ihn dar. Freiheit, das ist er selbst. Jeden beliebigen Ort, an den die Füße ihn in der Realität nicht tragen können, kann er jetzt erreichen, an jedem beliebigen Punkt in Raum und Zeit kann er reisen, mit der Vergangenheit zusammentreffen. Also lenken seine Gedanken die Schritte nach Yi in Henan, wo König Wen von Zhou im ersten staatlichen Gefängnis des alten China die acht Trigramme des *Yijing* erforscht, die auf den legendären Urkaiser Fuxi zurückgehen. Lao Weis Bewunderung für das *Buch der Wandlungen* hat weniger mit dem Inhalt des Buchs selbst zu tun, das jedermann ohne großes Wissen als Orakelbuch verwenden kann, sondern mit der Geschichte der Entstehung dieser klassischen Schrift.

Der letzte König der Shang-Dynastie hatte König Wen von Zhou einsperren lassen. Er ließ König Wens ältesten Sohn Yibo töten und eine Suppe aus ihm zubereiten, die man dem Vater im Gefängnis zum Abendessen vorsetzte. König Wen spürte, dass in der Schüssel sein eigen Fleisch und Blut dampfte. Dennoch leerte er sie, ohne mit der Wimper zu zucken, in einem Zug, leckte sich die Lippen und pries das köstliche Mahl, so dass es selbst den kaltblütigen König der Shang grauste, der ihn für vollkommen verrückt hielt. Drei volle Jahre lang hockte diese elende, jeder Menschenwürde beraubte Kreatur reglos in ihrem unterirdischen Verlies und beobachtete durch ein faustgroßes Luftloch Tag und Nacht den Lauf der Gestirne. Mit Schafgarbenstengeln befragte er wiederholt das Orakel des Sonnengottes Fuxi. Immer dunkler wurden seine Pupillen, weiteten sich zu einem tiefen See, in dem sich das Licht der Sterne spiegelte. Seine Lippen vereinten sich zum Kuss mit dem ganzen Universum, seine Zunge wurde träge, er verinnerlichte den kosmischen Wandel, war nun selbst gleichsam die Verkörperung der in den Wandlungsbildern dargestellten Ideen: Sein Kopf war Qian, das Schöpferische, sein Körper Kun, das Empfangende, seine Schultern waren Gen, das Stillhalten, sein Bauchnabel Xun, das Sanfte. Er war es nun, der lenkte, die irdische Entsprechung der höchsten Gottheit, die die Gestirne lenkt.

Es gibt den Weg des Himmels und den der Erde. Was beide verbindet, ist der Weg des Menschen im ewigen Kreislauf der Wiedergeburt. König Wen war längst kein Mensch mehr. Der letzte König der Shang hatte ihn gezwungen, den eigenen Sohn zu essen, und ihn damit seiner Menschlichkeit beraubt. Aus dem König der Könige war ein Verächter der menschlichen Natur geworden.

Lao Weis Zustand erinnert sehr an den des Königs Wen von Zhou, nur so verroht, dass er den eigenen Sohn verspeisen würde, ist er noch nicht. Durch die alte Kunst des Orakelnehmens fühlt er sich dennoch mit König Wen verbunden, sogar mit dem Urkaiser Fuxi, dem Schöpfer der Trigramme. Er spürt, dass es zwischen dem ewigen Rätsel der Vergangenheit und der Gegenwart eine Kontinuität gibt. Trotz aller Veränderungen, so schwerwiegend sie auch sein mögen, bleibt der Mensch im Grunde immer derselbe. Ob Kaiser oder Bauer, alle werden wie Marionetten von einer unsichtbaren Macht gelenkt. Das Schicksal bestimmt, was entsteht, das Schicksal schuf die Kuomintang, die Kommunistische Partei, den Unabhängigen Studentenbund, die Chinesische Liga für Demokratie, all diese Gruppen, die gegenwärtig China regieren oder regieren wollen. Im Volksmund heißt es: »Wer dem Himmel folgt, wird gedeihen; wer sich ihm widersetzt, wird vergehen.« Doch wer kennt schon den Willen des Himmels? Lao Wei ist gefangen in der Gegenwart und in der Ewigkeit. Er hat die Auslöschung dieser Rasse schon vor langer Zeit mit eigenen Augen gesehen, er braucht keine Augen mehr. Man muss nicht sehen, um zu sehen. Vor zweitausend Jahren schuf der blinde Homer an den Ufern des Mittelmeers die *Ilias* – eine Fabel von den zahllosen Helden, die wegen einer unvergleichlich schönen Frau den Tod fanden und in den Tiefen des Meeres begraben liegen. Lao Wei beugt sich dem, was er für den Willen des Himmels hält. Er greift zum Stift. Sein eigenes Leben – es könnte auch das Leben seiner Maske sein – ist der Schlüssel, dient als Orakel für alle Geschichten, der Geschichte der Götter, der Chinesen, die der Reptilien, des Drecks, des Sumpfs.

Es ist der Prozess eines langsamen Selbstmords.

TEIL I

Familienbande

Lao Wei begibt sich Mitte der achtziger Jahre auf die Suche nach seinen Wurzeln, beerdigt seinen Großvater und seine dritte Tante und wird vorübergehend zum Sohn eines Kaisers.

Ein Leprakranker vermisst den Großen Vorsitzenden Mao

Was ist Geschichte? Es gibt gelehrte Köpfe, die meinen, Geschichte, das seien Dokumente, offizielle und nichtoffizielle Aufzeichnungen historischer Begebenheiten. Dazu kommt die Archäologie, die unermüdlich Entdeckungen macht, historische Relikte ausgräbt, Bruchstücke zusammensetzt, Material erschließt, das die vorhandenen Dokumente mal belegt und mal widerlegt. Historische Aufzeichnungen sind Augenwischerei; sie erzählen so gut wie nichts von der wahren Kultur, die im Schatten großer Herrscher und großer Taten gedieh. Fast jeden, der im Laufe der chinesischen Geschichte einmal die Wahrheit schrieb, hat das den Kopf gekostet. Der berühmte Historiograph Sima Qian, der wegen seiner Wahrheitsliebe kastriert wurde, kam in dieser Hinsicht noch glimpflich davon.

Lao Wei hatte in seinem kurzen Leben schon viele Bücher zur Parteigeschichte und zur Geschichte Chinas gesehen, es gab ständig neue Schulbücher, weil ihr Inhalt irgendwann nicht mehr gefiel und je nach Bedarf umgeschrieben wurde. Doch Lao Wei waren die Bücher egal. Er war Dichter. Er glaubte an eine Tradition außerhalb historischer Dokumente, eine, die auf der Vielfalt und der Vorstellungskraft der Menschen seines Volks beruhte.

An den Ufern des Wu liegt ein Dorf namens Toudu. Lao Wei meinte zu wissen, dass dort die Heimat seiner Vorfahren liege, und beschloss deshalb, sich auf die Suche nach seinen Wurzeln zu machen. Er besorgte sich eine topographische Karte von Ostsichuan, aber sosehr er auch suchte, er konnte das Dorf nicht ausfindig machen. Also schrieb er an einen Freund, den Dichter Ji Mingjun, und schlug vor, gemeinsam loszuziehen. An einem Tag im Jahr 1986 machten sich die beiden von Fuling aus auf den Weg flussaufwärts. Ihr Schiff legte mitten in der Nacht ab. Lao Wei schlief sofort ein. Als er erwachte, graute schon der Morgen. Das Wasser strömte reißend durch das enge Flussbett, immer wieder ertönte der langgezogene Ton des Nebelhorns. Oft sah es so aus, als ob sie gleich an den steil auf beiden Seiten des Flusses aufragenden Felsen entlangschrammten. Die bizarren Felsformationen regten seine Phantasie an. Wie tanzende Schriftzeichen im Buch der großen Mutter Natur, so wirkten die Bauern, die sie in kleinen Gruppen über die felsigen Hügel klettern sahen, offenbar auf der Suche nach jedem Fleckchen Erde, das sie urbar machen konnten. Ji Mingjun erklärte ihm, dass es sich bei diesem Volk um Nachfahren des Königs Man handelte. Anders als die Han-Chinesen glauben sie, dass die Menschen nach dem Tod wieder zu ihren Vorfahren würden und dass jedes neugeborene Kind die Reinkarnation eines seiner Ahnen sei.

In einer kleinen Hafenstadt mit Namen Manwangdong, was wörtlich »Höhle des Barbarenkönigs« heißt, gingen sie an Land. Es war schon später Herbst, dennoch liefen die Kinder ohne einen Fetzen am Leib herum und starrten die Neuankömmlinge mit großen Augen an, sie hatten dunkle, maskenhafte Gesichter. Unweit der Anlegestelle lag eine Felsgrotte. Neugierig gingen sie hinein und fanden dort eine schwarzglänzende Tonfigur mit auffallend großem Bauchnabel, die angeblich König Man darstellte, den Urvater des Volks der Ba. Am Ende der Frühlings- und Herbstperiode, heißt es, als die mächtige Qin-Dynastie die Staaten Shu und Ba usurpierte, riet der König von Ba seinen fünf Söhnen, den Wu flussaufwärts zu fliehen und sich bei den dort ansässigen Volksstämmen niederzulassen, um so der Verfolgung durch die Qin zu entkommen. Vier von ihnen wurden früher oder später aufgespürt und ermordet, nur der jüngste Sohn überlebte unter dem Schutz eines kleinen Volksstammes und bewahrte seine Familie vor dem Aussterben.

Das ist eine dieser Legenden, die in unserem Volk kursieren und im Widerspruch zur offiziellen Geschichtsschreibung stehen. Unsere mündlich überlieferte Kulturgeschichte ist voller Magie, die einheimischen Balladensänger verbreiten sie, verändern und verfeinern sie und geben so die Geschichten an die nächste Generation weiter. Es sind Elegien für die Opfer vieler Kriege, die auf diese Weise niemals in Vergessenheit geraten.

Die geographischen Bedingungen der Gebiete südlich des Jangtse sind ungünstig, starke Regenfälle verursachen Überschwemmungen, Krankheiten liegen in der Luft. Seit den Zeiten der Kriegstreiberei unseres törichten Urahns, des legendären Gelben Kaisers, sind die Bewohner am Flusslauf des Wu immer wieder Opfer von Krieg und Vernichtung gewesen. Das Land braucht Vernunft und Ordnung – nur sind es nicht selten die Verrückten, die für Vernunft und Ordnung sorgen. Die Menschen im Süden glauben an magische Kräfte, die ihr Handeln bestimmen, sie folgen ihrer Intuition, ihrem Instinkt und ihrem Gefühl. Sie widersetzen sich nicht absichtlich der bestehenden Ordnung, sie können nicht anders, denn die jahrhundertealte Erfahrung von Schmach und Niederlagen sitzt dem Volk tief in den Knochen. Durch die Balladensänger sind die Tragödien ihrer Vorfahren den Menschen hier so bekannt, dass sie sich ohnehin zu einem tragischen Ende verdammt sehen. Man pflegt in dieser Gegend die Kunst der Geisterbeschwörungen und versetzt die Leute gegebenenfalls in Trance, um die Seele von Verstorbenen heraufzubeschwören.

Das war Lao Wei sehr recht, schließlich wollte er selbst mehr über seine Ahnen erfahren.

Zunächst einmal ahmte er die Gebräuche der Ureinwohner dieser Gegend nach und bot König Man Räucherstäbchen dar.

Dann kalibrierten sie den Kompass, und die Freunde begaben sich in den finsteren Dschungel, auf die Suche nach der Vergangenheit. Eine ganze Weile marschierten sie schweigend voran. Erst als ihm längst die Beine weh taten, dämmerte es Lao Wei, dass sie sich verirrt hatten. Er versuchte seine namenlose Angst zu beherrschen und stimmte ein Lied an, das er *Das Ende der Welt* nannte:

Warum sich die Welle am Ufer bricht?
Warum der Vogel zwitschernd um die Zweige schwirrt?
Sie wissen nicht, dass der Weltuntergang nah ist.
Warum ist das Sonnenlicht so kalt wie das Sternenlicht?
Warum hat sich Lao Wei im Dschungel verirrt?
Weil er nicht weiß, wann der Weltuntergang da ist.
Warum …

Es gefiel ihm, nach Lust und Laune Lieder zu erfinden, einfach zu einer schönen Melodie drauflos zu singen, bis er genug hatte. Ji Mingjun ging unterdessen, die Ärmel aufgerollt weiter vor ihm her, ohne jedes Anzeichen von Ermüdung. So kämpften sie sich zwei Tage und Nächte durch den Dschungel, vielleicht auch drei Tage und Nächte, sie wussten es nicht mehr. Gerade als sie vor Erschöpfung nicht mehr konnten, stießen sie inmitten des Urwalds unerwartet auf ein Hospital für Leprakranke, ein lebendes Grab. Für sie war es das Paradies. Sie gaben sich als Reporter aus und durften im Gästehaus übernachten, bekamen umsonst etwas zu essen und kalibrierten in Ruhe ihren Kompass noch einmal neu. Allerdings wies man sie darauf hin, dass die Hausregeln Foto- und Filmaufnahmen verboten. Frisch gestärkt wollten sie sich eben wieder auf den Weg machen, als aus den hohen Mauern der Krankenstation laute Rufe ertönten. Lao Wei sah einige der armen Kerle, denen die halbe Nase weggefault war, kurz hinter den vergitterten Fenstern auftauchen. Sie riefen immerzu:

»Kommt schnell, der Vorsitzende Mao kommt uns besuchen! Großer Vorsitzender Mao, endlich bist du da!« Hatte man in dieser gottverlassenen Gegend etwa auch eine Psychiatrie eingerichtet? Wieder ertönten die erschütternden Schreie aus dem Gemäuer: »Wir wollen den Großen Vorsitzenden Mao sehen! Wir werden uns beschweren! Genossen der Arbeitsbrigade, ihr könnt uns doch nicht so einfach im Stich lassen!« Niemand antwortete. Man schrieb das Jahr 1986, und es war schon eine ganze Weile her, dass die Parteivorsitzenden des Landes gewechselt hatten. Ji Mingjun lachte nur.

Um die Gemüter zu beruhigen, beschlossen die Aufseher, einfach so zu tun, als ob, und baten die beiden, zu schauspielern. Der Gedanke verursachte Lao Wei zwar eine Gänsehaut, aber da sie sich verpflichtet fühlten, sich für die erwiesene Gastfreundschaft erkenntlich zu zeigen, zogen sie sich die von den Aufsehern herbeigebrachten Mao-Uniformen an, setzten sich eine blaue Arbeitermütze auf und marschierten mit gereckter Brust und eingezogenem Bauch in den Innenhof der Leprakrankenstation. Mit strengen Mienen, als seien sie zur Inspektion der baufälligen Klinik hier, musterten sie eingehend die Umgebung, umringt von einer Horde von armen Monstern, denen die Nasen, die Lippen oder die Ohren fehlten, von denen einige sogar von Kopf bis Fuß verfault waren. In vermeintlicher Demut gegenüber den Kranken, knieten sie in angemessenem Abstand vor ihnen nieder. Unzählige Hände reckten sich ihnen entgegen und überreichten Petitionen. Lao Wei überflog sie hastig, der Inhalt war mehr oder weniger identisch, alle klagten sie der »roten Sonne unserer Herzen« ihr leidvolles Dasein. Dann wurden die beiden, streng bewacht vom Aufsichtspersonal, in die stinkende Zelle eines Patienten eskortiert, wo sie ein bereits bis aufs Skelett abgemagerter alter Mann, in einem kurzen Moment des Bewusstseins, mit einem gefassten Lächeln begrüßte. Taktvoll zog der Alte seine Hand zurück, als Lao Wei sich ihm näherte. Er hatte

Mitleid mit der haar- und gesichtslosen Kreatur, deren Augen unter den kahlen Brauen wie glänzende Kohlen wirkten. Einer von der Aufsicht beugte sich zu dem Mann hinunter und sagte sanft: »Alter Wang, der Vorsitzende Mao hat jemanden geschickt, um dich zu besuchen.« Lao Wei spielte brav seine Rolle und sagte zustimmend: »Der Vorsitzende Mao kümmert sich um euch und hat mich direkt aus dem Regierungsbezirk in Peking zu euch geschickt.«

Schmutzige Tränen quollen aus den kaum noch erkennbaren Augenhöhlen, und der nicht vorhandene Mund stieß schwach die drei Silben »Mao Zedong« hervor. Die Szene erinnerte Lao Wei an die alten Schulbücher über den Zweiten Weltkrieg aus seinen Kindheitstagen, in denen geschildert wurde, wie ein Soldat der Achten-Route-Armee bei der Verteidigung Yanans schwer verwundet im Sterben liegt und der Krankenschwester seinen geheimsten, lebenslang gehegten Wunsch zuhaucht, dem Vorsitzenden Mao einmal persönlich zu begegnen. Kaum, dass der Große Vorsitzende davon erfährt, setzt er sich auf ein Pferd und eilt noch in derselben Nacht dorthin, setzt sich schweißüberströmt an das Krankenlager und vollzieht die letzten Riten mit dem Sterbenden. Der Soldat ergreift seine fette Schwabbelhand, ruft laut, wie ein kleiner Junge im Märchen, den Namen seines Idols und scheidet überglücklich aus dem Leben.

Lao Wei hatte seine Aufgabe als Gesandter der Roten Sonne zu aller Zufriedenheit erfüllt und ließ sich noch im Kreise der Anstaltsinsassen ablichten, die natürlich genauso wenig wie die vielen leidenschaftlichen Briefe, die man ihm anvertraute, jemals den Weg zur Roten Sonne finden würden. Zu anderen Zeiten, an einem anderen Ort oder in anderer Gesellschaft hätte er sich bei einem solchen Auftritt vor Angst in die Hose gemacht, doch zum Glück fließt die Zeit nicht rückwärts. Es war ein Mittwoch, der 10. Oktober 1986, über China braute sich gerade so etwas wie eine Befreiungsbewegung vom Antikapitalismus zusammen. In der Sowjetunion kündigte sich bereits ein Machtwechsel an. Nur, dass der Tiananmenplatz sich wenige Jahre später in ein blutiges Militärcamp verwandeln sollte, das hatte niemand angekündigt. »Nietzsche sagt: Gott ist tot«, murmelte Lao Wei vor sich hin, »doch der, der alles unter Kontrolle hat, ist ohnehin nicht der Gott, den man Gott nennt.«

Er schließt die Augen und hat die Vision eines Endzeitszenarios, zu dem er kein Lied zu singen weiß. Kann man der Stimme so wenig vertrauen wie den Buchstaben?

Inzest

Endlich fanden sie den richtigen Weg aus dem dichten Urwald heraus nach Toudu. Sie überquerten einen Bach und erklommen einen kahlen Hügel, auf dem sich dicht an dicht Doppelgräber reihten wie dunkle, zu Stein erstarrte Wellen. Nachdem Lao Wei stundenlang erfolglos nach dem Grab seines Großvaters gesucht hatte, weckte er schließlich den am Wegrand dösenden Ji Mingjun, und sie gingen gemeinsam in das Dorf. Das Zentrum des Dorfes bildete eine kaum hundert Meter lange Straße aus Kopfsteinpflaster. Rechts und links davon standen niedrige Häuser mit Dachvorsprüngen, so breit wie Adlerschwingen, die beinahe das ganze Tageslicht wegnahmen. Vorsichtig wählten sie Wege mit ausreichend Licht. Sie fühlten sich von zahlreichen Augenpaaren verfolgt, doch niemand kam heraus oder schenkte ihnen besondere Beachtung. Hin und wieder tauchte von vorn oder von hinten ein Schatten auf, doch kaum wollten sie jemanden anhalten und ansprechen, entglitt ihnen die Schulter, die sie eben noch berührt hatte, schnell und schlüpfrig wie ein Fisch und verschwand im Nirgendwo. Mehrmals schritten sie die Straße ab, hinauf, hinunter. Sie wussten nicht, was sie davon halten sollten.

Müde und hungrig, entdeckten sie endlich am Ende der Straße ein kleines Wirtshaus. Am helllichten Tag hingen dort brennende Öllampen von der Decke. Über ein paar schiefe Holzstufen gelangte man hinab in den Gastraum, wo drei runde Tische standen. Einer davon war von fünf mit schwarzen Turbanen bedeckten Bergbewohnern besetzt, die dichtgedrängt auf kleinen Schemeln hockten und Mantous aßen. Die Mantous in diesem Laden hatten allerdings sehr merkwürdige Formen, sie sahen aus wie Tausendfüßler oder Hühner, Hunde, Schlangen, Ratten, Katzen oder Kakerlaken. Beim Hineinbeißen krachte es laut, und schon hatte das Huhn keinen Kopf mehr, die Ratte keinen Schwanz und die Kakerlake nur noch zwei Beine. Lao Wei traute seinen Augen nicht. Sehr schnell wurden drei weitere Bambuskörbchen voller Mantous aufgetischt, und die Gäste stürzten sich darauf und schlangen alles mit einer unglaublichen Geschwindigkeit hinunter, ohne zwischendurch auch nur einen Schluck Wasser zu trinken. Hin und wieder rieben sie sich die Hälse, damit die großen Bissen schneller hinunterrutschten, und stopften sich dabei unverdrossen Schlangen und Katzen in den Rachen. Lao Wei starrte so gebannt auf die Szene, dass er die Wirtin gar nicht bemerkte, die von hinten an sie herangetreten war. Mit einer haarigen Pranke schlug sie ihm auf die Schulter und brüllte ihm ins Ohr: »Was wollt ihr essen?«

Da Lao Wei vor Schreck mit dem Hintern in den Staub gefallen war, ergriff Ji Mingjun das Wort: »Was gibt's denn?«

Die Frau bot Lao Wei ihre kräftige Hand und zog ihn hoch. In ihrem Kopftuch steckte eine auffällig große, weiße Blume, das Zeichen für eine Witwe. »Was wird's hier schon geben?« Sie zog ihre dichten Brauen zusammen. »Wollt ihr Gedämpftes oder Gekochtes?«

Ji Mingjun gab den abgeklärten Reisenden: »Gedämpft oder gekocht, wählt einfach etwas Gutes für uns aus.«

Die Wirtin lachte trocken und zwickte Ji Mingjun in die

Wange: »Dann bring ich euch das Beste, was ich habe, einverstanden?«

Es dauerte zwei Stunden, bis das Essen aufgetragen wurde. Der Kellner stellte einen dampfend heißen Bambuskorb auf den Tisch und verschwand. Sie glaubten ein Kichern von den Nachbartischen zu hören, doch als sie den Kopf umwandten, waren die Tische neben ihnen leer. Kaum hatte Lao Wei mit gebleckten Zähnen den Deckel des Bambuskorbs gelüftet, fuhr er mit einem lauten Schrei zurück und warf seine Essstäbchen hin. Aus dem Bambuskorb blickten ihn ein Haufen weit aufgerissener Schweineaugen an, noch den Kampfgeist der Todessekunde im Blick. Er sah zu Ji Mingjun, der ihm jedoch mit seinen Stäbchen bedeutete, er solle sich nicht so anstellen. Zitternd wollte er zulangen, aber die Dinger waren so glitschig, dass sie immer wieder von den Stäbchen rutschten. Wütend spießte er eines auf. Schwarzer Saft tropfte herunter, und in der Hornhaut des Schweineauges spiegelte sich seine boshafte Grimasse. Bevor er es in den Mund steckte, hielt er noch einmal inne. Er und das deformierte Schweineauge tauschten feindselige Blicke aus. Sein Sehnerv tat so weh, als hätte man ihm selbst in die Pupille gestochen. Er hielt den Atem an und würgte das Ding tapfer in einem Stück hinunter. Nun lag es ihm wie ein schwer verdaulicher Kristall im Magen und starrte durch seine Eingeweide hindurch. Lao Wei musste sich übergeben. Ji Mingjun packte ihn unter den Armen und zerrte ihn weg von diesem unheimlichen Ort, hinaus auf die Straße. Sie waren noch draußen, als hinter der Tür Kinder auftauchten, die wie ein Rudel junger Wölfe über die Schwelle rannten, sich auf die furchterregende Delikatesse stürzten und alles gierig verschlangen. Eines der größeren Kinder leckte genüsslich den ganzen Dämpfkorb aus und saugte mit einem schrillen Pfeifton auch noch den letzten Rest aus, das ganze Gesicht mit der klebrigen schwarzen Flüssigkeit verschmiert. Die Wirtin saß auf der hohen Türschwelle und genoss den Anblick der mampfenden jungen Wölfe, das Kinn in die haarigen Pranken gestützt.

Schon war es Nacht geworden, und alle Häuser im Dorf waren verschlossen. Nur noch das Licht des kleinen Wirtshauses leuchtete in der Dunkelheit. Die beiden fanden keine Bleibe. Sie wagten sich nicht aus dem Dorf heraus, dort draußen waren zu viele Grabstätten, warteten zu viele Totengeister. Tapfer zogen sie die halbe Nacht lang Schulter an Schulter in den engen und dunklen Gassen umher, durch die ein melancholischer Wind pfiff. Die feinen Härchen des Mondlichts zuckten unruhig. Eine vorüberfliegende Nachteule verschattete den Mond wie eine Rauchwolke. Schließlich fanden sie die Tür zu einer Art Herberge, die nicht verschlossen war. Sofort fürchteten sie eine Falle, aber in ihrer Verzweiflung fassten sie sich ein Herz. Drinnen trafen sie auf eine betagte Wirtin, die ganz in Gedanken versunken schien. Die alte Frau führte sie ins Wohnzimmer. Auf dem Hausaltar stand die Fotografie eines Soldaten in Kuomintang-Uniform. Bei näherer Betrachtung kam Lao Wei das Gesicht des Soldaten seltsam vertraut vor. Ji Mingjun fand, der Mann auf dem Bild sehe ihm ähnlich. Zu müde, um noch lange darüber nachzudenken, ließ er sich angezogen auf das Bett fallen und sank sofort in tiefen Schlaf. Er träumte, dass sich Gottes Beine aus den Wolken nach unten streckten und seinen Kopf in die Zange nahmen, bis ihm das Trommelfell dröhnte und zu platzen drohte. Gott hatte riesige Hoden und dichtes Schamhaar, das seinen ganzen Schädel einhüllte. Als er sich kratzen wollte, sagte Gott: Zieh mir bloß nicht an den Haaren. Er widersprach, das sei doch sein eigenes Kopfhaar, worauf Gott ihm lachend entgegnete: Mein Sohn, was bist du für ein goldiger Dummkopf.

Gott musste vor Lachen pinkeln, und sein altehrwürdiger Urin tropfte von Lao Weis Nase herab. Verdammt! Als er, von grimmiger Wut geschüttelt, erwachte, fand er sich im Schoß der Wirtin wieder.

Sie weinte bitterlich, den Blick auf das alte Foto auf dem Altar gerichtet, und trocknete mit Lao Weis Hemd ihre Tränen. Diese alte Frau hatte Kraft wie ein Ochse und Energie wie ein Tiger, es war unmöglich, sich aus ihrer Umklammerung zu lösen. Mit zusammengekniffenen Augen schielte er nach oben und erkannte die vermeintlichen Beine Gottes, die ihn im Traum umschlossen hatten, als die schweren, ihr bis auf die Hüfte reichenden Brüste der Wirtin, die sich warm um seine Wangen schmiegten. Ihr konfuses Weinen hatte einen vertrauten Charme, und allmählich dämmerte es Lao Wei, dass es sich bei der alten Frau um seine eigene Tante handeln musste und bei dem Soldaten auf dem Foto um den Onkel, den er nie gekannt hatte.

Dieser Onkel hatte der »Eisernen Armee« der Kuomintang angehört und war als talentierter Student der Huangpu-Militärakademie bis zum Generalmajor und Oberbefehlshaber der Truppen aufgestiegen. Während des Bürgerkriegs, nach der schweren Niederlage gegen die Kommunisten in den Gefechten der Huaihai-Kampagne, floh der Rest der Truppe ins Tal des Wujiang, wo es ihnen nicht anders erging als vor 2000 Jahren König Ba. Den fliehenden Soldaten blieb keine Rückzugsmöglichkeit, sie wurden fast alle von der Volksbefreiungsarmee getötet. Doch als er mit sieben Kugeln im Körper und von allen Seiten umzingelt auf den Tod wartete, tauchte wie aus dem Nichts eine einheimische Frau auf, schulterte ihn und schleppte ihn rasch fort, ohne dass ihr der Kugelhagel ringsum etwas anzuhaben schien. Statt zu sterben, heiratete er, nur war ihm leider keine so zahlreiche Nachkommenschaft vergönnt wie dem Barbarenkönig. Als er 1980 erkrankte und starb, errichtete seine Frau dem lokalen Brauch gemäß neben seinem Grab ihr eigenes.

Das laute Gackern der Hühner weckte Lao Wei noch vor der Morgendämmerung. Seine Tante stieß einen leichten Seufzer aus und döste an seiner Seite weiter. Es wurde hell, und von Ji Mingjun war keine Spur zu sehen. Lao Wei lag da, umschlungen von seiner splitternackten Tante. Sie gaben ein groteskes Bild ab, wie das von Picasso, auf dem eine beleibte Frau einen mageren, schwächlichen Jüngling in den Armen hält. Er sah ihre üppige Vagina, seinen eingeschrumpelten Penis und fragte sich, was er denn hier bloß mache. Seltsamerweise hatte er gar keine Schuldgefühle, obwohl er offenbar Inzest begangen hatte. Um nicht weiter darüber nachdenken zu müssen, betrachtete er es als einen Akt des Mitleids. Die Tante jedoch strapazierte seine Geduld bis aufs äußerste und ließ ihn gar nicht mehr los. Als sie ihn mittags noch immer umklammert hielt, die Hitze immer größer und ihm immer unbehaglicher wurde, begann er sich zu wehren. Erst nachdem er sich atemlos aus ihrer Umklammerung befreit hatte, bemerkte er, dass die Tante zwischenzeitlich verschieden war. In ihrer Todesstunde hatte sie die Vorstellung nicht aufgeben wollen, sich noch ein letztes Mal glücklich mit ihrem Mann vereint zu haben.

Lao Wei musste sie beerdigen. Er hatte sich Mühe gegeben, doch ein elender Köter nutzte seine tiefe Traurigkeit aus, um flink die wenigen Opfergaben zu stehlen. Bei Einbruch der Dunkelheit spielten sich in dem kleinen Wirtshaus die gleichen gespenstischen Szenen ab wie am Abend zuvor, während sich an dem kleinen Bach wohl tote Seelen jagten und gespenstische Schreie von den Bergen widerhallten. Eine durchsichtige, sicher dreihundert Jahre alte Frau brachte zwei große Schüsseln Reis und stellte sie auf den Tisch, dann nahm sie selbst eine davon und schob sich fünf Löffel Reis in den verwitterten Mund. Die Beilage bestand aus eingelegten pechschwarzen Auberginen. Auch die stopfte sie sich in den Mund, und nachdem sie sie eine Ewigkeit lang laut schmatzend ausgelutscht hatte, spuckte sie die faden Reste wieder aus. Der Mond war im Osten aufgegangen, und im Mondlicht sah man, wie sie ihre Auberginen zermalmte und dabei aussah wie eine Hexe, die mit ihrer Zunge spielt. Wo war er hier? Lao Wei zog einen Stift aus der Tasche und notierte sich einen Titel, *Stadt der Toten*. Ohne langes Nachdenken sprudelten folgende Zeilen aus ihm hervor:

Traurig nimmt sie ihre Auberginenzunge heraus
Betrachtet sie lange unterm Mondlicht
Darin eingraviert sind deine Sünden
Und die Geschichte einer alten Stadt …

Zurück in Chengdu, wollte er nur noch schlafen, aber der Gedanke an die splitternackte Tante verfolgte ihn wie eine unheilbare Krankheit. Dreißig Jahre lang hatte sie mit seinem Onkel zusammengelebt, ohne dass es ihnen gelungen war, einen Stammhalter zu zeugen. Konnte das wirklich der Wille des Himmels sein? Ohne zu zögern, hatte sie die erstbeste Gelegenheit ergriffen, durch einen Inzest die Linie des geschlagenen Generals fortzuführen, doch natürlich war sie zu alt, und es war zu spät, ihre ungenutzte Gebärmutter hatte keine Verwendung mehr für einen jungen Samen. Vielleicht waren die Hexenkünste der Ba daran schuld. Lao Wei brachte nach diesem Abenteuer alles darüber in Erfahrung, was er konnte, und kompilierte eine regelrechte Enzyklopädie der Volksmagie. Ihre poetische Version hieß *Stadt der Toten* und erschien dank einer Welle der »Befreiung vom Antikapitalismus« im Frühjahr 1987 in einer Sonderausgabe der staatlichen Literaturzeitschrift ›Volksliteratur‹, die üblicherweise von den Elegien des ewigen Hasses strotzt, mit dem die gegenwärtige politische Ordnung die Luft erfüllt.

Lao Wei legte das Gewand eines Hohepriesters an, versetzte sich in Trance und sang Beschwörungsformeln, änderte die Jahreszahl 1986 in das Jahr 6891, stellte, verhext vom Inzest, Vergangenheit und Gegenwart auf den Kopf, mimte Yan Di, Chi Yong, Gong Gong, Qu Yuan, Xiang Yu, Jing Ke, den Barbarenkönig von Ba, den Kuomintang-General, die Tante, die Insassen der Irrenanstalt und all die anderen Verlierer der Geschichte, legte den Samen zu einer Zauberformel, einer riesigen Orgie …

Im Jahr 6891 trabt ein enormer Ochse um den braunen Talkessel herum, der hellsichtige Lao Wei aus dem Dorf Ba zeigt in seiner Todesstunde auf das, was zu seinen Füßen liegt, und sagt: »Diese Stadt wird Euch besiegen, ganz gleich, ob Gott tot ist oder lebendig.«

Vom Schicksal getrennt

Zwei Jahre später machte Lao Wei sich noch einmal auf die Suche nach Toudu. Diesmal half sein Vater, denn es gab in China zahlreiche Orte dieses Namens. Dorfbewohner pflegen die Bootsanlegestelle ihres Flusses oder Baches Toudu zu nennen, und der Name wird auch als Bezeichnung für ein Fährboot gebraucht. Und dann hat der Name auch noch eine transzendentale Bedeutung, »mit dem Kopf in den Fluss eintauchen«, was im Buddhismus die Trennung der Seele vom Körper bezeichnet, wenn sie ins Nirwana eingeht.

Lao Wei und sein Vater waren mehrere Tage auf Reisen, er war sich sicher, dass sie diesmal wirklich den Ort seiner Vorfahren ausfindig machen würden. Tatsächlich war er dort als kleiner Junge schon einmal gewesen. Das war 1960, als er während der sogenannten »Naturkatastrophen« fast an Unterernährung oder Meningitis und Gelenkschwellungen gestorben wäre. Sein Gehirn war dabei gewiss nicht unbeschädigt geblieben. Unter Berufung auf staatliche Quellen sickerte später inoffiziell durch, dass in China zwischen 1949 und 1962 geborene Kinder eine schwächere Gedächtnisleistung und physische Konstitution aufwiesen als die danach geborenen Jahrgänge.

Unterwegs erzählte sein Vater Anekdoten aus seiner Kindheit, eine nach der anderen, und listete ausführlich den Stammbaum seiner Familie mit den Namen unzähliger Verwandter jeden Grades auf. Lao Wei nickte dazu nur geistesabwesend mit dem Kopf. Vom vielen Kopfnicken müde geworden, döste er ein, bis er den Vater sagen hörte: »Ob wohl dein Onkel mütterlicherseits noch am Leben ist?«

Lao Wei schreckte auf und fragte reflexartig: »Wer?«

»Wer? Dein Onkel. Dein vierter Onkel sucht schon nach ihm, seit sie ihn 1975 zusammen mit Huang Wei begnadigt und aus dem Gefängnis entlassen haben. Nicht wenige kommen wie er aus dem Ausland zurück, um nach ihren Verwandten zu suchen. Dein vierter Onkel hat alles in Bewegung gesetzt, aber niemand hat mehr von ihm gehört.«

Lao Wei schwieg.

»Dein Onkel war ein unnachgiebiger und aufrechter Charakter. Bis zuletzt stand er loyal zu Tschiang Kai-schek. Aber das ist lange her, und ich fürchte, er ist irgendwo in der Wildnis verschollen.«

Lao Wei lief ein Schauer über den Rücken. Seit zwei Jahren wich er dem geraden, stechenden Soldatenblick des vierten Onkels aus. Die Welt war groß, und er würde vermutlich seine restlichen Jahre mit hoffnungslosen Nachforschungen vergeuden.

Es war eine alte, auf ihre Art ungewöhnliche Geschichte: Zwei jähzornige Brüder ermordeten in unruhigen Zeiten den lokalen Despoten und flüchteten nach Guangzhou zum Militär, wo sie nach vielen erfolgreich geschlagenen Schlachten zu Bataillonskommandeuren aufstiegen und beide in die berühmte Huangpu-Militärakademie aufgenommen wurden. Nach bestandenem Examen kehrten sie zu ihren Truppen zurück, und ihre Wege trennten sich, der eine ging nach Süden, der andere nach Norden. Beide waren schon in jungen Jahren erfolgreich und wurden mit noch nicht einmal dreißig Jahren zu Generälen befördert. Im Frühsommer 1949 schloss sich der ältere Bruder den Kämpfern von Hu Zongnan im Südwesten an, der jüngere Bruder beteiligte sich direkt an der Huaihai-Kampagne. Als sein Bataillon in der Schlacht von Xuzhou vollständig geschlagen wurde, entkam der Jüngere knapp dem Tod, indem er die Kleider eines Zivilisten anzog und sich als einfacher Mann ausgab. Schließlich fand er durch einen glücklichen Zufall in einem Randbezirk von Chengdu den älteren Bruder wieder, und sie lagen sich weinend in den Armen.

»Unsere große Zeit ist vorbei. Komm mit mir in die Berge und lass uns gegen die Partisanen kämpfen. Wenn wir es überleben, verschwinden wir in den Süden Richtung Burma und leben im Goldenen Dreieck vom Opiumanbau«, sagte der Ältere.

»Es fällt mir schwer, von hier fortzugehen. Ich bin gerade erst lebendig aus einem Haufen Leichen geklettert, hatte mich schon mit dem Tod abgefunden. Ich habe keine Kraft mehr. Ich werde unter falschem Namen leben und will versuchen, an einem ruhigen Ort meinen Frieden zu finden, ganz gleich, welche Partei am Ende dieses Land regieren wird. Ich verneige mich vor dir, Bruder, aber lass uns getrennte Wege gehen.«

»Du bist zu naiv, mein Lieber. Meinst du, die Kommunisten würden zwei Soldaten wie uns, mit so viel Blut an den Händen, ungeschoren davonkommen lassen?«

»China ist ein riesiges Land, da wird es doch jede Menge Orte geben, an denen man sich verstecken kann. Nein, Sorgen mache ich mir um dich, Bruder, und deine Sturheit. Ich fürchte, das wird kein gutes Ende nehmen.«

»Jeder hat seine Bestimmung, kleiner Bruder. Uns ist es nicht vorbestimmt, unser Leben als glückliche Familienväter zu verbringen. Erinnere dich an meine Worte. Wenn der Wind sich einmal dreht und wir dann beide an einem anderen Ende der Welt leben, werden wir einander suchen gehen und uns wiederfinden, tot oder lebend. Versprich mir das. Wir sind nicht umsonst ein Fleisch und Blut.«

Nach dieser endgültigen Trennung ging der jüngere Bruder in den Norden nach Xian und versteckte sich außerhalb der alten Hauptstadt. Er fälschte seinen Lebenslauf und gab sich als armer Wanderstudent aus. Er heiratete ein Mädchen aus dem Dorf, mit dem er ein Jahr später einen Sohn hatte, und nur zwei Jahre später schaffte er die Aufnahmeprüfung für die Xianer Hochschule für Brückenbauingenieure. In den Sommerferien kehrte er mit Frau und Kind und den Schwiegereltern in seine alte Heimat zurück. Im Umkreis von hundert Kilometern um Xuzhou herum hatte der Krieg zwar enorme Verheerungen hinterlassen, doch fiel es ihm nicht schwer, in den Ruinen die Orte seiner Erinnerung auszumachen. Seine unbedarften Familienmitglieder trauerten mit ihm, ohne zu wissen, dass seine Trauer seinem Soldatenheer galt, vor allem seinem persönlichen Attaché, der ihm damals, als sich das Blatt wendete, in seiner Loyalität einen Satz Zivilkleidung überlassen hatte, die er heimlich bei sich trug, als hätte er das baldige Ende der Kuomintang vorausgeahnt. In diesen modrigen, übelriechenden Baumwollkleidern hatte der General damals einen Weg aus der dichten Umzingelung gefunden.

Acht Jahre später war aus dem ehemaligen Soldaten ein Ingenieur der Qiaoliang-Akademie in der jungen Volksrepublik geworden, der für den Staat fleißig Straßen und Brücken errichtete und gleich zweimal als nationaler Held der Arbeit ausgezeichnet wurde. Abgesehen von seinen zackigen Gesten haftete ihm kaum mehr etwas von einem ehemaligen Militärgeneral an.

Doch es kam, was kommen musste. Am 19. Juni 1958, einem sonnigen, klaren Tag, Lao Weis neuntem Geburtstag, wurde sein Onkel, als er gerade in seiner Funktion als Chefingenieur einer Entwicklungsabteilung des Eisenbahnministeriums Brückenarbeiten inspizierte, von einem ehemaligen Konterrevolutionär identifiziert, den man nach seiner Umerziehung durch Arbeit dorthin geschickt hatte. Der bärtige Mann kam auf ihn zugestürzt und rief: »General, endlich habe ich Sie wiedergefunden!« und entbot ihm einen militärischen Gruß.

Das Aufsichtspersonal wollte ihn schon mit Gewalt wegzerren, doch sein ehemaliger Kommandeur stoppte sie, sah ihn sich genau an, bevor er langsam den Arm hob und mit einem Lächeln zurückgrüßte: »Major, die groben Kleider, die Sie mir geliehen haben, haben mir gute Dienste geleistet, nur sind sie jetzt etwas modrig geworden.«

Noch am selben Abend sorgte er dafür, dass seine Familie gut versorgt war und ging, mit einem Bündel Kleider zum Wechseln unter dem Arm, zum Büro der Staatssicherheit, um sich freiwillig zu stellen.

Als er siebzehn Jahre später aus dem Gefängnis entlassen wurde, war er schon grau und ganz allein auf der Welt. Er vermied es, über seine Zeit im Umerziehungslager zu reden, und verdiente sich seinen Lebensunterhalt mit der Zucht und dem Verkauf von Blumen. Fortan versuchte er auf allen erdenklichen Wegen etwas über den Verbleib seines älteren Bruders zu erfahren, wofür er sein ganzes Geld ausgab. Lao Wei hätte ihm niemals verraten, was er wusste. Es war das Einzige, was er noch für den armen alten Mann tun konnte, der so wenigstens in der Hoffnung sterben durfte, dass sein Bruder noch am Leben war.

Der Bus holperte über die Landstraßen, an den monotonen, kahlen Hügeln vorbei. Zur Zeit der großen Stahlproduktion in Dalian 1958 waren Arbeiter des ganzen Landes in die Berge geschickt worden, um die verbliebenen Bäume zur Energiegewinnung zu fällen. Lao Wei konnte den deprimierenden Anblick bald nicht mehr ertragen und stibitzte seinem Vater die jüngste Ausgabe der ›Chengduer Abendzeitung‹ vom Schoß. Beim dritten Teil angekommen, stieß er ausgerechnet auf einen Bericht über seinen jüngeren Onkel. Es war ein Interview, und der Journalist wollte ihn nötigen, etwas über seine Zeit im Gefängnis zu sagen, behauptete, das hätten viele andere vor ihm auch getan und sogar Bücher darüber veröffentlicht. Der alte Mann blieb aber stur und wiederholte nur immerzu: »Im Gefängnis war alles gut, alles war sehr sicher. Andernfalls wäre ich wahrscheinlich in dieser unsäglichen Kulturrevolution umgekommen.«

Lao Wei kam das irgendwie bekannt vor – das hatte er doch schon einmal gehört? Sein Blick fiel auf den neben ihm dösenden Vater. Und er erinnerte sich, dass auch sein Vater in einer ähnlichen Situation einmal ähnlich geantwortet hatte. Und nicht nur sein Vater, auch Pu Yi, Hu Feng, Song Xilian, Huang Wei, Deng Xiaoping und andere Überlebende der Katastrophe hatte er schon einmal so reden gehört, als hätten sie es miteinander abgesprochen. Lao Wei fragte sich, wer ihnen denn bloß die bösen Geister der Gefängnishölle aus dem Gedächtnis vertrieben hatte. Kurze Zeit später stieß er auf einen Essay des kolumbianischen Schriftstellers Gabriel García Márquez, in dem er von einem Erdbeben der Stärke 10 in einer südamerikanischen Stadt berichtet, bei der die aufgewühlten Erdmassen sämtliche Gebäude und zweihunderttausend Menschen unter sich begraben hatten. Der Einzige, der lebend aus der Verheerung herauskam, war ein Häftling, den die starken Mauern des Gefängnisses vor dem Tod bewahrt hatten. Als der Schriftsteller ihn dazu befragte, war die legendäre Antwort: »Im Gefängnis war es gut, das Gefängnis war sehr sicher, sonst wäre ich ja in diesem verheerenden Erdbeben umgekommen.«

Wie klein doch die Welt ist, dachte sich Lao Wei kopfschüttelnd. Damals ahnte er nicht, dass er eines Tages, viele Jahre später, in einem öffentlichen Interview genau den gleichen Satz wiederholen würde. Und sich sicher sein würde, dass darin die einzig mögliche Antwort lag.

Ein Herrscher will nichts anderes als die, die frei und unabhängig leben, unterdrücken, sie wehrlos machen und ihnen, wenn sie dann alle Hoffnung aufgegeben haben, eines Tages großmütig verkünden, nun dürften sie dank seiner Gnade wieder nach Hause gehen, das Wasser ihrer Heimat trinken, das Essen ihrer eigenen Familie essen und mit ihrer eigenen Frau schlafen. Und wenn sie mit ihrer Frau im Bett liegen, danken sie dem Himmel für seinen Weitblick. Wir glauben bereitwillig an das Recht des Stärkeren und des Fortschritts. So wie der Jäger, wenn er seine Beute nach Hause trägt. Seiner Logik entspricht es, ein Versorgungsproblem durch gnädige Gewehrschüsse zu lösen.

Die Sprache birgt noch absurdere Fallen als das wahre Leben. Oberflächlich betrachtet, scheint jeder Mensch eine eigene Sprache zu haben, doch am Ende tappen wir alle in dieselben Sprachfallen. Die Stärke der Tradition liegt darin, dass sie die Menschen dazu bringt, sich darin ein eigenes Gefängnis zu schaffen. So wie Lao Weis Onkel. Nachdem er über dreißig Jahre lang in völliger Einsamkeit gelebt hatte, machte er sich in der ihm noch verbleibenden Zeit auf die Suche nach dem jüngeren Onkel, ohne zu wissen, ob er noch lebte.

Lao Weis Eltern, die eine unüberwindbare emotionale Kluft trennte, hatten ihm die Schizophrenie quasi schon in die Wiege gelegt. Sein ganzes Leben verbrachte er in den dunklen Wolken einer gespaltenen Persönlichkeit.

Frostige Liebe

Auf der Reise zu seinen Wurzeln sann Lao Wei immer wieder über das Schicksal seiner Vorfahren nach, es schien darin einen roten Faden zu geben, den er zu fassen bekommen wollte. Immer wieder kreisten seine Gedanken um Vater und Mutter, er konnte nicht anders; ihr Blut floss in seinen Adern.

Er liebte seine Mutter und bemitleidete seinen Vater, auch wenn es ihm schwerfiel zu entscheiden, wer von beiden sich dem andern gegenüber falsch verhalten hatte. Seine Mutter war von jeher eine unverbesserliche Romantikerin gewesen. Als sie ihre erste große Liebe enttäuscht sah, zog sie sich für immer in eine ferne Traumwelt zurück. Sie war Ärztin, und kurz nach ihrem Abschluss an der Sichuan-Huaxi-Universität für Medizin verliebte sie sich als junges Mädchen geradezu krankhaft in einen Pianisten, lief ihm nach und besuchte alle seine Konzerte. Als der Pianist einmal während einer Spielpause nebenbei die Bemerkung fallenließ, dass ihm Mädchen mit schwarzen Strohhüten gefielen, ging seine Mutter danach das ganze Jahr über nur noch mit einem großen, schwarzen Strohhut aus dem Haus. Ihre Patienten im Krankenhaus waren irritiert und fragten sich, ob das wirklich die Ärztin oder nicht auch eine Patientin sei wie sie. Bis ins hohe Alter behielt sie diese Marotte bei, lebte unter ihrem schwarzen Strohhut in einer Art geistiger Abgeschiedenheit und verweigerte sich der Realität.

Ob es die übergroße Liebe seiner Mutter oder ihre somnambule Art war, die den Musiker abschreckte, wer wusste das schon – Tatsache war, dass er praktisch über Nacht auf Nimmerwiedersehen verschwand, wie blauer Dunst im Sonnenuntergang. Als diese Sonne untergegangen war, trat Lao Weis Vater ins Leben seiner Mutter. Es war in den späten vierziger Jahren. Der Vater, dem gerade im Chengduer Krankenhaus Nr. 3 ein Magengeschwür herausoperiert worden war, döste nachts, von dumpfem Schmerz geplagt, vor sich hin, als ihn das Geräusch von Schritten aufhorchen ließ. Er schlich sich aus dem Krankenzimmer und verfolgte die vor sich hin murmelnde Gestalt, die geradewegs in die Leichenhalle hineinging. Am Eingang zur Leichenhalle lag ein schwarzer Strohhut. Er bückte sich danach, und als er den

Kopf hob, sah er, wie die Besitzerin des Strohhuts sich gerade vor einer Leiche verbeugte. Atheist, der er war, rannte er, ohne zu zögern, zu ihr hin und stellte sich ihr in den Weg.

Die Mutter sank ohnmächtig in seine Arme. Und fortan ließ er sie nicht mehr los. Er brachte sie weit weg, weg vom Krankenhaus, heiratete sie und sie bekamen Kinder. Seitdem hatte er nie wieder einen Fuß in ein Krankenhaus gesetzt. Selbst wenn die Magenschmerzen ihn fast umbrachten, tat er sie mit einem Lächeln ab. Den Großteil seines Lebens verbrachte er nun damit, sich um das körperliche und geistige Wohlbefinden seiner Frau zu kümmern. Er gab sich außerdem die größte Mühe, dass der kleine Lao Wei angesichts der ungewöhnlichen Mutterliebe, die ihm zuteilwurde, keinen seelischen Schaden davontrug. Bevor er neun Jahre alt war, schlief er immer in den Armen seiner Mutter, die sich so vor der Leidenschaft seines Vaters schützen wollte. Das Herz hinter der Mutterbrust wiegte Lao Wei mit dem unregelmäßigen Rhythmus seines Klopfens in den Schlaf, wie der Singsang eines Wassergeists auf dem Meeresgrund. Wenn ihn dann der Körper seiner Mutter weich umfing und es war, als ob ein sanfter Wind wehte, blieb er gern unbeweglich in diesem Traumzustand liegen, bis das Meerwasser durch seine flackernden Augenlider drang, auf dem sich mitunter plötzlich sein Vater wie ein Dampfschiff in dunkler Nacht dem Bett näherte. Jedes Mal sagte dann seine Mutter streng: »Weck das Kind nicht auf.«

Das Dampfschiff ankerte dennoch über Mutter und Sohn, bewegte sich hastig mit stoßenden Flutwellen, und wenn es sich dann endlich mit einem pfeifenden Stöhnen entfernte, stand seine Mutter auf und wusch sich unter lautem Fluchen unten herum sehr gründlich, ging in die Hocke und presste sich, so gut sie konnte, auch noch den letzten Tropfen von Vaters Lebenssäften aus dem Leib.

Das geschah mindestens zweimal im Monat. Tagsüber ging seine Mutter mit Lao Wei aus dem Haus, und sie zogen kreuz und quer durch die Stadt, dabei deutete sie auf einen großen Gebäudekomplex und sagte zu ihm: »Sieh mal, all das hat einmal unserer Familie gehört, aber die Partei deines Vaters hat es beschlagnahmt.« In jenem Haus wohnte jetzt ein hoher Provinzbeamter, und am Eingang des ummauerten Areals patrouillierte ein schwerbewaffneter Wachmann. Lao Wei hatte große Angst. Er verstand nicht, warum sein Vater ein Kader der Kommunistischen Partei sein konnte und dennoch die Tochter eines Kuomintangoffiziers liebte und noch dazu, als man ihn später wegen dieser Tatsache verhörte und die entscheidende Frage stellte, ob er nun der Partei oder seiner Frau zugetan sei, unbeirrt antwortete: »Meiner Frau.«

Sein Vater wurde isoliert und weiter verhört. Sie versuchten diesen armen Tropf, der die Schönheit mehr liebte als Macht und Reichtum, in die Falle zu locken, aber er fragte nur dreist zurück: »Was sagt ihr? Die Partei ist meine Mutter? Und wer ist dann mein Vater?«

Darauf antwortete der Fragesteller: »Der Vater des chinesischen Volks ist der Große Vorsitzende Mao.«

»Gehen Vater und Mutter miteinander ins Bett?«

»Du elender Mistkerl.«

Damit wurde sein Vater zum Konterrevolutionär. Nachdem man ihn ordentlich zusammengeschlagen hatte, wurde er nach kurzem Prozess zu fünf Jahren verurteilt und in das ländliche Umerziehungslager Leimaping im Süden von Sichuan gebracht.

Das waren die glücklichsten fünf Jahre in Lao Weis Leben. Denn seine Mutter, von schlechtem Gewissen geplagt, nahm den Sohn an die Hand und machte sich auf den weiten Weg, um den Vater zu besuchen, und scherte sich nicht um das Gebrüll der Wächter, wenn sie ihm den Kopf auf die Schulter legte. Von den gegenüberliegenden Bergen aus sah ihnen die untergehende Sonne zu. Mutters Gedanken schweiften ab, und es war ihr, als würde sie in der untergehenden Sonne jenen Pianisten von damals wiedersehen. Als ihr der Strohhut hinunter ins Gras fiel, bemerkte Lao Weis aufmerksamer Vater ein graues Haar inmitten ihrer pechschwarzen Haare und riss es ihr vorsichtig aus. Zum ersten Mal in ihrem Leben wandte seine Mutter den Kopf von der untergehenden Sonne ab und sah seinem Vater direkt ins Gesicht. Zwei helle Funken flackerten in ihren Pupillen und brannten sich dem Vater ins Herz. Auf diesen Augenblick hatte sein Vater sein ganzes Leben lang gewartet. Er zitterte und begann zu weinen. Es war die Zeit, als sein Vater noch Tränen hatte.

Die Haftzeit des Vaters fiel genau in die Jahre 1958 bis 1963, bekanntermaßen die Jahre der Großen Hungersnot, in denen die Menschen sogar die Borke von den Bäumen kratzten. Viele taumelten durch das Land wie Tiere auf Futtersuche, aßen Lehm und Muschelschalen; wilde Kräuter, Pilze und Süßkartoffeln wurden zu begehrten Delikatessen. Viele Familienmitglieder mütterlicherseits starben. Lao Weis zweite Tante, die gerade in Japan ihren Magisterabschluss gemacht hatte, lag sterbend in ihrem Haus, ihre Lippen leuchteten rot wie Mohnblumen in ihrem papiernen Gesicht. Als seine Mutter sie mit ein paar Mantous besuchen wollte, ließ sie sie vor der Tür stehen. Sie wusste, warum. Mutter prostituierte sich, um zu überleben, und mit ihrer Hand beschmutzte sie den Klingelkopf zur Tür des traditionsreichen Hauses.

Der Körper einer Frau ist allmächtig, er kann Männer gebären, Männer ernähren. Aber der kleine Lao Wei verstand das nicht. Er zitterte vor Furcht, wenn er die wiederkehrenden Bettgeräusche aus dem Nebenzimmer hörte. Zur selben Zeit kaute sein Vater viele Stunden von ihnen entfernt die mit ihrem Fleisch bezahlten Lebensmittel und schrieb seiner Frau Liebesbriefe, die er nie abschickte.

Während der endlosen Hungersnot färbte sich der große Fluss braun, er trug die Erde mit sich fort wie die Leichen, die Bevölkerung Chinas reduzierte sich dank der Hysterie der Partei mit ihrer Parole »England übertreffen und mit den USA Schritt halten« um drei Viertel, aber die parteitreuen Zeitungen redeten immer noch von Rekordproduktionen von zehntausend Pfund Getreide pro mu Ackerland, überall hingen Fotos des um sein Volk besorgten Großen Vorsitzenden Mao, wie er höchstpersönlich Getreide säte, sich in schlichte Baumwollanzüge kleidete und kein Fleisch aß. Doch schien er vor Gesundheit zu strotzen, und seine Bodyguards mussten ihm bei seinen öffentlichen Theaterbesuchen helfen, den Gürtel zu lockern.

Lao Weis Vater wurde zum Einsammeln von Leichen abkommandiert. Anfangs gab es nur alle paar Tage einen bis auf die Knochen abgemagerten Toten, als dann die Essensrationen für die Konterrevolutionäre noch weiter reduziert wurden, gab es immer mehr Verhungerte, und Lao Weis Vater hatte alle Hände voll zu tun, sie zwischen den Hügeln aufzulesen. Als die Hungersnot am ärgsten war, stahlen einige der Häftlinge die Reiskleie aus der Vorratskammer der Kantine und bekamen davon so furchtbare Verstopfung, dass sie sich gegenseitig mit Essstäbchen im Hintern herumbohrten. Die dafür zu schamhaft waren, hockten sich stundenlang über die Latrine, schrien vor Schmerzen und konnten und konnten nicht scheißen. Einer der Armen brach, wie er da hockte und hockte, ohnmächtig zusammen und fiel kopfüber ins Loch der Latrine, wo er lautlos verschwand. Erst beim Durchzählen zur Schlafenszeit stellte man fest, dass einer fehlte. Die Wächter teilten sich auf und suchten das Gelände ringsum nach ihm ab, ohne Erfolg. Zwei Wochen später nahm einer über der Latrine einen merkwürdigen Geruch wahr, der um einiges widerlicher war als der übliche Fäkalgeruch. Mit einem langen Bambusstab stocherte er im Loch herum und stieß auf den in der Kloake verrotteten Körper.

Dem Vater, der unterdessen weiterhin die Hügel nach Leichen absuchte, schlug das nicht nur auf den Magen, sondern auch auf das Gemüt. Es dauerte einige Monate, bis er wieder innere Ruhe fand und dem Ganzen sogar etwas wie Freude abgewann. Denn die Soldaten, unter deren Aufsicht er stand, konnten den Anblick der Unglücklichen nicht ertragen, hielten sich die Nasen zu oder versteckten sich im Gebüsch, während Lao Weis Vater in aller Ruhe die Leichen in eine Strohmatte wickelte und sie mit einem Strick zu einem langen Wulst zusammenband, um sie dann langsam die Hügel hinabzurollen. Wenn es schnell gehen musste, band er die Leichen an einen gefällten Baumstamm und stieß sie polternd in die Schlucht hinab, wobei von allen Seiten das Echo widerhallte. Er beglückwünschte sich selbst zu seiner meisterlichen Arbeit, die ihm das Gefühl einer überirdischen Freiheit verlieh. Und für einmal war er der Kommunistischen Partei dankbar, dankbar für die vielen Jahre der Erziehung zum Atheismus.

Wovor sich der Vater dennoch fürchtete, war, den Toten ins Gesicht zu sehen, deren Münder und Augen oft mit Lehm und Gras verstopft waren. Er rollte sie zur Seite auf ein Stück Packpapier, das er zuvor mit beiden Händen untergeschoben hatte, und wickelte damit flink den Kopf ein. Dann stieß er einen langgezogenen Seufzer aus, holte ein Foto seiner Frau hervor und flehte sie anstelle der Götter an, dass ihm bloß nicht schlecht werden möge.

Wegen seines kranken Magens konnte der Vater nie viel auf einmal essen und am Tag nur viele sehr kleine Mahlzeiten zu sich nehmen. Hin und wieder schickte ihm seine Frau eine Packung Hartkeks. Er aß dann nur wenige Bissen davon auf einmal, pulte aber mit der Zunge auch noch die letzten Reste zwischen den Zähnen heraus und spülte sie mit einem Schluck Wasser hinunter. Einmal wachte er mitten in der Nacht mit knurrendem Magen auf und schlich sich wie ein Dieb zu der hölzernen Truhe mit seinen Sachen, um etwas zu essen, aber sein letzter Keks war spurlos verschwunden. Er schnaubte vor Wut. Man hatte ihm nicht nur einfach seine Ration zum Überleben geraubt, sondern das Fleisch und Blut seiner geliebten Frau! Um ihm dieses armselige bisschen Essen abgeben zu können, musste sie selbst mit dem Hungertod kämpfen. Lao Weis Vater vergaß völlig, wo er war, stürzte sich brüllend auf seinen Zellennachbarn, den konterrevolutionären Dichter Jin Xuan, sie taumelten und fielen zu Boden, wo sie, die Hände an der Kehle des anderen, miteinander rangen, bis ihnen die Augen aus den Höhlen traten. Die übrigen Zellengenossen steckten ihre Köpfe aus den Schlafsäcken und sahen schadenfreudig zu, manche feuerten sie an, andere glotzten nur. Wie lange würde wohl die Kraft dieser abgemagerten Häftlinge reichen? Beide keuchten sie wie die Ochsen, aber keiner wollte nachgeben.

Irgendwann, als sie sich endgültig im Kampf festgefahren hatten, presste Jin Xuan hervor: »Willst du mich jetzt verdammt nochmal loslassen?« »Ich lasse los, wenn du loslässt.« Also ließen beide gleichzeitig voneinander ab. Da standen diese vermeintlich zivilisierten Intellektuellen sich völlig zerzaust und mit rotgeränderten Augen gegenüber. »Was war eigentlich los?«, fragte Jin Xuan, um Atem ringend.

»Was wohl? Mein Keks.«

Jin Xuan brach fassungslos in Tränen aus. »Und deswegen so ein Theater? Da lag ein halber Keks auf dem Boden, den habe ich aufgelesen und gegessen. Hab ich armer Dichter nicht einmal einen halben Keks verdient?«

Der Vater war über sich selbst erschrocken. Er nahm seinen naiven Zellengenossen wie ein großes Kind in den Arm und weinte erschöpft mit ihm. Der Aufschrei der Seele hat einen noch herzzerreißenderen Klang als das Heulen des einsamen Wolfes in der Prärie.

Zwei Tage später, als abends die Wächter zum Abzählappell riefen, fehlte der Dichter Jin Xuan. Mit Spürhunden und Trillerpfeifen schwärmten die Wachsoldaten aus, unter einem Mond, der hell wie ein Spiegel leuchtete. Die Suche endete in einem schwer zugänglichen Hügelgelände, in dem sich kahle Bäume aneinanderreihten. Lao Weis Vater wurde zum Einsammeln der Leiche herbeikommandiert, und er kam, diesmal ohne Strick, Strohmatte und Packpapier. Als er sich mit vorsichtigen Schritten im Mondlicht zu der Stelle vorarbeitete, erkannte er schon von Ferne den Dichter, der aufrecht unter einem Baum zu stehen schien. Erst als er dicht vor ihm stand, sah er den Strick, der an einem der untersten Äste des Baumes befestigt war, denn der kraftlose Selbstmörder war offenbar nicht der Lage gewesen, höher hinaufzureichen. Lao Weis Vater stieg auf einen Stein, um den Kopf aus der Schlinge zu befreien, und der erschreckend leichte, steife Körper fiel ihm in die Arme wie eine Geliebte. Er hielt ihn einen Moment lang zärtlich an der Taille umfasst, befreite seine weit heraushängende Zunge vom Dreck und stopfte sie ihm wieder in den Mund. Anschließend rieb er ihm so lange die steifen Wangen, bis die fahle Maske wieder ein wenig an den vertrauten Menschen erinnerte. Dann erst schulterte er die Leiche und brachte sie weg. »Dieser Beitrag hat sich nicht bezahlt gemacht, mein Lieber«, dachte er. Die Seele des Dichters lag splitternackt vor der Tür, die ihr das Mondlicht öffnete, und trennte sich mit jedem Schritt von ihrer sterblichen Hülle, die auf den Schultern seines Leidensgenossen hing. Und sein Vater spürte es förmlich, wie Körper und Seele des Mannes auseinanderdrifteten. Er schämte sich, fühlte sich dazu verurteilt, sein Leben lang gebückt und mit gesenktem Haupt mit der Leiche des Dichters auf den Schultern durch die Welt zu wandern. War das die Strafe der Götter für seinen Atheismus?

Die schlimmste Strafe erwartete den Vater jedoch nach seiner Haft, auch wenn zunächst alles ganz rosig aussah. Mit dem Ende der Kämpfe innerhalb der Parteiführung hatte allmählich auch die furchtbare Hungersnot ein Ende genommen. In Erwartung des aus der Haft zurückkehrenden Vaters hatten Mutter und

Sohn ihre besten Kleider angezogen, und Lao Weis Mutter hatte sich sogar die Augenbrauen nachgemalt, die ihr noch immer hübsches Gesicht umrahmten, was sie besonders verführerisch machte. Die Familie so wiedervereint zu sehen war ein rührender Anblick, hatten sie doch alle drei wie durch ein Wunder überlebt. Im Garten von Mutters Psyche, der voll von den welken Blättern edler Gewächse gewesen war, herrschte wieder Ordnung, sie war bei klarem Verstand, und es war nicht mehr nötig, sie an den Sinn ihrer Existenz zu erinnern. Nacht um Nacht verbrachte der Vater damit, sie anzuhimmeln, bis ihr Herz ihm mit einem zarten Erröten antwortete. Er lag ihr zu Füßen, sah von unten von ihrem Kinn über den Rand ihres unvermeidlichen Hutes hinauf zur Zimmerdecke und hatte das Gefühl, er könnte für immer nur so daliegen und fernab der Welt den Frieden dieser Stunden genießen.

Aber der Friede währte nicht lange. Auf einmal war Lao Weis Mutter spurlos verschwunden. Es war, als sei ein wilder Herbststurm durch die Wälder gefegt, und nun, da die Blätter nicht mehr raschelten, herrschte Totenstille. Mit aschfahlem Gesicht suchte der Vater überall nach ihr, fragte jeden in der Umgebung und kam jeden Tag erst spät nach Hause, wenn er überhaupt nach Hause kam. Der kleine Lao Wei hockte so lange hungrig auf der Türschwelle, bis ihm vor Müdigkeit die Augen zufielen. Seine traurige Kindheit, die von Hunger und Einsamkeit geprägt war, warf einen dunklen Schatten auf seine Zukunft. Wie hätte später etwas anderes aus ihm werden können als ein ruheloser, zynischer Dichter?

Es vergingen zwei Jahre, bis der Postbote in der Dämmerung eines Wintertags einen Brief mit unbekanntem Absender brachte. Der Vater riss ihn ungeduldig auf. Innerhalb von zwei Minuten färbte sich sein Haar grau. Der Wind wehte ihm den Brief aus der Hand, der zerknitterte und davonflog. Dann erwachte der Vater aus seiner Erstarrung und lief ihm nach, durch den vom fahlen Licht gelborange gefärbten Schneematsch. Den Brief in der Hand und seinen Sohn unter dem Arm, rannte er kurz darauf zum Bahnhof. Sie waren einen Tag und eine Nacht lang unterwegs, bis sie an einer kleinen Bahnstation in der Provinz Shaanxi ausstiegen.

Sie stapften durch den kniehohen Schnee. Sein Vater drängte voran, aber Lao Wei konnte nicht mit ihm Schritt halten. Sein Vater nahm ihn auf den Arm und rannte weiter. Lao Wei schluchzte leise. Das unglückliche Kind wagte nicht, lauthals zu weinen.

Der Vater irrte wie ein Besessener durch die Straßen der kleinen Kreisstadt, hielt den Brief unter das schmutzige Licht der Straßenlaternen, suchte alles nach der richtigen Hausnummer ab und machte schließlich vor einer verschlossenen Tür halt. Er setzte seinen Sohn ab, holte tief Luft und hämmerte gegen die Tür, bis sie aufsprang.

Drinnen stand die Mutter an einem nur noch schwach glimmenden Herdfeuer und rührte mit einem Bambusstäbchen wie benommen in einem Topf mit chinesischer Medizin. Der bittere medizinische Geruch erfüllte den ganzen Raum. Auf einem alten Metallbett, von dem die Farbe abblätterte, lag ein offensichtlich todkranker Mann, der ein asthmatisches Röcheln von sich gab. Die Mutter wirkte wie eine Fremde und schien ihren von weit her gekommenen Mann und ihren Sohn gar nicht wahrzunehmen. Sie trat nur ein Stück zur Seite, um den auf dem Bett liegenden Mann vor dem eisigen Wind zu schützen, der zur Tür hereinwehte.

Lao Wei zupfte seinen Vater vorsichtig am Ärmel, der aber stieß ihn weg und besah sich wutschnaubend das Interieur des kleinen Zimmers: das Bett, den Herd, einen einsamen kleinen Schemel und eine völlig verdreckte Waschschüssel. Zwei kleine Tränen kullerten über seine Wangen. »Warum hast du verdammt nochmal nichts gesagt? Warum?« Er beherrschte seine Stimme, betrat entschlossen das Zimmer, hob den halbtoten Rivalen aus dem Bett und schleppte ihn zur Tür hinaus. Die Mutter lief ihnen weinend und kreischend hinterher, und Lao Wei fiel der Länge nach in den Schnee. Inmitten des blendenden Weiß dieses nordchinesischen Schnees erschien ihm sein Vater wie ein Gott, der seine Mutter durch seine unendliche Gnade bestrafte. Er schleppte den Mann zu einem Arzt, zog ein Bündel Banknoten aus der Tasche, kniete nieder und flehte den Arzt an, diesen Mann zu retten, der sein Glück zerstört hatte, denn dieser Mann, der durch die unvergleichliche Schmeichelei seiner Musik zu seinem Rivalen geworden war, sei der größte Musiker der Welt. Doch selbst jemand, der noch so jung war wie Lao Wei, konnte spüren, dass das Herz seines Vaters dabei so kalt war wie die Schneeflocken.

Doch Mutters Idol, der Mann, für den sie ihre Familie verlassen hatte, die Illusion, der sie so unschuldig wie schamlos nachgelaufen war, starb in den Armen ihres Mannes. Die Mutter entwand den Leichnam seinem Griff, warf Vater und Sohn aus der Krankenstation und schrie hysterisch: »Wer hat dich gebeten hierherzukommen? Niemals, niemals werde ich dir verzeihen!« Sie blieb allein zurück, um über die Seele ihres toten Geliebten zu wachen, während ihr Mann draußen in der endlosen Schneelandschaft mit ihrem Sohn im Arm über seine verlorene Liebe wachte.

Nach der Beerdigung brachte der Vater die Mutter in den Süden zurück. Im Zug zeigte er ihr den Brief, einen Hilferuf des Pianisten, der seinen baldigen Tod hatte kommen sehen. Er hatte es zum ersten Pianisten des Orchesters der Kuomintang-Zentrale gebracht, hatte vor dem amerikanischen Botschafter John Leighton Stuart gespielt und war als Konterrevolutionär nach der Befreiung in ein Arbeitslager in Shaanxi verbannt worden. Nie hatte er sich von Lao Weis Mutter verabschieden können. Während seiner Haftzeit musste er Tag für Tag mit dem Blick in

Gewehrmündungen Steine schleppen, bis er zusammenbrach, steckte sich schließlich mit Tuberkulose an und wurde krank entlassen. In dem Brief an den Vater gestand er ein, dass er vor zwei Jahren aus dem Mut der Verzweiflung, den sicheren Tod vor Augen, seine Frau aufgespürt und dazu verführt hatte, mit ihm zu gehen. Als er keine Hoffnung mehr sah, schrieb er an Lao Weis Vater, dass er kommen und seine Frau holen solle, da er es nicht länger ertragen könne, wie dieser arme Mensch mit ihm zusammen unterging.

Als sie am frühen Morgen zu Hause ankamen, hatte es aufgehört zu schneien, und die Sonnenstrahlen zeichneten Muster auf die Straße. Doch an den ergrauten Schläfen seiner Eltern konnte Lao Wei zum ersten Mal deutlich ablesen, dass sich über ihre Vergangenheit für immer Frost gelegt hatte.

Eine Generation

In einer kühlen Juninacht 1987 war unbemerkt Lao Weis Mutter neben sein Bett getreten. Lao Wei drehte sich nicht zu ihr um, doch sie bestand auf einem Gespräch.

MUTTER: Du hast mich schon viele Jahre nicht mehr Mama genannt.

(Schweigen. Am nächtlichen Horizont sauste ein Komet vorüber, eine Wunde im Universum, die schon im nächsten Augenblick verheilt war.)

MUTTER: Wann wirst du endlich erwachsen werden?

(Lao Weis Brustkorb bebte. Schweigen.)

MUTTER: In deinen Gedichten hast du mich sehr oft Mama genannt.

LAO WEI: Das hat psychologische Gründe. Ich würde dir so

gerne verzeihen können, und rein rational habe ich dir längst verziehen. Aber ich kann diese eisige Winternacht nicht vergessen, als ich hinfiel und weinte und du uns einfach nicht haben wolltest. Immer hast du dich unter deinem Strohhut versteckt, nur deine leere Hülle war bei uns, deine Seele war immer weit weg.

MUTTER: Das stimmt nicht, ich habe eine Seele, und sie war bei euch, doch sie war geschrumpft, so winzig, dass andere sie nicht spüren konnten. Für mich ist ein Traum zerbrochen, aber man hat im Leben mehr als einen Traum, auch du bist mein Traum. Und außerdem erinnerst du mich an ihn.

LAO WEI: Hör auf damit. Vater hat schon genug gelitten.

MUTTER: Dein Vater ist ein gutherziger Mann, aber seine Art zu lieben war herrschsüchtig und grausam, ohne Rücksicht und Gefühl. In einem deiner Essays schreibst du: »Die *Nocturnes* von Chopin sind wie der mitleiderregende Monolog einer Witwe, die am offenen Grab Papiergeld verbrennt und erstaunt der mit dem Wind davonwirbelnden Asche nachblickt« – genau dieses Gefühl hat mir damals die Musik des Pianisten gegeben. Es ist, als hättest du über deine Mutter geschrieben.

(Er war schockiert. Nicht wegen der Assoziation, die seine Mutter mit seinen Betrachtungen über Chopin verband, sondern wegen der Selbstgefälligkeit, die sie sich über all die Jahre bewahrt hatte. Sie kam ihm vor wie ein Abziehbild der erbärmlichen Engstirnigkeit ihrer Generation.)

MUTTER: Ich will dir eine wahre Geschichte erzählen, mein Sohn, es ist ein Stoff, der klingt wie ein Roman. Es ist die Geschichte meiner Schwester. Meine kleine Schwester Sangsang war als Studentin ein ganz besonders hübsches Mädchen. Ihre ungewöhnliche Erscheinung machte sie zur heimlichen Schönheitskönigin der Uni. Diese Schönheitskönigin war aber nichts weiter als ein nettes und naives Mädchen, sie wollte niemanden verletzen, flirtete aber gerne. Ihre männlichen Kommilitonen liefen ihr hinterher und bewunderten sie, darunter auch Sun Shan, der Vorsitzende der Studentenvereinigung. Wie jedes eitle Mädchen genoss sie die Aufmerksamkeit, war aber dennoch äußerst vorsichtig im Umgang mit ihren Verehrern.

(Lao Wei hatte keine Ahnung, was das Gerede sollte, und schloss entnervt und erschöpft die Augen.)

MUTTER: Wer Sangsang am meisten zusetzte, war Sun Shan. Sie erzählte mir, dass er diesen flammenden Blick habe, wenn er um sie werbe, und ihr schwöre, alles für sie aufzugeben, sein ganzes Leben für sie opfern. Ich riet ihr, einen solchen Menschen am besten klar und deutlich zurückzuweisen, weil man sich sonst nur Ärger einhandelt. Sangsang hielt sich daran und ließ obendrein nach außen durchsickern, dass sie mit dem Bücherwurm Liu Tong zusammen sei. Sie war schlau genug, sich einen netten Kerl als sicheren Hafen zu suchen. Damit legte sich auch schnell die ganze Aufregung um sie.

(Irgendetwas schien mit seiner Mutter nicht zu stimmen. Wollte sie ihn mit dieser vorsintflutlichen Liebesgeschichte beeindrucken? Das wäre allzu kindisch. Lao Weis Gefühle waren mit der Zeit von ihm abgeblättert wie alter Lack. Dieses Geschwafel von wegen wahrer Liebe verursachte ihm am ganzen Körper eine Gänsehaut.)

MUTTER: Während der Anti-Rechts-Kampagne von 1957 war Sangsang unter den ersten Studenten, die als Rechtsabweichler gebrandmarkt wurden. Ihr Vergehen bestand darin, dass sie einmal in einem privaten Gespräch die Vorzüge von französischem Parfum gelobt, die Qualität einheimischer Kosmetikprodukte kritisiert und sich über die Bauern lustig gemacht hatte, die sich nicht einmal richtig waschen. Alles Jammern und Leugnen half nichts, sie wurde in der Studentenversammlung an den Pranger gestellt, und ihr Fall wurde öffentlich bekannt. Nach ihrem Examen wurde sie zur Strafe als Dorfschullehrerin in ein winziges Bauernnest im Landkreis Pingwu im Norden Sichuans verbannt.

(Lao Wei fand an dieser Geschichte nichts Ungewöhnliches. Es war doch klar, dass Sun Shan als Vorsitzender der Studentenvereinigung hinter der Sache stand.)

MUTTER: Auch Sun Shan wurde von der Erziehungsabteilung diesem Landkreis zugeteilt und ließ sich nach kurzer Zeit auf eigenen Wunsch als Lehrer in das Dorf versetzen, in dem Sangsang arbeitete. Die Zeitungen priesen seine Parteitreue und nannten ihn ein Vorbild bei der Verwirklichung der Parteiziele, den Funken des Wissens bis in die hintersten Winkel des Landes zu verbreiten und ein wahres Bündnis zwischen Intellektuellen und Arbeitern und Bauern zu schaffen. Wie nicht anders zu erwarten, bekam Sun Shan auf diese Weise seine Sangsang, die dort niemanden hatte und der unter dem spitzen Hut der Rechtsabweichlerin kaum Luft zum Atmen blieb. Keine Menschenseele in dem Bergdorf hatte mit ihr geredet, bevor Sun Shan auftauchte, von seiner unveränderten Liebe zu ihr sprach und von den guten alten Zeiten an der Uni. Die ehemalige Schönheitskönigin fügte sich in eine pragmatische Ehe.

(Lao Wei gähnte, es war schon spät geworden.)

MUTTER: Die Sache sorgte für einen Skandal, denn nicht wenige seiner Revolutionsgenossen wussten jetzt, dass Sun Shans vermeintlich selbstlose Initiative, als Lehrer aufs Land zu gehen, eine Farce gewesen war. Die Leitung des Erziehungsbüros verabredete, ihn auf die Probe zu stellen. Es lief so ähnlich wie damals bei deinem Vater: Die Parteimitgliedschaft wurde ausgesetzt, aber man bot ihm die Beförderung vom Studienrat zum stellvertretenden Schuldirektor an, unter der Bedingung, dass er sich von seiner konterrevolutionären Frau scheiden lasse. Er war schnell bloßgestellt, denn seine Antwort fiel wie die deines Vaters damals aus: »Ich will meine Frau.« Was dabei herauskommt, hast du ja an unserer eigenen Familiengeschichte gesehen. Der Individualismus ist das Gegenteil des Kollektivismus, also ist der Individualist der größte Feind eines kollektivistischen Staates.

(Nun dozierte seine Mutter, die weder Bücher noch die Zeitung las, auch noch über Politik. Man wurde aus dieser unter dem Dach ihres schwarzen Strohhuts lebenden Person einfach nicht schlau.)

MUTTER: Unsere Generation hat der Partei alles geopfert, unsere Jugend, unseren Glauben und sogar unser Privatleben. Ein armer Krüppel hat ein Buch namens *Alles für die Partei* geschrieben, das könnte einmal auf unser aller Grabstein stehen. Lass mich weiterreden, mein Sohn. Auch wenn die Geschichte von Sangsang und Sun Shan der von mir und deinem Vater ähnelt, hat sie einen noch unglücklicheren Ausgang genommen. Während der Kulturrevolution erkrankte Sun Shan an Lungenkrebs. Sangsang pflegte ihn tapfer. Die vielen Prüfungen, die sie in unterschiedlichen politischen Kampagnen bereits bestehen musste, hatten sie zäh und kämpferisch gemacht. Als eine Gruppe blutjunger Roter Garden Sun Shan vom Krankenbett zur öffentlichen Selbstkritik auf die Straße zerren wollte, nahm sie ein Seil aus der Schublade. »Wenn ihr ihn mitnehmt, erhänge ich mich.« Die jungen Revolutionäre hielten die Frau für übergeschnappt. Sun Shan war gerührt und wusste nicht, was er davon halten sollte. Kurzerhand riss er sich die Beatmungsmaske herunter und röchelte: »Es reicht. Ich stelle mich, das ist meine gerechte Strafe.«

»Untersteh dich!« Sangsang schnappte nach der Maske und setzte sie ihm sofort wieder auf. Sie umarmte seine bis zum Skelett abgemagerte Gestalt. Mit einem Mal fühlte sie sich diesem Mann, mit dem sie in den vergangenen zehn Jahren so viel durchgemacht hatte, stärker verbunden denn je. Mit sanfter Stimme redete sie ihm zu: »Schlaf, reg dich nicht auf. Das ist doch lange her. Wenn du etwas zu sagen hast, ist dafür immer noch Zeit.«

Sun Shan sagte schwach: »Ich habe dich betrogen.«

Wütend entgegnete sie: »Ach komm, betrogen sind wir alle, und unsere Studentenzeit ist lange vorbei.«

Sun Shan machte ein betrübtes Gesicht: »Versprich mir, dass du mir verzeihst ...«

Sangsang unterbrach ihn: »Du sollst nicht so viel reden.«

Sun Shan fuhr fort: »Wenn du mir nicht verzeihst, muss ich mit einem schlechtem Gewissen sterben.«

Sangsang bebte innerlich, aber sie zwang sich zu einem Lächeln: »Was machst du für ein Theater? Gut, ich verzeihe dir.«

»Vor zehn Jahren konnte ich mich noch beherrschen, aber je netter du zu mir warst, desto schlechter habe ich mich gefühlt. Jetzt habe ich nicht mehr lange zu leben und fürchte, es ist zu spät, dich um Verzeihung zu bitten.« Er rang nach Luft, und Sangsang erhöhte besorgt die Sauerstoffzufuhr. »Ich bin ein Heuchler. Ich war es, der dich 1957 als Rechtsabweichlerin bezichtigt hat, sogar das Beweismaterial habe ich beigebracht, und alles, weil ...«

»Sei still!« Sangsangs Gesicht war weiß wie Papier.

Sun Shan krümmte sich auf dem Bett und flüsterte wie ein krankes Kind: »Du hast versprochen, dass du mir verzeihst, du hast es selbst gesagt ...«

Sangsang konnte nicht mehr klar denken, ihr bis dahin unbekannte Laute drängten aus ihrer Brust. Mit zusammengebissenen Zähnen zischte sie: »Niemals.«

Niemals! – Das traf Sun Shan wie eine Kugel, und die prallte von seinem ausgezehrten Körper auf Sangsang zurück und durchbohrte ihr Leben. Sie stürzte sich noch am selben

Abend in einen Fluss. Dieses »Niemals« hat zwei Leben gekostet.

Lao Weis Gesicht war rot angelaufen, als hätte man ihm eine Ohrfeige verpasst. Der Gedanke an dieses Zeitalter ließ seinen Kopf bersten vor Wut und Scham.

LAO WEI: Meine Güte.

MUTTER: Die Menschen studieren Geschichte und sie schreiben über Geschichte, aber die Geschichte macht sie zum Gespött.

Lao Wei musste ihr zustimmen. Im Grunde begriff er, warum die Generation seiner Eltern so resigniert war. Die Rebellion lag ihnen genauso in den Genen wie die Anpassung. Um den nagenden Schmerz im Gehirn und in den Adern zu lindern, musste man manchmal innerlich laut aufschreien, einen qualvollen Schrei ausstoßen, einen tausend Jahre alten und ewig anhaltenden stummen Schrei. Eine Diktatur kann zwar das Gehirn waschen, aber nicht das Blut austauschen.

Als der Morgen anbrach, tauchten draußen die Straßenfeger auf und kehrten den Staub von gestern fort. Mutter und Sohn saßen jetzt einander gegenüber auf dem Balkon. Die Zeit verstrich, aber keiner von beiden sagte ein Wort. Zum ersten Mal hatte Lao Wei das Gefühl, seine Mutter zu verstehen. Er war ein Stück erwachsener geworden.

Der alte Wohnhof der Familie Wei

Es war im September 1988, und Lao Wei stand mit seinem Vater endlich vor dem Dorf Toudu. Die Sonne ging gerade unter und goldene Lichtstrahlen zeichneten in die Wellen des Gebirgsflusses Kreise, die in seiner Phantasie die Kopfformen der alten Weisen annahmen. Lao Wei gab sich dieser meditativen Ruhe hin. Wie von selbst kam es in dieser Stimmung zum Gespräch mit dem Vater.

»Warum ist Mutter nicht mitgekommen? Ihr seid doch nicht etwa …?«

»Deine Mutter und dein Großvater dürfen nicht zusammentreffen. Beide sind sie Schlafwandler, jeder auf seine Art. Zwei von der Sorte am selben Ort, und das Unglück ist vorprogrammiert.«

»Niemand ist zu so viel Umsicht und Toleranz fähig wie du, Vater. Du bist wie ein Gott. Lach nicht – damit will ich nur sagen, dass Gott durch dich die dunklen Schatten aus meiner Seele verscheucht hat.«

»Toleranz beziehst du wohl auf deine Mutter? Du irrst dich. Ich werde mich einfach nie mit ihr messen können. Für mich ist es eine Gnade des Himmels, dass sie ihr Leben mit mir verbringen will. Nie ist mir eine so willensstarke Frau begegnet wie deine Mutter, sie ist zu einer Leidenschaft fähig, die in ihrer Generation ihresgleichen sucht.«

»Das scheint an den Genen zu liegen. Ihre ganze Familie will nicht recht zu dieser Gesellschaft passen.«

»Du hast deinen Großvater noch nicht kennengelernt. Drei Ehefrauen hat er gehabt und ist noch dazu der Senior seines Dorfes, und die ganze Sippe ist so kapriziös wie deine Mutter, völlig weltfremd. Ich bin die einzige Ausnahme. Es ist geradezu erstaunlich, dass dein Großvater einen so vernünftigen Sohn wie mich haben konnte. Ich habe, seit ich als Jugendlicher meine Familie verlassen und das Studium begonnen habe, mich fast ausschließlich in der Großstadt aufgehalten. Mein Heimatort lag viel zu abgeschieden, man musste stundenlang über verschlungene Bergpfade wandern, um sich mal einen Schwarzweißfilm in einem dörflichen Open-Air-Kino anzusehen. Bis in diese Gegend reichte selbst der Arm der Partei kaum, die Leute lebten einfach friedlich mit der Natur.

»So ganz ohne Klassenkampf?«

»Eine Einteilung in arme, mittlere und reiche Bauern und Grundbesitzer gab es schon, aber sie hielten sich eher an die traditionellen Hierarchien. Dein Großvater war der Vorsteher des Wei-Klans. Puh, wenn ich an mein Leben denke … irgendetwas in der Schattenwelt hat mich dazu bestimmt, deiner Mutter zu begegnen, damit ich durch sie wieder in die Welt deines Großvaters zurückgeworfen werde. Im Rückblick scheint mir der ganze orthodoxe Atheismus, den man mir in meiner Jugend eingebläut hat, fragwürdig.«

Lao Wei und sein Vater betraten den verwahrlosten alten Viereckhof, in dem es erstaunlich kühl war. Von allen Seiten traten Verwandte aus den Türen und begrüßten sie; keiner davon reichte Lao Weis Vater auch nur bis zur Schulter. In der nordwestlichen Ecke des Hofs wärmte sich die 95-jährige dritte Tante auf der Veranda in der Sonne. Sie war die Frau von Großvaters älterem Bruder, die älteste Witwe des Wei-Klans. Zwei erstaunlich prunkvolle Särge fielen ins Auge, die in der Haupthalle in der Mitte des Hofs standen. Die Zimmer des Großvaters lagen in der südöstlichen Ecke des Hofs. Die beiden betagten Herrschaften riefen Lao Weis Vater gleichzeitig zu sich. Sein Vater stand einen Augenblick lang unschlüssig im Hof und trat dann, mit gesenktem Haupt, die Tränen der enttäuschten dritten Tante ignorierend, in die bescheidenen Gemächer des Großvaters ein. Lao Wei folgte ihm, und gleich hatte er das Gefühl, in eine Zauberhöhle geraten zu sein, ans Ende der Zeit. Vom Deckenbalken baumelten neben einer Reihe Schinken ein paar Schlangen in Winterstarre. Beide, Schinken und Schlangen, waren von einer dicken Staubschicht bedeckt. Katzen und Mäuse schienen die Einzigen zu sein, die sich an den Vorräten bedienten, sie knabberten an den Schinken und bissen dabei aus Versehen auch einmal in einen giftigen Schlangenkopf. Die einander bekanntermaßen nicht gerade freundlich gesinnten Kreaturen fraßen sich hier friedlich nebeneinander satt, nahmen sich an den Pfoten und spazierten Hand in Hand davon, wobei sie gehörig Staub aufwirbelten. Lao Wei fiel etwas auf den Kopf, das sich, als er es fortwischte, als ein toter Gecko entpuppte. Der alte Herr schlief im Obergeschoss, also stiegen sie eine morsche alte Treppe hinauf und zertraten dabei mit jedem Schritt etliche Kakerlaken, Flöhe, Wanzen und weiteres, undefinierbares Ungeziefer. Lao Wei stand auf dem Treppenansatz und spähte in dem nur spärlichen Licht, das durch die Löcher im Dach hereinfiel, nach der merkwürdig phosphoreszierenden Gestalt im Zimmer. Er rief nach seinem Vater. Es verging eine ganze Weile, bis sich unter heftigem Röcheln und Würgen eine Stimme vernehmen ließ: »Mein Enkel?«

Lao Wei antwortete und ging tiefer in das Zimmer hinein, wobei er eine Vase umstieß, die mit lautem Gepolter über den Boden rollte. Der alte Yama lag mit zusammengekniffenen Augen auf dem Bett. Mit seinen ledernen Händen tastete er Lao Weis Gesicht ab. Ein widerlich stinkender blauer Dunst machte Lao Wei ganz benommen.

Nur verschwommen nahm er seinen Vater wahr, der wie immer den Kopf schüttelte, und das immer schlimmer werdende asthmatische Röcheln des Alten. Das spärliche Tageslicht war inzwischen schon einem fahlen, grünlichen Mondlicht gewichen, Lao Wei war eingeschlafen. Sein Vater hatte die Öllampe neben dem Bett angezündet. Mitten in der Nacht weckten ihn die Bettwanzen. Seine Unterwäsche war schon voller Blutflecken von ihren Bissen, und eine pferdebohnengroße Wanze hatte sich in seinen Penis verbissen. Im Halbschlaf langte er nach ihr, um sie zu zerquetschen, bekam sie aber nicht zu fassen, da schnappte auf einmal der Großvater danach. Lao Wei schrie vor Schreck laut auf und bemerkte jetzt, dass er auf dem Dielenboden lag, zugedeckt mit Vaters Mantel. Sein Vater saß am anderen Ende des

Zimmers und war im Schein einer Petroleumlampe in ein Buch vertieft und völlig geistesabwesend.

Lao Wei beobachtete aus den Augenwinkeln, wie der Großvater sich die dicke Wanze auf die Brust setzte, sich mit einem spitzen Bambusende in die Haut stach und die Wanze mit seinem Blut fütterte und liebevoll »Kroton« nannte. Innerhalb weniger Minuten hatten sämtliche Wanzen, die in seinem Moskitonetz hingen, Witterung aufgenommen und formten lange Reihen, in denen sie auf Großvaters entblößte Brust krabbelten. Viel Blut hatte der alte Mann nicht in seiner vertrockneten Haut, er musste sich immer wieder pieksen, um alle Tierchen füttern zu können. Während er sich stach, nannte er die Insekten immer wieder bei Kosenamen. Sein zärtlicher Monolog störte eine an der Decke hängende Natter auf, die sich mit dem Kopf voran herabschlängelte, die gespaltene Zunge herausstreckte und grinste. Lao Wei brach kalter Schweiß aus, er versuchte, näher an seinen Vater heranzukriechen, doch als sei dort eine unsichtbare Grenze, gelang es ihm nicht, bis in den Lichtkegel seiner Lampe vorzudringen. Der Vater schien sogar immer weiter wegzurücken. Die ganze Zeit über rührte er sich kein bisschen, er glich einem erleuchteten Götzenbild. Der tröstliche Schrei des Hahns kam ihm wie im Traum vor, ein langgezogener Geisterruf. Der Tag brach an.

Der Sarg der Wiedergeburt

Lao Wei und sein Vater erkundeten einen ganzen Tag lang die Umgebung des alten Viereckhofs.

Seit den fünfziger Jahren war sein Vater gerade zum zweiten Mal wieder hier. Das erste Mal war 1963 gewesen, als er, nachdem er gerade erst aus dem Arbeitslager entlassen worden und seine

Frau ihm bald darauf davongelaufen war, deprimiert und entmutigt auf die Idee kam, in die Heimat seiner Vorfahren zu reisen. Er fand seinen Geburtsort noch genauso vor wie in seiner Erinnerung, abgeschieden und ärmlich. Als er das Haus betrat, sah er sofort, dass sein Vater offenbar im Sterben lag. Onkel und Cousins erzählten ihm, dass der alte Mann seit einer Woche nicht gegessen und getrunken habe, alles Zureden sei zwecklos. Sein Vater musste ihn durch eine Geisterbeschwörung hergerufen haben, anders konnte sich Lao Weis Vater diesen Zufall nicht erklären. Er kniete sich neben das Bett und rief: »Vater!«, doch der alte Mann zuckte nicht einmal mit der Wimper. Er ging vor die Tür und fragte einen im Ostflügel des Hauses lebenden Cousin, was sich hier zugetragen habe. Der gutmütige Bauer, der sich viele Jahre lang um den Vater gekümmert hatte, erzählte: »Anfang September saß der Alte überraschend mit entblößtem Oberkörper vor dem Eingang zum Hauptzimmer des Hofs und rief laut den Mädchennamen seiner verstorbenen Frau. Es sei schon schlimm genug, dass sie ein so bitteres Jahr wie 1960 hatten erleben müssen, doch sein Schicksal sei das bitterste, jammerte er. Seine Frau, die doch immer munter wie ein schillernder Karpfen im Wasser gewesen sei, habe der Tod bezwungen, auf dem Sterbebett habe sie nicht einmal mehr Reissuppe mit Süßkartoffeln essen können. Und Kinder bekäme man auch nicht wie Ratten, ein Leben in Einsamkeit sei kein Leben mehr, und so weiter. Eine ganze Weile hat er so auf dem Hof herumgeschrien, dann ist er in die Haupthalle gegangen und hat dort weitergeschrien.«

Lao Weis Vater setzte seine Untersuchung wie ein Detektiv fort. Den ganzen Nachmittag verbrachte er in der Haupthalle und ließ seinen Blick zwischen dem Sarg und der Ahnentafel hin- und herschweifen. Der Sarg stammte aus der frühen Republikzeit, und die Ahnentafel mochte wohl aus der Mitte des 19. Jahrhunderts stammen, der Zeit des Qing-Kaisers Qianfeng.

Niemand kennt den Vater besser als der Sohn, sagt man. Er dachte lange darüber nach, wie das alles wohl mit dem Schicksal seines Vaters zusammenhing. Bedauerlich, dass der Ahnenschrein ganz leer war und bei dem Sarg aus erstklassigem Kampferholz schon der Lack abblätterte und sich erste Risse zeigten. Der traurige Anblick, der sich ihm im Abendlicht bot, ließ ihn zur Besinnung kommen. Das war es! Gleich früh am nächsten Morgen machte er sich auf, um von weit her einen Schreiner und einen Lackierer zu holen, die alles sorgfältig wieder herrichten sollten und Großvaters letzte Ruhestätte verschönern mussten. Eisennägel und Kupferösen wurden ersetzt, innen und außen mehrere Schichten Lack von bester Qualität aufgetragen, um den arg mitgenommenen antiken Schätzen zu solcher Pracht und zu solchem Glanz zu verhelfen, dass man sich darin spiegeln konnte. Ohne sich mit langen Erklärungen aufzuhalten, trug der Sohn den Vater auf seinem Rücken die Treppe hinunter und legte ihn vor dem Sarg ab. Und, wie durch ein Wunder richtete sich der siebzigjährige Großvater, der seit einer Woche nichts gegessen hatte, etwas steif und klapprig auf und starrte mit offenem Mund und so verzerrtem Gesicht den Sarg an, dass man nicht sagen konnte, ob er lachte oder weinte. Es dauerte eine Weile, bis er schließlich auf den Sargdeckel schlug und ausrief: »Braves Kind, guter Sohn! Du hast dem Vater seine Krankheiten ordentlich ausgetrieben, nun ist es mir erspart geblieben, dass ich Unglücklicher darin hätte schlafen müssen.« Dann überkam ihn ein Mordshunger. Er verleibte sich drei Pfund fettes Fleisch und zwei Pfund Reis ein und spülte sie mit einer großen Schale Schnaps hinunter. Der versammelte Wei-Klan sah zu und kam aus dem Staunen nicht heraus.

Damit war Lao Weis Vater in Toudu zur Legende geworden. Jeder Bauerntrampel warf sich bäuchlings vor ihm in den Dreck, um ihm seine Ehrerbietung zu bezeugen. Die Gerüchte um ihn mehrten sich. Erst hieß es, er sei ein Wahrsager und Wunderheiler, dann sagte man, er herrsche über Wind und Regen und könne Tote lebendig machen; und zuletzt behauptete man sogar, er sei die Reinkarnation von Kong Ming und Jiang Ziya, als Stern vom Himmel herabfallen, um die Welt zu retten. Bevor er sich vor den von überall herbeiströmenden Massen heilsuchender Bauern nicht mehr retten konnte, packte Lao Weis Vater lieber schnell seine Sachen und machte sich aus dem Staub.

Wäre noch zu berichten, dass der Großvater daraufhin noch fast 25 Jahre stolz und zuversichtlich weiterlebte, es wuchsen ihm sogar vier Schneidezähne und drei Backenzähne nach und unzählige Strähnen pechschwarzen Haars. Obendrein baute sich ein weißer Kranich in einem Baum neben dem Grab seiner Vorfahren ein Nest. Es ist ein Rätsel, wie diese Geschichte sich den Weg durch die undurchdringliche Natur bis in die Provinzhauptstadt bahnen konnte, jedenfalls kam nun zum Katalog von Vaters Verbrechen noch das der »Praxis des feudalistischen Aberglaubens« hinzu, und während der Exzesse der Kulturrevolution hätten ihn diese »konterrevolutionären Umtriebe« beinahe den Kopf gekostet.

Der ganze Wei-Klan strömte nach ihrer Ankunft innerhalb weniger Tage in dem alten Wohnhof zusammen, um Zeuge zu werden, wie der damalige Wunderheiler den Sterbenden erneut den Klauen des Todes entreißen würde. Lao Weis Vater ließ sich ihre Huldigungen mit einer gewissen Gleichgültigkeit gefallen, und verbrachte die nächste Nacht mit seinem Sohn und viel Schnaps. Er verriet Lao Wei, was an dem Trick mit der wundersamen Verjüngung dran war: Er habe einfach begriffen gehabt, dass der Großvater an einem lähmenden Nostalgiekomplex litt: »Den Sarg hatte dein Großvater im Jahr seiner Hochzeit gefertigt, das ist eine unter einfachen Bauern weitverbreitete Gewohnheit, mit dem ersten Schritt ins Brautgemach gleich den ersten Schritt ins Grab vorzubereiten. Nach dem Tod seiner Frau hielt er die Kälte seines Daseins kaum aus, und als er feststellen musste, dass auch der Sarg, der seine Ehe über all die Jahre hinweg begleitet hatte, schon Zeichen des Verfalls und der Verwahrlosung zeigte, während er selbst noch so gesund und munter war, wurde er unendlich traurig. Wäre sein Sarg noch vor ihm zugrunde gegangen, hätte er ja nicht einmal eine anständige letzte Ruhestätte gehabt. »Das waren andere Zeiten«, seufzte Lao Weis Vater. »Dein Großvater war nicht von dieser Welt, schon immer. Seit mehr als fünf Jahren hat er sich nun im oberen Stock eingeschlossen, lebt dort wie ein Geist und kann kaum noch sprechen.«

Unbemerkt waren die Uhren von Lao Wei und seinem Vater gleichzeitig stehengeblieben. Die Regenzeit brach an, sie verbrachten den ganzen Tag unter dem Vordach, stumm, gemeinsam mit den meisten anderen Familienmitgliedern, und warteten ab. Wie schwarze Aasgeier lungerten die anderen den ganzen Tag in ihrer Nähe herum und verfolgten jede ihrer Handlungen. Die Fenster in Großvaters Obergeschoss blieben fest verschlossen, sahen aus wie eine aus Zeit und Raum gefallene dunkle Augenhöhle, die sich nicht für den ewig gleichen Himmel über dem Hof interessierte. Der Vater spürte, dass es bald so weit war und der Großvater sich auf den Weg ins Jenseits machen würde, daher ging er mit Lao Wei zu den Ahnengräbern, um das Fengshui zu prüfen. An dem Hügel angekommen, der durch das üppige Laub der Bäume vor der Sonne geschützt war, merkten sie, dass das nicht nötig gewesen wäre. Das Grab des Großvaters war schon vor zwanzig Jahren nach allen Regeln des Fengshui angelegt worden. Still und geräumig war es darin, die Luft roch angenehm nach Minze und wildem Beifuß. Alles stand in starkem Kontrast zu der verwahrlosten Existenz des Patrons. Lao Wei lag bäuchlings in der geräumigen Grabkammer, bis der Himmel sich eintrübte, dann erst kletterte er widerwillig heraus. Am Rande des Grabhügels und auf dem ganzen Abhang waren unter den Bäumen Mitglieder des Familienclans aufgetaucht, der anhaltende Regen hatte hinter ihnen die trüben Wasser eines unterirdischen Flusses anschwellen lassen. Für Lao Wei hörte es sich an, als ob er den Tod mit den Totenschädeln spielen hörte, immer mehr Totenschädel, die nun in den Wellen des unterirdischen Flusses trieben. Von Ferne sah man den Schein von Fackeln. Der Vater warf seinem Sohn einen traurigen Blick zu; Lao Wei verstand, dass er jetzt wohl nicht mehr in das schöne Grab hinuntersteigen und die Nacht mit dem Duft von Beifuß und Minze verbringen konnte, sondern zurückmusste in die nach Tod stinkende Realität.

Vater und Sohn gingen den Abhang wieder hinunter, vom Paradies hinab in die von Ungeziefer bevölkerte Hölle. Die Aasgeier mit ihren schwarzen Kopftüchern schlugen ebenfalls ihre Richtung ein und folgten ihnen in einem großen Halbkreis. Der feine Regen schnitt die Nacht an diesem Ort, der einem Märtyrerfeld glich, in Streifen. Unten am Abhang wurde das Geräusch der rollenden Totenköpfe im unterirdischen Fluss immer deutlicher.

Gemeinsam zugrunde gehen

Am Eingang zur Hölle wartete schon die dritte Tante.

Fast wäre Lao Wei über sie gestolpert, denn die alte Witwe lag auf der Türschwelle, nicht größer als ein Hund, und versperrte dem Vater den Weg. Der Vater half ihr auf, genauer gesagt, hob er vorsichtig einen vertrockneten Haufen Menschenhaut vom Boden auf. Er nahm sie in den Arm. Er hatte noch den warmen Klang des Volkslieds im Ohr, das sie ihm zum Abschied gesungen hatte, als er in den fünfziger Jahren fortgegangen war. Er brachte die alte Frau in das von dichten Spinnweben überzogene westliche Seitenzimmer, wo Lao Wei ihr das Bett bereitete. Auf den Wänden saßen unzählige, walnussgroße Taranteln, und in den Bettritzen schnarchte ein Haufen Kätzchen. Durch die Gäste aufgeschreckt, machte der getigerte Katzenkönig einen Sprung in die Höhe, schnappte eine in der Luft hängende Tarantel und steckte sie sich ins Maul. Lao Wei wollte ihn fangen, aber sein Vater hielt ihn davon ab: »Deine dritte Tante war ihr ganzes Leben lang allein und hatte nichts als diese Kätzchen, um ihren kalten Körper zu wärmen.«

Der Vater wollte die alte Frau hinlegen, aber da packte sie ihn erstaunlich fest am Kragen. Ihre Handrücken waren rabenschwarz, ihre Fingernägel lang und spitz, ihre Augen blinzelten nicht, sie hatte die Haltung eines trotzigen Kindes. Der Vater lachte: »Was ist denn mit dir los, Tante?« Sie blieb stumm. »Bist du mir böse, weil ich mich nicht um dich gekümmert habe?« Sie schüttelte den Kopf. Es war eiskalt im Zimmer.

Lao Wei brachte eine Petroleumlampe und versuchte, die Atmosphäre etwas aufzulockern. »Ruh dich doch ein bisschen aus, liebe Tante, wir sind bei dir.« Da die alte Dame wirklich müde war, ließ sie den Vater los und gab den Katzen ein Zeichen, woraufhin die gut erzogenen Tierchen sofort ihre Krallen aufblitzen ließen und den Vater nötigten, sich neben dem Bett niederzulassen.

Der Vater hatte endlich begriffen, worum es ihr ging. Lao Wei dagegen verstand gar nichts und starrte nur unentwegt die Wand an. Nur die wiederholten tiefen Seufzer der Frau ließen ihn ahnen, wie verstört sie war. Vor der Tür blitzten hin und wieder gespenstisch die Augen von Familienmitgliedern auf. Niemand schlief.

Der Vater runzelte unschlüssig die Stirn. Die dritte Tante war zwar völlig erschöpft, hielt ihren Blick aber so starr auf ihn gerichtet wie ein toter Fisch. Die Katzen erfüllten brav ihre Pflicht und überwachten im Wechsel jede seiner Bewegungen – das waren wieder andere Monster als die, die der Großvater in seinen bescheidenen Gemächern hütete. Aber im Vergleich zu den Wanzen, Geckos und Schlangen, die der Alte mit seinem eigenen Blut ernährte, waren die Katzen und Spinnen der Großmutter reine Engel. Gerne hätte Lao Wei seinen Vater aus dieser Starre erlöst. Schließlich wagte er doch, ihn mit gesenkter Stimme um eine Erklärung zu bitten, und lauschte der Erzählung seines Vaters.

Dieser traditionelle Viereckhof war schon seit vielen Generationen im Besitz des Wei-Klans und etwa dreihundert Jahre alt. Zur Zeit des Großvaters teilten sich zwei Brüder den Hof, der Großvater bewohnte den südöstlichen Flügel und sein dritter älterer Bruder den nordwestlichen (der älteste und zweitälteste der Brüder waren jung gestorben). So war es testamentarisch festgelegt worden. Yin und Yang waren in bester Harmonie, alle waren zufrieden und glücklich, die beiden Brüder heirateten und gründeten jeder eine Familie. Doch aus rätselhaften Gründen änderte sich der Lauf des Schicksals. Das gute Fengshui des südöstlichen Flügels sorgte dort Jahr für Jahr für ein gedeihliches Zuhause, die Zypressen blühten und eine Schar von Kindern und Enkeln bereicherte die Familie. Der nordwestliche Flügel dagegen war vom Unglück verfolgt, Yin und Yang waren unausgeglichen, und angefangen mit dem dritten Onkel, lebte kein Mann des Familienzweigs länger als vierzig Jahre. Angesichts der vielen Witwen, die von der Familienfürsorge abhängig waren, kam dem Großvater ein böser Verdacht. Er behauptete, sein dritter Bruder habe eine Hexe geheiratet, die alles daransetze, den Wei-Klan auszulöschen. Daraufhin klagte ihn die Frau des dritten Bruders ihrerseits an, ein Hexenmeister zu sein, der auf die Erde gekommen sei, um den Südosten zu besetzen, den Bruder zu verunglimpfen und das ganze positive Fengshui des Wei-Klans für sich allein zu horten. Sie erzählte, ihr verstorbener Mann spreche in ihren Träumen aus dem Jenseits zu ihr und er habe gesagt, dass sie bis zu ihrem eigenen Tod warten müsse und sich das Schicksal erst dann wenden werde, wenn sie mit ihrem Mann zusammen begraben sei. Der Großvater war damit überhaupt nicht einverstanden. Für ihn musste man einfach nur so schnell wie möglich diese Quelle des Unglücks aus den Reihen der Familie vertreiben, um die Familienharmonie wiederherzustellen. Sobald diese Person Einzug in das Familiengrab halte, würden noch größere Katastrophen über die Familie hereinbrechen. Das gelte es unbedingt zu vermeiden.

Die beiden verfeindeten Seiten der Familie lebten fort, beäugten sich gegenseitig argwöhnisch, wetteiferten miteinander um den Tod, und die Hoheit um das Familiengrab wurde zu ihrem alleinigen Lebensinhalt. Die beiden des Lesens und Schreibens nicht mächtigen Neunzigjährigen beschäftigten sich intuitiv mit wesentlichen philosophischen Fragen. Es ging ihnen um den Fortbestand der Art. Das kurze Leben des Individuums war nichts als ein wichtiges Bindeglied für ihre Ahnenkette. Lao Wei dachte an das *Klagelied* von Dylan Thomas: »… eine Minute vor Mitte / des Tags, der Nacht, des Lichts. / Ich hielt die Hand, / Durch welche Totenflüsse zogen …«

Das eine Ende des Flusses, in den unser Blut tropft und gerinnt, führt ins reine Licht, das andere in die absolute Dunkelheit, alle waten wir durch den Fluss, immerfort, Familien und Völker, Menschen- und Pflanzenarten. Wer wird sich am Ende seines Lebens noch an jede fischschuppenglänzende Welle erinnern?

Lao Wei hatte Mitleid mit der dritten Tante. Wenn der Wille des Himmels alle Frauen im nordwestlichen Flügel zu Witwen gemacht hatte, war das schon Strafe genug. Was war schon ein armseliger Mensch im großen Rad des Kosmos? In einem Dorf wie diesem, in dem das Leben stagniert wie ein ruhendes Gewässer, kann es nichts Tragischeres geben, als sich mit dem

Tod einfach in Luft aufzulösen. Sollte doch der Vater ihrem Wunsch entsprechen, sollte er doch lügen, es wäre eine barmherzige Lüge, ein zärtliches Abschiedslied für sie. Es musste ein Ende haben.

Kaum hatte Lao Wei diesen Gedanken zu Ende gedacht, drehte sich sein Vater zu ihm um, und sie lächelten sich an. Ein unsichtbarer Blitzschlag durchzuckte die Atmosphäre. Es musste ein Ende haben.

Spät in der Nacht zur dritten Stunde beugte sich der Vater zu der alten Witwe herab, leise rief er sie mit »dritte Tante« an. Doch gleich darauf begann er zu zittern, seine Knie wurden weich, und mit Todesfurcht im Gesicht sank er zu Boden. Die Katzen miauten klagend im Chor, und Lao Wei verspürte einen heftigen Schmerz im Rücken, als würden seine inneren Organe Krallen ausfahren. Und da sah er den Arm des 95-jährigen Großvaters. Der Alte stand da, Totenköpfe auf der nackten Brust und dem schneeweißen Rücken, eine rostige alte Flinte in den Händen, mit der er direkt auf seinen illoyalen siebzigjährigen Sohn zielte. Die Flinte war sicher schon lange nicht mehr in Gebrauch gewesen, aber trotzdem roch Lao Wei den schweren, feuchten Pulvergeruch, einen Geruch, der zu den speziellen Gerüchen beim Wei-Klan gehörte. Schon war die unsichtbare Kugel abgefeuert, eiskalt drang sie in Vaters Rücken ein und schoss zu seiner Brust wieder heraus, um der letzten verbliebenen Feindin des Großvaters den Todesstoß zu versetzen. Langsam tastete die dritte Tante nach der Wunde in ihrem Nacken. Dann wandte sie den Kopf um und streckte ihrem Altersgenossen die Zunge heraus, schwer zu sagen, ob aus Verachtung oder aus Hohn.

Großvaters Flinte fiel krachend zu Boden und der Alte selbst kippte der Länge nach vornüber auf die Türschwelle, als hätte auch ihn eine Kugel getroffen. Von einer Minute auf die nächste war der Spuk zu Ende, wie eine hohe Welle, die langsam heranrollt und sich jäh am Ufer bricht. Die Balance von Yin und Yang, Wind und Wasser, Zorn und Güte war wiederhergestellt.

Es musste ein Ende haben.

Sein Vater öffnete die Augen nicht. Lao Wei half ihm auf die Beine und schloss den beiden Familienältesten die Lider. Die Katzen stimmten einen erschütternden Klagegesang an, die Verwandten vor der Tür entzündeten Feuerwerk, und die beiden toten Seelen machten sich auf den Weg ins Jenseits. Die Weiber heulten und flehten, kommt zurück, kommt zurück …! Lao Wei stützte seinen Vater, doch er selbst zitterte genauso wie der alte Mann. Ein kaltschimmerndes Stück Eis von jenseits des Horizonts war ihnen in die Glieder gefahren – eine Kugel, die auf ihrem Weg von der Vergangenheit in die Zukunft durch die Gegenwart zischte.

Es musste ein Ende haben.

Der Tod der beiden Greise war eine große Sache in dem abgeschiedenen Dorf. Sie waren beide keine gewöhnlichen Dorfbewohner gewesen, hatten eine Ewigkeit lang zurückgezogen in dem geschichtsträchtigen Wohnhof gelebt und dennoch die Bauern in und um das Dorf spirituell stark beeinflusst. Man diskutierte über sie, tratschte über sie, insgeheim verehrte man sie. Die Zeit war in dieser Gegend stehengeblieben, sie lebten in einem so primitiven wie ungewöhnlichen isolierten Reich. Lao Wei schrieb später einmal in einem Essay mit dem Titel *Der Kaiser ruht*: »Die Herrscher der Vergangenheit pflegten sich in dunkle Gemächer zurückzuziehen, in denen nur handtellergroße Lampen das Zentrum der Macht erhellen durften. Sowohl das Studierzimmer als auch das Schlafgemach blieben in den großen Imperien stets ein vollkommenes Mysterium. Der Kaiser bewegte sich außerhalb des Lampenscheins im Dunkeln, peinlich vermied er die Fallen des Lichts. Seine drachenbestickte Robe schimmerte im Dunkeln wie das glänzende Fell eines Panthers im Dschungel. Sobald er seinen Schädel unter das Licht hielt, mussten die Geschichtsbücher fortgeschrieben werden.« Der Verfasser schlussfolgerte daraus:

> Das einfache Volk bleibt stets das einfache Volk,
> das einfache Volk versteht niemals das Leben von Kaisern und Königen.

Als der frühere US-amerikanische Außenminister Henry Kissinger zum ersten Mal die Ehre hatte, Mao Zedong in seiner Residenz in Zhongnanhai zu besuchen, fühlte er sich dort seltsam verloren. Seine Limousine glitt unter den wie durch trüben Nebel aufblitzenden glasierten Kacheln der Dachtraufen entlang, minutenlang, stundenlang, jahrhundertelang, bis sie abrupt vor einem schlichten Wohnhaus hielt. In der Eingangshalle hinter der Empfangstür stand Mao Zedong mit hinter dem Rücken verschränkten Händen vor einem Bücherregal, das gedämpfte Licht warf seinen Schatten so an die Wände, dass er den ganzen Raum auszufüllen schien. Der geneigte Leser mag es nachprüfen: In China, ob Kaiser oder Familienoberhaupt, ob Idol der Vergangenheit oder der Gegenwart, man inszeniert sich auf eine ganz bestimmte Weise – als großer Magier. Das Gerangel zwischen Lao Weis Großvater und seiner dritten Schwägerin, bis zum finalen Waffenstillstand im Grab, erinnerte an eine von langer Hand geplante Palastrevolte. Der Kaiserpalast in Peking ist letztendlich eine überdimensionierte Version des alten Viereckhofs – ein Tor nach jeder Himmelsrichtung, symmetrische Wege nach oben, unten, rechts und links, eine Halle zur Verehrung der Ahnen, zwei sich gegenüberliegende Flügel, der Blick nach Süden hin offen oder aus der Froschperspektive in den Himmel.

Wie viele solcher Familien wie der Wei-Klan mag es in China geben? Leicht finden sich ein halber Landkreis voller Lis, ein Ort voller Zhangs, drei Dörfer voller Wangs, alle in so vielen Generationen, dass man nie bis zu ihren Wurzeln graben kann. Dieser Faktor spielte vermutlich eine entscheidende Rolle dabei, dass ein Mao Zedong, Sohn eines wohlhabenden Bauern, es vom Anführer einer Bauernrevolte zu einem großen Machthaber gebracht hat. Der Tiger ging aus Furcht vor den Materialisten unter dem Pseudonym Li Desheng damals in einen daoistischen Tempel im Norden Shaanxis und entschied durch das Werfen von Kupfermünzen über das Schicksal von mehreren hundert Millionen Chinesen.

Mao Zedongs Taten haben daher weniger Ähnlichkeit mit denen eines großen Führers, sondern eher mit denen eines Hexenmeisters, der die primitiven Riten der Bauern noch nicht abgelegt hat, der es hält wie die Familie Wei, die bei der Hochzeit gleich den Sarg zimmert. Ganz der Gewohnheit gemäß, das Brautzimmer zum Tor ins Jenseits zu machen, hatte Mao Zedong noch in sehr jungen Jahren das Ende seiner Generation durch eine Niederlage mit schrecklichen Verlusten prophezeit:

Der Heldenpass, eisenhart sei er, sagt man,
Doch wir schreiten voran, überwinden den Kamm.
Die mächtigen Berge, blau wie das Meer,
Die sinkende Sonne, rot wie Blut.

Pass um Pass, immer höher hinauf, und jeden Gipfel bezwingen – und über allem strahlt die rote Sonne Mao Zedong, eine Rolle, in der er sich schon früh gefiel. Auf dem Höhepunkt der Kulturrevolution 1966 wurde dann mit roten Herzen, roten Flaggen, dem kleinen roten Buch, den roten Spruchbändern das Bild der »niemals untergehenden Sonne« perfektioniert. Inmitten dieser beispiellosen Hexerei, dieses hysterischen Jubels merkte niemand, dass im Reich der roten Sonne längst dunkle Nacht herrschte. Nach dem Gipfel kommt der Abstieg, das war absehbar, ein Sonnenuntergang, der in Wellen roten Blutes über das Land schwappte.

Wie ein metaphysisches Mordinstrument schnellt eine ewige Kugel durch Zeit und Raum, bahnt sich den Weg durch azurblaue Gebirge und die leuchtend rote Sonne, niemand entgeht ihr, ob Kaiser oder Bauer, sie bringt den Tod, unausweichlich. Mao Zedong sagte: »Ich spanne den schwarzen Schirm auf, ein einsamer Mönch im Regen«, und »Wenn der Mönch den Schirm aufspannt, herrscht kein Gesetz, kein Gott im Land«. Und ist das geheiligte Reich erst einmal rot, singt und tanzt das Volk ohne Unterlass:

Zehntausend rote Herzen tanzen für dich,
Zehntausendfaches Lächeln grüßt die rote Sonne.

Die von 1966 bis 1976 zelebrierte Trauerfeier hielt nur von mittags bis zur Dämmerung. Ganz wie Lao Weis 95-jähriger Großvater trat Mao Zedong im letzten Licht der Abenddämmerung aus seinem Palast, ein unsichtbares Gewehr in den Händen, mit dem er im Januar und im Juli seine Weg- und Mordgenossen Zhou Enlai und Zhu De ausgeschaltet hatte. Im Oktober wurde er dann selbst von den Geistern seiner Waffenbrüder in die Arme geschlossen. Als Vermächtnis hinterließ er zwei widersprüchliche Sätze – »Nach festen Regeln handeln« und »Nach den Regeln der Vergangenheit handeln«. Das war der letzte Hokuspokus des alten Mao, im Tod drehte er sich um und zollte den Scharfschützen Respekt, die hinter Schriftzeichen verborgen die Gewehrläufe aufeinanderrichteten. Es musste ein Ende haben, sagte er.

Das Jahr 1976 hat sich den Chinesen tief ins Gedächtnis eingegraben, das Jahr, in dem die übermächtigen Köpfe der Partei aus der Welt schieden, in dem es zu einem politischen und einem natürlichen großen Erdbeben und einer Palastrevolte kam. Und auf dem Höhepunkt des Gemetzels seufzten die Chinesen: »Der Himmel ist zornig« und hatten noch nicht begriffen, dass das Ende des Zeitalters der kommunistischen Hexerei gekommen war.

Lao Wei fragt sich nur, warum man Maos Mausoleum ausgerechnet zwischen dem Tor des Himmlischen Friedens und dem Tor des Irdischen Friedens errichtet hat. Das unscheinbare Gebäude blockiert gnadenlos die Verbindung zwischen Himmel und Erde und bringt die sorgfältig durchdachte, harmonische Struktur der Verbotenen Stadt durcheinander. Im klassischen chinesischen Denken ist die Erde ein flaches Rechteck, China sah sich selbst als Mittelpunkt dieser Ebene, das Reich der Mitte, die Verbotene Stadt war das Zentrum Chinas, der Kaiser der Mittelpunkt der Verbotenen Stadt und der Blick des Himmelssohns sollte nach allen vier Himmelsrichtungen hin unbehindert sein: vom Tor des Himmlischen Friedens bis zum Tor des Irdischen Friedens bis außerhalb der Grenzen der Stadt und der Grenzen des Meeres. Sind die Wege der Erde unbehindert, dann sind es auch die des Himmels, und sind die Wege des Himmels unbehindert, dann gedeiht das Land – diese Weisheit war dem alten Mao sehr wohl vertraut. Soll dieser symbolträchtige Koloss andeuten, dass es aus und vorbei ist mit dem Mythos des Großen Diktators?

Das Begräbnis der Ewiglebenden

Sieben Tage später fand die Beerdigung des Großvaters und seiner dritten Schwägerin statt.

Seit den frühen Morgenstunden lärmten Suonas, Erhus, Trommeln und Glocken mit dem Totengesang der Weiber um die Wette. Dann folgte ein ohrenbetäubendes Feuerwerk, und die

Prozession setzte sich mit den Särgen in Bewegung. Lao Weis Vater als Erstgeborenem der Familie Wei wurde die Ehre zuteil, in Trauerkleidung und mit der Ahnentafel des Verstorbenen in beiden Händen die Prozession anzuführen. Der Sarg der dritten Tante und ihre Ahnentafel folgten in angemessenem Abstand hinter dem ersten Trauerzug. Überall wehten die Trauerfähnchen, standen Pferde und Heiligenfiguren aus Pappmaché und buddhistische Ikonen. Lao Wei ließ sich in der Dunkelheit vor der Morgendämmerung mittreiben und blieb dicht hinter seinem Vater.

Im heulenden Wind blähte sich die Trauerfahne vor dem Sarg auf wie ein Segel für die Fahrt über den Totenfluss. Lao Wei war ganz durcheinander, er wusste, dass das alles eine sorgfältig durchdachte Inszenierung war. Drei Tage zuvor war im Lichthof des Viereckhofs ein großer Sandelholztisch aufgestellt worden, an dem sein Vater, die Familienältesten beider Seiten und die Dorfweisen sich zu einem »Beerdigungskomitee« versammelt hatten. Steif und mit steinernen Mienen saßen sie einander gegenüber, um die Modalitäten auszuhandeln, kampfbereit wie auf einer Konferenz des Politbüros der Partei. Nach zwei Tagen zähen Verhandlungsmarathons hatte ihnen Lao Weis Vater einen Kompromiss abgerungen. Die Resolution: »Die dritte Tante wird nicht im Familiengrab beigesetzt« wurde mit großer Mehrheit angenommen.

Der Weg wand sich den Hügel hinauf, in der nebelverhangenen Landschaft kam die Trauergesellschaft nur schleppend voran und hielt sich an den Polarstern als Wegweiser. Als sie den Bergkamm entlangmarschierten, bemerkte Lao Wei noch eine andere Trauergesellschaft, die den scheinbar entgegengesetzten Weg vom Gipfel hinab nahm. Das eiserne Himmelstor öffnete sich quietschend, und winzige eierförmige Sterne zogen himmelabwärts zum Tor hinaus wie eine kristallene Menschenschar – als kopierten sie den weltlichen Trauerzug für einen Heiligen. Man stimmte den Trauergesang an. Den Anfang machte der Vorsänger, dann sang man im Chor und im Wechselchor, zuletzt kamen die Solos, und die Trauerschar summte nur noch im Hintergrund die Harmonien.

Geh doch, geh,
Voran, ohne Rast,
Voran, den Blick nach vorn
Die Milchstraße hinauf
Der Wiedergeburt entgegen
In zwanzig Jahren kommst du wieder
Heiratest eine junge Frau
Mit einer Vagina wie ein Fohlen
Verehrter Ahne
Du segnest die Berge, die Bäume
Segnest die Tiere, die Familien
All jene, die heimatlos umherziehen
Du schließt die Augen unter einem guten Stern
Und öffnest sie in der aufgehenden Sonne!

Das eiserne Tor des Himmels senkte sich immer tiefer, im Osten waberten Nebelschwaden aus dem geöffneten Spalt hervor, hinab auf die leuchtenden Fackeln, die sich über den ganzen Hügel verteilten. Sterne und Fackeln trafen aufeinander und wurden eins, die himmlischen und die irdischen Wesen wurden eins. Lao Wei konnte die Sterne nicht mehr von den Fackeln und die himmlischen nicht mehr von den irdischen Wesen unterscheiden. Der Trauergesang echote endlos, kaum setzte der Vorsänger ein, antwortete ihm aus der Ferne eine Stimme, dann eine zweite, eine dritte, die Harmonien in der Ferne und Nähe spiegelten sich, bis man nicht mehr zwischen fern und nah unterscheiden konnte und nicht mehr wusste, von wo der Gesang zuerst eingesetzt hatte, von welcher Seite der Sarg kam. Illusionen, nichts als Illusionen. Wer erläge auf seinem schleppenden Gang durch das sich fortwährend wandelnde Universum keiner Illusion? Lao Wei schritt mit dem Rhythmus des Trauergesangs einher, doch seine Schritte schienen ins Leere zu gehen, immer wieder tastete er nach seiner unteren Körperhälfte, um sicherzugehen, dass er nicht im luftleeren Raum hing. »Alles nicht der Rede wert«, dachte er. »Wie ein Tropfen Spucke, der einen riesigen Schlund hinuntergleitet.«

Geh nur, geh
Geh, ohne auszuruh'n
Noch bevor der Tag anbricht
Sollst du in der Erde ruh'n …

Wie so viele andere seiner Generation hatte Lao Wei zahlreiche nationale Katastrophen erlebt. Der Tod von Zhou Enlai und von Mao Zedong 1976 war der vorläufige Höhepunkt gewesen. Es schien auf der ganzen Welt nichts Wichtigeres zu geben. Der Strom von Tränen, den fast eine Milliarde Menschen um sie vergoss, hätte ausgereicht, um hundert Zhou Enlais und Mao Zedongs darin zu ertränken. Jahre später erinnerte sich mancher: »Es war wie eine Seuche, einer steckte den anderen mit seinem Geheule an, man weinte, bis man am ganzen Körper zitterte, und war der festen Überzeugung, dass das Land mit dem Verlust dieser beiden Idole am Ende sei.« Dennoch stand die Erde weder im Januar noch im Oktober 1976 auch nur eine Sekunde lang still, und es ereignete sich auch keine Sonnenfinsternis, kein böses Omen für das Schicksal des Landes. Pragmatisch konnte man das vordem so populäre Propagandalied »Zehntausend rote Herzen schlagen für dich, zehntausend lächelnde Gesichter wenden sich der roten Sonne zu« abändern in »Zehntausend Kehlen weinen um dich, zehntausend weinende Augenpaare geleiten dich auf dem Weg ins Paradies«. Die Emotionen der Massen sind leicht formbar. Zehn Jahre später kamen all die erst Lobpreisenden, dann Trauernden mit ihren Kindern im Schlepptau nach Peking, um das Mausoleum des Großen Vorsitzenden zu besichtigen, mittlerweile eine große Touristenattraktion.

Das Begräbnis von Großvater und Großtante konnte man weder traurig noch fröhlich nennen, das Wehklagen der Familienangehörigen folgte den Vorschriften der Tradition, der professionelle Klagesänger des Dorfes immerhin klang opernreif. Er widmete jedem der beiden Verstorbenen eine eigene, angemessene Melodie. Ebbe und Flut eines Lebens lassen sich mit dem An- und Abschwellen der Stimme beweinen, ein wahrer Experte jedoch sublimiert sie zu einem ergreifenden Gesang und erzielt dabei einen überwältigenden Effekt.

Die Leute lehnen Masken ab, weil sie angeblich etwas Falsches vorspiegeln, dabei sind Masken viel beständiger als die gern gepriesenen »wahren Gefühle«. Diesen artifiziellen volkstümlichen Gemeinschaftsgesang, dieses »Geh schon, geh!«, kann man schließlich singen, wie man will, wo man will, einer fängt an, der Nächste stimmt ein, und sind die Liedzeilen erschöpft, fängt man wieder von vorne an. Manchmal tauschen die Solisten ihren Part mit dem Chor und umgekehrt, aber immer kommen die Töne aus tiefster Überzeugung, die Sänger lassen ihren Gefühlen freien Lauf, ihrer Angst vor dem Tod, ihrer Hoffnung auf ein ewiges Leben, in dem ihre Mordlust und ihr Sadismus Vergebung finden. Die Lebenden benutzen die Toten als Vehikel zur Verhandlung ihrer eigenen Probleme. Wenn jemand stirbt, hören die Probleme nicht auf zu existieren, das war schon immer so.

Lao Wei lauschte andächtig und echote den Gesang nach dem Vorbild seines Vaters. Als die Klagelieder allmählich leiser wurden, durchschnitt überraschend der schrille Klang einer Frauenstimme die Luft wie ein Messer und bereitete dem Gesang ein jähes Ende. Die Aufregung legte sich, doch gleich darauf ertönte wieder dieser affenartige Schrei. Bei der Ankunft am Familiengrab öffnete sich wie bestellt die Tür des Himmels ein Stück weit und gab das erste Licht des Morgens frei.

Mit einer Bambuskrone auf dem wirren Haar vollführte die Hexe ihr schamanisches Tanzritual, dabei wälzte sie sich mit einem Bambusmesser in der Hand auf dem Boden, während Großvaters Sarg langsam in die Gruft hinabgelassen wurde. Die Hinterbliebenen bewegten sich am Rande des Grabes rhythmisch auf und nieder, die bösen Geister imitierend, die aus dem Sarg entweichen sollten. Unterdessen war die dritte Tante bereits hundert Meter weiter unten am Hügel beigesetzt worden. Während der Klagegesang immer wieder aufwallte, erklärte Lao Weis Vater ihm leise, dass es sich bei diesem »Trauergeheul« um eine uralte Melodie handele, die der Grabrede einer Trauerfeier entspreche und erst verstumme, wenn sämtliche guten Seiten und Taten des Verstorbenen aufgezählt seien.

Die Schamanin wirbelte immer schneller um ihre Achse und schnitt sich dabei mehrfach mit dem Messer die Stirn blutig. Dann sprang sie auf einen Felsen, den Blick nach Osten, ihr Körper bebte. Sie stieß einen eiskalten Hauch aus, der die Menge zurückweichen ließ. Lao Wei hätte gerne ihr Gesicht gesehen, doch sein Vater hielt ihn zurück. Dann schmolz mit einem Mal das eiserne Tor des Horizonts, und mit einem stummen Triumphschrei brach der runde, rote Sonnenball hervor, als hebe ihn ein Gott auf der Handfläche hoch. Von den goldenen Strahlen wie von einem Pfeil getroffen, fiel die Hexe um, das Gesicht nach oben, mit bebender Brust. Lao Wei stieg vorsichtig über die schwankenden Totenköpfe und sah, dass die ersten zarten Sonnenstrahlen sich genau über die Öffnung von Großvaters Grab ergossen. Der alte Zaubermeister hatte sein Begräbnis wirklich vortrefflich inszeniert – das Licht zeichnete einen goldenen Löwen auf seine Grabstätte, und der schien direkt in die Morgensonne zu blicken, die zwischen den Hügelketten am Horizont aufbrach. Wenn es wirklich so etwas wie eine Wiedergeburt gab, würde der alte Herr der glückliche Erste sein, der beim Aufwachen direkt ins Antlitz der Sonne sah.

Ein unerschrockenes Familienmitglied bahnte sich den Weg durch die Menge und vollführte einen Tanz um das lebensechte Modell eines mindestens sechs Meter langen Penis. Der untere Teil des riesigen Organs bestand aus gewundenem, dunklem Blutgras, aus der Penisspitze eruptierten im Rhythmus der Musik einen Samenerguss symbolisierende Papierfetzen, die vor dem Dämmerlicht durch die Luft schwebten. Die bunten Papierschnipsel erweckten die Hexe wieder zum Leben, die sich erhob und neuerlich zu tanzen begann. Die Trauerriten erreichten ihren Höhepunkt. Die über dem Hügel verstreuten Trauergäste gerieten in Trance, schlossen die Augen, rangen nach Luft und stöhnten laut auf, rissen sich die Kleider herunter und tanzten mit entblößten Unterleibern. Lao Wei bekam es mit der Angst zu tun. Wäre er nicht mit eigenen Augen Zeuge dieser Szene geworden, hätte er nicht geglaubt, dass so etwas möglich wäre, dieses kollektive obszöne Tanzen vor einem Grab am helllichten Tag. Ein Tag wie in einen Traum gehüllt, von milchigem Nebel durchzogen, in dem die Dinge mal im Sonnenlicht, mal in tiefer Dunkelheit lagen, weil ein Gott seine Hand mal öffnet, mal zur Faust ballt, ein Karussell von Gesichtern, die auftauchen und wieder verschwinden, der Vater, die Großtante, der Großvater, die Mutter und Lao Wei selbst. Ein uralter Zauber brach sich Bahn, ein wahrer Magier war am Werk, oben, ganz hoch oben, und unten, ganz tief unten.

Lao Wei fiel eine Gedichtzeile ein: »Für die Menschen unter der Erde ist unsere weltliche Existenz das Paradies.« Er fühlte sich erschöpft. Bevor ihm die Augen zufielen, sah er, dass auch sein Vater die Lider geschlossen hatte. Sein vom Leben gezeichnetes Gesicht wirkte seltsam leer und fremd unter dem zur Trauerkleidung gehörenden Turban.

Seine Augen blinzelten und er spürte deutlich, wie ihm sein Vater in den Körper fuhr, durch seine Adern floss. Die Haut der Erde brach auf, und es schien gar nichts Ungewöhnliches daran. Das Schriftzeichen »Berg« ergriff von Lao Weis Gehirn Besitz, und schon sah er einen riesigen Schatten sich aus dem Berg lösen. Beim Versuch, diesen Gedanken abzuschütteln, stürzte der Berg in sich zusammen, und auch Lao Wei stürzte, versank in einem grenzenlosen Grab voller Leichen, noch frische waren darunter und schon verrottete oder solche mit sich gerade versteinernden Schädeln am noch weichen Rest. Als Lao Wei sich entsann, dass er sich doch auf der Beerdigung seines Großvaters befand, nahm in seinem Kopf der Gedanke an die Leiche des Großvaters überhand und ließ all die anderen Leichen verschwinden. Aus dem Bauch des Großvaters quollen Tanzende hervor, mit Penissen, hart und lang wie Schwerter, mit denen sie sich auf die Hexe stürzten, die Hexe ließ fliegende Bambusmesser zu einem Schattengewirr aufwirbeln und verschränkte die Beine. Lao Wei hörte den Anführer der Tanzenden singen:

Dein Pimmel
Gemacht vom Himmel
Auserlesen
Ein seltenes Wesen
Was in der Nacht gesät
Ein Leben lang geerntet
Gütiger Ahne
Dein Penis – erste Sahne!
In die Erde
Aus der Erde
Ein neuer Tag
Erstrahlt im Sonnenlicht
Und deine Wurzeln versiegen nicht

Lao Weis Unterleib glich einem Glutofen, sein Bauch schwoll an, er hatte eine Erektion, und selbst seine Haare standen wie erigiert ab. Und dann kamen die Frauen, eine nach der anderen, so viele Gesichter und Kleider, in zehn Minuten fickte er sämtliche Frauen, die ihm je begegnet waren, und in weiteren zehn Minuten all jene Frauengestalten, die er aus Geschichte und Literatur kannte, aus der Tang-Zeit, der Song-Zeit, der Han-Zeit, schillernde Schönheiten. Nach dreißig Minuten hatte er in der Unterwäsche sämtlicher Weiber aus Romanen, Gedichten und Sagen herumgefischt, alle trugen sie Unterwäsche der Marke »Rote Flagge«. »Revolution!«, brüllte er. »Fick die Revolution!« Und da brach die Welt entzwei, zerfiel in zwei Menschen, einen roten und einen schwarzen.

Ein Gedicht entfuhr seinem Gehirn wie ein Blitz:

Alle lebenden Organismen reihen sich auf am Abgrund,
mit gespreizten Beinen, die lange und feuchtwarme
Vagina der Geschichte in Erwartung dieses
bemerkenswerten Fleischknüppels!

Das war es, die große Menschheitsorgie in seinem Kopf. Er drosch auf sich ein, haute sich selbst in die Fresse, bis er grün und blau war, bis alles, was die moderne Gesellschaft aus ihm gemacht hatte, zerschmettert war. Er war kein Dichter mehr, kein Edelmann, kein kultivierter Gelehrter, Ehemann und nationaler Buchpreisträger, er war nur ein rotbehaartes, wildes Tier, dass durch den Äther brüllte: »Werter Ahne, was hast du für einen feinen Pimmel!«

Als Lao Wei wieder zu sich kam, war die Sonne schon am Untergehen, der Vortänzer war spurlos verschwunden, die Hexe saß im Schneidersitz auf dem Felsen und schnitzte grinsend mit ihrem Bambusmesser an dem Riesenpenis herum. Vor dem Grab herrschte ein großes Durcheinander, die Dorfleute krochen wie

Würmer durch die Erde. Lao Wei war vom Nabel abwärts nackt, irgendwie waren seine Hosen abhandengekommen, und er bedeckte seine Blöße notdürftig mit einer Trauerfahne. Beim Anblick seines Vaters schrie er erschrocken auf: Der Alte steckte in einer bodenlangen kaiserlichen Robe, goldglänzend und mit einem lebensechten Drachen auf der Vorderseite. Vater und Sohn nickten sich zu und zuckten mit den Schultern. Sie brachten sich in Ordnung, doch als sie sich auf den Weg hügelabwärts machten, rottete sich hinter ihnen eine Masse von Bauern zusammen. Dieses unheimliche Auftauchen der sonst so harmlosen Bauern sagte Lao Wei, dass hier etwas nicht stimmte. Plötzlich schlugen ihnen vom Tal her Flammen entgegen. Sein Vater erschrak, er wollte loslaufen und das Feuer löschen, stolperte jedoch hilflos über seine lange Robe.

Der dreihundert Jahre alte Wohnhof der Wei-Familie ging in Flammen auf. Deutlich konnte Lao Wei das Lachen der dritten Tante hören, und wieder hörte er die ewige Kugel an seinem Ohr vorbeizischen. Als er sich umwandte, sah er direkt in das gehässige Antlitz der Hexe, sie lachte, sie stand auf dem Felsen und lachte, und die Flammen züngelten im Rhythmus ihres dämonischen Lachens am südöstlichen Himmel.

Der Bauernaufstand

Lao Weis Vater wurde zum Kaiser.

Ein paar unbekannte Kämpfer mit Schwertern am Gürtel zerrten ihn auf den Drachenthron, riefen »Lang lebe der Kaiser!«, und das Bauernvolk warf sich neunmal zum Kotau auf den Boden. Lao Wei war es mulmig zumute. Auf so einen Unfug stand in diesem Land die Todesstrafe. Er machte den älteren Bruder seines Vaters ausfindig und fragte vorsichtig nach, was denn geschehen sei. Der Bruder stammelte etwas, es handele sich wohl um eine Invasion der Partei des Großen Bären, die Kerle seien auf der Suche nach dem wahren Drachensohn. Nun hatten sie Vaters ungewöhnliche Persönlichkeit bemerkt, noch dazu hatte er den Ruf eines Wunderheilers und Ehrenmannes. Also hätten sie die Beerdigung der beiden Patriarchen genutzt, um zuerst durch Zauberkunst der Menge Herr zu werden und dann einen Aufstand anzuzetteln. Es hieß, dass drei Monate zuvor der Hexenmeister der Partei des Großen Bären vorhergesagt habe, »der wahre Drache wird aus dem Ausland kommen« (und dazu zählte jeder Ort, den die Bauern nicht kannten) und mit dem Auftauchen des wahren Drachen sei der Tag der Vergeltung angebrochen.

Die Partei des Nordsterns und des Großen Bären war eine Untergrundsekte, die aus einem Zusammenschluss von armen Bauern aus dem Norden Sichuans entstanden war und sich in den vergangenen Jahrzehnten ausgedehnt hatte. Inzwischen gehörten mehrere Landkreise zu ihrem Einzugsgebiet, und die Zahl der Anhänger ging in die Zehntausende, die meisten davon waren Analphabeten, die unter dem Wahlspruch »Wir folgen dem Willen Gottes, vertreiben die Schurken und schützen das Volk« agierten. Die Macht lag in den Händen eines geheimen inneren Zirkels, dem Kanzler Rinderkopf und Kriegsminister Pferdegesicht vorstanden. Unter den Dorfleuten herrschte der Glaube, dass sie in einem schwarzen Kasten direkte Zwiesprache mit Bodhisattva hielten.

Militär- und Polizeieinheiten der Regierung gingen immer wieder gegen diese aufrührerischen Hinterwäldler vor und wurden ganzer Scharen von Zauberern, Hexen, Wunderheilern und Geomanten habhaft, die sie wegen konterrevolutionärer Aktivitäten einsperrten, aber wie viele sie auch verurteilten, wie viele sie auch hinrichteten, ebenso viele entkamen ihnen dabei und warteten, von den Dorfleuten versteckt, auf die Gelegenheit zur Rache.

Ende der siebziger Jahre hatte die Partei eine restriktive Ein-Kind-Politik eingeführt. Spezielle Einsatzkommandos setzten in den abgelegenen ländlichen Gegenden Zwangsmaßnahmen zur Geburtenkontrolle durch, viele Frauen flohen vor ihnen in die Berge, und nicht selten wurden widerspenstige Frauen, die sich mit Händen und Füßen wehrten, von ein paar Dorfkadern in ein Maisfeld geschleppt, wo man ihnen die Hose herunterriss und eigenhändig die Spirale in die Vagina einsetzte. Und so manche Frau floh vor den Geburtenkontrollkommandos und ertränkte sich im Fluss. Der eine oder andere Bauer brachte seine Frau in einer abgelegenen Felsenhöhle in Sicherheit, wo sie mitten in der Wildnis leben musste, und wer konnte, nahm seine ganze Familie mit und zog durch das Land zu fernen Verwandten oder lebte mit der Familie als Nomaden. In den westlichen Provinzen Xinjiang und Gansu fanden sich die auf diese Art Vertriebenen in der Einöde der Wüste Gobi zusammen, wo sie Chinas erste volkszählungsfreie Untergrundgemeinde gründeten. Sie errichteten Holzhütten, suchten nach Wasserquellen, sammelten Lumpen, kultivierten das Land, wo es möglich war, bis aus dem Dorf eine richtige kleine Stadt wurde. Es dauerte allerdings nicht lange, bis dieses kleine illegale Paradies von den Behörden aufgespürt und zerstört wurde.

Mit dieser Politik goss die Partei Öl ins Feuer der Partei des Großen Bären. Ihre aufgebrachten Anführer fühlten sich um das Recht auf einen männlichen Nachkommen betrogen. Sie mobilisierten ihre Anhängerschaft und hetzten das Volk mit zum Teil erfundenen Horrorgeschichten auf, so dass immer mehr der ungebildeten Bauern sich ihnen anschlossen und sich einer Gehirnwäsche und nicht selten blutigem Drill unterzogen.

Die steigende Loyalität ihrer Mitglieder stieg den Wächtern der Unterwelt zu Kopf. Sie rüsteten sich zum Kampf, und es galt nur noch, den richtigen Zeitpunkt, den passenden Ort, die geeignete Situation zu bestimmen, um das »Reich des Großen

Wohlstands« auszurufen. »Große Felder, große Ernte, Reichtum unvergleichlich, Kinder, so viele die Frau gebiert, du und ich und alle haben reichlich, Wohlstand ist uns garantiert.« Die von Minister Pferdegesicht verfassten »Regierungsleitlinien« wurden zu einem Kampflied vertont, das die Frauen und Kinder sangen und das sich großer Beliebtheit erfreute.

Nachdem die Thronbesteigung zelebriert und ein neuer Staat gegründet war, fielen die Truppen der Partei des Großen Bären in das Dorf ein, zu dem sie der Nordstern geleitet hatte. Sie trugen Drachenfahnen und gelbe Turbane, ganz wie die Kämpfer des Taiping-Reiches Mitte des 19. Jahrhunderts. Auf ihrem Marsch schlossen sich ihnen immer mehr verbitterte Verlierer der Gesellschaft an, so dass sie am Ende mit einer gewaltigen Armee von mehreren zehntausend Mann durch das Dorf zogen. Bewaffnet waren sie mit Speeren, Luftgewehren, Knüppeln und Pallaschen, und »Unverwundbarkeitsamulette« sollten gegen Angriffe schützen. Dabei sangen sie dasselbe Kinderlied, das in den dreißiger Jahren von der Zentrale der Roten Armee von Jiangxi aus verbreitet wurde: »Nieder mit den Tyrannen, teilt das Land auf! Die Grundbesitzer sind wir, die Grundbesitzer sind wir.« Nur, dass die damaligen Revoluzzer jetzt die Tyrannen waren.

Lao Wei und sein Vater wurden von acht Männern in einer Sänfte getragen wie Provinzgouverneure der Ming-Zeit. Es gab kein Entkommen. Lao Weis Vater, im Sturm des Lebens weltweise geworden, bedeutete seinem Sohn, sich nicht zu rühren. Waren sie erst einmal unten im Dorf angekommen, konnten sie weitersehen.

Ohne dass sich ihnen Widerstand entgegenstellte, zog die Armee triumphal in das Dorf ein. Kanzler Rinderkopf erklomm die Stufen des Kreiskrankenhauses und verkündete den Beginn eines neuen Zeitalters namens »Großer Wohlstand« und einer neuen Zeitrechnung ab dem Jahr 1988. Im Namen des Kaisers verkündete er eine Generalamnestie, um die bösen Geister zu vertreiben. Die Masse ließ den Kaiser lautstark hochleben. Dann teilte sich die Truppe, um im Kreiskrankenhaus und in allen weiteren Krankenstationen jegliche Kontrazeptiva und andere Mittel zur Geburtenkontrolle zu konfiszieren. Alles kam auf einen großen Haufen und wurde verbrannt. Die Szene erinnerte daran, wie der patriotische Minister Lin Zexu in der Qing-Zeit Opium verbrennen ließ. Die Umstehenden vergossen Tränen der Euphorie und johlten und grölten, bis sie heiser waren. Das allmächtige Reich des Großen Wohlstands hatte im Handumdrehen die größte Sorge der Massen – ohne männliche Nachkommen zu bleiben – nichtig gemacht. Damit waren Friede und Harmonie wiederhergestellt. (Dass es immer noch staatliche Verwaltungsbeamte, Polizisten und Richter gab, war im Freudentaumel der Bewohner des Reichs des Großen Wohlstands schnell vergessen.)

Lao Wei und sein Vater nutzten das Chaos rund um das Feuer zur Zerstörung der bösen Mächte, um die billigen, mit Drachenmotiven versehenen Bettlaken abzustreifen und in die nächste Polizeiwache zu fliehen. Die Raubtierhöhle erwies sich jedoch als leer, angesichts des Tumults hatten die Bauernschinder schnell das Weite gesucht. Lao Weis Vater wurde zum ersten Mal im Leben zum Verräter. Er griff zum Telefon und meldete den Behörden die Vorfälle, lieferte eine Beschreibung von Kanzler Rinderkopf, Minister Pferdegesicht und weiteren Rädelsführern. Er berichtete auch, dass er selbst unter Zwang zum neuen Kaiser gekrönt worden sei. Am anderen Ende der Leitung ließ sich eine krächzende Stimme vernehmen: »Es ist immer die Politik der Partei gewesen, bei einem Geständnis mildernde Umstände walten zu lassen, wer nicht gesteht, wird umso härter bestraft, und wer bei der Strafverfolgung hilft, vermindert die eigene Strafe. Die Provinzregierung wird sofort ein großes Truppenkontingent in das Dorf abordnen, um den konterrevolutionären Aufstand niederzuschlagen. Sie werden mit uns zusammenarbeiten, damit die Sache geordnet über die Bühne geht.«

Lao Wei platzte der Kragen, er schnappte sich den Hörer und brüllte hinein: »Schluss mit dem verdammten Scheißdreck! Wir sind keine Verbrecher, mein Vater ist ein Kader, dass das klar ist. Eure braven Polizisten hier haben das Weite gesucht, die Schlappschwänze!« Damit knallte er den Hörer auf.

Lao Weis Vater lächelte bitter: »Ich sollte es halten wie der Shu-König Liu Shan und mich selbst fesseln und dem Feind ergeben. Sima Zhao hat noch nicht zugeschlagen.«

»Ist doch völlig egal«, beschwichtigte Lao Wei. »Der Stein zerschlägt immer das Ei. Du wirst schon sehen, es dauert nicht lange, und aus dem Reich des Großen Wohlstands wird das Reich, das sogleich verschwand. Wir haben etwas Besseres verdient, als uns zusammen mit diesen dämlichen Bauern lebendig begraben zu lassen.«

Vater und Sohn stahlen aus einer Fabrik ein Motorrad und brausten über die kleine Landstraße zum Dorf hinaus. Sie erreichten die Elektrizitätswerke und ließen dem Dorf den Strom kappen. Das Dorf versank in Dunkelheit. Kanzler Rinderkopf suchte auf einem Esel mit einer Taschenlampe das Dorf ab. Plötzlich ertönte ein Schrei: Der Kaiser ist geflohen! Sofort war das ganze Dorf auf den Beinen: »Der Kaiser ist geflohen!«

Lao Wei gab Gas. Er spürte die Truppen des Reichs des Großen Wohlstands im Nacken und musste aufpassen, dass er nicht im Graben landete. Als er durch die kurvigen Bergstraßen fuhr, lenkte eine leuchtende Sternschnuppe seinen Blick ab, und er raste gegen einen Felsen. Sie stürzten und rollten über den Boden, und ehe sie es sich versahen, fanden sie sich in Ketten wieder. Um sie herum ein undurchdringlicher Ring von Soldaten mit Stahlhelmen und verkniffenem Blick, die wie emotionslose Roboter Gewehrläufe auf sie richteten. Die Gebirgsstraße hinab stand eine Schlange von grünbraunen Militärlastwagen. Nacheinander erloschen ihre Scheinwerfer, und nur noch ein Blaulicht blinkte schwach. Ein junger Offizier kletterte aus dem Leitwagen und verhörte die Gefangenen einige Minuten lang ruhig und sachlich, dann gab er einen Wink, und Lao Wei wurde in den Wagen gesetzt, um ihnen den Weg zu zeigen. Sein Vater blieb unterdessen bei den nachfolgenden Truppen zurück, zusammen mit den geflohenen lokalen Parteifunktionären, den Sicherheitsbeamten, Richtern, Ärzten, Geschäftsleuten.

Von der Anhöhe aus konnte Lao Wei das Blaulicht in einigen Kilometern Entfernung sehen und glaubte, gleich mehrere Truppeneinheiten zur Festnahme der Banditen auszumachen. Die Staatsmacht bediente sich in der Bekämpfung ihrer inneren und äußeren, bewaffneten und unbewaffneten Feinde unterschiedlicher Methoden. Mao Zedong hatte stets propagiert, mit revolutionärer Doppeltaktik der reaktionären Doppeltaktik entgegenzutreten. 1976 heuerten sie in Peking speziell ausgebildete Arbeiterwachmannschaften für eine Überraschungsattacke auf die unbewaffneten Massen an. Wie viele Menschen bei dem damaligen Tiananmen-Vorfall umkamen, ist nicht bekannt. Als das politische Klima sich zwei Jahre später gewandelt hatte und der konterrevolutionäre Aufruhr zur »Bewegung vom 5. 4.« erklärt wurde, wagten es ein paar Leute zu enthüllen, wie die durch die Bank als Helden gefeierten Soldaten damals mit Wasserschläuchen das viele Blut um das Denkmal der Volkshelden auf dem Tiananmenplatz weggespült hatten. Die Schlächter wurden nie zur Verantwortung gezogen, waren sie doch alle als Regierungsmitglieder Ersatzteile im Getriebe des staatlichen Fleischwolfs. Ersatzteile haben nichts Menschliches, sie erfüllen bloß eine Funktion in einem Apparat.

Lao Wei schämte sich, sich zur Rolle eines Judas gezwungen zu sehen.

Schon von Ferne ließen die vielen roten Drachenlaternen das Dorf als Hauptstadt des Reichs des Großen Wohlstands erkennen. Beim Näherkommen machte man auch die Mitglieder der Partei des Großen Bären aus, die mit den Laternen in der Hand an der Stadtmauer patrouillierten. Die armen, unverbesserlichen Kerle erwartete der sichere Tod. Lao Wei schlotterten die Knie. Der junge Offizier packte ihn mit seinen blütenweißen Handschuhen an der Schulter und sagte verächtlich: »Intellektuelle taugen wirklich zu gar nichts.«

Ja, er war zu nichts nütze, das musste Lao Wei einem professionellen Schlächter gegenüber wohl zugestehen. Der Offizier bleckte die Zähne. Er zog einen dunkelglänzenden Revolver hervor und zielte zum Spaß damit auf Lao Wei, dabei hüpfte sein Adamsapfel auf und ab, weil ihm das Wasser im Munde zusammenlief, sein Nacken glänzte so schwarz wie der Revolver. Lao Wei kam der Roman *Die unerträgliche Leichtigkeit des Seins* in den Sinn, in dem der tschechische Schriftsteller Milan Kundera beschreibt, wie sowjetische Truppen 1968 in Prag einmarschierten und die jungen Prager, Nationalflaggen schwenkend, auf Motorrädern die Panzer umkreisten. Und dann waren da noch die jungen Mädchen, die in knappen Miniröcken provokant vor den Augen der Soldaten paradierten. Die Aggressoren verzichteten damals darauf, das Feuer auf die Demonstranten zu eröffnen. Lao Wei hatte unwillkürlich begonnen, laut aus dem Buch zu zitieren, was den Offizier und den Fahrer in schallendes Gelächter ausbrechen ließ. Der Offizier erzählte, dass auch er während seiner Zeit auf der Militärakademie Kundera gelesen habe, und zählte noch ein paar Beispiele seiner Lektüre auf. Dann ermahnte er Lao Wei: »Jetzt werde bloß nicht zum Konterrevolutionär, sobald wir zum Stehen kommen.«

Das Schicksal des Reichs des Großen Wohlstands war besiegelt. Die gegen die Aufrührer eingesetzten Truppen waren wenig beeindruckt von den armseligen Luftgewehren mit ihren fünf Metern Schussweite, den an Kinderspielzeug erinnernden Steinschleudern und Pfeilen und Bogen, den anhand von Fernsehbildern nachgebauten Molotow-Cocktails. Als die roten, gelben und blauen Signalschüsse abgegeben wurden, nahmen die Soldaten träge den Kampf auf. Gelangweilte Schützen, das schwere Maschinengewehr in der Hand und dabei gegen den Bunker pissend, riefen: »Nun feuert mal ein bisschen drauf, damit das hier wie ein Krieg aussieht!«

Kanzler Rinderkopf stand unter der größten und hellsten Drachenlaterne im Zentrum des alten Bergdorfs und beobachtete, wie die Einheiten der Volksbefreiungsarmee in Wellen über das Dorf schwappten. Dann versuchte er es mit derselben Taktik, die er beim Begräbnis von Lao Weis Großvater angewandt hatte. Er riss sich die Kanzlerrobe herunter. Nackt wie ein Meeraffe brüllte er: »Himmel! Himmel!«, umschlang die hölzerne Figur eines Penis und begann, wild zu tanzen. Doch mit dem Zauber war es schnell vorbei. Die bis an die Zähne bewaffneten, nüchternen Soldaten der Volksbefreiungsarmee ließen sich nicht so einfach in kollektive Trance versetzen wie ein Haufen Bauerntölpel. In schwindelerregendem Tempo breitete sich das Feuer ihrer Maschinengewehrsalven durch die Nacht aus, und die unverwundbaren Jünger der Partei des Großen Wagens wurden mit einem Wimpernschlag zu Haufen toten Fleischs. Nach einer Viertelstunde stellten die Soldaten das Feuer ein und stürmten das Dorf. Ungläubig näherten sie sich der grotesken Kreatur, die unverdrossen wie im Rausch im Stadtzentrum herumtanzte. Sie johlten und ließen sich auf ihren Stahlhelmen im Kreis um ihn herum nieder, ein kleiner Dicker wischte sich mit dem Handrücken vor Lachen die Tränen aus dem Gesicht. Rinderkopf tanzte bis zur völligen Erschöpfung. Als er schließlich zur Besinnung kam und die vielen Augenpaare um sich herum wahrnahm, stieß er einen Schrei aus und fuchtelte drohend mit seinem bizarren Zauberstab herum. Das laute Krachen eines Schusses stoppte ihn. Noch ehe er umfallen konnte, versetzte ihm ein Gewehrlauf einen Hieb gegen die Schläfe. Die Soldaten machten sich einen

Spaß daraus, mit ihm chinesisches Boxen zu üben. Wäre nicht noch rechtzeitig der junge Offizier eingeschritten, hätten sie aus Rinderkopf Rinderhackfleisch gemacht. Er fasste sich verdutzt an die Schusswunde an seiner Schulter und plärrte unverständliche Flüche in die Nacht.

Unterdessen herrschte in dem zum Kaiserpalast umfunktionierten Krankenhaus dicke Luft. Kriegsminister Pferdegesicht fuchtelte mit einem Messer herum und wollte die Palastkonkubinen zwingen, sich in den Fischteich zu stürzen, um für ihr Vaterland zu sterben. Die jungen Dorfmädchen drängten sich aneinander und schrien wie am Spieß, ihre glühenden Augäpfel erschreckten sogar die kaiserliche Wache. Pferdegesicht verlor die Geduld, stampfte wütend mit dem Fuß auf, entblößte seinen Oberkörper und stürzte sich mit dem Messer auf die wolfsäugigen Mädchen, eine Blutfontäne spritzte quer durch den Raum, ein abgetrennter Kopf landete mit einem lauten Klatschen im Fischteich. Das Wasser spritzte in alle Richtungen, und Pferdegesicht erkannte noch vage, wie der Kopf im Wasser kreiste und mit klirrenden Zähnen in das dreckige Wasser biss. Im selben Moment biss ihm eine der Wölfinnen wie rasend in die Schulter. Pferdegesicht ließ wieder wütend sein Messer kreisen, und jetzt wagte sich die Palastwache vor, packte die Mädchen und schickte in wenigen Minuten mehr als vierzig junge Frauen, die sich nicht selbst opfern wollten, zwangshalber ins Nirvana. Pferdegesicht hackte höchstpersönlich die Widerspenstigste unter den jungen Frauen in Stücke, in deren Mund ein Fleischklumpen steckte. Erst als er mit ihr fertig war und seine schmerzende Schulter spürte, verstand er, dass das sein Fleisch war.

Draußen näherte sich Gewehrdonner, Granaten schlugen ein, das Krankenhaus stand in einem Feuerhagel. Pferdegesicht scharte das verbliebene Dutzend Gefolgsmänner mit ihren Luftgewehren um sich. Dann wurde die Haupttür aufgebrochen, und mit Kriegsgeschrei stürmten die VBA-Soldaten herein und feuerten mit Gewehren und Maschinengewehren so lange, bis das ganze Haus in undurchdringliche Rauchschwaden gehüllt war. Pferdegesicht musste hilflos zusehen, wie seine Getreuen einer nach dem anderen verzweifelt in den Fischteich sprangen. Schließlich hüllte er sich in die Flagge des Reichs des Großen Wohlstands, nahm eine theatralische Pose ein und rief: »Ich ergebe mich dem Schicksal!« und stürzte sich selbst ins Wasser. Nun war das Wasser aber vielleicht nicht tief genug oder der Schlamm zu dicht, jedenfalls staken seine Beine aus dem Teich heraus und zappelten in der Luft. Auch seine Gefolgsleute hatten Mühe, unterzugehen. Irgendwann hörte er auf zu zappeln und steckte den schlammbesudelten Kopf aus dem Wasser: »Heilige Scheiße! Ich kann nicht sterben!« Das Drama wurde immer mehr zur Farce. Seine dreckigen, durchnässten, mit den Armen rudernden Getreuen riefen im Chor: »Er kann nicht sterben!« Die armen Irren hatten noch immer nichts Besseres zu tun, als ihre gerade einmal einen halben Tag lang währende Utopie hochleben zu lassen. Doch jetzt machten die Regierungseinheiten kurzen Prozess und ließen nichts mehr vom glorreichen Reich des Großen Wohlstands übrig.

Der Kampf gegen die Aufständischen dauerte nur eine knappe Stunde, dann hatte sich der mehrere tausend Bauern zählende Mob aufgelöst. Aufseiten der Regierungstruppe gab es nur zwei Verletzte. Dem einen hatte ein Luftgewehr das Ohr weggeblasen, der andere trat bei dem Versuch, die schillernde Flagge der zum wiederholten Male siegreichen Achten-Route-Armee auf dem morschen Dach des Palasts des Großen Wohlstands, also auf dem Kreiskrankenhaus, zu hissen, daneben und stürzte ab. Sein Kamerad feuerte sofort mehrere Salven in die Luft, nahm dem Märtyrer die Flagge aus der Hand und lief, lauthals Racheparolen schreiend, mit der Nachricht zum Truppenkommandeur. Der gab sofort die Anweisung »Alle in Deckung und Feuer frei!«, und schon war die Luft voll von den Splittern der berstenden

Fenster des Krankenhauses, in dem es längst keine lebenden Feinde mehr gab. Ein Bataillon von Soldaten stürmte mit martialischem Geschrei auf das Dach. Der Flaggenträger baute sich dort auf und blieb mindestens eine halbe Stunde wie eine Statue stehen, offenbar gab er sich der Vorstellung hin, einer der Helden der Eroberung von Nanjing zu sein, damals, als die Rote Armee, vom Jangtse kommend, den Regierungspalast der unrechtmäßigen Regierung von Nanjing stürmte.

Der lokale Nachrichtensender nahm den Betrieb wieder auf, von überall her ertönten aus den Lautsprechern Verlautbarungen des Kreiskomitees, der Kreisregierung, der Polizei und der Antireaktionären Einsatztruppen, in denen wiederholt das Kriegsrecht proklamiert wurde: »Es herrscht Ausgangssperre, wer zuwiderhandelt, haftet für Tote und Verletzte. Es herrscht Beleuchtungsverbot, wer zuwiderhandelt, haftet für Tote und Verletzte. Wer Banditen versteckt, hat die Konsequenzen zu tragen. Wir teilen mit, dass der konterrevolutionäre Aufruhr zwar als beendet gilt, aber noch immer vereinzelte Aufrührer Widerstand leisten, töten und brandstiften, es handelt sich um Volksfeinde, die die großartigen Errungenschaften der Reform- und Öffnungspolitik zunichtemachen wollen. Der Kommandostab der Verbrechensbekämpfungsstelle der Volksbefreiungsarmee ruft daher alle Angehörigen der Armee auf, keine Anstrengung zu scheuen und den Sieg als Ermutigung zu nehmen, sämtliche Banditen gründlich auszurotten. Lang lebe die Diktatur des Volkes!«

Dutzende von Suchscheinwerfern erhellten die Nacht in dem kleinen Bergdorf. Die Soldaten waren damit beschäftigt, die zentrale Halle des Krankenhauses zu säubern, die Blutspuren zu entfernen und einen ganzen Berg Leichen in Jutesäcke zu verpacken. Als die Jutesäcke nicht mehr reichten, warf man die Leichen einfach so auf einen Militärlaster, deckte sie mit einer Plane ab und brachte sie weg. Es sah aus wie ein ganz normaler Versorgungstransport für das Militär. In dieser ärmlichen, abgeschiedenen Region waren immer noch Erdbestattungen üblich, die Bauern pfiffen auf die von Staats wegen verordnete Feuerbestattung: »Von wegen Hygiene! Die können uns mal mit ihrer Hygiene. Unsere Väter und Großväter kommen anständig unter die Erde!« Das Krematorium machte wenig Umsatz, die Öfen waren kalt, und seine Kapazitäten würden bei weitem nicht für ein so großes Geschäft ausreichen.

Am darauffolgenden Morgen gingen in sämtlichen Häusern des Dorfes die Lichter wieder an. Die Ausgangssperre war aufgehoben, und die Dorfbewohner lebten weiter ihr Leben, das einem stehenden Gewässer glich. Abgesehen vom Krankenhaus und den Krankenstationen funktionierten alle öffentlichen Einrichtungen der Gegend wie gehabt, die Soldaten hatten sich, wie einst die Kämpfer der Roten Armee, unter dem Dach der Bauern eingenistet, wo sie sich selbstverständlich einwandfrei verhielten. Die Anhänger des Reichs des Großen Wohlstands wurden auf verschiedene Gefängnisse verteilt. Danach bündelten die Provinz-, Kreis- und Dorfbehörden und die Sicherheits-, Polizei- und Justizbeamten ihre Kräfte und holten zum Schlag gegen die konterrevolutionäre Bewegung aus. Man hielt sich an das Recht: Vorladungen, Untersuchungshaft, Arrest, Anhörungen, Gerichtsverhandlung, Urteil – alles ging den vorgeschriebenen Weg. Innerhalb von drei Monaten waren die Prozesse abgeschlossen. Zwanzig Personen wurden exekutiert, über hundert kamen ins Arbeitslager, und eine große Zahl von einfachen Mitläufern kam nach kurzen »Erziehungsmaßnahmen« wieder frei. Die Parteizeitung wertete den Vorgang in einem Artikel als »zu jedermanns Vorteil«. Es sei eine gute Probe für das Justizsystem im Zeitalter der Reform- und Öffnungspolitik gewesen.

Lao Wei und sein Vater saßen drei Monate lang in Untersuchungshaft, bis sie vor Gericht gestellt und freigesprochen wurden. Vor dem Gerichtssaal begegneten sie Rinderkopf und Pferdegesicht, die sich kein bisschen verändert hatten und bei ihrem Anblick sofort zähneknirschend Flüche ausstießen, elende Landesverräter seien sie und so fort. Erst die Schlagstöcke der Gerichtspolizisten brachten sie zur Räson. Die Verlesung der Anklage durch den Staatsanwalt erinnerte Lao Wei stark an die Propagandasprüche der Justiz aus der Kulturrevolution, von »Geheul«, »Gebell«, »dreckigen Schweinen und räudigen Hunden« war die Rede. Selbst der Richter runzelte die Stirn. Die Anklage lautete auf: Anführung einer konterrevolutionären Organisation, bewaffnete Konterrevolution, konterrevolutionärer Mord, Plünderung, Vergewaltigung, Zwangsprostitution, Entführung von staatlichen Arbeitern, Brandstiftung, Herstellung von Feuerwaffen und anderen gefährlichen Gegenständen, konterrevolutionäre Zerstörung, Anstiftung zur Konterrevolution, Widerstand gegen die Staatsgewalt, Ausübung von Praktiken feudalistischen Aberglaubens.

Der Staatsanwalt nahm mit hochrotem Gesicht Platz. Ungerührt setzte der Richter die Verhandlung vorschriftsmäßig fort. Rinderkopf und Pferdegesicht verweigerten die Aussage, was vom Richter als »Geständnis« gewertet wurde, »einvernehmlich«. Dann wurden die Luftgewehre, Messer, Drachenroben und das »Politische Programm des Reichs des Großen Wohlstands« als Beweismittel vorgelegt, bevor man die Angeklagten noch einmal aufforderte, sich zu verteidigen. Der Hauptangeklagte Rinderkopf sah den Richter einige Minuten lang schweigend an. Dann sagte er: »Darf ich fragen, wer Sie sind? Wie kommen Sie dazu, mich zu verhören?«

»Ich bin Richter im Dienst der Volksrepublik China, ich untersuche diesen Fall in Übereinstimmung mit dem geltenden Recht.«

Rinderkopf kniff die Augen zusammen und drehte sich zu seinen Mitstreitern im Saal um: »Davon habe ich noch nie gehört. Ihr vielleicht?«

»Noch nie!« Johlender Beifall im Gerichtssaal.

»Ich weise den Angeklagten darauf hin, dass es nicht gestattet ist, im Gerichtssaal konterrevolutionäre Unruhe zu stiften.«

»Unruhe, was? Das hier ist meine Heimat, meine Ahnen sind in dieser Erde begraben, das hier ist das Territorium des Reichs des Großen Wohlstands. Was zum Teufel will so ein Scheißprovinzrichter, ein Ausländer, hier und mich verhören?«

»Es reicht! Ich frage noch einmal: Was war das Ziel dieser Konterrevolution?«

»Hergelaufener Fremdling, Eindringling! Hund! Tatar! Was geht es dich an, wenn wir hier das Reich des Großen Wohlstands gründen? Was geht es dich an, wenn wir so viele Kinder kriegen, wie wir wollen? Euch reicht's wohl nicht, euch mit den stinkenden Stadtfotzen abzugeben, ihr müsst aufs Land kommen, um frischen Duft zu schnuppern, ihr bringt unsere Frauen dazu, in die Berge zu flüchten, reißt ihnen die Hosen runter, dass sie aussehen wie Nacktfrösche, und wenn sie euch entkommen, bringen sie sich trotzdem vor Verzweiflung um. Wie wär's, wenn wir es genauso machen, und unsere Leute in euer Chengdu schicken und es euren Weibern besorgen? Wie fändest du das?«

Rinderkopf hatte sich in Rage geredet, und ermutigt stimmte auch Pferdegesicht in die Kampftirade mit ein. Im Gerichtssaal entstand ein großer Tumult, und der Richter rief die Saalordner zu Hilfe. Mehrere Dutzend Polizisten stürmten den Saal und lieferten sich eine Keilerei mit der Menge. Rinderkopf war bereits k. o., als Pferdegesicht mit seinem versehrten Arm immer noch trotzig fluchte: »Verdammtes Sichuan-Chengdu-Kastratenreich!

Wir von der Partei des Großen Bären werden eure Mütter für achtundachtzig Generationen in den Arsch ficken!«

Die verbliebene Anhängerschaft vom Reich des Großen Wohlstands wurde geknebelt und in Handschellen gelegt. Zusätzlich fesselte man ihnen die Hände und die Füße und band sie so auf dem Rücken zusammen, dass sie nur noch mit der Brust den Boden berührten. Einer der Polizisten stieß Pferdegesicht an der Schulter an, der wie ein aufgezogener Kreisel um die eigene Achse rotierte.

Der Richter hatte die Nase voll und verzichtete auf die übliche Routine. Er zog das Urteil hervor, dem er nebenbei noch die zusätzlichen Vergehen »Anzettelung eines Aufruhrs im Gerichtssaal« und »Beleidigung des hohen Gerichts« zugrunde gelegt hatte. Es lautete:

Rinderkopf und Pferdegesicht, auch weißer und schwarzer Gevatter Tod genannt, sind Rädelsführer und Hauptschuldige im Sinne der Anklage. Nach der Untersuchung und Anhörung vor Gericht ergeht folgendes Urteil: Todesstrafe wegen der Anführung eines bewaffneten konterrevolutionären Aufstands; Todesstrafe wegen konterrevolutionären Mordes; Todesstrafe wegen Plünderung; Todesstrafe wegen Vergewaltigung; Todesstrafe wegen der Gründung einer konterrevolutionären Vereinigung in einem besonders schweren Fall; lebenslänglich wegen Organisation von Zwangsprostitution; fünfzehn Jahre Haft wegen konterrevolutionärer Propaganda; fünfzehn Jahre wegen Zerstörung öffentlichen Eigentums; fünfzehn Jahre wegen bewaffneten Widerstands gegen die Staatsgewalt; fünf Jahre wegen Schmähung des Gerichts; diese Strafen werden zusammengefasst zu Todesstrafe und lebenslänglichem Entzug der politischen Rechte.

Erst jetzt erkannten Lao Wei und sein Vater, dass sie nicht etwa deshalb straffrei blieben, weil sie sich freiwillig gestellt und mit dem Staat kooperiert hatten, sondern aufgrund des blinden Gehorsams der Bewohner vom Reich des Großen Wohlstands gegenüber ihrem »Kaiser«. Rinderkopf und Pferdegesicht hatten ausgesagt, sie hätten Lao Weis Vater ein Messer an die Kehle gehalten und ihn gezwungen, die Drachenrobe anzulegen und den Thron zu besteigen, und erzählt, wie sie anschließend mit vergiftetem Wein Königsmord an ihm begehen wollten. Lao Wei erinnerte sich an den Wein, den sie dem Vater kredenzt hatten. Als der Vater an Ort und Stelle in ein Koma gefallen war, hatte Lao Wei an seiner verzerrten Miene erkannt, dass seine Seele längst zum Tode verurteilt war und nun auf dem Weg ins Jenseits von der Polizei verhaftet, verurteilt und exekutiert werden sollte. Nachdem sein Vater so viel durchgemacht hatte, so viele Katastrophen erlebt hatte, sollte es so kläglich mit ihm zu Ende gehen. Lao Wei dämmerte es in seiner Trauer allmählich, dass die Revolte der Partei des Großen Bären nicht einfach nur das Werk ignoranter Hinterwäldler war. Was wäre, wenn Rinderkopf und Pferdegesicht in der Domäne der Zauberkunst das Geheimnis der Transformation der Wege des Himmels entdeckt hätten? Ihr scheinbar groteskes Gerede, alles, was außerhalb der ihnen bekannten Welt lag, als »Ausland« zu bezeichnen und den Richter als »Eindringling aus einer fremden Provinz« zeugte nicht unbedingt von einer Unkenntnis geschichtlicher Tatsachen. Gut möglich, dass sie sich im Besitz übernatürlicher Kräfte oder einfach tiefer Einsichten befanden, weil sie sich in der von den verstorbenen Ahnen stammenden, von Generation zu Generation steigernden Fähigkeit zum Empfang spiritueller Botschaften in Träumen geübt hatten, eine Fähigkeit, die sich in das Gedächtnis ihres Bluts eingeträufelt hatte. Das Urteil gegen das Reich des Großen Wohlstands erging vielleicht in Übereinstimmung mit »Recht und Gesetz«, doch dieses Recht und dieses Gesetz sind uns seit Jahrzehnten von einem despotischen Paganismus auferlegt worden, dem sich alle unterwerfen müssen. Unabhängig von

Zeit und Raum, wäre es wie das Urteil eines Landes mit moderner Religion gegen ein Land mit überlieferter Religion, die Verurteilung der eigenen Vergangenheit, weil diese Vergangenheit kindisch, lächerlich und vergänglich ist.

Lao Wei und sein Vater waren wieder auf freiem Fuß. Sie traten aus dem Gerichtsgebäude hinaus in einen strahlend blauen Tag, den die Sonne in Gold tauchte. Sehr vorsichtig überquerten sie die Straße, als gingen sie den Rand eines Abgrunds entlang. Freiheit ist ein Abgrund, der Donner von Pferdegesichts »unser Reich des Wohlstands ist eurem Chengdu achtundachtzig Generationen von Ahnen voraus« hallte noch lange aus der Tiefe dieses Abgrunds wider. Der steife Körper seines Vaters erinnerte Lao Wei an die Legende vom Leichenjäger. Sie handelt von einem längst verlorenen alten Zauberkult: Der Leichenjäger versteckt sich bei Tag und kommt nachts hervor, befestigt unsichtbare Haken unter den Achseln einer Leiche und bringt den Verstorbenen mit riesigen Roboterschritten zu seinen Verwandten in der Ferne. Lao Wei sah dunkle Schatten aus dem strahlenden Auge der Sonne kommen und hörte laute Stimmen aus dem Himmel. Die Seele seines Vaters war ihm schon einen Schritt voraus, der unsichtbare Haken in der Hand des Leichenjägers zog seine Seele langsam fort.

Der arme Vater hatte nichts mehr, Lao Wei hatte es versäumt, ihm einen Gnadentod zu ermöglichen, er war letztendlich mindestens so dämlich wie Rinderkopf und Pferdegesicht. Es gab sowieso schon wenig genug Grund, in diesem Zeitalter zu leben, nun wurde ihm vom Himmel sogar das Erinnerungsvermögen geraubt. Sein Dasein würde fortan nur noch aus Nahrungsaufnahme bestehen. Essen, um zu essen.

Die Exekution der Schuldigen im Fall »Großer Wohlstand« wurde für den Vorabend des Nationalfeiertags angesetzt. Exekutionen am Vorabend eines großen Feiertags zur Wiederherstellung der öffentlichen Ordnung gehören nicht nur zu den Gepflogenheiten der KP Chinas, es handelt sich um eine jahrhundertelang bewährte Praxis der feudalen Kaiserreiche. Zehn Motorräder fuhren voran und machten den Weg frei, dicht darauf folgten drei Militärlastwagen mit schwerbewaffneten Soldaten, erst dann der offene Laster, auf dem die Maschinengewehre verschiedener Kaliber und die passende Munition aufgebaut waren. Nach dieser ultimativen Demonstration der Macht und Stärke der Diktatur des Proletariats tauchte zuletzt der Laster mit Rinderkopf, Pferdegesicht und den anderen zwanzig zum Tode Verurteilten auf. Rinderkopfs Schädel hing vor seiner Brust, seine abstehenden Ohren glänzten in der Sonne; er sah aus, als hätte er sich schuldbewusst mit seinem Schicksal abgefunden. Pferdegesicht wurde von drei Soldaten festgehalten, die ihm den Kopf nach oben drehten. Seine Augäpfel quollen hervor, als wollten sie explodieren, sein Mund stand leicht offen, als fragte er sich, was hier vor sich gehe. Lao Wei hatte angenommen, dass der raubeinige, unnachgiebige Grobian Brüllen und Toben und einen großen Skandal veranstalten würde, ganz in der Tradition der sechs Edlen, der gescheiterten Reformer am Ende der Qing-Dynastie. Einer dieser gescheiterten Reformer, Tan Sitong, hatte damals die Geste eines freundlichen Henkers genutzt, der ihm noch einen Moment gönnte, bevor er ihm den Kopf abschlug, und die seither in China berühmt gewordenen Worte geschrien: »Ich wollte die Räuber töten, aber mir fehlte die Kraft, die Welt zu verändern. Dafür war es wert, zu sterben. Freut Euch, freut Euch!« Dann hatte er noch ein langgezogenes Heulen ausgestoßen, das die Henkertribüne zum Beben gebracht hatte. Das umstehende Volk hatte das Gesicht in den Händen vergraben und geweint.

Rinderkopf und Pferdegesicht taugten offenbar nicht zu Helden der Geschichte. Lao Weis Verwunderung wich, als er die Schlinge sah, die die Verurteilten um Hals und Kiefer hatten. Man hatte ihm erklärt, das sei ein sogenannter Halssperrstrick;

eine falsche Bewegung, ein Versuch zu sprechen, und man würde nur noch das Weiße der Augen des armen Kerls sehen.

Dass es außer diesem Strick auch noch eine Halssperrspritze gab, verstand Lao Wei nun gar nicht mehr. Eine Spritze vor der Hinrichtung? Nach der Spritze würde der Delinquent doch sowieso für immer verstummen. Die Eingeweihten wussten wohl, wozu das gut war. Sah man, wie den Verurteilten der Kiefer zitterte und die Tränen über die Wangen liefen, musste man annehmen, sie bereuten kurz vor dem Tod ihre Taten doch noch.

Jemand versetzte Lao Wei von hinten einen Stoß. Unversehens wogte er mit der Menschenmenge nach vorn. Ein solches Schauspiel war für das kleine Bergdorf eine Sensation. Die Betriebe standen still, die Läden hatten geschlossen, die Leute waren schon bei Sonnenaufgang auf den Beinen, und viele kamen zu Fuß aus den Nachbardörfern, um sich das Ereignis nicht entgehen zu lassen. Die Menge überflutete die Straßen und Gassen, kleine Kinder waren in Gefahr, niedergetrampelt zu werden, man hörte Schreie, doch niemand wusste, woher. Als am Boden nicht mehr genug Platz war, stiegen die Leute auf die Bäume, auf die Hausdächer. Mit beiden Fäusten bahnte sich Lao Wei den Weg aus der zähen Menge. Nur mit Mühe erreichte er schließlich eine ruhigere Türschwelle auf der gegenüberliegenden Seite.

Am Himmel zerriss der Wind die Wolken und scheuchte sie auseinander, blutrot gefärbt von der Sonne. Lao Wei wurde Zeuge, wie die Schädel der Verurteilten im Kugelhagel barsten. Die Wolken stoben auseinander, langsam, wie in Zeitlupe, drifteten sie durch den Himmel, während eine irregeleitete Kugel mit lautem Knall eine Wassermelone sprengte. Das herausquellende Fruchtfleisch war so sinnbildlich, dass Lao Wei bei dem Anblick speiübel wurde. »Scheiße«, stöhnte Lao Wei, »nie wieder rühre ich eine verdammte Wassermelone an.«

Nach der Revolte war die Ordnung wiederhergestellt worden, und das Krankenhaus und die Krankenstationen hatten ihre

Arbeit wiederaufgenommen. Bestens versorgt mit Kondomen, Spiralen, der Pille und der notwendigen Ausstattung für Sterilisation und Abtreibung, wurde die routinemäßige Geburtenkontrolle fortgesetzt, auch wenn der Pöbel noch lange den Ideen des »Großen Wohlstands« und des »Kinderreichtums« hinterhertrauerte. Der Einsatz der Partei des Großen Bären für den Fortbestand ihrer Familienstammbäume hatte ihre Anführer den Kopf gekostet, das war alles, was für die Leute zählte. So entstand aus der Geschichte um das Feuer zur Austreibung der »bösen Geister« ein glanzvoller Mythos, der sich im Zauberglauben der einfältigen Dörfler festsetzte. Es war daher kein Wunder, dass nach der Hinrichtung plötzlich ein Wehgeschrei anhob, laute und leise Töne, die Lao Wei an die Klänge beim Begräbnis seines Großvaters erinnerten. Zu seiner Überraschung hatte sich tatsächlich eine Reihe von Weibern in Trauerkleidung bis vor die Hinrichtungstribüne gewagt, wo sie sich in den Staub warfen und laut wehklagten. Binnen Minuten hatten die Sicherheitskräfte sie jedoch von dort weggezerrt.

Ziemlich mitgenommen von den Ereignissen, ging Lao Wei zurück in die Pension, in der sein Vater auf ihn wartete, mit derselben versteinerten Miene wie zuvor. Er sah auf die Uhr: Schon 5 Uhr nachmittags, Zeit, mit dem Vater etwas essen zu gehen. Sie aßen schweigend, sein Vater bewegte sich mechanisch, jedoch sehr rhythmisch, so dass Außenstehende nichts Ungewöhnliches bemerkten. Lao Weis Vorbild imitierend, pickte auch der Vater die Tofustücke aus der Kohlsuppe und badete sie in der grellroten Chilisoße auf seinem Tellerchen. Doch irgendwann steckte der Vater seine Stäbchen in Lao Weis Gesicht, und er schreckte auf: »Vater!« Sofort hielt sein Vater in der Bewegung inne, senkte den Kopf und nahm wieder ein Stück Tofu mit den Stäbchen auf, das er in Chilisoße wendete.

Lao Wei hatte die Vision, in der Chilisoße schwimme das Hirn von Rinderkopf und Pferdegesicht. Er hörte einen Schuss, Vaters Teller stürzte um. Er stand auf und brachte den Vater hinaus. Verwirrt bemerkte er, dass er weinte. Sein Vater sah ihn ausdruckslos an. Er versuchte, ihn durch den Schleier des Schweigens hindurch zu erreichen: »Vater, he, Vater.« Keine Reaktion. »Soll ich dich nun nach Chengdu zurückbringen? Jetzt, wo deine Seele offenbar bei deiner Familie geblieben ist, hat es da noch Sinn, eine leere Hülle nach Hause zu bringen?« Sein Vater verzog den Mund zu einem kleinen Lächeln. Beim näheren Hinsehen erkannte Lao Wei, dass diese erste Regung in dem vom Leben gezeichneten Gesicht gar nicht ihm galt, der Blick seines Vaters ging an ihm vorbei. Er drehte sich um und folgte seinem Blick, aber da war nur eine nackte Wand. Was war mit dieser Wand los? Erst nachdem er sie fünf Minuten, fünfzehn Minuten lang abgesucht hatte, erkannte er in den feinen Rissen die trügerische Silhouette eines Menschen. Er folgte der Richtung, in der die Silhouette lief, ein Fenster, eine Illusion von Himmel, ein Weg, durch das Fenster sah man ein Bett, daneben einen Ankleidespiegel, darin das Spiegelbild einer kleinen und einer großen Statue. Jetzt folgte er dem Blick der Statuen zurück auf die Straße und stellte erstaunt fest, dass sich die Welt in der letzten halben Stunde verändert hatte – in der Wand tauchten nun die Bilder einer Frau, eines Kindes auf, neben einem Mann. Er trat einen Schritt zurück und sah genauer hin – wer war dieser fremde Mann, der an seine Stelle getreten war? Ihm war unbehaglich zumute, ob echt oder nicht, es war unerträglich. Lao Wei fühlte sich wie damals bei dem verhängnisvollen Besuch mit seinem Vater in dem Dorf in Shaanxi, als sie so töricht vor seiner Mutter und ihrem klavierspielenden Liebhaber gestanden hatten. Die ganze Nacht lang hatte sein Vater im Schnee ausgeharrt. Nein: Sein ganzes Leben hatte er seither im Schnee verbracht. Sein Vater war doch noch nicht ganz dumpf, er öffnete endlich den Mund und sagte, als spreche er zu seiner Frau, die er 25 Jahre lang geliebt hatte: »Du und dein Sohn, ihr seid ganz in Ordnung, doch dein Mann stört.« Diese Retourkutsche hätte er ihr schon damals geben sollen.

Nun war es, als seien dem Vater ungehemmt Würmer vom Steißbein herauf ins Hirn gekrochen, in die Ohren. Von seiner Stirn tropfte kalter Schweiß. Sein Zuhause war zu weit weg, Chengdu lag einfach viel zu weit entfernt von diesem Ort, in dem die Knochen seiner Ahnen ruhten. An der Wand sah er seine Frau in den Armen eines anderen, wie ihre nackten Körper sich bewegten, die befruchtete Eizelle, ein anderes Kind neben seinem Kind, Hand in Hand wie Brüder, und die beiden Erwachsenen blickten mit einem Lächeln vom Bettrand aus ihn an. Wozu sollte Lao Weis Vater noch zurückgehen? Um zu kämpfen? Nein, er war kein Kämpfer und würde nie einer sein, dieser nagende Schmerz musste einfach von selbst vergehen. Irgendwann, Jahrzehnte später, wenn die Kinder ihre eigenen Wege gegangen sein würden und seine Frau und ihr Liebhaber alt und grau, dann könnte er zurückgehen und sich mit seinem Rivalen auf der Bettkante zuprosten. Seine Frau würde sagen: »So, da bist du also.« Und er würde antworten: »Da bin ich.« Sein Herz aber würde nicht zurückkehren, es würde irgendwo fern an dem Ort bleiben, an dem sein Hass war. Wer seine Liebe und seinen Hass verliert, verliert sein Herz; wer kein Herz mehr hat, hat keine Kraft mehr zu leben. Ein Dichter unserer Zeit hat das vorausgesehen:

Wanderer, darf ich fragen, warum du zurückkehrst?
Dein Rivale ist schon alt, der Wachhund matt und müde
Wer hört den Klang der schlaffen Saiten deiner Zither?
Dein Mitleid, es gilt wem?
Darf ich fragen, Weltenbummler
Wessen Klaue hat dich Stück für Stück ausgehöhlt?

Konnte der Vater überhaupt noch Mitleid haben, dieser erbärmliche Luftikus, der sich an den Weibern wärmen musste, weil es seinem Körper an Wärme fehlte?, fragte sich Lao Wei. Er wollte ihn sanft zu sich umdrehen, »Vater« rufen, als sein Blick in den Spiegel fiel, aus dem ihm eine Statue anblickte. »Vater!« Ihm stellten sich die Haare auf. »Vater!« Das leere Zimmer verschwamm mit der einsetzenden Dunkelheit. Er hatte das Licht nicht eingeschaltet, doch die Sterne erhellten die absurde Szene.

Sein Vater war verschwunden.

Wie ein Besessener nahm Lao Wei die Suche auf, durchstreifte die hintersten Winkel, bis er mit zitternden Schritten zurück auf die einzige befestigte Straße des Dorfs gelangte. Im schwachen Licht der Laternen glitten die Schatten der Passanten mäandernd wie Plattfische durch die Nacht. Zweimal war er sich sicher, den Rücken des Vaters erkannt zu haben, doch jedes Mal wenn er die Silhouette eingeholt hatte, blickte er einem erstaunten Fremden ins Gesicht. Hastig bat er um Verzeihung und versuchte etwas anderes. Er kletterte auf einen Strommast, um besseren Überblick zu haben, aber es war schon zu dunkel, die Berge und Hügel der Umgebung schienen seltsam nah und über dem Himmel zog sich ein dichter Flaum. Ein heftiger Windstoß ließ ihn bibbern. Vor lauter Frust stieß er einen wilden Schrei aus, so dass die bizarren Schatten auf der Straße sich erschrocken duckten. Niemand war zu sehen, also pinkelte er auf die Straße. Die durch den Nebel hindurch glimmenden Augenpaare der Monster erloschen. Ein Straßenköter kam aus einer dunklen Ecke hervorgeschossen und leckte seine Pisse auf. Er ging in die Hocke, um ihn zu streicheln, doch der Hund zuckte zusammen und machte sich schnell davon. Lao Wei hob den Kopf und bemerkte erst jetzt, dass er vor dem Eingang des Krankenhauses hockte, dem kurzzeitigen Kaiserpalast, wo im Zimmer der Nachtwache Licht brannte. Bei dem Gedanken, dass sein Vater seine Mutter einst in einer ähnlichen Situation kennengelernt hatte, fuhr er unwillkürlich zusammen.

Lao Wei konnte nicht mehr klar denken, die Spuren des Vaters verloren sich zunehmend im Nichts. Er wollte in die Pension zurückkehren und die Suche am nächsten Morgen bei Tageslicht fortsetzen. Das Licht der Nachtwache schien sich tief durch den Korridor zu schlängeln, die Lampe flackerte, ihr Licht hinterließ einen langen, dünnen Schweif. Zum zigsten Mal stand er nun vor diesem Dorfkrankenhaus. Eine unsichtbare Macht riet ihm, nicht mehr weiter nach dem Verbleib seines Vaters zu suchen. Ein Hahn krähte. Ein Straßenkehrer in Trauerkleidung schloss zu ihm auf, kehrte stoisch um ihn herum, ohne ihn eines Blickes zu würdigen. Nach einem Moment des Zögerns betrat Lao Wei schließlich doch das Krankenhaus durch eine rostige Seitentür. Die Nachtlampe spuckte blubbernd Licht, er folgte dem dünnen Lichtschweif vor ihm. Das ganze Gebäude war mit Seetang ausgekleidet, und die Patienten, die schon wach waren, trugen blauglänzende Schildkrötenpanzer. Plötzlich hatte er wieder den vertrauten Geruch nach wilder Minze in der Nase, nach Beifuß und Fenchel, als durchstreife er das Familiengrab des Wei-Klans, wie ein unglückseliger Geist, der die ganze Nacht um die Grabkammer zieht und sich am Ende nur im Kreis gedreht hat.

TEIL II

Ein streunender Hund

Lao Wei lernt auf der Flucht noch mehr Landleben kennen, gewinnt und verliert Liebe und muss einen alten Dichterfreund und eine alte Liebe beerdigen.

Nacht auf dem Wujiang

Es war im Jahr 1989, das Massaker auf dem Platz des Himmlischen Friedens hatte die ganze Welt erschüttert. Von wiederkehrenden Panikattacken begleitet, erreichte Lao Wei auf der Flucht vor dem Arm des Gesetzes die Bootsanlegestelle am Wujiang.

»Außer ein paar Kröten und einem gefälschten Ausweis hatte ich nichts dabei«, erinnert er sich viele Jahre später. »In jeder Stadt waren Militärstützpunkte errichtet worden, überall einsatzbereite Soldaten, wenn man nicht aufgepasst hat, haben sie einen gleich auf der Straße durchsucht und festgenommen, vor allem an den wichtigsten Verkehrsknotenpunkten. Da patrouillierten eigens dazu angeheuerte Leute mit roten Armbändern, und Agenten in Zivil hielten einem willkürlich einen ›Haftbefehl‹ unter die Nase und durchsuchten die Taschen der Passanten. Zum Glück schlug ich mich in der hintersten Provinz durch.«

»Allein?«, fragte sein Freund Yadong.

»Zu zweit erregt man nur noch mehr Verdacht«, antwortete Lao Wei. »Damals war ich sicher, dass sich das politische Klima bestimmt bald ändert, und wenn ich erst mal für eine Weile abtauchen und später nach Hause zurückkehren würde, wäre die Kommunistische Partei vielleicht schon nicht mehr an der Macht. Ich erinnere mich an den Schriftsteller Zheng Yi und seine Frau, die für drei Jahre in der Provinz untergetaucht waren. Erst als die Lage ganz und gar hoffnungslos schien, haben sie sich ins Ausland abgesetzt.«

»Mein Lehrer Gao Ertai ist nach dem vierten Juni auch ins Exil gegangen. Ich selbst saß wegen angeblicher Komplizenschaft für mehr als zwei Monate im Gefängnis.«

»Das hätte ich mich nicht getraut. Ich habe keinen berühmten Namen, mich hätten sie im Ausland nicht gewollt.«

»Damals sind doch Hunderttausende abgehauen, wovor also Angst haben? Das macht man doch schon seit der Ming-Zeit so.«

»Mutig sind die Satten, die Hungrigen sind vorsichtig«, erwidert Lao Wei. »Später sind ja auch nicht wenige mit ihrer Greencard zurückgekommen, um hier Geschäfte zu machen.«

Als es dunkel wurde, bestieg Lao Wei heimlich ein kleines Dampfboot, das stromaufwärts fuhr. Der Fluss war ihm vertraut wie ein alter Freund, er fürchtete sich nicht. Es war mitten in der größten Sommerhitze, selbst das Licht des Mondes verlieh der nächtlichen Landschaft einen blutroten Glanz, und die Sterne leuchteten wie stumme Schreie zwischen den im Mondlicht schimmernden Fischschuppenwolken. Die endlosen Gebirgsketten schienen wie deformierte Riesenräder auf das Schiff zuzurollen und schabten nur knapp am Bug vorbei. Die Gischt spritzte in zischenden Fontänen viele Meter am schroffen Steilufer hoch, doch das dröhnende Motorgeräusch übertönte ihren Lärm. Die Luft war voll vom beißenden Geruch von Dieselöl. Lao Wei blieb noch eine halbe Stunde auf Deck. »Ein Mensch, der in diesen tiefen, reißenden Strom fällt, geht unter wie ein Sandkorn«, dachte er. »Schade nur, dass ich kein Sandkorn sein will.«

Der Fluss strömte, eingezwängt zwischen den steilen Felsufern, schnurgerade dahin, der Wind peitschte ihm hart ins Gesicht, seine Haut brannte. Als Lao Wei sich umdrehte, um in seine Kabine zu gehen, wäre er beinahe über eine auf dem Boden hockende Gruppe von Bergbewohnern mit schwarzen Turbanen gestolpert, die eine Pfeife kreisen ließen. Das Weiß ihrer Augen blitzte im Dunkeln.

Unwillkürlich zuckte er zusammen. Die Bergbewohner zogen die Beine an, um ihm den Weg frei zu machen. Durch den schaukelnden Schiffsbauch wankte er in eine Kabine, kauerte sich am Kopfende der Koje zusammen und starrte durch die mit lautem Summen rotierenden Blätter des Standventilators hindurch auf das schwarzglänzende Wasser, wovon er ganz benommen wurde. Im Traum sah er sich von hungrigen Dämonen umringt, die um ihn herumflatterten. Hämisch lugte ihr Anführer unter einer riesigen Schirmmütze hervor, packte ihn am Kragen und zog ihn hoch. Als er vor Schreck aus dem Schlaf auffuhr, stand tatsächlich ein Polizist über ihn gebeugt an seiner Koje und rüttelte ihn an der Schulter: »He, Sie, Ihren Ausweis!«

Eilig zog er seinen Arbeitsausweis hervor. »Lehrer im Kulturzentrum, soso«, sagte der Polizist etwas freundlicher, »Sie fahren wohl aufs Land und erforschen die Lokalkultur?«

»Ich sammle Volksliteratur«, pflichtete Lao Wei ihm eilfertig bei.

»In diesen Tagen muss man vorsichtig sein«, sagte der Polizist.

»Vorsichtig sein, schön und gut. Aber man muss ja nicht gleich jeden verdächtigen«, brummte Lao Wei.

»Reine Routinesache, Sie dürfen das nicht falsch verstehen«, rechtfertigte sich der Polizist und fügte noch hinzu: »Was hätte ein Gesetzesbrecher auch in so einer gottverlassenen Gegend zu suchen?«

Die Anspannung wich von Lao Wei, und er schloss die Augen. Der Polizist ging zur Tür hinaus. Doch es verging kaum eine Minute, und er kam wieder herein, diesmal ein Bauernpaar im Schlepptau, beide um die fünfzig. Die Frau war in Tränen aufgelöst und schluchzte in einem fort. Sie setzten sich auf eine der Kojen. Der Mann stützte die Ellbogen auf die Knie und barg das Gesicht in den Händen. Der Polizist nahm die Mütze ab: »Jetzt lasst es gut sein, die Toten werden nicht wieder lebendig. Was soll das Theater?«

Dann wandte er sich an Lao Wei: »Herr Lehrer, Sie sind doch ein gebildeter Mensch und werden verstehen, worum es hier geht. Ich habe die beiden zu Ihnen gebracht, damit Sie als Stellvertreter des Staates ein wenig ideologische Aufklärung leisten.«

Lao Wei wusste nicht, ob er lachen oder weinen sollte.

»Es ist nämlich so. Als es mit den Studentenunruhen in Peking anfing, hat sich die Tochter dieser beiden hier den anderen angeschlossen und ist auf die Straße. Sie hat sich von diesen Halunken anstiften lassen und einen auf Rebellin gemacht. Und jetzt ist sie tot, in der Nacht zum vierten Juni ins Schussfeuer geraten und nach großem Blutverlust gestorben, das junge Ding. Doch wer weiß, ob das tatsächlich die Kugeln der Soldaten gewesen sind. Haben ja nur ihre Pflicht getan und das Kriegsrecht durchgesetzt. Wer für ihren Tod verantwortlich ist, wird noch untersucht.«

»Meine Tochter war eine seltene Gebirgspflanze, wie sie in hundert Jahren nur einmal wächst.« Der Mann machte zum ersten Mal den Mund auf.

»Dann lass dir mal eins gesagt sein«, fiel der Polizist ihm ungehalten ins Wort. »Wie selten sie war, ist jetzt völlig schnurz. Deine Tochter war eine Konterrevolutionärin, so viel steht fest.«

»So ein Geschöpf gibt es in hundert Jahren nur einmal«, beharrte der Mann.

»Deshalb hat die Stadtverwaltung auch eigens jemanden in diese unwirtliche Gegend geschickt, um euch die Nachricht zu überbringen. Da seht ihr mal, wie menschlich die Volksregierung ist, dass sie Konterrevolutionäre nicht nur auf ihre Kosten verbrennen lässt, sondern auch noch die Asche zu den Hinterbliebenen bringt.«

»… in hundert Jahren nur einmal.«

»Schluss jetzt. Der Stellvertretende Truppenkommandeur Lin Biao hat damals auch seinen Sohn so über den grünen Klee gelobt; einen Scheißdreck hat's ihm genutzt. Er ist trotzdem mit dem Flugzeug abgestürzt. Natürlich kommt es nicht so oft vor, dass ein Mädchen vom Lande in der Hauptstadt studieren geht. Aber gerade deshalb seid ihr eurem Vaterland verpflichtet und müsstet euer Augenmerk auf die weltpolitische Bedeutung richten. Es wird immer Tote geben, hat unser Vorsitzender Mao gesagt, egal, ob sie schwer sind wie der Taishan oder leicht wie eine Gänsefeder. Sein eigener Sohn ist auch zum Märtyrer geworden. Was soll man machen?«

»… in hundert Jahren …«

»Sie war wirr im Kopf.« Dem Polizisten riss der Geduldsfaden. »Morgen Abend legen wir in Gongtan an, damit ist dann mein Auftrag erfüllt.«

»Sind Sie aus Chongqing?«, schaltete sich Lao Wei ein, um vom Thema abzulenken.

»Ich gehöre zur Schiffspolizei«, sagte der Polizist mit einem bitteren Lächeln. »In Chongqing habe ich nur diese beiden Angehörigen der Konterrevolutionärin abzuliefern, die ich auf dem Schiff beaufsichtigen muss. Normalerweise schläft das Bauernvolk auf Deck, aber da ich die humanitären Ansichten der Revolution vertrete, habe ich sie kostenlos in diese Kabine gelassen.«

»Sie haben wirklich ein großes Herz.«

»Ich werde auch hier schlafen, es gibt hier ja vier Betten.« Der Polizist lockerte seinen Gürtel. »Gleichheit für Revolutionäre und Konterrevolutionäre.«

Es war mittags, als das Schiff in Pengshui anlegte. Die sengende Hitze des Hochsommers ließ die Wasseroberfläche blubbern wie kochendes Chiliöl. Lao Wei kauerte in der Kabine und beobachtete durch die Luke, wie die anderen Passagiere an Land gingen. »Endlich wird das Schiff leichter«, bemerkte der Polizist. »Dann geht die Fahrt schneller.«

»Hinter den Höhlen des Königs Man beginnt das ehemalige

Territorium des Stammes der Ran.« Lao Wei versuchte, mit seinem Wissen zu prahlen. »Wussten Sie das?«

»Das erzählen die Alten, klar«, sagte der Polizist wenig beeindruckt. Aus den Augenwinkeln schielte er nach dem Bauernpaar. Die Frau hatte die ganze Nacht mit gesenktem Kopf auf dem Bett gesessen.

»Warum essen und trinken Sie denn gar nichts?«, fragte er die Frau. Sie tat ihm leid.

»Lass sie doch«, sagte der Polizist. »Dieses Landvolk hält einiges aus. Die klettern auch nach ein paar Tagen ohne Essen noch munter die Berge hinauf.«

»Sie will ich sehen, wenn Sie einen ganzen Tag nichts gegessen haben.«

»Doch, das weiß doch jeder.« Der Polizist grinste. »Als es damals auf dem Langen Marsch an Youshui vorbeiging, hatten sich in jedem Winkel mehrere tausend armselige Soldaten der Ran versteckt. Bevor General Liu Bocheng erfolgreich mit ihrem Anführer verhandelte und sie den Eid mit Hühnerblut besiegelt hatten, hatten sie schon ewig und drei Tage nicht einmal an einem Baum genagt.«

»Vorher hatten die Ran auch mit den Kuomintang-Truppen einen Hühnerbluteid geschworen. Was hätte es auch für einen Sinn gehabt, sich niedermetzeln zu lassen?«

»Immer trifft es die armen Leute!« Der alte Bauer war plötzlich von seiner Koje aufgesprungen.

»Und ich habe gedacht, ihr kriegt den Mund gar nicht mehr auf«, sagte der Polizist. »Da er nun schon mal auf ist, esst gefälligst, was euch der Lehrer besorgt hat.«

Kurz vor Sonnenuntergang erreichte das kleine Dampfschiff seinen Zielhafen Gongtan. Im Abendlicht sah Wujiang aus wie ein rotglühendes Schwert, das die Uferfelsen durchschnitt. Lao Wei verabschiedete sich mit einer höflichen Verbeugung von dem Polizisten. Der beeilte sich, die »Angehörigen der Konterrevolutionärin« an seinen lokalen Kollegen zu übergeben, und bedachte ihn nur mit einem geistesabwesenden Kopfnicken. Die meisten der Passagiere waren aus der Gegend, einige trugen die typischen schwarzen Kleider und Turbane und offene Bambuskörbe auf dem Rücken, andere gingen hemdsärmelig. Lao Wei mischte sich unter sie, so unsichtbar wie möglich, ein ganz gewöhnlicher Reisender. Das Dorf war eng zwischen den Bergen eingezwängt, aber seine Straßen verzweigten sich mehrere Kilometer lang den Hang hinauf. Im Nu driftete die Menge auseinander. Er wollte sich schon wie gewohnt die Stände mit dem lokalen Kunsthandwerk ansehen, als ihm wieder einfiel, dass er kein Tourist, sondern auf der Flucht war. Verdammt. Ihm brach der Schweiß aus. Verstohlen sah er sich um und betrat das nächste Gasthaus, um eine Bleibe für die Nacht zu suchen. In der Eingangshalle hockte ein ganzer Haufen Einheimischer, die offenbar darauf warteten, dass der Wirt ihnen ein billiges Matratzenlager errichtete. Lao Wei stakste vorsichtig über sie hinweg auf die Empfangstheke zu. Die Wirtin wies mit dem Kopf in Richtung Wand, wo ein »Suchbefehl« hing. »Gesehen?«, fragte sie.

»Was gesehen?«, fragte Lao Wei mit gespielter Arglosigkeit zurück. »Den Gott des Reichtums, der da hängt, das Tigertotem vom Volk der Hu oder die ›Hausordnung‹?«

»Die jüngste Verlautbarung der Regierung natürlich«, antwortete sie säuerlich, »zur Ergreifung von aus Peking angereistem Verbrechervolk.«

»Seh ich vielleicht aus wie einer aus Peking?«

»Mit einem wie dir kann es kein vom Kaiser Verurteilter aufnehmen.« Sie ließ sich zu einem Lächeln hinreißen. »So siehst du mir aus.«

Lao Wei bekam ein Einzelzimmer mit Flussblick, wohl eines der besten Zimmer des Hauses. Er ließ sich angezogen aufs

Bett fallen. Von draußen drang milde Nachtluft herein und strich ihm über die Wangen, und auf den endlosen Wellen des Flusses tanzten die Sterne wie Gischt. Über alles legte sich das kühle Band der Nacht. Er fühlte sich, als wäre er noch immer auf dem Schiff und driftete weiter und weiter den Fluss hinab, ohne je an Land zu kommen. Kaum hatte er das Licht gelöscht, umschwirrten ihn die Mücken, so dass er wohl oder übel wieder aufstehen musste, um sich unten Duftöl zu besorgen. Er zündete die Öllampe an, schloss die Tür, um die Mücken auszuräuchern, und wanderte so lange im Korridor auf und ab. Ein Hüne mit schwarzem Turban verkaufte dort in Teeblättern gekochte Eier.

»Schön aromatisch?«, fragte er.

»Und wie.« Der Mann setzte seinen Korb ab, der bis zum Rand mit den Eiern gefüllt war. »Heute Morgen frisch gekocht.«

»Und selbst isst du nichts davon?«

»Seit wann essen Leute vom Land Eier? Wäre schade drum. Ich würde wahrscheinlich hundert auf einmal verputzen.«

»Gut, ich nehme zehn.« Dann zögerte er. »Bei dieser Hitze werden sie wohl nicht bis morgen früh halten.«

»Keine Sorge, der Wujiang ist wie ein Kühlschrank.« Der Hüne entblößte beim Lächeln die Zähne.

Lao Wei ging zurück in sein Zimmer, stellte sich ans geöffnete Fenster, schälte ein Ei und steckte es gedankenverloren in den Mund. Er erschrak, als er auf einen Hühnerknochen biss. Schnell spuckte er alles aus und gurgelte mit Wasser nach und probierte ein zweites Ei. »Diesmal hoffentlich ohne Huhn«, murmelte er, verschlang das Ei und stopfte sich danach eins nach dem anderen in den Mund, bis seine Zunge ganz taub und sein Kopf mit einem Mal ganz schläfrig wurde.

Im Traum verwandelten sich die Eier, die er eben gegessen hatte, in lauter kleine Küken. Tschilpend tanzten sie um ihn herum. Die Mondscheibe wurde zu einem Kupfergong, auf den unsichtbare Holzstöcke eindroschen und einen ohrenbetäubenden Lärm machten. »Aufhören!«, schrie Lao Wei im Schlaf, aber der Lärm setzte sich fort, während am gegenüberliegenden Ufer des Wujiang Lichtkegel auftauchten und wieder verschwanden. Zwischen den Lichtern klaffte eine dunkle Höhle, aus der die Geister der Erinnerung entwichen. Der Wind trieb sie über den Fluss hinaus in die Lüfte bis auf Lao Weis Fensterbank.

Unter den Geistern seiner Erinnerung war Pu Songling, ein brillanter Gelehrter und erfolgreicher Absolvent der lokalen Beamtenprüfungen, der einst durch die verwinkelten Gassen seiner Heimat gezogen war, um phantastische Geistergeschichten zu sammeln, die er unter dem Namen *Seltsame Geschichten aus der Studierstube* veröffentlicht hatte. An diesem Ende der Zeit war Lao Wei jetzt Pu Songlings modernes Alter Ego – seine Jagdgründe waren jedoch verlassene und öde Gegenden, die er als nächtlicher Wanderer durchstreifte, immer weiter, bis er unverhofft an einem Hof anlangte; mit jedem Schritt knirschte es im Gebälk, alles hing voller Papierlaternen, und es begrüßte ihn ein Sklavenmädchen, selbst zart wie Papier. Gleich hinter der nächsten Tür thronte ein älteres Ehepaar in einer großen Empfangshalle und begutachtete den zukünftigen Schwiegersohn. Im nächsten Moment war er schon im Brautgemach, dem Ort der schönen Damen und begnadeten Jünglinge, die sich ganz und gar beim Spiel von Wind und Wolken amüsierten, unzertrennlich zusammengeschweißt, selbstvergessen, bis ein Hahnenschrei in der Ferne das Glück beendete und die Lust der Trauer wich. All diese Geschichten von den schönen Seiten zwischenmenschlicher Interaktion stammten aus den ländlichen und unwirtlichen Gegenden des Landes, von dort, wo die Gräber unserer Ahnen liegen. Die liebestrunkenen Geister vor seinem Fenster waren sicher einmal junge Frauen gewesen, die von groben jungen Kerlen dazu getrieben wurden, sich wegen einer unglücklichen Liebe zu erhängen.

Lao Wei weinte im Traum um Pu Songling. Das machte die dunklen Geister vor seinem Fenster nur noch dreister. Sie schlüpften herein und drängten sich um sein Bett, schon spürte er, wie sich ihre pudrigen Gesichter an ihn schmiegten, ihn küssen wollten, doch die Küsse verwandelten sich vorzeitig in Salven tiefer Seufzer.

Viele Jahre später las er in einem Buch mit dem Titel *Die Kugel und das Opium* über eines der Opfer des Tiananmen-Massakers, die 22-jährige Xia Zhilei, die in der Nacht zum vierten Juni ums Leben kam, als sie inmitten des Menschenstroms weg vom großen Platz flüchtete: »Als sie Blut von ihren Fingern laufen sahen, rissen ihr Kommilitoninnen die Wäsche vom Leib und entdeckten die Schusswunde in der linken Brust. Es herrschte großes Chaos, von allen Seiten umzingelten sie die Soldaten, die hier waren, um das Kriegsrecht durchzusetzen. Die anderen wollten sie nicht im Stich lassen und trugen die bewusstlose junge Frau wie eine Blume mit sich. Nach wenigen Minuten, als gerade die Sonne ihre letzten Strahlen durch die Straßen schickte, kam sie kurz zu sich und machte einen Scherz, der ihre bedauernswerten Leidensgenossen erschauern ließ: ›Meine Jahreszeit ist zu Ende. Blüte des Sommers ist mein Name; jetzt bin ich frühzeitig welk geworden.‹«

Wer jung stirbt, dessen wandernde Seele bleibt für immer jung. Leute wie Lao Wei und Pu Songling dagegen sind dazu verurteilt, durch die Welt zu ziehen, alt und grau zu werden und irgendwann aus hageren Gesichtern dem Tod ins Auge zu blicken. Die Zeiten hatten sich geändert, aber für ihn passten die Seele von Pu Songlings liebeskranken Mädchen und die von Xia Zhilei ganz gut zusammen.

Mit dem nächsten Wimpernschlag brach schon der neue Tag an. Noch im Halbschlaf hörte Lao Wei zuerst einen Hahnenschrei, dann lautes Hundegebell, und schließlich weckte ihn lautes Stimmengewirr. Benommen schlurfte er ans Fenster, streckte den Kopf hinaus und schüttelte den Rest seines Traumes ab. Nun war er hellwach und rannte hinaus. Wie eine Schaufel voller dunkler Getreidekörner wirkte das am Hang gelegene Gongtan durch die vielen Menschen, die sich so dicht am Ufer drängten, dass sie von den hohen Wellen des Flusses nassgespritzt wurden. Lao Wei bahnte sich einen Weg durch die Menge, doch aus Unachtsamkeit rutschte er auf den steilen Steinstufen aus und schlitterte auf dem Hintern ein paar Meter abwärts; zwei Kinder neben ihm stoben davon, bis sie ein ganzes Stück weiter von den Erwachsenen wieder eingefangen wurden. Noch bevor sie den Mund zum Schreien aufmachen konnten, hatten sie eine Ohrfeige sitzen.

Das Hafenbecken quoll über von Menschen, und selbst die sonst kahlen Felsen am gegenüberliegenden Ufer sahen von weitem aus wie von Moos überwuchert, weil sich auf ihnen die Massen drängten. »Wasserberscht«, tuschelte es hinter Lao Wei. »Wasserberscht!« Als Wasserberscht bezeichnete man in den Gegenden entlang des Wujiang im Wasser treibende Leichen. Jetzt erkannte er die Leiche einer Frau in den Wellen. »Sie ist ja nackt! Ganz nackt!«, raunte es in einem fort durch die Menge. Die Gesichter glänzten in der Morgenröte.

Zwei Boote waren zur Bergung der Leiche auf dem Wasser, doch es handelte sich um eine Stelle, in der sich das Wasser in der Flussenge staute, und starke Strudel erschwerten den Zugriff. Inmitten der Wasserwirbel kreiste der bleiche Körper der Toten wie in einem immerwährenden Tanz. Der Bootsmann befestigte einen eisernen Haken mit einer Kette an einem Pol und versuchte immer wieder, die Frau aus den Wellen zu fischen, indem er den Haken wie ein Specht in schneller Folge ins Wasser ließ und wieder heraufzog. Man hörte ihn fluchen. Endlich bekam der Haken die langen Haare der Leiche zu fassen, und alle Hälse reckten sich wie auf Kommando, um besser sehen zu können. Der Kopf tauchte aus dem Wasser, dann die Schultern, die Brust … wo die Brüste sein sollten, klafften zwei Löcher. Die rechte Hand war vom Körper abgetrennt und trieb ein Stück weit davon entfernt, jedoch durch eine Hanfkordel mit dem Arm verbunden. Lao Wei gefror das Blut in den Adern. Nur Sekunden später hörte man lautes Platschen, und das Wasser spritzte auf. Die Leiche tanzte wieder ihren bizarren Tanz im Wasser. Das wirre Haar war von dem Eisenhaken geglitten.

Die erschrockenen Aufschreie der Gaffenden donnerten wie eine Gewehrsalve über den Fluss. Davon unbeeindruckt, hockten sich die Fährleute auf den Bug. Sie wussten erst einmal nicht weiter. Mehrere Stunden verstrichen wie nichts. Als die Hitze unerbittlicher und die Szene immer unheimlicher wurde, ließ auch die Moral der Leute nach. Zwar harrten die meisten unverdrossen am Ufer aus, suchten sich aber gemütlichere Plätze im Schatten, hockten oder setzten sich hin. Einige der jungen Mädchen waren nach Hause gelaufen und kamen mit Ölpapierschirmen und Palmwedeln wieder, die sie unter der schnatternden Menge verteilten. Und dann wurden die Melonenkerne ausgepackt, die Erdnüsse, der getrocknete Tofu und die Bierflaschen. Jeder tischte andere Mutmaßungen auf, woher die Wasserberscht stammen könnte. Und noch dazu splitternackt – warum? Das schien vor allem die Männer zu interessieren.

»Worauf warten wir eigentlich?«, fragte Lao Wei.

»Auf die Dampfschiffe, die vom Jangtse herunterkommen«, antwortete ihm ein alter Mann. »Jene Strudel nennt man Auge des Drachenkönigs. Niemand kann sagen, wie viele Wasserberschte dort schon hineingeraten sind. Erst wenn die großen Schiffe aus dem Hafen heraus sind, wagen sich die kleineren näher heran.«

Angewidert verließ Lao Wei die Menge und ging zurück auf sein Zimmer, um seine Sachen zu packen. Als er sich kurz hinlegte und anfing, vor sich hin zu dämmern, vermischte sich das gestrige Traumbild mit dem der weiblichen Flussleiche. Es verursachte ihm eine Gänsehaut. Er zwang sich, aufzuwachen, riss die Augen auf und starrte aus dem Fenster. Unverändert lagen vor seinen Augen die Klippen.

Zufällig hielt unten gerade der Überlandbus. Schnell rannte er hinunter, beglich die Rechnung und zwängte sich gerade noch so in den überfüllten Bus. Der Fahrer stellte den Motor ab und ließ, die Proteste der Passagiere ignorierend, den Bus den abschüssigen Uferweg hinunterrasen, um sich unten am Fluss die Sache mit der Flussleiche anzusehen. »Na, so eine berühmte Wasserberscht hatten wir lange nicht mehr«, sagte er, »im Umkreis von hundert Kilometern gibt es kein anderes Gesprächsthema.«

Die Berge sind hoch, der Kaiser ist weit

Im Überlandbus herrschte ein Kommen und Gehen wie bei einer vielbesuchten Nutte. Er hielt an jeder Ecke, und jedes Mal ächzte sein altersschwacher Motor. Es war drückend heiß, und der Bus war zum Bersten voll. Dennoch stiegen immer wieder neue Fahrgäste ein. Wer es nicht durch die Tür schaffte, kletterte durchs Fenster. Drei unerschrockene junge Kerle kletterten aufs Dach. Der Fahrer streckte wild gestikulierend seinen Kopf zum Fenster hinaus und tobte, erfolglos. Fluchend setzte er die Fahrt fort.

Lao Wei musste zweimal umsteigen, bis er endlich völlig erledigt in einem winzigen Ort namens Jimao unweit von Xiyang ankam. Das Dorf lag in einer kargen Berglandschaft, durch die gerne die Wildgänse zogen, auf halber Höhe eines steilen Hangs. Es kostete einige Mühe, dort hinaufzukommen. Er erreichte eine lange Reihe von Pfahlbauten, die obere Hälfte bestand aus Läden, Restaurants, Frisören, Schmieden zur Reparatur von Ackergerät und der Gemeindeverwaltung, darunter lagen bloß noch

Schweinekoben, Rinderställe, Müllhalden und unüberdachte Latrinen. Lao Wei ging in einen Laden, kaufte sich ein schlichtes Baumwollhemd zum Wechseln und fragte nebenbei nach der Adresse der örtlichen Grundschule, an der sein alter Literatenfreund Ochsenschwanz unterrichtete.

Ochsenschwanz hatte als drittklassiger Student eine drittklassige Universität in Sichuan besucht und war deshalb dazu verurteilt, nach dem Abschluss in seinem Heimatkaff sein Glück zu suchen, wo er immerhin einen Brotjob als Lehrer fand. Seine Arbeit war für ihn jedoch eher zweitrangig, er verstand sich in erster Linie als Dichter und ließ auf eigene Kosten Bände mit seinen Werken drucken, mit denen er das ganze Land versorgte, die ihm jedoch bis dato nur den ehrenwerten Titel *Besoffener Poet* eingebracht hatten.

Zu den unzähligen berühmten Versen, die Ochsenschwanz produziert hatte, gehörten Perlen wie: »Mein werter Bruder Lu Zhishen, mit kahlem Schädel geh voran / und klopf um Amnestie / beim alten Kaiser an.« Bei Lao Wei hatten sie einen gewissen Eindruck hinterlassen. Leider fanden die meisten Leute Zeilen wie die folgenden eher etwas befremdlich:

Am Internationalen Frauentag,
Da gab's 'ne neue Runde:
Verhauen wir die Frauen.
Doch bald ins Wasser fiel der Schlag,
Denn nach 'ner halben Stunde
Gab's kaum mehr Frauen zum Verhauen.

Nachmittags gegen drei stolperte Lao Wei einen abschüssigen Weg hinunter, der ihn schon nach zweihundert Metern zu dem schlichten Schulgebäude führte. Schnell war er umringt von einer Horde Kinder, die gerade draußen an die Wand gepinkelt hatten, und sofort kamen noch mehr davon wie ein Tsunami aus dem Schulgebäude gestürmt und fegten ihn beinahe um. »Wen suchen Sie? Wen suchen Sie?« »Herrn Ochsenschwanz.« »Lehrer Ochsenschwanz, Lehrer Ochsenschwanz!« Die lärmende Schar riss ihn mit sich fort bis zu einer verschlossenen Seitentür. Lao Wei klopfte an das danebenliegende Fenster, überflüssigerweise, denn die Kinder schrien im Chor: »Lehrer Ochsenschwanz, Lehrer Ochsenschwanz!«

Drinnen rührte sich nichts. Lao Wei wurde es zu blöd, und mit der Wucht eines Landarbeiters verpasste er der Tür einen Tritt. Die Tür gab nach und gab den Blick auf ein halbnacktes Paar frei, das die Köpfe aus einem Moskitonetz streckte. »Lehrerin Ma, Lehrerin Ma!«, brüllten die Kinder fröhlich. Ochsenschwanz grinste verlegen, bat mit vor der Brust ineinandergelegten Händen um Vergebung, zog sich die Hosen hoch und begrüßte seinen Gast. Dann stellte er ihm seine Kollegin Ma Xia vor.

»Das nennst du also Unterrichten, alter Schlawiner«, sagte Lao Wei.

»Mir doch egal. Ich sitze die ganze Nacht an meinen Gedichten, da bringe ich tagsüber nicht genug Energie auf.«

»Und was sagen die Eltern, wenn sie ihre Kinder so einem Gammler von Lehrer überlassen?«

»Bildung ist überbewertet. Zu viel Kultur belastet den Hirnkasten zu sehr, das geht nicht gut aus. Sieh dir doch die Studenten an, die sie am vierten Juni am Tiananmen plattgemacht haben. Und du, mein Guter, bist doch auch nie zur Schule gegangen und dennoch begnadet wie ein Göttersohn. Was treibt dich hierher?«

Lao Wei zögerte mit der Antwort und blickte sich vorsichtig um. Ochsenschwanz brüllte die Kinder an: »Trollt euch! Zurück an eure Hausaufgaben.« Er zog einen Schlagstock hinter der Tür hervor und schwenkte ihn drohend in der Luft. Sofort stoben die Kinder kreischend davon.

»Früher hatten die Lehrer in den Privatschulen immer diese Bambusklappern eingesteckt, mit denen sie den ungezogenen Schülern auf die Finger geschlagen haben. Und du Mistkerl hast sogar einen Schlagstock. Geht's noch?«

»Du kennst meine Schüler nicht. Die haben keine Lust aufs Lernen. Was denen am meisten Spaß macht, ist, mit einem meterlangen Bambusstock unterm Arm an den offenen Latrinen zu warten, bis sich dort ein Hintern aus den Pfahlbauten erleichtert, dann stechen sie zu, bis es einen Schrei tut, und hauen ganz schnell ab. Und bei mir stehen hinterher die Alten auf der Türschwelle und schimpfen: ›Lehrer Ochs, Lehrerin Ma, eure Schüler machen Unfug!‹ Was soll ich sagen. Ich tu ja, was ich kann. Wie die Fliegen schwirren sie überall herum, und ich muss ihnen andauernd mit dem Stock in der Hand hinterherrennen. Leider bin ich so schnell außer Atem, dass ich den Stock dann einfach wie einen Spieß nach ihnen werfen muss. Die Leute vom Dorf sehen grinsend zu und sagen: ›Die Hündin braucht den wilden Rüden, ein guter Schüler einen strengen Lehrer.‹«

»So ein Quatsch.«

»Klar ist das Quatsch. Deshalb schreibe ich ja lieber Gedichte.«

Die ganze Nacht hindurch ertränkten die beiden Männer und die Frau ihre Sorgen in Alkohol, Lao Weis Willkommensbesäufnis. Es folgten viele Tage und Nächte, in denen sie planlos herumhingen. Von der Talsohle bis zur halben Höhe des Berges brauchte man etwa einen halben Tag, und Lao Wei, der sonst nichts zu tun hatte, baute auf Wanderungen seine überschüssige Energie ab. Ochsenschwanz verausgabte sich dagegen, abgesehen davon, dass er soff, bis ihn der Suff zu irren Gedichten inspirierte, bei atemlosem Sex. Lao Wei ging ihm aus dem Weg und besuchte gelegentlich die Märkte in den umliegenden Dörfern, um sich mit den lokalen Gebräuchen vertraut zu machen. Er erkundigte sich sogar beim Friseur nach der in dieser Gegend üblichen Frisurenmode. Bemüht, sich unauffällig in seine Umgebung einzufügen, wählte er für sich eine Art Dachziegellook.

Der Sommer verging, und es wurde Herbst. Eines Nachmittags stand Lao Wei neben dem riesigen, blubbernden Kochtopf eines Straßenimbisses und verdrückte eine ordentliche Portion gekochte Innereien. Satt und zufrieden stocherte er sich gerade in den Zähnen herum, als ein Hüne mit schwarzem Turban ihn mit einem vielsagenden Blick ansprach: »Hab ich dich nicht schon mal gesehen?« Den spitzen Ohren der Dorfleute entging nichts, weshalb er sich umso mehr bemühte, das laute Durcheinander ringsum zu übertönen: »Na klar. Sicher haben wir uns schon einmal gesehen.« Sie tranken zusammen Tee Marke *Großer Adler*. Dann gingen sie zusammen in die Hütte unter der Robinie, wo Pornovideos gezeigt wurden. Das Publikum bestand ausschließlich aus Bauern, und alle rauchten wie die Schlote, der Raum war voller Tabakqualm, der die Sicht auf den Fernseher vernebelte. Es gab auch nichts Besonderes zu sehen, zwei Männer und zwei Frauen waren auf Bett und Boden zugange, küssten sich, zogen sich aus, und dann wurde ewig lang geleckt und gefummelt, oben und unten und dazwischen, die Männer hatten einen Steifen, aber es ging nie zur Sache. Lao Wei staunte nicht schlecht über die Freizügigkeit des Völkchens inmitten dieser Einöde. Schwarzturban meinte trocken: »Ein bisschen Ablenkung fürs Volk. Da schaut keiner drauf. Alles, wovor sie hier Angst haben, ist politische Verschmutzung durch Aufwiegler aus Peking, für was anderes wird keiner eingesperrt.«

»Prostitution, Zuhälterei, Glücksspiel, Drogenhandel … das kümmert keinen?«

»Solange es kein Leben kostet, nein. Geht alles durch.«

»Und da bist du dir sicher? Bist du in der Partei?«

»Klar bin ich in der Partei, wie die meisten hier aus dem Dorf.

Nicht lange nach dem vierten Juni kamen die Kader aus dem Kreis her und hielten Versammlungen zur Mobilmachung ab. Sie redeten und redeten, wie wichtig es wäre, die bösen Kriminellen zu fassen, und wie viele Vorteile man als Parteimitglied hätte, und schwupps, nur zwei Stunden später hatten sie mehr als dreißig neue Parteimitglieder. Es heißt, im Nachbardorf gab es währenddessen eine Vergewaltigung. Erst großes Geschrei und eine Anzeige und die ganzen Formalitäten. Als der Fall nach oben gemeldet wurde, wurde gleich wieder alles ausradiert.«

»Wieso? Hat die Partei keine Angst vor Vergewaltigern?«

»Die Partei hat keine Möse, Mensch«, bemerkte jemand neben ihnen, und der ganze Saal lachte.

»Halt's Maul, Idiot«, fuhr ihn Schwarzturban an. »Wenn das der Kader von dem Arbeitslager bei uns gegenüber hört, kriegst du mindestens fünf Jahre. Jeden Tag treiben die sich vor unserer Haustür herum, Verbrecher wie Polizisten, ich bekomme alles mit. Und ich weiß auch, dass es einmal einen gab, der meinte, die Partei sei kein Weib, tauge nix zum Anfassen und nix zum Vögeln. Der hat fünf Jahre gesessen.«

Niemand sagte mehr ein Wort. Bis eine Weile später einer losschimpfte: »Was ist denn das für ein Scheißprogramm? Ein paar Titten, ein bisschen Rumgefummel, nicht einmal gestöhnt wird da. Mir reicht's. Ich will mein Geld zurück!«

Der blinde Wahrsager

Lao Wei wurde unter den Landarbeitern langsam unbehaglich zumute. Schwarzturban schien es ähnlich zu gehen, jedenfalls erhob er sich im selben Moment wie Lao Wei, um draußen frische Luft zu schnappen und die Glieder zu strecken. Über dem unermüdlichen Markttreiben kam Wind auf, strich durch die Spalten und Schluchten und über die Pässe, vorbei an der sich verdüsternden, sinkenden Sonne, sanft und stetig. Die Blätter tanzten von den Bäumen herab, während hoch am Himmel ein Adler seine Kreise zog, wie ein Blatt, das der Schwerkraft trotzt. Lao Wei versank für eine Weile in namenlose Trübsinnigkeit. Schwarzturban schnalzte mit der Zunge. Etwa zehn Meter von ihnen entfernt richtete sich ein Blinder mittleren Alters auf dem Boden ein Plätzchen ein, um dort wahrzusagen. Daneben wehte ein Stück blauer Stoff, wie der Wimpel für einen Sarg, auf dem in weißen Schriftzeichen »Ich weise dir den richtigen Weg« prangte.

Lao Weis Herz schlug vor Aufregung höher. Doch ausgerechnet da zogen gleich mehrere Einachsschlepper vor seiner Nase mit lautem Knattern die Straße hinunter und hinterließen eine spiralförmig aufsteigende Staubwolke. Wie die Ratten hüpften die Leute aus dem Weg und duckten sich, um den Dreck nicht abzubekommen. Auch Lao Wei war schnell ein paar Schritte zurückgewichen. Schon hatte sich ein Kerl in einem abgewetzten Anzug als Erster vor den Blinden gehockt, der in der Hand einen Band des alten Wahrsagebuchs *Geister in Hanfgewändern* hielt.

»Einmal Wahrsagen macht zehn Yuan«, rief ein Bettelkind, das daneben stand.

Der Anzugträger wandte ihm sein bleiches Gesicht zu: »Willst du mich um mein Geld prellen?«

»Nicht zahlen geht nicht«, sagte das Kind monoton, als hätte es die Sätze auswendig gelernt.

»Still, Piwa!«, wies der Blinde das Kind zurecht. Lächelnd sagte er: »Der Herr hat ein sehr selbstsicheres Auftreten. Irre ich mich, oder stehen Sie im Dienst des Staates?«

»Erst will ich hören, was du über mich zu sagen hast. Wenn es stimmt, dann zahle ich, wenn nicht, dann lass ich dich wegen feudalistischem Hokuspokus einsperren«, versetzte der Anzugträger unwirsch.

»Hatte ich doch recht!«, freute sich der Blinde. »Sie haben mindestens ein paar hundert Leute unter sich, und noch in diesem Jahr erwartet Sie eine Beförderung. Allerdings darf darüber noch nicht gesprochen werden, vor allem die junge Ehefrau darf es noch nicht wissen, denn die Frauen, vor allem so junge, lassen einem wenig Freiraum und machen einem schnell alles zunichte …«

»Woher weißt du das?«

Gelassen entgegnete der Blinde: »Wir Blinde verstehen uns von jeher auf die Hellseherei. Warum? Ein Blinder sieht mit dem Herzen statt mit den Augen, anders als die Scharfsichtigen, die mit den Augen statt mit dem Herzen sehen. Unsere Kunst beruht auf mündlicher Überlieferung von Lehrer zu Schüler. An ihrem Anfang steht das Hören. Man lauscht zuerst auf den Klang der Worte, aus dem Klang spricht das Qi, das Qi kommt aus dem Abdomen, den sechs Gefäßen. Sobald Sie etwas sagen, kann ich aus der Stärke Ihres Qi heraushören, ob Sie in glücklichen oder misslichen Umständen sind. Das Qi desjenigen, der auf der Welle des Glücks reitet, ist dem Qi eines Unglücklichen diametral entgegengesetzt. Als Zweites kommt das Fühlen, das Abtasten der Knochen, des Gesichts, denn Knochen und Knochen, Gesicht und Gesicht, die Unterschiede von einem Menschen zum andern sind vielfältiger als alle anderen Erscheinungen der Natur. Man muss differenzieren lernen – zuerst die Form, dann das Herz, die feinste Nuance macht einen unermesslichen Unterschied. Erst als Drittes kommen die Daten für die Weissagung, Jahr, Monat, Tag und Stunde, vier Pfeiler der göttlichen Bestimmung, das vom Schicksal bestimmte Horoskop am Tag Ihrer Geburt. Man kann es nicht forcieren, und man kann ihm nicht entkommen, man kann sich ihm nur annähern und Harmonie schaffen, aus der Vermeidung des Unheils folgt das Heil …«

Gebannt lauschte Lao Wei der Rede des blinden Sehers. Im

Handumdrehen scharten sich die Bauern in einem dichten Kreis um sein Lager.

Der Anzugträger drängte: »Los jetzt, verrate mir mein Schicksal. Zu viele Leute ringsum verderben alles.«

»Einmal Wahrsagen zehn Yuan«, wiederholte das Bettelkind.

Der Mann legte das Geld hin, doch der Blinde sagte: »Für ein hohes Tier wie Sie macht es wenigstens zwanzig.«

Die Leute empörten sich. »Wucherpreise!«

»Ist den Damen und Herren ihr Schicksal nichts wert? Nun gut«, sagte der Blinde und schickte sich an, seine Sachen zu packen, »dann werde ich mich besser verabschieden.«

»Ich zahle!«, sagte der Anzugträger schnell.

»Also dann, werter Herr. Wenn ich um Ihr Geburtsjahr bitten darf.« Er schüttelte seine Ärmel aus und nahm Haltung an.

»Ich bin 1951 geboren.«

Der Blinde machte ein glänzendes Geschäft. Nach zwei Stunden hatte Lao Wei noch nicht einmal eine Wartenummer. Um das Dilemma komplett zu machen, drängte sich auch noch ein Betrunkener mit nacktem Oberkörper durch die Umstehenden nach vorn. »He da, blinder Hundsfott, machst dir wohl nicht gerne beim Arbeiten die Finger schmutzig.«

»Wir Blinde sind von jeher als Wahrsager tätig.«

»Der Große Vorsitzende Mao hat gesagt: Jeder hat es selbst in der Hand, bis zum Himmel zu gelangen.«

»Mao Zedong war ein Kaiser, der konnte fraglos bis zum Himmel gelangen. Obwohl ich ein Blinder bin, schaffe ich das nicht einmal vorübergehend.«

»Kannst du nicht vorhersagen, an welchem Tag dich ein Auto plattfahren wird?«

»Der Urahn der Blinden war der legendäre Kaiser Fuxi. Mit der linken Hand schuf er die acht Trigramme, mit der rechten die Guqin. Danach schloss er die Augen und begattete blind Nüwa, zeugte Himmel, Erde, Wasser, Menschen und alle Tiere. Daher sind die Blinden die Bevorzugten unter den Lebewesen. Noch nie hat man vernommen, dass ein Blinder unter einen Wagen oder ein Pferd geraten wäre.«

»Du spielst mit deinem Leben, blinder Hundsfott.«

»Ein blinder Hundsfott spielt nun einmal gerne. Ich nehme die Herausforderung an. Wenn du gewinnst, überlasse ich dir sämtliche Einnahmen des heutigen Tages. Wenn du verlierst, wirst du allen hier als Boxsack dienen, und außerdem kostet dich das zehn Yuan Pfand.«

»Gut, was wird unser Wettgegenstand?«

»Das, was dir von Mutter Natur mitgegeben wurde.«

»Na dann – mein Pimmel.«

»Wenn du meinst, dann dein Pimmel. Ich sage, mitten auf deinem Pimmel prangt ein rotes Muttermal.«

»Wie willst du das überprüfen können?«

»Zeig ihn den Leuten.«

Die Menge empörte sich: »Untersteh dich! Sauerei!«

»Ich bin hier geboren und aufgewachsen«, sagte der Betrunkene, »ich habe Anstand im Leib. Also, Frauen schaut weg, ich lass die Hosen runter. Wenn da kein Muttermal zu sehen ist, dann werd ich dir blindem Hundsfott, so wahr ich hier stehe, jedes Haar einzeln ausreißen.«

Im Chor feuerten ihn die Umstehenden an: »Los geht's!« Sie zogen ihm die Hose herunter und inspizierten seine besten Teile. »Ein Muttermal! Er hat ein Muttermal!« Die Menge grölte.

Der Säufer trug es mit Fassung. Mit entblößtem Hinterteil verneigte er sich in alle Richtungen. Stolz erhob sich der Blinde und nahm aufrecht die Huldigungen seiner Bewunderer entgegen.

Lao Wei hatte Pech gehabt. Heute würde ihm keiner mehr seine Zukunft voraussagen. Er ließ sich mit dem Strom der auseinanderdriftenden Gaffer davontreiben. Schwarzturban tröstete ihn: »Wenn wir das nächste Mal zum Markt gehen, bring ich dich gleich zur Hexe Liu. Die liest dir aus einer Schüssel Wasser deine Vergangenheit und deine Zukunft, alles, was du willst.«

Alte Zauberkunst

Alle in dieser Gegend kannten die Hexe Liu. Sie war eine einfache Dorfbewohnerin von gut 40 Jahren, die weder lesen noch schreiben konnte. Schwarzturban leuchtete ihnen mit einer Taschenlampe den Weg, und Lao Wei folgte ihm durch einen langen Höhlengang. Geduckt tasteten sie sich voran, bis sie am Ende in einer etwas geräumigeren Höhle herauskamen, wo sie die Hexe in einem aufwendigen Theaterkostüm erwartete. Sie thronte in der Mitte einer improvisierten Bühne, um die herum zahlreiche Stalaktiten von der Höhlendecke hingen. Rechts und links von ihr stand je eine Petroleumlampe, und zwischen den Knien hielt sie eine Schale Wasser eingeklemmt. Lao Wei bot ihr Räucherstäbchen dar und legte zum Gruß die rechte Faust in die linke Hand. Dann beugte er sich Kopf an Kopf mit der Hexe über die Wasserschale. Die Hexe bäumte sich mit einem Mal auf, als hätte man ihr einen elektrischen Schlag versetzt. In der Schale kräuselte sich das Wasser. Er spürte, wie ihm die fünf Sinne schwanden, die Stalaktiten und die Lampen begannen vor seinen Augen zu verschwimmen und herumzuwirbeln, und winzige Menschen sprangen plötzlich aus dem Wasser, wie Erbsen aus einem Rösttopf. In den Sagen von der Urgöttin Nüwa heißt es, sie habe mit der Peitsche in den Staub geschlagen, und daraufhin hätten sich aus der Erde Menschen geformt, die sich in alle Himmelsrichtungen verteilten. Lao Wei erkannte seinen alten Großvater und schrie laut auf. Unversehens schwoll der winzige Mensch an und füllte schon die ganze Schüssel aus.

Wie von einem fernen Ort hörte er den Großvater sagen: »Wo ich wohne, ist viel Platz. Ich lebe in der Abgeschiedenheit des Todes.«

»Egal, wie viel Platz du hast, deine Knochen verrotten trotzdem«, spottete Lao Wei. »Noch ein paar Jahre, und es ist nichts mehr von dir übrig.«

»Dann ziehe ich um. Ich weiß sehr gut, an welchem Berg und welchem Hang sich das beste Fengshui findet.«

»Da ist es schon überfüllt«, sagte Lao Wei gehässig. »Was meinst du, wie oft diese Erde im Laufe der Jahrhunderte schon umgegraben worden ist?«

»Also gut, dann niste ich mich in deinem Schädel ein«, verkündete der Großvater. »Und wenn du stirbst, ziehe ich weiter in die Schädel deiner Nachkommen.«

»Wer sollte sich an dich erinnern wollen?«

»Die Toten lassen sich nicht vergessen. Ich bin für immer da und wechsle nur meinen Aufenthaltsort, so einfach ist das.«

»Damit wirst du nicht durchkommen.« In seiner Wut zitierte er einen Spruch aus der Kulturrevolution: »Ohne Söhne und Enkel werd ich bleiben!«

»Meinen Hintern platzier ich hinter deiner Stirn«, höhnte der Großvater mit immer höherer Stimme. »Bestimmt hast du Kinder, hast doch schon mit genug Weibern herumgemacht, du Nichtsnutz.«

Lao Wei wurde immer zorniger. »Den Gefallen tu ich dir ums Verrecken nicht …« Mitten im Satz spürte er plötzlich eine Klinge an seiner Kehle. Die Hexe schwang ihre Waffe im flackernden Licht, um den ungehorsamen Enkel zu bestrafen. Zum Glück war es nur ein Beil aus Walnussholz und taugte wenig, um jemanden einen Kopf kürzer zu machen. Unter donnernden Trommelwirbeln und Glocken wie in einer Sichuanoper verwandelte sich Hexe Liu in die Königinmutter des Westens, während aus dem toten Großvater nun plötzlich der Jadekaiser wurde.

Mit eigenen Augen sah Lao Wei ihn auf Knien verkünden: »Mir gebührt das Mandat des Himmels.« Lao Wei rang um Fassung. Schnell rief er: »Es ist zwecklos. Die Partei erlaubt es nicht!« Doch statt einer Antwort tauchten aus dem Boden der Höhle wie aus Gräbern neben dem Großvater auch Rinderkopf und Pferdegesicht, die dritte Tante und andere Tote auf. »Erlaubt es nicht, erlaubt es nicht, doch wir erlauben's uns!«, polterte es von allen Seiten. Sie hatten Erde auf den Köpfen, aus der Erde spross Gras, über dem Gras leuchteten Sterne, und darüber lag der Friedhof des Universums.

Noch einmal wollte er »Sie erlaubt es nicht« rufen, aber sein Mund war blockiert. Seine Hände waren von einem unsichtbaren Seil gebunden. Er watete durch einen Fluss ohne Wasser und Geräusche, mit heraushängender Zunge, hechelnd wie ein Hund an einem heißen Tag, außerstande, die Zunge unter Kontrolle zu halten. Hexe Liu hatte sich auf wundersame Weise in einen Leichenträger verwandelt, ihr Theaterkostüm war aufgegangen und entblößte eine pelzig behaarte Brust. Der dampfend heiße Atem, das wie zerspringende Tonschalen klirrende Herzklopfen folterten ihn wie Elektroschocks. »Zu viel Rauschmittel«, flüsterte eine Stimme. Im nächsten Augenblick hob er eine Handbreit vom Boden ab, zwei große eiserne Haken schoben sich unter seine Achseln. Gerade als seine Seele den Körper verlassen hatte, begann seine sterbliche Hülle in der Luft zu flattern wie eine papierene Totenfahne, die man hoch über dem Kopf vor dem Sarg herträgt. Er prüfte, ob er festen Boden unter den Füßen bekommen könnte, trat jedoch mit den Zehenspitzen ins Leere. Ho! Ho! Ho! Der Anführer des Trauerzugs ging nach hinten gebeugt rückwärts, langsamer, schneller, schrie laut den Rhythmus; die Folgenden fielen ein, gingen im Gleichschritt mit den dichten Trommelschlägen. Ho! Ho! Ho!

In dieser von dicken Vorhängen verhängten leeren Höhle stürzte er kopfüber in den Zeitkorridor der historischen Epen, die er so gut kannte, er rannte hindurch wie wild, wobei sein Herz zwar immer schneller schlug, seine Schritte jedoch immer lautloser wurden, vor und hinter ihm schien ein handtellergroßes Licht, doch er konnte es nicht erreichen. Er rannte, und auch das Licht rannte, der endlose Korridor beschleunigte seine Schritte, wurde immer länger, bis sein Körper ihm darin verlorenging, davonlief – zurück blieb nur sein hilfloser Herzschlag als einsames Licht, erschöpft und verzweifelt, bong bong bong hallte er wider.

»Das Leben ist wahrhaftig nicht mehr als eine schwarze Robe, die dich ganz und gar einhüllt, du steckst den Kopf heraus und bist doch einfach nur scheißblind«, dachte er.

Die wechselseitigen Rufe ebbten allmählich ab, wie ein ausklingendes Frage-Antwort-Gedicht. Jetzt ging es bergauf. Sein Körper bog sich zurück und nach oben in die Horizontale, wie ein Schutzschild aus Eisen, den ein Soldat vor sich herträgt, weiter und weiter nach oben. »Ich ersticke!«, rief er. »Ich zerspringe!« Der Anführer zündete eine Laterne an, bückte sich, ging im Krebsgang, sie folgten dicht auf dicht, präzise wie ein Zahnradgetriebe setzte jeder den Fuß in den Abdruck des Vorgängers. Beim kleinsten Fehltritt würden sie in einen Abgrund stürzen.

»Zurück! Zurück!«, schrie der Anführer. »Zurück!« Sein Ruf echote in alle Richtungen, doch man wusste nicht zu sagen, ob es sich um eine menschliche Stimme, den Wind, das Rauschen der Bäume oder ein Echo zwischen Himmel und Erde handelte.

Blut trat ihm aus den Augen. Er war nur noch eine schweißgebadete lebende Leiche. In diesem Augenblick zeigte der Himmel ein paar rostrote Streifen … nein, es war nur die Sonne, die aus den dunklen Tiefen des Vorhangs zwei Zoll breit hervorbrach und ihm hart in die Augen stach. Er murmelte: »Jetzt bin ich ein Brikett.« Da flüsterte jemand: »Der Gipfel ist erreicht.«

Als er seine Robe ablegte, umarmte ihn der Wind wie ein Paar feuchtwarme Hände, die hastig über seinen Körper glitten, dann spürte er den Geschmack von Tau und frischem Gras auf den Lippen. Neben ihm wrang der Leichenträger die schweißnassen Kleider aus. Fünf Minuten später legten sie ihm die trockene Robe wieder an. »Steh auf!«, brüllte es, und schon hob er wieder ab. Der Anführer warf mit Bündeln von Totengeld um sich, um bei den Geistern des Jenseits den Weg freizukaufen. Er flog in Wellenbewegungen auf und ab, mal nach Westen, mal nach Osten, wohin der Wind ihn trieb, leicht und schwerelos wie das Papiergeld. An der nächsten Biegung bremste sein Handgelenk mit einer Drehbewegung abrupt den Flug, seine äußere Hülle blieb in der Luft hängen und schwang rhythmisch nach rechts und nach links wie bei einem neuartigen militärischen Drill. Der Gebirgskamm war schroff, der Abhang schien endlos hinabzuführen. Dunkel erinnerte er sich an die Flucht. »Bin ich bis zum Tor der Hölle geflohen?«, fragte er sich.

Dreimal krähte der Hahn, dann zerrte ihn jemand in ein Gasthaus, zog ihm die Robe aus und lehnte ihn, er war steif wie ein Stock, an die Innenseite der Tür. Auf dem Bettrand saßen zwei Kerle, ein dicker und ein dünner, und tranken Schnaps. Sie hatte schon zwei Flaschen billigen Korn intus, wirkten aber gar nicht betrunken. Der Kräftigere war der mit den in Teeblättern gekochten Eiern aus Gongtan. Solche Eier aß man gerne zum Schnaps, und entsprechend hoch war der Haufen Eierschalen auf dem Tisch. »Noch eine Nacht, bis ich meine Fracht abgeliefert habe«, seufzte der Dicke. »Leichentragen ist kein leicht verdientes Geld.«

»Und außer uns kann das keiner«, sagte der Dünne.

»Ich mach's auch nicht mehr lange.« Der Dicke zog sich die Unterhosen aus und wrang den schmutzigen Schweiß aus. Sein nackter Hintern glänzte im Schein der Lampe. »Wenn das so weitergeht, hab ich bald keinen Tropfen Wasser mehr in mir.«

»Zum Glück lebt er noch«, sagte der Dünne, »dann stinkt's nicht so.«

»Die Toten trägt man ja auch nur im Winter. Mein Großvater ist mit dem Geschäft reich geworden, einen großen Hof hat er sich gekauft.«

»Das war aber noch zur Kaiserzeit. Gleich nach 49 haben sie deinen Großvater doch erschossen, weil er der Kopf von dieser Paoge-Triade war.«

»Deng Xiaoping sei Dank«, sagte der Dicke, »dass die Politik auf dem Land wieder ein bisschen laxer geworden ist. Jetzt sind sie alle wieder da, Wahrsager, Fengshuimeister, Hexen, der ganze alte Hokuspokus.«

»Ob es illegal ist, wenn wir lebende Leichen tragen?«, fragte der Dünne nachdenklich. »Noch dazu einen Gelehrten?«

»Jeder Kaiser hat sein eigenes Gesetz.« Der Dicke reckte und streckte sich. Dann kam er mit der Laterne zu ihm herüber, zog ihm die Augenlider hoch und leuchtete in seine Augen. »Diese traditionellen Rauschmittelchen sind wirklich nicht ohne, schon zwei Nächte, und unsere Fracht ist immer noch steif und starr.«

Kurz darauf lag er im zentralen Zimmer eines alten Wohnhofs. Nach allen Seiten gingen lange Korridore ab, die Türen standen weit offen, wie Schlünde gefräßiger Riesenwürmer mit menschlichem Gebiss und heraushängenden Zungen. »So also sieht der Weg der Leichenträger aus«, dachte Lao Wei. Doch warum hatten sie ihn als »lebende Leiche« bezeichnet?

Der Dicke sagte: »Hoppla, hier ist unsere Fracht.« Jemand antwortete: »Lass mal sehen.« Sie hoben ihn am Brustkorb an wie ein Bündel Brennholz, sperrten ihm die Augen auf und leuchteten mit brennender Flamme hinein. Jemand befahl: »Akupressur!« Woraufhin der Dicke ihn wild mit dem Ellbogen bearbeitete. Er furzte, lang und ausgiebig. Jemand rief: »Läuft aus!« Der Dicke zurück: »Gestoppt.« Er machte einen Ausfallschritt nach vorne, das Knie tat ihm weh. Jemand rief: »Sehr gut!« Der Dicke sperrte ihm die Kiefer auseinander und flößte ihm Reissuppe ein. Er drohte zu ersticken, rang nach Luft und flehte, röchelte: »Aufhören! Aufhören!« Die Suppe schwappte aus der Schale. Sie fiel klirrend zu Boden, wo sie in tausend Stücke zerschellte.

Hexe Liu lachte schallend. Schwarzturban applaudierte: »Bravo! Das nenn ich Schwarze Kunst!« Lao Wei kam zu sich. Schmutziger, klebriger Schweiß bedeckte seinen ganzen Körper. Rasch warf er einen Fünfzigyuanschein auf die Bühne, packte seine Taschenlampe und suchte, so schnell er konnte, das Weite. Zweimal verlief er sich und wurde von Schwarzturban zurückgeholt. Beim dritten Versuch rannte er mit der Stirn gegen eine Wand und zog sich eine eigroße Beule zu. Noch als er endlich unter der Sonne auf der Wiese hockte, sah er Sterne vor den Augen.

Tod eines Dichters

Lao Wei wurde schwer krank. Ochsenschwanz und Ma Xia wachten neben seinem Bett. Eines Abends war sein Fieber so hoch, dass er tobte, wie von bösen Geistern besessen. Der besorgte Ochsenschwanz zog ihm Gummihandschuhe über, damit er sich nicht selbst verletzte. Er suchte den besten Veterinär von Zhengzheng auf, der Lao Wei mit einem Bambusrohr, das man zum Tränken von Rindern benutzt, den Mund aufsperrte und so lange chinesische Medizin einflößte, bis er wiederkäute und ein trauriges Muhen ausstieß. Dichter Ochsenschwanz versetzte ihm zärtlich ein paar Klapse aufs Ohr, und Ma Xia warf sich gleich ganz über ihn, damit er seine Bettdecke nicht wegstrampeln konnte. So wälzten sich alle drei die ganze Nacht hindurch bis zum Morgengrauen hin und her. Sie sahen aus wie eingeschrumpelte Fußbälle. Als Lao Wei allmählich wieder aus dem Reich der Toten zurückkehrte, aber noch immer am helllichten Tag Monologe wie ein Träumender führte, drückte ihm Ochsenschwanz einen Kugelschreiber in die Hand, damit er im Sinne Freuds aus dem Unbewussten heraus große Gedichte zu Papier brächte. Leider missverstand Lao Wei die Aufforderung und stieß sich damit ein Loch in den Oberschenkel. Es floss viel Blut und noch Wochen danach war sein Oberschenkel geschwollen.

Die Entzündung war gerade dabei abzuklingen, als der Regen kam, tagelang und ununterbrochen, und irgendwann setzten sich mächtige Geröllawinen in Bewegung, und es kam zu einem Erdrutsch, der das auf halber Höhe des Hangs gelegene Zhengzheng unter sich begrub. Die Pfahlbauten stürzten einer nach dem anderen in die Tiefe, und schließlich wurde sogar das prächtigste Stelzenhaus, das des örtlichen Parteikomitees, aus der Verankerung gerissen, es donnerte den Abhang hinunter und mit der Gewalt eines Presslufthammers gegen die Grundschule. Lao Wei schaffte es, aus den Trümmern des zerstörten Lehrgebäudes hervorzukrabbeln. Das Erste, was er draußen zu sehen bekam, war Ma Xias dicker Hintern. Sie stand neben einem Haufen Schutt und schrie wie am Spieß. Ochsenschwanz hatte versucht, seine auf eigene Kosten gedruckten Gedichtbände zu retten, und stak nun zwischen kollabierten Mauern, den Bauch von einem Stahlträger aufgespießt. Seine Augäpfel standen hervor, er zuckte nicht mit der Wimper. Lao Wei schnappte sich eine Schaufel und fing an, wie wild zu graben, bald unterstützt von ein paar Dorfleuten, die alarmiert herbeigelaufen waren. Schließlich zogen sie Ochsenschwanz aus den Trümmern. Er sah ein bisschen aus wie eine Figur der Terrakottaarmee aus dem Grab des Qin-Kaisers. Unter den Arm geklemmt hielt er ein Liebesgedicht. »Dank an das Leben«, lautete die erste Zeile und »heirate mich« die letzte. Die Zeilen dazwischen waren vom Regen verwaschen. Ma Xia verlor die Beherrschung, ihr Körper bebte, und wie eine Irre streichelte sie von oben bis unten ihren Freund, für den jede Hilfe zu spät kam.

Ochsenschwanz hob in einer letzten Anstrengung noch einmal den Kopf, murmelte schwach »Mama« und saugte weinend an Ma Xias Brust.

Das ganze Ausmaß der Katastrophe wurde erst langsam deutlich. In der Nachbarschaft waren Dutzende Menschen umgekommen, viele wurden vermisst, ein paar tausend Dorfbewohner waren obdachlos. Die von der Lokalregierung gesandten Hilfstruppen drangen erst spät ins Katastrophengebiet vor, weil die Zugangsstraßen von beiden Seiten zerstört waren. Die Überlebenden versuchten sich selbst zu helfen, bildeten Gruppen und suchten Wege über die Berge, um aus dem Unglücksort herauszukommen. Unterdessen beeilte sich Lao Wei, seinen Freund in eine geschützte Ecke zwischen den Trümmern zu betten, schichtete Mauerstücke und Ziegelsteine auf, nahm dann den Rohrstock, mit dem der Freund zuvor seine ungehörigen Schüler in Zaum gehalten hatte, und spießte damit ein verschwitztes T-Shirt als Totenfahne auf. Er ruhe in Frieden. Er überlegte kurz, ob er nicht ein paar Gedichte zu seinem Andenken verbrennen sollte, doch Ma Xia, die sich einen weißen Turban angelegt hatte, meinte: »Der alte Ochsenschwanz ist doch keine Lin Daiyu. Wir verbrennen ein bisschen Reispapier, und damit genug.«

Lao Wei zögerte: »Ist das nicht ein bisschen zu schlicht?«

»Na und? War sein Leben etwa anders? Warte, bis wir genug Geld haben, dann erobern wir Peking und veröffentlichen eine prächtige Ausgabe *Gesammelte Gedichte vom trunkenen Ochsenschwanz* zur Wiedergutmachung.«

Lao Wei nickte. »Klar. Eine Art Deluxe-Ausgabe in mehreren Bänden, wie die von Kafkas gesammelten Werken.«

Hundegebell unterbrach sie. Dorfleute in Regencapes und mit breiten Strohhüten, die an die kaiserliche Palastwache in einem japanischen Film von Akira Kurosawa erinnerten, huschten unter den drückenden dunklen Wolken an ihnen vorbei wie Geister. Lao Wei wollte Ma Xia packen und mit sich ziehen, doch dabei rutschte er aus und fiel der Länge nach auf den Rücken in den Dreck. Nun war es Ma Xia, die ihn an den Handgelenken wieder hochzog. Sich gegenseitig stützend, rannten sie hinter den Einheimischen her. Wer hier am Yangshan geboren und aufgewachsen war, musste die sichersten Wege kennen. Immer wieder riefen die Leute klagend: »Unser Zuhause, unser Zuhause, alles ist hin!« Doch kein Einziger drehte sich um und blickte zurück, niemand zeigte eine Spur von der in den Gedichten der Tang- und der Song-Zeit so oft besungenen Wehmut beim Gedanken an die zerstörte Heimat.

In der Ferne konnten sie eine einsame Pinie auf dem Gebirgspass ausmachen, doch es sollte mehr als zwei Stunden dauern, bis sie dort stolpernd und rutschend angekommen waren. Erst ganz oben drehten sie sich um und blickten hinunter auf Zhengzheng, von dem sie nur einen undeutlichen Haufen wahrnahmen, als trübte ihnen grauer Star die Augen. Ähnlich trüb hing der Himmel über ihnen. Sie konnten von Glück sagen, dass es hier zahlreiche Höhlen und Felsvorsprünge gab, die ihnen Unterschlupf boten. Sie verließen den Gebirgspfad und kletterten wie die Eidechsen über die Felsen zu den Höhlen hinauf, nur um festzustellen, dass ihnen die Einheimischen zuvorgekommen waren. Alle Plätze waren bereits belegt.

Sie hockten sich nebeneinander unter einen Felsvorsprung, eng aneinandergekuschelt, sie brauchten das Gefühl von Sicherheit und Wärme. Lao Wei bot Ma Xia an, doch mehr von dem Essen zu nehmen, das er bei sich hatte, doch sie meinte nur, dass Frauen gut gepolstert seien und daher durchaus eine Weile hungern konnten. Lao Wei musste lachen. Sie kamen langsam zur Ruhe, vielleicht fanden sie auch unbewusst Gefallen aneinander. Doch ausgerechnet, als es gerade warm und behaglich wurde, begann Lao Weis Magen zu rebellieren, vielleicht war es auch der aufgebrachte Geist des eben erst im Jenseits angekommenen Ochsenschwanz. Es blieb ihm nichts anderes übrig, als sich wieder hinaus in den Wind und den Regen zu wagen und ein Stück bergab zu schlittern, um sich dort irgendwo zu erleichtern. Zwar trug er einen Regenschutz aus Binsengras, doch sein Hintern hing bloß und ungeschützt über dem Graben, durch den der eisige Wind aus den gegenüberliegenden Anhöhen herüberwehte und das angestaute Wasser kleine Wellen schlagen ließ. Noch immer echote das Rumoren der wandernden Erd- und Wassermassen aus den Bergen, als melodische Begleitung des Windes, der rhythmisch auf von Gottes Bettdecke gedämpften Orgelpfeifen blies. Für einen Augenblick fühlte sich Lao Wei in seine Kindheit zurückversetzt, als er sich noch hinhocken und scheißen durfte, wo er wollte. Doch irgendetwas an seinem verkühlten Hintern fühlte sich merkwürdig an. Er schaltete die Taschenlampe an und entdeckte zwischen seinen Beinen den Kopf einer Schlange. Sie zischelte, ihre lange Zunge reckte sich ihm entgegen wie bereit zum Kuss.

Mit einem schrillen Schrei rappelte er sich auf, glitt aus und rutschte auf dem Boden mehrere Meter den Abhang hinunter, bis ihn zum Glück ein Baum aufhielt. Er hörte, wie Ma Xia nach ihm rief, und sah die Mondsichel, die er lange nicht gesehen hatte, hinter den Wolken hervortreten, wie von den Schreien hervorgelockt. Die Taschenlampe war weg. Völlig durchnässt tastete er sich auf allen vieren zurück an Ma Xias Seite.

Der Himmel war noch immer verhangen, als am Morgen die Einheimischen in Dreier- und Fünfergruppen aus den Höhlen krochen. Da sie die ganze Nacht dem Wetter ausgesetzt gewesen waren, waren Lao Wei und Ma Xia steif vor Kälte, doch sie mussten wohl oder übel los und den anderen folgen. Sie hielten sich dicht an der Gruppe, aber irgendwann reichten ihre Kräfte nicht mehr. Ma Xia brauchte eine Pause. Gut, dass sie sich die Ruhepause gönnten, denn kaum hockten sie im Gestrüpp, entdeckte

Lao Wei aus dem Augenwinkel die Gestalt von Schwarzturban, den er seit Tagen nicht gesehen hatte. Wie eine schwarze Krähe bahnte er sich den Weg durch das unwegsame Gelände. Er lief ihm schnell hinterher, bis er einen Schuss hörte und Pulver roch. Der Schuss kam aus Schwarzturbans Gewehr, er hatte nur knapp ein Wildschwein verfehlt.

Obwohl sie sich erst zweimal begegnet waren, wirkte Schwarzturban in diesem Moment so vertraut wie ein alter Freund. Bei Lao Weis Anblick grinste er über beide Ohren. Er nahm die beiden mit und zeigte ihnen eine Abkürzung zu sich nach Hause. Endlich ließ der Regen nach, der Himmel lichtete sich, und gegen Abend spannte sich ein Regenbogen von einem Berggipfel zum anderen. Die Windungen ihres Weges folgten dem Regenbogen bis zum nächsten Gebirgspass. Hier wurde der Nebel dichter. Aus dem Grau sprangen ein paar wilde Hunde sie an, Hunde, die mit ihren Zungen zuvor menschliche Exkremente aufgeleckt hatten, mit denen sie ihnen nun das Gesicht lecken wollten. Schwarzturban fluchte und scheuchte sie fort. Daraufhin kamen statt der Hunde ein paar schmutzige Kinder angerannt, die fröhlich ihren Vater begrüßten, und erst danach trat auch seine Frau aus dem aus Steinquadern gebauten Haus. Mit verschränkten Armen stand sie da, aufrecht und majestätisch wie ein Tempelwächter Buddhas.

Politik und Liebe

Die Frau des Hauses kochte einen Eintopf aus Maisbrei und Kartoffeln, den sie verschlangen wie hungrige Wölfe, und gleich darauf legten sie sich schlafen wie faule Schweine. Lao Wei hatte das Gefühl, er müsse auf Ma Xia aufpassen, und teilte vorübergehend an Ochsenschwanz' Stelle das Bett mit ihr, doch mehr war nicht. Bei Tagesanbruch wurde ihr Bett von einer Horde Flöhe heimgesucht, die sie angriffen und piesackten, und sie brauchten eine Weile, um sie zu fangen und wieder loszuwerden. Da sie nun einmal wach waren, gingen sie zusammen vor die Tür und machten auf dem Pass Dehnübungen. Zu ihren Füßen lag das Umerziehungslager »Kürbistal«, und aus der Vogelperspektive betrachtet, hatte das Tal tatsächlich die Form eines länglichen Kürbisses. Obwohl es ohnehin nach allen Seiten von steilen Felsen umgeben war, spannten sich rund um das Lager zwei dichte Reihen mit elektrisch geladenem Stacheldraht. Das einzige Tor lag etwa dreihundert Meter abseits.

Die Sonne ging auf. Es war ihnen, als hätten sie sie seit Ewigkeiten nicht mehr gesehen. Schwarzturban und seine Frau kamen mit einem Bündel Zeitungen unter dem Arm von der Wachstation des Arbeitslagers zurück. Lao Wei hatte monatelang keine staatlichen Nachrichten mitbekommen und stürzte sich ungeduldig auf die Lektüre. »In der Volkszeitung steht doch seit Jahrzehnten immer dasselbe drin, das braucht man wirklich nicht zu lesen«, lästerte Ma Xia.

Lao Wei: »Der Ton hat sich vielleicht nicht geändert, aber die Nachrichten sind trotzdem nicht dieselben. Ob Zhao Ziyang abtritt oder Jiang Qing, ist ja wohl ein Unterschied.«

»Alles dieselbe verdammte Inzucht«, mischte sich Schwarzturban ein.

Lao Wei blätterte ungerührt weiter. Die Zeit floss rückwärts. Auf der Titelseite von Ausgaben aus dem Frühsommer 1989 prangten lange Namenkolonnen von staatlich gesuchten politischen Verbrechern.

Er studierte die Listen. Der Studentenführer Ma Shaofang war ein guter Freund, ein kleiner Kerl aus Jiangsu, der beim Sprechen immer den Hals reckte wie ein krähender Hahn. Lao Mu, der gestörte Dichter, war auch darunter, einstmals ein enger Weggenosse von Haizi, bis der sich unter einen fahrenden Zug geworfen hatte. Die beiden hatten in Straßenrevolten ihre Bestimmung gefunden und damit so lange ihre Zeit verbummelt, bis sie nun in den Listen mit staatlich gesuchten Verbrechern auftauchten. Lao Wei führte Selbstgespräche, während er las. Ma Xia kam nun doch herüber und steckte ebenfalls ihren Kopf in die Zeitungen. Erneuerung, Progression, Öffnung zum Westen, Produktionssteigerung, Liu Xiaobo verhaftet. Bao Zunxin verhaftet. Chen Ziming, Wang Juntao – hatten die nicht alles nur im Fernsehen verfolgt? Schwarzturban ging hinter ihnen auf und ab. Er hatte im Dorf schon öfters seltsame Intellektuelle ausgemacht, die einem bekannt vorkamen, doch wer von denen etwas mit diesen Listen zu tun hatte, war ihm nicht klar. Er rief seine Frau und befahl ihr, die Fahndungsbilder der gesuchten Kriminellen auszuschneiden. Das Paar verbrachte mehrere Stunden damit, eine Art Kartenspiel zu basteln. 45 Karten kamen dabei heraus, Angehörige der Studentenvereinigung, der Arbeitervereinigung, die ganze Elite der Konterrevolutionäre hatte es auf die Liste geschafft, es fehlten nur zwei Joker, die Schwarzturban instinktiv als zwei Rädelsführer vom vierten Juni definierte, die einen Panzer der Volksbefreiungsarmee in Brand gesteckt hatten und durch Gewehrschüsse getötet worden waren.

Die beiden Männer und die beiden Frauen spielten begeistert Karten und wollten gar nicht mehr aufhören. Schwarzturban wollte eigentlich um Geld spielen, aber Lao Wei und Ma Xia hatten wenig oder gar keins, und so einigten sie sich darauf, dass den Gewinnern Papierstreifen ins Gesicht geklebt wurden. Lao Wei hatte das Glück auf seiner Seite und war bald von Kopf bis Fuß mit Papierstreifen beklebt und musste den Tisch zu Hilfe nehmen. Riri Xin war Herz König, Yueyue Xin war Pik Dame, Kai Xi war Karo Ass, Feng Congde war Pik Bube, Wang Juntao war Kreuz 10. Jede Karte hatte einen bestimmten Wert, und es ging darum, Pluspunkte zu akkumulieren und Negativpunkte zu vermeiden. Wer zuerst 1000 Negativpunkte hatte, hatte verloren, und damit war dann jeweils das Spiel zu Ende. Sie spielten *Gongzhu*, »Schweinejagd«, deshalb musste die Anführerin der Studentenrevolte, Yueyue Xin, das Schweinchen sein, also Pik Dame, mit dem höchsten Wert. Die echte Yueyue Xin hatte allerdings das Glück gehabt, dem Blutbad auf dem Tiananmenplatz und der Schweinejagd nach Verhängung des Kriegsrechts zu entkommen. Nach vielen Jahren des Exils in den USA konvertierte sie zum Christentum, heiratete einen Amerikaner und wurde Mutter.

Eintönig vergingen die Tage, und unversehens war der Herbst zu Ende, und es wurde Winter. Die Blätter rings um das Kürbistal färbten sich rot und gelb, dann starben sie ab, und allmählich wurden die Bäume kahl. Der Wind wurde kühler und heftiger. Schwarzturban und die Verbrecher aus dem Lager waren ziemlich vertraut miteinander. Manchmal, wenn die Abende allzu unerträglich still wurden, gingen er und seine Frau hinunter ins Arbeitslager, um mit den Gefangenen zusammen fernzusehen, Lao Wei und Ma Xia blieben allein zurück und spielten zu zweit *Gongzhu* oder Poker-Wahrsagen, was sie immer an ihre alten Freunde erinnerte. Ochsenschwanz war ihr häufigstes Thema. »Drei Jahre haben wir zusammengelebt, zweimal war ich von ihm schwanger«, erzählte Ma Xia. »Ende 1986, während der Kampagne gegen die kapitalistische Liberalisierung, als Deng Xiaoping gerade Hu Yaobang geschasst hatte, ist es zum ersten Mal passiert. Damals hatte ich gerade in Fuling meinen Schulabschluss gemacht und bin für meine erste Stelle nach Zhengzheng gekommen. Ich war erst 22 und habe nicht kapiert, warum mein Bauch so anschwoll, und sogar gedacht, das läge an zu viel Feuertopfessen. Danach hatte ich meine Lektion gelernt und habe besser aufgepasst, immer Kondome benutzt, aber trotzdem ist es gleich noch ein zweites Mal passiert. Das war kurz nach dem vierten Juni. Ochsenschwanz hat sich wie ein Wahnsinniger

Hühnerblut injiziert, nichts mehr gegessen und getrunken und nur noch epische Gedichte geschrieben und nachts im Traum ständig ›Kommunistische Verbrecher, Dreckschweine!‹ geschrien. Ich lag neben ihm und versuchte, ihn zu wecken. Aber er hat mich einfach wie im Rausch rücksichtslos gepackt und gevögelt. Und dann wurde Zhao Ziyang zum zweiten Mal kaltgestellt. Wieder trat ein verdammter Generalsekretär ab, und wieder musste ich verdammt nochmal abtreiben.«

Arglos sagte Lao Wei zu ihr: »Aller guten Dinge sind drei, wenn wir jetzt eins machen, dann bekommen wir es eben.«

Ma Xia: »Besten Dank. Mir *einen* Dichter in diesem Leben einzuhandeln hat schon gereicht.«

Lao Wei: »Wenn das so ist, dann nutze ich die Gelegenheit und mache Schluss mit dem Dichten. Adorno hat sowieso gesagt, Gedichte schreiben nach Auschwitz sei barbarisch.«

Ma Xia: »Ach, und was ist nicht barbarisch? Ich finde so einen Erdrutsch auch nicht besser als Auschwitz. Wie die Leute ausgesehen haben, verstümmelt und elend, gar nicht mehr wie Menschen. Ich haue ab und gehe, solange ich noch einigermaßen passabel aussehe, in die Stadt und angle mir einen reichen Typen.«

Lao Wei: »Na ja, du bist zwar okay, aber eher so mittelmäßig hübsch. Ich meine, du hast zwar ganz nette Brüste, aber in der Stadt gibt es jede Menge Mädels mit großen Titten.«

Ma Xia: »Du blödes Arschloch, halt bloß die Klappe! Sitzt hier in der Einöde, ohne jede Perspektive, total flügellahm. Kannst du nicht mal was Nettes sagen?«

Lao Wei beeilte sich, ein Lächeln aufzusetzen und nickte beschwichtigend.

Es war Wochenende, weshalb Familie Schwarzturban erst gegen Mitternacht nach Hause kam. »Dieses Arbeitslager gibt es schon seit den Fünfzigern. Von Kindheit an war ich der Nachbar von Kriminellen«, lallte Schwarzturban ziemlich betrunken. »Beim Rausgehen hat mich die Wache noch auf ein paar Schnäpse eingeladen.«

»Soso, ein paar Schnäpse. Scheinst ja nicht gerade viel zu vertragen.«

Schwarzturban entgegnete nichts und stieß seine Frau weg, die ihn mahnte, endlich schlafen zu gehen. »Willst du Streit oder was?«

Ma Xia fühlte sich fehl am Platz und ging zu Bett. Schwarzturban kniff die Augen zusammen und holte eine Flasche Korn hervor. Die beiden Männer setzten sich einander gegenüber. Schwarzturban: »Heute Abend geht ein seltsamer Wind. Beim Fernsehen mit den Kriminellen gab es ständig nur Bildrauschen. Als endlich was zu sehen war, haben alle angefangen zu johlen. Dann war da so ein Spezialagent, der ständig rein- und rauslief und Leute anwies, die Antenne auf dem Dach zu richten – nach rechts, nach links, nein, nach vorn, nach hinten –, die Antenne ist an einem sieben, acht Meter hohen Pfahl befestigt und verbiegt sich, wenn der Wind stark bläst. Man muss sie hin und wieder zurechtbiegen und neu ausrichten. Heute Abend vor allem, wo der Wind regelrecht besoffen war, huh, schnell wieder ausrichten, huh huh huh, wieder hin und neu ausrichten, es fehlte nicht viel, und die Leute wären mit der Antenne zusammen weggeflogen.«

Lao Wei hatte seine Zweifel. »Hast du denn noch einen nackten Hintern zu sehen bekommen?«

»Von wegen. Die Gesichter der Kerle hab ich gesehen, wild war's, Lachen, Onanieren, Singen, Prügeln, alles, was du willst.«

»Und den Polizisten war das egal?«

»Das Leben im Arbeitslager ist anstrengend und knochenhart, da darf es am Wochenende auch mal etwas lockerer zugehen. Hehe, so einen Menschenhändler haben sie fünf Stunden kopfüber an einer Dachrinne aufgehängt, und keiner hat sich darum geschert.«

»Aber er hätte dabei draufgehen können!«

»Dieser Kerl ist ein elender, wenn auch begnadeter Schwätzer. Einer, der es schafft, mit seiner Schmeichelzunge sämtliche Mädchen aus den drei südwestlichen Provinzen zu betören und in den Nordosten zu verkaufen. Es heißt, er hätte es sogar bei einer Studentin geschafft, Obstanbau hat die Kleine studiert. Und manche hat er erst vergewaltigt, dann verkauft. Ist das nicht widerlich?«

»Klar ist das widerlich, aber seine Strafe hat er dafür ja schon bekommen.«

»Deshalb hat er noch lange nicht seinen Schwanz unter Kontrolle. Eine naive Teepflückerin, die auf den Plantagen des Lagers arbeitet, eine Miao, hat er mit neuen Gummisandalen gelockt und ihr auf der Plantage die Hose runtergezogen und sie gefickt. Dann hat er ihr nicht einmal beide Schuhe dafür gegeben, sondern nur den linken, damit sie ihn für den zweiten noch einmal ranlässt. Da hat die Frau dann aber Rabatz gemacht und alles zusammengeschrien, und gleich darauf haben sie ihn erwischt.«

»Was für ein Zirkus.«

»Für die in Peking sind das ja alles Kleinigkeiten. Konterrevolution wiegt hundertmal schwerer als Menschenhandel. Schließlich würde eine Milliarde Menschen ohne die Kommunistische Partei verhungern.«

Lao Wei zögerte mit der Antwort. Dann gähnte er herzhaft und gab vor, betrunken zu sein.

In jener Nacht träumten sowohl Lao Wei als auch Ma Xia von Ochsenschwanz. Lao Wei war angeln und hatte auf einmal den mit schillernden Fischschuppen bedeckten Ochsenschwanz am Haken, er war aber zu schwer und war nicht an Land zu ziehen. Und Ma Xia war im Fluss und trieb dort mit Ochsenschwanz mit dem Strom. Glänzend und glitschig wanden sie sich umeinander, Ma Xia sprang vergnügt hoch, das Wasser spritzte, und

Ochsenschwanz war eine Regenwolke unter ihr. Wie sie so fröhlich dahintrieben, verschmolzen Himmel, Fluss und Erde in eins. Ma Xia drehte sich um, zwischen ihren Beinen hielt sie Ochsenschwanz umklammert. Gleichzeitig erwachten sie aus ihren Träumen, und Lao Wei merkte, dass sie seinen Oberschenkel zwischen ihren Beinen eingeklemmt hielt.

Die Grillen zirpten, ihre Hände und Füße waren miteinander verschlungen wie Algen, die sich zu einem Fischernetz webten. Noch immer eingehüllt in ihre Traumbilder, begannen sie sich zaghaft zu küssen, wie wenn ein Hund nachts nach Hause kommt und vorsichtig mit der Pfote an der Tür kratzt. Ein leichtes Nachgeben, die Tür geht einen Spalt weit auf, die Hundepfote tastet sich vor, dann lugt das Hundemaul durch den Spalt, zuletzt die Hundezunge. Als hinter der Wand der Hahn krähte, lösten sie ihre nur Sekunden dauernde feste Umklammerung, und sie wurden weich, das Bettlaken war durchnässt, doch sie waren kein bisschen beschämt.

Als sie am darauffolgenden Tag zum Markt gingen, wo dichtes Menschengewimmel herrschte, erfuhren sie, dass die Straße nach Zhengzheng wieder instand gesetzt und die durch die Katastrophe obdachlos Gewordenen inzwischen untergebracht waren. Allein die Grundschule existierte nicht mehr. Sie sagten Schwarzturban und seiner Familie Lebewohl, nahmen den entgegengesetzten Weg und zwängten sich in einen Bus nach Xichang.

Bei ihrer Ankunft dämmerte es bereits. Da Ma Xia von hier stammte, fürchtete sie das Gerede der Leute. Daher besorgte sie sich von ihren Eltern etwas Geld, steckte es Lao Wei für die Reise zu, wünschte ihm alles Gute und meldete sich beim Kreisschulamt. Lao Wei hatte einen langen Weg vor sich. Wie traurig das war. So viele Begegnungen und so viele Abschiede.

Erinnerung an Berlin

Nachmittags um halb vier erwachte Lao Wei in seinem Zimmer in einem alten Haus unweit der Kaiser-Wilhelm-Gedächtniskirche. Er war hungrig und ging in die Küche, um nachzusehen, ob noch etwas Essbares da war. Vergangene Nacht hatte er sieben Stunden gearbeitet und dann neun Stunden geschlafen, die Nacht war zum Tag geworden. Gedankenverloren strich er über seine Hose und merkte, dass er sie falsch herum angezogen hatte. Das erinnerte ihn daran, wie er einige Jahre zuvor in Chengdu an *Für ein Lied und hundert Lieder* gearbeitet hatte – seine ersten beiden Fassungen waren von der Polizei beschlagnahmt worden, und nun saß er an der dritten Fassung –, auch da hatte er seine Hose falsch herum getragen. Damals war seine erste Frau noch da. Als er aus dem Haus gehen wollte, gestikulierte sie wie wild und zog ihn mit Gewalt zurück. Da hatte er das mit der Hose erst gemerkt. Deutlich erinnerte er sich an ihre Hände.

Jetzt ging er hinaus, durchwanderte fremdes Land. Er befand sich im ordnungsliebenden Deutschland, hier sollte man anständig angezogen auf die Straße gehen, noch dazu im Februar, wo der Winter längst noch nicht vorbei war und bei jedem Schritt der verbliebene Schnee unter den Sohlen knirschte. Ihm war warm in seiner baumwollgefütterten Jacke. Als er auf dem berühmten Kurfürstendamm kurz seine Glatze unter der Ledermütze lüftete, musste er ausgesehen haben wie eine chinesische Schildkröte, die den Kopf unter dem Panzer hervorstreckt. Er ging Richtung Süden weiter, die Uhlandstraße war ein idealer Spazierweg. Über mehrere Kilometer hinweg führte sie direkt auf einen paradiesischen Friedhof zu. Der Himmel war bedeckt, und seine Gedanken schlugen Volten. Er war schon länger Single, weshalb er kaum an etwas anderes als an Frauen denken konnte. Vor zwanzig Jahren war der Himmel am Ufer des Jangtse ebenso verhangen gewesen, seine erste Frau hatte auf dem Kieselstrand am Hafen gestanden und ihn verabschiedet, er hatte den Kopf eingezogen, die Sirenen des Dampfschiffs heulten, das Schiff legte ab. So waren sie auseinandergegangen. Vier Jahre später hatten sie sich wiedergesehen – dennoch, ihre Seelen waren einander nie wieder begegnet, es waren nur ihre Körper, die sich trafen und die Scheidung besiegelten. Dann kam die zweite, und zehn Jahre lang gingen sie durch dick und dünn, doch zwanzigmal durchsuchte in dieser Zeit die Polizei seine Wohnung, und irgendwann fragte sie, ob es überhaupt Hoffnung gebe. Und er wusste keine Antwort. Dann kam die dritte, die ihm überallhin folgte, wie eine herumstreunende Katze einem streunenden Hund. Sie hinterließen keine Spuren. Und danach nur noch flüchtige Affären.

Lao Wei öffnete das Eisentor zum Friedhof und drehte dort seine übliche Runde. Zwischen den endlosen individuellen Gräbern standen sich die Gräber aus dem Ersten und dem Zweiten Weltkrieg symmetrisch gegenüber. Die Grabsteine ragten aus dem Gestrüpp, kaum dicker als ein Fußbreit. Alle stammten aus demselben Jahr, demselben Monat, sogar demselben Zeitraum – die Bombardierung Berlins 1945, der Zerstörung des Dritten Reichs, als so viele unschuldige Einwohner der Stadt zu Asche wurden – man hatte sich in Deutschland nach Kräften darum bemüht, ihre Namen festzuhalten, obwohl es manchmal vielleicht nur eine Zeile war, oft standen nicht einmal der Vor- und Nachname oder das Geburtsdatum da, dennoch ruhten sie hier in Frieden. Und in China? Lao Wei fragte sich, ob der Hunderttausende, die in China im Zweiten Weltkrieg umgekommen waren, irgendwie gedacht wurde. Die Japaner hatten zahllose Massengräber hinterlassen, doch selten wurde irgendwo einem dieser vielen Namenlosen ein Name gegeben.

Insbesondere die schlimmste Menschenvernichtung überhaupt wurde nirgends dokumentiert. Etwa vier Millionen Menschen waren in China zwischen 1959 und 1962 an Hunger gestorben, und doch erinnerte kein einziger Grabstein an sie, sie glichen einem Riesensack voller Gebeine, dem niemand Frieden schenken wollte. In den Augen der Kommunistischen Partei war dieser Teil der Geschichte etwas, das man mit Kreide an eine Tafel schreibt und mit einem Wisch ausgelöscht hat.

Immer wieder hatte er versucht, zu erinnern, nachgeforscht, was dort einmal gestanden hatte auf der Tafel – geendet hatte es damit, dass er sich staatsfeindlicher Umtriebe schuldig gemacht hatte. Im Gefängnis war er gelandet, ohne Absicht, ihm blieb nur die Flucht, die Suche nach einem neuen Vaterland und neuen Frauen, sein Leben die verzerrte Landschaft einer Zugfahrt, die nun plötzlich auf diesem fremden Friedhof zum Stillstand kam – ein Schwarm schwarzweiß gefiederter Vögel stürzte sich von oben herab, auf Futtersuche aus den Händen der wenigen Besucher. Ein lächelndes älteres Ehepaar hockte sich gleich hin und fütterte sie. Unweit von ihnen ging eine junge Mutter mit einem kleinen Kind an der Hand, das stolpernd seine ersten Gehversuche machte. Er spürte, wie unwirklich sich diese Szenen für ihn anfühlten. Es war eine Ewigkeit her, dass er ganz normalen Alltag bewusst erlebt hatte.

Der Tempel der Roten Armee

Lao Wei blieb nur der Rückzug vor den Computerbildschirm, das Schreiben über seine Flucht, eingepfercht in ein billiges Herbergszimmer, mit einem bereits vergilbten und an den Rändern zerschlissenen, doch immer noch auffälligen Fahndungsplakat nach den »Konterrevolutionären« an der Wand. Wie immer hatte die Wirtin am Empfang seine Papiere sehr gründlich in Augenschein genommen, doch nach diesen aufreibenden Monaten in der Gebirgslandschaft war sein Teint glücklicherweise schon beinahe so dunkel und verwittert wie der eines ortsansässigen Bauern. Wieder eine Prüfung bestanden.

Seine nachfolgende Odyssee wirkte ziel- und planlos. China ist einfach riesig, allein die Fläche der Provinz Sichuan ist größer als Frankreich. Eines Abends erreichte Lao Wei in der Dämmerung eine kleine Stadt am Grenzfluss zwischen drei Provinzen. Am gegenüberliegenden Ufer lagen Hunan und Guizhou. Das örtliche Tourismusbüro warb damit, dass 1930 an dieser Stelle die Rote Armee der Bauern und Arbeiter nach zahlreichen Niederlagen den Fluss überquert, die Großgrundbesitzer verjagt, das Land neu aufgeteilt und in der Gegend vorübergehend eine revolutionäre sowjetische Basis errichtet habe.

Lao Wei folgte den lokalen Gepflogenheiten und zog los, um der Höhle der Rotarmisten einen Besuch abzustatten. Es war nicht mehr als eine dieser Krötenhöhlen auf halber Höhe des Berges, in der damals, wie es heißt, nachdem der Großteil der Roten Armee weitergezogen war, nur eine Gruppe von zwölf verwundeten Soldaten verschanzt blieb, die jedoch bald von den nachrückenden Truppen der Kuomintang umzingelt wurden, mit denen sie sich, bis ihnen die Munition ausging, zwei Tage und Nächte lang einen aussichtslosen Kampf lieferten. Alle zwölf starben als Märtyrer. Um ihnen ein ehrenvolles Andenken zu sichern, sammelte das Volk Geld und errichtete vor der Höhle eine Kultstätte aus Lehm. Die Heiligenfiguren aus Ton in der Mitte des Tempels stellten die drei großen Generäle Guan Yu, Liu Bei und Zhang Fei bei ihrem berühmten Schwur im Pfirsichgarten zu Beginn des Romans *Die drei Reiche* dar. Rechts und links davon die Listen mit den Namen der Märtyrer der Revolution, unter dem Motto »Wir fragen nicht danach, ob wir am selben Tag geboren wurden, sondern streben danach, am selben Tag zu sterben«. Als 1949 das neue China gegründet wurde, wurde der Tempel als Relikt feudalistischen Aberglaubens aufgegeben und stattdessen von der Regierung ein Rote-

Armee-Museum eröffnet. Doch dann kamen die Turbulenzen der Kulturrevolution, und die Märtyrer waren plötzlich gar keine Märtyrer mehr, denn sie hatten zu den Truppen von Zhang Guotao gehört, der sich mit Mao zerstritten hatte und damit schuldig war an der Spaltung unserer Partei, unserer Soldaten und unserer Sowjetzone. Also überschwemmte eine Horde Rotgardisten den Berg wie eine Flutwelle und zerstörte nicht nur die Tonfiguren, sondern sprengte gleich die halbe Höhle. Das war nun auch schon zwanzig Jahre her, Mao Zedong und sein Widersacher längst unter der Erde, und das Denkmal in seiner ursprünglichen Form – Märtyrer der Revolution in der Pose des Bruderschwurs der drei Generäle aus *Die drei Reiche* – thronte wieder am Hang, inmitten von brennenden Räucherstäbchen und ergebenen Pilgern.

Lao Wei zeigte angemessene Ergriffenheit, ließ sich platt auf den Boden fallen für einen dreifachen Kotau, warf drei Yuan in den Opferstock, während der vielleicht achtzigjährige Tempelaufseher routinemäßig dreimal den Bronzegong schlug. Lao Wei hob den Kopf und warf ihm einen Blick zu: »Das nenn ich einen braven Helden!«

Der Alte ließ den Klöppel sinken und nahm die speckige rote Mütze ab, unter der ein daoistischer Haarknoten zum Vorschein kam. Zweifelnd fragte Lao Wei: »Sie sind Daoist?«

Der Alte nahm eine stramme Haltung an und sagte mit erhobener Stimme: »Hier ist kein Platz für Daoisten, hier gibt es nur waschechte Rotarmisten!«

Lao Wei legte hastig die rechte Faust in die linke Hand und machte eine Verbeugung. Der Alte sagte: »Ich bin nämlich einer der zwölf Märtyrer!«

»Ein guter Scherz, mein Herr«, sagte Lao Wei.

Der Alte: »Mehr als dreihundert Soldaten der reaktionären Armee der Großgrundbesitzer griffen damals diese Höhle an, sogar Mörsergranaten setzten sie ein. Wir zwölf Verwundete hatten noch fünfzehn Gewehre und Revolver, mehr als tausend Schuss Munition, ein paar Dutzend Handgranaten. Zwei Tage und Nächte hielten wir stand, doch natürlich ließen wir alle unser Leben. Wenig später wurde ich wiedergeboren. Mitten in der Nacht entstieg ich meinem Grab und kletterte hinauf zu einem umzäunten Tu-Dorf, um etwas zu trinken, da erhob sich großes Geschrei. Der Stammesfürst der Tu nahm mich auf, ließ drei Monate lang meine Wunden gesund pflegen und gab mir zu essen. Und ich machte es wie Meng Huo, der sich Zhuge Liang ergab; ich ergab mich den Tu und wurde ein gelehriger Schüler der Krähensoldaten.«

Lao Wei: »Das ist unmöglich!«

Der Alte: »Wieso?« Und sogleich stimmte er eine kommunistische Volksweise aus den dreißiger Jahren an, »... Lebwohl sagt sie dem Bräutigam, / der zieht zu Feld als Rotgardist, / nimmt, was er dem Grundbesitzer nehmen kann ...«. Es war bizarr zu hören, wie dieses angestaubte Heroenlied aus dem zahnlosen Mund des Alten kam, wie eine vom Staub der Jahre bedeckte starre Schlange, die wieder lebendig wird.

»Du hättest es zu etwas bringen können«, mokierte sich Lao Wei.

»Ich war erst sechzehn, als ich damals in die Armee eintrat. Der Kader versprach vor dem versammelten Dorf, dass nach der erfolgreichen Revolution jeder zu essen und eine Frau haben würde, also haben sich sämtliche arme Schlucker des Dorfes freiwillig gemeldet. Die Kinder, die nichts als Rinder hüten und keine Handvoll Schriftzeichen lesen konnten, was hatten die schon von der Zukunft zu erwarten?«

»Wenn du damals nicht verwundet zurückgeblieben wärst, hättest du stattdessen die 25 000 Kilometer des Langen Marsches mitgemacht, dann wäre es weitergegangen nach Peking, und heute wärst du mindestens Lehrer oder so.« Lao Wei fand Gefallen daran, den Alten ein bisschen aufzuziehen.

»Ich bin halt verdammt zu früh gestorben.« Der Alte schüttelte den Kopf. »Im Umkreis von hundert Li stammen hier fast alle Gräber von unserer Truppe. Die habe ich alle mit Namen gekannt. Unsere Bedingungen waren einfach miserabel, die sowjetischen Gewehre und Uniformen waren katastrophal verschlissen, wir hatten nichts zu essen und sollten noch Schlachten schlagen, doch unsere wolfshungrigen Mägen malten uns beim Zielen auf den Feind Sterne vor die Augen. Sobald einer fiel, stürzten sich die Kameraden auf ihn, bevor er noch den letzten Atemzug getan hatte, und eigneten sich alles Nützliche an. Als die Gräber der Roten Armee ausgeraubt wurden, bestand die ganze Ausbeute aus ein paar fünfzackigen Eisensternen, verdammt.«

»Es sind ja nicht alle im Kampf gestorben.«

»Einige sind auch bei den parteiinternen Kämpfen umgekommen. Zhang Guotao wollte es Mao Zedong zeigen, aber stattdessen hat ihn Mao in die Wüste geschickt. Dann gab es noch den Flügel um Wang Ming und den um Li Lisan, die Machtkämpfe wurden immer heftiger. Zur Zeit unseres ersten Stützpunkts im Jinggang-Gebirge, als wir von der Kuomintang eingekesselt waren, wurden immer wieder Konterrevolutionäre in den eigenen Reihen ausgemacht. Gestern noch Kameraden, die Seite an Seite im harten militärischen Drill durch den Matsch krochen, und heute wird der eine befördert und der andere geschasst, ein Spion der Gegenseite! Den mussten wir dann in ein Hinterzimmer locken, aßen und tranken, schwatzten, bis er besoffen war, dann holte einer einen Strick raus und legte ihm den flink um den Hals, und wir zogen zu, fester und fester, starrten ihn an, bis er weiß wurde, bis die Zunge heraustrat und er ganz steif war. Klar hatten wir Mitleid, doch locker lassen ging nicht. Wie soll man das ertragen, den eigenen Kameraden zu Tode zu strangulieren? Seine Henkersmahlzeit hatte er immerhin, aber der Weg ins Jenseits war kein Zuckerschlecken.«

»Hat denn die KP während der Zeit in Jingggang gar nicht nach Überläufern wie dir gesucht?«

»Ich bin zu einem Wilden geworden und habe mich tief in den Wäldern versteckt. Als sie dann 1958 in Dalian die Stahlproduktion angeheizt und noch den letzten Baum an den Hängen gefällt haben, bin ich eben zu den Felsen und Höhlen geflüchtet. Den letzten Tiger, der damals noch im Grenzgebiet lebte, habe ich erlegt. Ein Hügel Urwald nach dem anderen verschwand mit einem Wimpernschlag, absolute Trostlosigkeit überall. Und so stießen er und ich unweigerlich in einer abgelegenen Grotte aufeinander, beide fast umgekommen vor Hunger. Er griff zuerst an, oder, besser gesagt, er machte keuchend einen Sprung auf mich zu und kauerte in gewissem Abstand vor mir, wollte ein lautes Tigergebrüll ausstoßen, doch es kam nichts als ein klägliches Muhen heraus, wie von einem neugeborenen Kälbchen. Da nahm ich meine rostige Flinte und feuerte ein paar Schuss ab, direkt auf seinen Kopf, bis ich keine Kraft mehr hatte und ihm die Flinte einfach in den Schlund rammte. Die Zunge habe ich ihm herausgeschnitten und dann lange in der dunklen Höhle herumgetastet, bis ich genug für ein Feuer gesammelt hatte, und habe sie mir gebraten.« Der Alte lächelte bitter. »Ja, ich weiß, ich war ein abtrünniger Rotarmist, ein elender Gefolgsmann der ausbeutenden Klasse, Tausende Tode hätte ich verdient gehabt. Doch der Stammesfürst der Tu gab mir eine Frau und eine Konkubine, und ich sagte nicht nein. Erst mit der Reformpolitik 1979 konnte ich mich wieder herauswagen, und das Blatt wendete sich. Da bin ich zum unsterblichen Wächter dieses Tempels ernannt worden.«

»Und deine Familie?«

»Tot, geflohen, in alle Winde verstreut.«

Lao Wei fragte nicht genauer nach, was das heißen sollte. Durch den Alten erfuhr er, dass zwischen diesen schroffen Felsen noch 36 verborgene Grabstätten der Ran und Tu lagen, und auch zahlreiche letzte Ruhestätten der Adelsgeschlechter der Ming- und Qing-Dynastie waren hier bis in die späte Republikzeit errichtet worden, vielleicht zwanzig Generationen. Der letzte Stammesfürst der Tu war nach der Lektüre des Romans *Die drei Reiche* zeitlebens ein großer Bewunderer General Zhuge Liangs gewesen, sogar mit seinem Nachlass hielt er es wie der General und ließ zahlreiche falsche Grabstätten anlegen, um den wahren Ort seines Grabs zu verschleiern. Sechsunddreißig Reiter in voller Montur eskortierten nach seinem Tod seinen Sarg. Es heißt, sie alle seien lebendig mit ihm beerdigt worden, doch wo, blieb ein dunkles Geheimnis, keiner seiner Nachfahren erfuhr je, wo der Stammesfürst begraben liegt. »Den gesamten Familienschatz hatte er mit sich genommen«, erzählte der Alte. »Der genaue Ort ist bis heute unbekannt. Noch im Jenseits fürchtete er, seinen Besitz und seine Frauen teilen zu müssen.«

»Ein verlockendes Rätsel«, meinte Lao Wei. »Angeblich sind sowohl staatliche Archäologen als auch zahllose Grabräuber in den vergangenen Jahrzehnten bereits auf jedem Zoll in dieser Gegend herumgetrampelt.«

»Aber sie werden nicht jeden Zoll umgegraben haben. Während der Kampagne zur Enteignung der Grundbesitzer 1950 haben die Arbeitseinheiten der Regierung die Besitztümer der Stammesfürsten konfisziert und, ganz nach Art des Feldherrn Zhuge Liang, die Tu sechsunddreißig Gruppen bilden und mit Gewehren bewaffnet im Nebel der Berge nach dem Grab des Stammesfürsten suchen lassen. Die Suche blieb erfolglos, also kehrten sie um und hielten Kriegsrat. Schließlich wurden sämtliche Angehörige des Stammes, Frauen, Kinder, Alte, am Fluss zusammengetrieben und wahllos erschossen. Die ehemalige Konkubine des letzten Stammesoberhaupts stürzte in die Fluten und trieb mehrere Kilometer flussabwärts, wo man sie mit einem Fischernetz aus den Wellen angelte und ihr die kostbare Kleidung herunterriss. Als sie den wertvollen Bronzering nicht von ihrem Ringfinger herunterbekamen, hackten sie kurzerhand den ganzen Finger ab. Sie war eine Schönheit. So schön, dass irgendein armer Teufel nicht an sich halten konnte und sich an ihrem Leichnam verging.«

Menschenhändler

Es dämmerte schon, als Lao Wei aus dem Tempel der Roten Armee heraustrat, doch der Strom der Pilger riss nicht ab. Da sah er völlig unerwartet seinen alten Freund Schwarzturban, der gerade eine Gruppe von jungen Mädchen herumkommandierte und ihm über den gewundenen Pass direkt entgegenkam. Erstaunt standen die beiden sich auf dem schmalen Weg gegenüber, verbeugten sich rasch und verlegen, sagten gleichzeitig: »Lange nicht gesehen« und zogen weiter. Doch Lao Wei beschlich ein merkwürdiges Gefühl. Er machte kehrt und folgte ihnen in gewissem Abstand. Schwarzturban drehte sich immer wieder prüfend um, und Lao Wei duckte sich unter seinen Blicken weg. Am Ende schien es ihm das Beste, den Hauptweg zu verlassen und wie ein Einbrecher über die seitlichen Felsen auf den Tempel zu klettern. Bäuchlings legte er sich auf das Dach und spähte durch die Lücken zwischen den Ziegeln. Unten tuschelten der Greis und Schwarzturban miteinander, während die Mädchen eifrig Räucherstäbchen anzündeten und Kotaus absolvierten.

Wiederholtes Ertönen des Bronzegongs. Der Greis, in dessen Hände das Heil der Helden gelegt war, hatte gute Einnahmen. Als auch das letzte Nachglühen der Abendsonne verebbt war, verabschiedete er die Pilger und schloss das Tor. Es wurde still. Nun ging er um die Tonfiguren herum und trat an die Felswand, wo sich eine verborgene Tür auftat. Er winkte seine Gäste heran und forderte sie auf, ihm zu folgen. »Das war's dann«, murmelte Lao Wei. Er erhob sich, um zu pinkeln. Im Dunkeln tastete er sich die Felsen hinunter, als ihn unerwartet aus einem Gebüsch ein Schlag traf. Er fiel in den Dreck.

Wie ein Sack Walnüsse kullerte Lao Wei stöhnend den Abhang hinunter und hatte Glück, dass ihn die dichte Krone eines Baumes auffing, die neben einem Felsvorsprung aufragte. Der Mond trat hinter den düsteren Wolken hervor, wie ein gemasertes Seelenschiff wanderte er gemächlich über den Himmel, und in der fernen Tiefe des Tals schimmerte das Wasser des kleinen Flusses in seinem fahlen Licht. Lao Wei hing halb in der Luft, sein Bewusstsein driftete ab, ließ die Berge winzig klein unter sich zurück, als wären sie die geplagten Massen, die damals in der Hocke den Reden Mao Zedongs gelauscht hatten. Die Zweige der Bäume waren ihre geballten Fäuste, die stumm die alten Parolen echoten. Mit weit ausholenden Schritten durchstreifte er die Leere, mühelos ging er zurück bis in seine Jugendzeit, die Bauern wiesen ihm den Weg die Berge hinauf, in die Täler hinab, hinaus auf ein weites Feld, wo unter freiem Himmel ein Film gezeigt wurde. Es war am Ende der großen Hungersnot, und die Gräben waren voller menschlicher Knochen. Er erinnerte sich, wie er bei dem Film *Die Pferdekarawane von Yunnan*, einem Spionageabwehrfilm, der später während der Kulturrevolution in die Kritik geriet, auf die Rückseite der Leinwand gegangen war und, nachdem er nur eine kurze Weile nach oben gestarrt hatte, eingeschlafen war und erst wieder erwachte, als der Film zu Ende war und die Menge zu johlen und zu applaudieren begann. Auf dem Rückweg trugen ihn die Dorfleute über mannshohe Fackeln aus Pinienholz, und er lag auf dem Rücken eines der Älteren und kaute kalte und harte gekochte Maiskörner, die ihm ganz köstlich vorkamen. Die Leute sagen, nachdem nun endlich die große Hungersnot überstanden war, hatte jetzt sogar der Klassenfeind wieder ein paar Maiskörner zu beißen.

Ein heftiger Wind fuhr durch die Baumkrone, ihre Zweige ächzten, und Lao Wei schmatzte im Schlaf; nicht wissend, ob er wachte oder träumte, fragte er: »Bin ich tot?« Das Wort »tot« hallte lange, lange nach, zog sich wie ein Schweif durch die Friedhofswege. In jenen Dörfern waren die Gräber von Generation zu Generation immer wieder umgegraben worden, überall türmten sich die Erdhaufen zwischen den Wegen. Oft kamen die Kinder zum Spielen her, schlossen Wetten ab, wer sich traute, ein Skelett aus den Erdmassen hervorzuziehen, um den anderen zu zeigen, wie furchtlos man war. Lao Wei war ein frisch auf dem Land angekommenes Stadtkind und hatte nicht nur keinen Bammel vor den Knochen, sondern sprang sogar ins Wasser und fischte die tote Großgrundbesitzerin heraus, die Streit vom Zaun gebrochen hatte, weil sie sich nicht in ihr Schicksal fügen wollte, und schließlich in den Fluss gesprungen war. Ein Dutzend Dorfleute liefen am Ufer entlang und versuchten, ihre Leiche zu bergen, doch am Ende war es Lao Wei, der zuerst ihre winzigen Lotusfüße zu fassen bekam. Für wenige Sekunden schien sein Herz stillzustehen, dann wurde er ganz aufgeregt. Er tauchte mehrere Male, bis er die kleinen Füße richtig packen und den Leichnam an Land ziehen konnte. Alle waren erstaunt über die Unerschrockenheit dieses Stadtkindes. Lao Wei schwelgte ausgelassen tanzend in seinem Ruhm. Als die Nacht hereinbrach, kam von dem auf der Sonnenseite gelegenen Hang, an dem die Leiche trocknete, ein Jammern, das wie Wolfsgeheul klang. Unwillkürlich erbebte er am ganzen Körper und bekam eine Gänsehaut – für immer sollte sich das Bild der Leiche mit den gebundenen Füßen aus einer längst vergangenen Zeit, die mit ausgestreckten Gliedmaßen vor ihm lag, in seine junge Seele einbrennen.

Der Strahl einer Taschenlampe durchbohrte seine Traumwelt. Lao Wei kam schlagartig zu sich, als sein Retter Schwarzturban ihn an der Hüfte packte und sie beide an Seilen Stück für Stück die Felswand hochgezogen wurden. Er hatte das Gefühl, sein Kopf wollte zerspringen, und brüllte vor Schmerz. Im Tempel der Roten Armee flößte ihm der Greis mit seiner Rindertränke aus Bambus ein medizinisches Gebräu ein, bis er es wieder aufstieß. Ein gewaltiger Hustenanfall vertrieb den Kopfschmerz. Schwarzturban saß daneben und sagte in einem fort bewundernd: »Ein Wunderdoktor!«

Die folgenden Tage verbrachte er in der verborgenen Höhle zur Heilung seiner Wunden. Schwarzturban bezeichnete dieses neuerliche Zusammentreffen als »schicksalhaft« und schlug vor, es den drei Verschwörern vom Pfirsichgarten gleichzutun und wie Guan Yu, Liu Bei und Zhang Fei Blutsbrüderschaft zu zelebrieren. Lao Wei wagte nicht, abzulehnen, also legten sie einen glückverheißenden Tag fest, an dem die Sterne für ihre drei Geburtstage günstig standen, prosteten sich zu und ließen einander hochleben. Der Wein lockerte Lao Wei die Zunge, und ihm entschlüpfte die Geschichte seiner Flucht. Schwarzturban hob seine Hand und schwor, dass er bei Tagesanbruch gleich in die Stadt gehen und ihm eine Frau besorgen würde. »Du nimmst dir, welche du willst, und vögelst sie, wie du willst.« Lao Wei hatte mit einem Mal einen Knoten in der Zunge. Der Greis presste ihm die flache Hand auf den Mund: »Wieso kriegst du den Mund nicht auf? Wir sind schließlich Brüder, was ist dabei? Ein paar Weiber verschachern ist auch nicht anders als das, was diese fahrenden Heiratsvermittler machen.«

Lao Wei war so erschrocken, dass er auf einen Schlag nüchtern wurde. Jetzt wurde der Greis richtig wütend und vergoss seinen Schnaps über Schwarzturban, der aber sowieso schon schnarchend über dem Tisch lag. Lao Wei schien es das Beste, sich gleichfalls schlafend zu stellen. Damit kam er bei dem Greis aber nicht durch. »Jetzt ist es raus, verdammt, und du mach, dass du fortkommst. Kein Wort zur Polizei, keine Gerüchte, verstanden, und lass dich in dieser Gegend bloß nicht mehr blicken. Da du nun schon das Glück hattest, einen Schlag mit dem Knüppel zu überleben, wirst du auch die ungeschriebenen Gesetze der Geächteten kennen.«

Ein Teehaus namens Frühling

Lao Wei rasierte sich den Kopf kahl, stahl bei einem anderen, einem echten buddhistischen Tempel mit regem Pilgeraufkommen eine Mönchskutte und finanzierte seine Reise durch Wahrsagen und Bettelei. Es dauerte ein paar Monate, bis er seinen vor langer Zeit verlassenen Heimatort erreichte. Am Bahnhof wimmelte es wie üblich von Polizei und Geheimdienstlern. Er war auf der Hut, rief mit verstellter Stimme zu Hause an und gab vor, einer seiner Freunde zu sein. Am anderen Ende hob sein Vater ab, der an geistiger Verwirrung litt und keinen vernünftigen Satz zustande brachte. Am Ende befahl ihm Lao Wei kurzerhand, seine Mutter zu rufen. Nun schien der Vater wachgerüttelt. »Sie ist im Teehaus«, sagte er.

Lao Wei rief bei den Nachbarn an, von denen er erfuhr, dass seine Mutter seit kurzem hinter der Busstation am Westtor ein Teehaus namens »Teehaus des Frühlings« eröffnet habe. Er raffte seine Mönchskutte und machte sich mit großen Schritten auf den Weg, wobei er bemüht war, auf kleinen Nebenstraßen den Verkehr und das Gedränge zu umgehen. Als er in die kleine Gasse einbog, sah er an ihrem anderen Ende sofort die senkrecht hängende blaue Fahne vor dem Eingang des Teehauses.

Er war so von seinen Gefühlen überwältigt, dass er kaum die Tränen zurückhalten konnte. Tief gebückt hob er den Vorhang der Eingangstür und streckte den Kopf hinein, wo er überraschend einen hell erleuchteten Raum mit einer aus Steinen gemauerten kleinen Bühne in der Mitte fand, auf der ein ergrauter

Geschichtenerzähler saß, in schwarzer Robe, den Deckel einer Teetasse in der einen Hand, einen Richterhammer mit der anderen Hand hochhaltend. Der Alte starrte ihn mit seinen schwachen Augen an, konnte Lao Wei gegen das grelle Licht nicht erkennen und befahl nach einem ersten Erstaunen laut: »Einen Stuhl für den Gast!«

Der Richthammer zerschlug mit einem bemerkenswerten Knall den Teedeckel.

Lao Wei sah sich um und konnte fünf Reihen Bambusstühle ausmachen, von denen nur zwei besetzt waren. Die beiden Besucher hatten fahle Gesichter und waren wohl noch älter als der Geschichtenerzähler. Sie saßen eingesunken mit hängenden Köpfen da und dösten, doch das laute »Einen Stuhl für den Gast« weckte sie auf und ließ sie instinktiv den Rücken aufrichten. Lao Wei setzte sich in die erste Reihe und bestellte mit einer Handbewegung Tee.

Nach einer Weile erwachte der große schwarze Strohhut aus seinen Tagträumen und glitt aus dem Hinterzimmer hervor.

»Mama!«, rief Lao Wei.

Seine Mutter sagte nichts und zog ihn zu sich herein ins Hinterzimmer. Schon mehrere Male sei die Polizei bei ihnen zu Hause gewesen, erzählte sie, und habe wissen wollen, wo er stecke. »Seit du klein bist, hast du uns nichts als Ärger gemacht«, seufzte sie.

»Das muss an den Genen liegen«, spottete Lao Wei.

»Jetzt langt's aber, werd nicht noch frech!«, schimpfte die Mutter.

Sohn und Mutter schwiegen. Draußen wurde kein Richthammer mehr geschwungen, und der Alte rezitierte mit monoton einlullender Stimme die Geschichte der marathongleichen Schlacht von Longmen aus dem Roman *Die Räuber vom Liangshan-Moor*. Den Roman von den edlen Räubern kann man getrost als Klassiker bezeichnen, besonders die Geschichte *Lin*

Zhong besteigt in einer verschneiten Nacht den Liangshan. Unzählige Male hatte Lao Wei diesen Abschnitt schon gehört. Besonders gegen Ende der Kulturrevolution musste nur irgendein Kerl, der sich aufs Geschichtenerzählen verstand, in einer Gasse auftauchen, schon scharte er zehn, bald hundert Leute um sich, richtige Massen hockten sich andächtig lauschend in einer dunklen Spelunke auf den Boden und konnten gar nicht genug davon bekommen.

Es hatte angefangen zu regnen, und durch das Hinterfenster konnte man das Wasser wie einen durchsichtigen Vorhang von den überlaufenden Dachtraufen herabstürzen sehen. Unterdessen fuhr der Richthammer wieder in die Höhe, und Lao Wei spitzte die Ohren. Es fing mit der Geschichte vom Brand der Vorratskammern der Armee an. Die Schuppen fallen in sich zusammen, und die Flammen färben den Himmel über der weiten Schneelandschaft rot. Der brave Räuber Lin Chong entkommt dem Unglück und versteckt sich in einem Tempel. Durch eine angelehnte Tür lauscht er der Bande um den betrügerischen Gao Chong, wie sie Pläne schmieden, seine Frau zu verführen und ihn zu vertreiben und zu töten. Sein guter Name würde ruiniert sein, und nie mehr würde er zu seiner Familie zurückkehren können. Lin Chong kocht über vor Zorn und Schmerz. Als der Tag gekommen ist, an dem die Bande zuschlagen will, nimmt er sein Schwert, stürzt hinaus und tötet eigenhändig Lu Qian, den die intrigante Gao-Sippe geschickt hat, um ihn zu meucheln. Der Erzähler rezitierte: »Lu Qian, du Hund! Ich, Lin Chong, habe dir Blutsbrüderschaft geschworen und es dir nie an etwas fehlen lassen, nun trachtest du mir nach dem Leben?« »Ich tu dir nichts, verflucht soll ich sein.« Daraufhin tötet Lin Chong zuerst die Gesandten und das Bataillon und liefert sich schließlich über mehrere Runden ein Gefecht mit dem ehemaligen Schwurbruder, bis er schließlich den Verräter mit einem in seiner Familie überlieferten Meisterstoß niederstreckt.

Lao Wei, der fasziniert zugehört hatte, schlug sich begeistert auf die Schenkel und rief »Bravo«, nur von der anderen Seite des Vorhangs blieb der übliche Applaus aus. Er hob den Vorhang an und spähte in den Raum, aus dem sich die beiden Alten längst fortgestohlen hatten. Zurückgeblieben war allein der asthmatisch röchelnde Erzähler, der, um Luft ringend und zusammengekauert wie ein Vogel Strauß, in einer Ecke hockte. Lao Wei stürzte auf ihn zu, verbeugte sich und versicherte ihn der großen Bewunderung für seine Professionalität. Mit einem bitteren Lächeln sagte der Erzähler: »Ausgerechnet ein Mönch versteht meine Kunst?« Er ordnete seinen Aufzug und seine Requisiten und verlangte von der Mutter seinen Lohn. Sie gab ihm 20 Yuan, was dem Alten zu wenig war. »Kommt, der gute Wille zählt«, versuchte Lao Wei zu vermitteln.

Der Alte rollte die Augen: »Ich lebe von meiner Kunst.«

»Zwei Schalen Tee bringen nicht mehr als zehn Yuan, meine Mutter hat doch schon draufgelegt.«

Der Alte: »Mit deiner Schale zusammen sind es schon drei. Und wenn sogar ein Mönch sich aus seiner Abgeschiedenheit hervorwagt, um hier Geschichten zu lauschen, kann man damit obendrein Werbung machen.«

Beinahe hätte Lao Wei die Beherrschung verloren und wollte auf ihn losgehen, doch seine Mutter hielt ihn zurück und legte dem Mann noch einmal zehn Yuan in die Hand.

Als es Nacht wurde, erwachte die matschige, holprige kleine Gasse unerwartet zu Leben, Karaokebars öffneten, ein Stand mit scharfem Feuertopf reihte sich die Straße hinunter an den nächsten, und übertrieben geschminkte und aufgetakelte junge Frauen schlenderten, hockten oder standen entlang der Straße und verkauften ihre Liebesdienste. Dazwischen drängten sich trotz des Nieselregens in der Anonymität der Dunkelheit die Passanten, die immer wieder von den rabiaten Koberern der Feuertopfbuden an den Ärmeln gepackt wurden wie Jagdbeute. Wenn es dann krachte, trat der bleichgesichtige Budenbesitzer auf den Plan, ging beschwichtigend dazwischen und wies seinen Angestellten zurecht, vergaß aber nicht, gleich in breitem Chongqinger Akzent seinen Feuertopf anzupreisen: »Phänomenal schmeckt der, wirklich, wer einmal davon isst, will gleich mehr.«

Passant: »Darauf kannste phänomenal einen lassen, bin schon vom Geruch satt.«

Der Besitzer lachte: »Zu freundlich, wirklich zu freundlich.«

Lao Wei stand vor dem eigenen Laden und gab den Teehauskoberer, um Kundschaft für seine Mutter anzulocken. Niemand beachtete ihn. Die Mädchen auf der anderen Seite der Straße machten sich unverhohlen über ihn lustig. Eine namens Xiao Hong kam zu ihm herüber und sprach ihn an: »He, du vom Sargladen.«

Lao Wei verstand nicht und zog es vor, so zu tun, als hätte er nichts gehört. Das scherte Xiao Hong wenig, sie kam noch näher und stupste ihn einfach frech am Arm an. »Wenn du zu diesem Sargladen hier gehörst, dann sind wir also Nachbarn.«

Lao Wei gab nach: »Was soll der Scheiß von wegen Sargladen?«

Xiao Hong: »Wenn es dunkel wird, ist überall was los. Nur hier, wo so eine starre arme Seele haust, herrscht Öde.«

Seine Mutter trat mit einem Besen in der Hand heraus. Xiao Hong flitzte rasch wieder hinüber in ihre Ecke. Die Mutter seufzte. »Mach die Tür zu, mein Lieber.«

Sie löschten das Licht und schlossen ab. Das Teehaus war jetzt der einzige Fleck auf der Straße, der in tiefe Nacht getaucht war, der betagte Blinde, der nichts mitbekommen hat vom schnellen Wandel des schillernden irdischen Lebens. »Noch so einer deiner unerfüllten Träume, nicht wahr, Mama?«

Sie widersprach: »Träume? Ich habe keine Träume. Dein Vater ist krank, bringt kein vernünftiges Wort mehr raus, und bei uns zu Hause ist es stiller als auf dem Friedhof. Das Teehaus ist der einzige Ort, an dem ich mich noch ein bisschen wie ein Mensch fühlen kann.«

Zu dem Teehaus war die Mutter durch puren Zufall gekommen. Vor einem guten halben Jahr spazierte sie durch die Straßen und traf auf eine Wanderbühne, die Affenshows anbot. Ohne lange zu überlegen, nahm sie die ganze Truppe mit nach Hause, wühlte in den Schränken und kramte ihre alten Pekingopernrequisiten hervor, die sie jahrzehntelang nicht angerührt hatte. Aus einer Laune heraus hängte sie eine Fahne mit der Aufschrift »Volksoperntruppe Frühlingsanfang« vor die Tür und ernannte sich kurzerhand zum Regisseur. Unter ihr agierten zwei Erwachsene, drei Kinder und sieben Affen. Zu Hause war es eng, also mietete sie einen Laden an, ein Teehaus mit Bühne. Eine Weile florierte der Laden ganz passabel. Die Kinder traten mit Fakirbrettern und Heuschreckenboxen auf, dann kam das Paar mit seiner Spezialität – Feuerschlucken und Feuerspeien. Zuerst goss sich der Mann mit nach hinten gerecktem Kopf gluckernd eine Flasche Benzin in den Rachen, dann war die Frau an der Reihe und tat es ihm nach. Ehe man sich's versah, hatte einer der Affen den Bogen gespannt und schoss einen brennenden Pfeil ab. Der Mann machte zwei Saltos am Luftseil, bevor er den Pfeil in der Bewegung auffing und in gekonnter Pose zischend einen meterlangen Feuerdrachen ausspie. »Nicht schlecht!«, rief die Frau und ließ ihrem kleinen roten Kirschmund einen noch imposanteren Feuerdrachen entweichen. Als hätten sie Körper aus Gummi, wanden sich die beiden in der Luft umeinander und entwirrten sich wieder, immerzu knallende Feuersterne spuckend. Das Publikum machte große Augen. Doch leider verausgabte sich das feuerspuckende Paar dabei so sehr, dass es bald seine ganze ursprüngliche Vitalität verlor.

»Ein solches Programm kann man nicht drinnen aufführen«, erklärte ihm die Mutter, »also konnten wir keinen Eintritt nehmen. Es ging nur auf einem öffentlichen Platz. Die Menge verstopfte sämtliche Straßen und Gassen, schließlich gab es ein phantastisches Spektakel umsonst zu sehen, da wollten alle dabei sein. Ein paar Neidern gefiel das gar nicht, und sie riefen die Feuerwehr, aber weder die Feuerwehr noch die Polizei kam gegen diese Wand von Leuten an.«

Der Höhepunkt der Vorstellung war allerdings der magische Puffreistrick der Mutter nach dem Stück *Schnee im Juni*. Unter ihrem großen schwarzen Strohhut und mit einem dunklen Cape über den Schultern betrat die alte Dame die Bühne und posierte, als wäre sie ein indianischer Medizinmann. Sie nahm ein paar Reiskörner und warf sie in einen eisernen Wok, den sie mit einem Seidentuch abdeckte, und begann sehr selbstsicher mit einem Rührlöffel in der Hand zu tanzen, den sie in der Luft kreisen ließ wie beim Pfannenrühren. Es dauerte nicht lange, bis sich das Seidentuch über dem Wok aufblähte und mit einem »Plopp« das erste gepuffte Reiskorn heraussprang, riesengroß, dann ein zweites und ein drittes, bis der ganze Wok voll davon war und der Strom des Puffreises sich in einen knisternden, rauschenden Wasserfall verwandelte. Die Mutter tanzte weiter und rührte mit dem Löffel in der Luft, tanzte sich in eine leidenschaftliche Trance hinein. Der ganze Platz erhob sich und applaudierte, die Leute kletterten auf die Bühne, um von dem Puffreis zu naschen. Doch niemand hatte damit gerechnet, dass der Puffreis wie eine Woge die Bühne flutete, bald war alles voll davon, die weiße Masse kroch an ihren Beinen hinauf, reichte schon bis zu den Knien und hörte nicht auf zu wachsen. Das Publikum wurde nervös, es streckte sich und stand schon bis zur Hüfte in der weißen Pracht. »Wir haben hier ordentlich Schnee, oder?«, fragte die Mutter. »Ja, viel Schnee, viel zu viel Schnee«, antwortete es. Wie die Idioten wateten die Leute durch den Reisschnee. Als schließlich die Polizei kam und die Türen aufriss, schwappte ihr eine Woge von Puffreis entgegen und lief auf die Straße.

»Dreimal pro Woche wurde ich auf die Polizeistation beordert«, erzählte die Mutter. »Zum Glück habe ich ja schon seit meiner Jugend ständig mit der Polizei zu tun gehabt, also focht mich das nicht an.«

»Was schert sich die Polizei denn immer noch um Bühnenkunst?«

»Sie behaupten, das sei keine Bühnenkunst, das sei eine Störung der öffentlichen Ordnung. Seit dem vierten Juni hat die Partei Angst vor Massenversammlungen.« Vorwurfsvoll fuhr sie fort: »Es geht ihnen gar nicht um den Puffreistrick. Sie glauben, der *Schnee im Juni* habe etwas mit dir zu tun.«

»*Schnee im Juni* ist doch nur ein anderer Name für das Stück *Dou E geschieht Unrecht*, ein ganz bekanntes Drama von Guan Hanqing aus der Yuan-Zeit.«

»Mir brauchst du das nicht zu sagen, ich bin schließlich in der Pekingoper zu Hause. Aber die von der Polizei sind dermaßen bekloppt, die haben mich allen Ernstes gefragt: ›Wieso schneit es denn nicht im Januar?‹«

Sobald Mutters Zauberkünste als politisch unverträglich galten, war es damit natürlich vorbei. Die Truppe stimmte darüber ab, wie es weitergehen sollte, und beschloss, sämtliche Rollen den Affen zu überlassen. Diese Tiere haben so einiges auf dem Kasten. Abgesehen davon, dass man sie an der Leine herumführen kann, wo sie Gongs und Trommeln schlagend betteln, sind sie auch wahre Meister im Breakdancing, und wenn sie loslegen und sich mit roten Turbanen auf den Köpfen aufreihen und dann mit einer Energie wie Michael Jackson losspringen und eine Pyramide bauen, ihre roten Hintern auf einmal in die Luft fliegen lassen in den Handstand, trauen die Leute ihren Augen nicht mehr. Am Ende provozierten die Affen noch größeren Ärger als die Schauspieler, denn die Massen strömten los und blockierten die Straßen, um einen Blick auf das Affenspektakel erhaschen zu können. Am Ende kamen die Verkehrspolizei, die Streitkräfte, die Stadtverwaltung, die Seuchenschutzpolizei und die Leute vom Zoo in berittenen Einheiten herbeigeeilt. Sie zwangen die Mutter, ihre »illegalen Einnahmen« herauszugeben, und versuchten mit Hilfe von Feuerwehrschläuchen und Netzen, die Affen einzufangen. Die witterten die Gefahr und kletterten nach oben, schwangen sich an den Seilen durch den Saal und spielten mit den Ordnungsleuten, die zunehmend in Rage gerieten. Um ihre Wut abzulassen, verboten sie kurzerhand Mutters Schauspieltruppe und lösten sie auf, der Besitzer der Affen wurde »nach dem Gesetz« als illegaler Wanderarbeiter eingestuft und vorübergehend in den Duobao-Tempel am Stadtrand verbannt.

»Und ich saß sieben Tage lang allein mit sieben Affen da, tischte täglich sieben Schüsseln auf«, erzählte die Mutter. »Sie aßen am liebsten Erdnüsse, Saubohnen und Obst, aber wenn sie richtig Hunger hatten, aßen sie, was sie in die Finger bekamen. Nie im Leben war ich so beschäftigt. Auf einmal war ich Direktorin eines Affenhauses. Im Haus benahmen sich die Biester ganz zivilisiert, doch kaum ließ man sie vor die Tür, wurden aus ihnen raffinierte Diebe, im Handumdrehen klauten sie die ganze Straße leer. Meine Schubladen sind voller Handtaschen, die einmal gewissen Eskortdamen gehört haben. Die Affen haben es geliebt, die Kondome rauszuholen und aufzublasen, bis sie mit einem Knall geplatzt sind. Dann haben sie vor Freude laut gekreischt.«

»Affen, die mit Präsern spielen?« Lao Wei hatte seine Zweifel. »Es gibt heutzutage auch nichts mehr, was es nicht gibt.«

Ihm wurde warm zwischen den Beinen. Er hatte es schon verdammt lange nicht mehr mit einer Frau gehabt. Die Mutter bemerkte, dass er nicht mehr bei der Sache war. »He, was ist denn los mit dir? Ich erzähle dir hier eine aufregende Geschichte, und du hörst gar nicht zu?«

»Ich weiß doch schon, wie sie ausgeht.«

Draußen zog er kleinmütig durch die Straßen. Es war schon spät in der Nacht, wo sollte er jetzt hin? »He, Mönch«, rief jemand. Erst reagierte er nicht, doch dann sah er ein Mädchen aus einem Friseursalon herauskommen, als sei er aus einem Traum erwacht. »Hast du mich gerufen?«

Das Mädchen kicherte. »Soll ich dir die Glatze waschen, Mönchlein?«

Er lehnte verlegen ab: »Kein Geld.«

Das Mädchen stellte sich ihm in den Weg und säuselte ihn an wie ihren Liebsten: »Hast du Angst, das Gelübde zu brechen, Meister?«

»Ich … ich bin kein Mönch.«

»Warte nur, bis ich dir deinen runden Schädel massiert habe, schon willst du erst recht keiner mehr sein.« Sie zog ihn behände zu sich heran. »Komm erst mal rein, über den Preis sprechen wir später.«

Er stieß sie weg. »Ich bin vom Teehaus des Frühlings, ich hab wirklich kein Geld.«

»Ach so, der Sargladen«, sagte sie enttäuscht.

Das brachte ihn auf eine Idee. »Sargladen klingt gut, richtig Avantgarde, ich benenne das Teehaus einfach in Sargladen-Bar um, cool, oder?«

»Bist du der neue Inhaber?« Sie betrachtete ihn plötzlich mit anderen Augen. »Du siehst ja auch ziemlich trendy aus.«

»Und du bist sexy und schick«, er maß sie mit seinen Blicken. »Ich tausche das Personal aus und stelle dich als Bedienung ein.«

Bis vor zehn Jahren waren dort, wo sich jetzt der Rotlichtbezirk etabliert hatte, nur Felder und Gemüsegärten, durchzogen von Bächen mit kristallklarem Wasser, aus denen die nackten Popos der im Wasser spielenden Kinder hervorleuchteten, die mit

Bambusstäben kleine Fische und Krebse angelten. Ein Bambuswald lag hier, Rinder und Schafe grasten, und im Licht der Abendsonne kehrten die Bauern zu ihren kleinen Häusern mit den rauchenden Schornsteinen heim. Doch inzwischen echoten die ländlichen Hirtenlieder nur noch schwach in der Erinnerung, überall schossen die ewiggleichen schmutzig grauen Betonbauten aus dem Boden. Die kleinen Bäche, die einmal zum Irrigationssystem des Dujiang-Staudamms gehört hatten, waren bald zu einer Hölle aus stinkenden Kanälen geworden. Weil dieses Dreckwasser gesundheitsschädlich sein konnte, hatte die Umweltschutzbehörde die Kanäle kurzerhand mit Betonplatten versiegelt. Auf diesem Untergrund wurde bald darauf ein Laden nach dem anderen errichtet, und die Geschäfte begannen zu blühen.

Das versteht man in der materiellen Zivilisation einer sozialistischen Gesellschaft unter Erneuerung und Entwicklung. Zuerst kamen die kleinen Läden, die früher einmal so herzzerreißend schlichten kleinen Futterbuden, in denen es nichts als Nudeln, Reis und gebratenes Gemüse gab. Dann folgten die Buden für scharfe Suppen und Feuertopf und die kleinen Supermärkte. Bald darauf die Friseursalons, Karaokebars, Teehäuser mit Videoshows, private Kliniken, und dazwischen etliche kleine Boutiquen und öffentliche Toiletten.

An dem Tag, als in der Stadt ein Säuberungssturm gegen Pornographie lief, fielen hier die Zuhälter ein, sie kamen über die heruntergekommene Busstation, und die Fälle von Delikten aufgrund irgendwelcher Frauengeschichten häuften sich. Einmal wurde Lao Wei Zeuge, als ein stämmiger Kerl mit dem Messer in der Hand wie ein Berserker in ein Frauenklo preschte, um eine launenhafte Friseuse abzustechen. Der betagte Klowärter streckte ihn mit einer Kürbiskelle nieder. Seitdem trug der Alte in der Nachbarschaft den Ehrennamen »Lei Feng mit der Scheißkelle«.

Lao Wei war irritiert von den üppigen Schaumblasen auf den verborgenen Dreckwasserkanälen, doch das Geflirte der Friseurschnecken setzte seinem depressiven Geisteszustand eine rosarote Brille auf. Noch viele Jahre später wurde ihm ganz anders, wenn er sich an die Details seiner Liebesnächte mit Mme Friseuse Xiao Hong erinnerte.

Xiao Hong war ein Landei, dem noch der Geruch von frischer Erde anhaftete. Kleine Augen, dunkler Teint, noch nicht lange im Geschäft. Doch ihre Aufmachung wirkte wie die eines aufgeplusterten Seidenhuhns. Möglich, dass sie den ganzen Tag keine Kunden gehabt hatte und deshalb mit knurrendem Magen den Nachbarn schöne Augen machte: »He, Mönch, lass dich ein bisschen verwöhnen, den Kopf waschen, massieren, Thai-Dehnung, alles für nur fünfzig Yuan.«

»Du bist mir viel zu grell geschminkt«, sagte Lao Wei unbarmherzig.

»Mein Herz aber nicht.« Beim Lächeln bildeten sich kleine Grübchen auf Xiao Hongs Gesicht. Sie tat so, als ob sie sich nach einem Taschentuch bückte, und gab dabei freizügig Einblick in ihr üppiges Dekolleté.

Lao Weis Geist und sein Körper gingen getrennte Wege. Er starrte mit offenem Mund. Also gut. Er ließ sich wie ein Hund an der Leine am großen Spiegel hinter der Eingangstür vorbei in das Wärme versprechende Lustnest führen. In einer Kammer mit Pritschen wie in einem Schlafwagenabteil 2. Klasse legte er sich bäuchlings hin und ließ Xiao Hong auf sich draufsteigen. Ihre eiskalten Fersen begannen seinen Nacken zu bearbeiten, dann walkten sie gehend langsam sein ganzes Rückgrat bis hinunter zum Hintern. Dort ging es von den Fersen auf die Zehenspitzen, wie eine leichtfüßige Ballerina tänzelte sie über sein Fleisch und rutschte hin und wieder aus, von hinten zwischen die Beine direkt in die Chrysantheme. Lao Wei japste, elektrische Schläge jagten ihm durch Haut und Fleisch, er wurde hart wie eine Bambusklapper, die Lust durchwehte ihn wie ein heftiger Wind, sein Rumpf hob und senkte sich, als schlage er mit den Flügeln. »Jetzt lass mich verdammt nochmal nicht ins Leere laufen!«, schrie er heiser. Er bäumte sich so auf, dass er ihre Fußgelenke zu packen bekam. Sie reckte schnell die Hände nach oben, griff nach der Querstange, die dort hing, und spielte den schaukelnden Affen.

»Den Rücken mit den Füßen massieren macht fünfzig Yuan pro Runde«, wehrte sich Xiao Hong, »mit der Hand hämmern macht fünfzig Yuan pro Runde, einmal Kanone kostet das Doppelte.«

»Ich geb dir gleich hundert Runden, du«, Lao Wei feixte.

»Ich schreie!«

»Jetzt reicht's!« Lao Wei nahm seinen Schwanz und zwang ihn ihr in den Mund. »Jetzt mach, Rundenschieberin!«

Sie hatte keine Chance gegen ihn. Es dauerte nur Sekunden, bis ihr die weiße Milch aus den Mundwinkeln quoll. Zu viel, zu schnell, nicht nur Samenflüssigkeit, nein, sein Knorpel, sein Blut, sein Hirn traten aus und ließen seinen Körper in sich zusammensinken wie eine Luftmatratze, aus der man die Luft ablässt. Und sie würgte mit wild wippenden Brüsten.

Er zog seine Hose an und hockte sich neben das Bett wie ein Kind, das etwas ausgefressen hat. Xiao Hong war wieder stabil. Sie riss ununterbrochen Klopapier von der Rolle und wischte sich das Gesicht ab.

»Du hast wohl seit dreihundert Jahren nicht mehr gefickt, was.«

»Seit dem verdammten Tiananmen-Massaker nicht mehr, wenn du's wissen willst.«

Am nächsten Abend suchte er sie von sich aus auf, doch sie wies ihn ab. »Ich hab Feierabend.«

»Ich lade dich zum Abendessen ein«, sagte er mit einem breiten Lächeln.

Sie gingen zu einem der Feuertopfstände am Straßenrand. Schweigend warteten sie, bis die scharfe rote Brühe zu kochen begann, und gaben eine Anzahl Rindfleischspieße hinein. Xiao Hong hatte einen Riesenhunger und verschlang ohne Luftholen dreißig kleine Spieße hintereinander. Ihre untere Gesichtshälfte war total verschmiert. In dünnen Strömen stieß sie Luft durch die Nase aus. »Du kannst ja ganz schön reinhauen«, sagte Lao Wei wohlwollend. Blöderweise gingen ihm die ganze Zeit Sexpassagen aus den Romanen Milan Kunderas durch den Kopf. »Hast du schon einmal ein Buch gelesen?«, fragte er.

Xiao Hong reckte ihm das ölig verschmierte Gesicht entgegen und sah ihm in die Augen. »Na klar.« Mit erhobener Stimme sagte sie: »Ich habe einen Uni-Abschluss.«

Er verkniff sich die Frage, was man denn für ein gefälschtes Diplom so zahle, und fragte stattdessen: »Und bist Prostituierte geworden, um dein Studium zu verdienen?«

»Natürlich bin ich fleißig«, sagte sie, als hätte sie seine Frage nicht gehört.

»Lass mich dir eine Geschichte erzählen«, sagte Lao Wei wichtigtuerisch. »Es geht um einen tschechischen Dichter, der sich vor der Verabredung mit einer netten Revolutionärin, um während des Treffens ja nicht zu schnell erregt zu werden und sein Image zu beschädigen, den Pimmel mit Bandagen am Bein festbindet …«

»Du bist doch echt versaut«, unterbrach ihn Xiao Hong, »viel versauter als jeder arme Malocher.«

»Das ist aus dem Buch *Abschiedswalzer*, ein weltberühmter Roman.«

»Du willst mich wohl verarschen.« Sie schnaubte verächtlich. »Mit dir kann man sich echt nicht unterhalten.«

Er lachte schallend. »Na, dann lass uns doch gleich zum Geschäftlichen übergehen, wie?«

»Ohne Gefühle mach ich's nicht.« So reserviert, als sei sie wirklich Studentin.

»Was für Gefühle?« Lao Wei konnte sich gerade so beherrschen.

Xiao Hong wog den Kopf in den Händen und überlegte. »Wie wär's mit einem Ratespiel? Wenn du verlierst, zahlst du. Wenn ich verliere, begleiche ich die Rechnung in Naturalien.«

»Ich fange an.« Lao Wei war schon in den Startlöchern.

»*Ich* fange an«, sagte sie entschieden. »Ich verstehe einfach nicht, wie ihr Bücherleute so tumbe Penner sein könnt.«

Er staunte nicht schlecht, als sie gesetzt und fehlerfrei zu rezitieren begann: »Zwischen Gräsern fließt ein Graben, / das Wasser strömt das ganze Jahr, / kein Rind will sich am Grase laben, / nur ein Mönch wäscht sich das Haar.«

Er tat so, als dächte er nach. Dann zog er zwanzig Yuan aus der Tasche und legte sie auf den Tisch. »Lass uns gehen«, befahl er.

»Und das Rätsel?«

»Steckt in meiner Hose. Bleibt es bei fünfzig Yuan?«

»Eine Geliebte ist einfach zu anstrengend, dann lieber eine Nutte.« Mit einem Seufzer versank der fettleibige reiche Sack tief in den Dämpfen des großen Holzbottichs. Zwei Meerjungfrauen seiften ihm die Achseln ein. Die Sonne des neuen Zeitalters fiel schräg durch das Dachfenster in das an eine Vorratskammer erinnernde Stundenzimmer. In den drei weiten, nebeneinander aufgereihten Holzbottichen nahm jeweils ein Freier ein Bad. »Ich war der Erste, der diesen Himmel auf Erden entdeckt hat«, prahlte der Fette. »Nur zwanzig Kilometer von der Stadt, malerische Landschaft, schön versteckt, und die Mädchen sind super für den Preis.«

»Das nenn ich Befreiung!«, rief der Kleinwüchsige, dem das

Bein eines Fräuleins über der Schulter lag. »Meine letzte Geliebte hatte ich zwei Jahre, hat mich einen Haufen Geld gekostet und am Ende mit Selbstmord gedroht, wenn ich meine Frau nicht verlasse. Wenn die zwei Weiber aufeinander losgegangen wären, welche hätte ich nehmen sollen? Schau doch in den verdammten Spiegel, Schweinebacke, willst du von allen Seiten verfemt werden?«

»Bruder, denk nicht so viel, sonst kriegst du noch einen Herzinfarkt«, meldete sich der Dünne, der sich gerade auf einem zarten Rücken austobte. »Noch mal heißes Wasser oder nicht? Noch eine andere Nutte oder nicht? Ich bin schon zweimal gekommen, noch mal zwei Stunden einweichen, ein bisschen entspannen, ein bisschen Flöte blasen, mal sehen, ob es noch ein drittes Mal geht und ich alles, was mir noch in den Eingeweiden steckt, rauskotze. Echt billig, ein Mädel für hundertfünfzig, ich meine, im gesamten Umkreis von Dujiang, in Jinmen und Mazu, machen sie jetzt schon aus jedem Schweinestall einen Nachtklub, Dutzende von Etablissements in einer Straße, eins wie das andere, und alle machen sie auf Luxusbordell, ein Mädchen kostet dich gleich ein paar hundert Yuan.«

»Ich bin zu fett, mich kostet das Abspritzen ganz schön Energie«, meldete sich der Dicke. »Jedes Mal, wenn ich komme, muss ich beim Pumpen unbedingt auf den Hintern der Nutte trommeln, pa pa pa, wie Marschmusik, und mir läuft die Brühe, dass ich fast im eigenen Schweiß ersaufe. Na, jetzt habe ich endlich das ideale Wohnzimmer gefunden, lass es mir im Holzkübel gutgehen, im Sommer schwitz ich nicht, im Winter ist's schön warm, wenn ich Lust hab, fick ich, wenn ich keine Lust hab, komm ich anderweitig auf meine Kosten. Der Besitzer hat behauptet, hier wären zwanzig verschiedene Heilkräuter im Bad, was zur Potenzsteigerung, was gegen Rheumatismus, was gegen Schweißgeruch und gegen Kurzatmigkeit, ein richtiges Verjüngungsbad. Hehe.«

»Nicht mal der Kaiser persönlich hatte es so gut wie wir«, posaunte der Kleine. »Weiß nicht, wie es mit euch aussieht, aber ich nehm noch drei Mädels.«

»Spar lieber 'n bisschen Sprit, bist doch auch schon über vierzig«, riet der Dicke.

»Sagt mal«, der Dünne wechselte unvermittelt das Thema, »was ist eigentlich mit Lao Wei? Wann habt ihr den zuletzt gesehen? Macht der immer noch einen auf Revoluzzer und schreibt Gedichte?«

»Der hat mit einem geliehenen Personalausweis einen Verleger geprellt und einen Band mit *Interviews mit Menschen vom Rande der Gesellschaft* veröffentlicht. Wurde natürlich sofort vom Presseamt verboten«, erzählte der Dicke. »Da gibt es auch ein Interview mit dem Titel ›Der Freier Tang Dongsheng‹, sieht so aus, als wärst du das Vorbild dafür gewesen, Tang.«

»Ach, und der ›Kämpferische Buchhändler‹, das bist wohl nicht zufällig du, Bruder«, konterte der Dünne. »Ein Typ mit literarischen Idealen, der sich vom Renminbi ausbrennen lässt.«

»Der Scheißkerl musste aber auch alles ausposaunen.« Der Dünne machte in seiner Wanne Schwimmbewegungen. »Denken wir uns doch mal was aus und zeigen's ihm.«

»Gebongt. Wir brauchen ja nur eine hübsche Henne, die ihn aufreißt, und dann hetzen wir ihm die Pornopolente auf den Hals.« Der Dicke lachte laut. »Irgend so 'nen Schanghaier Dichter haben sie auch so verarscht. Erst hat er die Henne stundenlang mit philosophischem Zeug zugelabert, bis er endlich sein Ding ausgepackt hat, und er war noch nicht mal richtig drin, da war's auch schon vorbei. Acht Monate hat er gekriegt.«

»Das ist aber doch ein bisschen arg fies«, meinte der Dünne. »Wir haben doch schließlich nach dem vierten Juni auch ein paar Tage gesessen. Wär das nicht ziemlich daneben, wenn wir uns jetzt mit der Diktatur verbrüdern und unseren alten Waffenbruder drankriegen?«

»Jetzt wälz mal nicht den Almanach, das macht dich nur sentimental. Was heißt hier mit der Diktatur gemeinsame Sache machen? Wer nicht mit der Regierung gemeinsame Sache macht, macht kein Geschäft. Du musst das sehen wie damals beim vierten Schulterschluss zwischen Kuomintag und Kommunisten. Was meinst du, Süße?«

»Vollkommen richtig, Onkelchen.« Verschwörerisch wog das Mädchen seine Brüste in der Hand und echote die Worte ihres Kunden. »Wer kooperiert, macht ordentlich Kohle.«

»Wer kein Geld macht, macht nur Ärger«, wetterte der Dicke mit gespielter Empörung. »Lao Wei benimmt sich doch wie ein tollwütiger Straßenköter. Wir machen doch nichts anderes, als ein öffentliches Ärgernis aus dem Weg räumen zu lassen, oder?«

»Können wir das vielleicht ein andermal in der Kneipe besprechen?«, meckerte der Kleine. »Jetzt will ich in Ruhe vögeln.«

Rivalen, Gedichte, Selbstmord

Zwei Wochen lang hatte sich Lao Wei im Teehaus seiner Mutter versteckt und ging nur nachts vor die Tür. Alles schien seinen normalen Gang zu gehen, jedenfalls konnte er nichts Ungewöhnliches beobachten, also wagte er es, nach Hause zu seinem alten Vater zu gehen. Als nach weiteren zwei Wochen noch immer alles ruhig blieb, gab er seine Vorsicht auf und stürzte sich wieder in sein altes Leben, schrieb und traf alte Freunde. Der Jahrestag des Tiananmen-Massakers stand unmittelbar bevor, und die Straßen waren voll mit Polizeiwagen und Patrouillen, doch die Erde drehte sich, das Leben ging weiter. Die Leute gingen inmitten der Verlautbarungen, Kampagnen und Sicherheitsmaßnahmen ihrer Arbeit nach, aßen und tranken, redeten und lachten, und die wie die Rindfleischspieße aufgereihten Feuertopfstände wurden noch mehr und noch beliebter, bis spät in die Sommernächte lag ihr ewiger beißend scharfer Geruch in der Luft. Das inspirierte Lao Wei zu einem Gedicht auf sein Vaterland. Ein Abschnitt daraus lautet:

Vom Wujiang herüber, ins weite, zufriedene Land
Die Flügel der Träume, Hühnerflügel im Feuertopf
Aus der Sicht des Großvaters im Jenseits
Gleicht das ganze Tal dem größten Feuertopf der Welt
Wie Rindermägen suhlen sich duftende Bergketten darin
Blubbernde Flüsse, durchzogen von Entendärmen und Hühnerhälsen
Die in den bodenlosen Schlünden der Dorfälteren landen. Im Frühsommer
Stippen sie die nackten Arme in die Ölschale der Sonne, marinieren sie in der dicken, scharfen Brühe
Die Hüfte dehnt sich aus mit der Geschwindigkeit der Erdrotation
Ach, ihr Dichter
Der elegante junge Mann aus den Achtzigern ist mit einem Mal ein mittelalter Fettarsch geworden

Wohlstandsbauch im Anzug, unversehens wächst das Fleisch, als gäbe es die Armut nicht
Und wird's zu komfortabel, stellen sich schleichend Diabetes und hoher Blutdruck ein
Und Wissenschaft ersetzt die trägen Rettungsversuche Gottes
Hormonverseuchte Lebensmittel in aller Munde
In drei Monaten mästet man ein Schwein, in einem Monat einen Menschen
Die Wirtschaft hebelt alles aus, Demokratie, Menschenrechte, Revolution

Und schon die Vierjährigen verstehen sich aufs Rechnen und
Vergewaltigen
Ist das das langersehnte Zeitalter der Großen Utopie?

Sauberes Menschenblut oder schmutzige Delikatessen – was
würdest du wählen?
Schamvolle Erinnerungen oder schamlose Zuhälter, was würdest
du wählen?
Was du auch wählst – Wenn der Himmel schwarz wird, ist er
schwarz, wie ein kurzer Satz
So steckt das Licht des Tages fest im Schlund der Tafelnden …

»Nach Auschwitz Gedichte schreiben ist barbarisch, und du schreibst eins nach dem anderen.« Lao Weis Freund A hielt in der einen Hand die Essstäbchen, mit der anderen blätterte er in seinem Manuskript.

Aus dem Wok stiegen beißende Dämpfe, um den niedrigen Tisch herum saßen vier Kerle mit nacktem Oberkörper, Soßenschalen und Teller stapelten sich wild durcheinander, und auf dem Boden türmten sich fettige Bambusspieße. Dieser Bezirk gehörte zu Xinanmen, einem Labyrinth von kleinen Gassen, tagsüber war hier alles wie ausgestorben; doch kaum wurde es dunkel, schossen Hunderte kleiner Feuertopfstände wie die Pilze aus den Ritzen zwischen dem Kopfsteinpflaster, kleine Tische mäanderten über die Gehsteige, eine Welle von Hungrigen schwappte in die Gassen, und es ging hoch her. »Hier mampfen mindestens ein paar tausend Schwätzer gleichzeitig«, meinte Lao Weis Freund B. Dann hob er die Bierflasche: »Heute heißen wir Lao Wei willkommen, also, Flaschen leer! Auf Lao Wei!«

»'ne halbe Flasche tut's auch.« Genervt steckte Lao Wei sein Manuskript in die Tasche. »Müssen ja schließlich nicht saufen wie die Ochsen.«

»Schon klar, trinken wir ein bisschen gemütlicher«, stimmte Freund A zu. »Wir saufen und schwelgen in alten Zeiten.«

»Chengdu war schon immer ein Gourmetpalast«, schwärmte Freund C. »Meine Großtante hat immer davon erzählt, wie sich damals in der Republikzeit die lokalen Warlords die Territorien streitig gemacht haben, die Schlachten kamen und gingen wie Stürme, so dass man beinahe täglich Gewehrsalven und Kanonendonner in den Ohren hatte, aber dennoch jedermann zusah, dass er gut aß. Da, wo jetzt die Mao-Zedong-Gedenkhalle steht, war früher der ›Kaiserpalasthof‹, der hatte einen Haupteingang mit einem Tor wie das Tiananmen und fünf Seiteneingänge. Tag und Nacht herrschte da großes Markttreiben, Fressbuden, so weit das Auge reichte. Dreifachkanone, Drache mit verschränkten Armen, süße Klebreiskugeln, Mapo Tofu, Ehegatten-Rinderlunge – hundert Blumen sollen blühen, aber echt. Selbst mit Riesenkohldampf hast du längst nicht alles probieren können. Und dann noch die ganzen Mondkuchen, Sesamkuchen, Reiscracker, Steckrübenkuchen, die man aus der Hand aß und die so von Öl troffen, dass man immer Schmierfinger hatte, da halfen auch ein paar Lagen Papier nichts. Selbst während des Widerstandskriegs, als die japanischen Bomber angriffen, konnten die den Appetit der Leute nicht kleinkriegen. Kaum war irgendwo wumms eine Bombe runtergegangen, schoss gleich daneben der nächste Imbiss aus dem Boden.«

»Also, warum also auf Trübsal machen?«, rief Freund A, »lasst uns saufen wie die Löcher und fressen wie die Scheunendrescher.«

»Die Geister der Opfer vom vierten Juni werden uns schon verzeihen.« Freund D malte mit seinen Stäbchen Kreuze in die Luft. »Das Leben geht weiter.«

Das Leben wiederholt sich in einem ewigen Kreislauf, ohne jeden Sinn, dachte Lao Wei. Tränen standen ihm in den Augen. Er blickte nach oben, wo sich über dem trüben Licht der Laternen der unendliche Sternenhimmel wölbte, aus dem die Seelen der Gemeuchelten hervorlugten und mit dem Nachtwind schluchzten, stöhnten. »Wird es nie enden?«, murmelte er vor sich hin, und ein paar Zeilen aus Dylan Thomas' Gedicht *Elegie* blitzten in seinen Gedanken auf:

Aus seinen Augen sah das letzte Licht ich flieh'n.
Hier inmitten herrlich hohen Himmels Lichts
ein alter, blinder Mann ist bei mir, wo ich geh
sah ihn durch die Wiesen seines Sohnes Auges zieh'n,
*den eine Welt aus Übel traf wie Schnee.**

Der Morgen graute bereits, als sie ihr Gelage beendeten und die Tische sich leerten. Stockbesoffen lud Freund A Lao Wei zu sich nach Hause ein. Der lehnte ab, aber A packte ihn an der Schulter: »Dein Zuhause ist nicht bei Vater und Mutter. Lass uns gehen.«

Arm in Arm taumelten sie durch die Straßen. Noch vor gut einem Jahr gab es hier eine hervorragende Theaterbühne, auf der Tag und Nacht ohne Unterlass einfache Menschen Theatervorstellungen, Kunststücke, Vorträge und Kabarett darboten und ansahen. Er hatte sich gern im Menschenmeer treiben lassen, irgendwann war ihm in einem Anfall von dummer Ignoranz die Hand seiner Geliebten entglitten, und sie hatten sich getrennt … Jetzt war alles anders, seine Liebe und sein Patriotismus hatten sich seufzend in den hintersten Winkel der Erinnerung verkrümelt, und er lief mit einem Besoffenen im Arm durch die leergefegten Straßen.

Mehrmals verlangsamte ein Taxi neben ihnen die Fahrt, doch sie liefen wacker weiter geradeaus. Sie waren nun schon drei Straßen weiter, das Mondlicht war fahl geworden und hinterließ nur noch seinen schwachen Fingerabdruck am Himmel. Lao

* Übersetzung aus dem Englischen: KB

Wei war müde, A dagegen hatte zwischendurch auf die Straße gekotzt, war ein bisschen nüchterner und zerrte ihn hinter sich her, bis sie endlich in seine Wohnung stolperten.

Es wurde schon wieder Abend, als sie am nächsten Tag erwachten. An der Tür läutete es Sturm. A wälzte sich als Erster aus dem Bett. »Komme gleich!« Kurz darauf erschien Lao Weis Exfreundin im Zimmer.

Betreten stand er auf der Matte, die sie zum Schlafen auf den Boden gelegt hatten, die Füße ineinander verschränkt, als könnte er so verbergen, wie aufgewühlt er innerlich war. A stellte sie vor: »Das ist meine Verlobte Li Tong, und das hier ist der knapp dem Tode entronnene Junggeselle Lao Wei.«

»Schon von dir gehört«, sagte Li Tong mit leicht fiepsender Stimme. »Wieso bist du nicht außer Landes geflohen?«

»Nach dem vierten Juni habe ich den Kontakt zu sämtlichen Freunden abgebrochen«, antwortete er in möglichst neutralem Ton, »und mich in den Bergen am Arsch der Welt rumgetrieben.«

»Ach, ihr kennt euch von früher?«, fragte A verblüfft. »Die Welt ist wirklich klein.«

»Ein berühmter Dichter wie du kann doch mit seinen Werken im Gepäck im Ausland Asyl suchen«, witzelte sie.

»Bin zu feige, und Beziehungen hab ich auch nicht«, gestand er. »Ich habe Angst, dass ich flüchte und sie schicken mich wieder zurück.«

»Lao Wei ist mein Ehrengast. Kannst du nicht einfach deine Klappe halten?«, meckerte A.

Sie gingen wieder zum Trinken über. Im Handumdrehen hatte Li Tong etwas zu essen auf den Tisch gezaubert. A legte ein bisschen Musik auf, *Astral Voyage* des japanischen Musikers Kitaro, das in der Kunst- und Literaturszene gerade sehr en vogue war. A machte seinem Schriftstellerimage alle Ehre. Seine Dreizimmerwohnung war, neben ein paar Bildern und Möbeln, bis obenhin vollgestopft mit Büchern. Lao Wei ging ins Arbeitszimmer, und A holte eine kleine Trittleiter aus Aluminium aus der Ecke und stützte ihn, während er sich den Bänden oben im Regal widmete. »Ich klettere selbst oft auf die Leiter und schau mir meine Bücher an«, strahlte ihn A von unten an, »ich muss nur *Den Garten der Pfade, die sich verzweigen* von Jorge Luis Borges aufschlagen, schon verlier ich mich stundenlang darin.«

»Ein Blinder, der den Scharfsichtigen die Augen öffnet«, frotzelte Lao Wei.

»Wenn es nicht so etwas wie Liebe gäbe, wäre ich auch lieber blind«, seufzte A.

Hastig überflog er die Buchrücken, dann kletterte er die kurze Leiter hinunter, und sie gingen wieder ins Wohnzimmer. Wie zwei Gentlemen saßen sie sich nun im Duft von Räucherstäbchen am Tisch gegenüber. Verändert, als ob eine Ewigkeit vergangen wäre. »Ich war schon einmal verheiratet und habe schon mit vielen Frauen etwas gehabt«, setzte Lao Wei in einem etwas unpassenden Anflug von Nostalgie an. »Aber die sind alle längst weg. Mir ist nichts anderes übriggeblieben, als mit leeren Händen zu meinen Eltern zurückzukehren.«

»Bist vielleicht ein bisschen zu romantisch«, sagte Li Tong durch ihr Glas hindurch. »So nach dem Motto, romantische Landschaft, ein Spaziergang entlang einem Fluss, das Wasser glänzt wie Fischschuppen, es weht eine sanfte Brise, und ein mehrstöckiger Dampfer verlässt gerade den Hafen. Und du stehst auf dem Kopfsteinpflaster am Ufer, schaust zu dem Mädchen an der Reling, das dir zuwinkt, und du merkst, wie sich zwischen Passagierschiff und Ufer die Schere öffnet, immer länger und breiter. Mit einem Peng springen unzählige Sterne aus der geöffneten Schere heraus ...«

»Schreibst du noch Gedichte?«, fragte Li Tong. Er nickte gequält. A kapierte nichts. »Jetzt zieh unseren Lao Wei nicht so auf.«

Li Tong hatte ihren Wein ausgetrunken, und ihr Gesicht war

hinreißend rosig. Sie hob den Hintern an, und platzierte ihn auf As Knie. Während sie A die Ohrläppchen kraulte, musterte sie ihren ehemaligen Geliebten mit schiefem Blick.

»Ihr zwei seht ja aus wie siamesische Zwillinge«, lobte er aufrichtig. Er leerte noch ein Glas.

Nachdem sie sich einen angetrunken und sich satt gegessen hatten, gingen sie hinüber ins Arbeitszimmer, hockten sich auf den Teppich, hörten weiter *Astral Voyage* und gönnten sich einen feinen Tee. Lao Wei fühlte sich langsam wieder wie ein zivilisierter Mensch, doch A und Li Tong wurden klebrig wie Kaugummi – einmal festgepappt, geht er nicht mehr ab. Vor den Augen ihres Gastes knutschten sie heftig herum, doch jedes Mal, wenn Lao Wei sich verabschieden wollte, nötigten sie ihn, zu bleiben. »Ihr zwei habt was zu tun, und was ist mit mir?«, fragte er.

»Jetzt hab dich nicht so. Tu einfach so, als wärst du in einer Kneipe, und du sitzt eben am selben Tisch wie ein verliebtes Pärchen.« Li Tong war gnadenlos. »Sing doch ein Lied, Lao Wei«, schlug A vor, »und Li Tong begleitet dich auf der Gitarre.«

»Ich würde jetzt aber lieber mit ’ner Gummipuppe ins Bett gehen.«

»Komm, sing uns was vor.« A ließ nicht locker. Er nahm die Gitarre von der Wand und reichte sie Li Tong.

»Wirklich rührend. Ich fang gleich an zu heulen«, sagte Lao Wei und kniff die Augen zu. »Gut, ich singe so einen neumodischen japanischen Folksong, hab vergessen, von wem er ist.« Er begann mit heiserer, kehliger Stimme zu singen:

Du bist du
Du wirst nie sein wie ich
Drum kann ich ich die stummen Kämpfe, die du fichtst
Nur stumm mitansehen …

Er wiederholte das Lied mehrere Male, und Li Tong zupfte dazu die Gitarre und summte fast unhörbar mit, wie gurgelndes Wasser durchtränkten kleine Schluchzer, kleine Aussetzer das Lied. Irgendwann hielt sie es nicht mehr aus und stimmte in seinen Gesang ein. Mit geröteten Augen starrte Lao Wei an die Decke, starrte durch sie hindurch, und in seinen Halluzinationen tauchte ein hinkender Hund auf. »Ich bin ein alter Rüde, du bist eine Hündin«, hatte er einmal für Li Tong gesungen. Und jetzt lahmte er nach dem langen Weg, den er hinter sich hatte, tatsächlich, lahmte bis auf den Grund seiner Seele.

A starrte sie an, allmählich schien er etwas zu begreifen. Schließlich nahm er Li Tong sanft die Gitarre aus der Hand, legte ihr zwei Finger über die Lippen und wisperte: »Komm. Es ist schon spät.«

»Schluss.« Lao Wei sprang auf, als wäre er gerade aufgewacht, reckte und streckte sich und nahm dann sein nachlässig zusammengefaltetes Bettzeug, um es wieder auszubreiten. Er sah A in die Augen. »Was soll das blöde Gewisper? Ist doch affig.«

Kaum hatten sie das Licht gelöscht und hatte er sich hingelegt, bekam er eine heftige Erektion. Seine Eichel fühlte sich so taub an wie nach einem elektrischen Schlag. Er spreizte die Beine unter der Decke. Zwischen seinen Beinen öffnete sich die Tür zum Schlafzimmer. Li Tong lag auf dem Bauch. Er hatte Lust, sie von hinten zu nehmen. Auf ihrem Steißbein prangte ein rotes Muttermal, wie ein geheimer erotischer Schaltknopf. Er dachte: Ob A wirklich weiß, worauf es ankommt?

Er hatte stets eine perverse Lust verspürt, an diesem Muttermal zu lecken. Wenn sie dann feucht wurde, war er aufgestanden, hatte einen zweiseitigen Spiegel geholt und ihn so hingehalten, dass sie ihren Schaltknopf selbst inspizieren konnte, doch sie hatte nur aufgestöhnt: »Lao Wei, ich halt's nicht mehr aus.«

Also befriedigte er sie und deklamierte hinterher spöttisch: »Solange man ein Muttermal am Kinn hat, ist alles gut.«

»Ich bin aber nicht Mao Zedong«, keuchte sie erschöpft.

Mit ihrem Geschmack auf der Zunge schlief er ein. Im Traum sah das Zimmer aus wie eine geschälte, aufgefaltete Apfelsine, er lag auf einer Spalte, Li Tong und A tollten auf einer anderen herum. Er spreizte die Orangenspalten auseinander, so dass er sie heimlich bewundern konnte. »Die Haltung stimmt aber nicht«, nörgelte er, »A ist wirklich ein Einfaltspinsel.« Er kletterte durch das Apfelsinenfleisch und drehte mit einem derben Ruck die unter A liegende Li Tong auf den Bauch. Sie stauchte den Verräter zurecht: »Das ist ein Betriebsgeheimnis!« Winselnd fügte sie hinzu: »Was fällt dir ein, Lao Wei, wie kannst du unser Betriebsgeheimnis verschachern?« Er kam sich wie ein Idiot vor. A seinerseits stieß ihn weg. »Ich mach mir nichts aus Ärschen«, versetzte er.

Er fickte blind drauflos, bis er erschöpft und in übelriechendem Schweiß gebadet war, aber er schlug sich nicht besonders gut in dieser Schlacht. Mehrmals verfehlte er sein Ziel, versuchte wieder, ihn reinzustecken, und plagte sich ordentlich ab, doch schließlich, wütend vor Scham, legte er sich wie ein Sänftenträger Li Tongs Beine auf die Schultern und mühte sich keuchend den Hang hinauf. »Ich halt es nicht mehr aus A, aufhören!«, flehte Li Tong. Das Geräusch des ständigen Aufeinanderklatschens schweißnasser Haut ließ Lao Wei erbeben. »A, bitte, ich kann echt nicht mehr!«, jammerte Li Tong mit tränenerstickter Stimme. »Ich erst recht nicht!«, ächzte A. Kurz darauf der scheppernde Klang vom Aufprall eines metallischen Gegenstands. Lao Wei hielt sich die Ohren zu und merkte noch, wie auf dem Schlachtfeld der Staub aufflog, oder war es ein goldener Bienenschwarm? Dann wurde es totenstill. Er sah, dass Licht durch den Spalt der halboffenen Schlafzimmertür drang, dann hörte er das Geräusch von jemanden, der zur Toilette geht, und das nach Pferdegalopp klingende Rauschen der Wasserspülung. Vor sich sah er das Meer, auf dem Meer treibend, erwartete er den Sonnenaufgang.

Zwei Wochen später sprang Li Tong von einem Hochhaus in den Tod. Kurz zuvor hatte sie in einem Versuch, ihre alte Beziehung wiederzubeleben, Lao Wei allein aufgesucht, doch er hatte rundweg abgelehnt. »Ich kann meinen alten Freunden nicht verzeihen!«, sagte er barsch.

»Dann hättest du fortbleiben sollen!«, sagte sie enttäuscht. »Meine Gefühle interessieren dich wohl gar nicht? Es ist, als wäre eine Mauer zwischen uns. Auf einer Seite stehe ich mit ihm, aber mit dem Herzen bin ich bei dir.«

»Ich habe kein Herz. Ich nehme mir lieber 'ne Nutte, als wieder was mit dir anzufangen«, fauchte er sie wütend an, »ich hab schon genug Ärger.«

»Wir könnten zusammen überall hingehen.«

»Die Bullen wollen mich gefangen nehmen, du willst mich gefangen nehmen, könnt ihr mich nicht in Ruhe lassen?« Er tobte.

»Schon gut, Lao Wei«, sie lachte. »Wenn du den Durchgeknallten spielen willst, mach nur. Wirst schon noch sehen, was es heißt, wenn man wirklich durchdreht.«

Sie sprang von einem Haus gegenüber von Lao Weis Eltern. Das Gebäude hatte sechs Stockwerke. Sie wählte eine herrliche Mondnacht, um bis zur Dachterrasse hinaufzusteigen. Dann stürzte sie sich kopfüber hinunter. Auf der Straße fuhr gerade ein Taxi vorbei, sie prallte auf das Dach und wurde durch den Aufprall erst ein paar Zentimeter in die Höhe geschleudert, bevor sie über das Dach hinweg zu Boden kullerte, das Blut spritzte. Sie war sofort tot. Der Taxifahrer machte eine Vollbremsung, stieg aus und hob sie hoch. Doch überlegte er es sich anders und rief die Polizei.

Sie trug nur ein zerknülltes Stück Papier bei sich. Als die Polizei wegen der Adresse auf dem Papierstreifen wenige Minuten später bei Lao Wei zu Hause anklopfte, dachte er, er sei aufgeflogen, und zog sich rasch ordentlich an. Die Polizei überraschte ihn mit den Worten: »In welcher Beziehung stehen Sie zu Li Tong?«

»Ich bin ein Freund«, sagte er.

Sie nahmen ihn mit auf die Wache, wo er seine Aussage zu Protokoll gab. Er gab ihnen die Telefonnummer von A, der keine halbe Stunde später auf der Wache aufkreuzte.

In Erwartung eines furchtbaren Donnerwetters hockte sich Lao Wei mit über dem Kopf verschränkten Armen auf den Boden und zitterte wie ein Schwachsinniger. A nahm seine tote Freundin in die Arme und weinte. Doch er fasste sich schnell wieder und erledigte alles Nötige. Nur Lao Wei würdigte er keines Blickes.

Um fünf Uhr morgens konnte Lao Wei endlich gehen. Er schlich nach Hause wie ein gesuchter Verbrecher, warf sich auf sein Kopfkissen. Diesmal träumte er nicht. A hatte sich geweigert, ihn zu Li Tongs Beerdigung einzuladen. Das Leben war und blieb unbegreiflich. Er war hundemüde, die gespannte Saite hatte unverhofft nachgegeben.

TEIL III

Zwei Generationen

Lao Weis vierter Onkel trifft Ende 1989 auf der Suche nach seinem Bruder in Burma auf flüchtende Studenten, der flüchtige Lao Wei wird bei der Beerdigung des Onkels verhaftet und lernt im Gefängnis Flöte spielen.

Grenzüberschreitung

In einem Bauernhaus am Westrand von Chengdu lebte ein rüstiger älterer Herr. Tag für Tag stand er früh auf und ging spät zu Bett. Es musste an einem Abend des Jahres 1979 gewesen sein, als Lao Wei zum ersten Mal vor seiner Tür stand und die ländliche Ruhe auf sich wirken ließ. Durch ein Bambuswäldchen rannten Küken, Vögel flogen dem Sonnenuntergang entgegen, die Bauern gingen am Feldsaum im Gänsemarsch nach Hause. »Der vierte Onkel hat eine Menge durchgemacht«, dachte Lao Wei, als er das Tor des Bambuszauns einen Spalt breit öffnete und nach dem alten Mann rief, der inmitten eines Gartenbeets hockte, ganz versunken in seine Tätigkeit. »Jetzt hat er endlich sein Zuhause gefunden.«

Der vierte Onkel hatte ausgesprochen lebendige Gesichtszüge. Mit wachen Augen strahlte er den Besucher an, öffnete die dreiflügelige Eingangstür und bat seinen Neffen herein. Nach dem üblichen Austausch von Höflichkeiten redeten sie bis zum Einbruch der Dunkelheit lange und ausgiebig über Blumenzucht. Erst als bereits der Mond schien, tischte der Onkel ein paar einfache, regionale Gerichte auf. Während Onkel und Neffe aßen und sich zuprosteten, grüßte immer wieder ein spät mit den Rindern von der Weide heimkehrender Nachbar den Onkel von weitem respektvoll: »Guten Abend, Oheim.«

»Habt Ihr nie daran gedacht, wieder zu heiraten, Onkel?«, fragte Lao Wei. »Das ist doch ein schöner Ort für zwei.«

»Meine Familie ist auf Taiwan«, murmelte der vierte Onkel. »Dort lebt vermutlich dein ältester Onkel. Wieder und wieder habe ich deswegen in den vergangenen Jahren Briefe dorthin geschickt, doch nur einmal kam eine Antwort vom Verteidigungsministerium, in der es hieß, sein Name sei nie in den Listen der Gefallenen der Eisernen Armee aufgetaucht. Für mich bedeutet das, dass dein Onkel wahrscheinlich noch am Leben ist.«

»Ich glaube gern, dass mein Onkel noch irgendwo sehr weit von hier lebt«, sagte Lao Wei bedächtig. »Soweit ich aber von meiner Mutter gehört habe, lebt Eure Frau noch immer in Zhengzhou …«

»Die ist längst mit einem anderen verheiratet«, schnitt ihm der Onkel das Wort ab. »Außer Erinnerungen ist da nichts mehr, und das ist auch gut so, so habe ich weniger Scherereien.«

Der alte Mann tat ihm leid, doch er hätte ohnehin nicht die richtigen Worte gefunden, um ihm sein Mitgefühl auszudrücken. Also senkte er schweigend den Kopf und ertränkte das Thema in Schnaps. Er blieb über Nacht und schlief bis zum Mittag des folgenden Tages. Als er erwachte, war der vierte Onkel spurlos verschwunden und hatte ihn in dem leeren Bauernhaus zurückgelassen.

Es folgte eine Zeit, in der Lao Wei sich ganz dem Schreiben widmete, völlig im Experimentieren mit moderner Lyrik aufging und sich als Dichter einen Namen machte. Die Erinnerung an den vierten Onkel verblasste. Im Nu waren sieben Jahre vergangen, und als es ihn eines Tages zurück an den Ort ihrer letzten Begegnung trieb, musste er feststellen, dass es sowohl den Onkel als auch die ländliche Idylle längst nicht mehr gab. Dort, wo einmal sein Haus gestanden hatte, wirbelte jetzt der Staub einer breiten und lärmenden Stadtausfallstraße auf, an der nun hohe Wohnblöcke standen, dicht wie einst der Wald. Der kleine Fluss Modi, der früher natürlich um den Stadtrand herum mäandert war, war zu einer begradigten, stinkenden Kloake geworden. Nur seinen Namen hatte er behalten.

»Dein Onkel ist in einen der Wohnblöcke umgezogen, in welchen, weiß ich nicht«, sagte die Mutter.

»Ob er noch einen Garten hat und Vögel pflegt?«

»Ach, der war schon immer unberechenbar«, druckste die Mutter herum, »schon über siebzig und nach wie vor so 'n hitziges Temperament.«

»Neulich stand in der Chengduer Abendzeitung ein Artikel über ihn, da hatte ich gleich so ein ungutes Gefühl«, sagte Lao Wei. »Er sagte dort, dass es während der Kulturrevolution im Gefängnis sicherer gewesen sei als draußen. Innerhalb der Gefängnismauern seien sich mit der Zeit die konterrevolutionären Kuomintangleute und die loyalen Kommunisten nähergekommen und hätten sich gegenseitig unterstützt, sozusagen die dritte Verbrüderung zwischen Kommunisten und Nationalisten, nur eben auf der menschlichen Ebene.«

»Das hat er wirklich gesagt?« Die Mutter wollte es nicht recht glauben.

Zu Beginn der achtziger Jahre lockerten sich die Spannungen zwischen beiden Seiten der Taiwanstraße, eine Gruppe nach der anderen von nach Taiwan geflohenen Kriegsveteranen besuchte das Festland auf der Suche nach ihren Wurzeln. Blut ist dicker als Wasser, hieß es, und der vierte Onkel lebte im Zuge dieser politischen Entspannung körperlich und geistig auf. Täglich studierte er das Zentralorgan ›Solidarität‹ des Revolutionskomitees der chinesischen Kuomintang, machte sich mit den aktuellen politischen Richtlinien vertraut und versuchte auf jede erdenkliche Weise von den heimkehrenden Veteranen etwas über den Verbleib seines Bruders herauszufinden. Mehrmals fuhr er bis hinauf nach Peking, und angeblich trieb er sich auch eine ganze Weile in Kanton und Fujian herum. Diese ungewöhnlich intensive Suche nach dem Verwandten sorgte nicht nur in den Medien für viel Wind. Auch die Geheimdienste auf beiden Seiten der Taiwanstraße begannen sich naturgemäß für den Fall zu interessieren. Zuerst war es die taiwanische Seite, die einem Obristen mittleren Ranges, der sich unter dem Codenamen »Adler« in einem Fischerdorf in Putian versteckt hielt, befahl, mit ihm Kontakt aufzunehmen. Nach einer politischen Gesinnungsprüfung wies ihn Adler an, nach Hause zurückzukehren und dort auf weitere Instruktionen zu warten. »Sie werden eine Aufwandsentschädigung erhalten und mit Geräten zur Nachrichtenübermittlung ausgestattet werden«, versprach Adler.

Als ehemaliger Generalmajor der Kuomintang hatte der Onkel das große Risiko dieses Treffens allein in der Hoffnung auf sich genommen, etwas über den konkreten Verbleib seines älteren Bruders in Erfahrung zu bringen, der in der Eisernen Armee verblieben war. Doch jetzt fühlte er sich von der unbewusst zur Schau gestellten Überlegenheit der Gegenseite provoziert. »Klar, die Volksrepublik ist so arm, dass alle, die Verwandte auf Taiwan haben, nichts anderes wollen, als dorthin zu fliehen«, sagte Adler lächelnd. »Die Insel versinkt bald, wenn es dort noch voller wird, meinen Sie nicht auch?«

Der vierte Onkel zog den Rücken stramm und saß aufrecht da, die Hände auf den Bauch gelegt, als hielte er ein unsichtbares Schwert zwischen den Knien eingeklemmt. Ohne zu blinzeln, nagelte er Adler mit seinem Blick fest. »Sie haben nicht mal im Ansatz etwas von einem militärischen Sonderagenten«, sagte er barsch. »Stehen Sie gefälligst stramm, wenn Sie mit einem General der Nationalarmee sprechen. Eines Tages werde ich von Chiang Chingkuo persönlich Rechenschaft über dieses Verhalten fordern.«

Adler wurde rot. »Tut mir leid, ich bitte um Vergebung«, stammelte er.

»Ab«, kommandierte der ehemalige General, »ich will mit keinem Geheimdienst etwas zu schaffen haben.«

Kaum ein Jahr später flog das Spionagenetzwerk unter der Leitung Adlers auf, und keiner der acht Männer kam ungeschoren davon. Adler bekam lebenslänglich und saß für eine Weile in einem geheimen Gefängnis im Norden Sichuans ein. Abgesehen davon, dass sie eine Menge politischer, wirtschaftlicher und militärischer Informationen ausspioniert hatten, bestand das Hauptverdienst von Adlers Leuten darin, dass sie am Morgen des 70. Jahrestags der Xinhai-Revolution von 1911 riesige Banner mit der Aufschrift »Die Drei Prinzipien des Volks für ein einiges China« an sämtlichen Regierungsgebäuden der südlichen Provinzen aufgehängt hatten. Der superreaktionäre Slogan prangte in tischgroßen Schriftzeichen auf zehn Meter langen Längsbannern, die wie ein Wasserfall von den Dächern herabfielen. Als sich die ersten Sonnenstrahlen zwischen der langen Reihe von Hochhäusern Bahn brachen und sich die Menschen auf dem Weg zur Arbeit in die Straßen ergossen, hatte noch niemand von dem zwischen den farbenfrohen Werbeplakaten versteckten neuen Trend im Klassenkampf Notiz genommen. Ausgerechnet ein ausländischer Besucher witterte die feindliche Infiltration zuerst. Als er auf der Straße nach der Meldestelle für Besucher der Provinzregierung fragte und sein Blick dem ausgestreckten Arm folgte, der ihm die Richtung wies, fiel sein Blick verwundert auf die Parolen – hatten sich etwa die politischen Vorzeichen geändert?

Die Geheimoperation von Adlers Leuten war unter dem Decknamen »Aus der Wüste fruchtbares Land machen« gelaufen und hatte eher an dem ultimativen Schwur irgendeiner Umweltschutzorganisation denken lassen. Doch die riesige kommunistische Wüste hatte das fruchtbare Land im Nu verschlungen. Auch der vierte Onkel wurde verhört. Drei Tage wurde er auf der Polizeiwache festgehalten, ohne dass sie ein Wort aus ihm herausbekamen. Als man ihn wieder laufen ließ, wartete vor der Tür die Mutter mit ihrem großen schwarzen Strohhut, die dort die ganze Nacht hindurch Krawall geschlagen hatte.

»Das sind vielleicht Spinner«, sagten die Polizisten kopfschüttelnd. »Kein Wunder, dass die Kuomintang Dreck gefressen hat.«

Die Zeit verging wie im Flug, und schon kam der vierte Juni 1989, und der vierte Onkel, der bis dahin zu Hause seinen apolitischen Winterschlaf gehalten hatte, trat vor die Tür und begab sich auf eine lange Reise. Seine erste Station war Kunming, die Hauptstadt der Provinz Yunnan, es folgten die bedeutende alte Stadt Dali, weiter ging es bis zu dem strategisch wichtigen Berg Baoshan. Anschließend überquerte er das im Chinesisch-Japanischen Krieg so hart umkämpfte Gaoligong-Gebirge und erreichte so seine dritte Station, Ruili. Zuvor hatte er sich drei Wochen lang in den Provinz- und Stadtbibliotheken vergraben, um Material über die Opiumkönigreiche des Goldenen Dreiecks und den Drogenbaron Kun Sha zu sammeln und daneben 15 verschiedene Bände zu Klima und Topographie der Grenzgebiete Yunnans zu konsultieren. Als die Kuomintang das Festland verloren geben musste und die 44. Armee, die im Süden im Widerstand gegen die Japaner gekämpft hatten, keine Hoffnung hegen konnte, je wieder in die Heimat zurückzukehren, begann die Truppe unter General Li Mi den Opiumanbau im Goldenen Dreieck zu kontrollieren und finanzierte damit sich und den Kampf gegen die Kommunisten noch eine ganze Weile lang von Burma aus. Aus wenigen Jahren wurden Jahrzehnte, und schließlich war das fremde Land faktisch zu einer Heimat geworden.

Die Route des vierten Onkels folgte dem damaligen Fluchtweg des großen Bruders, über die Grenze bis zu den Militärcamps in Kunsha. Auch wenn er den Bruder selbst dort nicht finden sollte, hätte der in all den Jahren zumindest ein paar Blutspuren hinterlassen müssen, irgendeinen noch so schwachen Fußabdruck. Und sollte er auf den perversen Irrwegen des Lebens keinerlei Fährte hinterlassen haben, musste es doch wenigstens inmitten der prachtvoll leuchtenden Mohnfelder ein Grab geben, und wenn es nur eine Urne mit seiner Asche wäre. An diesen Gedanken geklammert, war der vierte Onkel entschlossen, den Weg ins Ungewisse zu wagen. Die Erinnerung an ihren Jugendschwur, »wir werden uns finden, lebendig oder an unserem Grab«, gab dem Siebzigjährigen die jugendliche Energie zurück. Wie auf Flügeln würde er versuchen, das Versprechen, das er dem Bruder gegeben hatte, zu erfüllen, und er war sich sicher, dass die letzte Station seines Lebens Burma oder Taiwan sein würde.

Hinter Ruili musste er auf der Grenzstraße zwischen Yunnan und Burma unzählige Kontrollen passieren, bis er endlich Wanting, die südlichste chinesische Stadt, erreichte. Der vierte Onkel mit seinem so würdevollen wie vitalen Äußeren, einem gefälschten Ausweis »Veteran der Revolution« für hohe Militärkader und dem Habitus eines Vergnügungsreisenden, kam überall ungeschoren durch. Als ein bewaffneter Wachposten an irgendeinem Grenzpunkt ihn zu einem militärischen Gruß aufforderte, stampfte er mit den Füßen auf und salutierte so schneidig, dass sein Gegenüber zusammenzuckte. »Generalmajor, dürfen wir Sie mit dem Wagen irgendwohin bringen?«, erbot sich höflich ein junger Wachsoldat. »Ich brauche keine Sonderbehandlung«, versetzte er streng. In etwas gelassenerem Ton fügte er an: »Lange Zug- und Busfahrten haben ihr Gutes, sie stählen Körper und Geist, man mischt sich unter das Volk und lernt, was die Leute an der Graswurzel umtreibt.«

Unweit von Wanting stieg er mit einer Gruppe von Angehörigen der Dai-Minderheit aus dem Zug und spazierte eine Weile im Schatten von Palmen auf roten Feldwegen bis zu einer zwischen Fluss und Bergen eingezwängten Dai-Siedlung. Sein Blick verlor sich in dem großartigen Sonnenuntergang über den Baumwipfeln, und dennoch äugte er ständig nach den in der Dämmerung heimkehrenden Siedlern. Hinter ihm murmelte jemand »Amitabha«. Er drehte sich erschrocken um und erblickte einen stämmigen Mönch, der eine Hand zum Gruß erhoben hatte. Seine grobe braune Hanfkutte leuchtete im Abendlicht. Der vierte Onkel starrte ihn an, bemerkte den fehlenden linken Arm und versuchte seine Aufregung zu verbergen, als er fragte: »Sind Sie Meister Ai Shan?«

Noch ein »Amitabha«. Der Mönch drehte sich um und ging ihm voran. Im Nu war es dunkel geworden. Sanft schlug der warme Wind gegen die silbrige Scheibe des Vollmonds und ließ ihn leise klirren wie das Becken eines Schlagzeugs. Der Mönch ging in den Schatten, die die Palmen im Mondlicht warfen, lautlos, schwebend wie ein Geist, der hagere vierte Onkel folgte dicht hinter ihm im Schatten seiner Kutte. Sie waren eine gute halbe Stunde an einer Einzäunung entlang um die Siedlung herumgelaufen, als Ai Shan plötzlich den Schritt verlangsamte und zu seinem Bambushaus hinaufstieg. Eine Dai-Frau trat zur Begrüßung vor die Tür, und Ai Shan stellte sie dem verblüfften Onkel vor: »Meine Frau.« Er nickte und erinnerte sich. Als er in Ruili in einer Kneipe mit seinem Mittelsmann gesprochen hatte, hatte sein Gegenüber ihm eingeschärft: »Ein einarmiger Mönch, der ein weltliches Leben lebt.« Dennoch kam ihm auf den ersten Blick die sich geschmeidig wie eine Katze bewegende Frau des Mönchs irgendwie wundersam vor.

Sie setzten sich, tranken Schnaps, aßen duftenden, im Bambusrohr gekochten Reis. Ai Shan fragte: »Wie alt wird der werte Herr wohl sein?«

»Ich nutzloser alter Mann bin im Jahr acht der Republik geboren und gehe ins siebzigste Jahr«, antwortete er mit der einem fremden Gast gebührenden Höflichkeit.

»Tatsächlich? Das sieht man Ihnen nicht an.« Der Mönch kniete sich sogleich demütig seinem Gast gegenüber und sagte mit erhobener Hand: »Gut! Bitte gehen Sie nach Hause, mein Herr.«

»Ich habe bereits 20 000 Yuan Anzahlung geleistet«, sagte der vierte Onkel ruhig und bestimmt. »Wenn Sie Geschäfte machen wollen, muss man Ihnen vertrauen können.«

»Ich gebe Ihnen das Geld zurück, jeden Fen davon«, sagte Ai Shan ohne Umschweife. »Gleich, als ich Sie sah, dachte ich mir, dass sie mindestens sechzig sein müssen, und bekam Herzklopfen. Welcher Alte würde sich solchen Gefahren aussetzen? Es wäre wahrhaftig ein Wunder, wenn Sie die Wanderung durch das unwegsame Gelände unbeschadet überleben sollten.«

»Ich sehe dir zu alt aus?« Schmunzelnd strich er sich über den weißen Bart.

»Diese Bergpfade haben es in sich«, antwortete der Mönch ausweichend. »Wenn etwas passiert, werde ich es vor dem Erleuchteten schlecht verantworten können.«

»Du hältst dich gefälligst an die Abmachung«, entgegnete er jetzt zornig. »Dieser Alte weiß, was er tut, und wie Buddha dazu steht, braucht dich nicht zu interessieren.«

Diesen militärischen Ton wollte sich der Mönch nicht gefallen lassen. »Und dieser Mönch lässt sich von niemandem etwas sagen …« Er hatte noch nicht ausgeredet, als ihm die Wangen von einer schallenden Ohrfeige glühten und der vierte Onkel seinen einen Arm gepackt hatte. Ai Shan wurde blass. Er wand seinen Arm aus dem Griff und holte zum Schlag aus. Der vierte Onkel rief »Gut gezielt!«, wich geschickt mit dem Oberkörper zur Seite aus und konterte mit einer Geraden von der Stärke eines Herbststurms, die den Mönch so traf, dass er sich einmal um die eigene Achse drehte, umfiel und auf dem Boden weiterrollte.

Ai Shan rappelte sich auf und verneigte sich tief vor dem vierten Onkel. Dann sagte er lachend: »Sie scheinen mir wahrhaftig die Reinkarnation eines Wächters Buddhas zu sein! So sei es also.«

Mit einem Handschlag besiegelten die beiden ihr Geschäft.

Während der drei Tage, die sich der vierte Onkel bei Ai Shan versteckt hielt, kamen noch vier weitere Gäste an, die illegal über die Grenze geflüchtet waren. Dem Aussehen und dem Dialekt nach handelte es sich um Studenten Anfang zwanzig aus dem Norden. Die vier jungen Leute und der alte Mann zogen sich Turnschuhe an und Beinschoner über und brachen, geführt von dem einarmigen Mönch, in einer stürmischen Neumondnacht auf. Zusätzlich zu ihrem sehr leichten Gepäck hatte jeder von ihnen genügend Reisbällchen für zwei Tage und zwei Flaschen Wasser dabei. Hin und wieder hörten sie Hundegebell. Ai Shan schritt mit einem Baumwollsack über der Schulter und einer gebogenen burmesischen Buschmachete in der Hand energisch voran. Dicht hinter ihm trabte Student A mit einer Minitaschenlampe und trieb die übrigen drei an, die nur mit Mühe hinterherkamen. Der vierte Onkel bildete zunächst die Nachhut, doch nach dem ersten Hügel wurde er ungeduldig und blieb in der Mitte der Gruppe.

Immer wenn Ai Shan ein gutes Stück zurückgelegt hatte, hielt er kurz an, manchmal drehte er sich um und wartete, bis die anderen zu ihm aufgeschlossen hatten. »So jung und taugen zu nichts!«, schimpfte er, »nehmt euch mal ein Beispiel an dem Alten.«

Der vierte Onkel nahm es mit Gleichmut. In all den Jahren, ob im Gefängnis oder in Freiheit, hatte er nie aufgehört zu rennen, Langstrecken, Kurzstrecken, Hauptsache Bewegung. Und wenn ihm nur ein winziger Raum zu Verfügung stand, war er eben auf der Stelle gehüpft. Außerdem hatte er immer kalligraphiert, Fremdsprachen gelernt, Taijiquan praktiziert, seinen eigenen Urin getrunken. Strotzend vor Vitalität glich er einem alten Baum mit zahlreichen Jahresringen, aus dessen Bast immerfort frische Triebe sprießen. »Bald ist das Rätsel gelöst«, sagte er sich, während er durch das fremde Territorium hetzte. »Bald bin ich an der letzten Station meines Lebens angelangt. Mit ein bisschen Glück besteht die Eiserne Armee meines Bruders noch fort, doch was werde ich außer Freudentränen von hier mitnehmen? Ach was – Tränen, Tränen stehen Soldaten wie uns nicht zu. Was bleibt also?«

Die Komplimente des Mönchs erwiderte er mit einem stillen Lächeln. Unter dem Vorhang der Dunkelheit konnte man schon nicht mehr erkennen, wer wer war. Sie waren ringsum von Dickicht umgeben, und vor ihnen lag nichts als Urwald. Die schmalen Hühnerdarmpfade dazwischen wiesen nur hin und wieder ein paar seltsame weiße Markierungen auf. Wenn einer von ihnen nicht mehr konnte oder hinfiel, halfen die anderen ihm wieder auf die Füße. Sie keuchten im Chor, am ganzen Körper so nassgeschwitzt, als hätten sie angezogen im Fluss gebadet. Da es sehr steil bergauf ging, krochen sie zuweilen auf allen vieren, und manchmal schien sich eine der flaumigen Lianen, nach denen sie griffen, in eine Schlange zu verwandeln, und sie schrien entsetzt auf. »Still! Keinen Laut mehr!« Ai Shan schwang einem Racheengel gleich die Machete über dem Kopf, als wollte er den Himmel zerteilen. Er ging in die Hocke und mahnte: »Kommt näher, bleibt dicht hinter mir.« Wie auf Bestellung entdeckten sie unter dem Dickicht einen kleinen Trampelpfad.

Die Gruppe imitierte jetzt sklavisch jeden Schritt Ai Shans, sie bewegten sich geduckt wie Tiere, mit dem lauten Zirpen der Grillen im Ohr und dem fernen Gurgeln des im Tal träumenden Flusses. Der Himmel bog sich immer tiefer zu ihnen herab, als wollte er sich den Rücken kratzen, wie Schweißperlen hingen blinkend und tanzend die Sterne an ihm. Ja, er war alt, der vierte Onkel. Er hielt ein Nickerchen, während die anderen mit aufgerissenen Augen in den Himmel starrten, und träumte sich zurück in seine Jugend, als er zusammen mit dem Bruder mit Bambuspferdchen spielte, unweit vom Fluss, der dem Himmel entgegenströmte, die Zeit stand still in diesem tonlosen Wirbel, in dem sie ungerührt weiter ihre Bambuspferde ritten, weiter und weiter im Kreis, bis ihr Haar weiß wurde und eins mit den Wolken.

Plötzlich ging es bergab, und obwohl sie die Fersen in den Boden stemmten und die Oberkörper nach hinten lehnten, konnten sie ihre Schritte kaum bremsen. Der vierte Onkel spürte, wie ihm das Blut heiß in den Kopf schoss, und schluckte verstohlen ein paar den Blutdruck senkende Tabletten. Als der Morgen graute, hatten sie bereits zweimal ein großes Auf und Ab in der schier endlosen Bergkette hinter sich. »Lasst uns essen«, befahl der Mönch, hockte sich an einen Baum gelehnt in den Schneidersitz, setzte den Baumwollsack ab und mampfte mit großem Appetit Reisbällchen. Die Studenten nahmen einen Schluck Wasser und ließen sich erschöpft der Länge nach auf den Boden plumpsen. »Sofort aufstehen!« Ai Shan war im Nu auf den Beinen und versetzte ihnen Tritte. »Die Ameisen!«

Im Dschungel gab es diese Gattung besonders großer, schwarzer Ameisen, die, sobald sie menschlichen Schweiß witterten, gleich zum Angriff übergingen, den Körper erklommen, und sich in jede Pore einnisteten. Widerwillig machten die Studenten es wie Ai Shan, setzten sich auf einen Baumstumpf und würgten ihre trockenen und kalten Reisbällchen hinunter.

Der vierte Onkel musterte sie. Sie taten ihm leid, diese Jugendlichen in ihrer kindlichen Unschuld. Sie waren Überlebende des Tiananmen-Massakers und vermutlich staatlich gesuchte Verbrecher. Was, wenn die Demokratiebewegung erfolgreich gewesen wäre?, fragte er sich. Hätten die vermocht, dieses riesenhafte Reich zu verändern?

Mitten in der drückenden Mittagshitze, als sie sich gerade ihre Sachen ausziehen wollten, um den Schweiß auszuwringen, setzte überraschend Regen ein. Trotzdem setzten sie ihren Weg fort, begleitet von Donner und den im Sturm herabfallenden Blättern und Zweigen. Ai Shan stapfte unverdrossen durch den Matsch, lief vor und wieder zurück, damit keiner verlorenging. »Das ist eine ganz alte Handelsroute für Opium«, schrie er durch den tosenden Sturm hindurch, »und heute so sicher wie damals.«

Kaum hatte der Regen etwas nachgelassen, setzte er kurz darauf umso heftiger wieder ein. Bei Einbruch der Dunkelheit erst kam die kleine Truppe aus dem Dickicht heraus und sah gerade noch den letzten Silberstreifen am Horizont, vor dem ein Schwarm kreischender Vögel vorüberzog. Die Studenten sahen aus wie eingeweichte Hühner. Sie bibberten. Student B hatte sich erkältet und taumelte rotäugig wie ein Betrunkener. »Ich kann nicht mehr«, klagte er. Der vierte Onkel öffnete seinen Rucksack, nahm eine sterile Nadel aus seinem Erste-Hilfe-Beutel und gab Student B eine Spritze. »Import aus Westdeutschland«, sagte er, während er mit einem alkoholgetränkten Wattebausch die blaue Stelle an dem zarten Hintern desinfizierte. »Wirkt in ein paar Minuten.«

»Dann müssen wir wohl ein paar Minuten warten«, sagte Ai Shan ungehalten. »Essen wir was, bevor wir weitergehen.«

»Wo sind wir eigentlich?«, wollte Student A wissen. »Alles ist rabenschwarz vor uns.«

»Warum haben wir denn nie so etwas wie einen Grenzstein oder einen Grenzfluss gesehen?«, fiel Student C ein.

»Ihr Städter seht zu viele Filme«, mokierte sich Ai Shan. »Flinke Zungen statt flinker Füße habt ihr. Folgt mir einfach und verlasst euch auf mich.«

»Wir haben schließlich bezahlt, dann dürfen wir doch wohl erfahren, wo wir sind«, sagte Student A aufmüpfig. »Du lässt uns hier ewig durch den Dschungel marschieren, und kein Mensch weiß, wann wir je ankommen.«

»Mit solchen Memmen wie euch kommen wir nie im Leben an«, schimpfte der Mönch.

Student A: »Wenn das so ist, dann errichten wir doch ein Lager und ruhen uns ein bisschen aus. Wir können ein Feuer machen und unsere Sachen trocknen.«

»Bist du lebensmüde?« Ai Shan war jetzt wirklich sauer. »Noch sechs Stunden, dann sind wir drüben, dann könnt ihr meinetwegen rauben und morden und machen, was ihr wollt, dann geht es mich nichts mehr an.«

Maulend und fluchend knabberte die Gruppe an ihren Reisbällchen. Dann setzten sie ihren Weg fort. Der vierte Onkel rieb den Studenten, die Mühe hatten, die Augen offen zu halten, die Schläfen mit Tigerbalsam ein. »Ich alter Knochen falle auch fast auseinander«, tröstete er. »Aber da müssen wir jetzt durch.«

Noch einen Tag und zwei Nächte kämpften sie sich voran, bis sie endlich an einem frühlingshaften Morgen die Berge des fremden Landes begrüßten. Wie im Traum wankten sie durch das hüfthohe Gestrüpp. Das gleißende Sonnenlicht löschte die Kälte der letzten Nacht aus, ihre Körper wurden warm und schwer und wollten nichts anderes mehr als sich hinlegen und schlafen. Ai Shan streckte unerwartet seinen einen Arm aus und zeigte in Richtung Tal. »Da fließt der Mali, ein burmesischer Fluss, er mündet in den Irrawaddy. Meine Mission ist hiermit beendet.«

Stille. Sie sahen ihn entgeistert an. Noch bevor sie die Fassung wiedererlangt hatten, tätschelte Ai Shan seinen Grenzflüchtlingen die Schulter und murmelte »Friede sei mit euch.«

»So geht das nicht!« Den ehemaligen Sprecher des nationalen Studentenverbandes ließ die Empörung wieder in Fahrt kommen. Seine Stimme überschlug sich. »Woher sollen wir wissen, dass es sich bei dieser gottverlassenen Gegend um Burma handelt?«

Ai Shans Mönchskutte flatterte im Wind. Er gestikulierte weiter in Richtung Tal. »Einfach weiter, bergab Richtung Irrawaddy, da gibt es gar keinen Zweifel. Ihr müsst nur aufpassen, dass ihr nicht den Guerillas in die Arme lauft.«

Entsetzt umzingelten die Studenten Ai Shan. »Wie kann es sein, dass wir auf dem ganzen Weg keinem einzigen Soldaten begegnet sind?«, wollte Student B wissen.

»Ach, wärt ihr etwa gerne Soldaten begegnet?« Ai Shan lachte. Er leerte den Inhalt seines Umhängebeutels, die noch übrigen Reisbällchen und die Wasserflasche, auf den Boden aus und wiederholte: »Friede sei mit euch!«

Der vierte Onkel hatte verstanden, dass am Entschluss des Mönchs nichts zu ändern war, und mahnte die Studenten, es gut sein zu lassen. Noch eine ganz Weile sahen sie die grobe, rotbraune Mönchskutte in der Sonne leuchten, bis sie am hinteren Ende des Bergsattels für immer verschwand. Die Gruppe diskutierte, wie es nun weitergehen sollte. Student B schlug vor, erst einmal zu rasten, um genügend Kraft für den Abstieg zu sammeln.

Student D aber sprach sich dafür aus, lieber unverzüglich weiterzugehen, um bei den Einheimischen Zuflucht zu suchen. Schließlich seien in der Ferne schon Reisfelder und Bambushütten auszumachen. »Im Grenzgebiet können wir sicher mit Renminbi zahlen. Also nehmen wir uns am besten einen burmesischen Führer und kaufen uns burmesische Kleidung, bevor wir uns hervorwagen.«

Der vierte Onkel nickte. »Untätig auf einen glücklichen Zufall warten ist viel zu gefährlich. Wenn wir Pech haben und uns ein Grenzsoldat abfängt, ist es aus.«

»Ich habe mir gerade die Karte, die Ai Shan dagelassen hat, angesehen«, sagte Student C, »wir sind tatsächlich schon ein paar Kilometer über die Grenze hinaus.«

»Ich rede von den burmesischen Grenzsoldaten«, erklärte der vierte Onkel. »Wenn wir denen keine gültigen Papiere präsentieren können, schicken sie uns womöglich sofort zurück.«

»Na gut, lasst uns abstimmen, ob wir bleiben oder weitergehen.« Er hatte seine Lektion in Sachen Demokratie auf dem Tiananmenplatz brav verinnerlicht.

Kollektiv entschieden sie sich für den unverzüglichen Aufbruch. Der vierte Onkel bot an, die Vorhut zu machen, doch

Student A brachte ihn davon ab. »Sie sind ein alter Mann. Wir würden Sie lieber in die Mitte nehmen.«

Eine so fürsorgliche Geste wollte er nicht abwehren, also nahm er an, schlug jedoch vor, dass sie zwischen sich jeweils 20 Meter Abstand ließen. »Falls einer von uns eine unerfreuliche Begegnung hat, haben die anderen wenigstens noch die Chance, zu fliehen.«

Nachdem sich jeder mit einem Stock bewaffnet hatte, machten sie sich an den Abstieg durch hüfthohes Gras und Gestrüpp. Anfangs konnten sie sich noch gegenseitig im Auge behalten, und sie hatten vereinbart, hin und wieder einen Stein in die Luft zu werfen, als Signal, um sich ihren jeweiligen Standort zu signalisieren. Doch je länger sie unterwegs waren, umso weniger hörte der Einzelne andere Geräusche als das Rascheln des Gestrüpps. Flog dann einmal ein Stein durch die Luft, schreckte er vor allem Wildvögel auf Futtersuche auf.

Irgendetwas stimmte nicht. Mit einem unguten Gefühl hob der vierte Onkel den Arm und sah auf die Uhr. Drei Stunden waren bereits vergangen. Er setzte sich und gönnte sich einen Mittagsimbiss und nahm dazu seine Blutdruckpillen. Die Sonne brannte ihm auf der Stirn, dass es nur so knackte. Das ganze Gelände war eine Esse voller glühender Kohlen, die nach allen Seiten Funken sprühte. Seine Kopfhaut, auf der nur noch dünn das weiße Haar spross, war schon ganz ledrig. Geistesabwesend tauchte er die Finger in seine Wasserflasche und besprenkelte sich die Stirn, dann rollte er sich ein und kauerte in den Büschen wie eine Kühlung suchende Schlange. Er war todmüde. Die Sinne täuschten ihn. Über sich sah er eine üppige, leuchtende Frucht hängen. Als er die Hand danach ausstreckte, bewegten sich die Zweige, die Frucht veränderte sich, dehnte sich aus, wurde so groß, dass sie die Sicht auf die glühende Sonne verdeckte. Er roch das Fruchtfleisch, die verwesenden Knochen eines Kleinkinds, hörte das schwache Wiehern reiskorngroßer Kriegspferde, die durch das menschliche Skelett trabten. Die Expeditionen seiner Jugend wallten auf wie Windstöße, bliesen ihm gegen das Gesicht, er selbst war eine Wolke, vielerlei Wolken, stieg höher und höher, fortgeweht in Richtung Paradies, endlich war er frei, der alte Mann, der sein Leben im Krieg und im Gefängnis verbracht hatte, war endlich frei …

Ein furchtbares Jucken ließ ihn zusammenfahren, mit einem heiseren Schrei setzte er sich auf. Um seinen Hals wanden sich Ketten von Ameisen. Die winzigen Kriegspferde aus seinem tiefen Traum waren einfach nur beißende Ameisen gewesen. Der Tag neigte sich gen Westen. Er legte die Hand über die Augen und spähte in die Ferne, wo der am Morgen noch deutlich sichtbare Mali jetzt nicht mehr auszumachen war. Schnell zog er den Kompass hervor und kalibrierte die Richtung neu – links von ihm lag der Dschungel, er musste also irgendwann falsch abgebogen sein, sich verlaufen haben und am Rand des Dschungels abgestiegen sein.

Im Gefängnis war jeder Tag wie der andere vergangen, täglich hatte man über den hohen Mauern den Wind beobachten können und den Regen, sehen können, wie der Tag von Osten nach Westen wanderte. Doch die Füße der Seele hatten sich nicht aufhalten lassen, je mehr man sie einsperrte, desto weiter flohen sie, bis zum Herzinfarkt, bis das schwarze Haar weiß geworden war. Verführerisch, die imaginären Füße im Kosmos, die dazu antrieben, sich von den Fesseln zu befreien und die Grenzen der Menschheit zu überschreiten.

»Keine Bewegung!«, zischte jemand auf Chinesisch. Dem vierten Onkel dröhnten die Ohren, Himmel und Erde verschwammen zu einer leeren, weißen Fläche. Verstört blickte er sich um. »Rucksack abnehmen, Waffe ablegen! Hände hoch! Beide Hände über dem Kopf verschränken! Drei Schritte vorwärts! Noch ein Schritt!« Die Befehle aus dem Nichts rissen nicht ab, sie kamen nach wie vor auf Chinesisch, deutlich und fehlerfrei. Der vierte Onkel gehorchte mechanisch. Eine unsichtbare Schlinge glitt von oben herab und legte sich um seinen Hals, sein Atem ging schneller, sein Herzschlag war ein Stampfen, pumpte das dunkelrote Blut dieser alten Öllampe von unten nach oben, immer heftiger, immer schneller. Gleich würde ihm die Schädeldecke platzen und das Blut herausschießen. Zum Glück hatte er kurz zuvor seine Blutdruckpillen genommen.

Er gab sich alle Mühe, eine soldatisch gerade Haltung anzunehmen und die Beine durchzudrücken, doch es war ihm, als zöge man ihm den Boden unter den Füßen weg wie einen Teppich. Noch im Fallen war er damit beschäftigt, den Boden nach einer passenden Stelle für den nächsten Schritt abzusuchen. Ein Schuss. Die Kugel zischte an seinem Ohr vorbei, schwarze Schatten umzingelten ihn.

Er kniff die Augen zu, deutlich sah er die Szene ihrer Truppenniederlage vor vierzig Jahren vor sich. In diesem Augenblick wünschte er, er wäre einfach für immer blind.

Als er erwachte, lag er in einer großen Grotte, über ihm eine Halogenlampe, die ringsum alles in schneeweißes Licht tauchte. Schroffe Felsen ragten von allen Seiten in die Höhle, die an die Kulisse für ein bizarres Historiendrama erinnerte. Die versammelten Soldaten erinnerten an die siebziger Jahre, bärtige alte Männer mit altmodischen, zerschlissenen grünen Uniformen. Sie saßen oder standen um einen steinernen Tisch herum, rauchend und diskutierend. Zwei der Banditen nötigten den vierten Onkel mit dem Gewehr im Anschlag auf den Tisch, wo man ihm heißes Wasser einflößte. »Name, Alter, Beruf, woher kommend, wohin unterwegs?« Ein Offizier mittleren Alters, offenbar der Kommandeur dieser Truppe, saß auf der anderen Seite des Tisches und stellte die Fragen. »Ich will eine ehrliche Antwort.«

Der vierte Onkel schwieg. Er hatte bereits begriffen, dass er der burmesischen Guerillagruppe der Volksarmee in die Hände gefallen war. Diese von der Kommunistischen Partei Chinas unterstützten Guerillakämpfer waren noch immer im burmesischen Grenzgebiet aktiv und lieferten sich seit Jahrzehnten mit der Regierung Gefechte. Während der Kulturrevolution, als Mao Zedong die tolle Idee hatte, endlich von China aus »die Proletarier aller Länder« zu befreien, überschritten scharenweise und voller Elan Rotgardisten aus den jugendlichen Produktions- und Aufbaubrigaden der Provinz Yunnan die Grenzen zu den Nachbarländern und stürzten sich in den Guerillakrieg für die Weltrevolution. »Wir sind die chinesischen Che Guevaras, die letzten Idealisten der Welt.« Als sie sich eine Weile nach dem Verhör unter vier Augen unterhielten, sagte jener ehemalige Offizier X, der einmal zu den jungen Intellektuellen Chongqings gehört hatte, in feierlichem Ton zum vierten Onkel: »Dank unserer selbstlosen Intervention haben wir die Revolution in Burma gerade noch vor dem Tod bewahrt.«

»Dieses Jahr haben wir das Che-Guevara-Jahr«, sagte Student Yadong, vor dem Computerbildschirm hockend, »ich habe im Internet nachgeschaut, es gibt Zehntausende von Einträgen für diesen kubanischen Revolutionär.«

»Dann schreib uns einen Artikel über Guevara«, sagte Wei Shuping, der Chefredakteur der Regionalzeitung. »Wir zahlen auch gut.«

»Wie viel?«

»Hundert Zeichen 80 Yuan.«

»So ein bisschen Geld für einen Guevara?«, sagte Yadong verächtlich. »Beug mal deine Birne zu mir herunter und sieh dir all die Bilder vom jungen Guevara an. Na? Ein wahnsinnig gut aussehender Typ mit Schirmmütze, klarer, allwissender Blick, und es heißt, er sei als Redner noch charismatischer als Castro gewesen.«

»Und noch dazu ein hervorragender Arzt, nur leider an Tuberkulose erkrankt«, warf Lao Wei ein, »und Gedichte hat er auch geschrieben. Der Kritiker Li Jie, der in den USA im Exil lebt, berichtet, er habe beim Schießen ständig gehustet. Ganz so wie Lin Daiyu, die Blut gespuckt und dabei Gedichte verbrannt hat.«

»Unsere Zeitung erscheint nur in kleiner Auflage, mehr als 80 Yuan sind nicht drin.« Wei Shuping hatte keine Lust auf Diskussionen. »Mag sein, dass Guevara gerade wieder angesagt ist, trotzdem ist er schon seit Jahrzehnten tot. Wir widmen unser Blatt lieber angesagten Leuten, die noch leben.«

»In Peking führen sie gerade ein neues Stück mit dem Titel *Che Guevara* auf, das wahnsinnig gut ankommt«, erinnerte sich Lao Wei.

»Klingt schon besser.« Wei Shuping schlug sich auf die Schenkel. »Wenn irgend so ein Arsch den Guevara auf die Bühne bringt, ist das schon eher eine Nachricht wert. Also dann, du schreibst was, Yadong, ja? Kannst gerne dick auftragen, ich will nur einen ordentlichen Aufmacher. Kriegst das Doppelte.«

Yadong nickte abwesend, während er mit der Maus weiterklickte, bis die Werbung für das Theaterstück *Che Guevara* auf dem Bildschirm erschien. »Scheiße. Das soll der kubanische Revoluzzer sein, über den ich einen Artikel schreibe? So eine fette Fratze, durch und durch kommerziell, wie soll der bitteschön heimlich nach Bolivien eingereist sein und im Dschungel für die Internationale gekämpft haben?«

Lao Wei musste lachen. Wei Shuping rieb sich verlegen die Hände und drehte sich zu Lao Wei um: »Also schreibst du was, Lao Wei.«

»Ich? Ich schreibe was über meinen vierten Onkel, der damals in Burma den chinesischen Guevaras begegnet ist, von denen jede Mengen ihre Knochen dort gelassen haben und die übrigen immer noch irgendwo durch den Dschungel robben.«

»Das Thema gehört eher in die Kategorie ›Kollaps der Roten Khmer‹, das ist was für Zeitschriften, aber nichts für eine Zeitung. Und was deinen Onkel angeht – Nachrichten über ehemalige Kriegsverbrecher der Kuomintang tauchen höchstens noch in den vorsintflutlichen Memoiren zahnloser alter Knacker im Verlautbarungsorgan der Politischen Konsultativkonferenz auf.«

Der vierte Onkel sagte die ganze Nacht lang kein Wort. »Du bist der älteste Illegale, den wir je hatten«, sagte Offizier X und reckte sich in seinem Lehnstuhl. »Wenn du den Mund nicht aufmachst, zwingen wir dich auch nicht dazu. Aber eins will ich dir sagen: Wir haben auch die anderen vier geschnappt, und die haben geredet. Du bist aus Chengdu. Und ich bin aus Chongqing. Wir sind also Landsleute, wir zwei. Traurig genug, dass ich seit zwanzig Jahren nicht mehr zu Hause war.«

Der vierte Onkel war zusammengesackt. In diesem Augenblick drang ein Lichtstrahl durch das Dickicht in die Grotte, dann ging ihm die Lampe aus, alles war dunkel. Als der vierte Onkel sich von seiner Ohnmacht erholt hatte, konnte er hin- und herhuschende Gestalten erkennen, Offizier X schloss seine Akte. »Zigarette?«, fragte er und lehnte sich höflich nach vorn. Asche glimmte in dem verrauchten Raum auf. »Die Befragung ist abgeschlossen, oder hast du noch etwas zu sagen? Das ist sowieso alles nur zum Zeitvertreib. Es ist jetzt Viertel nach sechs, in zwei Stunden befördern wir euch alle zurück nach China.« Es wurde allmählich hell in der Höhle, und endlich konnte der vierte Onkel das Gesicht von Offizier X erkennen, der sichtlich frustriert große Rauchringe in die Luft blies.

»Unglückselige, in der Fremde verstreute Soldaten«, der vierte Onkel konnte sich diese Worte nicht verkneifen. »Mir scheint, du und ich, wir sind von einem Schlag und teilen ein und dasselbe Schicksal.«

»Der Herr möchte vielleicht ein wenig frische Luft schnappen«, sagte X unerwartet, als hätte er seine Wünsche erraten.

»Vertreten wir uns ein wenig die Beine und reden in unserem Dialekt ein bisschen über Familienangelegenheiten.«

Vor der Höhle war der Urwald so undurchdringlich wie zuvor, Vögel flatterten kreischend auf, und der vierte Onkel wandte das Gesicht nach oben, ein paar feinen Sonnenstrahlen entgegen, und holte tief Luft, als wollte er dieses Stück Natur für immer im Gedächtnis bewahren. Als er sich in einer wie eine Boa windenden Schlingpflanze verhedderte und stolperte, beeilte sich X, ihn zu stützen. »Vorsicht, alter Herr.«

»Mein hoher Blutdruck schlägt wieder zu«, sagte er, wobei er sich zu einem Lächeln zwang, »in meinem Rucksack ist Medizin.«

»Tut mir leid«, sagte X. »Ihr Gepäck haben wir bereits zur chinesischen Grenze zurückbringen lassen.«

»Zu dumm«, sagte der vierte Onkel in seinem Heimatdialekt. »Nur ein bisschen ausruhen, dann wird es wieder gehen.«

X klatschte in die Hände, und schon kam eine der Wachen mit einer Schüssel Reissuppe herbei, die mit grünen Blättern angereichert war. »Trinken Sie, Oheim«, sagte X, »dann wird Ihnen nicht mehr so schwindlig sein, das ist ein natürliches Mittel aus dem Urwald, das den Blutdruck senkt.«

Der vierte Onkel riss sich zusammen, legte den Kopf in den Nacken und trank. Dann musterte er sein Gegenüber. Das sonnengegerbte Gesicht hinter dem Tabakqualm verriet keine bösen Absichten. Ihm klopfte das Herz bis zum Hals. Mit einem Mal warf er sich zu Boden, umklammerte mit beiden Händen die Knie des Offiziers und flehte ihn an: »Ich alter Mann war schon einmal so gut wie begraben in unserer gelben Erde, ich bitte Sie, im Namen unserer gemeinsamen Heimat, lassen Sie mich gehen!«

»Sind Sie etwa ein feindlicher Spion?«, fragte X ruhig. »Die ganze Nacht kein Wort, und jetzt wollen Sie noch fliehen?«

Der vierte Onkel schüttelte erschrocken den Kopf. »Ich habe

weder mit den Kommunisten noch mit den Nationalisten etwas zu schaffen, ich bin einfach nur auf der Suche nach meinem älteren Bruder, den ich vor vierzig Jahren aus den Augen verloren habe.«

»Ist Ihr Bruder nach Taiwan geflohen?«

»Vielleicht ist er auf Taiwan, aber er könnte auch im Goldenen Dreieck sein.«

»Dann sollten Sie versuchen, ihn über die für die Einheitsfront zuständigen Behörden ausfindig zu machen.«

»Zu unzuverlässig. Und ich kann nicht so lange warten.«

»Ungeduld kann gefährlich sein. Wir warten hier schon zwanzig Jahre, in denen uns das Blut kocht«, seufzte X. »Und dieses scheißrote China hat seine Farbe ohnehin längst geändert. Wie damals Che Guevara sind wir vom eigenen Land betrogen und im Stich gelassen worden.«

»Wir haben uns als junge Männer in der Eisernen Armee geschworen, dass wir einander suchen werden, solange wir leben«, sagte der vierte Onkel stur. »Hören Sie, wir kommen doch aus demselben Stall, gönnen Sie mir, dass ich mir diesen Lebenswunsch erfülle.«

»Stehen Sie auf!« Ohne ihm aufzuhelfen, sagte X in harschem Ton: »Sie sind eine Schande für unsere Heimat. Von wegen ›solange wir leben‹. Ich habe in meinem Leben mehr Tote als Lebende gesehen.«

Das rüttelte den vierten Onkel aus seiner Niedergeschlagenheit auf. Schnell war er auf den Beinen und warf verächtlich den Kopf in den Nacken. Sofort richteten sich mehrere Gewehrläufe auf ihn. »Los, zielt hierhin!«, schrie er und deutete auf seine Brust. »Und einer wie Sie will verdammt nochmal aus Sichuan sein?«

Offizier X bedeutete seinen Männern mit einer Geste, die Gewehre herunterzunehmen. Dann näherte er seinen Mund dem Ohr des vierten Onkels und flüsterte: »Guter Mann, wir teilen dieselbe Heimat, und es wäre Ehrensache, dass ich Ihnen den Weg frei mache. Auch wenn es nicht gewiss ist, dass dieser Weg ins Leben führt. Nun ist die Tür zu diesem Weg aber schon versperrt.«

Er fuhr fort, auf den zitternden Mann einzureden: »Warum haben Sie bloß nichts gesagt, als wir Sie geschnappt haben? Solange die Heeresleitung nicht informiert ist, kann man jede noch so große Sache vertuschen. Doch jetzt haben sie schon Leute losgeschickt. Wie sollte ich als Divisionskommandeur den Soldaten erklären, dass ich Sie laufenlasse?«

»Ich war auch einmal Divisionskommandeur«, sagte der vierte Onkel mit einem traurigen Lächeln, »zwei Grad über Ihnen, junger Mann.«

»Was das betrifft, keine Rede mehr davon«, stoppte ihn X. »Keine politischen Motive, kein Drogenhandel, lediglich illegale Grenzüberschreitung, dafür bekommen Sie höchstens ein paar Monate. Und mit alten Leuten schlägt man sich im Gefängnis auch nicht gern herum. Sie müssen Vernunft annehmen! Sie haben doch ein Riesenglück im Vergleich zu mir, der ich lebenslänglich hier eingesperrt bin. Mich bringt niemand nach Hause zurück, und nie werde ich diese Soldatenhaut abstreifen können. Irgendwann verscharrt man meine Knochen hier im Niemandsland, als wäre ich ein streunender Köter.«

Als die Stunde des Aufbruchs gekommen war, zeigte sich der vierte Onkel kooperativ. Er trug Handschellen und eine schwarze Augenbinde. Offizier X ließ eins der Pferde bringen und half ihm persönlich in den Sattel. »Mein Name ist Liu Hongwei. Meine Familie wohnt im Zentrum von Chongqing.« Der vierte Onkel hörte gut hin, auf den heimatlichen Dialekt, den der Wind in der Dunkelheit an sein Ohr trieb. »Am 31. November 1968 wurde ich zusammen mit Zhang Xiaobing, Li Zhanqi, Ma Jiefang, Song Juchao und Liao Dongxiang als Kind von Intellektuellen aus der Stadt von Chongqing an die burmesische Grenze verschickt, wo wir sechs auf die Berge hinauf und durch die Flüsse mussten. Wir fanden Zuflucht bei der burmesischen Volksarmee und wurden in irgendeine Division gesteckt unter irgendeinem Kommandeur in irgendeiner Truppe. Die anderen fünf wurden früher oder später in blutigen Schlachten zu Märtyrern im Kampf um die Befreiung des burmesischen Volks … erinnern Sie sich an diejenigen Töchter und Söhne der Heimat, die nie zurückgekehrt sind, Oheim.«

Sechs holprige Stunden lang trabten sie durch den Dschungel, bevor sie den chinesischen Grenzposten erreichten. Der zur Bewachung des vierten Onkels abgestellte Soldat stieg vom Pferd und nahm ihm die Augenbinde und die Handschellen ab. Er hatte gerade erst stabilen Stand gefunden und machte noch ganz benommen einen Schritt vorwärts, als er sofort zurechtgewiesen wurde: »In die Hocke!« Er gehorchte und hockte sich neben die Treppe. Es handelte sich um eine schlichte Militärbaracke; neben den dunklen Backsteingebäuden gegenüber und einer Umzäunung aus Bambusrohr gab es ein schmales sechsstöckiges Gebäude, das wohl der Wachturm sein musste. Wenig später tauchten auch die vier Studenten auf, einer mit Hanfseilen an den anderen gefesselt, bildeten sie eine Reihe. Ihre Gesichter sahen übel mitgenommen aus, die Kleider hingen ihnen in Fetzen herunter. Die chinesischen und die burmesischen Unterhändler dankten einander mit einer herzlichen Umarmung für die gegenseitige Unterstützung. Der Kompaniekommandeur der chinesischen Grenzsoldaten und der politische Instrukteur baten die aus Burma kommenden Soldaten herein, um mit ihnen zu Mittag zu essen. »Nein, nein, nicht nötig«, wehrte die burmesische Seite ab. Der politische Instrukteur besann sich kurz und ließ Zigaretten bringen, die er ihnen als Lohn für ihre Mühe überreichte.

Genug der diplomatischen Höflichkeiten. Es war höchste Zeit, die Tür zuzumachen und die ausgebüchsten Köter zu vermöbeln. Ein Zucken mit den Mundwinkeln genügte dem Kommandeur, und die Grenzsoldaten stürzten sich wie ein Fliegenschwarm auf die vier Studenten und schlugen sie zusammen, bis sie nur noch am Boden kriechen konnten. Ein älterer Soldat bahnte sich den Weg durch die anderen, nahm den Studenten die Fesseln ab und zog daraufhin jeden einzelnen von ihnen am Kragen hoch, deutete auf den Zaun aus Bambusrohr und fragte: »Willst du immer noch weglaufen?«

Student B stand vornübergebeugt und hielt sich die Hüfte. Stockend sagte er: »Ich … nein.«

Der alte Soldat lachte: »Und wenn ich es euch befehle?«

Die Studenten kostete es einige Anstrengung, den Kopf zu schütteln. Der alte Soldat kommandierte: »Ihr rennt jetzt los – wer zuerst am Tor ist!«

Student A schnaubte wütend: »Faschist!« Er hatte den Mund noch nicht wieder zu, als ihn ein Faustschlag des alten Soldaten traf und er rückwärts taumelte. Bevor er fiel, fingen ihn zwei Soldaten auf.

»Macht ihm den Mund auf und zählt die Verluste!«

Einer rammte ein Bajonett in das bluttriefende Loch. »Es fehlen fünf Zähne«, meldete der inspizierende Soldat, »gute Schule, Herr Gruppenführer!«

Sie verbanden Student A Kopf und Mund mit Mullbinden. »Das Blut ist gestoppt, und das Maul ist dicht«, sagte der alte Soldat und fügte scheinbar besorgt an: »Nur, wie bekommt der Arme jetzt was zu essen?«

Ein neuer Eierkopf hatte schnell eine Antwort parat: »Melde gehorsamst, Gruppenführer, es hat noch keinem geschadet, zwei Tage nichts zu essen.«

»Schlauer Bursche«, lobte der alte Soldat, dann wandte er sich an die drei übrigen Kriminellen: »Noch wer, der nicht laufen möchte?«

Student B lief zuerst, die Hände in die Seiten gestützt. Die andern beiden wechselten einen Blick, und machten sich bereit. Kurz vor dem Tor erwischte Student B ein gewaltiger Kicksprung von der Seite, er fiel mit dem Gesicht in den Staub. »Bravo!« Die Soldaten applaudierten grölend, und wechselten sich mit den Kicksprüngen ab, als würden sie auf dem Übungsplatz mit Gummipuppen üben. Der vierte Onkel saß am Rande der mörderischen Szene, vor seinen Augen flogen die Beine, flink und geschickt, und ihm wurde angst und bange dabei. Es wollte nicht in seinen Kopf. Unerwartet trat der politische Instrukteur vor die Tür, beugte sich zu ihm herab, zog seinen Kopf am Kinn hoch. Sie sahen sich ein paar Sekunden in die Augen. Dann fragte der politische Instrukteur milde: »Na, aufgebracht?«

Der vierte Onkel biss sich auf die Lippe, um seine Wut zu beherrschen. Dann sagte er langsam und ruhig: »Ich bin ein ehemaliger Soldat der Nationalarmee und wurde 1975 dank einer Amnestie aus der Haft entlassen. Ich bitte um eine Gnade, die von jedem Militär, jedem Instrukteur oder Divisionskommandeur gewährt wurde, nämlich darum, mit Ihrem Vorgesetzten zu sprechen.«

Der politische Instrukteur war irritiert. Der alte Mann nutzte den Moment, um sich kerzengerade aufzurichten, und sagte laut: »Im Militär gelten die Vorschriften des Militärs, in einem Land die Gesetze des Landes. Ich ersuche Sie, dieses barbarische Vorgehen sofort zu stoppen.«

Von einem Augenblick auf den anderen wurde es ringsum still, alle hielten in ihrer Bewegung inne. Der Gruppenführer begriff. Rasch ließ er die Studenten zusammentreiben und in ein dunkles Zimmer sperren. Der politische Instrukteur lächelte gequält: »So, alter Spion, nun bist du endlich mit deiner wahren Identität herausgerückt. Nun kannst du mir auch offen sagen, was du mit den Unruhestiftern aus Peking zu tun hast?«

»Das hier ist keine Militärbaracke, das ist eine Tierkampfarena«, antwortete der vierte Onkel. »Mit wilden Tieren kann man nicht kommunizieren.«

Es folgten eine halbe Nacht lang Verhör und Verweigerung. Der Kompaniekommandeur und der politische Instrukteur versuchten im Wechsel, den vierten Onkel mit Zuckerbrot und Peitsche zum Reden zu bringen, während der Onkel sich mit geschlossenen Augen im Stuhl zurücklehnte und meditierte. Schließlich war der politische Instrukteur mit seiner Geduld am Ende und sagte zähneknirschend dicht am rechten Ohr des vierten Onkels: »Mit einem Faustschlag befördere ich dich ins Jenseits, dann wird dein Gehirn endlich bluten.«

Der vierte Onkel öffnete die Augen und sagte lächelnd: »Du hast einfach nicht das Zeug zu einem Militär.«

Man konnte sehen, wie der politische Instrukteur die Gesichtsfarbe wechselte. Er zog den vierten Onkel an der Wange und spuckte ihm in den offen stehenden Mund.

Am nächsten Morgen lag über dem Dschungel ein zäher, undurchdringlicher Dunst. Der Kompaniekommandeur schaute auf die Armbanduhr und verließ die Baracke zur Inspektionstour am Grenzfluss. »Keine ungewöhnlichen Vorkommnisse«, murmelte er, wie um sich selbst zu vergewissern, dann drehte er sich um und klatschte in die Hände. Sofort setzten sich der im Camp wartende Traktor mit Anhänger und ein Geländewagen in Bewegung. Angeführt vom politischen Instrukteur, bestiegen vier Wachmänner den Wagen, der die Vorhut bildete. Die mit Stricken gefesselten Frevler wurden von fünf Bereitschaftssoldaten auf den Anhänger verfrachtet. Als Zeichen der humanitären Leitlinien der Revolution wurde der betagte vierte Onkel lediglich mit der rechten Hand an die Seitenstange gekettet. Der vorausfahrende Geländewagen fuhr ziemlich schnell und hatte den Traktor bald abgehängt. Aber die schlammigen Wege und der immer dichter werdende Dunst waren auch für den durch den

Dschungel holpernden Traktor beschwerlich. »Nun stecken wir im tiefsten Dschungel«, murmelte der vierte Onkel und kauerte sich zusammen. Wie Sprungfedern hüpften die im Anhänger Hockenden auf und ab. Die Soldaten trugen Regenjacken und Gewehre und verfluchten die Aufrührer dafür, dass sie ihnen so viele Scherereien machten.

Sie fuhren durch ehemaliges Abholzungsgebiet, in dem unzählige Schlaglöcher und gefällte Baumstämme neben dem schmalen Weg das Vorankommen erschwerten. Der Fahrer hatte zwar die Nebelscheinwerfer eingeschaltet, musste aber immer wieder anhalten, um zu überprüfen, ob sie richtig in der Spur lagen, und erst dann setzte er vorsichtig den Weg fort. Doch gerade als er sich ein wenig entspannt hatte, blieben sie mit dem linken Vorderrad in einem Loch stecken.

Die Wachsoldaten sprangen ab und stapften tapfer durch den Matsch, um mit vereinten Kräften den Weg zu ebnen, indem sie Holz und Steine zur Seite schaufelten. Bis sie den Traktor wieder in Bewegung brachten, waren sie vom Dreck bis zur Unkenntlichkeit entstellt. Der Motor schnaubte und stieß schwarzen Rauch aus. »Wir haben zu viel Gewicht!«, brüllte der Fahrer, das Gesicht schwarz wie ein Pfannenboden. Sie luden die Studenten ab wie Vieh und banden sie jeweils mit beiden Händen hinten an den Anhänger. Der Fahrer setzte wie ein Irrer den Weg bergauf fort, und die Gruppe stolperte hinterher, wobei sie ständig im Matsch versanken. Student A ging wie in Trance, zweimal fiel er auf die Knie, aber der gespannte Strick zog ihn unbarmherzig weiter.

Der vierte Onkel war von diesem Anblick bestürzt. Als er damals zur Verteidigung des Landes in die Armee eingetreten war und an vorderster Front gegen die Japaner gekämpft hatte, war er genauso alt gewesen wie diese zarten Studenten. Was war so falsch daran, heißblütig zu sein? In die Freiheit fliehen zu wollen? Wozu verdammt nochmal diese Demütigungen? Nur Sklaven wurden von ihren Herren wie Vieh hinter den Pferden hergezogen. Manchmal kamen sie dabei zu Tode, mit ein bisschen Glück wurden sie in irgendein arabisches Land oder auf eine Karibikinsel verkauft, und zuweilen konnte so eine Transaktion sogar die Freiheit bringen. Aber heute …

Als sie aus dem dichten Dschungel herauskamen, löste sich allmählich auch der Dunst auf, und die Sonne zeigte sich wie ein bleicher Geist über den Baumwipfeln. Der unplanierte Weg wurde mit einem Mal breiter. Der Geländewagen war auf magische Weise vom Erdboden verschwunden. Der Traktor beschleunigte, und die vier Sklaven stolperten hinterher. Sie stemmten sich mit dem Oberkörper nach hinten, die Arme lang wie bei einem bizarren Tauziehen mit einer Maschine. »Los! Schneller!« Die Soldaten vergaßen vor lauter Gaudi die Gewehre und streckten ihre Arme aus dem Anhänger nach hinten aus. Student B holte wie von der Tarantel gestochen auf, überholte seine Kameraden und reckte seine gefesselten Hände Richtung Anhänger, nur einen Meter noch, einen halben, ein paar Zentimeter … doch da zogen sich die Fingerspitzen des Retters plötzlich zurück, und die ganze Mannschaft applaudierte grölend. Student B strauchelte und fiel vornüber, und sofort stolperten A und D über ihn, sie verhedderten sich in den Stricken, bis ihre Körper ein wirres Knäuel bildeten. C konnte sich noch am längsten oben halten, weil sein Strick etwas länger war und er instinktiv einen Sprung gemacht hatte, als die anderen hinfielen, so dass er noch zwei Minuten lang die Tauzieh-Position aufrechterhielt. Der Traktor knatterte immer schneller die Straße entlang, Cs langes Haar war vom Wind völlig zerzaust, dann machte er auch er mit einem lauten Schnauben einen Satz, strauchelte und fiel vornüber. A hatte einen Schuh verloren. Allen vier Studenten waren inzwischen die Hosen bis zu den Fußknöcheln heruntergerutscht. Sie versuchten verzweifelt, den Kopf nach oben zu recken, um nicht mit dem Gesicht über den Boden zu schleifen.

Ihre Füße pflügten mehrere hundert Meter lange Furchen in den Boden.

»Ihr bringt sie um! Mörder!«, schrie der vierte Onkel. Völlig außer sich, quetschte er mit Daumen und Zeigefinger seiner freien Hand die Schulter des Fahrers. »Ha! Ein Aufstand!« Die Soldaten wollten sich kaputtlachen. Doch die Bremsen quietschten und der Traktor kam mit einem Ruck zum Halten.

Niedergeschlagen ließ Lao Wei die Finger von der Tastatur gleiten. Es war ein neues Jahrhundert, und er hatte die ganze Nacht hindurch geschrieben. Er zog eine Schublade auf und entnahm ihr eine Fotografie des vierten Onkels in jungen Jahren, ein stattlicher junger Generalmajor, den tränenreichen Weg noch vor sich. Die Hälfte des Porträts war schon ganz verblasst. »Vierter Onkel«, sagte er zu dem Foto, »ich bin nicht wie du. Auch ich möchte heimlich über die Grenze, ich träume von nichts anderem als von der Flucht, aber ich wage es nicht. Ich habe Angst davor, in Gewehrmündungen zu blicken, Angst vor Folter. Und dann fürchte ich, dass meine Sprachkenntnisse nicht ausreichen und ich mittellos im Ausland auf der Straße lande.«

Da er als Einzelkind aufgewachsen war, hatte Lao Wei schon immer die Angewohnheit, mit sich selbst zu reden. Er nahm seine Flöte und sprach mit dem Mundstück: »Vierter Onkel, kennst du die *Weise von Yangzhou* aus der Südlichen Song-Zeit? ›Die Hunnenreiter haben das Stromland verlassen / einsame Teiche, aufragende Bäume / erzählen vom Grauen des Krieges. Langsam bricht die Nacht an / der helle Klang des Horns in der Kälte / hallt nach in den Stadtmauern.‹« Schwermütig begann er zu spielen, dann schlug er auf den Knien den Takt und sang. Der Lärm der Stadt hatte sich gelegt, der Mond hing zwischen den Hochhäusern, der Himmel hatte sich mit bronzener Farbe wie von glänzenden Fischschuppen überzogen. Ruhelose Geister ritten auf durchscheinenden Pferden leise am rostroten Mond vorbei. Ein klammer Wind streifte Lao Weis Wimpern, reiskorngroße Menschen tanzten vor seinen Augen. »Vierter Onkel, nun brauchst du die Kälte der späten Jahre nicht mehr zu fürchten. Du hast die wilden Wogen des Diesseits hinter dir gelassen und im Paradies den Bruder getroffen.«

Das Telefon klingelte. Kaum zu glauben, aber die Stimme aus dem Hörer kam aus Dänemark. Instinktiv begann Lao Wei zu frieren. »Hier kommt man viel leichter durch den Winter als in Peking.« Die Stimme am anderen Ende sprach unglaublich schnell. »Ich sitze in der warmen Stube und lese, lerne die Sprache und habe es gar nicht eilig, mir eine Arbeit zu suchen.«

Lao Wei versuchte, sich seine trübe Stimmung nicht anmerken zu lassen. Um irgendetwas zu sagen, fragte er: »Aber friert man denn nicht bei so viel Schnee?«

Der andere antwortete: »Mich wärmt mein Gemüt. Es war schwer genug, rauszukommen, ich wäre zur Not auch in die Antarktis gegangen. Es lebe meine neue Heimat Dänemark! Ich war schon immer ein Fan von Hans Christian Andersen.«

Der Anrufer hieß mit Nachnamen Liu und war ein gleichaltriger Dichterfreund. In den späten Achtzigern hatte er beschlossen, dem weltlichen Leben zu entsagen, und war buddhistischer Mönch geworden. Doch fleischliches Begehren ließ ihn der Entsagung wieder entsagen und aus dem Kloster fliehen. Daraufhin zog er Sutren rezitierend in seiner Mönchskutte durch die Lande, ohne jedoch auf menschliche Vergnügungen zu verzichten, ein bisschen wie der Wolf im Schafspelz.

Im Frühjahr 1989 kam dieser Liu Sowieso nach Chengdu, wo er dank seiner Papiere im Wenshu-Kloster Unterschlupf fand. Es dauerte nicht lange, bis er sich glücklich im Hafen der Literatur einnistete und seine Zeit bei fröhlichen Saufgelagen mit anderen Dichtern verbrachte. »Der tätowierte Mönch Lu der Weise hatte auch ein Leben lang mit seinem lebenshungrigen Charakter zu kämpfen, aber dem blieb nichts anderes, als die Trauerweide aus der Erde zu rupfen«, frotzelten seine Freunde am Tisch. »Dem ging es nicht so gut wie dir, du lüsterner Bettelmönch. ›Liu der Weise‹!«

Ende Juni desselben Jahres floh Liu Sowieso in die burmesische Hauptstadt Rangun. Doch als er dort durch die Straßen stolzierte, wollte es ein unglücklicher Zufall, dass er der Straßenpatrouille in die Hände fiel. Auf der Polizeistation bemühte er sich nach Kräften, dem ratlosen Untersuchungsbeamten eine abenteuerliche Geschichte nach der anderen aufzutischen. Schließlich hielten sie ihn für einen Drogenhändler aus dem Goldenen Dreieck und warfen ihn in ein Gefängnis außerhalb von Rangun, das ihn ans Kloster erinnerte.

Liu Sowieso saß dort ein halbes Jahr in Einzelhaft, in einer Zelle, so dunkel wie ein Kellerverlies. Seine einzige Verbindung zur Außenwelt war eine Eisentür, mit einem Wachfenster darüber, durch das er dreimal am Tag sein Essen gereicht bekam. Hofgang gab es nicht, seine einzige Gesellschaft war der Essensabfall in der Ecke. Um der Rastlosigkeit Herr zu werden, die ihn in der ewigen Dunkelheit befiel, setzte er sich den ganzen Tag reglos der Wand gegenüber und versuchte wie einst Bodhidharma das Gefängnis seines Herzens zu sprengen. Erst kam der Herbst, dann der Winter, und eines Tages, als Liu Sowieso hörte, wie sich draußen auf dem Gang Schritte näherten und wieder entfernten und wieder näherten und entfernten, hin und her, waren für ihn die Erde und der Kosmos bereits eins geworden und saßen wie eine leere Faust in seinen Eingeweiden. Er dachte: Da ich sowieso nicht fliehen kann, bleibt mir nur zu warten, bis ich irgendwann zu den Wolken aufsteige und die Erleuchtung kommt. Dann bin ich ein Buddha.

So verging auch der Winter, und es wurde Frühling, und zu dem einsamen Menschen in seiner Einzelzelle gesellte sich nun ein freundlicher Mann mittleren Alters vom Volk der burmesischen Ureinwohner Kachin, der fließend Chinesisch, Burmesisch, Englisch und Französisch sprach und überhaupt ein geistig und körperlich sehr beweglicher und gebildeter Mensch war. Als Liu Sowieso ihn sah und reden hörte, wusste er sofort, dass er es nicht mit einem gewöhnlichen Kerl zu tun hatte. Also rückte er mit seiner längst vergessenen Dichteridentität heraus. Sein Gegenüber war sichtlich beeindruckt. Er beeilte sich, eine höfliche Verbeugung zu machen und ihm seinen höchsten Respekt auszusprechen. Die beiden Männer schütteten einander ihr Herz aus und unterhielten sich bis spät in die Nacht. Liu Sowieso erfuhr, dass der neue Mithäftling Mitglied des Zentralkomitees der burmesischen KP war und in China eine militärische Ausbildung bekommen hatte. »Mein Name ist Thakin Kaishan, am 1. September 1968 nahm mich Thakin Thantun in einem Dschungelcamp der Volksarmee unter seine Fittiche. Nur zwei Wochen später wurde er ermordet. Thantun war unser unermüdlich kämpfender Parteigründer, er wird für immer der Führer und liebende Vater des burmesischen Volks sein.«

Er sprach mit solch eindrücklichem Pathos, dass Liu Sowieso ihm eilfertig beipflichtete: »Vor zwanzig Jahren ging mein ältester Bruder für die Weltrevolution von Dehong in Yunnan aus über die Grenze. Che Guevara und Thakin Thantun waren damals die großen Vorbilder für die jungen Rotgardisten. Er war damals erst einundzwanzig.«

»Dein Bruder ist in meinem Alter«, sagte Kaishan erstaunt. »Wie ist sein Name?«

»Sein eigentlicher Name war Liu Yonghua, doch nachdem er in der burmesischen Volksarmee untergekommen war, hat er seinen Namen geändert.«

Die beiden verschränkten ihre Hände miteinander. »Wie viele chinesische Genossen haben für die Befreiung des burmesischen Volks ihr Blut vergossen«, seufzte Kaishan. »Ich habe Seite an

Seite mit ihnen gelitten. Nimm mich anstelle deines verlorenen großen Bruders als Bruder an!«

Wie ein Chamäleon war Liu Sowieso im Laufe dieses Gesprächs vom unglücksseligen Mönch zum tapferen Revolutionär aufgestiegen. »Bald werden sie dich freilassen«, sagte Kaishan. »Unterdessen bringe ich dir Burmesisch bei, so dass du dich mit den hiesigen Leuten unterhalten kannst. Und falls sie dich zurück nach China schicken, erzähl den Grenzbehörden von mir, sag ihnen, dass ich für die gerechte Sache im Gefängnis gelandet bin. Wenn sie hören, dass du mein Leidensgenosse warst, werden sie dir nichts antun.«

Die beiden Männer waren mit einem Mal munter wie die Fische im Wasser und vergaßen ihre Sorgen, während sie die kleine Zelle zum Studierzimmer machten. Mangels Stift und Papier schrieben sie mit in Wasser getauchten Fingern Grammatikübungen auf den Boden und repetierten Vokabeln. Liu Sowieso war von Natur aus ein schlauer Bursche, so dass er bis zum Sommer bereits die Grundlagen beherrschte und sich im Laufe ihrer Sitzungen zu einem versierten Übersetzer vom Burmesischen ins Chinesische und umgekehrt entwickelte. Diese beiden komplexen Sprachen waren immer wieder voller wunderlicher Ambiguitäten, über die sie sich kaputtlachen konnten. Kaishan verließ die Zelle zwei- bis dreimal im Monat zu Vernehmungen. »Das Schnellverfahren ist bald vorüber«, sagte er verächtlich. »Da gibt es nichts abzusahnen.«

Unversehens wurde es Herbst, und bald brach der Winter an.

Eines Morgens, als die beiden nach dem Frühstück sich wie üblich gegenübersaßen und spielerisch Dialoge übten, sagte Kaishan: »Du könntest inzwischen problemlos in Rangun als Reiseführer für chinesische Touristen arbeiten.«

»Ich mache den Reiseführer für dich, wenn du nach Peking kommst«, antwortete Liu Sowieso auf Burmesisch.

»Im nächsten Leben«, meinte Kaishan trocken. »Burma ist ein buddhistisches Land, wir glauben an ein nächstes Leben.«

»Sogar du?«

»Ich wünschte, es gäbe so etwas wie ein nächstes Leben«, sagte Kaishan, der seinen Ausrutscher bemerkte und seinem Tonfall bewusst etwas Spöttisches gab, »damit ich mir vom Vorsitzenden Mao persönlich die *Theorie der permanenten Revolution* erläutern lassen kann.«

Liu Sowieso lachte. Unerwartet öffnete sich quietschend die Zellentür: »Thakin Kaishan!«, befahl der Wächter.

Kaishan warf seinem Zellengenossen einen bedeutungsvollen Blick zu, doch der verstand nicht. Die Tür wurde verriegelt, und Liu Sowieso übernahm nun beide Rollen des Dialogs. Schnell verging die Zeit bis zum Mittagessen. Nachdem er seine Ration entgegengenommen hatte, sagte er: »Es fehlt noch eine.«

»Nicht mehr nötig«, war die Antwort.

Liu Sowieso war fassungslos. Sein Blechnapf kullerte über den Boden. Er ging im Kreis in der Zelle herum, sein hinterngroßes Territorium. Ihm wurde übel. Er legte sich rücklings auf die Pritsche, seine Brust hob und senkte sich heftig wie ein tosendes Meer. Dieser lebende Sarg, dieser Mund eines Toten! Er war eingesperrt zwischen zusammengepressten Lippen wie Essensreste in einem hohlen Zahn, die dort verfaulen und zu stinken anfangen, bis der Zahn irgendwann sang- und klanglos ausfällt.

Er rechnete sich an den Fingern aus, wie lange er schon im Gefängnis war. Fast zwei Jahre. Seitdem er damals auf der Polizeiwache wie ein Taubstummer versucht hatte, sich mit Gesten verständlich zu machen, hatte nie wieder jemand nach ihm gefragt. »Mönch, Dichter, Revoluzzer, alles bin ich jetzt schon gewesen, wie ein Traum kommt mir das vor. Auch der Märtyrertod von Thakin Kaishan ist wie ein Traum. Doch noch bin ich da, ein Mensch aus Fleisch und Blut. Oder?« Er zwickte sich in den

Handrücken, um sich zu vergewissern, ob es weh tat. »Und immer noch schlafe ich im Knast, nach allen vier Seiten hin Wände, den Fußboden und die Decke noch nicht mitgezählt, nichts als Wände. Das ist kein verdammter Traum!«

Er sprang auf und ohrfeigte sich. Tief in seinem Inneren tobte es. Er stieß einen lauten Schrei aus. Keine Antwort. Er schrie weiter, zweimal, dreimal, zehnmal. Totenstille. Selbst seine Stimme war zum Verrotten bestimmt. Die Angst übermannte ihn, und er begann, wie wild gegen die Eisentür zu hämmern. Dann warf er sich mit dem ganzen Körper dagegen. »Fickt euch!« Er brüllte und fluchte auf Chinesisch, auf Burmesisch, selbst in einem rudimentären Englisch, bis er endlich, endlich den Klang von Lederstiefeln vernahm, deren Schritte durch den Korridor hallten. Eine Ewigkeit schien zu vergehen, bis die Schritte sich näherten und vor dem Wachfenster ein Gesicht auftauchte.

Er packte schnell den Kragen wie die letzte, flüchtige Chance zu überleben. »Ich bin ein Waffenbruder von Thakin Kaishan!«, schrie er in drei Sprachen, »lasst mich raus!«

Liu Sowieso war gerettet. Er war abgemagert, verwirrt. Sein akzentfreies Burmesisch machte es schwer, seine Herkunft zu bestimmen. Die Gefängnisleitung kontaktierte die Staatsanwaltschaft, doch überraschenderweise konnte sich nach eingehender Prüfung niemand mehr an seinen Fall erinnern. Ein vom Staatsapparat vergessener Mönch, mittellos, heimatlos, ohne Identität. Man konnte ihn schlecht laufenlassen, aber weiter einsperren ging noch weniger. Schließlich wurde er in einem geschlossenen Güterwagen zu einer Arbeitseinheit verfrachtet, wo man nach kurzer Leibesvisitation und ein paar Fragen ein Formular ausfüllte, ihn als burmesischen Arbeiter verbuchte und ohne weiteres sich nach Europa einschiffen ließ. Wie durch Zauberhand hatte sich sein Schicksal gewendet. Er sprach drei Sprachen, galt unter den Arbeitern als Ausnahmetalent und hatte sich, schon lange bevor sein Schiff in Marseille vor Anker ging, eine Sonderstellung erarbeitet. Eine Reihe verrückter Zufälle führte ihn anschließend bis nach Dänemark, wo er sich zu guter Letzt als Kompensation für all sein Leid als freier Mann niederlassen durfte.

»Sie haben dich nicht abgeschoben?« Lao Wei schien es unbegreiflich.

»Die Leute, die sich um meinen Fall gekümmert haben, waren verschwunden oder haben mich vergessen.« Liu Sowieso lachte fröhlich. »Mein Glück, dass ich in drei Sprachen schimpfen konnte, sonst hätte ich diese Gefängnisaufseher niemals aus ihrem Tiefschlaf geweckt und wäre in dem Loch schwarz geworden und bis zur Unkenntlichkeit verrottet. Mensch, diesen Thakin Kaishan hatte mir wahrscheinlich Buddha persönlich geschickt. Erst gestern Abend habe ich wieder Räucherstäbchen für ihn abgebrannt.«

»Der Todestag meines vierten Onkels jährt sich bald zum elften Mal«, sagte Lao Wei betrübt. »Ich werde auch Räucherstäbchen für ihn abbrennen.«

»Friede sei mit dir!«, sagte Liu Sowiesos Stimme aus dem Dunkel einer unendlich weiten Entfernung heraus. »Dein vierter Onkel war ein braver Mann. Wirklich schade, dass er so viel Pech gehabt hat.«

Der vierte Onkel blieb eine Woche lang in einem Lager in Yunnan inhaftiert, bevor die Sichuaner Behörden Leute schickten, die ihn nach Chengdu zurückbrachten. Am Tag seiner Freilassung holte ihn Lao Weis Mutter ab, und Bruder und Schwester gingen schweigend eine Stunde nebeneinanderher, bis sie schließlich vor ihrem Haus standen. »Du bleibst erst mal bei uns«, sagte die Mutter. Sie nahm ihren Hut ab und wischte sich mit einem Tuch über die verschwitzte Stirn. »Lass mich dein Zimmer richten, und dann sehen wir weiter.«

»Ich will dir nicht zur Last fallen.«

»Mein Sohn ist auch da. Ihm geht es wie dir, er ist auch gerade zurück, nachdem er sich lange draußen herumgetrieben hat.«

»Mein Haus steht seit einem halben Jahr leer«, beharrte der vierte Onkel. »Ich muss zurück und dort wieder alles herrichten. Außerdem brauche ich Zeit für mich allein.«

Sie machte ihm eine große Schüssel Nudeln in sauerscharfer Soße, die er gierig wie ein Wolf verschlang. »Einem alten Mann so etwas anzutun!«, schluchzte die Mutter. »Und das alles wegen dieser bescheuerten Eisernen Armee!«

Die Miene des vierten Onkels verfinsterte sich. »Was soll das? Untersteh dich, auf unseren großen Bruder zu schimpfen.«

»Ein undankbarer Kerl ist der! Gibt in jungen Jahren die Familie auf und lässt sich mit dem Wind immer weiter von uns forttreiben. Der hat uns längst aus seinem Gedächtnis verbannt.«

»Er hat sich nicht viel aus seinem Leben gemacht, aber er hat fest versprochen …« Ach, erklären war zwecklos. Der vierte Onkel ging hinaus und wandte sich noch einmal zur Mutter um: »Vergiss es einfach. Vergessen ist das einzig Richtige.«

Drei Tage später kam die die traurige Nachricht, dass der vierte Onkel im Sterben lag, Hirnblutung lautete die Diagnose.

Sofort eilte Lao Wei zu dessen am Stadtrand gelegener Wohnung, doch dort war der vierte Onkel bereits Erinnerung. Ein Nachbar erzählte ihm, dass der Onkel plötzlich die Treppe hinuntergefallen sei. »Es war noch nicht hell, als ich in meinem Haus undeutlich das Poltern hörte. Ich habe zur Tür hinausgeschaut und erschrocken festgestellt, was dem Herrn zugestoßen war. Ich habe sofort den Notarzt gerufen. Als der Rettungswagen kam, hat er noch geatmet. Nur ist ihm das Blut aus allen Körperöffnung geflossen, vor allem aus den Ohren.«

Lao Wei machte sich rasch zum Krankenhaus auf. Es handelte sich um eine Universitätsklinik mit einem Labyrinth von Gängen, und erst auf Umwegen fand er zur Intensivstation. Auf der überfüllten Station herrschte ein geschäftiges Treiben. Ärzte und Krankenschwestern flitzten unermüdlich hin und her, die Anzeigen der Messgeräte blinkten, ein Gewirr von Infusionsschläuchen, Gestellen, an Fliegerbomben erinnernde Sauerstoffflaschen überall, wie im Maschinenraum eines großen Dampfers. Der vierte Onkel lag abseits in der rechten hinteren Ecke des Raumes. Lao Wei hielt den Atem an. Vorsichtig näherte er sich dem Bett. Mund und Augenlider des Onkels waren leicht geöffnet, als ob er etwas sagen wollte. Die Kurven auf dem Monitor zeigten Ausschläge, das Blut pulsierte und zirkulierte also noch in seinen Adern. »Vierter Onkel«, rief ihn Lao Wei leise an und zog ein Taschentuch heraus, um dem Onkel das geronnene Blut an den Ohren abzuwischen. Er hatte wohl noch nie so dickes Blut gesehen. Es sammelte sich in wulstigen Klümpchen an den Ohrläppchen. Nichts davon war aufs Bett getropft.

»Der Hirntod war bereits vor seiner Einlieferung eingetreten, da konnten wir nichts mehr machen«, erklärte ein junger Arzt, der ans Fußende des Bettes getreten war. »Wir haben einen Luftröhrenschnitt gemacht, um ihn zu beatmen, bis die Familienangehörigen kommen, um die Formalitäten zu erledigen.«

»Formalitäten?«

»Sind Sie ein direkter Verwandter? Dann möchte ich Sie bitten, diese Sterbeurkunde zu unterzeichnen.«

Lao Wei legte seinem vierten Onkel die Hände auf die Augen und schloss seine Lider. Seine Eltern und eine Cousine kamen, und die vier Lebenden umringten den noch atmenden Toten, während ringsum versucht wurde, andere Leben zu retten.

Der vierte Onkel war ein furchtbar armer Mensch gewesen. Lao Wei bestellte ein paar Arbeiter, die ihm halfen, die Bahre und den Tisch für die Trauerfeier aufzubauen. Gegen Abend erschien eine Gruppe von Veteranen der Huangpu-Akademie, die meisten waren gebrechlich und gingen am Stock. Sie sprachen der Familie ihr Beileid aus und erwiesen dem Toten ihre Reverenz, dann entrollten sie eine Fahne mit der Aufschrift: ›Voller Kümmernis durchs Leben getrieben, doch Huangpu stets treu geblieben‹.

Der Vater saß wie ein hölzerner Wächter neben dem Altar, während Lao Wei mit weißer Trauerbinde um den Arm Tee ausschenkte und sich um die Kondolenzbesucher kümmerte. Unten hatten sie ein Seelentor errichtet, und gleich unter dem Gestell standen dicht an dicht die Mahjongtische. Ein Ruf von der Großcousine genügte, und schon liefen die Nachbarn mit leuchtenden Gesichtern zusammen, die Mahjongsteine klackten wie unaufhörliches Bohnenrösten, klick-klack, die ganze Nacht hindurch. Diese nervige lokale Tradition nannte man »Trauer fühlen, Mahjong spielen«.

Am Morgen des dritten Tages traf endlich die ganze ehrenwerte Sippschaft des Wei-Klans ein, mehrere Dutzend Bauerntrampel im Trauerflor hielten die weiße Totenfahne hoch und bildeten mit Suonas, Glocken, Becken, Kastagnetten und Sanxians einen weithin hörbaren Trauerzug, der zahlreiche Schaulustige anlockte. Lao Wei blieb in seiner Überraschung nichts anderes übrig, als sie höflich willkommen zu heißen. Im Handumdrehen drängten sie in Grüppchen unter dem Seelentor, warfen die Mahjongtische um und jagten den Nachbarn einen gehörigen Schrecken ein. Feierlich fuhren sie mit der Musik fort, wohl noch zwei Stunden lang. Dann bildeten sie eine Reihe, um vor dem Altar die Riten zu vollziehen. Es wurde eng unter dem Seelentor, ein weißbedecktes Haupt nach dem anderen tauchte dort auf wie Klöße im kochenden Wasser. Dann plötzlich ein ohrenbetäubender, alles erschütternder Lärm, ein bisschen wie Suonas in der Sichuanoper, aber so laut wie ein Überschallknall. Lao Wei bebte vor Angst. Mit Hilfe eines Nachttopfs als Tritt gelangte er auf das Dach, um von oben das Geschehen zu überblicken. Die

Nachricht von dem absurden Begräbnistheater verbreitete sich in der Nachbarschaft und bis auf die Hauptstraße hinaus und verursachte einen Verkehrsstau. Die Polizei bekam Wind von der Sache und war sofort im Einsatz. Mit Schlagstöcken gingen sie auf die Leute los und sprengten die Trauergemeinde auseinander, manche flüchteten durch die engen Gassen, die Mutigeren zogen sich langsam mit vorgehaltenen Blumengirlanden, Trauerfahnen und Wimpeln zurück.

Trillerpfeifen ertönten, und es kam zu einigen Festnahmen. Unter dem Seelentor jedoch ließ man sich davon nicht beirren und setzte die Feier trotzig fort. Offenbar war der Himmel damit nicht einverstanden. Es donnerte, dunkle Wolken zogen auf, und bald regnete es in Strömen. Es war wirklich seltsam. Nur ein paar Straßen weiter herrschte immer noch bestes Wetter, allein in ihrem Viertel tobte das Unwetter, und es war nichts mehr zu machen.

Die Polizisten kesselten die Menge immer weiter ein. Am Ort der Trauer herrschte jetzt Kriegsrecht. Sie packten das Landvolk wie Gockel am Hals, drehten ihnen die Hände auf den Rücken und führten einen nach dem anderen ab. »Wer steht diesem Haushalt vor?«, fragte der Einsatzleiter. Niemand antwortete. »Ich frage noch einmal, wer hat diese Feier organisiert?« Schweigen. »Nun gut, da niemand für diese Trauerfeier verantwortlich ist, wird sie als illegale Versammlung gewertet. Männer, baut das Seelentor ab und sammelt die ganzen Krachmacherinstrumente und Kostüme ein, das alles ist konfisziert.«

Das Landvolk wollte protestieren, doch im Würgegriff der Polizisten brachte es nur ein ärmliches Gackern heraus. Die Sache war brenzlig, schnell rannte Lao Wei die Treppen hinunter. Doch unerwartet war sein Vater aus seiner seit Tagen andauernden Starre erwacht, hatte sich aufgerappelt und trat noch vor seinem Sohn vor die Tür. Deutlich artikuliert sagte er: »Ich bin der Vorstand dieses Haushalts.«

»Name, Alter, Beruf, Verhältnis zum Verstorbenen?«, fragte der Einsatzleiter routinemäßig. Der Vater beantwortete eine Frage nach der anderen. Der Polizist fragte nach: »Haben Sie diese ganze Sippschaft hier eingeladen?«

Der Vater nickte. »Sie sind alle Familienangehörige. Leider haben sie wenig Ahnung von städtischen Gepflogenheiten.«

»Gemäß der Verordnung zur öffentlichen Sicherheit und dem neu erlassenen Demonstrationsgesetz haben Sie sich der illegalen Versammlung, der Ruhestörung, der Störung der öffentlichen Ordnung, der Straßenblockade, des Widerstands gegen die Staatsgewalt und weiterer Vergehen schuldig gemacht. Wir werden Sie und Ihren Anhang vom Lande mitnehmen und in Untersuchungshaft nehmen beziehungsweise zurück aufs Land schicken. Außerdem ist eine Geldbuße fällig.«

»Gut, ich komme mit«, willigte der Vater widerspruchslos ein. »Doch zuerst müssen wir dem Toten die letzte Ruhe gönnen. Er ist ein berühmter Kämpfer der Einheitsfront gewesen, wenn wir seine Beerdigung nicht würdig abschließen, wird er sich nicht mit den alten Kameraden vereinen können. Was dieses Landvolk betrifft, werde ich persönlich die Kosten für die Rückführung in ihre Dörfer begleichen.«

»Ich bin sehr beeindruckt«, witzelte der Polizist.

Der Vater ließ sich mit hängendem Kopf zum Polizeiwagen führen und ergab sich widerstandslos in sein Schicksal. Nun ging Lao Weis Mutter mit ihrem schwarzen Strohhut zu ihm hin.

Nachdem die beiden sich zwei Minuten lang schweigend in die Augen gesehen hatten, gab der Polizist nach. »Wir können uns in dieser Sache nicht auf die Sichtweise eines alten Ehepaares einlassen, aber Sie müssen uns garantieren, dass diese Hinterwäldler hier nicht mehr herumtoben. Wir nehmen keinen fest, aber bei der Geldbuße bleibt es. Sie kommen einfach demnächst auf der Bezirkswache vorbei.«

Da nun alles so glücklich ausgegangen war, ließ sich der Vater nicht lumpen und kürzte die Sache ab, indem er gleich für den nächsten Tag die Beerdigung ansetzte. Das Landvolk war damit gar nicht einverstanden, man müsse zumindest noch ein paar Nächte lang die Trommel schlagen und Arien aus Sichuanopern singen, um für den Toten wenigstens 77 Wiedergeburten herauszuschlagen. »Der vierte Sohn der Familie war schließlich einmal General, also hatte er etwas übrig für Kriegsdramen, lasst uns also *Der Berg der standhaften Armee* aufführen, schlug der über achtzigjährige Dorfälteste vor. Der Vater schüttelte den Kopf. »Wie wär's mit *Die abgetrennte Robe*, da geht es um einen maßlosen Fürsten, der die eigenen loyalen Männer verfolgen lässt. Eine Maskenoper!«

Wiederum schüttelte der Vater den Kopf. Nun mischte sich die Großcousine ein: »Der vierte Onkel war ein General der neuen Generation, der konnte zwei Fremdsprachen. Was hätte der wohl mit diesem sentimentalen Landopernquatsch anfangen können?«

Der Dorfälteste strich sich unwirsch über den Bart. »Jetzt macht nicht noch einmal Ärger«, meldete sich Lao Wei zu Wort, »wie soll seine Seele da ihren Frieden finden? Außerdem ist eure ganze Ausstattung gerade konfisziert worden, ohne die richtigen Requisiten ist das doch witzlos.«

Der Dorfälteste entblößte sein Bein, dessen Haut der Rinde eines alten Baums ähnelte, klatschte schallend mit den Händen darauf. »Klingt das schlechter als Kastagnetten? Und Liu Yaos Sopran dazu tönt heller als jede Suona. Konfisziert! Diese elenden Polizisten mögen unsere Requisiten konfisziert haben, aber Menschen lassen sich nicht so leicht konfiszieren.«

Das störrische Landvolk stand auf und applaudierte. Der Vater wusste nicht mehr weiter und bat den Vorsitzenden des Nachbarschaftskomitees um Unterstützung. Der Vorsitzende hob an: »Der Verstorbene war ein guter Mensch, wenn in der Nachbarschaft jemand eine repräsentative Kalligraphie benötigte oder Englisch lernen wollte, dann musste er nur vor die Tür gehen und ihn rufen, und schon war er zur Stelle.«

»Genau«, pflichtete ihm Lao Wei schnell bei, »der vierte Onkel hat immer ein harmonisches Verhältnis mit der Nachbarschaft gesucht, nicht wahr?«

Der Vorsitzende nickte. »Die Zeiten des Klassenkampfs sind vorbei, darum wäre es mein persönlicher Wunsch, einen Mönch zu bestellen, der für den Verstorbenen siebenmal sieben Tage lang die Sutren für eine glückliche Wiedergeburt liest. Aber das geht ja leider nicht. Gerade erst hat sich die Situation nach der Konterrevolution auf dem Tiananmenplatz beruhigt, jetzt gehen Ruhe und Ordnung vor.«

»Der vierte Onkel war immer sehr ruhig und ordentlich«, spöttelte Lao Wei.

»Daher ist es das einzig Richtige, ihn so schnell wie möglich einzuäschern«, sagte der Vorsitzende.

»Oder wir fahren mit dem ursprünglich vorgesehenen Ablauf fort«, sagte die Großcousine. »Seelentor, Mahjong, Opferwagen, heute Abend die Abschiedsgesänge und morgen früh der Trauermarsch mit Musik, das hatten wir alles so geplant und von Eurem Sohn genehmigen lassen.«

»Aber eben kam doch schon die Polizei«, sagte der Vorsitzende.

Die Cousine ließ sich nicht beirren: »Das ist so Sitte, auch in der Stadt, das machen schließlich alle so. Warum sollen nur wir das nicht dürfen? Außerdem haben wir bei Ihrem Sohn schon die Anzahlung geleistet.«

Der Vorsitzende ließ sich Zeit, bis er schweren Herzens eine Entscheidung traf. Er ließ das Teehaus, in dem das Nachbarschaftskomitee seine Versammlungen abhielt, räumen. Der ganze Wohnblock auf der gegenüberliegenden Straßenseite packte mit an, und sie hatten innerhalb von zwei Stunden den Teegarten mit schwarzem Stoff rundum abgeriegelt wie eine unbezwingbare Festung. »Nach 22 Uhr keinen Lärm mehr«, warnte der Vorsitzende. »Und befolgt die Anweisungen des Verantwortlichen.«

»Und was ist mit Sichuanoper und Trauergesang?«, fragte das Landvolk.

»Das könnt ihr bei euch in den Bergen machen, nicht bei uns in der Stadt!«, schimpfte der Vorsitzende und befahl: »Ihr setzt euch jetzt mal brav vor die Bühne und lernt etwas dazu.«

Berlin im Winter 2012, eine Wohnung in der Uhlandstraße. Wieder ist es tiefe Nacht geworden, als er bis hierhin geschrieben hat. Noch einmal zieht Lao Wei aus dem antiken deutschen Schreibtisch die Fotografie des vierten Onkels als junger Offizier in Uniform hervor, deren Ecken schon so vergilbt sind, aufgeweicht von den Tränen der Zeit. Doch unverändert ist der durchdringende Blick aus seinen leuchtenden Augen, der von der Aufbruchsstimmung jener Zeit zeugt. »So ist er also von uns gegangen und hat nur dieses Foto hinterlassen, das schon viel durchgemacht hat. Wer weiß, wer in einigen Jahrzehnten noch dieses Bild zwischen seinen Fingern halten wird.« Lao Wei nimmt seufzend seine Bambusflöte und spielt, dem Mond vor dem Fenster zugewandt, das Lied *Die Rebellen von Qiliang* von Jiang Baishi:

Der Herbstwind bläst, verlassen liegt die Grenzstadt.
In der Ferne Hufgetrappel, wann kehren die Menschen zurück?
Vom Wachturm der Klang des Horns …

Die Tränen kullern ihm die Wangen hinab, in die Mundwinkel, bis in das Mundstück der Flöte. Damals, als der vierte Onkel noch unter den Lebenden war, verstand Lao Wei sich noch nicht aufs Flötespielen, doch bald nach dessen Tod kam er ins Gefängnis und lernte es zwischen den hohen Mauern von Sima, dem

Mönch, studierte täglich neue Lieder ein, ließ immer mehr von seiner Lebenserfahrung in sein Spiel einfließen. Unzählige Male hat er die *Rebellen von Qiliang* gespielt, doch je nachdem, was gerade sein Herz bewegte, wie sein Atem und seine Finger zum selben Rhythmus fanden, wie er vibrierte, wurde daraus eine vollkommen neue Melodie. Sie war wie das Leben, mal wie das des vierten Onkels, wie das von Sima, dem Mönch, wie sein eigenes oder wie das Leben des songzeitlichen Dichters Jiang Baishi. Es würde immer unzählige *Qiliangs* geben.

Lao Weis größter Wunsch ist es, einmal in diesem Leben auf der Plattform des Tiananmen-Tores in Peking Flöte zu spielen. Im Winter um Mitternacht, Schneetreiben, er hält die lange Flöte und spielt, was ihm in den Sinn kommt, füllt die Nischen und Bögen des Gebäudes damit aus, die verblichenen Farben der Verzierungen. Der Schnee türmt sich auf mit der alten Melodie, rollt wie Meereswellen gegen das Torgebäude an, schon sieht er, wie der Platz sich immer weiter ausdehnt, bis er eins wird mit dem blauen Meer am Horizont, er spielt weiter, der Mond gefriert zu einem Eisklumpen, die Zeit flattert vorbei, sämtliche Imperialbauten sind geöffnete Fischmäuler, die gänsefederleichte Luftblasen spucken. Dicht an dicht sprießen Menschen aus dem Grund hervor, all die Toten und die eingeschlafenen Lebenden, die einmal diesen Platz bevölkert haben, sprießen wie wilde Gräser aus den Ritzen der krachend aufspringenden Ziegelsteine. Ist das das Ende aller Imperien der Menschheit? Er spielt. Seine Unterlippe zuckt zurück, denn lauter ungeduldige Geister streifen über seine Wangen und drängen an das Mundstück der Flöte. Meister Laozi, Meister Zhuangzi, Meister Kongzi, alle Meister der Geschichte jeden Namens, alle blasen in dieselbe Flöte. Vor tausend Jahren, nein, seit Pangu die Welt in Himmel und Erde teilte, dreht sich unser Denken um diesen Platz, und der Kosmos? Wo ist der Platz, auf dem die Sterne dicht wie die Köpfe stehen?

Dann sieht er die Feuer inmitten des Schnees, ein Feuer und noch eins. Echtes Feuer brennt sich in nur einem Tag in die Geschichte ein, um dann nie mehr zu verlöschen. Wie im Fall des Epang-Palasts oder der Bibliothek von Alexandria. Lao Wei hat früher in jeder Ausgabe von *China News Weekly* seit dem Winter 2001 das Foto eines Falun-Gong-Anhängers bei der Selbstverbrennung gesehen, alle vor dem Hintergrund des Tiananmen-Tores, eine verkohlte Gestalt im Schneidersitz mit über dem Bauch verschränkten Armen. Schwarzer Rauch ringsum, während die Seele zum Himmel aufstieg. Die Polizei kam angerannt, schreiend, mit Feuerlöschern statt scharfer Munition – vorsichtig hat Lao Wei die wenige Zentimeter großen Bilder ausgeschnitten und oft einen ganzen Nachmittag lang angestarrt. Er weiß nicht, warum, aber die Bilder dieses verbrannten Fleischs mischen sich mit den offiziellen Videoaufnahmen nach dem Massaker vom vierten Juni, sie legen sich zu den Bildern der Opfer, die von der aufgebrachten Menge an den Fußgängerbrücken aufgehängt wurden. Zu Asche geworden und in Rauch aufgelöst – könnte man das die Grundtonart des Liedes *Die Rebellen von Qiliang* nennen? Lao Wei bläst mit gesenktem Kopf, ein unsichtbarer Eispickel hackt gegen seine Brustknochen. »Vierter Onkel, hörst du mich? Oder bist du es, der spielt?«, murmelt er. »Zuerst durchläufst du im Krematorium noch einmal den rauchumwölkten Weg der Schlachtfelder, und dann wirst du zu kalter Asche. *In der Ferne Hufgetrappel, wann kehren die Menschen zurück? Vom Wachturm der Klang des Horns …*«

Gemäß dem üblichen Ablauf einer Beerdigung waren die Abschiedsriten und -gesänge für acht Uhr am selben Abend vorgesehen. Ein Mann und eine Frau leiteten die Zeremonie auf der Bühne. Schwarze Armbinden, dunkle Anzüge im westlichen Stil, würdevolles Auftreten. Sie ließen die versammelte Gesellschaft drei Verbeugungen vor dem Porträt des Verstorbenen machen, danach legten sie eine Schweigeminute ein, in der sie der Trauer Raum gaben. Mit tränenüberströmten Gesichtern wandten sie sich dann wieder der Menge zu. »Wir bitten den Neffen Lao Wei nach vorn!«, rief dann der männliche Zeremonienmeister programmgemäß, und der Genannte musste sich wohl oder übel erheben, machte in angemessenem Abstand eine Verbeugung und bedankte sich. Der männliche Zeremonienmeister nickte leicht, wischte sich dann mit einer übertriebenen Geste eine Träne aus dem Gesicht und begann mit dem Präludium: »Der Vorsitzende Mao hat gesagt: *Der Trauergesang der Internationale kommt vom Himmel über uns wie ein Orkan.*« Auch die Dame zeigte, dass sie ihre Lektion gelernt hatte: »Der Vorsitzende Mao hat gesagt: *Alle Menschen müssen sterben, ob sie schwer sind wie der Taishan oder leicht wie eine Feder.*« Dann deklamierten beide im Chor: »Das Hinscheiden des Herrn XY wiegt schwerer als der Taishan. Dieses Unglück kam wie ein Orkan vom Himmel, wie ein Tsunami hat es die Angehörigen überwältigt. Genossen, wir haben uns heiser geweint, der Schmerz hat von unseren Herzen Besitz ergriffen, und doch, und doch werden wir uns aus dem Meer von Blut und Tränen mit geschwellter Brust erheben und fragen: Wo sind Sie, unser aller Ahne? – Lasst uns also andächtig dem folgenden Wechselgesang ›Ahne, wo sind Sie?‹ lauschen.«

Lao Wei war genauso sprachlos wie das versammelte Landvolk. Sie wussten gar nicht, wie ihnen geschah. Ein junger Mann mit Perücke betrat die Bühne, begleitet von vier jungen Mädchen, die seinen Vortrag als tanzender Hintergrundchor begleiteten, was dem Ganzen noch die Krone aufsetzte.

Wir stehen vor einem hohen Berg
– Ahne, wo sind Sie?
Das Echo aus dem Tal

– Er ist gegangen, er ist gegangen
Wir stehen vor dem weiten Meer
– Ahne, wo sind Sie?
Das Echo der Wellen
– Er muss rasten, er muss rasten …

Irgendwie kam Lao Wei die Melodie vertraut vor. Er kam aus dem Staunen nicht heraus, während der Vorsitzende des Nachbarschaftskomitees neben ihm bewundernd rief: »Sehr schön abgewandelt, beste politische Gesinnung!«

Jetzt dämmerte es ihm: »Das ist doch die Melodie von *Premier Zhou, wo bist du?*. Aber mein vierter Onkel war von der Kuomintang!«

Der Vorsitzende des Nachbarschaftskomitees zeigte sich unbeeindruckt. »Die Einheitsfront der Kommunisten und Nationalisten besteht im Jenseits fort.«

Es folgten Gesang- und Tanzdarbietungen, vom geisterhaften Michael-Jackson-Lookalike bis zu den Kostümen aus *Liang Shanbo und Zhu Yingtai* war alles dabei. Das Publikum war ganz verzückt. Da der vierte Onkel keine eigene Familie mehr gehabt hatte und der Vater ausfiel, kam Lao Wei die Rolle als nächster Angehöriger zu, und immer dann, wenn in einem Lied von Vater, Mutter, Schwester oder Bruder die Rede war, war daher der Text in »Onkel« abgewandelt worden. So wurde aus dem beliebten »Mutter im Kerzenschein« ein »Onkel im Kerzenschein«, und inbrünstig sang der Chor: »Onkel, ach, Onkel, der Neffe ist schon groß, hängt nicht mehr im Sommer, nicht im Winter an deinem Schoß …« Und aus der Coverversion von *Some Day My Prince Will Come* der unvergesslichen taiwanischen Sängerin Teresa Teng wurde »Eines Tages wird mein Onkel kommen«: Heute sagen wir uns für immer auf Wiedersehn, doch eines Tages wird mein Onkel vor der Türe stehn!

Die Stimmung erreichte ihren Höhepunkt bei *Wir singen der*

Partei ein Lied aus den Bergen, das natürlich ebenfalls geschickt abgewandelt wurde: »Wir singen dem Onkel ein Lied aus den Bergen, der Onkel soll uns zur Mutter werden, der Mutter verdanken wir unser Leben, der Onkel lässt uns zu Höherem streben …«

Dieses Lied war seit der Kampagne *Den Genossen Lei Feng zum Vorbild nehmen* in den sechziger Jahren ein Hit, es gab niemanden, der den Text nicht in- und auswendig kannte. Daher sang der ganze Saal kräftig mit, und alle lagen sich mit feuchten Wangen in den Armen. Besonders das Landvolk freute sich und nutzte die Gelegenheit, ordentlich Radau zu machen. Sie trommelten sich auf die Brust, stampften mit den Füßen und ergänzten die Bravo-Rufe mit lautem Geheul. Als die Akteure noch einmal vor den Vorhang traten und kniend den Applaus entgegennahmen, kamen die Musiker erst richtig in Fahrt, wirbelten hinter dem Vorhang mit den Gitarren und Keyboards durch die Luft, und der Schlagzeuger, der sich schon zuvor bis aufs Hemd ausgezogen hatte, verwandelte mit Händen, Füßen und Kopf die Revolutionshits in Rock 'n' Roll.

»So ein Chaos!«, brüllte Lao Wei, doch der Vorsitzende des Nachbarschaftskomitees hielt ihm den Mund zu. Vier kräftige Kerle zogen ihn auf die Bühne. Röchelnd schrie er: »Vierter Onkel!«

Das wilde Durcheinander der Musik hörte mit einem Mal auf. Lao Wei wurden von den vier Kerlen die Arme so auf den Rücken gebunden, dass er mit dem Kopf nach oben starren musste. Sein Körper trieb in spastischen Zuckungen nach oben, mit jedem Zucken stieß seine Seele stärker gegen seine Schädeldecke, durchstieß sie wie eine blendende Flamme, näherte sich dem Sternen am Himmel über der Stadt. Dort, zwischen den Sternen, den unendlichen Bergketten, rollten Wellen von Menschenköpfen. Seine Stimme wurde mit jeder Zuckung schriller, wie die eines jungen Wolfs in einem fernen Rudel. Das Landvolk, der vereinte Atem des Wei-Klans, fiel in seine Klagen ein: »Seele! Komm zurück! Komm zurück!«

Viele Jahre später erinnerte sich Lao Wei in seinem Langgedicht »Elegie der Zeit« daran:

Du allein wirst niemals in den Wirren des Kriegs sterben,
denn du hast eine gute Kehle.
Du wurdest geboren, um Elegien zu singen, Soldaten und Volk
haben dir ihre Seelen überlassen.
Wenn wir dem Feind in die rechte Flanke stoßen, brichst du aus
der linken aus und bist gerettet.
Erinnere dich an die Grenzen des neutralen Staats, erinnere
dich an die drei Schriftzeichen vom Dorf der Ba, *das in seiner*
Geschichte nie einen Kriegstoten zu beklagen hatte.
Du trägst jeden erdenklichen Talisman bei dir … weine nicht …
du solltest nicht weinen …
Du wirst der einzige überlebende Soldat dieses Krieges sein.

Am nächsten Morgen etwa um zehn Uhr las der Vater, der aus gesundheitlichen Gründen nicht an der Beerdigung teilnehmen konnte, auf der dritten Seite der Lokalzeitung in der rechten unteren Ecke die folgende Meldung:

»Der Geisteswissenschaftler XY aus Chengdu, Provinz Sichuan, ist wegen schwerer Krankheit am X. X. XXXX verstorben. Er wurde 71 Jahre alt.«

Im Beerdigungsinstitut herrschte ein Treiben wie auf dem Marktplatz. Etliche Leichenwagen drängten laut hupend heran, es war furchtbar. Zum Glück hatte die Großcousine vorausschauend bereits zwei Tage zuvor die Leiche des Großvaters ins Kühlhaus überführen lassen und einen Termin im Krematorium festgelegt.

Die große Trauerhalle war ziemlich lange belegt wegen der Zeremonie für einen verstorbenen Beamten, aus den Lautsprechern kam Trauermusik, und etwa hundert Gäste standen Schlange, um vor dem kristallenen Sarg auf der Bühne dem Toten die letzte Ehre zu erweisen. Dazwischen gab es natürlich auch noch die üblichen dreifachen Kotaus, Beileidsbekundungen gegenüber den Verwandten und Trauerreden; für Verstorbene etwas niedrigeren Ranges war der Prozess zwar ähnlich, jedoch fand die Trauerfeier in der kleineren Nebenhalle rechts statt, die Blumenkränze mussten draußen abgelegt werden, die Anzahl der Gäste und die der Reden belief sich auf die Hälfte. Angehörigen von Verstorbenen niedrigeren Ranges blieb nur einer der an ein schlichtes Büro erinnernden kleinen Räume mit nacktem Betonfußboden in der etwas abseits gelegenen öffentlichen Abschiedshalle vorbehalten, um die Riten für die Reise des Verstorbenen ins Jenseits in Harmonie von Yin und Yang zu vollziehen. Dort war nur Platz für den durchsichtigen Sarg und ein schmaler Korridor, um daran vorbeizudefilieren.

Als ehemaliger Soldat der Einheitsfront lag der Status des vierten Onkels zwischen dem eines kleinen Beamten und dem einfachen Volk, er hatte deshalb die kleine Halle Nr. 1 bekommen. Lao Wei führte die Reihe an, das Landvolk scherte sich jedoch wie üblich nicht um die Gepflogenheiten, stimmte Klagelieder an und stellte sich in zwei Gruppen hinter den vier bestellten Musikern auf, um mit den feierlichen Mienen von Tempelwächtern in seine Hörner zu blasen und die Zymbale zu schlagen. Die benachbarten Trauergemeinden wollten da nicht nachstehen und antworteten ihrerseits mit Trommeln, Becken und Arien aus der Sichuanoper. Davon wiederum fühlte sich Lao Wei provoziert. Ein Wink von seiner Hand genügte, und das Landvolk zündete jubelnd Feuerwerk an und veranstaltete einen Riesenlärm. Das brachte die übrigen Trauerfeiern ganz durcheinander. Die Trauerreden gingen in dem gewaltigen Lärm unter. Die Großcousine erinnerte Lao Wei daran, dass er ein paar Worte sagen wollte, doch jedes Mal, wenn er gerade seine Rede hervorholte, sich räusperte und zum Sprechen ansetzte, wurde er vom Getöse explodierender Knallkörper daran gehindert. Schließlich schrie er der Großcousine ins Ohr: »Lassen wir's! Der Ofen wartet nicht.«

Sie verdrehte die Augen, sah jedoch ein, dass es keinen Zweck hatte. Die ganze Bagage wechselte nun ins Krematorium, wo sie jedoch von einem Gitter aufgehalten wurde. Lao Wei redete so lange auf den diensthabenden Mitarbeiter ein, bis er ihm erlaubte, hineinzugehen. Er begleitete den vierten Onkel. Ein Arbeiter im weißen Kittel bediente den Ofen. Als er die beiden trennen wollte, hielt Lao Wei die Bahre fest, zog hastig das weiße Laken herunter, beugte sich dicht über den vierten Onkel und ließ seinen Tränen freien Lauf. Die Leiche sah aus wie aus Wachs. Der vierte Onkel steckte in einem tadellosen blauen Maoanzug, die Wangen waren mit etwas Rouge bearbeitet und die eingefallenen Lippen geschminkt. Ein wenig Watte lugte aus den Mundwinkeln hervor. Er wollte sie mit dem Finger wegwischen, als sich der Mund des vierten Onkels leicht öffnete. Lao Wei erschrak, und jemand zog ihn mit Gewalt weg. Der vierte Onkel setzte seinen Weg in die Ewigkeit nun ohne ihn fort. Ein Summer ertönte, das Förderband setzte sich ruckelnd in Bewegung und transportierte den Leichnam in die lodernden Flammen. Jedes Mal, wenn der Mann am Ofen die insgesamt fünf Leichname – der vierte Onkel war Nr. 3 – nicht gerade zimperlich vom Wagen auf das Förderband hievte, gab es beim Aneinanderstoßen der Körper einen dumpfen metallischen Schlag. Lao Wei deprimierte das nur noch mehr. Konnte der Leichnam eines alten Mannes wirklich so steif und hart wie Eisen sein? Für Sekunden sah er das Bild des jungen Soldaten mit der großen Karriere vor sich – das Gewehr geschultert, galoppierte er auf seinem Pferd durch das Feuer ins Paradies.

Lao Wei war auf einmal kalt, er zitterte und umschlang sich mit den eigenen Armen, wie eine einsame Prostituierte, die nachts an einer Straßenecke steht. Er hob den Kopf und sah sich um: »Wo sind sie alle hin?«

Außerhalb des Absperrgitters waren sie und starrten ihn wortlos an, ein in Stein gehauenes Relief. Dann hörte auch das Schrillen des Summers auf, und der Mann im weißen Kittel, der den Ofen bediente, hielt in seiner Arbeit inne, hob den Kopf und starrte ihn wortlos an wie eine Statue.

»Herr Wei, Sie sind verhaftet.« Ein Polizist in schwarzer Zivilkleidung und Handschellen in der Hand, legte ihm ruhig und sanft die Hand auf die Schulter. »Sie werden umstürzlerischer Umtriebe verdächtigt.«

Flötenspieler

Mit seinen vierundachtzig Jahren war Sima der älteste Häftling des Tumen-Gefängnisses. Seit mehr als zehn Jahren war der Mönch nun schon im Gefängniskrankenhaus untergebracht. Wenn er nicht den Boden fegte, spielte er auf seiner Flöte, tagaus, tagein, als wollte er die ganze Trostlosigkeit seines Daseins in das Bambusrohr spucken. So richtig passte das nicht zu einem Buddhisten, für den die Sorgen der materiellen Welt nicht existieren. Die anderen Häftlinge machten sich daher über ihn lustig: »Ist wohl ein Analphabet, dieser Mönch, der auf der Flöte spielt, statt seine Sutren zu lesen.«

Seine Herkunft war ein Rätsel. Lao Wei hatte gehört, Sima sei einmal Vorsteher eines Klosters an einem abgeschiedenen Ort im Daba-Gebirge gewesen und wegen konterrevolutionären Sektierertums zu lebenslänglicher Haft verurteilt worden. Er gehörte der Sekte der Huidaomen aus dem chinesischen Grenzgebiet an, einem Geheimbund, der auf die Späte Ming- und Frühe Qing-Zeit zurückgeht. Die Sekte wurde bezichtigt, im Zeichen eines feudalistischen Aberglaubens die Regierung zu diffamieren und zu ihrem Umsturz aufzuwiegeln. Als diese Aktivitäten aufflogen, habe sich, so hieß es, selbst die Polizei gewundert, warum ein Mönch sich auf eine solche Sache eingelassen hatte. Tag und Nacht nahm man ihn ins Kreuzverhör, aber auch nach einem Monat fortgesetzter Zermürbungstaktik bekam man immer nur drei Sätze aus dem Angeklagten heraus: »Ich bin schuldig. Auch ihr seid schuldig. Wir alle sind Verbrecher.«

Die Geschichte hatte Lao Wei tief beeindruckt. Das erinnerte ihn an sein eigenes irrationales Gestammel während der ersten Verhöre und wie ihm dabei der Angstschweiß aus allen Poren drang. Erst vor kurzem hatte man Lao Wei von einem Untersuchungsgefängnis in einer großen Metropole nach Tumen verlegt. Diese Verbundenheit durch ein ähnliches Schicksal machte ihn zu einem Jünger des alten Mönchs.

Lao Wei hatte sich gerade erst ein wenig von den körperlichen und seelischen Wunden, die man ihm zugefügt hatte, erholt und begonnen, den ersten Band seiner Autobiographie *Wiedergeburt* zu schreiben. Eines hatte er mit der Zeit begriffen: Freiheit war ein Raum, den man aus sich selbst heraus schaffen muss. Alles andere war nur ein Echo im Wind der inneren Freiheit. Er blickte vom Manuskript auf und lauschte mit seinen großen, abstehenden Ohren den realen und verborgenen Seufzern dieses Windes. Erst nach einer Weile begriff er, dass er Flötentöne hörte. Sie klangen ganz anders als die Musik der Bambusflöten, die er früher auf der Bühne oder vom Band gehört und bewundert hatte.

Wie verzaubert ging er der Melodie nach und hinunter in den Hof. Er bestach den Wärter mit dem halbgerauchten Stummel einer Billigzigarette, damit er ihm den Durchgang erlaubte, und tastete sich vorsichtig einen von hohen Mauern gesäumten Korridor entlang. Nach einigen Windungen und Abzweigungen erreichte er einen offenen Hof. Zu seiner Rechten lag der Eingang zur Krankenstation. Aus dem Abflussrohr daneben drang eine Mischung aus Kloaken- und Desinfektionsmittelgeruch. Links von ihm an der hohen Mauer lehnte der Flötenspieler. Sein kugelrunder Kopf schien viel zu groß für seinen hageren Körper. Als Lao Wei ihm endlich gegenüberstand, blieb er wie angewurzelt stehen, als hätte man ihm die Füße zusammengebunden. Der alte Mönch spielte unverdrossen weiter. Der Schirm seiner Arbeitslagermütze verdeckte sein Gesicht, und er schien beinahe halslos, so tief versank er in seinem blauen wattierten Arbeitsanzug. Die Flötentöne wurden zwischendurch immer schwächer, als wollten sie ganz versiegen; doch wenn man sich konzentrierte, konnte man hören, dass er weiterspielte oder vielleicht auch nur laut atmete. Immerfort wiederholte er dieselbe kurze Melodie, wie Wasser, das zu seiner Quelle zurückströmt; eine Melodie ohne Anfang und Ende.

Die Sonne streifte nur den oberen Teil der Mauer, wo die Spatzen hin und her flatterten und sich ungeachtet der eiskalten Windstöße immer wieder auf dem elektrisch geladenen Stacheldraht niederließen. Lao Wei spürte die plötzliche Kälte an den Fußknöcheln heraufkriechen, bis ihm die Zähne klapperten und die Knie schlotterten.

Schließlich nahm der alte Mönch die Schirmmütze ab und wischte sich damit die schmutzigen Tränen fort, die die ganze Zeit über sein Gesicht liefen. Er steckte die Flöte ein, und als er den Kopf hob, blickte er geradewegs in Lao Weis erschrockenes Gesicht. Sie lächelten sich an. Das Schicksal hatte sie zusammengeführt. »Möchtest du spielen lernen?«, fragte der Mönch.

Lao Wei nickte eilfertig mit dem Kopf.

»Dann besorg dir eine Flöte.«

Abrupt wandte sich Sima ab und ging weg. Lao Wei machte sich auf den Rückweg, wie in einem Tagtraum stand ihm dabei die Flöte des Meisters vor Augen, ein schwarz glänzendes vibrierendes Bambusrohr. Er fertigte eine Zeichnung davon an und schickte sie den Seinen nach Hause. Seine Angehörigen bemühten sich eifrig, passende Flöten aufzutreiben, und besorgten schließlich gleich fünf verschiedene, die sie ihm zur Auswahl ins Gefängnis schickten.

»Die taugen alle nichts«, lautete das strenge Urteil des alten Mönchs. Also schickten sie ihm fünf weitere. Die Flöte, die der Meister schließlich widerwillig akzeptierte, schrubbte Lao Wei sieben Tage lang mit Wasser ab, um die Schnitzereien und den Lack von der Oberfläche zu entfernen, und vergrub sie dann zum Trocknen unter dem Schnee. Am ersten klaren Tag nach den Schneefällen des Winters begab er sich offiziell bei seinem Meister in die Lehre. Der Mönch kam und stellte sich mit gewissem Abstand unter Lao Weis Zellenfenster. Lao Wei sprach hinter den Fenstergittern mit gefalteten Händen und geschlossenen Augen ein kurzes Gebet. Als er die Augen öffnete, gab ihm sein Lehrer mit der Flöte einen Ton vor. »Tief Luft holen«, wies er Lao Wei an.

Lao Wei unterbrach für den Rest des Tages sein Schreiben und widmete sich ausschließlich dem Üben der Atemtechnik. Für das Flötenspiel musste man unbedingt tief aus dem Unterbauch Luft holen, dann kontrolliert und gleichmäßig ein- und ausatmen – so lange, bis die Zirkulation der Luft von einem organischen Kreislauf zu einem Kreislauf der Seele wird. Anfangs fühlte sich die Flöte kalt und starr an wie ein Stück Eisen, und es wollte einfach kein Ton herauskommen. Als er dem Bambusrohr endlich einen einfachen Ton entlockt hatte, war Lao Wei überglücklich. Er mühte sich so lange ab, dem Instrument weitere schiefe Töne abzutrotzen, bis er schließlich um Atem rang und ihm schwindelte.

Der Mönch stand dabei ungerührt vor seinem Fenster. »Tief Luft holen«, sagte er stoisch. Lao Wei war unendlich frustriert. Als am Abend die anderen Häftlinge die Tagesarbeit beendet hatten und in die Zelle strömten, sich auszogen und für ein kurzes

Nickerchen auf die Pritschen warfen, musste Lao Wei mit seiner Flöte das Weite suchen. Er ging hinaus auf den Hof und hob den Kopf gen Himmel. In den blendenden Sonnenstrahlen erschienen ihm sieben Mönche, die ihm mit eiskalten, unsichtbaren Fingern über die sieben Öffnungen seines Gesichts strichen. »Habe ich denn nicht einmal die Kraft, Flöte spielen zu lernen?«, murmelte er verzweifelt vor sich hin.

Er sah einen Mithäftling, den alle nur den irren Jiuwa nannten, im Hof durch den Schnee rennen. Das tat er das ganze Jahr über und trug dabei immerzu Schal und Ohrenfellmütze, wie ein Soldat der japanischen Armee im Nordosten Chinas zu Kriegszeiten. Lao Wei konnte der Versuchung nicht widerstehen, rannte hinter ihm her und versuchte, ihn einzuholen. Zahlreiche Häftlinge sahen ihnen dabei von oben zu. Der irre Jiuwa hatte etwas von der Romanfigur Hua Ziliang, dem Verbindungsmann der im Untergrund agierenden Kommunisten in *Rote Klippen*. Der spielte im Gefängnis der Kuomintang den Irren, um seine Genossen nicht zu verraten, und rannte immerzu im Kreis. Warum der irre Jiuwa im Kreis rannte, wusste keiner.

Lao Wei hatte ihn ziemlich schnell eingeholt und war ihm bald eine Runde voraus. Die Mithäftlinge grölten und applaudierten. »Zeig's ihm, Eisenmann Wang Jinxi«, feuerten sie Lao Wei an. Doch änderte der irre Jiuwa die Richtung und rannte direkt auf ihn zu. Bevor Lao Wei sich besinnen konnte, blitzte eine Reihe gelber Schneidezähne vor seinen Augen auf und vergrub sich in seinen Nacken. Jiuwa biss und zappelte wie ein wild gewordenes Kaninchen. Sie fielen in den Schnee, und die Menge johlte. Einige von Lao Weis Zellengenossen, die wie er zu den »Konterrevolutionären von 1989« gehörten, griffen ein und zogen die beiden meterweit durch den Schnee, bis sie sie endlich getrennt hatten. Jiuwa hatte noch immer ein irres Grinsen im Gesicht, und von seinen Zähnen tropfte Blut.

Auf Lao Weis Nacken zeichnete sich ein tiefer Zahnabdruck ab. Er kümmerte sich nicht um den Schmerz, nahm seine Flöte und ging davon.

Die Geschichte hatte fatale Folgen. Sie sperrten ihn wegen Aufwiegelei in Einzelhaft. »Der Staat hat seine Gesetze und das Gefängnis seine Regeln«, wetterte der politische Instrukteur vor der Häftlingsversammlung. »Ihr Politischen werdet nicht anders behandelt als die anderen Kriminellen.«

Unter dem donnernden Applaus der Menge legte man ihm Handschellen an, und zwei grobschlächtige Häftlinge führten ihn weg vom Tageslicht an einen Ort, an dem man die Hand nicht vor den Augen erkennen konnte. Die beiden Kerle schwenkten wichtigtuerisch die Taschenlampen. Es ging durch einen modrigen, übelriechenden Korridor. Zu beiden Seiten lagen unzählige Zellentüren, hinter denen für gewöhnlich ungehorsame und widerspenstige Kriminelle eingesperrt wurden. Lao Wei hatte die Ehre, in eines der dunklen Löcher ganz am Ende des Gangs gesteckt zu werden. Sein Kopf berührte die feuchtkalte Decke. Er tastete mit den Händen danach, und das Wasser lief ihm schlangengleich und kalt die Arme hinunter. Erschrocken schrie er auf. Er hatte Gänsehaut.

Das erwartete Echo blieb aus. Seine Eskorte war schon fort und hatte nur Leere zurückgelassen. Er tastete sich zu seiner steinernen Pritsche vor und schreckte dabei die quiekenden Ratten auf. Als er noch einmal mit den Füßen aufstampfte, um sie zu verscheuchen, stieß er mit den Fußketten den Nachttopf um.

Die Tage vergingen, und sein Körper war schon bald grün und blau geschunden. Hinzu kamen bald der Juckreiz, der elende Gestank und der Hunger. Zweimal täglich bekam er eine Essensration, nicht mehr als zwei kleine Schüsseln Reis. Wenn er es vor Hunger nicht mehr aushielt, meditierte er, eingewickelt in seine Decke, auf dem Bett. »Tief Luft holen.« Ihm war dann, als hörte er die Stimme des Mönchs an seinem Ohr.

Er holte tief aus dem Bauch heraus Luft und atmete langsam aus, wieder und wieder, bis er in kaltem Schweiß gebadet war, ständig umschwirrt von Insekten. Irgendwann roch er den Gestank um sich herum nicht mehr. Er hielt seine fiktive Flöte und ließ die Finger über ihre Löcher gleiten und versank in einen tranceartigen Zustand, der ihn von Ort und Zeit entrückte.

Wie Bambusschösslinge sah er seinen eigenen Atem aus dem Unterbauch heraussprießen. Er ignorierte die Gerüche, die Kälte, die Gefühle und spielte.

Als der König Wen von Zhou vom letzten König der Shang für drei Jahre in ein Kellerverlies gesperrt worden war, blieb ihm nur ein faustgroßes Luftloch, durch das er nachts die Gestirne beobachtete. Am Tag praktizierte er auf der Basis seiner Beobachtungen die acht Trigramme unseres Ahnenkaisers Fuxi und verfasste schließlich mit dem *Yijing*, dem *Buch der Wandlungen*, ein klassisches Meisterwerk.

»Ob ich wohl das *Yijing* der Tonkunst erschaffen werde?«, fragte sich Lao Wei im Selbstgespräch.

Doch Lao Wei war nur ein sterbliches Individuum, das im Rad der Geschichte nicht mehr ins Gewicht fiel als eine Gänsefeder. Er rollte sich zusammen und legte sich wieder hin, sein Atem war jetzt still wie ein stehendes Gewässer in einer dunklen Höhle. Im Magen des großen Universums ist die Erde nicht mehr als ein unverdautes Getreidekorn, und er war wiederum nur ein winziges Molekül in diesem Getreidekorn. »Tief Luft holen.« Noch im Schlaf wiederholte er die Worte des Meisters. Es gab auf der Welt nichts mehr als den Meister und seinen Schüler, alles drehte sich um sie.

Lao Wei verbrachte zehn Tage in dem dunklen Loch.

Unterdessen organisierten die anderen »Konterrevolutionäre von 1989« aus Solidarität einen Hungerstreik. Sie hatten Erfolg.

Als er wie ein gefeierter Held aus der Einzelhaft entlassen wurde, fand er zur Begrüßung am Kopfende seines Bettes Essen vor, das sich seine Leidensgenossen vom Mund abgespart hatten. »Wir werden immer zusammenhalten«, sagte Lao Lei, einer der Älteren von ihnen, und schüttelte ihm herzlich beide Hände. Dankbar reckte er sich trotz seiner Schwäche von der oberen Pritsche des Etagenbetts hinab zu den anderen, um mit ihnen den Erfolg zu feiern.

Er musste das Bett hüten und hatte die Zelle tagsüber weitgehend für sich allein. Während er die einfallenden Sonnenstrahlen betrachtete, dachte er über die Wechselfälle des Lebens nach. Er schluckte Tabletten gegen das Fieber, und sein Blick wanderte nach draußen und traf auf die vertrauten Mauerzinnen, den Stacheldraht, die Wachen und die Schäferhunde. Zufällig mischte sich einmal die Rückansicht einer Frau in diesen trüben Anblick. Es war lange her, dass er mit einer Frau zusammen gewesen war, und dieses Hinterteil beflügelte seine Phantasie. Er streichelte seine Bambusflöte, und plötzlich erklangen in seinen Ohren die weinenden Laute fernen Flötenspiels. »Meister!«, schrie er laut zum Fenster hinaus.

Drei Monate lang übte er nun nichts als Atemtechnik, bis er die tiefe Bauchatmung beherrschte. Seine Adern waren jetzt gut durchblutet, und sein Gesicht wurde rosig. Sein Arbeitsdienst bestand darin, morgens früh aufzustehen und die Namen der Häftlinge zu registrieren, die in verschiedenen Einheiten zur Arbeit antraten. Zusammen mit zwei Mithäftlingen musste er dann mittags in der Küche die Essensrationen abholen und Reis und Suppe austeilen. Wenn er nachmittags zurück in die Zelle kam, waren die anderen noch am Arbeiten, und er konnte getrost in der großen Gemeinschaftszelle Flöte üben. Alle paar Tage erschien der Mönch unter seinem Fenster und gab ihm in wenigen Sätzen Anweisungen. Dann ging er wieder, und kurz darauf hörte sein Schüler aus der Richtung der Krankenstation eine

Melodie. Lao Wei hörte gut zu und näherte sich nach und nach dem Wesen des Flötenspiels an.

So wurde es Frühling, und Lehrer und Schüler erfreuten sich einer zunehmenden Verbundenheit.

Eines Tages besuchte ihn seine Schwester Xiao Fei, bepackt mit vielen Essensgeschenken. Zum Abschied ermahnte sie ihn: »Vater und Mutter hoffen, dass du das Schreiben nicht aufgibst.« Am nächsten Tag erschien der Dichter Yu Tian vor dem Gefängnistor und redete sich so lange den Mund fusselig, bis die Direktion ihm ausnahmsweise den Besuch genehmigte.

»Deinem Cousin geht's gut bei uns«, erzählten ihm die Wärter grinsend. »Der spielt den ganzen Tag auf der Flöte wie ein Unsterblicher.«

Lao Wei hatte den Dichterfreund seit einer Ewigkeit nicht gesehen. Sein Besuch weckte Erinnerungen an alte Zeiten. »Du hast immer noch diesen langen Bart«, begrüßte er ihn.

»Deiner ist dafür weg«, frotzelte Yu Tian. Dann erzählte er ihm den neuesten Klatsch aus der Dichterszene. »Übrigens, deine Exfreundin fragt nach dir. Sie wollte unbedingt mitkommen, es war gar nicht so einfach, sie abzuschütteln. Mann, warum sagst du denn gar nichts?«

»Hat nichts mit dir zu tun.« Lao Wei druckste herum. »Seit ich im Gefängnis bin, ist von dem Dichter, der ich einmal war, nicht mehr viel übrig.«

»Wie kannst du so etwas sagen? Du sitzt doch schließlich wegen eines Gedichts im Knast!«, ereiferte sich Yu Tian.

Lao Wei starrte auf das wirre, lange Haar des alten Freundes und seine blutunterlaufenen Augen und wusste nicht, was er sagen sollte. Der Dichter hatte einen weiten Weg auf sich genommen, um ihn, den in Ungnade gefallenen Kollegen, zu besuchen; er glaubte nach wie vor an die Würde und den Sinn der Dichtung. Das erinnerte ihn an die Abschiedsworte seiner Schwester:

»Gib das Schreiben nicht auf.« Er konnte es kaum ertragen, sie so zu enttäuschen.

Im April rankte sich das junge Grün um die Gefängnismauern, der Himmel war strahlend blau. Dem alten Mönch jedoch ging es zusehends schlechter, und er wäre beinahe an einer Fieberkrankheit gestorben. Lao Wei durfte sich nicht persönlich um ihn kümmern, er konnte nichts weiter für ihn tun, als ihm einen Teil der Essensgeschenke seiner Verwandten zukommen zu lassen. Einmal stahl er sich in einem unbewachten Augenblick nach der Essensausgabe vor der Rückkehr in seine Zelle weg und fand Sima zu seiner Überraschung gebeugt auf einem Schemel in der Sonne sitzend, die Flöte auf dem Schoß. Lao Wei kniete sich besorgt vor ihn hin. »Gerade wollte ich etwas für dich spielen, damit du weißt, dass das Fieber vorbei ist«, sagte der alte Mönch. Mühsam stand er auf und nahm seine Flöte zur Hand. Doch unerwartet verließen ihn die Kräfte, und er brachte keinen Ton heraus. Zornig schlug er das Instrument auf und fluchte: »Zwei Jahrzehnte lang gehen wir beide jetzt schon miteinander durch dick und dünn, und nun wagst du Miststück, dich über mein Alter lustig zu machen.« Als hätte sie verstanden, ließ die Flöte sich jetzt unerwartet doch Töne entlocken. Die dumpfen und abgehackten Klänge erinnerten an den alternden Krieger, der an einem Fluss sein Messer schärft; als er nah am Wasser ist, erhellen die letzten Strahlen der untergehenden Sonne die Rostspuren auf der Klinge. Doch sein Verstand ist messerscharf wie eh und je.

Lao Wei brach es das Herz. »Meister, seid bitte nicht so streng mit Euch selbst.«

Der alte Mönch sagte: »Es ist mir längst gleich, ob ich lebe oder sterbe. Doch solange ich lebe, muss ich einfach jeden Tag ein paar Töne spielen, damit ich mich wohl fühle.« Er setzte sich und nahm die Flöte wieder auf die Knie.

Meister und Schüler saßen sich stumm gegenüber. Lao Wei war in die Hocke gegangen. Er spürte die herbstliche Kühle, die vom Körper des alten Mannes ausging. Er konnte nicht umhin zu fragen: »Meister, was Ihr eben gespielt habt, war eine Herbstmelodie. Wollt Ihr nicht lieber etwas Frühlingshaftes spielen?«

»Was erzählst du da?«, fragte der Mönch. »Wer schert sich um Jahreszeiten? Meine Flöte kennt nur den Herbst.«

»Kann ich sie dann also ›Herbst‹ nennen?«

Der alte Mönch lächelte nur. Lao Wei hatte Angst, er hätte etwas Falsches gesagt, und ihm brach vor Scham der Schweiß aus. Der Mönch sagte: »Das sind nichts weiter als Volkslieder vom Land, die von einer Generation an die nächste weitergegeben wurden. Und von jetzt an wirst auch du sie weitergeben können, du bist ein Mensch mit Herz.«

»Was meint Ihr mit ›Herz‹?«, fragte Lao Wei.

»Ein Herz, das von gewöhnlichem menschlichem Verlangen geprägt ist.«

Zuerst war es Lao Wei, als hätte man ihm einen elektrischen Schlag versetzt, doch dann ging ihm ein Licht auf. »Ich verstehe, Meister.«

Der Besuch von Yu Tian und Xiao Fei hatte Lao Wei an viele längst vergessen geglaubte Geschichten erinnert. Nun, da ihm der Mönch bewusstgemacht hatte, dass er nach wie vor von den Bedürfnissen eines gewöhnlichen Sterblichen beherrscht war, wollte er das Schreiben wiederaufnehmen. »Es wird Zeit, dass ich über die vielen Jahre des Leidens schreibe«, sagte er sich. Aber das Verlangen nach dem Flötenspiel machte die guten Vorsätze wieder zunichte. Die Kluft zwischen seinem Schreiben und seinem Flötenspiel war wie eine schmerzliche Wunde. Er war sowohl vom Weg der Schriftstellerkarriere abgewichen, der die erste Hälfte seines Lebens bestimmt hatte, als auch von der Suche nach spiritueller Erkenntnis, die ihn seit der radikalen Veränderung seines Lebens umtrieb.

Der Sommer kam, und mit den steigenden Temperaturen reifte auch sein Können auf der Flöte. Er spielte nachmittags und auch abends, was allerdings seine Mithäftlinge gegen ihn aufbrachte. Also zog er sich mit der Flöte auf den Abort zurück, wo die anderen, die dort ihr Geschäft verrichten, bald nicht mehr wussten, ob sie ihn auslachen oder beschimpfen sollten. Um ihn zu foppen, bestellte einer, als er über dem Loch hockte, bei ihm das Lied *Meine Heimat unter dem Glanz des Mondes*, das er zur allgemeinen Überraschung auch gleich anstimmte. Kaum erklang das Lied, erschien wundersamerweise tatsächlich der Mond vor dem Fenster und leuchtete zum Klo herein, direkt auf den nackten Oberkörper des Flötenspielers. Einige andere Häftlinge schnappten gerade im Hof frische Luft. Als sie die bekannte romantische Melodie hörten, drängten sie sich zum Pinkeln oder einfach zum Zuhören zu Lao Wei ins Klo. Am Ende trommelten sie sich statt Applaus auf die Bäuche.

Von da an waren Lao Wei und seine Klomusik berühmt. Ständig scharten sich ein paar Zuhörer um ihn, die ihn um eine bekannte Melodie baten. Er sagte niemals nein, und schließlich schlug ihn der Gruppenführer der Häftlinge für das Volksmusikorchester der Gefangenen vor, in dem er mit Erhus, Querflöten, Gitarren, Sanxian und Suonas zusammenspielen konnte. Dazu gehörten auch gemeinsame Auftritte zu hohen staatlichen Feiertagen. Lao Wei wurde gezwungenermaßen seinen Prinzipien untreu und machte mit den anderen gute Miene vor den Regierungsvertretern. Jetzt war er schon der Musik wegen zum Jasager geworden.

Eines Abends, es dämmerte schon, lag ein Gefühl von Unheil in der Luft, im ganzen Gefängnis spürte man die Anspannung. Die Häftlinge hatten Befehl, in ihren Schlafsälen zu bleiben und aufrecht auf den Betten zu sitzen, Augen geradeaus. Kurz darauf besetzten bewaffnete Polizisten unter der Führung des Gefängnisdirektors und des politischen Instrukteurs den Gang und führten Lao Lei, einen der Konterrevolutionäre von 1989, ab. Am nächsten Tag wurde nachmittags eine Versammlung für das ganze Gefängnis einberufen. Eine Reihe Häftlinge, denen man den Verstoß gegen die Gefängnisregeln vorwarf, wurde mit auf dem Rücken gefesselten Händen und in Fußketten auf einem Podest vorgeführt. Auch Lao Lei war darunter, der wie ein Häufchen Elend aussah. Der politische Kommissar des Gefängnisses verlas seine Anklage. Lao Lei habe Briefe an britische Spione geschickt, hieß es darin.

Lao Wei war das unbegreiflich. War Lao Lei verrückt geworden? Ganz abgesehen davon, dass sie sich hier im Gefängnis befanden – es war doch klar, dass dergleichen niemals unkontrolliert außer Landes ging, die Post-Inspektoren hatten sich noch nie um das Briefgeheimnis geschert. Erst später wurde bekannt, dass Lao Lei lediglich ein harmloses Grußschreiben an seinen ehemaligen Englisch-Professor geschickt hatte. Da im Gefängnis keiner Fremdsprachen konnte, hatten die Inspekteure das Schreiben an das lokale Tourismusbüro zur Übersetzung weitergegeben.

Bald schon stellte sich heraus, wie harmlos der Brief war. Der Fehler wurde zwar bald bemerkt, man wollte ihn aber nicht zugeben und hielt Lao Lei über zwei Wochen lang in einer der dunklen Einzelzellen in Sicherheitsgewahrsam. Die anderen Konterrevolutionäre von 1989 steckten heimlich die Köpfe zusammen und beschlossen einen Hungerstreik.

Er begann an dem einzigen Wochentag, an dem den Häftlingen eine Fleischration zustand. Jeder der Leidensgenossen nahm sein Mittagessen entgegen, das aus einer Schüssel Reis und lecker duftendem Fleisch bestand, und sie sammelten sich im Hof, wo sie ihre Schüssel unberührt abstellten und in ihre Zellen zurückgingen.

Nur das Schwein Lao Wei machte nicht mit und verschlang zum

Verdruss der anderen gierig seine Mahlzeit. Ungerührt machte er sich danach daran, Flöte zu üben. Sein Freund Li Bifeng riss ihm schließlich wütend die Flöte aus der Hand und beschimpfte ihn im Namen der anderen als Verräter. Lao Wei sah sich zu einer Entschuldigung genötigt: »Ich habe solche wahnsinnige Angst vor dem Hunger, dass mir schon bei dem Gedanken an Hungerstreik schwarz vor den Augen wird. Ich halte das einfach nicht aus.«

Li Bifeng war außer sich vor Zorn: »Als du allein im dunklen Loch gesessen hast, haben wir auch …«

Lao Wei fiel ihm ins Wort: »Ich mache alles mit, alles, außer Hunger leiden.«

»Gut, dann ernennen wir dich zu unserem Repräsentanten bei den Verhandlungen mit der Gefängnisleitung.«

Das hatte er nun davon. Zähneknirschend stimmte er zu. Wie hieß doch gleich das Sprichwort: »In einem Atemzug liegt das ganze Leben.«

Im Rückblick kam es ihm später so vor, als habe sein Leben immer wieder, wie von unsichtbarer Hand gesteuert, abrupte Wendungen genommen. Vor dem vierten Juni 1989 zum Beispiel hatte er mit der Studentenbewegung eigentlich nichts zu tun gehabt. Doch als sich dann die Tragödie auf dem Tiananmenplatz ereignet hatte, hatte er sich einfach nicht zurückhalten können und das Protestgedicht *Massaker* und eine Tonbandaufnahme davon verfasst. Die Verbreitung des Gedichts im Radio hatte ihn zu einem kriminellen Konterrevolutionär gemacht. Im Ausland nannten sie ihn nun einen »Dissidenten-Dichter«. Zuvor hatte er sich über seine politischen Ansichten nie große Gedanken gemacht. Das änderte sich mit seinen Jahren im Gefängnis gründlich.

Aufgewühlt ging Lao Wei zurück in die Zelle und studierte die ›Volkszeitung‹, in der Lügen über die angeblichen Rechte von Gefangenen in den Staatsgefängnissen verbreitet wurden. Es hieß dort, Häftlinge, die sich eines Verstoßes gegen die Gefängnisordnung widersetzten, würden nicht länger als fünfzehn Tage in Einzelhaft genommen. Er begann, die Tage an den Fingern abzuzählen. Achtzehn Tage waren vergangen, seitdem sie Lao Lei weggesperrt hatten. Na also, da musste sich doch etwas machen lassen. Er ging unverzüglich zum Gruppenleiter und verlangte unter Berufung auf die Zeitung nachdrücklich die Umsetzung der offiziellen Parteipolitik.

»Bist du der Repräsentant der Konterrevolutionäre von 1989?«, fuhr ihn der politische Instrukteur an.

»Ich spreche nur für mich selbst«, antwortete er. »Nach dem Gesetz hat jeder Gefängnisinsasse das Recht, die Einhaltung der Vorschriften durch die Gefängnisleitung einzufordern.«

»Bei Kerlen wie euch, die sich zusammenrotten und die ordnungsgemäße Durchführung der Umerziehung durch Arbeit behindern, können wir keine Milde walten lassen. Darf ich fragen, wieso sie dich als Vertreter geschickt haben? Oder bist du zufällig beim Flötespielen hier vorbeigekommen?«

»Ich spreche nur für mich selbst.«

»So. Sollen wir dich auch gleich ins Loch sperren oder was?«

»Ich sehe, mir bleibt nichts anderes übrig, als von der Brüstung zu springen«, sagte Lao Wei mit gespielter Dramatik und hielt mit beiden Händen die verblichene Ausgabe der ›Volkszeitung‹ hoch. In bester Revolutionsopern-Manier deklamierte er: »Ich werde mit meinem Blut und meinem Leben die Reinheit und die Würde der Gesetze des Sozialismus verteidigen!«

Der Instrukteur hätte vor Wut platzen können, entschied sich aber dafür, laut zu lachen. Schließlich lenkte er tatsächlich ein, und Lao Lei wurde noch am selben Abend freigelassen. Unversehens war Lao Wei ein weiteres Mal zum gefeierten Helden geworden. Völlig berauscht von seinem Erfolg, griff er zur Flöte und spielte sie so lebendig und selbstbewusst wie ein Rockstar auf der Bühne, frivol und um Anerkennung buhlend, wie die Menschen eben manchmal sind.

Lao Weis neues Selbstbewusstsein blieb seinem Lehrmeister nicht verborgen. Der Mönch bat ihn beim nächsten Treffen freundlich, die Flöte zur Seite zu legen. »Du bist ja zu einigem Ruhm gelangt, wie ich höre.«

Es war, als hätte man ihm einen Eimer kaltes Wasser über den Kopf geschüttet.

»Es ist ziemlich egal, wie weit die Mauern um dich herum gezogen sind. Du bist und bleibst ein Gefangener, egal ob im Gefängnis oder außerhalb.«

Lao Wei starrte auf das Mundstück seiner Flöte. Er hatte einen dicken Kloß im Hals und brachte kein Wort heraus.

»Du kannst gehen«, sagte der Mönch.

Mechanisch drehte er sich um. Viele Tage lang blieb er so niedergeschlagen, dass er die Flöte nicht anrührte.

Wer spielt hier eigentlich auf wem?, fragte er sich still. Die Welt draußen ist auch nur ein Gefängnis, wenn auch ein größeres – was hat das Leben also für einen Sinn?

Er hatte nicht begriffen, dass der Mönch gerade deshalb Flöte spielte, weil er bereits mit dem Leben abgeschlossen hatte. Lao Wei dagegen stand in der Blüte seines Lebens, in seinen Adern wallte das Blut, wie konnte er da den Weg eines alten Menschen gehen? Ihm wurde klar, dass das Alter seinen Meister und ihn an zwei verschiedene Ufer eines Flusses bannte. Sie spielten dieselben Melodien und hatten doch jeder ein diametral entgegengesetztes Verständnis davon. Als sie sich zufällig wieder begegneten, fragte der alte Mönch: »Deine Musik klingt voller Kraft und Leidenschaft. Es scheint, du hast deine Strafe bald abgesessen?«

»Ja, Meister.«

»Was hast du vor, wenn du hier heraus bist?«

»Versuchen, irgendwie zurechtzukommen«, antwortete er betreten. »Nun habe ich ja von Euch die Flöte zu spielen gelernt. Was sonst könnte ich machen?«

»So, du willst also falsche Räucherstäbchen vor den Heiligen abbrennen, wie?«, höhnte der Mönch. »Dein Spiel klingt nach Mordlust.«

»Verzeiht mir, Meister.« Lao Wei war die Farbe aus dem Gesicht gewichen. »Bitte weist mir den richtigen Weg.«

»Ich mache dir keinen Vorwurf«, seufzte sein Lehrer. »Ich habe vor dir bereits vierzehn andere Schüler gehabt, keiner von ihnen hätte je seinen Lehrer verraten und die Ahnen herausgefordert; und genau deshalb waren sie auch alle Nichtsnutze. Du scheinst mir der Einzige zu sein, der das Talent hat, unsere Tradition in die Welt zu tragen und es zu etwas zu bringen.«

»Wie könnte ich.« Lao Wei senkte demütig den Kopf.

»Du bist gebildet und intelligent, nur an Fertigkeit mangelt es dir noch. Aber du verleihst diesen sinnlos gewordenen Melodien neuen Sinn und hauchst ihnen neues Leben ein. Gar nicht schlecht, wirklich.«

Verzweifelt vergrub Lao Wei sein Gesicht in seinem Schoß. Von diesem Moment an konnte er seinem Lehrer vor Scham nicht mehr in die Augen sehen.

Und wieder wurde es Winter. Der alte Mönch Sima zeigte sich nicht mehr und ließ auch niemanden zu sich. Selbst seine Flöte war nicht mehr zu hören. Lao Weis Versuche, bei ihm vorzusprechen, scheiterten, und jedes Mal musste er enttäuscht umkehren. Traurig blies er die Flöte allein draußen im Schnee, bis ihn die Kälte niederrang und er krank und mit vierzig Grad Fieber das Bett hüten musste. »Unser Eisenmann Wang schwächelt«, witzelten die anderen Häftlinge schadenfroh und verbreiteten die Neuigkeit im ganzen Bau. Der alte Krankenpfleger Yang kam und verabreichte ihm eine Spritze und Medizin. Er wies Li Bifeng an, über seinen Genossen zu wachen und regelmäßig seinen Zustand zu melden.

Lao Wei schwitzte und wurde abwechselnd von Kälte- und Hitzeanfällen geschüttelt. Immer wieder musste er die nass geschwitzte Unterwäsche wechseln, bis er schließlich splitternackt dalag. Li Bifeng stand ihm wie ein braver Soldat zur Seite und flößte ihm Tee und Wasser ein und kletterte sogar zu Lao Wei auf die Pritsche, um ihn wie ein Stück Schlachtvieh festzuhalten und ihm die Decke wieder ordentlich überzuziehen, damit er nicht nackt und bloß in der Kälte lag. Er war zu schwach, um sich zu wehren, und schnaufte nur in der unerträglichen Dampftopfhitze unter seiner Decke.

Mit hochrotem Kopf griff er nach der Flöte, die neben ihm an der Wand hing, und drückte sie an sich. Er wollte darauf spielen, doch er konnte nicht einmal den Kopf heben. Bifeng führte sich auf wie sein Meister, beschimpfte ihn: »Willst du wohl aufhören, mit deinem Leben zu spielen!«, und nahm ihm das Instrument weg. Li Bifengs strenger Tonfall erinnerte ganz und gar an den alten Mönch.

»Was willst du von mir?« Durch einen Dunstschleier vor seinen Augen meinte Lao Wei den Meister zu erkennen. »Ich spiele Eure Melodien ganz anders als Ihr. Ich habe einfach noch nicht gelernt, zu klettern, ich will gleich fliegen lernen.«

Als es Nacht wurde, suchte ihn der Mönch wieder in seinen Fieberträumen heim. »Auch Ihr habt die Melodien Eures Lehrers verändert«, sagte Lao Wei zu ihm. »*Su Wu bewacht die Schafe* hatte ursprünglich nur eine einzige Strophe, aber Ihr habt zahlreiche Varianten angefügt, die so herzzerreißend sind, als ob nicht Su Wu, sondern Ihr selbst die Schafherde bewachtet, Meister.«

Lao Weis Zustand war wirklich besorgniserregend. Es dauerte sieben Tage, bis er sich wieder ganz erholt hatte. Als er zum ersten Mal wieder mit beiden Beinen auf dem Boden stand, fühlte er sich wie neugeboren. Er nahm die Flöte, aber sein Atem war noch schwach, und es kam nur ein leises Flüstern heraus. Also zwang er sich dazu, unten im Hof ein paar Runden zu laufen, um seine Atmung zu kräftigen.

Nach nur zwei Runden war er schon außer Puste und musste sich hinhocken. Da vernahm er von der Krankenstation her die Flötentöne seines Meisters, und Tränen liefen ihm übers Gesicht. Doch die Klänge hörten sich seltsam leer an, es lag keine Wärme darin, kein Funke, der von Mensch zu Mensch überspringen konnte. »Für ein von irdischen Gefühlen beseeltes Spiel muss ich wohl selbst sorgen«, sagte er vor sich hin. »Dieser Mönch ist nicht von dieser Welt.«

Niemandem als sich selbst verpflichtet, übte Lao Wei zwei Monate lang wieder unablässig Flöte, und der Erfolg blieb nicht aus. Seine Musik kam mehr und mehr aus dem Herzen. »Eine Melodie ist nur ein Leichnam«, sagte er sich, »man muss ihm seine eigene Energie einhauchen, damit er lebendig wird und tanzt.« Er versuchte es sogar mit *Der Osten ist rot*, und siehe da, aus dem abgeschmackten Revolutionslied war durch sein Spiel ein bewegender ländlicher Trauergesang geworden.

Am 31. Januar 1994 sollte Lao Wei aus der Haft entlassen werden. Er plante schon, seinen Geldbeutel zu leeren und Würste und Schinken zu kaufen, um mit den anderen Konterrevolutionären von 1989 zum Frühlingsfest Abschied zu feiern. Doch bevor es so weit war, wurde er in einer stürmischen Nacht ohne Vorwarnung zum Leiter der Gefängniseinheit befohlen und in einen großen Raum voller Polizisten geführt. Innerlich zitternd vor Angst, demonstrierte er nach außen Entschlossenheit: »Was habe ich verbrochen?«

Der Leiter der Einheit klopfte ihm kumpelhaft auf die Schulter. »Keine Sorge, deine Familie ist hier. Gehen wir sie begrüßen.« Er zuckte unwillkürlich zusammen. Die Sache war faul. »Laut Gefängnisordnung dürfen Gefangene nachts nicht nach draußen.« Lautstarkes Gelächter. »Seit wann kennst du dich so gut mit der Gefängnisordnung aus?«, spotteten die Polizisten.

Man brachte ihn nach draußen. Sie passierten mehrere Kontrollpunkte, und es ging einen langen Abhang hinunter, der zu den Verwaltungsgebäuden außerhalb der Gefängnismauern führte. Es war kühl, er zog seine kurze wattierte Jacke fester zu. Im trüben Licht der Laternen konnte man nur Schatten erkennen, und er ließ den Kopf tief in den Kragen einsinken, während er aus Angst vor einem Hinterhalt vorsichtig um sich spähte. Erst als sie das Zentralbüro des Gefängnisses erreichten, ließ seine Furcht etwas nach.

Als sie den Raum im dritten Stock betraten, blendete ihn der grelle Schein von Magnesiumlampen. Er kniff die Augen zu. Doch dieses Theater war ihm schon vertraut, es schreckte ihn nicht besonders. Er wurde mutiger, und blickte trotz seiner feigen Natur selbstbewusst und herausfordernd in die Videokamera.

Der leitende Parteisekretär saß hinter seinem Schreibtisch und winkte ihn zu sich heran. Lao Wei trat näher. Es war heiß unter dem blendenden Scheinwerferlicht, und er hatte Durst. Der Parteisekretär reichte ihm mit gespielter Freundlichkeit ein Glas Wasser, das er in einem Zug leerte. »Was macht das Flötenspiel?«, fragte er grinsend. Er fuhr fort, ohne die Antwort abzuwarten: »Du möchtest doch sicher gern das Frühlingsfest zu Hause feiern.«

»Sicher möchte ich das«, sagte Lao Wei, ohne nachzudenken. »Aber mir bleiben noch 46 Tage bis zur Erfüllung meiner Haftzeit, und ich will wenigstens mein Diplom, bevor ich nach Hause komme.«

»Diplom?«

»Die Entlassungsurkunde nach vollendeter Haftzeit. Ich habe in meinem Leben kein Universitätsstudium abgeschlossen. Alles, was ich habe, sind diese vier Jahre Gefängnis. Das entspricht einem abgeschlossenen Bachelor-Studium.«

»Du hast wirklich Sinn für Humor«, sagte der Parteisekretär. Sein Lächeln war allerdings verschwunden. »Gut, kommen wir zur Sache. Du hast dich in diesen vier Jahren gut geführt, die Regeln respektiert und deine Lektion gelernt. Die Regierung erwägt deine vorzeitige Entlassung. Dazu brauchen wir aber deine Kooperation in gewissen Dingen.«

»Ich werde kein schriftliches Geständnis ablegen.«

»Wir können davon absehen. Es ist nicht nötig, dass du deine Ansichten änderst. Alles, was wir wollen, ist eine kooperative Haltung.«

»Ich danke der Regierung für meine vorzeitige Entlassung.«

»So ist es besser. Was hast du nach deiner Entlassung vor?«

»Ich werde zusehen, wie ich zurechtkomme.«

»Was hältst du von unserem Gefängnis?«

»Besser als das Untersuchungsgefängnis.«

»Gibt es etwas, das wir für dich tun können?«

»Ich möchte gerne wieder bei meinen Eltern leben und hoffe, die Regierung genehmigt die Verlegung meines Wohnsitzes nach Chengdu.«

»Aber deine Frau und deine Kinder leben und arbeiten in Fuling.«

»Ich möchte auf keinen Fall nach Fuling zurück. Dieser Ort verursacht mir Albträume.«

Das Gespräch zog sich hin, und irgendwann wurde Lao Wei die Hitze der Scheinwerfer unerträglich. Er zog seine wattierte Jacke aus und musste feststellen, dass sie auf dem Rücken versengt war. Er warf dem Kameramann einen wütenden Blick zu, stand schweißgebadet auf und stürzte ein weiteres Glas Wasser hinunter. Großzügig ließ ihn der Parteisekretär gewähren. Dann durfte er gehen. Das Theater war zu Ende.

Er wurde direkt in das Gästehaus für Besucher gebracht, wo er in den lang entbehrten Genuss eines Einzelzimmers kam. Am nächsten Morgen ging er gewohnheitsmäßig hinunter in den Hof zur Morgengymnastik. Erst hier fiel ihm auf, wo er eigentlich war. Hohe Mauern trennten diesen Bereich vom Gefängnis einerseits und der Welt draußen andererseits, er war in einer Zwischenwelt. Wenig später brachten ihm zwei Mitgefangene seine Sachen. Einer von ihnen nutzte einen unbeobachteten Moment, um ihm eine gefaltete Notiz zuzustecken: »Lao Wei, wir haben deine Manuskripte an einen sicheren Ort geschafft. Jemand wird sie dir später bringen. Mach dir keine Sorgen. Dein Leidensgenosse Xu Wanping.«

Er war tief beschämt und dankbar. In diesem Moment war er von der Macht der Solidarität überzeugt wie nie zuvor. Diese Menschen würden ihm für immer im Gedächtnis bleiben.

Er verbrachte noch drei Tage in seinem Erste-Klasse-Gefängnis, lesend, Flöte spielend und zum Himmel starrend, während er über diesen seltsamen Zwischenstatus nachdachte. Das viele Nachdenken verursachte ihm Kopfschmerzen. Irgendwann schlief er erschöpft ein und erblickte im Schlaf den alten Mönch, der, auf seine Flöte gestützt, sein Zimmer betrat. Rasch eilte er auf ihn zu, fasste seine Kleider, um ihn zu stützen, und hielt zu seiner Überraschung eine lange Nabelschnur in der Hand. Die Nabelschnur war wie das Gewirr all der Erinnerungen, die ihn an die Zeit im Gefängnis banden. Himmel und Erde umschlossen ihn und diese Nabelschnur seiner Erinnerungen wie eine Muschel. »Meister!«, schrie er auf und erwachte. Es brach ihm das Herz. Nie zuvor und niemals danach war er einem Menschen so ergeben gewesen.

Die Welt war wie ein Spiegel, der Mond vor dem Fenster wie eine Plazenta in einer schimmernden Glasflasche. Eine frostige Kälte lag in der Luft. Er hielt die Flöte und berührte mit der Zunge die konkave Öffnung ihres Mundstücks, schon ganz abgenutzt und doch so zart wie ein neugeborenes Baby. Es schmeckte salzig. Schmeckte Fruchtwasser salzig? Der Richtung, in der er seinen Lehrer vermutete, zugewandt, spielte er das Lied *Der Gast.*

Dann lauschte er nach draußen. Er hörte nur die Blätter rauschen. Ein großes, glänzendes Insekt kletterte langsam einen Baum hinauf.

Sein Herz klopfte wie wild, es war, als ob ihm das Trommelfell vor Anstrengung platzen wollte. Er spielte weiter, diesmal die Melodie *Sehnsucht*. Dann wartete er still, zwanzig Minuten lang, die zwei Jahrhunderten glichen. Schließlich hörte er es. Hinter den hohen Mauerzinnen antwortete ihm eine immer wieder abbrechende Melodie, *Himmel und Erde sind eins.*

»Meister!«

Das Lied *Himmel und Erde sind eins* war auch unter dem Namen *Das Tor öffnet sich* bekannt.

Lao Wei weinte wie ein Kind.

Das Tor stand offen. Geh!

Geh und vergiss.

TEIL IV

An die Kandare genommen

Lao Wei verliert nach seiner Haftentlassung alte Freunde und findet neue, beerdigt einen Polizisten und eine Staatsfeindin und begibt sich auf der Suche nach Erleuchtung abermals auf Reisen, während seine Mutter auf der Suche nach Erleuchtung zur Konterrevolutionärin wird.

Herr Cao, der Polizist

Lao Wei konnte wieder in seinem eigenen Bett schlafen. Die Mutter unter ihrem ewigen schwarzen Strohhut seufzte: »Wie schnell das gegangen ist. Schon wieder hast du vier Jahre lang nicht auf diesem Bett gelegen.«

Lao Wei nickte, dann kroch er mit seiner Flöte unter die Decke. Es war ein Winternachmittag, und es herrschte für das Chengduer Becken ungewöhnlich klares Wetter, draußen flogen die Spatzen an dem mehrstöckigen Wohnhaus vorbei. Unten vor der Tür standen noch immer die Polizisten, die Lao Wei hergebracht hatten, und gaben seinem Vater peinlich genaue Instruktionen für das korrekte Verhalten seines unter staatlicher Überwachung stehenden Sohnes. Lao Wei schloss die Augen, er versuchte, zur Ruhe zu kommen. Ein Sonnenstrahl drang durch die Gardinen herein und streifte seine Wange.

Im Traum sieht er eine Landschaft mit Bergen und Wäldern, weidenden Rindern und Schafen, aus einer Schlucht steigt Rauch auf. Aufrecht schreitet er voran, durch eine Wolke hindurch auf eine Wüste zu, die sengende Sonne spaltet ihm den Schädel, beim nächsten Schritt hebt er ab. Ein heftiger Wind macht ihn schwindlig, er dreht sich wie ein Kreisel, seine Haut und sein Fleisch werden nach und nach fortgepeitscht, weggeleckt, bis sich nur noch die blanken Knochen um ihre Achse drehen. Mit aufgerissenen Augen sieht er zu, wie sein Skelett zerfällt und sich dann zusammen mit den in der Wüste verstreuten Gebeinen von Kamelen, Pferden, Wanderern und Schlangen wieder aufrichtet, geschlossen streben sie wie ein Bataillon auf das in weiter Ferne rauschende Meer zu. Dort, wo Wüste und Meer aufeinandertreffen, liegen bäuchlings die Frauen, von denen ihn das Gefängnis getrennt hat, die Körper halb im Sand, halb im Wasser. Die Sterne sehen aus wie Fäuste, hoch erhobene, tief herabhängende. Seine Knochen, Generationen von Knochen, sind vorgereckt wie ein dauererigierter Penis. Alle Knochen ejakulieren gleichzeitig, dicht an dicht, sie schießen schneller als ein Pfeil. Doch die Dünen und die Frauen sind eine bewegliche Zielscheibe, sie weichen zurück, und das macht die männlichen Gebeine fuchsteufelswild. »Treffer!«, schreit er und vereinigt sich mit der kokettesten der Damen. Sie fallen in den Sand, umtost von den gigantischen Wellen des Ozeans, er bewegt sich wie verrückt auf und ab und brüllt weiter, »Treffer! Treffer!«, doch die Frau unter ihm versinkt immer tiefer im Sand. Als er sich schon fast völlig verausgabt hat, hängt plötzlich die Haut der Frau in Fetzen, ihre abgewetzte und rissige Vaginalöffnung hat sich in einen Schutzschild verwandelt, an dem sein Penis abprallt. Statt der Frau erhebt sich ein Soldat der Volksbefreiungsarmee in voller Montur aus der Erde. Sein Penis krümmt sich beim harten Aufprall, ein Bajonett sticht in seine Lenden, er flucht vor Schmerz: »Henker!« Wie eine Fata Morgana taucht das Bild des Tiananmenplatzes voller Gewehrmündungen vor ihm auf. »Es ist der frühe Morgen des 4. Juni 1989«, durchfährt es ihn, und gleich darauf kommt er im Schlaf.

Als er schweißgebadet die Augen aufschlug, hing die Abendsonne wie Blutstropfen zwischen den Latten des Fensterladens.

Lao Wei stand auf und wusch sich den Unterleib. In den folgenden zwei Monaten war er völlig impotent, eine typische Folge des Gefängnisaufenthalts, und bekam immer nur im Schlaf eine Erektion. In der Regel hängt die Dauer der Impotenz von der Dauer des Gefängnisaufenthaltes ab, von daher konnte Lao Wei dem Staat dankbar sein, dass er nur vier Jahre gekriegt hatte. Nach einer Weile wurde die polizeiliche Überwachung zur

Kontrolle seiner Bewährungsauflagen aufgehoben. Der ständige Wachpolizist vor dem Haus verschwand. Stattdessen kam eines Nachmittags Polizeichef Cao zu Besuch und erkundigte sich ohne Umschweife, ob er im Gefängnis einmal vergewaltigt worden sei. Als er herumdruckste, lachte Herr Cao: »Ich war vier Jahre als Soldat in Hetian in der Provinz Xinjiang stationiert, das muss ein bisschen so wie deine vier Jahre Gefängnis gewesen sein. Vor und hinter der Kaserne gab es nichts als die Wüste Gobi, von Frauen ganz zu schweigen, sogar weibliche Vögel sind in dieser Einöde eine Seltenheit. Die alten Veteranen machten einen Sport daraus, sich an den neu angekommenen, jungen Soldaten zu vergehen.

»Wurden in den Kasernen Pornos gezeigt?«, wollte Lao Wei wissen.

»Wo denkst du hin!«, sagte Herr Cao kopfschüttelnd.

»Wenn im Gefängnis am Wochenende manchmal Pornos gezeigt wurden, haben sich alle Mann vor dem Bildschirm einen runtergeholt, der ganze Boden war voller schmutziger Papiertaschentücher. Einmal hat einer der Insassen einem anderen den Rücken vollgespritzt, da gab's vielleicht Stunk.«

Herr Cao lachte: »Das ist ja widerlich.«

Auch Lao Wei musste lachen. »Na ja, wenn man einen Polizisten und einen Verbrecher wie Sie und mich in einem Topf kocht, kommt nicht gerade Feinkost dabei raus.«

Die Atmosphäre hatte sich spürbar gelockert. Augenzwinkernd zog Herr Cao eine Flasche Yili-Schnaps aus Xinjiang aus der Tasche, und die beiden Männer prosteten sich zu und knabberten Erdnüsse. Nach drei Runden war Lao Wei rot wie eine Tomate. Herr Caos Gesichtsfarbe war eher grünlich. Er bat ihn, ihm etwas vorzuspielen. Lao Wei wollte ihm die Bitte nicht abschlagen, aber nach vier nüchternen Jahren hatte der starke Schnaps ihm ziemlich zugesetzt, und mit schwerem Kopf und kurzem Atem brachte er nur eine klägliche Melodie zustande.

Herr Cao hörte trotzdem geduldig zu, etwas an der Melodie schien ihn zu rühren. Doch er behielt seine Gedanken für sich.

»Ich hätte nie gedacht, dass mein erster Zuhörer nach der Entlassung ausgerechnet ein Polizist sein würde«, sagte Lao Wei.

»Klang aber ziemlich beschissen.«

»Dein Gehör ist beschissen.«

»Das bisschen Luftgewirbel hörte sich an wie ein Furz. Obwohl ein trauriger Furz vielleicht auch nach etwas klingen kann.«

Wieder musste Lao Wei lachen. Sie prosteten sich noch einmal zu. Er fragte: »Verstößt es nicht gegen die Vorschriften, hier hereinzukommen und mit dem Feind einen zu trinken?«

»Natürlich verstößt das gegen die Vorschriften. Als ich im Süden von Xinjiang stationiert war, bin ich auch mal heimlich in ein Uigurendorf gegangen und habe mit den Rebellen gezecht. Dann bin ich auf dem Kang eingeschlafen. Es dauerte nicht lange, da hatte die ganze Truppe mit den Gewehren im Anschlag das Dorf umzingelt und verlangte mit dem Megaphon meine Herausgabe.«

»Klingt ziemlich abenteuerlich. Kann ich gar nicht glauben.«

»Wieso? Du kennst dich doch aus in dem Milieu, bist schließlich auch eine Art Rebell, ein Bücherrebell eben.«

»Klar, ich wollte schon immer gegen dieses korrupte System rebellieren. Wird Zeit, dass ihr mich wieder einbuchtet.«

»Über dein Schicksal bestimmen die da oben, damit habe ich nichts zu schaffen. Wenn es nach mir ginge, würde ich dich rauswerfen, und wenn du nicht freiwillig verschwändest, würde ich ein Rudel Wölfe auf dich hetzen. Wenn sämtliche Umstürzler in den Westen abgehauen sind, wird hier endlich Ruhe herrschen. Schau dich doch an, nicht gerade berühmt, keine Fremdsprachen, nur ein Paar schwarze Augen. Du gehst im Ausland doch sowieso ein. Oder willst du dich etwa als Flötenspieler durchschlagen? Dort versteht doch kein Mensch, was du spielst.«

»Das lass besser meine Sorge sein.«

»Es ist aber auch meine. Du stehst unter meiner Obhut, also muss ich mir Gedanken über dich machen. Lass dir eins gesagt sein, Lao Wei: Gib die Idee, hier irgendetwas verändern zu wollen, besser gleich auf, halt dich an das Motto unseres großen Reformarchitekten Deng Xiaoping und stürz dich ins Geschäft. Wie wär's?«

»Dafür hab ich kein Händchen.«

»Einen Laden besorg ich dir. Im ersten Jahr brauchst du keine Miete zahlen, und wenn es schlecht läuft, auch im zweiten nicht, so lange, bis du auf eigenen Beinen stehen kannst. Du magst etwas gegen unsere Partei haben, aber mit dem Renminbi verstehst du dich doch, oder?«

»Das scheint ihr ja besser zu wissen als ich.«

»Alle wollen heutzutage ein Stück vom Kuchen abhaben, du wirst sicher auch auf den Geschmack kommen. Zuerst geh ich mit dir zum Lotusteich, diesem Untergrundmarkt, und wir kaufen Hosen für zehn Yuan das Stück, da lässt du dann einen Markennamen draufnähen, lässt sie ein bisschen einfärben und sonstwie bearbeiten, und schon kannst du sie für 50 oder 100 weiterverkaufen.«

»Das nennt man Betrug.«

»Wie sagte doch gleich Deng Xiaoping: Mir ist egal, ob die Katze schwarz oder weiß ist, Hauptsache, sie fängt Mäuse. Also, Betrug hin oder her, wer Geld macht, ist ein gemachter Mann.«

»Die Kunden sind doch auch nicht bescheuert.«

»Wer sagt das?«

»Mao Zedong. ›Niemand ist so klug wie die Massen.‹«

»Der gute Mao hat schon eine Weile ausgespielt, der ist doch nur noch ein Gespenst. Und außerdem hat der alte Deng sich mit ihm verkracht. Der sagt nämlich: ›Der Kunde ist ein Idiot. Und wenn er keiner ist, wird er dazu gemacht.‹«

»Das hat der nicht gesagt.«

»Doch, hat er. Und wenn er's nicht gesagt hat, hat er's doch gedacht. Sonst hätte er wohl kaum 89 den Befehl geben können, das Feuer zu eröffnen, und diese Patriotendeppen niedermachen lassen, die sich für besonders schlau gehalten haben. Also, Lao Wei, stürz dich ins Geschäft. Wenn's schiefgeht, fang ich dich auf.«

»Ein Polizist hilft mir beim Hosenkaufen?«

»Die staatliche Sicherheit geht über alles. Wenn es Ärger gibt, rufst du einfach an.«

»Wenn ich Hehlerware verkaufe, bekomme ich zu Recht Ärger.«

»Ach was. Unter meiner Hand wird so ein schlaues Bürschchen wie du prächtig gedeihen. In weniger als fünf Jahren wirst du mehrere Dutzend Markennamen vertreiben und deine eigene Produktionsstätte dazu haben, dann brauchst du nicht einmal mehr im Lotusteich aufzustocken. Dann exportierst du deine Hosen Marke Lao Wei ins Ausland und verdienst Devisen, eroberst Japan und Amerika und leistest einen wichtigen Beitrag zur Wirtschaftskraft des Sozialismus. Und sind die Lao-Wei-Hosen erst einmal in aller Welt berühmt, bist du derjenige, der der Welt die Hosen anzieht.«

»Danke vielmals, ich brauche keine Hose.«

»Wie, du brauchst keine Hose? Läufst du mit dem nackten Arsch rum oder was?«

»Fick dich doch.«

»He, immer langsam. Pass auf, wie du mit mir redest.«

Die beiden Männer gingen mit wütenden Beschimpfungen aufeinander los. Schließlich war Herr Cao wieder ganz Polizist, drehte Lao Wei die Arme auf den Rücken und legte ihm Handschellen an. »Du Scheißkerl! Fick deine Ahnen, die ganze verdammte Reihe!«, fluchte Lao Wei. Herr Cao keuchte: »Undankbarer Idiot, du weißt eben nicht, wer es gut mit dir meint. Du bist und bleibst ein unverbesserlicher Revoluzzer.« Dann rief er bei der nächsten Polizeistation an und bat um einen Einsatzwagen, damit sie Lao Wei abholten und eine Nacht zur Ausnüchterung einsperrten.

Als er tags darauf entlassen wurde, empfing ihn Herr Cao vor der Tür. »Kannst du mir nicht ein bisschen von der Pelle bleiben?«, fragte Lao Wei, und Herr Cao antwortete: »Als ob dir irgendwer auf die Pelle rücken wollte.« Auch wieder wahr. Denn seit Lao Wei entlassen worden war, mieden ihn die alten Freunde aus den Literatenkreisen wie die Pest. Außer mit Vater und Mutter hatte er vor allem mit der Polizei zu tun. Er wollte nur noch weg, aber er fand keinen Weg. Der Brief, den er heimlich an eine Menschenrechtsorganisation in Hongkong hatte überbringen lassen, war wirkungslos verpufft. Da er sonst nichts tun konnte, nahm er seinen Stift und zwang sich, die langsam verblassenden Erinnerungen an die Jahre im Gefängnis noch einmal Revue passieren zu lassen. Das Gefängnis war ein Messer, das sein Leben fein säuberlich in ein Vorher und ein Nachher getrennt hatte. Vorher war er ein herumziehender Dichter gewesen, jung und stark, der tagelang mit einem Bummelzug durch das Land reisen konnte, ein Allen Ginsberg, der immer wieder an der Uni sein Gedicht *Geheul* vortrug: »Ich sah die besten Köpfe meiner Generation vom Wahn zerstört, / hungernd hysterisch nackt …« Als er dann im Gefängnis war, brauchte er sich nicht mehr selbst zu entblößen, die Aufseher mussten nur die Lippen schürzen, schon zogen ihm die anderen Verbrecher die Hosen runter, und man stocherte ihm so lange im Anus herum, bis es blutete, um zu sehen, ob darin auch nichts Verbotenes versteckt war. Und dann konnte er nicht an sich halten und sang in seiner Zelle ein Lied, aber auch das war gegen die Gefängnisordnung. Sie zerrten ihn hinaus und befahlen ihm, hundert Lieder zu singen. Er sang, unter der beißenden Sonne hielt er es fast dreißig Lieder lang durch, dann war er heiser, und ihm versagte die Stimme. Und wieder überließen sie ihn anderen Verbrechern, die sich auf ihn stürzten und ihm diesmal mit einem elektrischen Schlagstock statt Stäbchen im Hintern bohrten – diese Brandwunden saßen so tief, dass sie alle Gedichte und Lieder in ihm zu Asche gemacht hatten. Erst in den letzten zwei Jahren waren dann Sima der Mönch und das Flötenspiel in sein Leben getreten.

Er erinnerte sich, er schrieb, er zwang sich dazu in seinem Frust, während die Welt um ihn herum sich täglich neu erfand, stets brannten die Lichter rings um den ehemaligen kleinen Wohnbezirk, der dank des frischen Windes von Deng Xiaopings Reformpolitik rasch zu einem Rotlichtviertel verkam, in dem die Nutten mit ihren Freiern wie Bruder und Schwester Arm in Arm herumspazierten. Einfach zum Heulen. Er nahm die Flöte und blies ein paar Töne, aber dann stockte ihm wieder der Atem. Also ließ er die Flöte sein und nahm den Stift und schrieb weiter. Unversehens kam ein Gedicht dabei heraus:

Ergebt euch – Nein!
Ergebt euch – Nein Nein!
Die Kinder sind tot, die Väter sind tot, die Geliebte ist tot
Auch die Brüder und Schwestern sind tot
Da nun einmal alle Herzen ausgelöscht sind
Was nutzt es dann, wenn du dich nicht ergibst?
Die Zeit fließt dahin, Dauerregen
Und doch liegt Mutter Erde brach
Die Sonne ein Stachel, die Zuschauer schwach
Du hast keine Familie, kein Vaterland, kein Selbstvertrauen
Schäm dich
Schäm dich – aber wozu soll das gut sein?
Du sagst, du lebst, um zu erinnern
Doch erinnern – wozu soll das wieder gut sein?
Ergebt euch – Nein!
Ergebt euch – Nein!!
Nein – wozu soll das wieder gut sein?

Ein Wachhund bellte. Herr Cao feierte sein Comeback mit einem ganzen Einsatzkommando im Schlepptau, das in das Haus eindrang und jeden Winkel durchsuchte. Seine Manuskripte wurden sofort beschlagnahmt. »Wir wahren nur die öffentliche Ordnung.« Herr Cao zwinkerte ihm zu, nahm sein Gedicht in die Hand und las laut vor: »*Ergebt euch – Nein!* Warum nicht? *Was nutzt es dann, wenn du dich nicht ergibst?* Natürlich nutzt es was, sich zu ergeben.«

»Ich bin zu nichts nütze.« Lao Wei ließ den Kopf hängen.

»Sag bloß. Natürlich bist du zu etwas nütze. Bald ist der Jahrestag des vierten Juni, dann bist du noch nützlicher.«

»Was soll das heißen?«

»Hast du nicht zufällig eine ›Petition‹ von Dissidenten unterzeichnet?«

»Keine Ahnung.«

»Dein Freund Liu Xiaobo hat sie verfasst, und du gehörst zu den Initiatoren.«

»So? Was steht denn drin?«

»Stell dich nicht dumm. Du kommst mit uns mit.«

»Meinetwegen.« Er ging ruhig mit zum Polizeiwagen, während er innerlich tobte und sich selbst verfluchte. Jetzt hatte er jahrelang verzweifelt geschrieben – und ausgerechnet ein Polizist würde sein erster Leser sein. Solange er noch keinen Computer hatte, bediente er sich immer noch der Hieb- und Stichwaffen von anno dazumal, kopierte seine Manuskripte, so gut es ging, und versteckte sie, so gut es ging, wie eine Maus vor dem Überwintern.

Und Herr Cao und Lao Wei waren wie Zwillingsbrüder, die sich unfreiwillig zusammenrauften. Der Polizist wollte ihn unbedingt dazu bringen, eine Kehrtwende zu machen und den Zeichen der Zeit zu folgen. Er sagte sogar: »Literaten sind armselig. Wenn du's nicht aushältst, dann schreib doch ein paar dumme pornographische Glossen unter falschem Namen und gib sie irgendwo in Druck.« Lao Wei lächelte bitter: »Nur, wenn ich zur Recherche in den Hühnerstall darf.« »Du kannst ja auch ein paar volkstümliche Geschichten schreiben und an ›Story China‹ schicken.« Diese Märchenrevue war ein weitverbreitetes Schmierblatt, wovon sich angeblich fünf Millionen Exemplare pro Ausgabe verkauften. Lao Wei blieb ihm die Antwort schuldig.

Unerwartet segnete Herr Cao das Zeitliche.

Es war drei Jahre später, an einem Winterabend. Lao Wei saß gelangweilt zu Hause und verschickte per E-Mail den üblichen Bericht an die Polizei. Als zwei Gläser Wein später noch keine Antwort da war, hatte er ein ungutes Gefühl und schickte dieselbe Nachricht noch einmal ab. Nach einer ganzen Weile erst rief ihn Herr Caos Assistent Xiao Song an und sagte, Herr Cao sei bereits vor einem Monat verstorben.

Lao Wei war überrascht, er war sogar ein bisschen traurig. Xiao Song erzählte weiter: »Er leitete einen Eileinsatz. Wir mussten mitten in der Nacht los und rasten mehrere hundert Kilometer durch die Gegend, kamen nicht einmal dazu, etwas zu essen. Cao hatte Riesenhunger und kaufte am Straßenrand zwei in Tee gekochte Eier und verschlang sie in ein paar Bissen. Dann bekam er innerhalb von einer halben Stunde fürchterliche Pankreatitis, und sein ganzer Körper zuckte. Wir machten sofort kehrt und fuhren ins nächste Krankenhaus. Aber es war schon zu spät. Cao stieß noch ein paar furchtbare Schreie aus, und es war mit ihm zu Ende.«

»Lag es an den in Tee gekochten Eiern?«

»Wahrscheinlich. Diese Eier vom Vortag sind hart wie Stein.«

»Hast du auch davon gegessen?«

»Wir haben alle welche gegessen und keine Probleme gehabt. Cao war der Einzige.«

»Meine ältere Schwester hatte auch einmal Pankreatitis. Sie haben sie aufgeschnitten, und ein paar Stunden später ist sie munter wieder herumspaziert.«

»Aber für Cao war's zu spät.«

»Warum?«

»Keine Kohle.«

»Verdient ihr Polizisten so wenig?«

»In diesem blöden Laden gab es keinen Bankomat, und was wir fünf an Bargeld dabeihatten, hat bei weitem nicht ausgereicht. Also haben wir die Zentrale angerufen und gebeten, das Geld so schnell wie möglich zu überweisen. Und dann mussten wir verdammt nochmal hilflos warten, weil der Scheißarzt ohne das Geld in der Hand keinen Finger krumm gemacht hat. Da war nichts zu machen, wir hätten ihn ja schlecht unter vorgehaltener Kanone dazu zwingen können. Mensch, Cao war wirklich ein guter Kerl, eine Schande, dass er so enden musste.«

»Retten und Heilen ist die heilige Pflicht jeden Arztes.«

»Der kaltblütige Arzt wurde zwei Wochen lang inhaftiert, er hat sich nicht einmal dagegen gewehrt. Er hat nur herumgemault: ›Wir haben zu viele, die nicht zahlen können, und der Staat teilt uns nicht genug Mittel zu. Wir können es uns nicht leisten, barmherzig zu sein. Kein Geld, keine Behandlung.‹«

»In unserer Gesellschaft geht es nur noch ums Geld. Vor dem Tiananmen-Massaker war das noch anders, meine ich.«

»Ich will nicht über Politik diskutieren. Man muss für sich selbst wissen, was man tut, das ist die Hauptsache. Fairerweise muss man sagen, dass Cao dir nie Böses wollte. Beim letzten Mal, als wir auf Befehl deine Wohnung durchsuchen mussten, hat er den Band *Der Weg zur Knechtschaft* von Friedrich August von Hayek auf deinem Schreibtisch entdeckt. Eindeutig ein reaktionäres Buch. Aber da es nicht auf der Liste der zu beschlagnahmenden Gegenstände stand, hat er darauf bestanden, es zurückzulegen.«

»Dank sei Herrn Cao und Friede seiner Seele. Zu schade, dass ich ihn nicht auf einen Schnaps einladen kann.«

»Ich trinke nicht, aber ich lade dich einmal auf einen Tee ein.«

»Nimmst du jetzt Herrn Caos Stelle ein?«

»Vorübergehend, ja. Bitte halte mich auf dem Laufenden.«

»Ich habe vor, noch einmal einen Reisepass zu beantragen.«

»Gut. Ich werde den Antrag für dich weiterreichen.«

»Hin- und Herreichen nutzt mir einen Furz.«

»Dein erster Wohnsitz ist nicht in Chengdu, ich wiederhole nur, was Cao dir gesagt hat. Außerdem wird es Zeit, deine ›Vorübergehende Aufenthaltsgenehmigung‹ zu erneuern.«

»Ich stamme von hier, wozu dann eine Aufenthaltsgenehmigung?«

»Du hast zwar deine Strafe verbüßt, aber dein Wohnort richtet sich noch immer nach dem Standort deines Gefängnisses. Nach den offiziellen Bestimmungen bist du in der Wohnung deiner Eltern nur zu Gast.«

»Zu Gast? Wir leben seit Generationen in Chengdu. Ich sehe nicht ein, was es da verdammt nochmal mit euch zu verhandeln gibt.«

»Hätte ich auch nicht gedacht.«

»Wenn ein Mann und eine Frau zerstritten sind, können sie sich wenigstens scheiden lassen. Ich bin mit diesem Staat schon längst entzweit, warum muss man mich unbedingt an ihn fesseln?«

»Willst du mit mir streiten? Bin ja schließlich nicht ich, der dir keinen Reisepass ausstellt.«

Das Gespräch ließ Lao Wei zutiefst betrübt zurück. Natürlich konnte er die ganze Nacht kein Auge zutun. Er machte eine Flasche Schnaps auf, füllte zwei Becher und prostete seinem Schatten an der Wand gegenüber zu, als sei er Herr Cao. »Du blödes Arschloch, zweimal hast du mein Manuskript beschlagnahmt!«, schimpfte er lachend. »Jetzt bist du also schon eingeknickt, bevor sie mich noch ein zweites Mal eingebuchtet haben. Hast du es so eilig gehabt, in der Hölle noch gerisseneren Konterrevolutionären Gesellschaft zu leisten?«

Er hätte Herrn Cao ja gerne nach Art des Historiographen Sima Qian in einer »Biographie des Handlangers« verewigt, aber letztlich mangelte es ihm dafür an Material.

Zehn Jahre vergingen wie nichts. Wenn Lao Wei mit seiner anschwellenden Konterrevolutionärsakte gegenüber den Neuen bei der Sicherheitspolizei seinen alten Saufkumpan Cao erwähnte, wussten sie nicht einmal mehr, vom wem die Rede war. Es machte ihn richtig wütend: »Das war ein bedeutender Vorgänger von euch, zahlreiche Auszeichnungen für seine Verdienste hat er bekommen.« Aber sie interessierten sich nicht dafür.

Am Vorabend des Qingming-Fests erschien ihm Herr Cao im Traum und erzählte ihm, dass er zu einem einsam herumwandernden Geist geworden und schon unzählige Male vor der Tür der Polizeiwache abgewiesen worden sei: »Jeder Kaiser, jeder Minister hatte doch irgendwann eine verdammte Wachablösung!«

Nach dem Aufstehen ging Lao Wei allein hinaus vor die Stadt, und während er für seine verstorbenen Liebsten Totengeld verbrannte, schloss er auch einen Packen für Herrn Cao mit ein.

Revolutionsgenosse

Es wurde Herbst, und die Straßen waren von gelbem Laub bedeckt. Schleichend setzte die berüchtigte »Regenzeit« des Sichuaner Beckens ein, ein endloser, zeitloser, grauer Regen. Die ganze Stadt ernährte sich nur noch von eingelegtem Gemüse, die Leute krochen wie Würmer herum, die Gesichter so grau wie die Gemüter. Und inmitten dieser tumben Fadheit die drei Mitglieder der Familie Wei. Essen, schlafen, schlafen, essen. Tag und Nacht unterschieden sich nicht mehr. Oft dunkelte es gerade, wenn sie die Augen aufschlugen. Lao Wei fühlte sich, als ob er am ganzen Körper Muskelkater hätte und verschimmelte Knochen. Bis eines Nachmittags das Telefon klingelte. Doch als er sich träge erhoben hatte und den Hörer abnahm, hatte der Anrufer bereits aufgelegt.

Er fluchte, »Blöde Geisteskranke«, und schlüpfte wieder ins Bett. Erneut läutete das Telefon. Er schnappte sich den Hörer und rief »Hallo!«, aber wieder wurde aufgelegt.

Jetzt war er hellwach. Er stand auf, zog sich an, goss sich einen Tee auf und starrte reglos in den Regen, der von den Dachtraufen tropfte. Jemand klopfte wild rufend an die Tür. Als er öffnete, stand sein ehemaliger politischer Mithäftling Kleines Lamm vor ihm.

»Wenn das Telefon läutet und gleich aufgelegt wird, ist es entweder die Polizei oder ein alter Genosse«, spottete Lao Wei.

»Das nennt man Feueralarm«, sagte Kleines Lamm. »Hab ich aus einem Roman.«

Kleines Lamm war erst 16, als er ins Gefängnis kam. Nach dem Tiananmen-Massaker verteilte er auf Straßen und Plätzen Hunderte von Flugblättern mit einem »Aufruf zum Sturz des tyrannischen Regimes durch das Volk«, gezeichnet im Namen der »Chinesischen Allianz für Demokratie Sichuan« unter der Anschrift Times Square 111, New York, Vereinigte Staaten von Amerika. Daraufhin verständigten die aufmerksam gewordenen lokalen Behörden die übergeordneten Stellen, die alarmierten Peking, und das Ministerium für Staatssicherheit ordnete an, den Fall unverzüglich zu klären. Tag und Nacht war die Polizei im Einsatz, legte ein engmaschiges Netz aus – und fing zu ihrer Überraschung nur diese kleine Krabbe. Und bei den tage- und nächtelangen Verhören stellte sich heraus, dass ihr Fang in Personalunion Vorsitzender, Stellvertretender Vorsitzender, Sekretär und Mädchen für alles dieser großen konterrevolutionären Organisation mit Sitz in den USA war. Der Vernehmungsbeamte tobte. Eine Teetasse zischte an Kleines Lamms Ohr vorbei. Der duckte sich schnell weg und fragte unter dem Krach des zerschellenden Porzellans: »Wie viele Jahre bekommt man denn für so etwas?«

»Zwanzig verdammte Jahre kriegst du!«, wetterte der Vernehmungsbeamte.

»Dann bin ich also 36, wenn ich wieder herauskomme«, konstatierte Kleines Lamm seufzend. »Na gut, immerhin noch nicht ganz so alt wie Sie jetzt.«

Wie ein Adler stürzte sich der Beamte auf Kleines Lamm, der schnell um den langen Tisch herumflitzte. Erst nach ein paar Runden hatte er ihn erwischt und packte ihn an den Ohren. Die Protokollführer halfen, Kleines Lamm die Hosen herunterzuziehen, und versohlten ihm mit den bloßen Händen den Hintern. Drei Tage später war seine Verhandlung. Richter, Staatsanwalt, Gerichtsdiener. Kleines Lamm räusperte sich umständlich und wollte gerade zu seiner Verteidigung ansetzen, als ihn der Richter anfuhr: »Halt die Klappe!« Der nächste Satz war: »Drei Jahre!« Gleich darauf packte ihn der Gerichtsdiener am Kragen, zog ihn vor die Urteilsurkunde und befahl ihm, zu unterschreiben. »Ich unterschreibe nicht«, wollte er sagen, aber schon bekam er einen solchen Schlag ins Gesicht, dass alles vor ihm verschwamm. Zwei Schneidezähne. Die Zähne fehlten auch noch, als er seine Strafe abgesessen hatte.

Lao Wei starrte ihn an. »Was ist denn los?«, stammelte Kleines Lamm. »Ich komme gerade aus Shenzhen und habe dir einen Hongkongdollar mit Königin Elisabeth drauf mitgebracht. Hast du schon einmal einen Hongkongdollar gesehen?«

»Hast du denn einen Grenzgängerausweis?«

»Ach was.«

»Und wie kommst du dann rüber?«

»Das kann ich nicht so einfach erklären. Ich war jedenfalls drüben. Vor ein paar Monaten war wieder eine konterrevolutionäre Säuberungswelle angesagt, überall Verhaftungen, und es herrschte ein Riesenaufruhr. In Peking wurden Leute wie Liu Xiaobo und Bao Zunxin ständig zum Verhör einbestellt und die Mütter vom Tiananmen gleich reihenweise verhaftet. Ich habe mich als Krüppel getarnt und von einem öffentlichen Telefon schräg gegenüber von dir hier angerufen, aber du warst nicht da, und ich habe nur deinen Vater angetroffen. Ich habe einen Topf mit Kamelien für dich abgegeben.«

»Deine Kamelien stehen auf dem Fensterbrett. Mein Vater sagt immer, fremde Kinder sind immer besser erzogen als die eigenen.«

»In den Kamelien ist eine Nachricht für dich.«

»Wirklich?« Lao Wei erschrak, nahm die Kamelien und schüttelte sie kopfüber aus. Das seit Monaten darin verborgene Papier war schon ganz vergilbt und durchweicht. »Vergiss es«, meinte Kleines Lamm, »der alte Schweinskopf Lao Wei taugt offenbar nicht mehr zur Revolution.«

»Du hättest meinem Vater etwas sagen müssen.«

»Kann der denn etwas für sich behalten?«

»Meinem Alten bringst du den Mund nicht einmal mit einem Stemmeisen auf.«

»Das kann man nie wissen.« Kleines Lamm schnaubte verächtlich. »Ich hatte sogar extra eine rote Schleife drumgebunden, damit du was merkst. Als du nicht reagiert hast, bin ich eben selbst los. Von Norden nach Süden bin ich sozusagen gerannt, habe es schließlich nach Shenzhen geschafft und bin gemäß dem zuvor verabredeten Signal mit einer Modezeitschrift unterm Arm die Chung Ying Street rauf und runter spaziert. Aber mein Kontakt ist nicht aufgetaucht. Also bin ich sofort wieder zurück.«

»Und woher hattest du das Geld für die Reise?«

»Mein wertvollster Schatz ist das Briefmarkenalbum, das mir mein Vater hinterlassen hat. Sobald ich irgendwo angekommen bin, gehe ich zuerst ins Stadtzentrum zum Postamt und hänge ein bisschen draußen zwischen den Briefmarkensammlern herum, tausche ein paar, verkaufe ein paar, so lange, bis die Reisekasse gefüllt ist.«

»Wow.« Lao Wei nickte gedankenverloren. Kleines Lamm ließ sich seinen Enthusiasmus nicht nehmen. »Wusstest du, dass US-Präsident Clinton demnächst China besucht? Es wird nicht lange dauern, schon wird Bewegung in die Revolutionsflaute kommen. Ich bin extra hergekommen, um dich über die Versammlung zu informieren.«

»Was für eine Versammlung?«

»Gründungsversammlung der neuen Demokratischen Partei Chinas in Sichuan.«

»Kein Interesse.«

»Aber Essen und Trinken interessiert dich noch?«

»Willst du Kerlchen mich einladen?«

»Gar nicht nötig. Li Bifeng hat an der Dongmen-Brücke einen Laden mit Fischfeuertopf aufgemacht, *Große Schwester Zhang* heißt er. Alle von der Sichuaner Revolutionsclique waren schon da, alle außer dir.«

Sie fuhren vom Osten der Stadt in den Westen, wechselten dreimal den Bus, überquerten im strömenden Regen die Brücke, an deren Ende wie ein Brückenkopf das Restaurant über dem stinkenden Fluss thronte, das der verfemte Dichter Li Bifeng mit Hilfe von anderer Leute Kapital aufgemacht hatte. Kaum waren sie eingetreten, rief der alte Li mit seiner Arbeitslager-Schirmmütze: »Sieh an, wen wir da haben! Einen großen Fisch für Bruder Wei, bitte!«

»Die großen Fische sind aus«, antwortete der Kellner. »Wir haben nur noch Schlammbeißer.«

»Wie bitte? Ich habe doch heute Morgen erst dreißig große Fische auf dem Markt geholt«, wunderte sich Li.

»Ja, fünfzehn davon haben wir mittags verkauft, und die restlichen haben deine Waffenbrüder verputzt.«

»Fünfzehn Fische für fünfzehn Leute, jeder fast ein Kilo schwer«, murmelte Li. »Die haben vielleicht 'nen Appetit.«

»Wer einmal Knastfraß essen musste, hat immer großen Appetit«, meinte Lao Wei. Li war trotzdem ein bisschen genervt. »Dann koch eben drei Pfund Schlammbeißer für Bruder Wei und Kleines Lamm.«

»Nicht nötig, uns reicht ein Pfund für zwei«, beeilte sich Lao Wei zu sagen.

Etwa ein Dutzend Aktivisten der künftigen revolutionären Partei gönnten sich ein üppiges Abendessen, hielten sich die Bäuche und wischten sich die fettverschmierten Münder ab. Dann zwängten sie sich in das Versammlungszimmer. Li Bifeng rannte rein und raus und dirigierte seine Angestellten, um das Geschäft am Laufen zu halten: »Fisch und Schlammbeißer sind aus, also deckt die Feuertöpfe auf den Tischen ab, schreibt die Menütafel neu und bietet gebratenes Gemüse an.« Die Angestellten warfen lustlos Gemüse in die Pfannen. »Alles klar, Chef.«

Es wurde dunkel. Während der große Gastraum bald kalt und verlassen dalag, ging es im Nebenzimmer immer heißer und heftiger her. Versammlungsleiter Liu Xianbin war früher Studentenführer und hatte, ähnlich wie Yueyue Xin, Riri Xin und Kaixi nach dem Tiananmen-Massaker ein gutes Jahr im Gefängnis gesessen, war dann in seine Heimatstadt Suining zurückgekehrt und hatte sich weiter in der Untergrundbewegung engagiert. Nun hatte er schon zwanzig Minuten lang geredet, sämtliche Gruppierungen abgehandelt, das politische Klima im In- und Ausland analysiert. Er schloss mit den Worten: »Eine Partei gründen ist das Gebot der Stunde.«

Alle redeten wild durcheinander. Einer erzählte: »In Zhejiang ist Wang Youcai zum Provinzbüro für Zivile Angelegenheiten gegangen und hat einen Gründungsantrag eingereicht. Überraschenderweise haben sie ihn angenommen und gesagt, sie würden darüber nachdenken.« Ein anderer sagte: »In Shaanxi hat der ehemalige Sekretär Hu Yaobangs, Lin Mu, ebenfalls einen Antrag eingereicht.« »Das liegt auf jeden Fall am politischen Klima in Peking«, sagte ein Dritter. »In Zhongnanhai bekommt gerade der Reformflügel wieder Zuwachs. Zhao Ziyang steht zwar immer noch unter Hausarrest, aber er weigert sich, seine Fehler zu gestehen. Und außerdem versucht die Regierung vor Clintons Besuch gut Wetter zu machen, entsprechend ist in Xu Wenlis Parteigründungsbüro einiges los.« Lao Wei fragte dämlich: »Wollt ihr das wirklich machen?« Der aus der alten Stadt Guangyuan im Norden Sichuans stammende She Wanbao antwortete: »Na klar, Sichuan darf nicht zurückstehen.« Hu Mingjun pflichtete ihm bei: »Wir dürfen nicht nur nicht zurückstehen, sondern müssen losziehen, in die Fabriken, auf die Straßen, zu den Bauern, die Massen aufwiegeln.« Kleines Lamm fragte: »Wie stellst du dir das vor?« She Wanbao: »Zuerst gehen wir von Tür zu Tür und verteilen Flugblätter, dann bearbeiten wir unsere Kontakte, und zum Schluss gehen wir auf die Straße und demonstrieren.« Lao Wei: »Und dann kommen wieder die Panzer.« Hu Mingjun: »Wenn sie das noch einmal wagen, dann klettern wir rauf und kämpfen.« Liu Xianbin: »Jetzt bleiben wir erst einmal in der Gegenwart. Wir beantragen die Parteigründung und gründen, egal, ob das Büro für öffentliche Angelegenheiten zustimmt oder nicht, so schnell wie möglich die Provinzgruppe der Partei. In der Hauptstadt bereiten Xu Wenli und die anderen längst den ersten Nationalkongress der Demokratischen Partei vor.«

Lao Wei war perplex. Kleines Lamm flüsterte ihm ins Ohr: »Das ist *die* Gelegenheit, steig mit ins Boot.« Lao Wei: »Besteig du deine Mutter, Mann.« Kleines Lamm: »Unser Tumen-Gefängnis ist auch nicht schlechter als das Qincheng-Gefängnis, weltbekannt dank berühmter Konterrevolutionäre.« Lao Wei: »Na und?« Kleines Lamm: »Wenn wir eine Partei gründen, dann sollte die Tumen-Fraktion den Vorsitz übernehmen.« Lao Wei: »Zu schade, dass Lao Lei, der den Plan aufgeben musste, Deng Xiaoping aus seinem Grab zu holen, noch nicht aufgetaucht ist, sonst wäre er ein idealer Kandidat für den Sichuaner Vorstand.« Kleines Lamm: »Du bist qualifiziert genug dafür. Außerdem kennst du unseren illustren Liebling Liu Xiaobo.« Lao Wei: »Li Bifeng mit seinem grenzenlosen Enthusiasmus passt da besser.« Kleines Lamm: »Li Bifeng hat seit seinem Fluchtversuch ein entstelltes Gesicht, und die Eier haben sie ihm auch zu Brei geschlagen. Was will unsere Demokratiebewegung mit einem Krüppel als Zugpferd?«

Die Marathonsitzung dauerte fast bis zum Tagesanbruch. Am Ende standen die Namen für das Vorbereitungskomitee der Sichuaner Provinzgruppe fest, es waren Liu Xianbin, Hu Mingjun, She Wanbao, Wang Sen und Kleines Lamm. Li Bifeng wurde wegen seiner Behinderung vorübergehend zum Leiter der Kommunikation ernannt. Lao Wei als notorischer Langschläfer verzichtete auf die Wahl, nachdem er erfahren hatte, dass die landesweite Parteiversammlung regelmäßig am frühen Vormittag stattfinden würde.

Die anderen lachten ihn aus: »Wenn du nicht willst, dann eben nicht. Wegen dir Schlafmütze werden wir nicht die ganze Demokratiebewegung ausbremsen.«

Das Lachen blieb ihnen bald im Halse stecken. Es dauerte nur wenige Monate, bis der Wind sich drehte und eine landesweite Säuberungsaktion einsetzte. Zuerst wurde das Zentralkomitee der Demokratischen Partei verhaftet, dem Xu Wenli, Qin Yong und weitere zehn Personen angehörten, und drakonische Strafen verhängt. Kurz darauf waren auch sämtliche Mitglieder des Sichuaner Vorbereitungskomitees an der Reihe und wurden unerwartet ebenso streng verurteilt wie die weltweit bekannten Mitglieder des Zentralkomitees, mit Haftzeiten von bis zu zehn Jahren. Li Bifengs Feuertopfrestaurant wurde amtlich versiegelt, er selbst bekam wegen »Wirtschaftskriminalität« sieben Jahre. Die Weltöffentlichkeit, allen voran die Regierung der Vereinigten Staaten, verurteilte die Vorgehensweise wie üblich auf das schärfste.

Wie üblich ohne jeden Effekt.

Nur Kleines Lamm tauchte rechtzeitig unter und fand auf irgendeinem Acker seiner Vorfahren vorübergehend eine Bleibe, dann kaufte er sich vom Nachlass seiner Familie einen der noch nicht vergriffenen »Personalausweise«, und ein vielseitig versierter daoistischer Wandermönch half ihm, das Foto gegen seins auszutauschen. Erfolgreich mogelte er sich unter eine Reisegruppe und stolzierte bald fröhlich durch Bangkok. Dort trennte er sich rasch von den anderen und suchte Aufnahme in der amerikanischen Botschaft, die ihm jedoch die Tür vor der Nase zuschlug. Ihm blieb nur, ziellos durch die Straßen zu wandern. »Ich habe gelebt wie ein Straßenköter«, erzählte er Lao Wei Jahre später am Telefon, »und mit eingezogenem Schwanz in den Klöstern um Essen gebettelt. Anders als ein Hund jedoch war ich fleißig und gewissenhaft, weshalb die Mönche im sehr buddhistischen Thailand immer sehr freundlich zu mir waren.«

»Und dann?«, fragte der durch einen Ozean von ihm getrennte Lao Wei in den Hörer hinein.

»Vier Jahre habe ich in Bangkok herumgehangen, bis ich nicht mehr wiederzuerkennen war, die Haut fast schwarz, der Bart ganz weiß, bis dann endlich das Flüchtlingskommissariat der Vereinten Nationen mich als Dissidenten anerkannt hat. Jetzt bin ich in Kanada und friere mir den Arsch ab. Ich vermisse Thailand, wo zu jeder Jahreszeit die Sonne scheint und man zur Not auch nackt überleben kann.«

Noch ein Revolutionsgenosse

Der Regen fiel in dichten Bindfäden. Die neue Welle des Aufbegehrens ebbte so schnell wieder ab, wie sie gekommen war, und die Genossen zerstreuten sich in alle Himmelsrichtungen. Lao Wei griff zum Stift, in seinem Kopf tobte ein Gedankensturm, doch das wilde Durcheinander ließ sich nicht ordnen. Er stöhnte. Er legte die Stirn in Falten. Er saß träge herum. Dann klingelte das Telefon.

Er nahm ab und sagte »Hallo?« Mit einem lauten Knall wurde am anderen Ende aufgehängt. Nach zwei Minuten läutete es erneut. »Ob Kleines Lamm wieder aus der Versenkung aufgetaucht ist?«, fragte er sich verwundert. Schon länger hatte niemand mehr bei ihm vorbeigeschaut. »Vielleicht die Polizei?« Er streckte den Kopf aus dem Fenster und sah sich nach allen Seiten um. Die Nacht hatte sich über die Straßen gesenkt, die Lichter der Laternen flackerten, an den Friseursalons teilten sich unablässig die Vorhänge der Eingangstüren, während drinnen die Mädchen hinter den Schaufenstern saßen wie schillernde, schwänzelnde Fische im Aquarium.

Mit der Flöte unter dem Arm schlich sich Lao Wei aus dem Haus. Er bestieg den Ringbus und fuhr bis ans andere Ende der Stadt. Erst dort ließ er die ersten Töne in die Nacht hinaus und schlenderte durch den Regen. Aus der stockdunklen Nacht drang plötzlich die Stimme eines Betrunkenen zu ihm: »Das ist doch nicht etwa Lao Wei?!«

Als er sich erschrocken umsah, stand ein alter Freund von ihm im schwachen Licht der Straßenlampe, ein Mädchen im Arm. Er erkannte ihn auf einen Blick, es war der schon in den achtziger Jahren glücklose Künstler Zhu Li. Damals hatten die beiden viel miteinander abgehangen. Noch am Abend des Massakers auf dem Tiananmenplatz hatte er auf Chengdus Straßen eine tränenreiche Rede gehalten und Vergeltung für die Opfer gefordert.

»Zhu Li, wie nett!« Lao Wei deutete eine Verbeugung an.

Sie standen vor einem Nachtklub, wo ein Heidenlärm herrschte, weshalb Zhu Li sich verhörte: »Fett? Na ja, wir haben uns lange nicht gesehen, die Leute legen eben ein bisschen zu mit der Zeit. Alles dank der Reformpolitik unseres alten Deng Xiaoping, haha.« Schon nahm er das Mädchen in den rechten und den alten Freund in den linken Arm, ging mit ihnen hinein und schwadronierte weiter, doch alles ging im Lärm unter.

Eine Menge Mädchen zog mit ihren Freiern an ihnen vorüber, es klirrten die Gläser, und Lao Wei war unversehens mittendrin und musste gute Miene machen. Drei Gläser Whisky brachten schnell sein Blut in Wallung. »Ich bin hier der Geschäftsführer«, sagte Zhu Li. »Ich kann trinken, so viel ich will, und Mädchen nehmen, wie es mir passt.«

»Ich pfeife auf dem letzten Loch und habe nichts in der Tasche«, sagte Lao Wei.

»Ich habe auch kein Geld«, entgegnete Zhu Li unbeeindruckt. »Der ganze Laden ist auf Pump, von der Bank finanziert. Wenn wir Gewinn machen, teilen wir es untereinander auf, die Verluste trägt der Staat.«

»Wie geht das denn?«, fragte Lao Wei.

»Mein Schwiegervater ist Präsident der Bank. Damals, nach dem vierten Juni, als mich das Sicherheitsbüro verhaftet hat, hat er die Kaution für meine Freilassung bezahlt.« Lao Wei seufzte nur. »Meine Güte, was war das alles deprimierend damals. Vor allem nach dem vierten Juni gab es drei Jahre lang nichts als scheißpolitische Studien«, fuhr sein Freund fort. »Heutzutage ist alles lässig, alle machen Geld.«

Dieses Gerede ging Lao Wei zwar gehörig auf die Nerven, aber da er genauso besoffen war wie sein Gegenüber, ließ er es dabei bewenden. Zhu Li schwafelte weiter: »Die Mädels haben die Aufgabe, sich um die Gäste zu kümmern, und ich muss mich um die Mädels kümmern. Und irgendwann, wenn's dämmert, komme ich nach Hause und muss mir das Gezeter meiner Alten anhören. Man hat's nicht leicht.«

»Es läuft doch alles bestens«, sagte Lao Wei, »im Fernsehen singen sie den ganzen Tag ein Lied davon. Die Leute wollen nichts als ihren Spaß haben.«

»Und du wirst heute Abend auch deinen Spaß haben und gleich mit zwei Fräuleins glückliches Paar spielen.«

»Ich hab zu viel getrunken, ich krieg sowieso keinen hoch, also verschwende dein Geld nicht.«

»Na, dann singen wir eben Karaoke, bis wir wieder nüchtern sind.«

Lao Wei zog seine Flöte heraus: »Wenn ich die spiele, geht es noch schneller.« Er schaltete den Monitor aus und spielte drauflos.

Noch bevor er eine Melodie zu Ende gebracht hatte, applaudierte Zhu Li begeistert und rief etwa zwanzig Mädchen von draußen herbei, die zwei Kreise um Lao Wei bildeten und sein kurioses Spielzeug bewunderten. Lao Wei senkte den Kopf und schnaubte rasselnd, aber er beherrschte sich und spielte vom Takt seines Schnaubens begleitet *Su Wu hütet die Schafe* zu Ende, ein berühmtes Lied über einen Vagabunden aus der Han-Zeit. Die Mädchen lachten sich kaputt. Die eher zartfühlenden darunter kamen näher und strichen Lao Wei über die Glatze. Zhu Li war ganz aus dem Häuschen. Grölend applaudierte er: »He, was sagt ihr, spielt der nicht genial?« Die Mädchen kicherten kokett: »Genial!« »Na, welche meiner kleinen Schwestern möchte gern meinem großen Bruder hier die Flöte blasen?« Die Mädchen lächelten süß wie ein Meer aufgehender Blütenknospen. Hier im Süden musste man solche Doppeldeutigkeiten niemandem erklären.

Es dämmerte bereits, als Lao Wei nach Hause kam. Er warf sich auf das Bett und schlief bis nachmittags. Wieder läutete das Telefon. Diesmal meldete sich jemand. »Ich bin's, Xu Wanping. Sie haben mich eben entlassen.«

Noch ein Revolutionsgenosse. Acht Jahre Freiheitsstrafe verbüßt. »Wo bist du?«, fragte Lao Wei.

»Zu Hause. Umzingelt von Polente.«

»Hast du gestern schon einmal angerufen?«

»Ja. Ich habe die ganze Nacht im Zug verbracht, war auf dem Weg von Chongqing nach Chengdu und habe dir von einer Telefonzelle am Bahnhof ein Lebenszeichen senden wollen. Wer hätte gedacht, dass sofort ein Zivilfahnder hinter mir stehen würde und mich mit dem nächsten Zug zurück nach Chongqing verfrachtet.«

»Und jetzt bist du in Chongqing?« Lao Wei rief sich Xu Wanpings Aussehen ins Gedächtnis, das Gesicht eines verschlagenen Fuchses, eines zornigen Fuchses, wenn er rot anlief.

»Klar. Schade, dass ich noch eingebuchtet war, als ihr das mit der Demokratischen Partei angezettelt habt.«

»Macht doch nichts. Komm erst mal zur Ruhe.«

»Von wegen zur Ruhe kommen. Mensch, hier in Chongqing geht eine Staatsfirma nach der anderen pleite, die Leute kriegen von einem Tag auf den anderen keinen Lohn mehr und gehen auf die Straße. Neulich hat sich eine Arbeiterin an der Brücke erhängt, weil sie ihrem Kind nicht einmal zwei Yuan Taschengeld für den Kindertag geben konnte. Und in Mianyang streiken die Textilarbeiter und haben den Verkehr auf der Autobahn lahmgelegt.«

»Und was hat das mit dir zu tun?«

»Ich muss mich einfach einmischen, die Misere der Leute dokumentieren und dem chinesischen Menschenrechtsverband in New York davon berichten.«

»Das hat Li Bifeng vor einem halben Jahr auch gemacht, und jetzt sitzt er zum zweiten Mal im Bau.«

»Ich bin es mehr als der gewohnt zu kämpfen. Dass die Demokratische Partei jetzt am Boden ist, heißt noch lange nicht, dass man nicht daran festhalten und sie nicht wiederaufbauen kann. Die Arbeiter der Staatsbetriebe sind unsere loyalste Basis.«

Xu Wanping, der alte Tagträumer. Lao Wei wusste nur zu gut, dass die frisch entlassenen Politischen nicht auf der Höhe der Zeit waren und sich gerne noch für eine lange oder kurze Weile absurden Phantasien hingaben. Etwa zwei Jahre später sollte ihm Xu Wanping zusammen mit dem wegen der Anstiftung zur Schändung von Deng Xiaopings Grab zu zwölf Jahren verurteilten Lao Lei einen Besuch abstatten und nach ein paar Schnäpsen lauthals verkünden: »Die Tage der Kommunistischen Partei Chinas sind gezählt!« und dann hinter vorgehaltener Hand hinzufügen, dass sich bereits eine chinesische Übergangsregierung gebildet habe.

»Und wo bitte?«, fragte Lao Wei erstarrt.

»In Peking westlich vom Shuangyushu-Restaurant steht ein 16-stöckiges Hochhaus, in dem sich, als die Demokratische Partei zerschlagen wurde, heimlich eine Interimsregierung etabliert hat. An der Wand hängt ein Porträt von Sun Yatsen, rechts davon die Kuomintangflagge mit der weißen Sonne auf blauem Grund und links davon die dreifarbige Flagge des Chinas der Zukunft als Symbol für die Gewaltenteilung zwischen den zwei vom Volk gewählten Häusern und der Regierung. Wenn die Zeit reif ist, [illegible] Lao Peng bereit, um als Präsident vereidigt zu werden.«

[illegible] dabei?«

»Ne[illegible]tiz-minister. Meine Wenigkeit wird Außenminister.«

»Und das politische Programm?«

»Analog zur Xinhai-Revolution. Unabhängige Provinzregierungen. Sturz der Diktatur durch Militärgewalt.«

»Und das Militär?«

»Wir haben unsere Kontakte. Gegenwärtig befindet sich Lao Peng bereits auf geheimer Mission im Ausland, um dort bei internationalen Nichtregierungsorganisationen Kapital für den Putsch zu beschaffen und einen Attentäter zur Auslöschung des Li-Peng-Klans zu dingen.«

Lao Wei wollte seinen Ohren nicht trauen. Er zitterte. Da Xu Wanping ihm sehr nahestand, versuchte er, ihn vorsichtig zu warnen: »Komm, Lao Xu, ein Kerlchen wie du, keine eins sechzig groß, will ein Attentat vorbereiten?«

»Kleine Ameisen sollten große Ideale haben.« Xu Wanping hob die Stimme. »Das hast du selbst gesagt, als wir im Gefängnis waren. Die Attentäter im *Shiji*, das hast du ebenfalls gesagt, waren meistens kleine Männer, die in der Masse nicht auffielen.«

Da sah man es wieder. Vieles, was man leichthin dahersagt, kann schwerwiegende Folgen haben, dachte sich Lao Wei. Zu spät. Es dauerte nicht lange und Xu Wanping saß wieder ein, drei Jahre Arbeitslager. Und kaum war er draußen, hatten sie ihn im Handumdrehen wieder eingebuchtet, zwölf Jahre Arbeitslager. Wenn sich nicht bald etwas an den Verhältnissen änderte, würde der Arme am Ende ganze dreiundzwanzig Jahre eingesperrt gewesen sein. Der zutiefst besorgte Lao Wei drängte ihn wiederholt, zu fliehen, doch Xu Wanping setzte wacker seinen Weg fort und blieb standhaft. Nach dem Vorbild von Victor Hugos proletarischen Schriften heiratete er eine schwangere entlassene Arbeiterin.

Nach nur wenigen Tagen glücklichen Familienlebens stellte ihm ein Zivilfahnder eine Falle. Bei dem völlig unwissenden Xu Wanping wurde ein Päckchen Heroin sichergestellt, und zwei Camcorder hatten ein fingiertes Video aufgezeichnet, in dem bewiesen wurde, dass »der Dissident Xu Wanping« mit Hilfe von illegalem Drogenhandel seine umstürzlerischen Aktivitäten finanzierte. Seine Wohnung wurde durchsucht, und es folgten tage- und nächtelange Verhöre. Achtundvierzig Stunden lang wurde er mit Hanfseilen an einen Eisenstuhl gefesselt und konnte sich nicht bewegen.

Als Lao Wei davon erfuhr, blieb ihm nichts, als zum Stift zu greifen und über seinen Fall zu berichten. »Xu Wanping lebt noch, immerhin lebt er noch«, war sein letzter Satz.

Und noch mehr Revolutionsgenossen

»Die Lebenden bekommt man nicht zu Gesicht, beinahe so wie die Toten.«

Diesen Satz hatte Lao Wei einmal von einem Betrunkenen gehört und fortan zu seinem Lebensmotto gemacht. Wie Glühbirnen kurz vor dem Durchbrennen flackerten viele seiner Revolutionsgenossen noch einmal kurz auf, bevor sie von der Bildfläche verschwanden. So wie Xu Wenli oder Wei Jingsheng, die nach vielen Jahren im Gefängnis ihre üblen Machenschaften fortsetzten, sobald sie draußen waren, und offene Briefe verfassten, in denen sie ihrer Besorgnis über den Zustand des Landes und des Volkes Ausdruck gaben. Im Handumdrehen saßen sie wieder ein. Am Vorabend seiner zweiten Inhaftierung war Xu Wenli in seiner Funktion als Vorsitzender des Gründungskomitees der Demokratischen Partei bei Lao Wei zu fleischgefüllten Baozi eingeladen. Dann platzte plötzlich Wang Youcai, die Nummer drei der Demokratischen Partei, nachdem er hakenschlagend wie ein Hase die Polizei abgeschüttelt hatte, in Lao Weis Wohnung und drückte ihm einen handgeschriebenen Zettel mit den Namen der Mitglieder des Ständigen Ausschusses der neuen Partei in die Hand. Lao Wei steckte ihn schnell ein und gab dem bis auf die Knochen Abgemagerten im Gegenzug ein paar Baozi. Der Hohläugige Wang verschlang gleich fünf hintereinander und pries in einem fort die Sichuaner Fleischbaozi, die so viel besser seien als die Goubuli Baozi in Chongqing. Es dauerte nicht lange, bis auch Wang Youcai wieder im Bau saß. Wann immer Lao Wei später Baozi aß, erinnerte er sich schmerzlich an die beiden, ihr kurzes Aufflackern vor dem Verglühen. Wenige Jahre später flackerten die Glühbirnen noch einmal auf, diesmal waren sie zu Handelsobjekten geworden, von der chinesischen Seite exportiert, zwei mehr im Heer der Exilchinesen. Und auch das Hauptquartier der Demokratischen Partei Chinas zog von Lao Xus Wohnung in Pekings Baiguanglu um ans andere Ufer des Ozeans, in Lao Xus Wohnung auf Rhode Island.

Doch Lao Weis eiserner Leidensgenosse Pu Yong verschwand ganz und gar von der Bildfläche. Er hatte zehn Jahre bekommen, weil er nach dem Tiananmen-Massaker in allen Ecken seines Heimatkreises Plakate aufgehängt hatte, die die Bevölkerung zum bewaffneten Widerstand aufriefen. Zusammen mit dem Dichter Li Bifeng hatte er damals Lao Wei auf ihren abendlichen Rundgängen zwischen den hohen Mauern des Gefängnishofs begleitet. Oben auf der Plattform standen die Aufseher und beobachteten sie aus der Distanz. Li Bifeng wuselte ständig um Lao Wei herum, fragte ihn nach den Ursprüngen des Universums, während Pu Yongs größtes Interesse Mao Zedongs *Theorie des fortwährenden Kampfs* galt. Er verkündete gern, er wolle den Feind mit seinen eigenen Waffen bekämpfen, der KP mit ihrer eigenen Kriegsstrategie ein Schnippchen schlagen. »Bei mir zu Hause ist die Topographie mit den Bergen ringsum fast genauso wie am Jinggangshan. Man braucht nur ein paar hundert Leute mit ein paar hundert Gewehren«, faselte er, »hält die Stellung an beiden Schneisen vorn und hinten, und dann kann selbst die stärkste Armee keine Attacke lancieren.« Doch nicht lange nach seiner Entlassung starb er an Lungenkrebs – er hatte einfach zu lange im Staub der Gießerei des Arbeitslagers malocht, der sich in seinen Lungenflügeln gesammelt hatte. Im Röntgenbild sahen sie aus wie zwei düstere Wolken. Kurz vor Pu Yongs Tod erreichte ihn ein Ferngespräch von Lao Wei: »Hast du Schmerzen, Bruder?«

Er hatte von seinem Arzt gerade eine Injektion Demerol bekommen und antwortete daher: »Nein. Nur mein Bauch wird immer dicker, als ob ich schwanger wäre. Es ist Aszites.«

»Dann nimm am besten einen Schlauch und saug das Wasser ab, dann wird er wieder flach.«

Pu Yong lachte schallend: »Bin ich ein Abwasserkanal oder was?«

Lao Wei lachte mit. Da begann die Birne der Deckenlampe zu flackern und erlosch mit einem Knall. Pu Yong legte erschrocken auf.

Im unvermittelten Dunkel spürte Lao Wei den unterirdischen Fluss der Zeit aufsteigen. Wie ein Schwarm Fische trieben die Toten der Vergangenheit unter seinen Achselhöhlen durch. Seine ältere Schwester, der Großvater und seine Erzfeindin, die dritte Tante, die vier Kriegsverräter der Republikanischen Armee, Tschiang Kai-schek, Mao Zedong, Deng Xiaoping und die zahllosen unsteten Geister der von Tschiang, Mao und Deng Ermordeten. Und jetzt räumte auch Pu Yong seinen Platz, der ihm schon lange streitig gemacht worden war, und würde sich wie ein Schwanz ans Ende des Fischschwarms hängen.

Knarrend ging die Haustür auf. Lao Wei zuckte zusammen, doch es war nur seine Mutter, die nach Hause kam. Wie ein ferner Leuchtturm drang durch den Spalt das Licht der Stadt herein.

Li Bifeng saß unterdessen schon wieder für eine Weile im Gefängnis. Irgendwann später gestand er, dass er just zu dem Zeitpunkt, an dem Pu Yong seinen letzten Atemzug tat, zum ersten Mal in seiner Zelle an seinen Memoiren geschrieben hatte. »Ich berichte davon, wie am Morgen des vierten Juni aus Solidarität mit Peking Tausende von Demonstranten auf dem Tianfu-Platz in Chengdu Widerstand gegen mehrere Reihen Soldaten geleistet haben, die den Platz eingekesselt hatten«, erzählte er Lao Wei verzückt. »Ich radelte mit einer Rikscha durch die Menge, auf meinen Schultern eine Studentin mit Megaphon, die von hoch oben verkündete: ›Patriotismus ist kein Verbrechen! Wir fordern den Rücktritt von Li Peng! Die Unterdrückung der Studentenbewegung ist keine Lösung!‹ Doch ihre Stimme ging in der Explosion von Tränengasbomben unter, Rauchschwaden überall. Wie ein verschreckter Hühnerhaufen stoben die Demonstranten auseinander. Meine Rikscha fiel krachend um, und die Studentin und ich stürzten zu Boden. Das schreiende Mädchen wurde inmitten des Gewühls von jemandem weggebracht, während ich die Steinstufen an der Stirnseite des Platzes hinaufkroch, wo ich mich hinter der gigantischen Statue von Mao Zedong versteckte. Keine Ahnung, wie lange ich dort ausharrte. Als es allmählich wieder hell wurde, musste ich unablässig gähnen und fiel wie von einer schallgedämpften Pistole getroffen in Ohnmacht. Im Zustand der Bewusstlosigkeit sah ich sechs Polizistinnen, den Oberkörper in Militärmontur, doch unten splitternackt, das Sturmgewehr zwischen den Beinen eingeklemmt. Kokett forderten sie mich auf, aufzustehen. Ich konnte aber nicht. Wenn du einen Ständer hast, kommst du selbst nicht mehr hoch. Also entsicherten sie die Waffen. Mit einem lauten Schrei fuhr ich hoch und kam zu mir. Über mir standen tatsächlich sechs Polizisten, aber männliche.«

»Die Frauen hatten sich in Männer verwandelt?«

»Genau.«

»Das hast du doch frei erfunden.«

»Bin ich ein Arschloch oder was, so etwas zu erfinden? Einer plötzlichen Eingebung folgend, hielt ich ihnen einen gefälschten Presseausweis unter die Nase. Dann begannen sie mich in die Mangel zu nehmen, warum ich hier schlafe, und ich sagte, hier sei es so schön kühl und ruhig. So, sagten sie, unten sei gerade der Platz geräumt worden und ob ich nicht etwa an dem konterrevolutionären Aufstand beteiligt gewesen sei? ›Was?‹, sagte ich, ›das muss eine Verwechslung sein. Meine Familie ist seit drei Generationen Mitglied in der Partei.‹ Und da haben sie erleichtert aufgestöhnt und mich laufenlassen. Ehrlich.«

»Und dann hast du dich fix auf den Weg zur grünen Grenze in Yunnan gemacht, auf ähnlicher Route wie mein vierter Onkel.«

»Und mein Verhängnis war auch beinahe dasselbe wie das deines vierten Onkels, mich haben nämlich hinter der Grenze auch die burmesischen Kommunisten geschnappt und wieder zurückbefördert. Nur war dein Onkel eben wesentlich älter und ein sturer Bock, den letztendlich seine Widerspenstigkeit umgebracht hat. Ich war jung und milde, darum habe ich überlebt.«

»Überlebt und weiter auf der Flucht.«

»Jaja, stimmt. Zweimal im Knast, sieben Fluchtversuche. Das ist schon fast einen Eintrag ins *Guinness-Buch der Rekorde* wert.«

»Und welches Mal war am dramatischsten?«

»Das war alles verdammt dramatisch. Wenn sie dich schnappen, gilt immer der Spruch: Ein sterbendes Schwein fürchtet das kochende Wasser nicht. Wenn das nicht scheißdramatisch ist.«

Lao Wei lachte laut. Li Bifeng schalt ihn ein herzloses Arschloch. Dann lachte er selber.

So viel zu Li Bifengs ersten missglückten Fluchtversuchen. Wann war das gewesen? Stimmt, gerade war Lei Fengyun, Doktorand am Institut für englische Sprache, zu zwölf Jahren Haft verurteilt worden. Aus derselben Provinz stammend wie der alte Diktator Deng Xiaoping, hatte er noch am Abend des Massakers am Haupttor seiner Alma Mater eine Verlautbarung angebracht, in der er seine Landsleute an der Universität dazu aufforderte, sich Punkt sieben Uhr morgens zu versammeln, aufs Land zu gehen und die Gräber von Deng Xiaopings Ahnen zu verwüsten, um ihrer Wut Luft zu machen. Die Nachricht verbreitete sich schnell, auch bis zu den lokalen Behörden, die unverzüglich gut tausend Militärpolizisten losschickten, die die Gräber von Deng Xiaopings Ahnen eisern verteidigen sollten. Weitere tausend Militärpolizisten wurden abgestellt, um an den Bahnhöfen, Straßen, Autobahnen und den Feldern nach verdächtigen Personen zu fahnden. Die nichtsahnenden Kriminellen, angeführt von Lao Lei, dem subversiven Element, fuhren im Bus in Richtung von Dengs Heimat Guangan und legten noch am Bahnhof los mit einer flammenden Rede. »Lasst uns die Gräber zerstören!« Es dauerte keine drei Minuten, und der Lauf eines Maschinengewehrs saß an Lao Leis Hinterkopf.

Nach seiner Festnahme wurde Lao Lei so lange windelweich geprügelt, bis er »alles gestand«. Wegen seines »besonders abscheulichen Verbrechens« sorgte der Provinzparteisekretär persönlich dafür, dass er so schnell wie möglich zum Tode verurteilt wurde. In der Berufung änderte der Oberste Gerichtshof das Urteil jedoch in eine zwölfjährige Haftstrafe ab. »Zum Glück sind wir so früh aufgeflogen«, meinte Lao Lei. »Sonst wären etliche Onkelchen heimlich losgezogen und hätten die Spaten geschwungen. Dann hättest du mich nie wiedergesehen, Lao Wei.«

Es ist spät geworden, als er bis hierhin geschrieben hat. Draußen heult der Wind und treibt die Blätter vor sich her. Lao Wei, der sich längst in einem fremden Land befindet, wo seine Erinnerungen ihm helfen, über die Runden zu kommen, weiß nicht, wann und wo er Lao Lei jemals wiedersehen wird. Vielleicht niemals. Aber selbst wenn dem so wäre – seine herrliche Idee der »Grabschändung« wird sich nicht tilgen lassen.

Die Zeit verging im Flug. Weitere Revolutionsgenossen flackerten kurz auf wie verlöschende Glühbirnen, und schon saßen sie wieder ein. Immerhin trafen sie zwischendurch auf alte Freunde, die ihre Geschichten im Internet publik machten. So wie Liu Xianbin, der dreimal inhaftiert wurde, zuerst zweimal für insgesamt zehn Jahre, dann noch einmal für zehn. Oder Liu Xiaobo, der bereits zum vierten Mal im Gefängnis saß. Zum letzten Mal dafür, dass er als Erstunterzeichner den Entwurf zur *Charta 08* per E-Mail verbreitet hatte, den auch Lao Wei unterzeichnete – als er eigentlich gerade einen ganz anderen Kampf focht, den an der Bar. *Charta 08* – nun gut. Da das für ihn nur einer von inzwischen vielleicht hundert »offenen Briefen« Lao Lius war, schickte er ihm postwendend die Nachricht: »He, wie wär's mit einer ›Charta null Wein‹?«

Das nichtsnutzige Pack an seiner Seite grölte: »Genau. Null Wein ist viel genialer als null neun!«

»Abschicken! Charta null Wein schenkt allen ein, bei Charta null acht geht's nur um Macht.«

»Ach was, Charta null Wein dient auch dem Umsturz des Staates. Hätten wir in China achtzig Prozent Saufnasen, wäre das Land für die Kommunisten unregierbar. Und wenn die es nicht mehr schaffen, wird die Demokratie Wirklichkeit.«

»Da hast du recht. Und der beste Schnaps kommt aus Sichuan, versteht sich. Unser zukünftiges Parlament tagt in der Kneipe. Gott ist eine Kneipe. Frauen und Kinder sind eine Kneipe.«

»Liu Xiaobo ist eine Kneipe.«

»Liu Xiaobo trinkt keinen Tropfen.«

»Dann wählen wir ihn nicht. Wir wählen uns einen Koch und eine Schnapsdrossel, jedenfalls wählen wir als Präsidenten verdammt nochmal keinen Hu Jintao und keinen Liu Xiaobo.«

»Und weil du Arsch ein Koch und ein Säufer bist, sollen wir dich nehmen oder was?«

»Wenn Sichuan morgen oder übermorgen unabhängig geworden ist, kandidiere ich. Ich koche Meeresfrüchte-Mapo-Tofu für alle, so scharf, dass dem Volk Hören und Sehen vergeht. Dann machen alle ihr Kreuzchen bei mir.«

»Einfach nur Mapo Tofu kochen bringt nichts. Guck, da drüben der Polizist, der ist spezialisiert darauf, armen Straßenhändlern und Hausierern die Hölle heiß zu machen. Wenn du dich traust und den in den Arsch fickst, dann hast du wirklich das Zeug zum Präsidenten.«

»Schon gut. Ich geh pissen, und dann erledige ich das.«

Die Horde johlte. Lao Wei ging, vom Alkohol befeuert und den Laptop unterm Arm, nach Hause. Er kotzte alles aus, fiel ins Bett und schlief sofort ein. Er war noch nicht aufgestanden, als am nächsten Morgen ein Polizist in die Wohnung platzte und verkündete: »Gehen wir einen Tee trinken.«

Fluchend zog Lao Wei sich eine Hose an und ging wankend mit. Kaum saßen sie im Teehaus, nickte er schon wieder ein.

Der Polizist fuhr ihn barsch an. Wieso er die *Charta 08* unterzeichnet habe?

»Freundschaftsdienst«, murmelte er, noch nicht ganz wach.

»Hast du gelesen, was drinsteht?«

»Nein.«

»Warum unterschreibst du etwas, das du nicht gelesen hast?«

»Es hat mich in den Fingern gejuckt.«

»In den Fingern gejuckt, warum?«

»Irgendetwas unterstützen kostet nichts, deshalb.«

»Über dreihundert Personen haben unterschrieben. Hat es denen also allen nur in den Fingern gejuckt?«

»Ganz bestimmt. Wenn unsereins einem Charmeur wie Liu Xiaobo begegnet, können wir einfach nicht widerstehen.«

»Sag mal, träumst du, oder was? Ich warne dich, mein guter Herr Wei, dein leichtsinniges Plappern und Handeln wird rechtliche Konsequenzen haben. Wir haben euch gestern bei eurem Saufgelage abgehört. Der, der meinen Kollegen in den Arsch ficken wollte, um Präsident zu werden, sitzt schon in der Zelle.«

»Reicht es jetzt schon, wenn man im Suff eine dicke Lippe riskiert?«

»Und ob das reicht. Genauso, wie wenn einer besoffen Auto fährt.«

Alles kam ans Licht. Dem Genossen namens Liu war, wie einst dem Genossen Havel im Prager Frühling, sein Drang zum Verfassen von offenen Briefen zum Verhängnis geworden. Zwölf Jahre lang unbeirrt auf dem Weg ins Dunkel. Und jedes Mal musste er unbedingt auch Lao Wei zum Mitmachen aus seinem Müllhaufen herauslocken. Selbst wenn der einfach nur in einer Bar Flöte spielte oder sich irgendwo amüsierte, immer wieder ereilte ihn piep piep piep eine Meldung, und er musste sich in allen Ecken nach einem Faxgerät umsehen, um seinem Freund einen Gefallen zu tun. Und eines Tages musste ja seine Unterschrift auf dem Antwortfax die Polizei auf den Plan rufen. Bislang waren das Schlimmste allerdings drei Jahre Haft für Lao Liu gewesen, und Lao Wei wurde unschuldig zwanzig Tage lang festgehalten.

Er lächelte bitter. Ironie des Schicksals. Diesmal hatte Lao Liu ganze elf Jahre bekommen. Aber unerwarteterweise auch den Friedensnobelpreis, den man auch den Preis für ein moralisches Vorbild der Menschheit nennt. Der von Liu Xiaobo bewunderte Pastor Martin Luther King hat ihn bekommen, der für seine militärischen Leistungen von Mao Zedong bewunderte Yassir Arafat hat ihn bekommen und auch der amerikanische Präsident Barack Obama. Nur Liu Xiaobos größtes Vorbild Václav Havel mit seiner *Charta 77*, der nicht.

Am Vorabend von Lao Weis Flucht besuchte ihn überraschend Li Bifeng. Als sie bereits sternhagelvoll waren, kam er plötzlich auf Fluchtpläne zu sprechen. Vor Schreck wurde Lao Wei sofort nüchtern. Er war weise genug, um ihm sofort das Wort abzuschneiden. Kein Grund zur Aufregung, sagte Lao Li und beugte sich dicht an sein Ohr, »es gibt ein paar zuverlässige Routen«. Lao Wei lachte sich kaputt. Ausgerechnet dieser Idiot, der bei sieben Fluchtversuchen siebenmal kläglich gescheitert war, wollte ihm etwas von »zuverlässigen Routen« erzählen. Selbst Idiot, wer ihm Glauben schenkte.

Doch die Polizei schenkte ihm Glauben. Nicht lange nachdem Lao Wei auf verschlungenen Pfaden geflohen und schon zehntausend Kilometer weit weg war, überwältigte eine Polizeieinheit Lao Li auf offener Straße und steckte ihn in einen Polizeiwagen, er wurde der Fluchthilfe für Lao Wei beschuldigt. Als man ihm auch nach stundenlangen Verhören nichts nachweisen konnte, hängten sie ihm zusammen mit irgendeinem gekauften Bierbrauer aus irgendeiner Kreisstadt ein Wirtschaftsverbrechen an und buchteten ihn zehn Jahre ein.

Miese Scheißkerle. Wenn er das nächste Mal aus dem Bau gekrochen kommt, wird Lao Li sechzig Jahre alt sein. Und zurückblicken auf 1989, als sie alle von gerechter Empörung getriebene Jungspunde waren.

Die Welt dreht sich weiter, und wir drehen uns mit. Lao Wei vernimmt noch einmal dicht an seinem Ohr das wilde Gelächter der heimatlichen Saufkumpane: »Die Lebenden bekommt man nicht zu Gesicht, beinahe so wie die Toten.« »Nein, so ist es nicht«, schickte ein Besoffener einen Satz hinterher, bevor sie ihn ins Krankenhaus abtransportierten, um ihm den Magen auszupumpen, »die Toten reden nimmer, die Lebenden kämpfen immer.«

Die Lebenden kämpfen immer

Hochsommer im Chengduer Becken. Wie ein Kranker im Delirium erstickt die Sonne unter dicken Wolkendecken. Sie dreht fast durch, sie röchelt, das fortgesetzte Donnergrollen ist ihr wirres Wahngezeter. »Immer noch kein Regen!«, rief jemand mit dem Blick zum Himmel. »Seit Monaten kein Tropfen Regen!« Lao Wei, der Unruhestifter, der gerade zufällig daneben stand, sagte leichtfertig: »Du Jammerlappen, dann nimm doch einen Stein und wirf den Himmel ein.«

Unerwartet drehte der andere sich um und lachte hämisch: »Den Himmel treff ich nicht, aber dich treff ich wohl.« Er hob einen Stein auf und warf.

Lao Wei machte, dass er davonkam. In seinem Schrecken lief er so überstürzt drauflos, dass er seine Flipflops verlor und sich barfuß auf der glühend heißen Straße Blutblasen holte. Er stürzte fluchend zum altehrwürdigen Modi-Fluss hinunter und tauchte mit angewidertem Gesicht seine Füße in die stinkende Brühe. Ringsum waren zahlreiche Mahjong-Spieler zugange, und wer sonst noch herumstand, sah einem »Aktionskünstler« zu. Nur wenige Meter entfernt von ihm hatte der Künstler eine Reihe von Hackblöcken und Hackmessern aufgestellt und stand nun mit nacktem Hintern bis zur Hüfte im Fluss, hackte mit einem Küchenbeil auf die Fluten ein und skandierte dabei: »Hack mit dem Messer ins Wasser, und es wird noch nasser, hack mit dem Messer ins Wasser, und es wird noch nasser!« Da er schon mal da war, schnappte sich auch Lao Wei ein Küchenbeil, hackte auf das Wasser ein und echote den Spruch des Künstlers.

Nach zwei Stunden Wasserhacken sammelten die beiden völlig erschöpft ihre Utensilien zusammen. »Ich hatte mit dem Fernsehen abgemacht, dass sie zum Filmen kommen«, sagte der Künstler, »die Arschlöcher haben mich wieder versetzt.« Dann rief er laut: »Ausverkauf von Hackmessern und Hackblöcken, Originalpreis 15 Yuan das Paar, jetzt nur fünf Yuan!« Ein dreister Kerl tönte zurück: »Wie wär's mit zwei Yuan das Paar?« »Einverstanden«, sagte der Künstler. »Aber nur, wenn du ins Wasser steigst und eine Viertelstunde lang Wasser hackst.« Der Dreiste sagte sofort: »Mach ich!«, nahm ein Hackmesser und stieg ins Wasser.

Die Umstehenden johlten. Im Nu waren die Hackmesser und Hackblöcke ausverkauft. Der Künstler holte aus einer Ecke ein Dreirad mit Anhänger hervor, lud Lao Wei auf und radelte mit ihm zu einem anderen Kunsthappening. Auf der Fahrt unterhielten sich die beiden, einer vorne, einer hinten. Der Künstler hieß Hu Niu, im Jahr des Massakers hatte er gerade seinen Abschluss an der Kunstakademie gemacht. Aus irgendeinem bösartigen Buch hatte er von den Errungenschaften der europäischen Studentenbewegungen von 1968 gehört, und in seiner Phantasie wurden die Straßen Chongqings zu den Straßen von Paris. Er brachte ein paar Kommilitonen dazu, sich jeder mit einem Eimer Farbe zu übergießen, sich dann von Kopf bis Fuß mit Hühnerfedern zu schmücken und Parolen skandierend auf die Straße zu gehen. »Wir haben uns selbst als ›Volksfeinde‹ definiert«, erzählte Hu Niu mit stolzgeschwellter Brust. »Blind mit der Herde mitlaufen ist nicht mein Ding. Einmal haben wir es wie der tote Dichter Dylan Thomas gemacht, sind gefiedert auf die Demonstranten zugestürmt und haben gerufen: Die Menschheit ist nicht tot! Wir waren davon ausgegangen, dass es Steine und faule Eier auf uns hageln würde. Die belesenen Geister unter der Herde damals in London hatten immerhin sofort mit ›Die wiederkehrende Zeit‹ geantwortet. Diese Chongqinger Kulturbanausen dagegen haben sich entsetzt angestarrt und die Gesichter verzogen und uns dann regelrecht angespuckt: ›Seid ihr krank oder was?‹ Dann haben uns die studentischen Streikposten in die Zange genommen, zurück zur Uni getrieben und auf die Dachterrasse gesperrt, so eine Scheiße. Vom Dach zu springen, haben wir uns dann auch wieder nicht getraut. Also haben wir einen ganzen Tag lang fernab des Geschehens auf dem Dach geschmort, bis wir es vor Hunger nicht mehr ausgehalten haben und eine schriftliche ›Kapitulation‹ verfasst und vom Dach geworfen haben.«

Lao Wei war baff. Er brauchte eine Weile, bis er Hu Nius Geschichte ganz begriffen hatte und schließlich mit einem wohlwollenden Kichern quittierte. Das war vielleicht ein Aas, von Kopf bis Fuß von einem Netz von Dreckwasserrinnsalen überzogen. Doch daraus leuchteten ein paar Augäpfel so klar, dass man auf den Grund sehen konnte, die Augen einer Barbiepuppe.

Hu Niu schwadronierte in einem fort weiter: »Das Thema der ›Wiederkehrenden Zeit‹ fasziniert mich. Du kennst ja das Gedicht von Li Bai, *Schneid mit dem Messer ins Wasser und es fließt noch stärker, / Ertränk deine Sorgen im Becher und sie werden noch größer.* Also handelt es sich bei diesen klaren Wellen, Wellen, aus denen man Wein machen kann, auch um alte Erinnerungen, die man nicht abhacken kann. Ich habe heute im stinkenden Modi Li Bais poetisches Konzept von der wiederkehrenden Zeit ausgeliehen, um die Leute aufzurütteln, um zu zeigen, dass das Wasser dieser Wellen genauso verdorben ist wie die Erinnerung an das Alte.«

Jetzt fiel bei Lao Wei der Groschen: »Umweltkunst also.«

»Nicht nur Umwelt. Aktionskunst bedeutet, dass der Himmel explodiert. Je mehr man interpretiert, umso vielfältiger.«

Lao Wei war zutiefst beeindruckt. Angesichts von Hu Nius schmutzigem Schweiß schlug er vor, zu tauschen. Er würde radeln. In kürzester Zeit waren sie bei dem einzigen noch erhaltenen Stück von Chengdus historischer Stadtmauer angekommen. Besser gesagt, man konnte die Mauer hinter den vielen Erdhaufen davor kaum ausmachen.

Auch hier waren mehrere hundert Neugierige, die um einen krummen alten Baum herumstanden. Von der Baumkrone baumelte ein Hanfseil, und daran hing kopfüber wie ein Kampfkunstmeister der Künstler, und er hing nicht untätig da, sondern schnitt fein säuberlich mit Messer und Gabel ein auf einer Platte auf dem Boden platziertes Steak in kleine Stücke, die er sich Bissen für Bissen einverleibte. Er stopfte sich den Rachen wie bei einer Mastgans, bis seine Venen so dick waren wie der Baumstamm und ihm der Schweiß über Nacken und Gesicht lief und von der Stirn auf den Boden tropfte. Hu Niu kniete sich vor ihn und fragte, ob er behilflich sein könne. Der herabhängende Schädel schüttelte sich mehrmals kräftig, nahm noch einen Happen Fleisch und kaute mit vollen Backen. Hu Niu hob das Glas

Rotwein hoch, das auf der Platte stand, und die Hand legte das Messer zur Seite, um einen kleinen Schluck zu nehmen.

In den lauten Beifall der Menge mischte sich jetzt das polternde Rasseln einer Planierraupe, die sich von der Straße her näherte. Dahinter folgten Polizeiwagen. Wie ein Rudel Wölfe sprangen mehr als zehn Stadtpolizisten heraus, fuchtelten mit ihren Schlagstöcken und trieben die Menge auseinander. Innerhalb weniger Minuten hing der Aktionskünstler allein da. Zum Glück war er sportlich genug, um sich in dem Moment, als sie ihm das Seil durchschnitten, mit den Händen auf dem Boden abzustützen und sich aus dem Handstand heraus aufzurichten. »Lao Dai!«, rief Hu Niu, doch schon hielt sich Lao Dai den Bauch, setzte sich auf den Boden und käute wieder wie ein Ochse. Der Bulldozer fuhr ungerührt seine Maschinenarme aus und geradewegs auf den krummen alten Baum zu. »Untersteht euch!«, rief Hu Niu und umklammerte in Karpfenstellung den Baumstamm. Die Stadtpolizisten zerrten und rissen an ihm, aber er stemmte die Füße in den Boden, ging in die Hocke und ließ nicht locker. Als die elektrischen Schlagstöcke auf seinen Rücken und seinen Kopf niedersausten, hielt er erst noch tapfer stand, dann brach er in ein Wehgeschrei von erstaunlicher Lautstärke aus. Ein Donnergrollen antwortete, und zwei Wolken, eine dunkle und eine rote, vereinten sich zu einer. Auch als der Bulldozer näher rückte und den halben Baum wegriss, klammerte sich Hu Niu weiter am Baumstumpf fest. Seine verzweifelte Pose erinnerte Lao Wei an den alten Philosophen Zhuangzi und die Geschichte von Wei Sheng, der unter einer Brücke wie versprochen auf seine Liebste wartete, als eine riesige Flutwelle den Fluss herunterkam. Wei Sheng hielt an seinem Versprechen fest und wich nicht von der Stelle, bis er schließlich in den Fluten ertrank.

Die Hitze der elektrischen Schlagstöcke hatte ein Loch in Hu Nius Shorts gebrannt. Mit grimmigen Mienen zerrten ihn die

Stadtpolizisten hoch. »Meinen Schwanz habt ihr mir versengt. Der ist zu nichts mehr zu gebrauchen!«, jammerte er.

Der wiederkäuende Lao Dai versteifte sich und blieb trotzig sitzen, als er das hörte. Einen Augenblick lang waren alle wie erstarrt. Überraschend hatte sich der Roboterarm über die Köpfe der Menge hinweg in die dahinterliegende Mauer vergraben. Im Umkreis von zehn Metern bebte die Erde unter ihren Füßen. Da erhob sich laut eine Stimme: »Mein altes Chengdu!«

Nun wurden weitere Stimmen laut und stimmten in den Protest ein. Ein alter Mann trat hervor und schimpfte: »48 Kilometer Umfang, 9,3 Kilometer Durchmesser, das ist das alte Chengdu. 48 Kilometer Stadtmauer aus der Ming- und der Qing-Zeit! Der Heimatdichter Li Jieren beschrieb sie bereits in *Wellen auf stehendem Gewässer*. Und allein in nur wenigen Jahren hat man sie beinahe vollständig dem Erdboden gleichgemacht!«

Aber der öffentlichen Empörung blieben nur ein paar Minuten, kaum länger als eine Scheißhaussitzung, bis ihr von einem Sondereinsatzkommando der Polizei die Luft genommen wurde. Hinter Schutzschilden aus Plexiglas rückten mit Blaulicht mehrere Dutzend zur Verstärkung an. Wieder stob die Menge auseinander wie die Hühner. Die beiden Umweltkünstler und der suspekte aufrührerische Alte wurden wegen Widerstands bei der Festnahme verprügelt. In dem Moment, als die drei in Handschellen in einen Polizeiwagen verfrachtet wurden, platzte endlich der seit Monaten ersehnte Regen vom Himmel.

Es folgten drei trübe Tage und Nächte, während deren der Fluss und die Kanäle um die Wette anschwollen und schließlich mehrere Straßenzüge überfluteten. Fast schon schwimmend, watete Lao Wei durch die Straßen bis zu der völlig niedergerissenen ehemaligen alten Stadtmauer. Er klaubte drei Klumpen Mauerreste aus dem Wasser wie einen kostbaren Schatz. Wenn die beiden Künstler aus der Haft entlassen wären, würde er sie ihnen als Andenken schenken.

In der Stille der Nacht nahm Lao Wei *Das Buch der Wandlungen* zur Hand und deutete mit seiner Hilfe Hu Nius Zukunft. Er erhielt das Hexagramm Kun, das andeutet, dass sich jemand in einer ausweglosen Lage befindet. Das chinesische Schriftzeichen für Kun besteht aus dem Zeichen für Mund, mit dem Zeichen für Baum darin, metaphorisch gedeutet, ein junger Baum, der wachsen möchte, aber von allen vier Seiten in einem Mund eingeschlossen ist. Mit Anfang zwanzig war Hu Niu wirklich noch ein junger Baum, jetzt umschlossen vor den vier Wänden eines Gefängnisses. »Es ging so schnell. Unversehens wurden sie eingesperrt«, notierte Lao Wei in sein Tagebuch. »Die Zähne des Staates beißen unentwegt zu, und so gut wir auch versuchen, auszuweichen, werden wir doch zermalmt und gefressen. Selbst wenn wir zwischen den Zähnen hängen bleiben, kommen die Polizeizahnstocher und hebeln uns heraus, und wir werden verschluckt.«

Drei Tage später ging Lao Wei zur Notunterkunft im Duobao-Tempel am Rande Chengdus. Viele Jahrhunderte zuvor, in der Blütezeit der Tang-Dynastie, begab sich auf das Edikt des zweiten Kaisers der Tang hin von diesem prosperierenden buddhistischen Tempel aus der Mönch Xuanzang auf seine weite Reise nach Indien, um dort die heiligen buddhistischen Schriften zu sammeln. Zuvor hatte er viele Jahre auf der Suche nach Erleuchtung in diesem Tempel zugebracht. Der war jetzt zu einem Sammelbecken für den Abschaum der Gesellschaft verkommen. Zufällig hatte Lao Wei erfahren, dass Hu Niu und Lao Dai bereits im Gefängnis saßen, jeder zu einer Kurzstrafe von drei Monaten Haft verurteilt. Den Alten jedoch, der die Menge mit »Mein altes Chengdu!« angestachelt hatte, hatten sie wieder auf freien Fuß gesetzt. Obwohl er kahlgeschoren war wie ein Kürbis, erkannte ihn Lao Wei sofort.

Lao Chengdu, wie man den Alten nannte, war fast siebzig und Lao Wei fast fünfzig. Zwei rebellische Geister, die sich gefunden hatten. Sie grüßten sich zurückhaltend wie unter Geächteten üblich, die rechte Faust in die linke Hand gelegt. Lao Wei fragte: »Haben Sie denn keine Familie, großer Bruder? Warum kommen die Sie nicht abholen?«

»Ich habe schon so oft gesessen, dass meine Frau und meine Kinder keine Lust mehr auf die Umstände haben«, sagte Lao Chengdu. »Nach den Regeln des Duobao-Tempels muss man 500 Yuan zahlen, um jemanden freizukaufen.«

»Ich habe nicht ahnen können, dass Sie ein Senior des revolutionären Aufbegehrens sind. Ich bitte ehrerbietigst um Verzeihung.«

Lao Chengdu sah ihn schräg an: »Jetzt bitte keine falschen Unterstellungen. Ich war niemals ein Konterrevolutionär. Ich liebe einfach meine Heimat, das ist alles, und wenn ich sehe, wie sie die alten Mauern, die Tempel, die Häuser abreißen, tut es mir in der Seele weh. Dann kann ich einfach nicht anders als hinrennen und losschreien und vor allen Leuten die Fahne des glorreichen alten Chengdu schwenken.«

»Wenn die Regierung etwas abreißen will und man dagegen anschreit, dann nennt sie das aber politischen Widerstand.«

»Und deshalb werde ich immer wieder eingebuchtet. Jedes Mal für drei Tage. Sogar der Gefängniswärter macht sich über mich lustig. Dennoch behandeln sie mich drinnen mit gewissem Respekt, ich kann nicht klagen.«

»Wenn das so ist, dann sollte ich Sie auch auf einen Schnaps einladen.«

Es war zwölf Uhr mittags, und am nach dem Sturm aufgeklarten Himmel spannte sich ein doppelter Regenbogen quasi aus der Mitte der Stadt heraus bis zu ihnen. Die beiden bestiegen einen Bus, der durch die schlammigen Pfützen den Regenbogen entlang in die Stadt fuhr. Vor der zweiten Ringstraße waren die Straßen so überflutet, dass der Bus einen großen Umweg machen musste. Nur mit Mühe erreichten sie den Tempel der Großen

Barmherzigkeit, in dem der Mönch Xuanzang der Legende nach zu seiner Zeit ebenfalls den Weg der Erleuchtung praktizierte. Der Tempel, damals ein Ort der Stille, war jetzt ein betriebsames, populäres Teehaus. Lao Chengdu lief das Wasser im Mund zusammen. »Gestern noch habe ich davon geträumt, mit übereinandergeschlagenen Beinen auf einem Bambusstuhl zu sitzen und Tee zu trinken, und schon ist mein Traum wahr geworden.«
»Karl Marx' Traum ist auch wahr geworden«, frotzelte Lao Wei.

Sie stiegen aus, krempelten die Hosenbeine hoch und wateten plitsch-platsch durch das Tor des Tempels der Großen Barmherzigkeit. Im Teehaus des Innenhofs suchten sie sich jeder einen Bambusstuhl und bestellten zwei Tassen Tee mit Deckel. Da das Wasser der Abflussrinnen noch immer überlief, rollte sich Lao Chengdu wie eine Schlange mit angezogenen Beinen in seinem Sessel zusammen und starrte auf den bestimmt einen Meter langen Ausgussschnabel der Teekanne. Am anderen Ende des Meters handhabte der Teemeister die Kanne elegant aus dem Handgelenk, goss das heiße Wasser auf die herumwirbelnden Teeblätter, ohne dass auch nur ein Tropfen danebenging. Lao Wei pries laut seine Geschicklichkeit. In den Alten kam wieder Leben. Er beugte sich vor und flüsterte: »Die Kunst des Teeaufgießens hat er gewiss von einem alten Meister gelernt. Zu schade, dass die Teeblätter schmutzig sind, in den Schaumblasen sind lauter schwarze Punkte.« Lao Wei sagte lachend: »Nun trinken Sie schon, Onkel, trinken Sie.«

Lao Chengdu nahm die Tasse in beide Hände und nippte. Jemand grüßte vom Nebentisch. Der Alte drehte sich um, und ihm entfuhr ein Schrei: »Das ist doch der Jüngere Chen, ich glaub's nicht. So lange nicht gesehen. Na, wo bist du denn inzwischen reich geworden?«

Der Jüngere Chen war etwa so alt wie Lao Chengdu, sogar sein löchriges Gebiss glich dem des anderen. Sie waren zusammen aufgewachsen, hatten beide in der Xianxiangstraße Nummer 81 gewohnt, dem ehemaligen Wohnhof eines reichen Textilfabrikanten. Ein »Überbleibsel aus der Republikzeit«, erzählte Lao Chengdu, »mit Eisenringen am Tor und einem von zwei steinernen Löwen flankierten Eingang. Hinter der Eingangsschwelle geriet man in den ersten von mehreren Lichthöfen, es folgten Blendmauer um Blendmauer und Durchgang um Durchgang. Nach der Befreiung Chengdus, als das Volk Herr seiner selbst wurde, siedelte die Regierung dort gleich Dutzende von Haushalten, Männer, Frauen, Kinder an, die armseligsten Textilfabrikarbeiter ließen sich in fröhlicher Nachbarschaft darin nieder, schwitzten in der Hitze des Tages um die Wette und hielten nachts Ruhe wie die Hühner im Stall, ein friedliches Nebeneinander, wie es sich für eine wahre sozialistische Familie gehört.«

»Und der ehemalige Besitzer?«

»Den haben sie zur Tuchfabrik hinausgejagt, wo er immer wieder von der Arbeiterklasse an den Pranger gestellt wurde. Eine politische Kampagne nach der anderen gegen die Konterrevolutionäre schwappte über, Vereinigung von öffentlichem und privatem Eigentum, die Reform der Schwerindustrie, Bekämpfung der drei konterrevolutionären Elemente Korruption, Verschwendung, Bürokratie und der fünf konterrevolutionären Kräfte Bestechung, Steuerhinterziehung, Diebstahl von Staatseigentum, Vertragsbetrug und Wirtschaftsspionage. Die großen Kampagnen brachten kleine Kampagnen mit sich, der Teufel weiß, wie viele Kampagnen wir zwischen 1950 und 1955 hatten. Den Reichen aus der alten Gesellschaft wurde in großem Stil der Garaus gemacht, bis sie es nicht mehr aushielten. Mehrere hundert haben sich hier um 1955 herum vom Dach gestürzt, es heißt, unser ehemaliger Hausbesitzer unternahm gleich mehrere Versuche. Beim ersten passte er nicht auf, strauchelte und fiel aus dem zweiten Stock, direkt auf eine Alte, die von dem Schlag ohnmächtig wurde, während er selbst mit ein paar Schrammen davonkam. Die Leute hielten ihn für einen Unruhestifter und droschen ihn grün und blau. Wimmernd kroch er wie ein Wurm durch die Straßen und schleppte sich stöhnend das eben fertiggestellte Kaufhaus hinauf, sieben Stockwerke, das höchste Gebäude der Stadt damals. Kopfüber sprang er aus dem Mansardenfenster. Diesmal hatte er Erfolg und wurde zu einem Haufen Hackfleisch, ohne auf einen anderen zu fallen.«

»Ach, lass doch die alten Geschichten«, unterbrach ihn der Jüngere Chen. »Immerhin war damals alles noch ganz einfach. Wenn du eine Frau geheiratet hattest, war es, als hätte der ganze Hof die Frau geheiratet, man aß gemeinsam die Torte, und wenn es dann ins Brautgemach ging, klebten an den Fenstern sämtliche Nasen, und sämtliche Ohren hörten mit, jeder wusste ganz genau, wann du deinen Treffer gelandet hattest.«

»O ja, daran erinnere ich mich auch noch, wie du deine Frau entjungfert hast! Oha. Zur Zeit des alten Mao gab es eben keine Privatsphäre«, seufzte Lao Chengdu. »Ach ja, wir sind alt geworden.«

»Stimmt. Wenn man alt wird, sehnt man die alten Zeiten herbei«, stimmte der Jüngere Chen zu. »Gestern Nacht habe ich im Traum einen Essenskessel gesehen, so groß wie ein gigantisches öffentliches Bad, und ich weichte mich gemütlich auf dem Kesselboden ein, als der Vorsitzende Mao mit seinem großen Schwengel dazukam, und da er ein Kaiser war, musste ich ihm natürlich den Platz überlassen. Aber der Große Vorsitzende tätschelte mir den Hintern und sagte gelassen: ›Ist schon gut, mein kleiner Genosse, unser Land ist wie diese große Badewanne, essen, trinken, scheißen, alles drin, alles gemeinsam.‹«

Lao Wei grinste. »Sie sind wirklich witzig, Onkel. Aber wo liegt denn diese Xianxiangstraße, in der ihr zusammen aufgewachsen seid?«

»An der Yudaibrücke«, sagte Lao Chengdu.

»Aber da stehen doch nur Hochhäuser.«

»Abgerissen. Die alten Häuser, die Straße, die ganze Nachbarschaft ist verschwunden. Im Handumdrehen ist unser kleines Chengdu groß geworden, so wie King Kong ungefähr.«

Einvernehmliches Seufzen. Einvernehmliches Verstummen. Lao Wei stand auf, rief den Teemeister und bestellte eine Schüssel Nudeln mit Bohnensoße, geräucherten getrockneten Tofu und Jiangjin-Gerstenschnaps. »Dass man im Teehaus jetzt Schnaps verkauft, gehört auch zu den neumodischen Trends nach Deng Xiaopings Reise in den Süden«, sagte der Jüngere Chen. »Ich habe gehört, den Tempel der Barmherzigkeit wollen sie auch abreißen.«

Lao Chengdu schnaubte. »So ein Unsinn. Das Geschäft boomt doch in den Teehäusern, und außerdem ist das ein historisches Gebäude, das reißt man doch nicht ab.«

»Doch, und dann baut man ein neues.«

»So eine Scheiße, abreißen, neu bauen und statt einer echten historischen Stätte eine falsche hinstellen.«

Lao Wei beschwichtigte: »Kommt, trinkt einen, trinkt. Erst Tee, dann Schnaps, davon kommt das kalte Blut wieder in Wallung.«

Sie stießen miteinander an. An den Tischen ringsum lärmte es. Von der alten Bühne des Teehauses her ertönten auf einmal die Glocken und Trommeln der Sichuanoper, ein Dicker in Flipflops schlug auf seinen Stuhl, erhob sich und betrat langsam und theatralisch die Bühne. Sein ganzer Habitus täuschte mühelos die fehlende elegante Aufmachung vor. Er sang aus voller Kehle: »Bao Longtu saß in Kaifeng …«

Die Menge applaudierte, und der Dicke verbeugte sich demütig mit vor der Brust ineinandergelegten Händen. Lao Wei hob seinen Blick nach oben, zu den Dachziegeln und den Wolken, wo sich Realität und Täuschung vermischten, als würde hinter dem Horizont ein zweites Chengdu liegen, in Tusche gemalt. Der Jüngere Chen flüsterte ihm zu: »Ja, das Lied vom aufrichtigen Beamten, seit tausend Jahren schon wird es gesungen, nur wo sollen heute die aufrichtigen Beamten herkommen?«

Lao Wei pflegte danach noch viele Jahre lang Kontakt mit Lao Chengdu. Eines Herbstabends im neuen Jahrtausend erhielt er einen Anruf. Am anderen Ende die tränenerstickte Stimme des Alten. Lao Wei fragte nicht lange und machte sich sofort auf zum Ende der Sandongbrücke. Die Dinge wiederholten sich. Diesmal ging es aber nicht um den Abriss vom letzten Teil der alten Stadtmauer, sondern um den von Lao Chengdus eigenem Nest, einem dreistöckigen Wohnblock aus Beton. Etwa zehn Jahre zuvor, als Lao Chengdus sechsköpfige Familie aus der alten Wohnung in der Xianxiangstraße vertrieben wurde, hatte er grimmig seine ganzen Ersparnisse genommen und der Regierung eine Wohnung in diesem Neubau abgekauft. Doch die Prämissen änderten sich schnell, die Wirtschaft boomte, die Stadtregierung wollte mit der Zeit gehen und der Stadt ein neues Gesicht geben, weshalb auch dieses Gebäude weichen musste. Der Kaufvertrag mit der Bezirksregierung wurde ohne Wenn und Aber zu einem Fetzen wertlosen Papiers. Die von sämtlichen Bewohnern eingereichte Petition blieb ohne Ergebnis, ihr Protest verpuffte wirkungslos, und einer nach dem anderen nahm die verdammte Abfindung für die Umsiedlung an. Der sture Lao Chengdu blieb natürlich der letzte Nagel in der Wand. Monatelang suchten ihn die Vertreter der verschiedenen Verwaltungsebenen auf, schmierten ihm Honig um den Bart und erhöhten sogar die Kompensationssumme ein bisschen. Lao Chengdu ließ sich aber weder bitten noch zwingen und blieb unbeirrt, bis es der Stadtverwaltung zu bunt wurde. Da er sich einer gütlichen Einigung verweigerte, ließen sie die Bulldozer eine Entscheidung herbeiführen. Erst rissen sie sämtliche umliegenden Häuser ab, dann kappten sie den Strom und die Wasserversorgung und schickten nachts lärmendes Gesindel vorbei, um ihn zu terrorisieren.

Lao Chengdu evakuierte den Rest der Familie und stand es mit seiner Frau allein durch. Man konnte darauf spekulieren, dass der Respekt vor den Älteren noch immer eine wichtige chinesische Tugend war, und tatsächlich zeigte sich die Stadt am Ende dem betagten Paar gegenüber nachgiebig und versprach ihnen den vollen Betrag für das ganze Grundstück zurück. Und nun hatte vor zwei Stunden diese miese, sich Volksvertretung nennende Stadtregierung die Vorhut des Abrisskommandos geschickt, die sich heimlich ins Haus stahl, seine Tür eindrückte und Lao Chengdu, der gerade noch seiner Frau zurufen konnte, sie solle die Tür oben abschließen, widerstandslos abführte.

Völlig aufgelöst rannte seine Frau aufs Dach, übergoss sich von Kopf bis Fuß mit Benzin, nahm ein Feuerzeug in die Hand und rief hinunter: »Lasst ihn frei! Lasst ihn sofort frei!«

Daraufhin ließen sie Lao Chengdu zwar sofort los, aber zwei Maschinenarme nahmen bereits das Haus in die Zange. »Zurück!«, schrie sie.

»Nichts zu machen.« Der Kommandeur der Abrisstruppe sah unter seinem Helm zu ihr hinauf. »Liebe Frau, die Deadline für den Abriss ist schon längst verstrichen. Wir handeln hier ganz nach Vorschrift.«

»Zurück! Zurück!«

»Nein.« Der Kommandeur gab nicht nach. Man hörte, wie im Haus die Türen eingetreten wurden.

»Wenn ihr nicht zurückweicht, zünde ich mich an!«, schrie die Alte hysterisch. Lao Chengdu heulte laut auf. Der Kommandeur schnaubte, griff nach einer Packung Zigaretten in der Hosentasche, zündete sich eine an und nahm ein paar hastige Züge. Ruhig rief er nach oben: »Werte Frau, nehmen Sie Vernunft an und kommen Sie herunter.«

»Ich mache Ernst!«

»Gut. Wir warten.«

Lao Chengdus Frau ließ das Feuerzeug aufschnappen. Inzwischen waren die Abrissruinen um das Haus herum bereits voller Schaulustiger. Einer schrie: »Sie wird sich anzünden! Könnt ihr denn nicht noch Aufschub gewähren?«

»Wir haben schon monatelang Aufschub gewährt«, sagte der Kommandeur. »Wer ersetzt der Stadt die Verluste, wenn das noch länger geht?«

Kein Windhauch wehte in der Dämmerung. Die kaum erkennbare Flamme des Feuerzeugs flackerte nur ein bisschen. »Zu-rück!«, schrie die Frau mit unmenschlich schriller Stimme.

»Wollen Sie mir Angst einjagen? Nur zu!«

Eine Stichflamme loderte auf. In Rauchschwaden gehüllt, wollte sich die Frau hinunterstürzen, doch sie wurde gerade noch von einem Netz, das man ihr von hinten überwarf, zurückgehalten. Zwei Beamte stürzten sich mit Feuerlöschern auf sie. Sie verfrachteten die Frau mit ihren Brandwunden in den herbeigerufenen Rettungswagen und brachten sie ins Krankenhaus. Innerhalb von wenigen Minuten wurde im nachfolgenden Getöse der Bulldozer Lao Chengdus teuer erworbenes Heim zu Staub und Schutt. In den Nachrichten hieß es am Abend in einer Kurzmeldung, dass man den letzten Stein, der dem Stadtentwicklungsprojekt im Weg lag, aus dem Weg geräumt habe.

Die Toten reden nimmer

Lao Wei, der den Vorgang mit eigenen Augen verfolgt hatte, konnte sich vor Traurigkeit und Empörung kaum beherrschen. Er gab vor, ein Verwandter Lao Chengdus zu sein, und begleitete ihn ins Krankenhaus, aber die Selbstverbrennerin hauchte noch unterwegs im Krankenwagen ihr Leben aus. Eine Weile schützten Ärzte und Krankenschwestern noch eifrige Geschäftigkeit vor, dann gaben sie auf und unterschrieben die Dokumente. Lao Chengdu schüttelte den Kopf und verlangte lautstark nach einer offiziellen Stellungnahme. Als die Beschwichtigungsversuche des Krankenhauspersonals nicht fruchteten, rief man die Polizei.

Seufzend mimte Lao Wei noch einmal den Familienangehörigen, hielt den mit einem Sturmgewehr bewaffneten Polizisten vor der Tür des Krankenzimmers auf und handelte aus, dass die Leiche sofort ins Leichenschauhaus überführt wurde. Dort wurde sie professionell gewaschen und hergerichtet und in einen Pappsarg gesteckt. Dann brachten sie den Sarg in die neue Totengedenkstätte des Volks am Rande der Stadt.

Jeder kennt das berühmte Mao-Mausoleum auf dem Tiananmenplatz. Dieses neue Volksmausoleum wirkte wie eine Kopie der großen Gedenkstätte in Peking. Ehemals hatte an dieser Stelle eine mit sowjetischer Hilfe errichtete staatliche Fabrik mit drei Stockwerken gestanden. Nachdem sie in den neunziger Jahren pleitegegangen war, blieb sie zunächst eine Weile ungenutzt, bis sie schließlich von einem Krematoriumsbetreiber gekauft und saniert wurde. Innen hatte man eine Reihe separater Räume errichtet, und das Geschäft mit den Toten konnte blühen.

Wie in einem Hotel wurden Lao Chengdu und Lao Wei dort zunächst an einer Rezeption empfangen und gefragt: »Name, Alter, haben Sie reserviert?« Und dann »Womit können wir Ihnen dienen?«

Lao Chengdu schaute hilflos drein. »Unsere Säle unterteilen sich in Standardsaal, Ehrensaal, Superior- und Deluxesaal«, erklärte die Empfangsdame. »Jeder bietet den entsprechenden Service. Der Deluxesaal im Dachgeschoss zum Beispiel hat eine Fläche von 300 Quadratmetern und bietet Platz für etwa 800 Kondolierende. Zur Grundausstattung gehören ein Soundsystem von Yamaha, vier große Trinkwasserfässer, eine Aufbahrungsplattform und klappbare Tische und Stühle, Blumengirlanden und Blumenkränze. Tee und Mahjong kosten nichts, Melonenkerne auch nicht. Zwei adrette Mädchen und zwei elegante Herren bilden das Servicepersonal. Der Preis liegt bei 3000 Yuan pro Tag. Wenn Sie in Dollar zahlen möchten, berechnen wir nach dem tagesaktuellen Umtauschkurs.«

»Das, ähm, ist ein bisschen zu groß. Wir haben nicht so viele Angehörige.«

»Dann empfehle ich Ihnen den Ehrensaal, 100 Quadratmeter groß mit reduzierter Grundausstattung, aber Klapptische, Blumenkränze, Tee und Mahjong sind trotzdem inklusive. Dazu gibt es einen Servicemitarbeiter. 1000 Yuan pro Tag.«

»Das ist immer noch zu teuer.«

»Ich bitte Sie, mein Herr, wir haben schließlich nur ein Leben.«

»Was ist mit den Standardsälen?«

»Die sind im Erdgeschoss. 35 Quadratmeter Fläche, 500 Yuan pro Tag, ohne Ausstattung und Service.«

»Und für den Sarg?«

»Es gibt einen Betonsockel.«

»Tische und Stühle?«

»Können Sie mieten.«

»Kann ich mir es einmal ansehen?«

»Links den Gang hinunter bis zu den Toiletten, dort biegen Sie ab, und ein paar Meter weiter kommt eine Reihe von sechs Standardsälen. Sie können sich einen aussuchen.«

»Es ist aber stockdunkel. Kann uns niemand hinbringen?«

»Service ist nicht inbegriffen.«

»Also gut, dann nehmen wir einen Ehrensaal.«

»Wie viele Tage?«

»Zwei.«

»Wir berechnen ein Minimum von drei Tagen.«

»Das geht nicht. Die Leiche ist voller Brandwunden, in drei Tagen kann man den Geruch nicht mehr aushalten.«

»Kein Problem. Die Lüftungsanlage im 1. Stock ist von bester japanischer Importqualität. Außerdem halten wir uns an die staatlichen Vorschriften und desinfizieren die Leiche mikrothermisch.«

»Das ist doch Unsinn.«

»Unsinn? Nun hadern Sie nicht so mit dem Schicksal und beherrschen Sie sich bitte.«

»Schon gut, schon gut. Einverstanden.«

»Einen Moment noch bitte. Möchten Sie Vollpension oder Halbpension?«

»Wie bitte? Ich verstehe nicht.«

»Ich erkläre es Ihnen. Im ersteren Fall gibt es drei Mahlzeiten pro Tag, auch die in vier Kategorien. Deluxegäste speisen im Restaurant im 1. Stock, dort kocht ein bekannter Küchenchef. Zum Frühstück gibt es Milch, Eier, Brot, Reissuppe mit acht Köstlichkeiten und Obst. Mittags gibt es einen Tisch für zehn Personen, acht Gerichte, zwei Suppen und Nachtisch. Abends dann vier Gerichte, eine Suppe, Nachtisch und Reis nach Belieben. Für Superiorgäste bieten wir ein Spezialmenü mit Fleisch- und Gemüsegerichten und Eintöpfen an, das ist auch nicht schlecht. Gäste im Ehrensaal erhalten eine spezielle Menübox …«

»Und der Standard?«

»Sie kaufen eine Marke und stellen sich draußen an der Essensausgabe an, wo es dann gibt, was es gibt.«

»Gut, dann die Menübox.«

»25 Yuan pro Box. Das Servicepersonal macht eine Aufstellung der Zahl der Kondolierenden.«

»Gut. Können wir jetzt bitte einchecken.«

»Einen Augenblick noch.«

»Was denn jetzt noch? So viele Umstände für eine Tote?«

»Wünschen Sie ein Rahmenprogramm?«

»Was für ein Rahmenprogramm?«

»Na, zum Beispiel Gesang, Theater, Comedy-Dialog, Musik von der Erhu oder vom Keyboard und so. Das lockert die Atmosphäre und hilft bei der Trauerbewältigung. Wir arbeiten mit den Volksmusikensembles und den Theatertruppen der Stadt und der Provinz zusammen.«

»Brauchen wir nicht.«

»Möchten Sie eine religiöse Trauerzeremonie buchen?«

»Unnötig. Wenn einer stirbt, ist es, wie wenn eine Lampe erlischt.«

»Haha, das klingt aber ganz nach dem buddhistischen ›Alle Dinge sind Illusion‹. Wie wäre es dann, wenn ich Ihnen stattdessen eine Abordnung vom Qingyang-Tempel schicke zu einem Seelenreinigungsritus? Die Mönche von dort verstehen sich ausgezeichnet auf das Rezitieren von Sutren.«

»Der Qingyang-Tempel ist ein daoistischer Tempel. Die daoistischen Priester rezitieren höchstens Gesänge.«

»Ach, natürlich. Ich habe das verwechselt, jetzt kenne ich schon den Unterschied zwischen den buddhistischen und daoistischen Tempeln nicht mehr. Ich wollte natürlich sagen, dass der Vorsteher des Wenshu-Tempels sich hervorragend auf das Rezitieren von Sutren versteht.«

»Ich bin Buddhist, aber die Verstorbene hier war Christin.«

»Wenn das so ist, ist die Beichte am Sterbebett ganz besonders wichtig. Ich werde Ihnen einen katholischen Priester bestellen.«

»Beichte, wozu? Sie ist doch längst tot.«

»Da habe ich mich wieder versprochen. Ich meine natürlich die Seelsorge. Am besten nehmen Sie den katholischen Priester, den buddhistischen Mönch und den daoistischen Meister zusammen, die perfekte Kombination aus westlicher und östlicher Religion, das wird die Wiedergeburt auf das schönste beflügeln.«

»Lassen Sie uns erst einmal einchecken, dann sehen wir weiter.«

»Einen Augenblick bitte, wir haben ja die Frage des Trauerredners und der Eskorte des Sargs zum Friedhof noch nicht geklärt … Nun gut, bitte überlegen Sie sich noch genau, welche unserer Dienstleistungen Sie in Anspruch nehmen möchten und ob Rundumservice oder nur halber Service. Wir besprechen das später.«

»Was kostet Rundumservice?«

»40 000 Yuan. Bei Zahlung in Dollar berechnen wir den tagesaktuellen Wechselkurs.«

»Sterben muss man sich leisten können.«

»Wenn Sie häufiger kommen, bekommen Sie einen Stammkundenrabatt von 20 bis 30 Prozent.«

Lao Chengdu wusste nicht, ob er lachen oder weinen sollte, als er die Anmeldeformalien abschloss. Dann ging er voran in den Trauersaal, in dem der Sarg mit seiner Frau bereits aufgebahrt war. Linker Hand gab es ein relativ großes Fenster, und zwischen Fenster und Pappsarg standen zwei immergrüne Plastikbäumchen. Unter der Kalligraphie »Unsterblichkeit« hängten sie das von Blumen umrandete Totenporträt auf. Lao Wei reihte sich unter die zwanzig bis dreißig Kondolierenden ein und legte mit einer respektvollen Verbeugung einen Kranz nieder. Der betagte Lao Chengdu hatte sich erschöpft auf einen der Klappstühle zurückgezogen, wo er in stiller Meditation dasaß, während sein etwa fünfzigjähriger Sohn an seiner Stelle die Beileidswünsche entgegennahm. Dann wurden die Tische ausgeklappt und Mahjong gespielt. Gelangweilt erhob sich Lao Wei und studierte das vielfältige Angebot an Konsumartikeln auf den Wandregalen.

Lao Wei blieb, um über Nacht Totenwache zu halten. Alle drängten Lao Chengdu, mit seinem Sohn in dessen Wohnung zu gehen und sich auszuruhen, aber er blieb stur neben dem Sarg sitzen, lehnte den Kopf an die Wand und döste. »Die Zeiten sind zu chaotisch, das hält kein Mensch aus«, monologisierte er. »Man hat nicht einmal genug Energie zum Trauern.«

Ding-dong schlug die Nachtglocke, und ihr Ton hallte noch durch die Korridore nach, als der dickleibige Nachtwächter auftauchte, mit einem Gesicht wie eine Theatermaske, nur halb vom trüben Lichtschein beleuchtet. Man hätte ihn für den Parteivorsitzenden halten können, aber genauso gut für den Richter der

Unterwelt. Er gab eine Runde Zigaretten aus und opferte der Toten Räucherstäbchen. »In dieser modernen Einrichtung herrscht Rauchverbot«, sagte er und betätigte zwei Schalter. »Aber bis zum Tagesanbruch ist es kein Problem.«

»Die Reform beginnt bei den Details«, pflichtete ihm sein Assistent eilfertig bei. Dann überreichte er Lao Chengdu ein Büchlein mit dem Titel *Handbuch für den Trauerservice.* »Stets zu Diensten.«

Irgendwer hatte gefurzt, und alle rümpften die Nase. Lao Wei bahnte sich einen Weg durch die Mahjong-Tische hindurch zum Fenster, um frische Luft zu schnappen. Da hatte er plötzlich das Gefühl, die Tote habe sich aufgesetzt und lache ihn aus. Grünliche Rauchschwaden waberten an seinem Nacken vorbei. Er bekam eine Gänsehaut. Im Licht der Nacht schwoll die Gänsehaut zu einem dichten Teppich an, einem Teppich von Pickeln. Oder Sternen. Von irgendwo weit oben wiederholte eine Stimme: »Stets zu Diensten, stets zu Diensten«, wie eine uralte, hypnotisierende Beschwörungsformel. Lao Wei fielen die Augen zu, während seine Seele von der Toten fortgezogen wurde, in großen Schritten bis in ein kleines Chengdu. Ein Chengdu mit weiß getünchten Wänden, grünen Dachziegeln, Kopfsteinpflaster und 48 Kilometern alter efeuumrankter Stadtmauer. Mobile Essensverkäufer zogen mit Laternen und Tragestangen über den Schultern die ganze Nacht durch die Straßen. Er und sie, Alte und Junge, Tote und Lebendige schweiften auf dem »Sichuaner Becken« umher, Teller und Schüsseln mit Rindfleisch nach Gattenart, süßen Reisbällchen, Mapo Tofu, zweimal gebratenem Schweinefleisch und unzähligen weiteren Sichuaner Gerichten kamen wie Blätter im Herbstwind vorbeigesegelt, doch obwohl alle reinhauten wie verrückt, wurden sie umso hungriger, je mehr sie aßen. »Das nennt man im lokalen Dialekt ›mit den Geistern essen‹, abgeleitet vom ›Geistermarkt‹, wie man die Nachtmärkte auch nennt«, erklärte die Tote mit einer Stimme, die wie von sehr weit her klang. »Soll heißen, dass man wie die Totengeister von der Abenddämmerung bis zum Morgengrauen essen kann.«

Lao Wei erinnerte sich dunkel daran, wie nach dem Massaker vom vierten Juni das sommerliche Chengdu von Armeebaracken überzogen wurde und sich eine Horde besoffener Soldaten über die Stadt ergoss, die sich mit nacktem Oberkörper unter das Volk auf den Nachtmärkten mischten und bei der geringsten Provokation ihre Gürtel auszogen und wahllos auf die Leute eindroschen. Einmal, in einer der Gassen hinter dem Tempel des Marquis Wu, wo man scharfen Feuertopf isst, brachte dieses willkürliche Rowdytum die Leute so sehr auf, dass die Feuertöpfe durch die Gasse flogen, ein Soldat wurde von der heißen Brühe verbrannt und schrie wie am Spieß. »Hau ab! Verpiss dich!« Die Straße bebte von den rhythmischen Rufen aus hundert Kehlen. Im Traum erinnerte sich Lao Wei, dass die ganze Straße aus lauter kleinen Läden bestand und dass er sich durch einen Spalt zwischen zwei Läden hindurchzwängte und sich um ein paar Ecken herum wand, bis ein Viereckhof vor ihm auftauchte. Unter den Vordächern hockte auf allen vier Seiten dicht an dicht ein buntes Völkchen von Gästen, Schüsseln aus Ton in den Händen, die nach Schweinshaxe mit Raps dufteten. Die Menge langte genüsslich zu, streute Frühlingszwiebeln über die Soße, dippte die Haxe hinein und nippte am Schnaps. Die Ladeninhaberin bat ihn, sich zu setzen, worauf die Tote sagte, nicht nötig, da sie ohnehin Tag und Nacht nur liege. Die Ladenbesitzerin konnte natürlich die Tote nicht reden hören, sondern starrte nur lüstern Lao Wei an. »Dieses ständige Auf und Ab im Land«, sagte sie, »dieses Blutbad, was soll das noch werden?« Während der Studentendemonstrationen sei sie täglich mit einer Ladung Schweinshaxen in Richtung Tianfu-Platz gegangen und hätte die hungrigen Studenten mit riesigen Mengen davon abgefüttert, und was sei dabei herausgekommen? Sie seien doch nichts als ein

Haufen Flöhe geblieben, die die Bettdecke der Kommunistischen Partei kein bisschen zum Beben gebracht hätten.

Die erstickende Bettdecke der Diktatoren. Da die Toten keinen Atem mehr haben, können sie natürlich nur schweigend dazu nicken.

Schon wieder ein Furz. Diesmal ist es Lao Wei, der sich durch den eigenen Gestank geweckt hat. Bei Tagesanbruch ist sein Rachen noch voll vom Geschmack des vielen Essens, sein Kiefer schmerzt fürchterlich, doch in seinem Magen rumort es ohne Unterlass. Lao Chengdu reicht ihm ein Glas Wasser und seufzt: »Eben habe ich geträumt, meine Frau sei noch am Leben und schimpfe die Partei eine verdammte Abriss-Partei. Das Leben ist einfach ungerecht.«

Beim Frühstück verleibte sich Lao Wei ein ganzes Bambuskörbchen mit zwölf süßen Mantous mit Walnussfüllung ein und spülte sie mit zwei Tassen wässriger Milch hinunter. Kurz darauf bekam er anhaltenden Durchfall. Mit hochgezogener Hose rannte er in die Küche, um sich zu beschweren, aber der dicke Koch hinter dem Ausgabefenster sagte nur lächelnd: »Gut, gut, wenn man Dünnschiss hat, dann kommt wenigstens das ganze Gift raus. Das bisschen Durchfall wird nicht schaden.« Als er Lao Weis Gesicht vor Wut anschwellen sah, setzte er nach: »Wie kann man einen solchen Appetit haben, wenn man gerade bei der Trauerbewältigung ist? Ist das nicht respektlos gegenüber den Toten?« Darauf fiel Lao Wei nichts ein, und er machte zornig den Abgang. Zurück im Trauersaal, kauerte er sich gegen die Wand und döste ein. Als er wieder erwachte, standen zwei Mönche über ihm, die ihm irgendwie vertraut vorkamen.

Bei genauerem Hinsehen erkannte er, dass es sich um seine Freunde Hu Niu und Lao Dai handelte, die er zuletzt aus den Augen verloren hatte. »Was ist denn mit euch los? Seid ihr keine Künstler mehr?«, wunderte sich Lao Wei.

»Lao Dai ist buddhistischer Mönch geworden, und ich bin daoistischer Priester. Wir ziehen durch das ganze Land und bitten in jedem Zoo und jedem Schlachthof die Tiere im Namen der Menschheit mit Kotaus um Vergebung.«

»Du verarschst mich doch.«

»Nein, im Ernst. Lao Dai hat vor drei Jahren die Nichtigkeit des Lebens erkannt, unter einem Vorwand Frau und Kinder verlassen und ist heimlich nach Yunnan ins Jizu-Gebirge aufgebrochen. Dort hat er sich den Kopf kahl scheren und sich in den Tempel des Strahlenden Lichts aufnehmen lassen.« Als Reverenz an sein großes Vorbild Li Shutong, der einst unter dem Künstlernamen Hong der Erste die Verse ›Vor dem Pavillon entlang der alten Straße / trifft das jadegrüne Gras auf das Blau des Himmels‹ verfasst hat, hatte er sich den Ordensnamen Hong der Zweite gegeben und von da an vegetarisch gelebt, Sutren rezitiert, meditiert und sich in Askese geübt. Sehr schnell war aus dem Novizen ein ordentlicher Mönch geworden, ein Wiedergeborener. Doch das Leben nimmt immer wieder überraschende Wendungen. An einem Nachmittag, als der Berg in Frühlingsblüte stand und er in der großen Halle mit den anderen Mönchen dem durch den Meister vorgetragenen Kṣitigarbha Bodhisattva Mantra lauschte – ›Bis die Hölle leer ist, werde ich kein Buddha sein; nicht bevor alle Lebewesen gerettet sind, will ich ein Bodhi werden‹ –, vernahm er undeutlich ein weibliches Schluchzen. »Ja, und dann verließ er die Halle, ging hinaus, und dort stand seine Frau, den dreijährigen Sohn im Arm, hämmerte gegen das Portal des Klosters und rief: ›Komm raus, Lao Dai und begrüße deine Frau!‹«

»Er übertreibt nicht«, bestätigte Lao Dai, »es gab in diesem Kloster nicht wenige Künstler, die aus Peking dem Meister dorthin gefolgt waren, und ich galt als einer der weisesten. Und nun standen da Frau und Kind und schlugen Lärm, so ungefähr wie in der Geschichte von Lu Zhi, der betrunken an die Klostertür hämmert. Unser gütiger Meister öffnete und sagte: ›Schon gut, schon gut. Dies ist ein Ort der Stille, wer wird einen solchen Lärm machen! Da du mit dem weltlichen Leben noch nicht abgeschlossen hast, Hong der Zweite, kehre in dein altes Leben zurück und geh nach Hause.‹ So ein Elend«, seufzte Lao Dai.

»So ein Elend«, seufzte auch Lao Wei.

»Wir haben aus dem Internet erfahren, was Lao Chengdu passiert ist. Innerhalb weniger Tage hatten Zehntausende eine Petition unterzeichnet, die Gerechtigkeit für ihn fordert.«

»Hat es etwas genutzt?«

»Die Zensur im Internet nahm zu, das war alles. Ständig wurde der Aufruf gelöscht, und zuletzt haben sie mittels der IP-Adressen Dutzende von Leuten ausfindig gemacht, die den Appell unterzeichnet hatten, lauter Unermüdliche, die im Netz leidenschaftlich gegen den Abriss ihrer Häuser gekämpft haben. Hast du den Artikel in den ›Chengduer Parteinachrichten‹ von gestern gelesen? Der Titel lautete: Wie kann eine Horde Gesindel den Aufstieg der Metropolen im Süden des Landes verhindern wollen?«

»So viel Loyalität trotz aller Widrigkeiten. Ihr seid wirklich treue Freunde.«

»Keine Ursache. Lao Chengdu ist schließlich ein alter Knastkumpel sozusagen.« Dann lüftete Lao Dai seine Mönchskutte, und es kamen darunter Papiergeld, ein hölzerner Fisch und Sutrenrollen hervor. Schnell holte Lao Wei einen der Klapptische, baute ihn vor dem Pappsarg auf und hieß »Meister Hong den Zweiten« noch einmal förmlich willkommen. Die Leute an den Mahjong-Tischen wandten mit einem Ruck die Köpfe zu ihm um und lauschten mit angehaltenem Atem, wie Meister Hong dreimal den hölzernen Fisch schlug und mit einem Atemzug, der so weit hallte wie ein mächtiger Gong, mehrfach »Wir vertrauen auf Amitabha Buddha« intonierte. Nachdem Lao Dai seine Performance absolviert hatte, lüftete auch Hu Niu den Daoistenhut und entblößte seine Tonsur, ließ einen Staubwedel in der Luft kreisen und sang mit hervortretenden Adern »Großer Meister Laozi, gewähre deine Gnade. Großer Meister Laozi, gewähre deine Gnade«, in bester Phrasierung und klar wie eine Morgenglocke. Lao Wei lächelte erleichtert, und auch Lao Chengdus Gemüt hellte sich deutlich auf.

Mitten in die lauten Gebete platzte der Leiter der Trauerhalle und verlangte »Gebühren«. Lao Chengdu protestierte: »Ich habe die Miete für den Saal doch schon bezahlt.«

»Egal ob Buddhisten, Daoisten, Konfuzianer, ob Jesus oder Allah, hier treibt keiner, was er will, bevor er nicht vor meinem dicken Bauch die Erlaubnis eingeholt hat.«

Lao Dai zog die Papiere hervor, die ihn als »Jünger Buddhas« auswiesen, und übergab sie ihm: »Ich bin ein fahrender Mönch, und dieser Ausweis gilt als meine Arbeitserlaubnis.«

»Wer arbeitet, muss auch Steuern zahlen«, erwiderte der Trauerhallenleiter barsch, sonst zeige ich euch an.«

»Sind Sie vom Finanzamt oder was?«, fragte Lao Dai.

»Der Leiter der Steuerbehörde ist mein Schwager. Und der Leiter der Polizeistation ist der Schwager von meinem Schwager. Kapiert? Entweder ihr zahlt, oder ich zeige euch wegen illegaler religiöser Praktiken an.«

Alle schwiegen. Lao Wei hatte begriffen, dass mit dem Herrn nicht zu spaßen war. Rasch machte er mit zusammengelegten Händen ein paar Kotaus und suchte mit Dai und Niu das Weite.

Hund unterm Messer

Als sie sich langsam, aber sicher vom Tod entfernt hatten, wich endlich die furchtbare Anspannung der letzten Stunden von Lao Wei. Wohlig reckte und streckte er sich. Seltsamerweise reckten und streckten sich nun auch die beiden Künstler genauso wie er. »Was ist denn mit euch los?«, fragte Lao Wei stirnrunzelnd.

»Das Nachahmen ist eine Form der Aktionskunst«, sagte Lao Dai. »Nimm zum Beispiel den berühmten Meister Liu Ling aus der Wei-Jin-Zeit: Nachdem er immer wieder zugesehen hatte, wie Leute Särge zur Beerdigung trugen, hatte er den genialen Einfall, stets einen Diener mit einem Sarg hinter sich her gehen zu lassen, wenn er mit seinem Weinkrug durch die Gegend zog, damit der ihn an Ort und Stelle begraben konnte, sollte er im Suff tot umfallen.«

»Und? War das der Fall?«

»Darüber berichten die Geschichtsbücher nichts. Aber dieses Kunststück, die Sargträger zu imitieren, ist fest in den Annalen verbürgt …«

Mitten im Satz stürzte sich plötzlich ein streunender Hund auf Lao Dai und biss sich an seinem Hosenschritt fest. Hu Niu warf sich bäuchlings auf den Boden und schlug dreimal den Kopf auf, bevor er rief: »Los, Lao Dai, nun gib ihm schon das Hackbrötchen in deiner Hosentasche.« Lao Wei lachte sich kaputt. »Wenn der Tiger die Berge verlässt, ist er selbst vor den Hunden nicht sicher.« Lao Dai jedoch schüttelte energisch den Kopf. »Du hast ja keine Ahnung. Kennst du nicht die Geschichte von Hanshan und Shide?«

»Klar, die zwei berühmten Mönche aus der Tang-Zeit.«

»Einmal fragte Hanshan seinen Freund Shide: ›Angenommen, es gäbe einen Hund, der mich verleumdet, tyrannisiert, beleidigt, beschämt, verachtet, verabscheut, betrügt – wie ginge ich am besten damit um?‹ Shide antwortete: ›Ertrage ihn, lass ihn, folge ihm, toleriere ihn, respektiere ihn, sei nachsichtig und diskutiere nicht mit ihm. Nach ein paar Jahren wirst du sehen, was aus dem Hund geworden ist.‹«

»Ein Mensch ist aber kein Hund«, wandte Hu Niu ein.

Lao Wei dachte einen Moment nach, bevor er sagte: »Wir Menschen leben meistens noch schlechter als Hunde. Deshalb werden wir ja lieber Mönche.«

»Genau!«, rief Lao Dai begeistert.

»Mönch werden hat sein Gutes«, meinte Hu Niu. »Aber man braucht auch ein Sexualleben.«

Lai Dai rollte die Augen. »Sex ist wie Opium. Sobald man es verbietet, gewinnt es für die Leute erst recht an Bedeutung. ›Am Ende seiner Kräfte und kein Weg in Sicht, doch unversehens scheint in der Ferne ein Licht‹, wie der Dichter sagt. Ich müsste mich schämen, sollte ich mein weltliches Leben wiederaufnehmen, auch wenn ich meine Entscheidung manchmal bereue. Doch nun hat mir ja ausgerechnet unser erleuchteter Nichtsnutz Lao Wei die beste Begründung geliefert, dazu zu stehen.«

Nun war die Reihe an Hu Niu, zu applaudieren. Auch wenn ihm sein Daoistenhut nicht so recht zu passen schien, rief er dennoch: »Bravo! Sehr gut!«

Zu dritt begaben sie sich auf Reisen. Rastlos durchquerten sie mal in Zügen, mal in Bussen das Sichuaner Becken und erreichten schon bald die Hochebene von Yunnan. Dort, unter der Weite des blauen Himmels und der frischen Brise, fühlte man sich, als hätte jemand den Deckel auf einem brodelnden Topf gelüftet, man wünschte sich Flügel zum Abheben und Davonfliegen. »Nie hätte ich gedacht, dass die Erde Yunnas so rot ist«, sagte Lao Wei, »wie von Blut getränkt.« »Das Sonnenlicht ist auch rot wie Blut«, sagte Hu Niu. »Stimmt. Und die Gesichter der Nonnen auch«, pflichtete Lao Dai ihm bei. »Nicht so weiß und blass wie die der Sichuaner Nonnen.« »Du kennst dich aber gut aus mit Nonnengesichtern«, meinte Lao Wei. »Fleischliche Gelüste sterben nun einmal nicht so einfach ab«, sagte Lao Dai, »kümmere du dich um deine eigenen sechs Sinne.«

Auch wenn ihr Ziel, der Jizu-Berg, noch hundert Kilometer

weit entfernt lag, waren sie bereits überglücklich, als sie gegen Abend in der alten Stadt Dali rasten konnten. Am nächsten Tag standen sie früh auf, bummelten einmal längs von Süd nach Nord durch die Stadt und landeten zufällig auf dem Bauernmarkt am Rande der Stadtmauer, wo exotische Früchte und Blumen, alle erdenklichen Fleischsorten und eine Fülle weiterer Köstlichkeiten angeboten wurden. Dank der zahlreichen Sonnentage gedieh in Yunnan eine beachtliche Fülle von Obst- und Gemüsesorten. Lao Weis Laune stieg sichtlich. Spontan kaufte er reichlich Obst und drei Tomaten, jede so groß wie ein Kopf. Die drei mussten unwillkürlich an das *Klassische Buch der Berge und Meere* denken, in dem von allerhand seltsamen Gewächsen die Rede ist, wie zum Beispiel eine Art auf Hängen wachsender »Polypen«, die sofort nachwachsen, wenn man hineinbeißt, als hätten sie ein ewiges Leben.

Ein erbarmungswürdiges Jaulen unterbrach schlagartig ihre fröhliche Reisestimmung. Sie hatten gar nicht bemerkt, dass ein Stück weiter der Hundemarkt eröffnet worden war. Dort ging es hoch her. In zwei Reihen hüfthoher Eisenkäfige steckten mehrere Dutzend Hunde. Die Einheimischen deuteten eins der Tiere aus und verhandelten lautstark über den Preis. Soeben war ein unglückseliger Pekinese ausgewählt worden, und kaum dass die Hundeverkäuferin einen schmierigen Geldschein entgegengenommen hatte, verwandelte sich ihr süßes Lächeln in eine mordlustige Grimasse. Als der Hund bemerkte, wie sie mit einem kleinen Rindsohrmesser zwischen den Zähnen mit einem langen sogenannten Schlangenspeer in den Käfig stieß und nach ihm fischte, flüchtete sich der reinrassige Pekinese in Todesangst unter die Bäuche der jaulend ausweichenden anderen Hunde. Doch es gab kein Entkommen. Die geübt hantierende Verkäuferin fing ihn mit der Schlinge am Ende des Stocks ein und zog ihn aus dem Käfig. Verzweifelt strampelte das Hündchen, als sich die Lederschlinge um seinen Hals zuzog. Aus seinem Hintern fiel ein

Stück Kot. Kurz darauf wurde sein Kopf von den Stiefeln der Verkäuferin zerschmettert, das Rindsohrmesser stieß in seine Kehle und eine Fontäne Hundeblut schoss nach oben.

Lao Dai hatte sich abgewandt und bat Buddha um die Erlösung der Hundeseele. Hu Niu war längst auf Abstand gegangen, um sich den Anblick zu ersparen. Nur der hartgesottene Lao Wei war in der Menge stehen geblieben und fragte: »Sind die Hunde gestohlen?«

Die Hundeverkäuferin wischte sich das frische Hundeblut vom Kinn. »Die habe ich professionellen Hundefängern abgekauft. Im Frühling und im Herbst stellt die Regierung Einsatzmannschaften zusammen, die im Umkreis von mehreren Kilometern von hier Hunde einfangen. Jeder Hund, der keinen Besitzer hat, ist dran.«

»Dieser reinrassige Pekinese war herrenlos? Das glaubst du doch selber nicht.«

»Ein Hund, der auf der Straße herumstreunt, ist herrenlos.«

Lao Wei ballte die Fäuste und war kurz davor, einen Streit vom Zaun zu brechen. Unerwartet kam ein weiterer Einheimischer dazu. »Ich hätte gern einen etwas Größeren.«

»Such dir einen aus.«

»Ich habe nicht den richtigen Blick dafür. Es gibt Hunde, die wirken groß, aber wenn man die Haut abgezogen und sie entbeint und ausgenommen hat, ist kein Bissen Fleisch dran. Und Hundefleischsuppe schmeckt nicht.«

»Wie schwer soll er sein?«

»Genug für mindestens zehn Personen.«

»Wie wär's mit diesem Tibeterhund?«

»Der hat so langes Fell.«

»Der ist Hunderte von Kilometern von Shangrila bis hierher gelaufen. Je mehr Bewegung, umso besser schmeckt das Fleisch.«

»Wenn du meinst. Einverstanden.«

Wieder nahm sie das Rindsohrmesser zwischen die Zähne,

wieder löste das mordlüsterne Grinsen das vorangehende Lächeln ab. Als sie mit dem Schlangenspeer in den Hundekäfig fuhr und die anderen Hunde jaulend zur Seite sprangen, blieb der Tibeterhund ruhig sitzen, als habe er sich bereits in sein Schicksal ergeben. Doch als die Schlinge sich seinem Kopf näherte, schnappte er ruckartig zu und riss sie in Stücke. Die Hundehändlerin erschrak, dann rief sie wütend nach ihrem Mann, einem Bai, der untätig in der Nähe herumhing. Eilig brachte er ihr eine neue Schlinge.

Nun begann der Tibeterhund zu toben und warf sich gegen die Eisenstäbe des Käfigs, dass er wackelte. Als hätten sie auf das Zeichen gewartet, rebellierten jetzt auch die übrigen Hunde und kläfften wie verrückt. Aber ein Hund kommt gegen einen Menschen doch nicht an, am Ende landete der Kopf des Hirtenhundes in der Lederschlinge. Wild sträubte er sich, aber mit vereinten Kräften zog ihn das Hundehändlerpaar aus dem Käfig und ließ ihn auf den Asphalt sinken. Sie versetzten ihm ein paar kräftige Tritte und zückten schwer keuchend das Messer. Vielleicht war es, weil er eine besondere Verbindung zu diesem Hund spürte – jedenfalls meinte Lao Wei zu sehen, wie dem Hund Tränen aus Augen und Nase liefen. Er hielt es nicht aus. »Lasst den Hund frei!«

Die Leute starrten ihn verblüfft an. »Was ist denn mit dir los?«, fragte die Hundehändlerin.

»Verkauf ihn mir.« Er versuchte, seiner Stimme wieder einen neutralen Ton zu verleihen. »Ich lege dreißig Yuan auf den Preis drauf, den der Kunde hier bezahlt, einverstanden?«

Die Hundehändlerin zögerte. »Bist du mit dem Hund verwandt oder was? Was willst du? Ist doch nur ein Haufen Fleisch.«

»Genau, ein Haufen Fleisch, sonst nichts«, brummten die Umstehenden zustimmend. Der Mann, der den Hund hatte kaufen wollen, sagte lachend: »Kommt, gebt den Hund diesem Genossen da. Schlachtet einen anderen für mich.«

Lao Wei zahlte. Der knapp dem Tod entgangene Hund rührte sich zunächst nicht vom Fleck. Der Hundehändler legte dem Hund sorgfältig eine Kette an und ermahnte Lao Wei: »Lieber ein bisschen fester zuziehen.« Hu Niu maulte: »Wir wissen selbst noch nicht, wo wir bleiben sollen, und jetzt halst du uns noch einen Hund auf.« »Wer Barmherzigkeit zeigt, ist die Reinkarnation Buddhas«, wies ihn Lao Dai zurecht.

Die drei setzten gemütlich ihren Weg fort, doch der Hund zerrte mit einem unerwarteten Ruck an der Leine. Lao Wei, der beinahe auf die Knie gefallen wäre, fluchte lachend und stolperte unfreiwillig dem Hund hinterher, rannte mit ihm durch das dichte Markttreiben, so dass die Menschenmenge sich vor ihnen teilte wie Meereswogen. Der Hund zog ihn unbarmherzig hinter sich her, bis er nach ein paar hundert Metern abrupt stehen blieb und einen erstaunlich langen Strahl dampfender Pisse abließ, mit dem er bestimmt fünf Quadratmeter Boden tränkte.

Dann spurtete er noch fünfzig Meter weiter, wo er gierig einen Liter Wasser aus einem Tümpel trank. Allmählich entspannte sich sein eingezogener Hundeschwanz, und er begann zögerlich zu wedeln.

Lao Wei tätschelte ihm zärtlich den Rücken und wandte sich zu Hu Niu um: »Wie sollen wir ihn nennen?«

»Li Shutong nannte sich Hong der Erste, Lao Dai ist Hong der Zweite, also soll er Hong der Dritte heißen.«

»Hong der Vierte«, murmelte Lao Wei nachdenklich, »denn Hong der Dritte, das bin ich.«

Der heilige Hühnerfußberg

Am Nachmittag des darauffolgenden Tages setzten die drei und der Hund mit gut gefüllten Bäuchen fröhlich ihren Weg fort.

Hong der Vierte hielt keinen Moment still und hatte seine hechelnde Schnauze überall. »Nun lach dir mal 'nen Furz, Hund, und sag was«, frotzelte Lao Wei. Als hätte er ihn verstanden, hob Hong der Vierte sein Bein an der Stadtmauer, kniff die Augen zusammen und bellte. »Hast du gehört, er hat ›Papa‹ gesagt«, sagte Lao Dai. »Und wer soll die Mama sein?«, fragte Lao Wei. »All die Weiber, mit denen du schon was hattest, wer sonst«, meinte Hu Niu. Lao Wei sagte nichts mehr.

Als sie einen Bus besteigen wollten, weigerte sich die Schaffnerin, den Hund mitzunehmen. Alle Überredungsversuche waren vergeblich. Sie stiegen wieder aus, fanden nach einigem Stöbern an einer Straßenecke einen Korb für Kunstdünger, in dem sie Hong den Vierten so gut wie möglich verstauten, und warteten auf den nächsten Überlandbus. Obwohl sie ziemlich müde und ausgelaugt waren von der langen Reise, brachte sie der Hund jedes Mal, wenn er seinen Kopf aus dem Korb streckte, zum Lachen. Nach zwei Stunden Fahrt erreichten sie die Kreisstadt Binchuan, die einem Rattenloch glich und mit ihrem Müllgestank Brechreiz verursachte. Dort fanden sie eine motorisierte Rikscha, deren Insektenfurzknattern sie die kommenden zwei Stunden über holprige Wege bis zum Fuß des Jizu-Bergs begleitete. Der Anblick des berühmten Hühnerfußbergs gab ihnen wieder Auftrieb.

Der Jizu-Berg ist einer der fünf heiligen Berge des Mahayana-Buddhismus, der Ort, an dem Buddhas Jünger Jiahe seinen Weg zur Erleuchtung fand. Aus der Vogelperspektive sieht das Gebirge mit seinen drei Ausläufern in die eine und einem in die andere Richtung aus wie eine riesige Hühnerkralle. Entlang der gewundenen Wege auf seinen langen Zehen liegen 72 buddhistische Mönchsklöster und 32 Nonnenklöster. Die drei Männer erreichten nach kurzer Wanderung ein hühnerzehennagelwinziges Dorf und mieteten sich bei einem Bauern ein. Ihre Mägen knurrten so sehr, dass Hu Niu kurzerhand ein echtes Huhn schlachtete, das er in Brühe kochte und danach in Sojasoße anbriet. Lao Dai rief sofort »Hurra!«, während Lao Wei ernst und feierlich sagte: »Das wird für Hong den Dritten und Hong den Vierten das letzte Fleisch in ihrem Leben sein.« »Nun wirf nicht wieder Hunde und Menschen in einen Topf«, wies ihn Hu Niu zurecht, »du kannst gerne Buddhist werden, aber Hong der Vierte muss es deshalb noch lange nicht.« »Wer sich in die Abgeschiedenheit eines buddhistischen Klosters begibt, isst keine Tiere mehr. Also wird auch Hong der Vierte Vegetarier.«

Der Eintritt zum Gelände des Haupttempels des Hühnerfußbergs war mit 60 Yuan ähnlich teuer wie der für die meisten Sehenswürdigkeiten Chinas und damit zu teuer für das Budget der abgehalfterten Reisegruppe. Am nächsten Morgen stand daher der abtrünnige Glaubensbruder Lao Dai in aller Frühe auf, pirschte sich auf leisen Sohlen an den turmhohen Bambuszaun rechts neben dem Eingangstor heran und schaufelte ein etwa wassereimerbreites Loch unter dem Zaun frei, durch das sie einer nach dem anderen auf die andere Seite krochen, wo sie prompt einen Wachmann mit roter Armbinde erblickten, der sich gerade in den ersten Sonnenstrahlen räkelte. Mit einem Sprint retteten sich die vier in das unweit des Zauns liegende Dickicht und begannen den langsamen Aufstieg. Lao Dai prahlte damit, dass er schon Hunderte von Malen diesen Berg bestiegen habe und seine Beine so gut trainiert seien, dass er ohne weiteres auch den Mount Everest erklimmen könne. Hu Niu schnaubte verächtlich. »Im Reiseführer steht, dass auf diesem Berg, abgesehen von Buddhas Schüler Mahakashyapa, genannt das ›ewige Lächeln Buddhas‹, auch der 120-jährige Zen-Meister Xu Yun gelebt hat«, erzählte Lao Wei.

»Xu Yun wurde unter der Regierungsdevise Daoguang in der Qing-Dynastie geboren und überlebte fünf Kaiser und vier Dynastien, er war der einflussreichste chinesische Zen-Meister«, dozierte Hu Niu. »Denkt nur an den Yunmen-Vorfall Anfang der fünfziger Jahre, als die Kommunisten auf dem Höhepunkt der Verfolgung von Konterrevolutionären gut eine Million Kuomintang-Anhänger ermordet haben. Abschaum der Gesellschaft, hieß es. Xu Yun bezichtigten sie des Versteckens von Spionen, Funkanlagen und Waffen und nahmen das zum Vorwand, den von dem alten Meister geleiteten Yunmen-Tempel von mehreren hundert Soldaten einkesseln zu lassen, die die Mönche terrorisierten. Sie sperrten Xu Yun ins Meditationszimmer, wo acht Kerle ihn mit Eisenknüppeln malträtierten, bis das Blut spritzte und er am ganzen Körper grün und blau war. Acht Rippen brachen sie ihm. Erst als er kaum noch atmete, ließen sie von ihm ab. Da sie davon ausgingen, dass er ohnehin sterben würde, nahmen sie ihre Eisenstangen und trollten sich. Nie hätten sie damit gerechnet, dass der damals 112-Jährige wieder zu sich kommen würde und nach einer Woche in stiller Meditation, ohne Essen und Trinken, gänzlich wiederhergestellt war. Als er danach die Tür des Meditationszimmers öffnete, war sein erster Satz: ›Im Traum habe ich den ehrenwerten Meister Mahakashyapa gesehen.‹«

»So lautet jedenfalls die Legende«, sagte Lao Wei.

»Aber das ist belegt!«, sagte Lao Dai. »Es heißt, der alte Mao habe sich zu Tode erschrocken und Zhou Enlai angewiesen, die Belagerung sofort aufzuheben.«

»Und wie ging es weiter?«

»Xu Yun erhielt die Einladung zu einer Audienz bei Mao. Sie wollten ihn nötigen, den Vorsitz der Buddhistischen Vereinigung zu übernehmen, aber er weigerte sich. Er starb 1959 im Lotussitz. In seiner Asche fanden sich in allen Farben schimmernde Reliquien, gut hundert Perlen. Wenn das kein Heiliger war! Ganz gleich, wie groß die Reputation des Emei-Shan als heiliger buddhistischer Berg auch sein mag – einen Xu Yun hat er nicht zu bieten.«

»Und was ist mit dem Shaolin-Tempel auf dem Songshan in Henan?«

»Kannst du vergessen. Die Novizen spielen Computerspiele, die Mönche hängen den ganzen Tag an ihren Handys, und der Abt fährt einen Mercedes.«

»Haha. Dann bin ich ja am richtigen Ort.«

»Bist du auch! Der Jizu hat eine lange konterrevolutionäre Tradition. Während der Kulturrevolution stürmte eine Horde Rotgardisten nach der anderen mit der Maobibel in der Hand unter großem Geschrei den Tempel und zerstörte Buddhastatuen, Ausmerzung der »vier Alten«, du weißt schon. Als einer der ehrenwerten Mönche sich aus Protest anzündete, strömten von allen Seiten her Mönche zusammen, scherten sich nicht um die krakeelenden Rotgardisten, sondern stimmten laut Sutren für den Sterbenden an, um seine Seele sicher ins Nirwana zu geleiten.«

»Beeindruckend.«

»Der Mönch Mingde vom Tempel des Lichtstrahls ist ebenfalls ein ehemaliger politischer Gefangener.«

Obwohl der Aufstieg ihn ganz schön außer Puste brachte, hatte Lao Wei noch genug Energie, um vor Freude in die Hände zu klatschen. Den heiligen Berg schien ihr Enthusiasmus nicht gleichgültig zu lassen. In transparenten Wellen wogte der Wind sanft von Gipfel zu Gipfel und bog die Kronen der endlosen Baumreihen, machte ihre Blätter zu schreienden Mündern, die der Menschheit unbegreifliche Geschichten erzählten. »Spiel uns was auf der Flöte vor, Lao Wei«, sagte Hu Niu. »Aber wir lauschen doch bereits den Flötenklängen der Natur«, meinte Lao Dai. »Die Seele von Meister Zhuangzi weht gerade an uns vorbei.« »Meine Ohren taugen nur für menschliches Flötenspiel«, sagte Hu Niu.

Glücklich erreichten sie das Pagodenwäldchen. Auf der windabgewandten Seite des Gebirgspasses waren Dutzende kleiner Gedenkpagoden verstreut. Jetzt zog Lao Wei seine Bambusflöte heraus und improvisierte eine Melodie auf *Die Unsterblichen*

Exilanten, die er dem Schriftsteller Liu Binyan widmete, der wie eine Wildgans fern der Heimat im Exil gestorben war. Sie verwandelte den daoistischen Wind des Nichtstuns unversehens in einen irdischen Trauergesang. Lao Dai und Hu Niu seufzten. Am Ende legte Lao Wei die Flöte beiseite und sang:

Deine Stimme, die in Wellen auf- und absteigt,
Dein Geist zieht wie die Wildgans von hier nach dort,
Gelbe Blätter, wenn der Tag sich neigt,
Der Wind, der mir erzählt: du bist schon weit fort.

Seine Stimme hallte noch eine Weile nach, und selbst der ignorante Hong der Vierte stieß ein paar beifällige Heuler aus. Kaum lobte Hu Niu das »wirklich verständige Tier«, als der Hund schwanzwedelnd und unbekümmert um die höchste der Pagoden herumjagte, das Bein hob und den Klagegesang in einem fröhlichen Urinstrahl ertränkte.

Gegen zwei Uhr nachmittags hatten sie den Aufstieg geschafft. Vor ihren Augen tat sich ein weites Gelände auf, und darin erhob sich wie ein Thron der Tempel des Lichtstrahls. Sie stiegen weiter, bis auf die Sitzfläche dieses Throns. Dort leuchteten ihnen von allen vier Seiten prächtige Blüten entgegen. Das dichte Wolkenmeer unter ihnen schien, sobald es zu dieser Höhe aufgestiegen war, im Sonnenlicht in tausend Stücke zu zerspringen. Verwirrt jagte Hong der Vierte den verbliebenen dunklen Wolkenfetzen hinterher, als vermute er Knochen darin. Richtete man den Blick nach oben, sah man zuoberst auf der Lehne des Throns eine freistehende Stupa aufragen, wie ein auf ewig in den Himmel weisender Zeigefinger. Zwei, drei Falken zogen am tiefblauen Himmel ihre Kreise. »Einfach spektakulär, dieser Himmel«, jauchzte Lao Wei. »Das nennt sich das Huashou-Tor«, sagte Lao Dai. »Wenn am 21. 12. 2012, an dem nach dem Maya-

Kalender die Welt untergehen soll, Erdbeben, Flut, Epidemien, Klimakatastrophen oder ein Supergau über die Welt kommen werden, die Menschheit zugrunde geht oder die Überlebenden kein menschenwürdiges Dasein mehr führen können – erst nach diesem Fegefeuer wird diese als Huashou-Tor bekannte Steilwand mit lautem Krachen implodieren. Dann wird der barfüßige Maitreya, der Buddha der Zukunft, Sutren rezitierend, in der Felsspalte baumeln und die Welt retten.«

Lao Wei war zu Tode erschrocken. Der abergläubische Hu Niu warf sich sofort auf die Knie und machte drei Kotaus in Richtung des Huashou-Tors. Hong der Vierte nutzte die Gelegenheit, ihm im Arsch herumzuschnüffeln. Vom Fuß der Stuhllehne her vernahmen sie lautes Mantrasingen. Dort lag die noch unlängst renovierte Haupthalle vom Tempel des Lichtstrahls, wo gut hundert Mönche soeben ihre Mittagslektion beendeten. Andächtig stiegen die drei und der Hund die Stufen hinauf. Hinter den weißgetünchten Mauern mit den blauen Kacheln zur Linken lagen die Mönchszellen, die Küche und die Studierstube der Laienbrüder, zu ihrer Rechten lag ein enormer Gemüsegarten. Der oberste Lehrmeister des Tempels jedoch hauste nach dem Vorbild des Bodhidharma abgeschieden in einer Felsgrotte. Eine Viertelstunde später empfing sie der Pfortenbruder und bat sie, sich in der Laienstudierstube auszuruhen.

In der Nacht leuchtete der Mond sehr hell, und der schlaflose Lao Wei stand auf, stellte sich ans offene Fenster und starrte in den Himmel hinauf. Er beobachtete, wie ein einsamer Vogel durch das Sternbild des Großen Bären hindurchflog und in den Weiten des Universums verschwand. Tiefe Traurigkeit überkam ihn. Er musste an seinen Meister denken, der mit 84 Jahren im Gefängnis Flöte gespielt hatte. Wäre er noch am Leben, wäre er inzwischen fast hundert. Wer wurde schon so alt? Vage erinnerte er sich daran, dass der alte Mönch eine Melodie namens *Einsamer Vogel* gespielt hatte. War das der einsame Vogel, den er eben durch den Himmel hatte fliegen sehen? Die anderen Kriminellen hatten immer über ihn gelästert: Ein Mönch, der nicht lesen und schreiben kann, kann keine Sutren rezitieren, und stattdessen spielt er auf der Flöte.

»Ist das Gefängnis ein Tempel?«, murmelte Lao Wei vor sich hin. »Vielleicht ist dieser Vogel die Seele eines geflohenen Gefangenen. In den Tiefen des Universums gibt es keine Polizei.« Sein Körper und sein Geist entspannten sich. Er ging hinaus und schrak unwillkürlich zusammen – die Huashou-Tor genannte steile Felswand hatte sich mit einem Wimpernschlag in einen im Lotussitz hockenden Matreiya verwandelt, der den Blick zum Himmel versperrte. Die funkelnden Sternhaufen der Milchstraße waren wie Schriftrollen, die über die ganze Erde das ewige Buch des Nichts entfalteten.

Ganz durcheinander von seiner spontanen Halluzination, ging Lao Wei wieder hinein und setzte sich im Schneidersitz auf sein Bett. Er schloss die Augen, beruhigte seinen Geist und meditierte. Hong der Vierte sprang unbekümmert aufs Bett, legte seine stinkende Hundeschnauze in Lao Weis Hand und knurrte zufrieden. Sind hundert Jahre nicht mehr als ein Augenblick? Gerade als sein Urgeist sich befreien wollte, erklang laut der große Gong der Haupthalle. Nach einer halben Minute erklang er noch einmal, und so ging es eine halbe Stunde lang weiter, in strengem Rhythmus. Der Mond ging zur Neige, die Sterne leuchteten, und jener Vogel kehrte irgendwann aus dem Nichts zurück, hinter sich eine ganze V-förmige Formation von Vögeln. Der Mönch, der den Gong schlug, begann in Harmonie mit dem Echo des Gongs zu singen. Die Mönche erhoben sich, legten mit gesenkten Köpfen die Hände zusammen, schritten jeder wie ein Schatten des anderen zum Tor hinaus und stiegen in einer geordneten Prozession die steinerne Treppe hinauf. »Was für ein Hort des Friedens«, seufzte Lao Wei. Wider Erwarten war nun auch Lao Dai schon auf den Beinen und sprach ihn an: »Das nennt sich ›geschlagene Worte‹ und heißt nichts anderes als den Gong schlagen und dazu singen, eine Tradition, die Buddha persönlich vor zweieinhalb Jahrtausenden begründet hat. Mehr weiß ich auch nicht darüber.«

Die drei Männer und der Hund versuchten, den Gesang der Mönche möglichst exakt zu imitieren, doch sie fühlten sich zu unbeholfen, um sich ihnen anzuschließen, und blieben daher unter dem Portal der großen Halle sitzen. Drei Stunden später, nach einer vegetarischen Mahlzeit und kurzer Ruhepause, ging das Rezitieren weiter. Hu Niu, Lao Dai und der Hund konnten die Augen kaum noch offen halten und nickten abwechselnd mitten unter den Mönchen ein. Allein Lao Wei harrte tapfer vor der Buddhastatue aus und bewegte unablässig die Lippen, ohne zu verstehen, was er da sagte.

Es folgten lange, langsame Tage. Aus sämtlichen Ecken des Landes kamen täglich neue Mönchsbrüder an. Manche im Tempel übten sich schon seit drei Jahren in der Vervollkommnung, waren aber noch weit entfernt vom Erreichen des buddhistischen Karmas. War ihr Reisebudget aufgebraucht, schickten sie ein Telegramm an ihre Familien und baten um Geld. Die drei Männer und der Hund hielten zwei Wochen durch, in denen sie nur zweimal eine Audienz beim Meister des Tempels erhielten. Gerne hätte Lao Wei ihm sein Herz ausgeschüttet, doch der Meister ließ ihn nur die ganze Zeit mit zu Boden gesenktem Haupt dasitzen. Lao Dai bezeichnete die Situation unverdrossen als »hoffnungsvoll« und stellte ihm den bereits zum ordentlichen Mönch gewordenen Bruder namens Mingde vor, damit er Lao Wei von seiner eigenen leidvollen Erfahrung auf dem Weg zur Erleuchtung berichte. »Früher war ich auch einmal Dichter«, erzählte Mingde. »Ich wurde verhaftet, weil ich eine Untergrundzeitschrift herausgegeben habe. Erst während des Polizeiverhörs erfuhr ich, dass im Vorwort der Zeitschrift von einer ›Bewegung zur Renaissance von Kunst und Kultur‹ die Rede war. Da die Kommunistische Partei das Recht auf jedwede ›Bewegung‹ allein sich selbst vorbehält, schöpften sie bei diesem Wort sofort Verdacht. Die Polizisten zwangen mir einen Konterrevolutionärshut auf und drohten, ihn anzuzünden, sollte ich keine zufriedenstellende Erklärung abgeben. Weil ich sie verfluchte, als sie ihn anzündeten, bekam ich fünf Jahre. Der Mistkerl, der das Vorwort geschrieben hatte, kam mit einer ›erzieherischen Maßnahme‹ davon.«

»Und dann?«

»Ich habe Revision eingelegt. Eines Tages machte sich der Oberste Richter in einem privaten Gespräch gegenüber einem Juraprofessor über meinen Fall lustig. Der Juraprofessor schüttelte den Kopf und sagte: ›Selbst für einen Aufruhr im Gerichtssaal würde man nicht so hart bestraft werden.‹ Das führte immerhin dazu, dass sie meine Haftzeit auf dreieinhalb Jahre verkürzten. Genau dreieinhalb Jahre habe ich im Untersuchungsgefängnis nichts anderes getan, als die Sutra der barmherzigen Avalokitesvara herzubeten. Ohne jede Perspektive bin ich dann nach meiner Entlassung hier heraufgekommen, weil ich gehört hatte, dass sich im Tempel des Lichtstrahls eine Ansammlung kultivierter Menschen findet.«

»Das war ein Glück.«

»Es ist eine lange Geschichte. Ich habe auch viel durchgemacht. Es hätte auch sein können, dass ich niemals Mönch werde. Zu guter Letzt bin ich dem Vorbild zahlreicher berühmter Meister des Hühnerfußbergs gefolgt, habe neun Tage und Nächte lang die Pratyutpanna Sutra rezitiert, bis der Meister der Tempels meinen aufrichtigen Willen erkannt und mich als Schüler akzeptiert hat.«

»Wenn das so ist, dann will auch die Pratyutpanna Sutra beten.«

Die Pratyutpanna Sutra gehört zur asketischen Lehre des Amitabha-Buddhismus. Dabei geht man, die Sutra rezitierend, Tag und Nacht ohne Schlaf einen Kreis von hundert Metern Durchmesser. Es heißt, dass ein wahrer Erleuchteter dieses Ritual neunzig Tage lang durchhält. Doch um sich dieser außergewöhnlichen Askese stellen zu können, bedarf es der genauen Unterweisung durch einen Meister und der Unterstützung seitens einer großen Gruppe von Mönchen, sonst riskiert man sein Leben. Mingde erklärte: »Unterschätzt dieses Ritual bloß nicht! Mir taten damals nach einem halben Tag bereits die Fersen so weh, dass ich immer lauter rezitierte, um mich von meinem Schmerz abzulenken, je mehr es schmerzte, umso lauter meine Stimme. Bis ich gegen jeden Schmerz abgestumpft war. Man kann nicht anhalten, um zu essen oder zu trinken, sondern muss immer weitergehen, der Kopf sinkt auf die Brust, das Bewusstsein trübt sich. Das ist der Moment, in dem man die Unterstützung der Brüder braucht, die ringsum Sutren rezitieren, und wenn das nicht mehr hilft, braucht man den aufrüttelnden ›Löwenschrei‹ des Meisters. Mein Meister war im Grunde von eher schwacher Gestalt, aber sein Schrei war unglaublich. Ich hob sofort den Kopf, sah plötzlich einen dunkelroten Blitz über das Huashou-Tor zucken, und mit einem Mal stand Bodhisattva direkt vor mir. Mit jedem Schritt, den ich vorwärts tat, tat er einen Schritt zurück. Ich schrie mit aller Kraft: ›Om mani padme hum!‹ Und Bodhisattva nahm einen Weidenzweig, tauchte ihn in das Wasserbecken und besprenkelte mein Gesicht. Ich ging wie auf Wolken, extrem wach und extrem unbeschwert.«

Die Männer hörten gespannt zu. Hu Niu und Lao Dai scheuten die Qualen und lehnten dankend ab. Allein Lao Wei war keines Besseren zu belehren. Als der Morgen graute, brachte Mingde Lao Wei in die Grotte, um dem Meister seine Aufwartung zu machen. Doch überraschend rief der Meister aus: »Zwischen uns beiden existiert kein Band. Bitte versuche es an einem anderen Ort.«

Lao Wei blieb kniend vor ihm sitzen. Tränen liefen ihm übers Gesicht. Der Meister sagte: »Unser Tempel ist zu klein und zu arm, um noch mehr Männer der höchsten Tugend aufzunehmen.«

Lao Wei versetzte es einen Schlag. Seine Stimme überschlug sich, als er flehte: »Ich habe längst den Illusionen der materiellen Welt entsagt, und doch soll es nicht gehen?«

Mingde mischte sich erklärend ein: »Weißt du, man kann hier auch nicht einfach als Fremder unterkommen. Jeder Laienbruder, der den Berg hinaufkommt, muss sich zuvor beim Amt für Religionszugehörigkeit melden und seine Herkunftsdokumente vorlegen, nur mit einwandfreiem politischen Hintergrund darf man Mönch werden. Da du nach dem vierten Juni im Gefängnis gesessen hast, wirst du keine Chance haben.«

»Und was ist mit dir?«

»Ich galt nur als eine Art Freizeitreaktionär. Dank der schriftlichen Garantie des Meisters bin ich durchgekommen. Aber ein Konterrevolutionär vom vierten Juni ist keine Kleinigkeit. Soweit ich weiß, wird der Leiter des Amts für Religionswesen übermorgen zur Inspektion hier auftauchen. Es wäre besser, wenn ihr vorher verschwindet. Friede sei mit euch.«

Zurück ins weltliche Leben

Lao Wei war völlig demoralisiert, aber das Leben ging weiter. Niedergeschlagen machten sich die drei Männer und der Hund an den Abstieg. Als sie gegen Abend die Altstadt von Dali erreichten, kam ihnen vom Südtor her ein langer Trauerzug entgegen. Hinter den Sargträgern veranstaltete ein Dutzend Suonas ein solches Geheul, dass Hong der Vierte vor Angst sofort auf die Straße pinkelte. Von Ferne zog eine sargförmige, dunkle Wolke über der grünlichen Gebirgswand auf, als schulterte selbst der Himmel einen Sarg. Lao Weis traurige Miene wurde noch länger. »Jetzt reicht's mir aber mit den langen Gesichtern«, schimpfte Lao Dai, »kommt, wir ziehen ein bisschen durch die Märzgasse.«

Als Märzgasse bezeichnete man die Gegend um den Straßenstrich außerhalb des Westtors von Dali, wo jedes Jahr am dritten Tag des dritten Monats ein großer Bauernmarkt stattfand. Zwei Wochen lang herrschte dann eine bunte Kirmes, zu der von allen Seiten des Erhai-Sees die Bai, Tibeter, Naxi und Han in Scharen mit ihren Familien herbeiströmten. Lokale Produkte, Straßenoper, Duette, Zauberkünstler, Kuppler, Pornoshows im Zelt – für jeden war etwas dabei. An gewöhnlichen Tagen jedoch war dort wenig los, und die Ladenfronten auf beiden Seiten der Ausfallstraße, die von den Mauern der Stadt in Richtung Cangshan-Gebirge führte, blieben tagsüber geschlossen. Nur ein paar Krähen und Spatzen schwangen sich ab und zu von den Dächern herab, hüpften piepsend auf der Straße herum und machten den Hühnern und Gänsen, die in den Ritzen des Kopfsteinpflasters nach Grassamen pickten, ihr Futter streitig. Die drei Männer und der Hund marschierten ohne Halt geradewegs bis ans Ende der Straße, wo sich rechts eine Bühne und links ein Tempel zur Verehrung der Göttin des Westens, der wichtigsten Heiligen der Bai, befand. Sie gingen weiter, immer in Richtung des zentralen Gipfels des Cangshan-Gebirges. Hu Niu war begeistert: »Das ist wie ein Tagtraum! Ich habe gehört, dass es irgendwo im Dschungel Südamerikas ein sogenanntes Dorf der Träume geben soll, dessen hundert Bewohner genauso wie ihre tausend Nutztiere tagsüber schlafen und erst mit der Dämmerung zum Leben erwachen, mit steifen Körpern und weit aufgerissenen Augen wie Geister, und damit schon zahlreiche neugierige Journalisten zu Tode erschreckt haben.«

Prostituierte besorgte. Sie nahmen jeder eine mit in ihre Unterkunft und brachten die Sache ziemlich schnell hinter sich. »Mensch, ich hab meinen Pimmel rausgeholt und bin zweimal rein und raus, und schon bin ich gekommen, so ein Mist«, sagte Hu Niu. »Da fällt mir ein Gedicht des guten alten Zeng Dekuang ein: Kaiserstadt, Kaiserstadt, nun teile ich mir schon so lang ein Bett mit dir und hab noch nicht einmal dein Tor berührt.«

Lao Wei war zwar nicht zu früh gekommen, er fühlte sich aber nachher gar nicht wohl in seiner Haut und wusch und schrubbte sich wie verrückt den Schritt mit viel Seife. In der Nacht träumte er von den Filzläusen im Gefängnis, die in langen Reihen über seinen Hodensack wanderten. Das Jucken war nicht auszuhalten. Also kratzte er sich, doch je mehr er kratzte, umso mehr juckte es. Schließlich bekam er im Traum eine mungobohnengroße Laus zu fassen und wollte sie gerade zwischen den Fingern zerquetschen, als sie ihm entwischte, über den Finger rannte und ihn kräftig ins Fleisch biss. Er erwachte schließlich mit einem lauten Schrei, knipste noch ganz benommen das Licht an und besah sich sein bestes Stück, es war blutrot, als hätte er gerade eine Fehlgeburt gehabt.

Das war ein schlechtes Omen. Und wie nicht anders zu erwarten, zeigten sich einige Tage später kleine granulatartige Auswüchse auf seinem Penis. Im Krankenhaus gaben sie ihm die Diagnose »Genitalwarzen«, eine typische, hartnäckige Geschlechtskrankheit. Versehen mit einem an eine Gasmaske erinnernden, extra großen Mundschutz, hantierte der Arzt unter dem UV-Licht mit einer winzigen Schmirgelscheibe. Lao Wei wusste nicht, ob er lachen oder weinen sollte. Er fühlte sich, als mache er die schwerste Strafe seit dem Gefängnis durch. Aber lassen wir die Geschichte besser hierbei bewenden.

Es bleibt noch zu erzählen, wie die drei und der Hund am nächsten Tag losspazierten, erst am Erhai-See entlang, dann wieder in

Richtung Cangshan-Gebirge. Sie erklommen grüne Hügel auf mäandernden Wegen, bis sie nach etwa drei Kilometern schwer atmend die Touristenattraktion »Himmelsdrachenstadt« erreichten. Dummerweise erfuhren sie erst hier, wie hoch der Eintrittspreis war. Maulend machten sie sich wieder an den Abstieg, verliefen sich aber unter der Führung Hongs des Vierten hoffnungslos. Plötzlich stieg ihnen ein heftiger Geruch in die Nase. Lao Dai blieb abrupt stehen. »He he he, da sucht man überall vergeblich und wird doch ganz mühelos fündig.«

Unwillkürlich sagten sie im Chor: »Cannabis«, als zu ihrer Überraschung drei Milizen zwischen den mannshohen Pflanzen der dichten Cannabisplantage herauskamen. Lao Dai fasste sich als Erster: »Hallo Genossen, ihr raucht das Zeug doch nicht etwa?«

»Ganz Dali kifft, warum nicht wir?«

»Na, ihr seid schließlich die Armee des Volkes.«

»Dann müssen wir erst recht was rauchen. Wir sind wie alle jungen Leute. Was meinst du, was die Amerikaner in Vietnam geraucht haben?«

»Und eure Befehlshaber, was sagen die dazu?«

»Vom Kompanieführer aufwärts sind alle in der Stadt und lassen sich's gutgehen. Die Militärbaracke ist vorübergehend aufgelöst.«

»Kann man denn die frischen Blätter rauchen?«

»Du tust sie zwei Minuten in den Ofen, und sie sind trocken genug.«

»Und wie ist es?«

»Ach, nicht der Rede wert. Riecht stark, das Zeug, aber eine Zigarette rauchen bringt mehr.«

»Dann seid ihr wahrscheinlich in einem Hanffeld gelandet.«

»Wieso? Gibt es da verschiedene Sorten?«

»Na klar, Hanf riecht stark und ist eine Nutzpflanze. Die Bauern machen aus den Samen Öl.«

»Was es alles gibt!« Auf einmal begriffen die Soldaten und baten Lao Dai, ihnen ein bisschen was beizubringen. Er nahm das Armeegesindel gönnerhaft als Schüler an und zeigte ihnen im Hanffeld die richtigen Kniffe, ließ sie mit Forke und Spaten hantieren, mit Sporen und Samen und brachte ihnen bei, Gerüche und Farben zu unterscheiden. Am Ende wollten sie ihn gar nicht ziehen lassen. Hu Niu schüttelte den Kopf: »Heutzutage sucht aber auch jeder nach einer Möglichkeit, auf Wolken zu gehen.«

Sie trieben sich weiter fröhlich in dem Wald aus Hanfpflanzen herum und vergaßen die Zeit. Lao Dai redete unablässig und schwelgte in Erinnerungen. »In dem Gebiet zwischen dem Cangshan-Gebirge und dem Erhai-See herrscht so viel Sonnenschein, und die Erde ist so fruchtbar, dass man nur ein paar Samen auswerfen muss, und schon wächst etwas daraus. Nirgends sonst sind Obst und Gemüse so grün und saftig und unglaublich groß, dass man sich fragt, ob sie echt sind. Aber was wirklich wächst wie wild, sind sämtliche Sorten von Cannabis und Corolanea. Ein paar ordentliche Gewitterschauer reichen, und das Zeug steht mannshoch.«

»Hanf gilt in dieser Gegend seit jeher als glücksbringend«, fuhr er mit seinem Vortrag fort. »Als ich vor fünf Jahren zum ersten Mal hierherkam, waren die Märkte voll von Hanfsamen, Hanfblättern und Hanföl. Die Corolanea stammt ursprünglich aus Afrika. Irgendwann muss irgendein Afrikaner auf der Suche nach ein bisschen kostenloser Stimulation nach Dali gekommen sein und ist genau wie wir die Hügel hinaufgewandert und war beim Anblick von all dem Cannabis ringsum völlig aus dem Häuschen. Unglücklicherweise sind dann bei seinen Luftsprüngen die Corolaneasamen, die er in der Tasche hatte, herausgehüpft. Kaum waren sie in die Erde gefallen, schon sprossen die Keimlinge hervor, aus einigen wenigen wurden Hunderte und schnell Zigtausende, die sich in alle Richtungen ausbreiteten, eine unkontrollierbare Pflanzenplage. Die Corolanea benahm sich wie ein Usurpator, raubte den anderen Pflanzen das Licht und den Nährboden, überwucherte die Gärten und Mauern der Menschen, die des Unkrauts auch mit ständigem Jäten und Verbrennen nicht Herr wurden. Einzig die einheimische Cannabispflanze ließ sich davon nicht unterkriegen. Alle hier liebten Cannabis so sehr, wie sie Corolanea hassten, in jeder Bar der Altstadt bekam man selbstbedruckte T-Shirts mit Cannabis-Motiv zu kaufen. Die Partei jedoch focht einen Kampf gegen Cannabis und für Corolanea und schickte unermüdlich Ordnungskräfte die Hügel hinauf und die Täler hinunter, um die Cannabis-Plantagen zu verwüsten und zu verbrennen und damit den Weg für die Corolanea frei zu machen. Das Cannabisgeschäft blühte dessen ungeachtet weiter, vor allem das mit jeder Menge Spezialprodukten, außer Tabak also auch Süßigkeiten, Dim Sum, Kuchen, Schokolade – lauter Zeug, von dem man noch besser high wird. Immer mehr junge ausländische Aussteiger blieben in Dali hängen und sorgten für ein Zusatzeinkommen der Cannabisindustrie, während die Einheimischen in Scharen auf Entziehungskur geschickt wurden …«

Hu Niu lief schon die ganze Zeit das Wasser im Mund zusammen. Jetzt konnte er nicht mehr an sich halten: »Lass uns hier im Cannabis-Paradies bleiben!«

»Und wo nimmst du das Geld dafür her?«, fragte Lao Dai.

»Ich such mir als Erstes einen Job in einer Bar. Ich habe schon in Chengdu und in Peking als Barmixer gearbeitet. Ich muss nur ein bisschen herumexperimentieren, bis ich den richtigen Cannabis-Blend gefunden habe.«

»Okay. Ich würde mit dir hierbleiben«, meinte Lao Dai.

»Ich muss zurück nach Hause«, sagte Lao Wei wehmütig. »Ich lasse euch Hong den Vierten da, damit er auf euch aufpasst.«

Inzwischen hatte sich der Himmel getrübt. Das gurgelnd an- und abschwellende Wasser in den Schluchten erinnerte an eine Vulva. Am anderen Ende des Himmels türmten sich bunte Wolken über dem Erhai-See und tauchten ein in das breitflächige Karminrot der Sonne. Die sinkende Sonne hatte etwas ungeheuer Erotisches. Nur ungern gingen sie zurück in ihr Gasthaus. Lao Wei schickte sich an, seine Sachen zu packen. Als ahnte er, was er vorhatte, sprang ihm Hong der Vierte auf den Schoß und wollte nicht von ihm ablassen, bis Hu Niu ihn wegzog und festhielt, damit Lao Wei gehen konnte. Als er ein paar hundert Meter außerhalb der Stadt den Überlandbus bestieg, hing der zinnoberrote Mond direkt über dem Stadttor, und im Wasser des Erhai-Sees glitzerte der gespiegelte Himmel. Laut gellte ihm das Bellen und Jaulen des Hundes in den Ohren.

Zur falschen Zeit geboren

Lao Wei kehrte wieder nach Hause zurück. Und nach wie vor wartete dort ein Polizist auf ihn, ganz wie nach seiner Haftentlassung vor vielen Jahren. »Ich bin neu. Mein Name ist Li Xiang, Xiang wie in *sixiang*, ›Gedanke‹.« Der Polizist streckte seine Hand hinter der Tür hervor. »Ich suche dich schon seit Tagen.«

Nun tauchten hinter dem Polizisten auch Lao Weis betagte Eltern auf und hinter ihnen noch ein ganzer Schwung Polizisten. Er nahm die dargebotene Hand des ersten, eine fette, weiche Hand, eine wie die Mao Zedongs. Wahrsager mögen solche Wattehände, sie fühlen sich gut an, haben etwas Starkes und Mächtiges.

Er stellte sein Gepäck vor der Polizistenschar ab. Mit einem breiten Lächeln auf dem Gesicht fragte Li Xiang: »Wo hast du dein Handy? Darf ich es einmal sehen?«

»Ich habe kein Handy.«

»Sehr witzig. Wer hat denn heutzutage schon kein Handy.«

»Ich habe wirklich keins.«

»Dann müssen wir wohl danach suchen.«

Im Handumdrehen hatten ihn zwei kräftige Polizisten gepackt und hielten ihn fest, während die anderen seine Tasche auf dem Boden ausleerten. Dabei fiel auch ein Nokia-Handy heraus. Li Xiang nahm es an sich und drückte darauf herum, ohne dass sich etwas tat. »Ich habe es seit Monaten nicht benutzt«, sagte Lao Wei.

Li Xiang steckte das Ladekabel in die Steckdose und begann, Lao Weis Kontakte und die ein- und ausgehenden Nachrichten zu durchforsten, nicht ohne Lao Wei freundlich einzuladen, sich doch bitte zu setzen.

»Was soll diese Pussyscheiße? Wer wohnt denn hier? Ich oder du?«

»Ich bitte dich, wir sind doch alle wohlerzogene Menschen. Wer wird denn hier weibliche Geschlechtsorgane in den Mund nehmen?« Li Xiang lachte.

Lao Wei äffte sein Lachen nach. »Pussyscheiße. Ich habe schon viele erlebt, von Lao Cao über Xiao Song bis Zhou Bin, bin ein altgedienter Veteran im Umgang mit euch. Aber so unverschämt wie du war noch keiner.«

»Ach, die übliche Konterrevolutionärsschnauze, wirklich eine Generation schlimmer als die andere. Weißt du, meine liebste Beschäftigung ist es, Bücher auszusortieren und zum Bücherflohmarkt an der Heiligenbrücke zu bringen. Ich bin jede Woche dort und bin schon so gut wie jedem von deinen tollen Parteifreunden begegnet, Leuten wie Ran Yunfei, Wang Yi, Li Yadong, Chen Mo. Nur dieser Wang Jianhui steht mehr auf Untergrundfilme, mit Büchern hat er's nicht so. Ich persönlich habe eine Schwäche für die Werke der Elite, die nach dem vierten Juni ins Exil gegangen ist, zum Beispiel *Flusselegie* und *Verlorene Utopie* von Su Xiaokang, *Eine andere Art von Standhaftigkeit* von Liu Binyan oder Zheng Yis Frühwerke *Alter Brunnen* und *Geisterbaum* und später *Rotes Mahnmal* über die Menschenfresser in Guangxi während der Kulturrevolution, Wu Renhuas *Die Wahrheit über die Räumung des Tiananmenplatzes* und so weiter. Meine Bücherregale sind voll davon. Dein erbärmliches Zeug über die Leute »am Rande der Gesellschaft« kann da nicht mithalten. Haha, ich hatte vor dieser ersten Begegnung schon vermutet, dass du ein echter Gammler sein würdest.«

»Seit wann ist es gerechtfertigt, dass ein Rudel Wölfe in eine Schafherde einfällt und dort ein Riesengemetzel anrichtet?«

Ein Handy klingelte. Li Xiang legte Lao Weis Telefon hin und ging hinaus, um den Anruf anzunehmen. Zehn Minuten später wurde auch Lao Weis Computer durchsucht. Auch das ohne Ergebnis. Dennoch entschieden die Polizisten, sein Handy und seinen Computer zu konfiszieren. Lao Wei wollte wissen, warum. Li Xiang fragte seufzend zurück: »Bist du nicht losgezogen, um Mönch zu werden? Dann hast du dir mit dem Hühnerfußberg ja nicht gerade den einfachsten Ort ausgesucht.«

»Was soll das nun wieder heißen?«

»Hast du dort nicht jede Menge tibetischer Lamapriester getroffen?«

»Und was ist dabei? Auf dem Hühnerfußberg verschmelzen bekanntermaßen chinesische und tibetische Traditionen.«

»Die Lamaisten sind die Unruhestifter Tibets. Warst du etwa nicht dort, um mit ihnen gemeinsame Sache zu machen?«

»Du bist es, der hier einen verdammten Scheiß macht.«

»Hast du Wang Lixiong auf dem Hühnerfußberg getroffen?«

»Ist Wang Lixiong Tibeter?«

»Wang Lixiongs Frau Tsering Woeser ist Tibeterin, also gehört er in einen Topf mit der tibetischen Unabhängigkeitsbewegung. Unseres Wissens hat dieser als Spezialagent ausgebildete Veteran sich mit Hilfe deiner Eltern in dieser Wohnung versteckt gehalten und einen offenen Protestbrief gegen die Verhaftung des Kangdinger Reaktionärs Tinzen Delek Rinpoche verfasst.«

Lao Wei hätte sich nicht träumen lassen, dass sie hier über

Dinge sprachen, die mit dem tausend Kilometer entfernt liegenden Gebiet der Kampa zu tun hatten. Es handelte sich um den westlichen Teil Sichuans, ursprünglich ein strategisch wichtiger Teil Tibets. Von seinen früheren Reisen im chinesisch-tibetischen Grenzgebiet erinnerte sich Lao Wei noch gut an die Stadt Kangding, die dicht an den steilen Berghängen hinaufgebaut war. Wenn dort in der oberen Stadt ein Wassereimer umfiel, floss das Wasser die mäandernden Straßen hinunter bis in den unteren Teil der Stadt. So heißt es auch in dem bekannten Volkslied *Eine Liebe in Kangding*: »Auf dem Pferd geht es mäandernd den Berg hinauf, oh! / Dort liegt mäandernd die schöne Stadt Kangding, oh!« Vor kurzem hatte es vor den Gebäuden der Provinzregierung von Ganzi Explosionen gegeben, und die mäandernde Stadt wurde über Nacht als Brandbombenstadt bekannt. Schnell wurde der unter den Nomaden der Hochebene hochverehrte tibetische Gelehrte Tenzin Delek Rinpoche zum Hauptverdächtigen hinter den Bombenattentaten erklärt, aufgrund fingierter Beweise verhaftet und zum Tode verurteilt. Lao Weis Freund, der Schriftsteller Wang Lixiong, der einmal prophezeit hatte, das chinesische Volk werde bald wie eine Heuschreckenplage über die Welt kommen, trat sofort in Aktion und sorgte dafür, dass der unfaire Prozess durch das Engagement einer Reihe prominenter chinesischer Persönlichkeiten landes- und weltweit für Aufsehen sorgte. Angeblich hatte auch der 14. Dalai Lama aus seinem Exil im indischen Dharamsala energisch gegen das Urteil protestiert.

Nach etwa zwei Monaten hatten sich die Wogen allmählich geglättet. Die beiden hauptverdächtigen »tibetischen Verschwörer« wurden hingerichtet, Tenzin Delek Rinpoches Strafe aber wurde in eine Freiheitsstrafe abgewandelt, um noch gewalttätigeren Unruhen auf tibetischem Gebiet vorzubeugen.

Lao Wei wurde für zwei Wochen ohne jeden Kontakt zur Außenwelt unter Hausarrest gestellt. Als es ihm zu langweilig wurde, bat er den Wachmann vor seiner Tür herein, um mit ihm Tee zu trinken, der lehnte jedoch brüsk ab. Genervt fragte er ihn: »Kanntest du junger Kerl eigentlich noch Lao Cao?« Der Wachmann schüttelte den Kopf. »Er war einer deiner Vorgänger, seine Aufgabe war dieselbe, jetzt treibt er sich hinter dem Tor der Hölle herum.« »Machst du dich über mich lustig, Meister Lao Wei? Sieh dich doch mal an. Ich sag dir, wer es nicht weit hat bis zum Höllentor: ein erbärmlicher Säufer wie du.«

Irgendwann wurde der strenge Hausarrest gelockert. Monatelang regnete es, und unbemerkt war es Winter geworden im Sichuaner Becken. Eine Dunstglocke senkte sich schwer und erdrückend über alles und die Feuchtigkeit kroch über die Dachtraufen und Wandritzen in die Zimmer und legte sich klamm und heimlich über die Sockel der Wände, über Tische und Stühle, kroch in die Betten und die Herzen, bis alles mit einer klebrigen Kühle überzogen war. In dieser deprimierenden Atmosphäre kauerte der von vielen Kämpfen gebeutelte Lao Wei in seinem Bett und haute aus der Not heraus, aber auch, um wenigstens ein bisschen Einfluss auf das Leben da draußen zu nehmen, in die Tasten. Die Geschichte, die dabei herauskam, ließ er unter Pseudonym über den kleinen Buchladen nebenan vertreiben. Er hielt sich an das Vorbild der berühmten Mafia-Trilogie *Der Pate* und lieferte wegen der großen Nachfrage aus dem Untergrund auch gleich noch *Die Patin*, *Der Patensohn* und *Der Patenenkel* hinterher, verlegte die Szenerie von Sizilien und New York nach Schanghai und Tokio, es blieb bei Hafenmetropolen mit Wolkenkratzern ganz wie bei Mario Puzo. Auch der Plot war jeweils ganz simpel, Mord und Totschlag, Liebe und Hass. Dank der riesigen lesehungrigen Bevölkerung Chinas stieg die Auflage selbst auf dem »zweiten Vertriebsweg« ruck, zuck in die Hunderttausende.

Da Lao Weis finanzielle Situation sich auf diese Weise unverhofft entspannte, spendierte er seinen Eltern für die Wohnung relativ teure elektrische Heizlüfter, so dass sie endlich auf die altgedienten heizbaren Bambuskörbe zum Wäschetrocknen verzichten konnten, wie sie in Sichuan wegen der Feuchtigkeit traditionell üblich sind. Zuerst zeigten sich die beiden Alten freudig überrascht, doch dann wurden sie misstrauisch und nahmen ihren Sohn in die Mangel, um aus ihm herauszubekommen, wo er das Geld herhatte. Ob er es etwa gestohlen habe oder unvorsichtigerweise wertvollen Besitz verkauft habe? Oder am Ende Geld von feindlichen Mächten aus dem Ausland erhalten habe? Nach all dem, was die Familie durchgemacht habe, könnten sie sich wirklich keine Rückschläge mehr erlauben, sie seien nun einmal nicht die 108 ehrenhaften Anführer der Rebellenarmee aus *Die Räuber vom Liangshan-Moor*.

Lao Wei wich ihren Fragen aus, doch sie gaben nicht nach und wachten von da an abwechselnd noch strenger über ihren Sohn als die Polizei. So verstrich eine ganze Weile, in der Lao Wei ohne Tageslicht unter der Bettdecke klapperte wie eine glatzköpfige Ratte in einem unterirdischen Kanal. Seine Unterweltsaga hatte ihn zwischenzeitlich zu einem renommierten Autor gemacht. Geschickt baute er sogar Details des Tiananmen-Massakers in seine Handlung ein, verlegte es in das Setting eines Bandenkriegs in New York, bei dem die Freiheitsstatue arg mitgenommen wird. Sein Michael Corleone stürzt sich tapfer ins Gefecht, um eine Schöne zu retten, und gleicht aufs Haar einem der Studentenführer von 1989, dessen Hochzeit auf einem öffentlichen Platz von den Gegnern aufgemischt und dessen Braut entführt wird.

Der kleine Buchladen hatte eine Goldgrube aufgetan, und das Geschäft lief wie am Schnürchen. Doch eines Abends war es damit vorbei. Und zwar weil Lao Wei, beflügelt vom Erfolg dieses Mülls, den er im Verborgenen produzierte, einfach unbekümmert drauflosschrieb und die Namen von Wei Jingsheng, Liu Xiaobo, Fang Lizhi, Zhao Ziyang und anderen Konterrevolutionären unter seine Helden in Band 8 von *Die Patin* mischte. Der Plot war in etwa so: In Manhattan gibt es eine Großdemonstration gegen legalen Waffenbesitz, an der auch die Überseechinesen Wei, Liu, Fang und Zhao teilnehmen ... Sofort schlugen einige patriotische Leseratten mit der Faust auf den Tisch, sprangen empört auf und zeigten die Serie beim »Amt zur Bekämpfung von Pornographie und staatsfeindlichen Umtrieben« an. Im Handumdrehen überzog die Behörde sämtliche Straßenbuchmärkte mit einem dichten Netz von Sicherheitspolizei, beschlagnahmte Bücher und verurteilte Tausende von Buchhändlern zu Geld- und Haftstrafen. Als Lao Weis benachbarter Buchhändler davon erfuhr, ergriff er panikartig die Flucht und setzte sich nach Heilongjiang ab, wo er in der russisch-chinesischen Grenzstadt Jiamusi eine neue Existenz als Pelzhändler aufbaute. »Wie oft habe ich mich nach der Heimat gesehnt, wie oft habe ich davon geträumt, mit einem Maschinengewehr zurückzukommen und Lao Wei zu durchlöchern wie ein Sieb«, soll er gesagt haben, »aber ich habe durchgehalten. Meine Frau allerdings stand kurz vor einem Nervenzusammenbruch. Wir mussten jeden Kontakt abbrechen, weil die Sicherheitspolizei eine Sondereinheit zur Überwachung unserer Wohnung abgestellt hatte. Das ging etwa ein halbes Jahr lang so, und meine Frau erlitt vor lauter Angst eine Fehlgeburt.«

Der nun plötzlich wieder arbeitslos gewordene Lao Wei ließ sich zwar nicht schrecken, sein vormaliger Elan wich jedoch neuerlich Antriebslosigkeit. »Nun hab dich nicht so«, erwiderte er auf die Vorwürfe des Buchhändlers, als der sich schließlich aus dem selbstverordneten Exil zurückwagte. »Wenn sie dich schnappen, dann beherzige den Grundsatz ›alles gestehen, damit die Strafe gemildert wird‹. Widerstand bringt nur Ärger. Ich weiß doch genau, dass der Großteil deines Profits bei der Mutter deines Schwagers auf dem Konto liegt, also hast du nicht allzu viel verloren.«

»Wer will schon ins Gefängnis, he?«

»Ich sag ja nur. Wenn man gesteht, kriegt man nach dem Gesetz in solchen Fällen höchstens ein oder anderthalb Jahre, also auch nicht länger als die Zeit, die du in Heilongjiang warst.«

»Ach, und wenn man dabei draufgeht?«

»Wer früher stirbt, wird früher wiedergeboren. Wer nicht stirbt, nimmt eben ein bisschen ab.«

»Pussyscheiße.«

»Wie sagt doch gleich mein persönlicher Überwachungspolizist: Wir sind doch zivilisierte Menschen. Wer wird denn weibliche Geschlechtsorgane in den Mund nehmen?«

»Fick dich doch, du Spinner.«

Bald fing er tatsächlich an zu spinnen. Einmal griff er nachts um drei völlig betrunken zu seiner Flöte und begann das Stück *Delirium* von Ruan Ji aus der Jin-Zeit zu spielen, als ihm die Flöte kaputtging. Vor Wut schlug er so fest auf den Tisch, dass sein Handknochen splitterte. Vom Lärm geweckt, kam seine Mutter ins Zimmer und fragte, ob alles in Ordnung sei. Er heulte Rotz und Wasser wie ein Baby. Dann begann er, ein Gedicht des tangzeitlichen Eremiten Gu Dao zu rezitieren:

Zehn Jahre lang habe ich mein Schwert geschliffen,
Doch niemals wurde seine Klinge geprüft.
Heute halte ich sie dir hin –
Wer hätte nicht für eine gerechte Sache zu kämpfen?

»Ach, mein lieber Sohn«, sagte seine Mutter zärtlich. »Du bist einfach zur falschen Zeit geboren. Aber du bist nicht der Einzige.«

Ihm war speiübel. Um auf andere Gedanken zu kommen, hockte er sich mit der Mutter im Wohnzimmer vor den Fernseher. Auf dem Bildschirm begegnete ihm ausgerechnet das

Froschmaul des Parteivorsitzenden Jiang Zemin, der auf Staatsbesuch in Europa in einem Schloss an einem Klavier saß, das einmal Mozart gehört haben sollte, und das Revolutionslied *Es schlagen die Wellen am Honghu-See* anstimmte. »Blödes Schwein«, murmelte er und schaltete schnell um. Auf dem anderen Kanal sah man die verzweifelten Gesichter der eben entlassenen Arbeiter einer staatlichen Textilfabrik, die der Nachrichtensprecher mit »das ist nun einmal der Preis für die Reform des Sozialismus« kommentierte.

Nicht auszuhalten. Entgegen den Bitten seiner Eltern ging er aus dem Haus und ließ sich wie ein Fisch im tiefen Meer blind durch die Straßen treiben. Als ihn bei Tagesanbruch die Müdigkeit übermannte, nahm er sich ein Zimmer im nächstbesten Gasthaus. Es war das erste Mal, dass er in der eigenen Heimatstadt in einer Pension wohnte. Nachdem er bis mittags gedöst hatte, rannte er in das nächste Teehaus und gönnte sich unter freiem Himmel eine Schüssel Nudeln mit scharfer Hackfleischsoße. Allmählich fühlte er sich besser und trank noch einen Tee. Dann stellte er sich zu einer Gruppe von Leuten, die einem echten Spinner zusahen, der in aller Öffentlichkeit masturbierte. Als der Teehauskellner das mitbekam, stellte er sofort die Teewasserkanne mit der langen Schnauze ab und jagte den Verrückten mit einem Messer in der Hand fort. Der zog sich schnell die Hosen hoch und rannte davon, wobei er fröhlich ein Lied aus dem alten Film *Der Stollenkrieg* sang: »Lauf, Lao Zhong, lauf, der Klassenfeind ist schon im Dorf …« Die Menge schlug sich lachend auf die Schenkel.

Dann ereignete sich etwas Unvorhergesehenes.

Lao Weis bald achtzigjährige Mutter wurde zu einer der Säulen der Falun-Gong-Bewegung. Lange Zeit hatte die Regierung Falun Gong keine besondere Beachtung geschenkt, und die Bewegung war nie als Sekte deklariert worden. Unzählige Male hatte Lao Wei, der Tagträumer, früher mit großen Augen beobachtet, wie zahlreiche freie Plätze des Landes von diesem Haufen alter Männer und Frauen in Beschlag genommen wurden, täglich schienen es mehr zu werden. Täglich wurden zwar auch neue Hochhäuser aufgezogen, und der Straßenverkehr nahm enorm zu, aber die meditierenden Alten focht das nicht an. Dann mehrten sich unter den Geächteten die Gerüchte, dass unfassbarerweise selbst die alten Kader in den streng bewachten roten Mauern von Zhongnanhai an jeder Ecke Qigong praktizierten, all ihr im Feuer des Krieges gestählter Atheismus schien mit einem Mal vergessen. Es hieß, dass sogar der berüchtigte General Wang Zhen, der im Namen der Revolution Köpfe weggesenst hatte wie Grashalme, ein reges Interesse daran entwickelt habe und allein krankheitsbedingt verärgert wieder aufgeben musste, da er beim Aufrechtsitzen immerzu Durchfall bekommen habe.

Eines Nachts träumte der Rotparteichef Jiang Fettbauch, eine Milliarde Ameisen hätten sich in seinem Inneren eingenistet, die seine lebenswichtigen Organe bis zur Unkenntlichkeit zerbissen und zuletzt seinen Darm wie eine Nabelschnur Stück um Stück aus ihm herauszogen und um den Unterleib der an seiner Seite liegenden Landesmutter wickelten. Er strampelte und wehrte sich verzweifelt, bis er schließlich schweißgebadet aufwachte. Unverzüglich trommelte Jiang Fettbauch alle seine Getreuen zusammen, die wiederum sämtliche Fengshui-Meister des Landes zusammenriefen, die sich tagelang in der Halle des Seelenfriedens im Kaiserpalast versammelten, die Himmelsgestirne beobachteten, das *Buch der Traumdeutung* des Herzogs von Zhu studierten, bis sie ihre einmütige Diagnose verkündeten: Das Ameisenheer stand für niemand andern als die Falun-Gong-Gruppe! Dem ganzen durch Jiangs Fettbauch repräsentierten Staate China drohe, in naher Zukunft durch das Heer der Falun-Gong-Ameisen von innen her klammheimlich aufgefressen zu werden. »Hüten Sie sich, Großer Vorsitzender«, schrie sein erster Gefolgsmann, mit dem »Bericht über feindliche Umtriebe« wedelnd, und seine Stimme überschlug sich fast dabei. »Hüten Sie sich, denn eine nie dagewesene Gefahr droht! In wenigen Monaten wird die Zahl der Falun-Gong-Anhänger die der Parteimitglieder übersteigen.«

»Niemals!«, rief Jiang und schlug sich auf den Fettbauch. »Ich erkläre Falun Gong hiermit sofort zu einer häretischen Sekte!«

Ungefähr zur gleichen Zeit drückte Lao Weis Mutter ihm ein Bändchen *Die Lehren des Falun* in die Hand, nahm, noch bevor er einen Blick hineinwerfen konnte, ihren Strohhut ab, fixierte ihn mit ihrem Blick und fragte: »Sieht man schon eine Veränderung?«

»Was für eine Veränderung?«

»Ich habe weniger Falten und graue Haare, und meine Rückenschmerzen sind verschwunden«, freute sich seine Mutter, »Meister Li vollbringt wirklich beachtliche Wunder.«

»Dir scheint es tatsächlich gutzugehen. Man merkt auch gar nichts mehr von deinem Asthma.«

»Genau! Keine Spritzen mehr, keine Tabletten. Ich bin munter wie ein Fisch im Wasser.«

»Dann sparst du unserem Staat jetzt ordentlich Gesundheitsausgaben.«

»Und wie. Die meisten Krankheiten sind psychosomatisch, weißt du. Wenn eine Milliarde Menschen ihren materialistischen

Wünschen entsagen und sich stattdessen der Meditation und der Aktivierung ihrer Selbstheilungskräfte widmen würden, könnten die Ärzte einpacken, und eine Polizei brauchten wir auch nicht mehr. Die Lehren des Meister Li sind ein unendlicher Segen für die Menschheit.«

Lao Wei war sprachlos. Er nahm sich lieber erst einmal das Buch vor. Aber er verstand kein Wort.

»Hör endlich auf, dich mit diesem elenden Staat anzulegen, mein Sohn, und praktiziere Qigong. Als Dichter sollte es dir nicht schwerfallen, den richtigen Zugang zu finden.«

»Gut. Am besten zeigst du mir, wie's geht.«

»So einfach geht das nicht. Du musst erst formell der Gemeinschaft der Falun Gong beitreten.«

»In Sichuan haben sie es wirklich mit der Vereinsmeierei«, meinte Lao Wei, »aber gut. Meinetwegen.«

»Morgen früh um vier ist die nächste Sitzung. Ich nehme dich mit zur Brücke am Südwesttor und stelle dich Xiao Huang, dem Vorsitzenden der Ortsgruppe, vor. Und leg dein spöttisches Grinsen ab, das ist eine ernsthafte Sache. Xiao Huang ist zwar etliche Jahre jünger als du, aber wesentlich reifer, lass dir das gesagt sein.«

»Was, so früh? Das ist ja wie im Gefängnis!«, rief Lao Wei alarmiert. »Nie im Leben stehe ich so früh auf.«

»Das wird dein Leben verändern, verstanden?«, sagte seine Mutter mürrisch. »Dann gehst du eben heute Abend einmal nicht so spät ins Bett.«

Lao Wei verkniff sich den Widerspruch und trollte sich ins Bett. Doch je mehr er sich bemühte, umso weniger konnte er einschlafen und starrte mit aufgerissenen Augen bis drei Uhr morgens an die Decke, bis ihn endlich doch der Schlaf übermannte. Als er die Augen wieder öffnete, war es bereits trüber Nachmittag. Seine Mutter saß im Schneidersitz im Wohnzimmer. »Du bist ja noch hier«, sagte Lao Wei.

Keine Antwort. Erst nach einer ganzen Weile hatte die Mutter ihre Atemübungen beendet, öffnete langsam die Augen und sagte: »Heute früh waren wir schon zur Tür hinaus, als du plötzlich umgekehrt bist und dich wieder ins Bett gelegt hast. Ich habe dich gerufen und an dir gezerrt, aber du hast hartnäckig weitergeschnarcht. Da ist nichts zu machen. Ein fauler Sack wie du ist einfach nicht geschaffen für die große Lehre.«

Dank Lao Weis Faulheit entging die Familie immerhin einer Katastrophe. In den darauffolgenden Jahren verschwand seine Mutter immer wieder ohne Vorwarnung. Und tauchte zum Beispiel in Peking auf, wo sie wie von Zauberhand mitten auf dem von Geheimpolizei belagerten Tiananmenplatz ein Banner mit der Aufschrift »Wahrheit, Güte, Duldsamkeit« entrollte und mit ausgestreckten Armen über den Kopf hielt. Sofort entstand ein großer Tumult, und es dauerte nur Minuten, bis vier Streifenwagen mit lauten Sirenen vorfuhren und die herausstürzenden Polizisten mit Schlagstöcken die zahlreichen Passanten auf dem Platz auseinandertrieben. Lao Weis alte Mutter wurde zu Boden geschleudert, wobei sie einen Oberschenkelhalsbruch erlitt und sich nicht mehr bewegen konnte. Zwei der Bereitschaftspolizisten halfen ihr auf und verfrachteten sie in einen Polizeiwagen. Plötzlich brach sie in lautes Lachen aus und schrie: »Danke euch, ihr jungen Kerle!« Mit feierlicher Stimme, als predige sie von Himmel und Erde, deklamierte sie: »Ich danke euch, dass ihr eine alte Frau wie mich verprügelt, die eure Großmutter sein könnte. Ich danke euch, dass ihr mich verschwinden lasst.«

Sie stopften ihr den Mund. Kurz darauf wurde sie zusammen mit anderen Mitgliedern ihrer Glaubensgemeinschaft in einem sogenannten »Konservenwagen« per Bahn zurück in die Heimat verfrachtet, wo man sie in ein Untersuchungsgefängnis außerhalb der Stadt steckte und sie einer Gehirnwäsche unterzog. »Zum ersten Mal im Leben musste ich mir ein Zimmer mit Lumpen und Verbrechern teilen«, erzählte Lao Weis Mutter ihm hinterher. »30 Personen in einem 20 Quadratmeter großen Raum zusammengepfercht. Aber ich habe immerzu Meister Li im Herzen getragen und das Dharma-Rad gedreht. Sie konnten mir nichts anhaben.«

»Willst du sagen, du hast gar nicht gelitten?«

»Ich habe mich vom ersten Tag an im Schneidersitz an die Wand gehockt und meditiert. Doch ein paar drogensüchtige Flittchen zerrten mir die Beine gerade. Danach versuchte ich zuerst, mit nach oben zeigenden Handflächen zu meditieren, dann mit zusammengelegten Händen, aber sie ließen mich einfach nicht. Gut, dann schloss ich einfach so die Augen und konzentrierte meinen Geist. Jetzt kamen ein paar verrückte Dreckschlampen, setzten sich dicht neben mich und lasen mir kreischend einen Artikel aus der ›Volkszeitung‹ über ›Falun Gong, die gefährlichste Sekte des 20. Jahrhunderts‹ vor. Meine Güte, ich bin doch nur eine bald 80-jährige Frau, ich sehe schlecht und höre schlecht, meine Brille war kaputt, und ich sah nur verschwommene Fratzen, und das ganze laute Geschrei reduzierte sich in meinen Ohren zu einem freundlichen Wasserrauschen, keinen Ton konnte ich unterscheiden. Das Dharma-Rad drehte sich in meinem Bauch, bis heißer Dampf aus der Krone meines Kopfes stieg. Die irren Weiber befühlten mich und kreischten: ›Die alte Hexe schwitzt mitten im Winter wie ein Dampftopf, das kann ja wohl nicht wahr sein!‹, und hämmerten mit den Fäusten gegen die Zellentür.«

»Und dann?«

»Die Wärter kamen und befahlen mir aufzustehen. Aber ich hatte doch diesen Bruch und konnte gar nicht. Weil ich so alt bin, wagten sie aber nicht, mich zu schlagen. Zwei andere Falun-Gong-Anhänger in der Nebenzelle haben sie zu Tode geprügelt. Ich habe durch das Loch in der Zellentür gesehen, wie zwei andere Verbrecher sie an den Beinen durch den Flur geschleift haben, überall war Blut. Ein anderer Gefangener ging hinterher und wischte auf. Ich weiß von ein paar jüngeren Anhängern, dass sie unter der Beschallungsfolter mit Volkszeitungsartikeln durchgedreht sind. Bei solchen Dezibel kann einem das Trommelfell platzen. Ein wahres Glück, dass ich erst in hohem Alter den Weg zur Praxis des Qi gefunden habe.«

»Glück nennst du das?«

»Das können gewöhnliche Menschen nicht verstehen. Für mich ist es die Quelle des Glücks. Dank meiner Schwerhörigkeit machte mir das ganze Geschrei nichts aus. Was du sagst, lese ich von deinen Lippen ab. Und wenn du Unfug schwafelst, habe ich Mitleid mit dir. Sie ließen mich nicht essen, also habe ich ihnen den Spaß vergällt, indem ich eben nichts mehr gegessen habe, auf dass ich Unsterblichkeit erlange. Vier Monate lang habe ich auf diese Weise Verzicht geleistet, bis den drogensüchtigen Flittchen, die mich mit der ›Volkszeitung‹ tyrannisieren wollten, die Stimmbänder gerissen sind. Eine war ganz vereitert und konnte drei Wochen lang nicht mehr reden. Nach den internen Richtlinien zahlten sie für die ›Bekehrung‹ eines Falun-Gong-Anhängers auf Professorenniveau eine Prämie von 5000, für einen Lehrer 2000 und für ein normales Sektenmitglied 500. Da ich auf der schwarzen Liste der ›Säulen der Bewegung‹ stand, war ich in etwa so viel wert wie ein Professor, deshalb hatten die Wärter die anderen Verbrecher ermuntert, sich ins Zeug zu legen und nicht nachzulassen mit der Tortur. Mit dem Ergebnis, dass sich mein alter Knochen wie von Geisterhand wieder erholt hat. Ohne Hunger, Lärm und die Piesackerei hätte ich mich am Ende ganz komisch gefühlt.«

»Wenn ich dich so vor mir sehe, kann ich es gar nicht glauben.«

»Na, übertreib nicht. Es ist mir fast peinlich, dass ich unserer Regierung so viel Ärger bereitet habe.«

Nun stand auch seine Mutter unter Hausarrest. Weil das den Polizisten zu anstrengend wurde, bestellten sie verschiedene entfernte Cousinen Lao Weis und beauftragten sie damit, diese üble Familie aus nächster Nähe zu observieren, gegen Bezahlung natürlich. Widerstand war zwecklos. Die Cousinen brachten ihre Lunchpakete mit, installierten sich bei den Weis und mussten täglich einen »Überwachungsbericht« abliefern. So verging der Winter, und der Frühling kam, die Mutter saß den ganzen Tag im Schneidersitz und vervollkommnete ihren Geist, aß kaum und redete noch weniger, und die unangekündigten Besuche von der Polizei wurden immer seltener. Und als auch der Frühling vorbei war und der Sommer kam, die Blumen blühten und die Grillen zirpten, beauftragten die träge gewordenen Polizisten die alte Tante vom Nachbarschaftskomitee, die Überwachung der Familie zu übernehmen. Während die Alte unentwegt gute Ratschläge erteilte, saß die Mutter wie aus Holz geschnitzt da, der Vater dagegen bewirtete sie mit Tee und machte gute Miene: »Sie haben ja recht, Sie haben vollkommen recht.«

Und auch die inzwischen als Köchin fungierende Cousine streckte den Kopf aus der Küche und sagte: »Ich wohne nun schon ein halbes Jahr hier und habe bestimmt 15 Pfund zugenommen. Mich kriegt keiner mehr zurück an meine alte Arbeit.«

»Wir sind doch eine Last für dich.«

»Ach was, mir macht das nichts aus. Meine Firma ist längst pleite, und selbst wenn der Polizeichef mich vergewaltigt – die zahlen wenigstens pünktlich.«

Auch der Sommer ging vorbei, und es wurde Herbst. Eines Tages tauchte eine weißhaarige Alte vor der Tür auf. Die Cousine öffnete die Tür, schenkte ihr ein paar gebrauchte Kleider und schickte sie weg. Unerwartet brach die Mutter, als hätte sie eine Vorahnung, ihr Schweigen und forderte die Cousine auf, die Frau hereinzubitten. Obwohl sie zögerte, fügte sich die Cousine brav, als sei sie hypnotisiert worden.

Lao Wei beobachtete die Szene kritisch, irgendwie war ihm die Sache nicht ganz geheuer. Als er näher kam, um sich die Dame anzusehen, hatte er das Gefühl, dass die vermeintliche alte Frau nicht älter war als er. Aus den Frühlings- und Herbstannalen stammt die Redewendung »über Nacht ergrauen«. Das geht auf Wu Zixu zurück, den Minister von Chu, der auf der Flucht vor seinen Feinden bis an die Grenze von Chu zum Staat Wu galoppiert, wo er den Übergang verschlossen findet und über Nacht vor Furcht graue Haare bekommt. Der »alten Frau« schien Ähnliches zugestoßen zu sein. Die Mutter bat sie, sich zu setzen, und betrachtete sie. »Arme Bauersfrau.«

»Dem Akzent nach kommt sie aus Henan«, flüsterte der Vater.

»Du hast deine Heimat verlassen. Offensichtlich stammst du aus Henan«, sagte die Mutter zu der Frau.

Die Cousine verschwand geschäftig in der Küche. Schnell hielt die Frau der Mutter ein zusammengefaltetes Blatt Papier hin, doch bevor sie es entgegennehmen konnte, schnappte es ihr Lao Wei vor der Nase weg. Die beiden Frauen lächelten einander an. Diskret zog sich der Vater zurück und ließ die drei allein; die hockten sich im Dreieck im Schneidersitz hin und meditierten. Die sonst so unbewegliche Mutter fing mit einem Mal an, mit den Händen in der Luft herumzuwirbeln, schneller und schneller, als wollte sie den leeren Raum bewegen oder als seien ihre Arme die Verlängerung von aus den Tiefen des Universums hochschlagenden, unsichtbaren Wellen, die sie in sich aufgesogen hatte und die sich nun aus ihrem Körper heraus mit Wucht den Weg in die Welt bahnten. Die »alte Frau« begann sich ihrerseits zu wiegen wie eine Weide im Wind, doch schon nach wenigen Sekunden erstarrte sie. Blut rann ihr aus den Mundwinkeln. Die Mutter rief erschrocken: »Deine inneren Verletzungen sind zu stark. Versteck dich hier, praktiziere drei Monate lang hinter verschlossenen Türen, dann wird es hoffentlich wieder.«

Um die Mittagszeit nahmen sie zu viert am Tisch Platz und

aßen mit großem Appetit. Zum ersten Mal tauschten die Mutter und die Cousine Freundlichkeiten miteinander aus. »Ich könnte für immer hierbleiben und für euch kochen«, meinte die Cousine. »Das würde uns auch gefallen«, sagte die Mutter. »Bei so angenehmen und wohlerzogenen Menschen hält man es lange aus«, sagte die Cousine.

»Die Praxis des Qi macht die Menschen respektvoll im Umgang mit anderen«, meinte die Mutter.

»Bitte kein Wort davon. Hinter geschlossenen Türen können Sie reden, was Sie wollen.«

»Ich bin auch hinter geschlossenen Türen wohlerzogen. Denn in den Ecken sind sowieso Überwachungskameras versteckt.«

»Woher wissen Sie das?«, fragte die Cousine erschrocken. Die Mutter lachte trocken, tauchte ein Stäbchen in Soße und schrieb auf den Tisch: »Ich muss nur einmal die Augen schließen, um das zu wissen.«

Lao Wei erschrak zu Tode. Die Cousine verließ sofort das Haus. Etwa eine Woche darauf stattete die Polizei ihnen einen Überraschungsbesuch ab und stellte die ganze Wohnung auf den Kopf. Die Mutter reagierte blitzschnell und schluckte das Papier, das ihr die »alte Frau« gegeben hatte, hinunter. Wütend riss ihr ein Polizist den Kopf nach hinten, packte mit einer Hand ihren Kiefer und stocherte mit Essstäbchen in ihrem Hals herum wie ein brutaler Zahnarzt. Der unerträgliche Schmerz im Rachen verursachte ihr Brechreiz, und das bereits im Magen gelandete Papier kam wieder hoch. Der Polizist nahm das »Beweismaterial« mit einer Pinzette auf und mühte sich, das verklumpte Papier damit auf dem Tisch auseinanderzufalten. Da die Schrift aber bereits bis zur Unkenntlichkeit verlaufen war, blieb ihm nichts anderes übrig, als das halbverdaute Papier in einem kleinen Plastikbeutel sicherzustellen.

Lao Weis Mutter wurde erneut verhaftet, und Lao Wei, sein Vater und die entgeisterte Cousine wurden zum Verhör auf die

Wache mitgenommen, wo ihnen die ganze Nacht hindurch »Geständnisse« abgerungen wurden. Die »alte Frau«, so stellte sich heraus, war eine im ganzen Land steckbrieflich gesuchte Falun-Gong-»Terroristin«, die hinter der Selbstverbrennungsaktion von Falun-Gong-Anhängern auf dem Tiananmenplatz am Vorabend des ersten Frühlingsfests nach der Jahrtausendwende stecken sollte – nach einer Regierungsverlautbarung eine vom im US-Exil lebenden »Sektenführer« Li Hongzhi gesteuerte, umstürzlerische Aktion, bei der sieben Anhänger sich zur gemeinschaftlichen Selbstverbrennung verabredet hatten. Fünf davon verbrannten sich tatsächlich, die anderen beiden starben durch Polizeigewalt. Ein Pressefoto, das danach überall die Runde machte, zeigte einen der Selbstverbrenner, der wie ein verkohlter Baumstamm im Schneidersitz mit zusammengelegten Händen immer noch in Meditationshaltung dasaß, hinter ihm ein Polizist mit einem mobilen Feuerlöscher (nicht etwa mit einem Maschinengewehr). Lao Weis Mutter fand die Aktion verstörend, denn schließlich lehne Falun Gong jegliche Gewalt ab, das müsse doch auch für Gewalt gegen sich selbst gelten. Lao Wei wollte wissen, was dann also der Grund dafür sei? Sie schüttelte seufzend den Kopf. »Das wissen die Geister. Wenn nicht die, dann Jiang Fettbauch.«

Lao Wei hatte das dunkle Gefühl, dass die Antwort auf die Frage, ob die Weißhaarige etwas mit dem seltsamen Fall zu tun hätte, vermutlich auf dem durch den Magen seiner Mutter gewanderten und so verzweifelt gesuchten Papier zu finden gewesen war, das verloren war wie ein Stein auf dem Meeresgrund. Da man der Weißhaarigen, die noch vor der Mutter verhaftet worden war, keinerlei Verbrechen zur Last legen konnte, steckte man sie kurzerhand in die Psychiatrie, wo sie tagein, tagaus mit Elektroschocks und Injektionen malträtiert wurde und nie wieder herauskam.

So gehörte Lao Weis Mutter, die sich nie für Politik interessiert hatte, auf ihre alten Tage zum harten Kern einer Bewegung, die sich angeblich dem Sturz des Staates verschrieben hatte. Die Staatsanwaltschaft forderte acht Jahre Freiheitsstrafe. Zwar wurde sie verurteilt, aber aufgrund ihres hohen Alters, das sie zu einem Herbstblatt im Wind machte, das ohnehin bald abfallen würde, weigerten sich sowohl das Gefängnis als auch das Umerziehungslager, sie aufzunehmen. Daher brachte man sie in gewohnter Manier in die Psychiatrie. Doch auch dort wollte man sie nicht.

»Ihr müsst sie aber nehmen«, sagte der Polizist.

»Wir haben sie untersucht und auch das Ergebnis ihres EEG ist vollkommen normal, sie ist nicht verrückt«, sagte der Klinikdirektor.

»Die von der Falun Gong sind alle verrückt. Das hat das Zentralkomitee der Partei schon lange so entschieden. Wenn Sie behaupten, sie sei nicht verrückt, dann sind Sie verrückt.«

»Was soll ich machen, wenn die alte Frau mir hier stirbt?«

»Wenn das keine dämliche Frage ist! Hier sterben doch jeden Tag Leute.«

»Und welche Medizin soll ich ihr verabreichen?«

»Die Fragen werden ja immer blöder. Welche Medizin? Am besten Schlaftabletten. Wenn sie jeden Tag ruhig schläft, ist das doch ein Zeichen von erfolgreicher Behandlung, oder?«

Also begann Lao Weis Mutter ein neues Leben unter Hunderten von Geisteskranken. Injektionen, Tabletten, Elektroschocks – Widerstand war zwecklos. Gelegentlich suchte ein Rechtsmediziner sie auf, einer wie aus George Orwells *1984*, der sie hypnotisierte und unter Druck setzte. Doch sie behielt ihre verjüngende Atemtechnik bei, ihr EEG zeigte keinerlei Veränderungen, ihr Körper verströmte unter den Elektroschocks sogar einen zarten Geruch nach frischen Feldblumen. Der verblüffte Arzt wurde in einen unbeschreiblichen Nebel eingehüllt, schaltete unbewusst den Apparat ab und musste fürchterlich gähnen.

Er sah noch, wie die Mutter sich aufrichtete und eine Meditationshaltung einnahm, doch er war zu matt, um noch etwas zu sagen, und fiel in tiefen Schlaf. Und schlief bis zum nächsten Morgen, als er vom Gesang der Vögel geweckt wurde und das lächelnde Gesicht der Mutter vor sich sah.

Der Rechtsmediziner war empört. »Sie hat einfach den Transformator ausgeschaltet. So etwas darf doch nicht sein in unserem Land«, sagte er zum Klinikdirektor. Lao Weis Mutter wurde in einen dunklen Raum geworfen, in dem bereits ein Dutzend Geisteskranker in den Ecken lagen und hockten. Man stieß sie mit solcher Wucht in den Raum, dass sie meinte, ihr Skelett zerfiele in seine Einzelteile, die nur noch durch ihre Seele, die sich unverwüstlich den Platz in ihrer Mitte wahrte, zusammengehalten wurden. In Gedanken nahm sie blitzschnell noch die Meditationshaltung ein, aber in Wirklichkeit schaffte sie gar nichts mehr.

Sie wurde geschlagen, bis nichts mehr von ihr übrig war und sie nur noch röchelte. »Kein Rettungsversuch«, sagten die Ärzte einstimmig. »Informiert die Angehörigen. Sie sollen sie abholen.«

Lao Wei trug die halbtote Mutter huckepack nach Hause, wusch sie, versorgte ihre Wunden, zog ihr frische Sachen an und legte sie ins Bett. Sein Vater fühlte ihren Puls. »Es hat keinen Zweck«, seufzte er. »Warte doch erst einmal ab«, sagte Lao Wei.

Sie warteten sieben Tage lang. In der Bibel heißt es im Buch Genesis, dass Gott sieben Tage brauchte, um Himmel und Erde und alle Lebewesen zu erschaffen. Dann sprach er »Es werde Licht«. Und es wurde Licht.

Die Mutter setzte sich plötzlich auf.

Der erste Satz, den die Mutter sagte, war: »Geh fort, mein Sohn. Geh weit fort von hier.«

Lao Wei erschrak. Denn im Grunde dachte er dasselbe. Er hätte nur nicht gewagt, es auszusprechen.

»Das Leben ist kurz«, sagte sie weiter, »mach dir keine Sorgen um diese Familie.« Dann ging sie hinaus und kam kurz darauf mit einem Jadearmband aus dem Familienbesitz zurück und legte es ihm in die Hand.

»Ich möchte euch nicht verlassen«, stammelte Lao Wei. »Konfuzius sagt: Solange die Eltern leben, geht man nicht in die Ferne.«

Seine Mutter lachte. »Konfuzius hat auch gesagt: Verweile nicht in einem gefährlichen Staat, halte dich fern von einem Staat in Unordnung.«

»Alle Staaten sind gefährlich, und nirgends herrscht Ordnung. Wohin soll ich denn gehen?«

»Überlass es dem Himmel, wohin es dich treibt, aber hier darfst du nicht bleiben. Hier, nimm das und verkauf es für die Reisekosten.«

»Bitte behalt es. Wenn ich unterwegs Geld brauche, verdiene ich es mit Flötespielen.«

»Was sollen denn dein Vater und ich damit? Wir sind alt.«

Er senkte den Kopf und wagte nicht, seine Mutter anzusehen. Binnen Sekunden rollte in Traumbildern die ganze Stadt wie ein Riesenrad den Fluss der Zeit hinunter, irgendwo in der Tiefe und Düsternis lag das wie ein Stern funkelnde Dorf, da waren der Großvater und die dritte Tante, die toten Erzfeinde einer Generation. Mit lautem Knall gibt das Feuerwerk den Weg frei, die Dorfleute, wie Kaulquappen im nächtlichen Meer, halten sich am Seil fest und schleppen sich den Berg hinauf, um sie zu beerdigen. Als die Särge in die Erde versenkt werden, geht mit einem

Schlag die Sonne auf und erleuchtet das Land, am späten Morgen wird der Vater von Mitgliedern der Partei des Großen Bären, die sich unter den Trauerzug geschmuggelt haben, gezwungen, Kaiser des Reichs des Großen Wohlstands zu werden. Als Vater und Sohn das Debakel überstanden haben, kehren sie nach Hause zurück, wo Vater und Mutter noch immer wie Fremde sind – so wie viele Jahre zuvor, als die Mutter verschwindet und der Vater fast durchdreht vor Kummer, bis er schließlich nach einem Jahr den Brief von seinem Rivalen erhält und eine lange Reise auf sich nimmt, um den Rivalen am Sterbebett zu begleiten und die völlig apathische Mutter mit nach Hause zu nehmen.

Eine Szene aus seinem Leben nach der anderen zog an Lao Weis innerem Auge vorbei. Menschen und Dinge aus der Vergangenheit öffneten und schlossen peristaltisch ihre Münder, ohne dass ein Ton herauskam. Lao Wei streckte die Hand aus und sah sich selbst zwischen den gespreizten Fingern. Er ist ein kleiner Junge, der mit nacktem Hintern über der Latrine hockt, zwischen seinen Beinen ein unendlicher Abgrund. Lao Weis Beine werden ganz taub, doch er ist zu träge, sich aufzurichten. Im lustfeindlichen Zeitalter Mao Zedongs war die Kriminalitätsrate auf öffentlichen Toiletten besonders hoch. Frauen durch Löcher in der Wand beim Pinkeln zuzusehen oder unanständige Kritzeleien gehörten zu den harmloseren Vergehen, manchmal kam es aber auch zu Vergewaltigungen oder sexuellen Nötigungen. Einmal entdeckte Lao Wei überrascht an der Wand, zwischen den üblichen »Fick deine Schwester«-Sprüchen, in kleinen Schriftzeichen ein »Taiwan, auf zum Angriff gegen das Festland«. »Reaktionär!«, rief er empört und zog sich rasch die Hose hoch, um sein Geschäft in einer anderen Kabine zu erledigen. Dort kam es noch dicker. Da hatte doch einer mit getrockneter Kacke »Nieder mit Mao Zedong« auf die Trennwand geschrieben! Wie ein geprügeltes Tier machte er auf dem Absatz kehrt, rannte hinaus und kam erst etwa einen Kilometer von den Toiletten entfernt wieder zum Stehen. Schwankend blickte er zurück. Wenige Minuten später stürmte eine Gruppe Zivilfahnder die Toilettenanlage, die sofort zu »bei Strafe verbotenem Terrain« erklärt wurde. Jeder einzelne Bewohner der Nachbarschaft wurde auf die Polizeiwache bestellt, um eine Schriftprobe sämtlicher Familienmitglieder abzugeben. Und so war der Konterrevolutionär bald entdeckt. Es handelte sich um Kloputzer Zhang, der einmal an einer Universität Professor Zhang war, bevor er während der Anti-Rechts-Kampagne wegen »Problemen mit seiner Biographie« vom Dienst suspendiert und zum Kloputzen verdonnert worden ist.

Auf der folgenden Großkundgebung wurde Kloputzer Zhang, der mit seiner Kackekalligraphie den Großen Vorsitzenden geschmäht hatte, zum Tode verurteilt. Das Urteil sollte unmittelbar vollstreckt werden. Der noch nicht einmal einen Meter große Lao Wei zwängte sich wendig wie ein Schlammbeißer durch die Menge und bekam den Wunsch erfüllt, einmal live einen Verbrecher mit einem geladenen Gewehr am Hinterkopf zu sehen. Schon ging der Schuss los, und wie bei einer platzenden Melone spritzte das Blut in alle Richtungen – immer wieder tauchte dieses eingefrorene Bild fortan in Lao Weis Träumen auf. Jedes Mal wollte er fliehen, und jedes Mal packte ihn eine unsichtbare Hand und holte ihn zurück. Nein nein nein, schrie er. Auch Jahrzehnte später schrie er immer noch. Nein nein nein.

Im Dunst des Sichuaner Beckens sah man im Winter kaum je die Sonne. Der Nieselregen fiel – ach was, der Nieselregen hatte von jeher nie aufgehört zu fallen.

Er schwankte, ob er gehen sollte oder nicht. Schließlich sagte er zu seiner Mutter: »Warten wir, bis der Regen aufhört, dann sehen wir weiter.« Die Mutter nickte. Er nahm einen Regenschirm und ging hinaus.

Das Leben war ein Traum. Wie oft schon war er draußen im

Regen herumspaziert? War er nicht ohnehin längst nur noch Müll, gekettet an seine alte Heimat? War nicht der alte Mönch, der ihm das Flötespielen beigebracht hatte, nur noch Müll? Der Philosoph Zhuangzi, der vor 2000 Jahren gelebt hatte? Alle Müll? Zhuangzi hätte gesagt: Was habe ich hier noch zu suchen, wo die Sitten so verkommen sind? Wie im Wald, wo immer der größte, dickste und geradeste Baum gefällt und zu Hausbalken oder am Ende zu einem Sarg verarbeitet wird. Allein die krummen und knorrigen Bäume, die kein Mensch wertschätzt, lassen sich's gutgehen, sie treiben grüne Blätter aus, genießen die kühle Brise und spenden selbst den in der Sommerhitze nach Kühlung suchenden Menschen wohltuenden Schatten.

Der nutzlose Lao Wei ging durch das Ginkgowäldchen-Viertel, über die zweite Ringstraße, durch das Gnadentor, am Sockel der Zither spielenden Frau vorbei, durch die Breite Gasse, machte einen Abstecher durch zahlreiche weitere Straßen, bis er hinter dem Volkspark angekommen war. Dieser einst von Mandschuren bevölkerte Teil der Stadt hieß einmal »die Unterstadt«. Als die Kommunisten kamen, änderten sie sämtliche alten Straßennamen ab, »zur Bekämpfung der vier alten Übel«. Der Himmel war so trüb wie zuvor. Gefühlt war es bereits gegen Abend, obwohl gerade erst Mittag vorbei war. Vor einem offen stehenden zweiflügligen Holztor traf Lao Wei unerwartet auf den Untergrunddichter Wang Jianhui, der gerade sein Mittagessen aus Zeitungspapier aß. Sie lächelten, und Lao Wang deutete eine Verbeugung an: »Lange nicht gesehen.« »Du kommst mir gerade recht!«, grüßte Lao Wei. »Hast du eine Ahnung, wie es dem alten Li Bifeng im Knast ergeht?«

Sie gingen Seite an Seite in das Tor und hinein und tasteten sich den dunklen Entendarmkorridor entlang. Ganz hinten gab es Licht, und dort erwartete sie schon das deformierte Gesicht der Wirtin. Ein verschachteltes Meer von Dachvorsprüngen, darunter fünf oder sechs niedrige Tische, alle vollbesetzt. Wie zwei

Torwächter blieben sie eine Viertelstunde lang höflich am Eingang stehen, bis die Reihe an ihnen war. Sie nahmen Platz und bestellten jeder eine Schüssel köstlich aromatische Schweinefüße mit gehackten Schalotten und Sojasoße, dazu zwei Gläser Gojibeerenschnaps. Allmählich wurde ihr in diesem feuchten Winterwetter heruntergekühltes Blut wieder warm. Während er seine Daunenjacke aufknöpfte, sagte Lao Wei: »Dieses Land ist einfach unerträglich bescheuert.«

»Meinetwegen ist dieses Land bescheuert«, mischte sich die Wirtin ein, »aber meine Schweinefüße sind trotzdem nicht zu verachten.«

»Genau«, stimmten von allen Seiten die Gäste ein, »die Schweinefüße sind einfach lecker, sogar die Knochen, so als wären sie butterweich geschmort.«

»Gegen den Geschmack der hiesigen Bevölkerung kommt kein Staatshass an«, lachte Lao Wang bitter. »Su Dongpo, das literarische Genie aus der Song-Zeit, fand sogar im Exil bei den Südbarbaren, wo er durch eine Falle seiner politischen Gegner gelandet und fast draufgegangen war, noch Muße, sich der Kunst der Zubereitung von Schweinshaxe zu widmen. Er unternahm unzählige Versuche, bis er mit dem Rezept für die nach ihm benannte Dongpo-Haxe zufrieden war. Oder der Quergeist Jin Shengtan aus der Ming-Zeit, der kurz vor der Enthauptung darüber nachsann, ob die Kombination von getrocknetem Tofu mit Erdnüssen nicht an den Geschmack von Schinken herankäme. Die Alten erzählen gerne, dass früher in Chengdu mitten im wildesten Kriegstreiben, wenn nebenan in der alten Kaiserstadt schon der Kampf tobte und die Häuser in Flammen standen, hier in der Unterstadt die Leute gelassen in den Teehäusern saßen und futterten und da drüben, wo einmal die prachtvolle Jadebrücke stand, immer noch Mann und Maus um einen guten Mapo Tofu anstanden. Als dann einmal eine verirrte Granate in dieser Gegend einschlug und die Dachziegel der niedrigen

Häuser splitterten, riefen die Leute: ›Rettet den Topf, rettet den Topf! Noch eine Granate, und unser Essen ist futsch!‹ Der Küchenmeister daneben blieb völlig ungerührt und sagte: ›Immer noch besser, als wenn sie mir das Ladenschild ruinieren.‹«

Die Wirtin mischte sich noch einmal ein. »Ach, diese Intellektuellen, immer kommen sie mit ihren Beispielen aus der Geschichte. Was war denn am 4. Juni 89? Die ganzen rebellischen Leckermäuler sind auf die Straße gegangen, haben ein bisschen demonstriert, wollten wer-weiß-nicht-was bekämpfen, und was ist dabei herausgekommen? Esst einfach, ist doch scheißegal, wer an der Macht ist.«

Die übrigen Gäste stimmten ihr zu: »Esst, esst, esst. Scheißegal, wer an der Macht ist. Am Ende bleibt das Volk zehntausend Jahre, die Machthaber keine tausend.«

Lao Wang mochte sich das nicht länger anhören und bat um die Rechnung. Als sie aus dem Tor heraus waren, folgten sie der großen Straße bis zum Tianfu-Platz, der zuvor »Platz der Straße des Volkes« hieß und viel früher einmal »Vorplatz der Kaiserstadt«, versehen mit einem an das Pekinger Tor des Himmlischen Friedens erinnernden Turmbau mit Eingangstor und Mauer. Es bildete den Eingang zu einem in der Ming-Zeit errichteten »Gongyuan«, einem Komplex, in dem bis zu Beginn des 20. Jahrhunderts die kaiserlichen Beamtenprüfungen abgenommen wurden. Während der Kulturrevolution wurde der Ort dem Erdboden gleichgemacht und an seiner Stelle die »Ausstellungshalle zum Gedenken an den Sieg der Mao-Zedong-Gedanken« errichtet, kurz »Gedächtnishalle« genannt. Die beiden Freunde standen im Herzen Chengdus, blickten sich um und erinnerten sich an den Frühsommer 1989, als sich hier Zehntausende versammelt hatten, die Leute einem Großaufgebot an Militär gegenüberstanden, die Menschen aufgescheucht auf dem Platz hin und her rannten. Auf der einen Seite platzten Tränengasbomben, auf der anderen rief es »Keine Panik! Von dem bisschen Gestank aus heimischer Produktion fällt keiner um!«. Bis dann alles in dichte Rauchschwaden gehüllt war, die Leute ganz blind wurden und, sich die Augen reibend, riefen: »Das ist Import aus Westdeutschland! Wir werden wie die Viecher zu Tode geräuchert.«

Die Bilder der Geschichte zogen an ihnen vorbei wie bei einer Laterna magica. Die Schüsse und die Stille, die darauf folgte. Auch jetzt herrschte ungewöhnliche Stille auf dem Platz. Die Nacht senkte sich über alles, die Straßenlaternen gingen an, man sah nur die schemenhaften Umrisse von Straßen und Häusern und über allem thronend die Statue Mao Zedongs, angeblich heute die größte des ganzen Landes. Der Anblick schmerzte Lao Wang: »Li Bifeng haben sie direkt hier unter der Mao-Statue geschnappt.«

Lao Wei korrigierte ihn: »Nein, er ist ihnen entwischt. Er hatte nur einmal einen feuchten Traum davon, wie sich sechs Polizistinnen hier gleichzeitig ausgezogen haben.«

»Du hast ja ein gutes Gedächtnis.«

»Wenn man seine Zeit damit verbringt, in Erinnerungen zu leben, trainiert man ein bisschen das Gedächtnis.«

»Bevor sie Li Bifeng verhaftet haben, ist er mit einer Rikscha bei mir vorgefahren und hat den Fahrer mit einer Notiz hinaufgeschickt, dass ich runterkommen solle. Dann haben wir beide uns unter das Regendach gezwängt und den Fahrer angewiesen, einfach durch die Gegend zu fahren. Li Bifeng konnte zwar nicht einmal seine eigene Haut retten, aber er hat sich trotzdem noch um andere gesorgt. Er hat für mich mit Hilfe des *Buchs der Wandlungen* das Orakel befragt, heraus kam das Zeichen *you* wie Reise. Die Interpretation dazu redet von einem Vagabunden, der sich in stockdunkler Nacht in einem Gebirge verirrt und mindestens drei Jahre lang nicht mehr herausfindet.«

»Dieser Vagabund war er selbst.«

»Richtig. Wenn er sich nicht verirrt hätte, der Trottel, hätte er wohl kaum gleich zweimal im Gefängnis gesessen.«

»Vielleicht noch ein drittes Mal.«

»Er hat mir damals in der Rikscha noch einen Teddybären für meine kleine Tochter zum Geburtstag geschenkt.«

»Wie geht es ihm jetzt?«

»Er hat im Gefängnis jahrelang heimlich geschrieben, über 300 000 Zeichen, die auf einen Schlag von den Gefängniswärtern beschlagnahmt worden sind. Er ist vor lauter Verzweiflung in Ohnmacht gefallen, fing unter den Fingernägeln an zu bluten, und es hörte und hörte nicht auf.«

»Woher weißt du das?«

»Er hat jemanden zu mir geschickt mit der Nachricht, er leide an Trombozytopathie. Ob wir ihm Erdnüsse schicken könnten. Er würde täglich Erdnüsse kauen, um das Blut anzureichern.«

Lao Wei standen Tränen in den Augen. Die Vorstellung, den Freund zu verlieren, war einfach zu viel für ihn. Auch Lao Wang wischte sich die Augen. Dieser dicke Kerl, der ursprünglich aus Anhui stammte, hatte ebenfalls wegen des vierten Juni im Gefängnis gesessen. Nach der Entlassung hatte er seine alte Heimat verlassen und war hierhergekommen. Li Bifeng war ihr gemeinsamer Freund.

Lao Wang wechselte das Thema: »Ich habe heute frei. Komm, wir essen was bei den Geisterverköstigern, wie wär's?«

»Ich habe noch gar keinen Hunger«, meinte Lao Wei zurückhaltend.

»Es ist noch eine Weile hin bis zum Tagesanbruch, wieso willst du nichts essen?«

Lao Wei konnte nicht sagen, warum. Und soeben hatte eine ganze Reihe von Geisterverköstigern zu Füßen des alten Mao ihre Stände aufgeschlagen. Also hockten sie sich an den nächstbesten Stand.

Die Bezeichnung »Geisterverköstiger« findet sich zum ersten

Mal im Roman *Kleine Wellen auf stillem Wasser* des Chengduer Schriftstellers Li Jieren. Viele der berühmten Schnellgerichte aus Chengdu und Umgebung wurden in alter Zeit von fliegenden Essensverkäufern erfunden, die nachts in den Straßen unterwegs waren. Gerichte wie Lunge auf Eheleute-Art, Glocken-Maultaschen, süße Reisbällchen, Teigtaschen mit verschränkten Armen, im Blatt gegarte Küchlein, Lotussamensuppe … Wenn sie mit der Schultertrage beladen und der Laterne in der Hand lauthals ihre Köstlichkeiten anpriesen, konnten die nächtlichen Schwärmgeister gar nicht anders, als in ihren Schritten innezuhalten und ihre knurrenden Mägen zu besänftigen. Schon gar nicht die von Heimweh geplagten Reisenden, die gerade wieder nach Hause gekommen waren.

Wie die Sternschnuppen hatten sich die früheren Händler mit den Schultertragen in eine etwas modernere Version mit großen, flachen Fahrradanhängern verwandelt, bewehrt mit Honigwabenbriketts, Woks, Dampftopf, Staubschutzplane, Riesenschirm und natürlich einer Reihe von Zutaten, schwärmten sie des Nachts in den Straßen aus. Was vor Jahrzehnten als typisches Kleinunternehmertum anfing, sicherte heute vor allem arbeitslos gewordenen Angestellten ein bescheidenes, illegales Einkommen. Die beiden bestellten sich kleine Portionen von glasierten Schweinenasen, Schweineohren und Schweineschwänzchen, dazu Erdnüsse, gebratene Seidenraupen und zwei große Becher Schnaps, alles zusammen gerade einmal zwanzig Yuan. Die männlichen und die weiblichen Verkäufer um sie herum wandten sich schnell wieder von ihnen ab, wirbelten herum, rührten in den Woks und riefen neue Kundschaft, bitte sehr, danke sehr, vielen Dank.

Die beiden ließen es sich schmecken. Der feine Nieselregen ließ allmählich nach, und ihnen wurde wohlig warm. Als sie gerade in Fahrt kamen und, einander zuprostend, durcheinanderredeten – »Nirgends ist es besser als daheim«, »Ach, mach doch die Fremde zu deiner Heimat« –, packten die Händler plötzlich eilig ihre Sachen zusammen. Die winzigen Stühle wurden flugs zusammengeklappt, ganz wie im Guerillakrieg, wenn der Feind nahte. Ihnen blieb nichts anderes übrig, als mit ihren Wirten schleunigst das Weite zu suchen. Lao Wei fielen die Stäbchen aus der Hand, schnell packte er sich noch etwas von den Schweineohren ein. Die Wirte nahmen sich nicht einmal mehr Zeit zum Abkassieren, sondern traten wild in die Pedale und machten sich davon.

Überall Dreiräder, die in alle Richtungen davonstoben, viele ließen in dem chaotischen Gewimmel sogar ihre kleinen Tische und Stühle zurück. Doch so schnell die menschlichen Beine auch sein können, mit motorisierten Reifen können sie nicht mithalten. Die Motorradpolizei der städtischen Aufsichtsbehörde raste ihnen in alle Richtungen hinterher und machte die Fliehenden dingfest. Die Dreiräder wurden konfisziert, Schüsseln und Teller sprangen klirrend in Stücke, die Honigwabenbriketts rollten qualmend über die Straße. Die Frauen weinten, die Männer fluchten, die Stadtpolizisten drohten, von wegen das Stadtbild verschandeln, die Gesetze missachten, ab ins Kittchen alle miteinander.

Das Possenspiel dauerte mehrere Stunden. Die Stadtpolizei vertrieb mit Trillerpfeifen und mit Schlagstöcken drohend die Gaffer und fuhr mit einer Beute von fünf oder sechs Kleinbussen voll von Gesetzesbrechern davon.

Hilflos mussten die beiden Literaten das Geschehen mitansehen. Lao Wang stampfte mit den Füßen auf. »Verdammte Arschlöcher.«

»Ich hab noch Schweineohren in der Tasche, möchtest du?«, fragte Lao Wei.

»Scheiß drauf. Gehen wir nach Hause und lassen sie uns schmecken. Schreib das auf, Lao Wei. Schreib das auf.«

TEIL V

Unter Geächteten

Lao Wei treibt sich im neuen Jahrtausend in der Hauptstadt herum, begegnet dem Tod als Kunstform, beerdigt im Land der Uiguren den Vater eines Freundes, während er seinen eigenen Vater nur beinahe beerdigen muss.

Am Ende der Welt

Lao Wei bestieg den Nachtzug. Er erinnerte sich daran, wie er 1981, damals war er noch ziemlich jung, immer als Schwarzfahrer unterwegs war. Wenn ihn jetzt die Sentimentalität beschlich, dann dieselbe wie damals, als er in die unaussprechliche Leere hinein ein Gedicht geschrieben hatte:

Vor mir das Meer
Vor mir das immerzu Kontrabass spielende Meer
Doch ich kann einfach nicht darin eintauchen

Niemand verstand, was Lao Wei mit diesem lyrischen Meer meinte. Aber das hatte die Dichtung von damals so an sich. Sie war obskur:

Die steinerne Muschel der Legenden ist schon dreimal erklungen
Der Gebirgszug ist ein ruheloses Nilpferd, das zum Meer möchte
Zwischen dem Auf und Ab der Steilhänge wird es eng
Das Meer steigt hartnäckig höher
Malt wunderschöne konzentrische Wellen an den Himmel

Das Obskure war damals in der Literatur genauso in Mode wie das Unterwegssein, weshalb dieses Gedicht lange ein beliebter Diskussionsgegenstand blieb. Bis dann am frühen Morgen des vierten Juni 1989 die Schüsse fielen und das Meer des Nichts zum Meer des Blutes wurde und Lao Wei im Wahn des Kugelhagels ein anderes Gedicht verfasste, ein Gedicht wie ein Aufschrei. Keine Diskussion. Er kam ins Gefängnis.

Lao Wei lag bäuchlings auf der Pritsche und ließ seinen Gedanken mit dem Rattern des fahrenden Zuges freien Lauf. Dieses Rattern erinnerte ihn daran, wie er als Kind und noch als Jugendlicher immer bei den Nachbarn an die Tür geklopft hatte. Er war ganz in die verschwommenen Bilder seiner Erinnerung versunken, als der Schaffner zum Abteil hereinkam. Er reichte ihm von der obersten Pritsche des Liegewagens seinen Personalausweis hinunter. Der Schaffner steckte ihn kurz in sein Lesegerät, dann sah er zu ihm hinauf und fragte: »Haben Sie denn Ihren Personalausweis noch nicht umgetauscht?«

»Ich bin noch nicht dazu gekommen«, sagte Lao Wei mit einem freundlichen Lächeln.

»Dieser alte Ausweis hat nur eine neunstellige Nummer, die kann ich nicht einlesen.«

»Wenn ich wieder zu Hause bin, tausche ich ihn um.«

»Was sind Sie von Beruf?«

»Ich bin Journalist beim ›Tianfuer Tageblatt‹.« Er reichte ihm den auf dem Schwarzmarkt erstandenen Presseausweis. Das ›Tianfuer Tageblatt‹ war bereits vor einem halben Jahr pleitegegangen.

»In Peking tagt gerade der Volkskongress, da herrscht höchste Sicherheitsstufe. Warum treibt sich ein Südländer wie Sie in der Hauptstadt herum?«

»Ich habe nicht vor, mich herumzutreiben. Ich schreibe eine Reportage über Geschäftsleute aus Chengdu, die in Peking reich geworden sind.«

»Wer denn zum Beispiel?«

»Na, einer von denen, die sich mit geborgtem Geld ein Flugzeug gekauft haben und jetzt der erste chinesische Flugzeughersteller werden wollen.«

»Nehmen die Leute das ernst?«

»Das wird sich zeigen.«

Der Schaffner musterte Lao Wei einige Sekunden lang mit forschendem Blick. Doch Lao Wei wirkte völlig gelassen. Er hatte Glück und kam mit seiner Masche durch. Die beiden Mitreisenden auf den Pritschen gegenüber, die bei den höheren Behörden in Peking mit einer Petition vorstellig werden wollten, wurden wenige Minuten später abgeführt.

Lao Weis Anspannung legte sich, und er schlief ein. Gegen Mitternacht wachte er wieder auf. Als er aus dem Abteil heraustrat, um pinkeln zu gehen, traf er völlig unverhofft auf Hu Niu, den er eine Ewigkeit nicht mehr gesehen hatte. Sie wollten sich gerade am Ende des stockdunklen Ganges aneinander vorbeizwängen, als die vertraute Stimme Lao Wei aufhorchen ließ: »Sieh einer an, ein Gespenst!« »Was machst du denn hier?«, fragte Lao Wei. »Wieso bist du nicht mehr unten in Dali? Was ist mit Lao Dai und unserem Hong dem Vierten?«

»Der ist dageblieben, baut Cannabis an und ist drogensüchtig. Dank seiner Sucht hat er eine Aussteigerin aus Frankreich kennengelernt, eine Künstlerin, die in der Dritten Welt ihr Glück versucht, kahlgeschoren wie eine buddhistische Nonne. Jetzt züchten sie zusammen Cannabispflanzen, verkaufen Hasch und lassen sich's gutgehen. Und Hong der Vierte hängt immer mit ihnen herum, angeblich sogar, wenn sie Sex haben. Dann wird er ganz aufgeregt und leckt ihnen den Arsch. Und zwischen Lao Dais armseligem Rein und Raus streckt sie dann die Hand aus und tätschelt den Hund, alles schön im Rhythmus.«

»Woher willst du das denn wissen?«

»Sie verkaufen es als Performance-Kunst. Lao Dai hat es selbst gefilmt. Da ich nun mal kein Hund bin, konnte ich bei der Sache nicht selbst zur Hand gehen. Ich hatte genug von Dali und habe mich zurück in Richtung Heimat begeben und mich zur Abwechslung dem Geschäftemachen statt der Kunst gewidmet. Mit einem Spezialgerät kratze ich das Weiße aus leeren Kokosnüssen, das wird dann ausgepresst und mit Wasser verdünnt als Kokosmilch an Restaurants verkauft. Produktrecycling nennt man das.

In kürzester Zeit habe ich Zehntausende Yuan verdient und mit dem hübschesten der Mädchen, die ich zu Werbemaßnahmen angeheuert hatte, angebandelt.«

»Nicht schlecht.«

»Von wegen. Ganz schlecht sogar. Die war nämlich eine der Gespielinnen von irgend so einem Mafiaboss. Ich war nur einmal mit ihr im Bett, schon hat er mir ein paar seiner Mafiosi auf den Hals gehetzt und mich unter der Yongfeng-Fußgängerbrücke ›zum Tee eingeladen‹. Wie bei der Sichuaner Paoge-Mafia in den zwanziger Jahren haben sie einen Kreis um mich gebildet, jeder eine Tasse Tee in der Hand. Ich hatte noch keinen Schluck getrunken, da hatte ich schon den Tee von diesem Mafiaboss im Gesicht, der mich anschrie, von wegen zwischen uns herrsche ›Brautfehde‹. Ich habe natürlich kein Wort herausgebracht. Dann sagte er: ›Geld oder Messer.‹ Ich hatte nur ein paar tausend auf der Bank, die ich an Ort und Stelle mit der Karte abgehoben und ihm gegeben habe. Dann musste ich noch einen Schuldschein unterschreiben. Jetzt habe ich nichts mehr, aber dafür 80 000 Yuan Schulden, die innerhalb einer Woche fällig sind.«

»Warum hast du sie nicht angezeigt?«

»Die Bullen stecken doch mit der Mafia unter einer Decke! Als ob du das nicht wüsstest. Die sind immer im Bilde, was die Mafia wo treibt. Aber der Himmel hat manchmal ein Einsehen – Lao Dais kleiner Bruder ist mich besuchen gekommen, und stell dir vor, seine Frau ist die kleine Schwester von deiner Ex.«

»Von welcher Ex?«

»Die, die sich nach dem vierten Juni deinetwegen vom Dach gestürzt hat.«

»Die kleine Schwester von Li Tong?« Lao Wei zog es das Herz zusammen.

»Lao Dais kleiner Bruder ist morgens um vier mit dem Auto bei mir vorgefahren, hat gewartet, bis der Wachposten der Mafiosi eingenickt war, dann hat er mich einsteigen lassen, und wir sind zum Bahnhof gedüst. Die kleine Schwester von deiner Ex ist nämlich zufällig eine der Schaffnerinnen auf der Chengdu–Peking-Strecke, so dass ich abhauen konnte, ohne einen Fen zu zahlen.«

»Ist sie in diesem Wagen?«

»Klar. Soll ich dich zu ihr bringen? Hehe, so fett wie du geworden bist, weiß ich nicht, ob sie dich noch erkennt.«

»Immerhin kannst du wieder Witze machen.«

»Du wirkst aber auch ganz guter Dinge.«

»Fick dich. Wenn ich mir nicht ein bisschen Optimismus bewahren würde, könnte ich gleich aus dem Zug springen.«

Die beiden frotzelten noch eine ganze Weile vor der Zugtoilette herum. »Vor über zwanzig Jahren«, sagte Lao Wei, »Anfang der achtziger Jahre, als du kleiner Wicht noch im Kindergarten warst, da bin ich schon schwarz mit dem Zug kreuz und quer durchs ganze Land gefahren. Die Züge stammten noch aus der Zeit von Mao Zedongs Abschottungspolitik und waren langsam wie die Schnecken, drei Tage und vier Nächte war man von Chengdu nach Peking unterwegs. Wenn der Schaffner kam, habe ich mich immer schnell unter dem Sitz versteckt. Wenn mir die Situation zu heikel schien, habe ich mich sogar die ganze Zeit unter dem Sitz verkrochen. Einmal fingen die Reisenden über mir an, philosophische Fragen zu diskutieren, es ging, glaube ich, um Sartres *Die Hölle, das sind die anderen*. Ich habe es nicht mehr ausgehalten und irgendwann den Kopf zwischen den Waden einer Studentin durchgestreckt und gerufen: ›Ich bin der, der in der Hölle sitzt!‹ Die Mädchen haben überrascht gekreischt. Doch nach dem ersten Schrecken haben sie sich fast überschlagen vor Fürsorge und sich nach meinem Befinden erkundigt. Also habe ich weiter zwischen ihren Waden eloquent über dies und das räsonniert, von Sarte und Camus bis zur amerikanischen Beat Generation, Ginsberg, Kerouac, Bob Dylan. Die Mädchen hatten keine Ahnung davon. Vom Abhauen, Rebellieren, von Drogen, Homosexualität – das war ihnen alles völlig neu. ›How many roads must a man walk down, before you can call him a man? How many times must a cannonball fly, before they're forever banned? Die Antwort, mein Freund, weiß ganz allein der Wind‹, jaja. Oder Ginsbergs Zeile ›America, go fuck yourself with your atom bomb‹.«

»Wow. Der am Boden liegende Prophet Lao Wei.«

»Die Mädchen wollten unbedingt, dass ich da unten herauskomme, was ich nun ums Verrecken nicht wollte, aber schließlich haben sie mich mit vereinten Kräften unter dem Sitz hervorgezogen und mir oben respektvoll Platz gemacht, als sei ich ein Gott. Damals waren diese Schnulzen der taiwanischen Sängerin Teresa Teng schwer in Mode, *Pflück nicht die Blumen am Wegesrand* und so, sogar die Anführer der Studentenbewegung von 89, Liu Xiaobo, Feng Congde, Riri Xin, Kaixi und die anderen haben das wahrscheinlich noch gesungen, aber in meinen damaligen Dichterkreisen hieß die Bibel *On the Road*, wir träumten von nichts anderem, als loszuziehen, weiter und weiter, bis nichts mehr ging. Du kannst dir vorstellen, dass ich die Mädchen ohne weiteres an der Angel hatte.«

»Und dann?«

»Danach saß ich im Gefängnis. Scheiße.«

»Und wenn du nicht ins Gefängnis gekommen wärst?«

»Dann hätte ich trotzdem weiter in diesem Gefängnis ohne Mauern festgesessen.«

Am Horizont tauchte der erste helle Streifen auf, als hätte Gott einen Spaltbreit die Augenlider geöffnet. Sie starrten aus dem Zugfenster, bis Gottes Auge die blutrote Sonne entsprang. Hinter den Qingling-Bergen beginnt der Norden, und die buckelige Landschaft flacht in sanften Wellen ab. Hu Niu gähnte. »Hör auf, dich um die Politik zu kümmern, Lao Wei.«

»Und du? Scherst du dich etwa nicht um die Politik?«

»Bestimmt weniger als du.«

»Auch weniger als Lao Dai?«

»Ungefähr so wie der.«

»Das erinnert mich an ein Gedicht von Gu Cheng: ›Du siehst auf mich / Dann auf die Wolken / Als sei ich fern / Und die Wolken nah.‹ Als ich 1993 im Gefängnis saß, habe ich aus der Zeitung erfahren, dass sich Gu Cheng auf der Insel Waiheke in Neuseeland umgebracht hat.«

»Eigentlich hatte er dort das ersehnte Paradies gefunden. Aber kaum war sein Traum in Erfüllung gegangen, ist er vor Einsamkeit durchgedreht. Erst hat er mit der Axt die Hühner geköpft, die ihn ernährt hatten, dann hat er damit seine Frau erschlagen, die sich scheiden lassen wollte, und schließlich hat er sich erhängt.«

»Das sind die Dinge, die am Ende der Welt passieren. Lass uns schlafen, Hu Niu.«

Als Lao Wei sich wieder hinlegte, war es bereits taghell. Die Lautsprecher gingen an, und das immer gleiche Nachrichtenprogramm von CCTV ertönte, das Organ des Zentralkomitees der KP, das genau wie die Stimme des Big Brother in *1984* auf immer und ewig recht hatte. Nur einmal leistete es sich einen Fauxpas, als am Vorabend des Tiananmen-Massakers die Nachrichtensprecherin im Fernsehen die Verhängung des Kriegsrechts über Peking bekanntgegeben hatte. Die Meldung war korrekt, aber die Stimme der Sprecherin im Studio zitterte, ihre Augen sahen rot und geschwollen aus, als hätte sie geweint. Kurz darauf waren die beiden Sprecher, deren Gesichter man zuvor täglich auf dem Bildschirm gesehen hatte, für immer verschwunden. Lao Wei musste einige Minuten in seinen bitteren Erinnerungen wühlen, bis ihm die beiden Namen wieder einfielen. Xue Fei und Du Hui.

Wieder kamen ihm die Zeilen eines Gedichts in den Sinn: ›Ich habe ein Zimmer / Mit Blick auf das Meer / Und Frühlingsblumen‹. Sie stammten von Haizi, einem Dichter, der sich vier Jahre vor Gu Cheng das Leben genommen hatte. Eine Revolution schien über das Land zu schwappen, und Hunderttausende waren auf den Straßen, doch Haizi hielt sich von ihnen fern und lief mit epischen Gedichten im Sinn an einer alten Bahnstrecke am Rande von Peking entlang, allein. Eine übelriechende Sonne brach aus dem Bauch des Himmels hervor, wie eine aufplatzende Schusswunde, ihre Strahlen ergossen sich über die Zweige der Bäume. Haizi starrte sie ausdruckslos an. Er stand an einem kleinen Bahnhof in der Nähe von Shanhaiguan, Guojiayin hieß die Station, ein kleiner Zug fuhr langsam in einer großen Kurve ein. Haizi hüpfte die Stufen hinab und stand am Rand der Schienen. Als die Lokomotive dicht an ihm vorüberzog, duckte er sich wie ein erschrockenes Tier und sprang. Nur eine halbe Sekunde zögerten die Räder, bis es krachte und er in zwei Hälften geteilt wurde.

»Ein von der Zeit entfremdeter Dichter sollte der Toten gedenken«, murmelte Lao Wei vor sich hin, als er die Augen aufschlug. Fest in sein Laken gewickelt, hatte er den ganzen Tag verschlafen. Hu Niu, die Nachteule, war zu ihm hinaufgeklettert und klopfte ein hartgekochtes Ei an seinem Kopf auf. Lao Wei erhob sich. »Im Schlaf habe ich Haizi gesehen.«

»Und ich habe von Luo Yihe geträumt«, sagte Hu Niu augenzwinkernd.

»Und was hat der gemacht?«, fragte Lao Wei, die Antwort wohl wissend.

»Haizis geistiger Zwilling stand inmitten des Menschenmeeres auf dem Tiananmenplatz, und als er sah, wie der vorzeitig gestorbene Haizi ihm vom Himmel zuwinkte, fiel er plötzlich in Ohnmacht. Der herbeigerufene Notarzt konnte nur noch den Tod durch Hirnblutung feststellen.«

»Haha. Wir zwei verirrte Dichterfuzzis werden uns auch bald von dieser Welt verabschieden.«

»Von dieser Welt verabschieden? Iss erst mal ein Ei, dann sehen wir weiter.«

Noch halb auf der Pritsche liegend, verschlang Lao Wei vier Eier und fühlte sich immer noch hungrig. »Ich habe gerade noch einen umherziehenden Dichter getroffen, Mao Dekuang heißt er, der ist noch hungriger als du. Er sitzt hier unten.«

Jetzt erst spähte Lao Wei an Hu Niu vorbei nach unten. In einer dunklen Ecke auf der gegenüberliegenden Seite hockte ein dritter Genosse, grüßte wie ein Räuber vom Liangshan-Moor mit erhobener Faust und ließ ein »Freut mich!« vernehmen. Dann grunzte er auf einmal wie ein Schwein und sagte verächtlich: »Ich habe euer abgehobenes Gequatsche genau gehört. Wer will noch etwas wissen von diesen Schwänzen, Gu Cheng, Haizi, Luo Yihe? Geistige Onanierer begehen eben Selbstmord.«

Lao Wei bekam einen Schluckauf. Es dauerte einen Moment, bis er zurückfragen konnte: »Und warum bringst du dich dann nicht um?«

»Ich warte noch auf den Jüngsten Tag. Eine feindliche Invasion, einen atomaren Supergau, Rohstoffknappheit, Nahrungsmittelmangel, kurz gesagt, alles, was die Menschheit ins Chaos stürzt, wird von mir mit offenen Armen empfangen. Noch genialer wäre natürlich, wenn unser Zug jetzt gleich entgleiste und sämtliche Passagiere wie die Ölsardinen in einem großen Durcheinander aus der Dose kippten.«

»Und was wäre daran so genial?«

»Die verzweifelten Rufe nach Mama und Papa, ein Feld voller Leichen, zu Müllhaufen getürmtes Menschenfleisch, das ist mein Ding, das passt zur Ästhetik von uns Müllpoeten. Sollte ich selber bei diesem Zugunglück draufgehen und in der Hölle ausgerechnet auf Gu Cheng und Haizi treffen, mein Arsch, dann schlag ich die gleich k. o.«

Hu Niu applaudierte. Die übrigen Passagiere riefen erschrocken nach Ruhe. Die drei räumten das Feld und gingen hinaus auf den Gang und zeterten und lachten weiter. Lao Wei fixierte wie betäubt Mao Dekuang. Dunkler Teint, scharfe Zunge, kleinwüchsig, mit schmaler Brust und mageren Schultern, wie ein Äffchen, das eben erst laufen gelernt hat. Jetzt fiel ihm wieder ein, dass einige aus seiner Räuberbande ihm von einem Mao Dekuang erzählt hatten, der vor gut zehn Jahren Student an einer Kunstakademie in Hunan gewesen war und dann nach Norden zog, um sich der Studentenbewegung anzuschließen. Dort sah er begeistert zu, wie drei seiner Landsleute, Yu Zhijian, Yu Dongyue und Lu Decheng, unter den Augen der Welt faule Eier gegen das Porträt des Großen Vorsitzenden Mao am Tiananmen-Tor schleuderten – nur um kurz darauf entgeistert zuzusehen, wie die drei Tapferen auf frischer Tat von der studentischen Disziplinierungsstreife ertappt, festgehalten und ohne Umschweife der Polizei übergeben wurden. Mao Dekuang raste. Er stieß einen wilden Schrei aus, rannte zu den Mülltonnen am Rande des Platzes, erschlug dort pitsch-patsch vielleicht vierzig herumsurrende Fliegen, nahm die toten Fliegen mit zurück ins Menschenmeer und verkündete feierlich: »Nummer eins unter den großen Kunstperformances 1989 ist ›Lao Mao zerschlägt Eier‹, Nummer zwei ist ›Lao Mao frisst Fliegen‹. Da wir den vierzigsten Jahrestag der Gründung der Volksrepublik feiern, sollen mir vierzig Fliegen genügen, um auszudrücken, wie glücklich ich bin, diese verdammte Großmutter zu ficken.« Dann warf er sich eine Fliege nach der anderen in den Rachen, so wie man Erbsen zum Rösten in den Wok wirft. Als er bei Nummer 26 angekommen war, hielt er einen Moment inne, fuhr sich mit der Zunge über die Mundwinkel und räusperte sich. Dann erklärte er: »Mit dieser Fliege gedenke ich des Dichters Haizi, der kürzlich mit 26 Jahren Selbstmord begangen hat. Einmal hinuntergeschluckt, wird der Geist des Dichters in meinem Magen Einzug halten.«

Doch dann wurde er plötzlich niedergeschrien. Die studentischen Patrioten empörten sich: »Du Schmeißfliege! Abschaum! Schlagt ihn tot!« Sie gingen auf ihn los, schlugen und traten ihn, bis er wie eine kaputte Trommel über den Boden kullerte und mit den Händen, die immer noch die Fliegen umschlossen hielten, versuchte, seinen Kopf zu schützen. Er war voller Schwellungen und Platzwunden, zwei Rippen waren gebrochen, doch er ertrug seine Schmerzen mit Würde und brachte sein ungehöriges Werk zu Ende.

»Es ist ein Wunder, dass Mao Dekuang bis heute durchgehalten hat«, seufzte Hu Niu.

Lao Wei hob fragend die Augenbrauen. »Soweit ich gehört habe, sind die auf Mao Dekuang zurückgehenden Müllpoeten inzwischen zur wichtigsten Gruppe unter den Untergrunddichtern avanciert. Vor kurzem waren etliche davon eingeladen, sich bei einem großen Wettbewerb zu messen.«

»Die Sieger stehen schon fest, ich bin immer noch der Herr im Haus«, sagte Mao Dekuang.

»Habt ihr euch im Fliegenfressen gemessen?«

»Nein, im Grillenfressen.«

»Klar, da hatten die anderen natürlich keine Chance.«

»Meine Gedichte suchen auch ihresgleichen. Ich rezitiere mal eins: ›Ah! Kaiserstadt, Kaiserstadt / drei Jahre schon teilen wir dasselbe Bett / doch noch immer kenne ich deinen vollen Namen nicht / Habe noch nicht einmal dein Tor berührt‹.«

»Stimmt ja auch«, meinte Hu Niu. »Abgesehen vom Zentralkomitee hat noch keiner Peking ans Tor gefasst.«

Zwei Monate Miete schuldest du noch! – Und du machst dich von diesem armseligen Hochstapler abhängig! – Ohne Grund zusammengeschlagen, bravo, rufen die Umstehenden, ab auf die Wache! – Schlagt zu, schlagt doch! Ich will sowieso nicht mehr leben – aus den Augen kullern schwarze Tränen, aus Tränen lernt man zu dichten, unter einer Masse Fremder lernt man, ein Geist zu werden – Von Peking aus, ja, vom Bodensatz dieser leeren Weinflasche namens Peking aus betrachte ich den Sternenhimmel.

An der Endstation Peking stiegen die drei Männer aus und ließen sich mit dem Strom der Fahrgäste treiben. Vor dem Ausgang überquerten sie die Straße, bestiegen die U-Bahn und fuhren durch bis zur Endstation, den Ruinen des im 19. Jahrhundert von den Kolonialmächten zerstörten Alten Sommerpalastes. Außerhalb seiner Mauern lagen ein paar verstreute Bauernhöfe, zwischen denen sich lößgelbe Feldwege schlängelten. Nur ein paar Hunde mit ebenso lößgelbem Fell streunten dort herum. Hier lag Fuyuanmen, eine staubgraue Siedlung, die aufgrund der in Scharen nach Peking strömenden Künstler, die hier ihre Zelte aufgeschlagen hatten und für Unruhe sorgten, eine gewisse Bekanntheit erlangt hatte.

Hu Niu und Mao Dekuang bewegten sich auf diesem Terrain mit großer Selbstverständlichkeit. Lao Wei dagegen kam sich vor, als täte er etwas Verbotenes. So wie der schon früh aufgegangene Mond, der sich gegenüber der tief am Himmel stehenden Sonne auch nicht ganz wohl zu fühlen schien. Eine weiße Katze miaute von einem Dach aus laut den dreisten Mond an. »Diese Katze gehört der berühmtesten Nutte des Viertels, und sie ist mindestens genauso versnobt«, bemerkte Hu Niu.

Lao Wei grinste. »Hast du mit ihrer Besitzerin schon mal etwas gehabt?«

»Na klar. Als ich zum ersten Mal herkam, hatte ich noch ein bisschen Geld, da habe ich mir für 200 Yuan einen Schuss gegönnt. Danach habe ich mich kurz aufgesetzt, eine geraucht und wollte weitermachen. Sie aber hielt sich die eine Hand vor den Schritt und die andere hielt sie mir unter die Nase und wollte mehr Geld. Keine Geschäftsmoral, die Dame.«

»Ich habe auch einmal was mit der gehabt«, meinte Mao Dekuang. »Bei mir waren es nur 50 Yuan.«

Hu Niu schnaubte verächtlich. »Erzähl mir nichts. Mit der Hand oder was?«

»Mit dem Mund.«

»Ist trotzdem nicht dasselbe.«

»Jetzt lasst es gut sein, was streitet ihr euch wegen so einem Scheiß«, sagte Lao Wei genervt.

Hu und Mao zwinkerten einander zu und schleppten Lao Wei zu dem Haus, in dem die Katzenbesitzerin wohnte. Hu Niu nahm einen auf dem Boden liegenden Ziegelstein und warf ihn über die niedrige Mauer, wo er laut krachend aufschlug. Lautes Miauen und Hundegebell folgten. Dann ließ sich eine schrille Frauenstimme hören: »Macht, dass ihr wegkommt!«

»Wir kommen aber, um was zu machen!«, rief Hu Niu.

Das Eisentor ging einen Spaltbreit auf. »Künstler! Verdammte arme Schlucker! Verpisst euch.«

Mao Dekuang stieß Lao Wei nach vorn und hob seinen Kopf mit einem Ruck an. »Diesmal ist es ein Geschäftsmann.«

Sofort ging die Tür weit auf, und Lao Wei wurde trotz seiner Proteste in das Zimmer gestoßen. Die Prostituierte stellte sich vor: »Mein Nachname ist Katze und ich halte eine Katze, nenn mich Kleine Schwester Katze, Herr Geschäftsmann.«

»Ich bin kein Geschäftsmann.«

Die beiden anderen lachten. »Wenn du kein Geschäftsmann bist, was dann?«

»Ich bin aber keiner.«

Nun lachte auch die Prostituierte. »Soso, du bist kein Geschäftsmann. Was bist du dann? Ein Mönch oder was? Vor drei Monaten kam ein buddhistischer Meister hier ins Dorf und bekehrte in ein paar Tagen einen Künstler nach dem anderen. Zu mir kam er auch, saß die ganze Nacht auf dem Bett und rezitierte Sutren, und bevor er ging, ließ er mir noch zwei Hunderterscheine da. Ich war so gerührt, dass ich ein ›Friede sei mit dir‹ gemurmelt und ihm 100 zurückgegeben habe.«

»Auf dem Bett gesessen? Auf dir drauf oder wie?«, spöttelte Mao Dekuang.

»Von wegen. Und überhaupt geht dich das einen Scheißdreck an.«

»Und mich geht das schon gar nichts an«, sagte Lao Wei.

»Komm, nimm Platz, Meister, und rezitiere ein paar Sutren auf meinem Bett.«

»Ich bin kein Mönch.«

»Siehst aber aus wie einer mit deinem Glatzkopf. Wenn du kein Mönch bist, dann her mit den zweihundert, aber nur ein Schuss, über Nacht bleiben ist nicht drin.«

Mao und Hu verdrückten sich. Lao Wei wollte ihnen nach, aber Kleine Schwester Katze hielt ihn zurück.

»Ich habe kein Geld«, protestierte Lao Wei.

»Wenn du einmal deinen Fuß hier hereingesetzt hast, musst du auch zahlen.«

»Wie viel?«

»Hundert.«

»Hab ich auch nicht.«

»Willst du oder nicht?«

»Ich will nicht.«

»Das kostet trotzdem hundert.«

Jetzt saß er in der Falle. Mit einem Handgriff hatte sie seinen Gürtel geöffnet, entblößte ihre Brüste und schlackerte damit vor ihm herum, dass ihm ganz anders wurde. Sie fielen hastig übereinander her, aber Lao Wei war noch nicht einmal richtig steif, als sie schon Ja!Ja!Ja! rief und fester! Er hielt inne. »Bist du immer so schnell erregt?«

»Wenn ich mein Programm nicht durchziehe, kann ich ja wohl kein Geld verlangen.«

Lao Wei lächelte bitter. Kleine Schwester Katze packte ein Kondom aus und gab acht, dass er es auch ordentlich überzog. Vor der Tür erklang auf einmal donnernd ein Pekingoper-Rezitativ: »Wie kann es sein, dass in der sengenden Hitze dieses Sommertags so dicht die Schneeflocken fallen? Gütiger Himmel, hab Erbarmen mit der schönen Schwester Dou …« Dann fielen zwei Schüsse. Erschrocken sprang Lao Wei hoch und zog seine Hose an.

Kleine Schwester Katze eilte zum Fenster und spähte durch die Vorhänge hinaus. »Fremde Teufel im Dorf! Schnell, raus mit dir …!« Sie hatte noch nicht zu Ende gesprochen, als die Teufel, mit dem Gewehr im Anschlag durch die Eisentür hereinkamen.

Sie ergaben sich widerstandslos und wurden mit gefesselten Händen dem Nachbarschaftskomitee vorgeführt. Den Weg dorthin säumte ein bedrohliches Aufgebot an Polizisten, die die Künstler einkesselten und malträtierten. Ein Kerl, dünn wie eine Bohnenstange, kletterte auf ein Dach. »Sofort runterkommen«, brüllten die Polizisten. Bohnenstange kletterte ungerührt weiter über die Dächer. Erst, als sie auf ihn schossen und die Kugeln an seinen Beinen vorbeizischten, rief er schnell »Ich ergebe mich!« und sprang von einem Dachfirst hinunter in den Staub. Ein Stück weiter versuchte ein langhaariges Pärchen über eine kleine Mauer zu entkommen. Sofort rannten die Polizisten hinterher, aber die beiden trennten sich und tauchten in den gewundenen kleinen Gassen des Viertels ab. Der Langhaarige verlor beim Laufen seine Flipflops und lief barfuß weiter. Als er auf einen Müllcontainer stieß, packte er ihn und rollte ihn gegen seine Verfolger, die wütend ein paar Warnschüsse abgaben. Fröhlich rannte der Langhaarige weiter und stolperte über einen der lößfarbenen Hunde, der quer auf der Straße lag und erschrocken aufheulte. Es sah schon so aus, als sei er seinen Häschern entkommen, als ihm plötzlich ein Polizeiauto den Weg abschnitt. Im Handumdrehen packten ihn die Polizisten, warfen ihn zu Boden und legten ihm Handschellen an. Die Langhaarige war unterdessen auf den einzigen kahlen Baum im ganzen Viertel geklettert und harrte dort aus, bis die Polizei von zwei Dächern rechts und links des Baums Netze an langen Stangen auswarf und sie schließlich einfing wie Ungeziefer.

Die Polizei blies zum Rückzug, obwohl der erwartete Erfolg ausgeblieben war. »Auf dem ganzen Gelände nur gut vierzig Leute geschnappt«, murrte der Einsatzleiter. »Mindestens ein Drittel fehlt. Die werden doch nicht gewarnt worden sein?«

Der Vorsitzende des Nachbarschaftskomitees schwang drohend seinen Knüppel. »Wer hat gepfiffen? Sofort vortreten!«

Natürlich stand niemand der Anwesenden auf, vielmehr zogen alle den Kopf ein und schrumpften auf ihren Stühlen zusammen. Nun wurden Lao Wei und Kleine Schwester Katze aufgerufen, sich dem Tribunal zu stellen. An einem langen Tisch saßen sieben oder acht Polizisten mit beunruhigend grimmigen Gesichtern. Man nahm ihnen die Fesseln ab. Kleine Schwester Katze blieb vollkommen gelassen, schließlich wusste sowieso jeder im ganzen Viertel, womit sie ihren Lebensunterhalt verdiente. »Irgendwas muss man ja arbeiten, um seine Abgaben zu zahlen«, murmelte sie vor sich hin.

Der Einsatzleiter mokierte sich: »Warum suchen Sie sich keine andere Arbeit?«

»Ich bin gerade dabei.«

»Seit wann arbeiten Sie als Prostituierte?«

»Seit zwei, drei Jahren.«

»Von wegen zwei, drei Jahre. Das müssen doch schon mindestens fünf sein.«

»Ganz wie Sie meinen.«

»Wie viele Kunden hatten Sie schon?«

»Ach, so um die fünfzig.«

»Fünfhundert trifft wohl eher zu.«

»Ganz wie Sie meinen.«

»Beruf?«

»Wie – Beruf?«

»Die Freier, was sind die von Beruf?«

»Alles Mögliche.«

»Auch Beamte darunter?«

»Na klar!« Kleine Schwester Katze reckte stolz die Brust wie eine Soldatin im Frauenbataillon. »Sogar Abteilungsleiter!«

»Woher wissen Sie das?«

»Hat er selbst gesagt. Gute Manieren. Und großzügig war er auch.«

»Auch Geschäftsleute?«

»Selbstverständlich.« Nun war ihre Haltung schon ein klein bisschen weniger stolz, aber sie antwortete immer noch mit klarer, hoher Stimme. »Sogar einen Millionär.«

»Woher wissen Sie das?«

»Hat er selbst gesagt. Benommen hat er sich auch ganz gut und ganz okay bezahlt.«

»Soso. Was hat denn ein so erfolgreicher Geschäftsmann in dieser Gegend zu suchen?«

»Er hat gesagt, er stehe auf Mädchen vom Lande.«

»Gemüsehändler?«

»Die auch. Irgendwie muss man eben sein Geld verdienen.« Jetzt klang sie etwas kleinlauter.

»Bauern?«

»Ja, schon, die auch.« Kleine Schwester Katze ließ den Kopf hängen.

»Künstler?«

»Für wen halten Sie mich?« Wütend schnellte ihr Kopf nach oben. »Bin ich von der Wohlfahrt oder was?«

Die Polizisten brüllten vor Lachen. »Nun gut. Ein wildes Huhn pickt wilde Saat. Wir wollen dich für diesmal verschonen.« Der Einsatzleiter wandte sich nun Lao Wei zu: »Und Sie? Künstler? Mönch? Ein Kunde aus der Stadt? Wenn Sie kooperieren, können wir über das Bußgeld reden.«

»Ich bin zufällig vorbeigekommen.«

»Das ist keine ehrliche Antwort.«

»Das Künstlerdorf ist eine bekannte Sehenswürdigkeit, deshalb wollte ich es mir einmal ansehen.«

»Beim Arsch deiner Mutter. Jetzt raus mit der Wahrheit.«

Schon hatte er Lao Wei ein paar so kräftige Ohrfeigen verpasst, dass ihm das Blut aus den Mundwinkeln lief. Sie durchsuchten ihn. Glücklicherweise war seine Reisetasche bei Hu Niu geblieben, deshalb fanden sie nichts außer 300 Yuan.

»Kein Geld, keine Papiere. Dich müssen wir wohl zum Steineschleppen in einen Randbezirk schicken.«

»Ich gehe aber nicht.«

»Und ob du gehst. Sobald du dir die Reisekosten verdient hast, schicken wir dich zurück nach Sichuan.«

»Ich komme aber aus Guizhou.«

»Schwachsinn. Meinst du, ich erkenne deinen Sichuaner Akzent nicht, sobald du nur den Mund aufmachst?«

Lao Wei sagte nichts mehr. Zusammen mit einem Dutzend weiterer abgehalfteter Künstler wurde er in den etwa zweihundert Kilometer außerhalb Pekings gelegenen Landkreis Huairou verschickt, wo sie den ganzen Tag unter strenger Aufsicht am Flussufer Kieselsteine zu einer großen Mischmaschine zur Herstellung von Stahlbeton schleppen mussten. Er bildete ein Team zusammen mit einem Mädchen aus Guizhou, das sich Paris nannte, Aktionskünstlerin war und derselben Schule wie Hu Niu und Mao Dekuang angehörte. Daher passten sie ganz gut zusammen. Nachdem die beiden monatelang Schulter an Schulter die Schubkarre geschoben hatten, kamen sie sich auch gefühlsmäßig näher. »Du siehst aus wie ein Mann«, konstatierte Lao Wei. »Normalerweise würde ich mich nie für dich interessieren.«

»Da ist auch nichts weiter zwischen uns. Ich bin eigentlich lesbisch, aber in der Not frisst der Teufel Fliegen.«

»Wieso stillst du deinen Hunger nicht bei einem der Polizisten?«

»Polizisten und Künstler sind Erzfeinde.«

»Ach, heutzutage leben doch sogar Katz und Maus zusammen.«

»So habe ich auch einmal gedacht. Als die Teufel diesmal in unser Dorf kamen, habe ich mich im Zimmer eingeschlossen. Als draußen Schüsse fielen, habe ich mich hinter dem Sofa versteckt und am ganzen Körper gezittert. Dann flog die Eingangstür auf, und einer mit Taschenlampe stand im Flur und fragte: »Ist hier jemand?« Und ich sagte, ohne nachzudenken: »Hier ist niemand!« Sofort ging auch die Zimmertür auf, und sie haben mich wie ein Beutestück hinausgeschleppt.«

»Hahaha.«

»Lach du nur.«

»Die Polizisten haben den Niemand festgenommen.«

»Das ist auch eine Art Aktionskunst. Von nun an werde ich immer, wenn einer fragt ›Ist da wer?‹, mit ›Hier ist niemand‹ antworten.«

Lao Wei lachte sich kaputt, womit er die Aufmerksamkeit eines Aufsehers auf sich zog, der sofort mit der Trillerpfeife in seine Richtung blies. Lao Wei blieb wie angewurzelt am Fluss stehen, während Paris mit der Schubkarre davonrannte, ständig »hier ist niemand, hier ist niemand« vor sich hin sagend.

Die Schläge waren unvermeidlich. Lao Wei zählte schon nicht mehr, wie viele Ohrfeigen er im Leben bekommen hatte. In den späten sechziger Jahren waren die einzigen ausländischen Filme, die man in China zu sehen bekam, irgendwelche albanischen Produktionen, die vom Guerilla-Widerstand gegen die Deutschen handelten, wie *Kampf bis in den Tod* oder *Die Bronzestatue*. Ganz China konnte sich in diesen Filmen davon überzeugen, mit welcher Hingabe die deutschen Teufel Schläge austeilten und dass die Gefangenen diesen Prügelgewittern immer standhielten, ohne mit der Wimper zu zucken. Lao Wei zuckte diesmal auch nicht mit der Wimper, denn er lag von dem Schlag mit dem elektrischen Stock bereits am Boden. Dass er dabei unvermeidlich eine arme Kröte plattwalzte, gab ihm immerhin seinen Humor zurück, und er brüllte: »Das berichte ich der Regierung, die armen toten Kröten!«

Der Aufseher musste lachen: »Sei froh, dass es dir verdammt nochmal noch nicht genauso geht.«

»Genau!«, konterte Lao Wei tapfer. »Noch bin ich nicht zu einem Stück Scheiße geworden.«

Leicht verdattert ließ der Aufseher den Schlagstock hängen. Dann höhnte er: »Gestern Abend haben wir ein paar von euch Künstlern eingesackt, von denen einer ordentlich Scheiße gefressen hat. Song Nian heißt er. Wie wär's, wenn ich euch einander vorstellte?« Er drehte sich um und blies in seine Trillerpfeife. Zwei andere Aufseher kamen angerannt. »Bringt mal den Künstler her, der Scheiße gefressen hat, der soll gegen Lao Wei antreten.«

Wie im Boxring teilten die beiden gegenseitig Schläge aus, umklammerten sich und stürzten zu Boden. Die Aufseher dienten als Schiedsrichter. Irgendwann konnten sie nicht mehr und lagen keuchend nebeneinander auf dem Rücken und starrten in den Himmel, wo hinter dunklen Wolken die Sonne nur schwach zu sehen war, wie eine Kupfermünze im Wind. Die Aufseher sahen gleichfalls wie Sonnen auf sie herab. »Ich habe Hunger«, sagte Song Nian, streckte die Hand aus, nahm die tote Kröte, stopfte sie sich in den Mund und kaute drauflos.

Angewidert wandten sich die Aufseher ab und hielten sich die Hand vor den Mund, als müssten sie sich gleich übergeben. Immerhin hatte die Farce damit ein Ende, und sie wurden in ihre Zelle gebracht, wo sie zwei Tage lang ihre Wunden kurieren durften. Sie bekamen täglich jeder drei Maisfladen und drei Schüsseln dünne Gemüsesuppe zu essen. Um seinen Hunger und seine Schmerzen zu vergessen, fragte Lao Wei den anderen, warum er denn bloß Exkremente fresse. »Das nennt sich Wutkunst«, erklärte Song Nian.

»Vor zweitausend Jahren, als das südlich des Jangtse gelegene Königreich Wu das Reich Yue besiegt hatte, nahmen sie König Gou Jian von Yue gefangen und machten ihn zum Diener von König Fu Cha von Wu. Einmal wurde König Fu Cha schwer krank. Gou Jian untersuchte persönlich seine Exkremente, um die Krankheit zu diagnostizieren, und aufgrund dieser Diagnose konnte Fu Cha bald geheilt werden. Ist das vielleicht dein Vorbild? Für Gou Jian war das die Chance, zu entkommen und Rache zu nehmen. Und was ist es bei dir?«

»Ich habe zweimal Scheiße gefressen, die war so zäh und widerlich, dass ich sie kaum schlucken konnte. Mit Tränen in den Augen saß ich auf einer Brücke mit Blick auf das die imperiale Macht symbolisierende Tiananmen-Tor und dachte an die vielen unschuldig Gestorbenen, an die Generationen von erniedrigten und unterdrückten Künstlern, die leben mussten wie die Hunde. Erfüllt von Wut und Trauer, setzte ich meine Performance fort und schrieb dabei in wilder Kalligraphie mit Scheiße auf den Boden: Ihr habt die Macht gewählt, ich das Scheißefressen. Mein Freund Schwarzes Schaf hat alles mit dem Camcorder gefilmt.«

»Und dann?«

»Die Journalisten haben sich bei mir die Klinke in die Hand gegeben, aber ich wusste gar nicht, was ich ihnen erzählen sollte. Wenn sie nicht lockergelassen haben, habe ich eben gesagt: »Ich, Song Nian, habe seit meiner Ankunft in der Hauptstadt unter den traurigsten Bedingungen ein Kunstwerk nach dem anderen geschaffen, und kein Hahn hat danach gekräht. Kaum fresse ich einmal Scheiße, schon bin ich berühmt.«

»Friede sei mit dir!«

»Du bist doch gar kein Mönch, wieso redest du so 'n Zeug?«

»Ach, nur so eine Angewohnheit. Darf ich fragen, ob du Familie hast?«

»Einen Sohn und eine Tochter.«

»Deine Frau muss wirklich tapfer sein.«

Er nickte und schwieg. Abends kamen in Wellen die anderen Arbeitslagerinsassen zurück und streckten sich auf der langen Gemeinschaftspritsche aus. Lao Wei ging die Geschichte noch eine Weile im Kopf herum. Er machte den drängenden Leibern Platz und drehte sich auf die Seite. Zum Glück war schon Winter. Zum Glück würde er das hier bald überstanden haben.

Das Frühlingsfest war gerade vorüber, und das ganze nordchinesische Tiefland lag noch unter einer dichten Schneedecke. Doch schon zeigten sich die ersten winzigen grünen Flecken, und der Wind blies bereits weniger schneidend. Ihr Winter in Knechtschaft war endlich an ein Ende gekommen. Dutzende von Künstlern mit zottigen Haaren und struppigen Bärten wurden wie Kürbisse am Strauch an einem langen Seil zusammengebunden und in einem muffigen geschlossenen Eisenbahnwaggon zurück in Richtung Peking verfrachtet. An den ersten beiden Stationen, Baoding und Shijiazhuang, wurden einige von ihnen ausgeladen. Als sie am nächsten Halt, Zhengzhou, ankamen, war es bereits tiefe Nacht, und die die Fracht begleitenden Beamten schliefen laut schnarchend in der Ecke. Die verbliebenen Künstler brachen die Tür auf und stahlen sich einer nach dem anderen aus dem Waggon. Lao Wei zwängte sich ebenfalls hinaus. Kaum auf dem Bahnsteig, spurtete er etwa hundert Meter wie besessen bis zum Ende durch, bevor er innehielt. Er kletterte über die Absperrung und reckte sich unter dem Sternenhimmel der Freiheit entgegen. Als die kleine Paris ihn anstieß, nahm er sie spontan in den Arm. Er wollte sie küssen, aber sie wandte sich mit einem »Igitt!« ab. »Du hast dir ja drei Monate lang nicht die Zähne geputzt!«, rief sie angewidert. Lao Wei lächelte verlegen und griff sich etwas Schnee, auf dem er knirschend herumkaute, um den Mund sauber zu kriegen. Dann polierte er mit ein paar Eisklumpen noch die Vorderzähne und machte dabei ein Gesicht wie eine grinsende Ratte.

Da sie beide völlig blank waren, suchte Paris kurzentschlossen nach Freiern und wurde im Bahnhofswartesaal fündig. Sie verschwand mit einem Reisenden aus Xinjiang irgendwo im Gesträuch und kam erst nach einer guten halben Stunde zurück. Er gab ihr etwas in die Hand und ging seiner Wege. Eifersüchtig wollte Lao Wei wissen, was genau zwischen den beiden passiert war, aber Paris schwieg hartnäckig. Die Nacht war bald vorüber. Aus den Lautsprechern der Bahnhofshalle dröhnte bereits der Chor mit dem immer gleichen »Der Osten ist rot, die Sonne geht auf, China ist ein Mao Zedong geboren, das Glück des Volkes, der Retter des Volkes«. Sie kauften eine Lunchbox, die sie schnell verputzten, stellten sich in der langen Schlange um Fahrkarten für einen Sitzplatz an und bestiegen den nächsten Zug der Nordstrecke. Gegen Mittag waren sie Peking.

Kunst für tollwütige Hunde

Wieder ging es hinab in die U-Bahn, wo sie zu ihrer Überraschung auf den Müllpoeten Mao Dekuang stießen, der sich in der Passage singend ein bisschen Geld verdiente. Als sie ihn das letzte Mal gesehen hatten, war sein linkes Brillenglas zerbrochen. Das war es auch jetzt noch. Paris und Lao Wei stellten sich schweigend Hand in Hand vor ihn hin, aber er ignorierte sie völlig und fuhr unverdrossen fort, *Rückkehr nach Lhasa* zu grölen, bevor er sie endlich wahrnahm. Paris warf zwei Ein-Yuan-Münzen in die abgenutzte Armeekappe, die vor ihm auf dem Boden lag, während Lao Wei mit gespielter Überheblichkeit meinte: »Ich komme gleich um vor Rührung!«, seine Jacke auszog und sie Mao Dekuang reichte. Er verstand die Anspielung und rockte auf seiner Gitarre mit einem alten Hit von Cui Jian los, *Nichts außer meinem Namen*. Einige Passanten bemerkten im Vorübergehen: »Das haben wir doch schon in den Achtzigern bis zum Erbrechen gehört, wir haben schon Schwielen auf den Ohren davon!« »Der hier hat ja auch schon Schwielen auf den Lippen«, gab Lao Wei zurück. »Misshandelt Cui Jians geliebtes Findelkind, Mensch. Es ist ein Jammer.« Die Leute lachten. Es regnete Münzen in Mao Dekuangs Armeekappe.

Als die drei zusammen ins Künstlerdorf zurückkehrten, gingen schon die Straßenlampen an, und der Mond stand hoch am Himmel. Die weiße Katze saß wie zuvor auf dem Dachvorsprung, aber niemand wusste, wo ihre Herrin abgeblieben war.

»Was ist eigentlich mit Hu Niu?«, fragte Lao Wei. »Ihr zwei habt mir einen Riesenärger eingebrockt, das weißt du.«

Wie auf Befehl trat plötzlich Hu Niu wie ein Gespenst aus dem Schatten heraus, ganz in weißer Trauerkleidung. Die drei zuckten zusammen. Lao Wei fing sich als Erster. »Wer ist denn jetzt schon wieder gestorben?«

»Ich bin wieder gestorben«, sagte Hu Niu. Hinter ihm tauchten drei lange Gestalten auf, alle wie er in Trauerkleidung, darunter auch ein Typ, der sich »Meister von Datong« nannte, lang und dünn wie ein Bambusrohr im Wind, aber mit zwei im Bambuswald leuchtenden Augen. »Welchen Geist fickt ihr denn?«, brummte Mao Dekuang.

Meister von Datong packte ihn an der Schulter, atmete geräuschvoll aus und ein und flüsterte: »Wessen Seele kommt lebendig aus dem eigenen Leichnam heraus?«

Mao Dekuang blieb wie angewurzelt stehen. Meister von Datong atmete weiter tief ein und aus, so dass seine Brust und sein Bauch sich heftig hoben und senkten. Im nächsten Moment herrschte absolute Stille, alle hörten laut ihr Herz klopfen. Doch das Herz des Langen klopfte am stärksten, es ratterte wie die Räder eines Zuges auf den Schienen. »Wir ziehen seit drei Tagen durch das Dorf, ohne etwas zu essen«, sagte Hu Niu. »Obwohl wir fast zusammenbrechen, gehen wir weiter und weiter. Wir wollen unsere sterbliche Hülle unserer Seele opfern, aber diese verdammte Seele bleibt unverdrossen darin hängen und kommt einfach nicht heraus.«

»Und welcher Lehre folgt das jetzt wieder?«

»Vor zehn Jahren habe ich prophezeit, dass mein fünfundvierzigster Geburtstag mein Todestag sein wird«, sagte Meister von Datong, ohne auf die Frage einzugehen. Dann ließ er Mao Dekuang los und schritt langsam weiter durch die dunkle Nacht. Zunächst nach links, wo ihn ein heftiger Wind packte und wie einen Kreisel herumwirbelte, den eine unsichtbare göttliche Peitsche schlug. Seine drei langen Gefährten fingen ihn gerade noch auf, bevor er stürzte. Als sie ihn wieder stabilisiert hatten, ging die Gruppe nach rechts weiter. Hu Niu schickte sich an, ihnen zu folgen wie in Trance, doch Lao Wei hielt ihn kurzerhand fest. Meister von Datong begann zu singen, und die anderen fielen mit gefalteten Händen in seinen Singsang ein.

Seht! Wie armselig ist die Menschheit
Gibt ihr Fleisch den Menschenfressern
Den Penis gibt sie der Vagina
Den Magen den Delikatessen
Den Mund dem falschen Versprechen
Die Weisheit dem Komplott
Das Gewissen dem Verrat
Die Hände dem Massaker
Die Kunst den tollwütigen Hunden
Seht! Seht!
Ich kann niemanden töten
Wie kann ich dann mich selbst töten?

Der Klang seiner Stimme lag noch lange in der Luft. Alle mussten vor Rührung schluchzen. Hu Niu brach schließlich sogar in heftiges Weinen aus. Als Lao Wei ihn fragte, was los sei, weinte er nur noch mehr und schlug sich auf die Brust.

Dieser Meister von Datong hatte ursprünglich einmal als braver Angestellter in einer Bank in Datong in seiner Heimatprovinz Shanxi gearbeitet, bevor er sich in die Kunst verliebte. Aus Mangel an einem Lehrmeister ging er spontan in das Kohlenlager vor Ort, löste Kohle in Wasser auf und begann, ein riesiges abstraktes Gemälde zu malen, bestimmt eine halbe Tonne schwer, mit dem er alle so verblüffte, dass ihm schnell die erste Ausstellung sicher war. Am Vorabend des Tiananmen-Massakers kam er nach Peking, in Trauerkleidung, und streifte durch die Straßen unweit des Platzes, bis dann unerwartet aus dem Platz ein Schlachtfeld wurde und der Himmel sich mit toten Seelen füllte. In diesem Moment entschloss sich Meister von Datong zum Sterben. Er wechselte seine Kleidung nicht mehr, wusch sich nicht mehr, machte sein Zimmer nicht mehr sauber. Seine Bleibe verwandelte sich im Lauf der Jahre in eine stinkende Müllhalde. Seine Philosophie folgte Heideggers Bestimmung des Daseins als »Sein zum Tode«. Er verbrachte seine Zeit damit, zu beobachten, wie sich in diesem abgeschlossenen Raum die Ratten, Kakerlaken, Ameisen und Spinnen vermehrten und krepierten. Nachdem er mit der Zeit sämtliche Zähne verloren hatte, richtete er eine Kamera auf die Höhle seines zahnlosen Mundes und röhrte in einem fort: »Ich habe den Tod gesehen! Ich habe den Tod gesehen!«

Wogen des Mitleids aus den Reihen der Aktionskünstler ergossen sich über ihn, immer neue Versuche, ihn zu retten, aber er war schon zu sehr geschwächt, um sie anzunehmen. Die zahllosen Briefe seiner Kollegen, papierne Kunstwerke, hatte er sämtlich unbeantwortet gelassen.

Also kam er ein letztes Mal nach Peking und zog nun hier in Fuyuanmen umher, ging an einer verschlossenen Tür nach der anderen vorbei, hinter denen all die nach Peking gedrifteten

Künstler hockten, ärmer als Bauern, abgestumpfter als Nutten, mittellos und mit knurrendem Magen, tagelang im Bett herumhängend, bis einmal jemand an ihre Tür klopft, die Polizei bei einer der üblichen Razzien vielleicht oder ein mitleidiger Kunstliebhaber, der einen Sack Reis zwischen ihre vier Wände wirft.

Nach vier Tagen streifte Meister von Datong immer noch abends durch Fuyuanmen. Am fünften Tag verdrückten sich seine beiden Mitstreiter, aber er zog weiter, hungrig und müde. Er konnte nur noch gehen, indem er sich an der Wand abstützte, aber er hielt tapfer durch, halb im Delirium. Schließlich brach er zusammen und erschreckte einen streunenden Hund, der wie verrückt zu bellen anfing. Die Leute liefen herbei und schleppten ihn, wild durcheinanderrufend, in die kleine Imbissstube des Künstlerviertels, schoben die Tische zur Seite und betteten ihn in eine Ecke. Lao Wei bestellte eine Schüssel ganz weich gekochter Nudeln. Mit einem Stäbchen sperrte Hu Niu dem Kollegen den Mund ein wenig auf, während Paris, die wegen des üblen Anblicks und des Gestanks aus der Mundhöhle den Kopf gesenkt halten musste, ihn vorsichtig fütterte. Meister von Datong liefen Tränen über das Gesicht. Nach drei Schüsseln Nudeln, die sie sehr langsam in seinen Magen befördert hatten, kam wieder etwas Leben in ihn. Sie halfen ihm hoch und setzten ihn auf einen Stuhl. Lao Wei fragte eilfertig: »Möchtest du noch eine Schüssel?«

»Zieht Leine!«, sagte Meister von Datong. »Warum musstet ihr um jeden Preis mein Kunstwerk zerstören?«

Am Morgen des siebten Tages, als sich die Morgensonne wie ein Baby den Armen seiner liebenden Mutter Erde entgegenstreckte, hatte sich Meister von Datong in der Eingangstür der Imbissstube erhängt. Auf den Schriftbändern rechts und links der Tür las man »Das Geschäft blüht an allen vier Meeren« und »Die unendlichen Möglichkeiten des Reichtums erreichen alle drei Flüsse«. Da Meister von Datong mit seinen 1,90 Metern fast so hoch war wie der Türrahmen, sah es auf den ersten Blick so aus, als stünde er zwischen den beiden Spruchbändern und warte auf sein Frühstück. Früher hatte er einmal beim Militär gedient und trug daher jahraus, jahrein grüne Armeekleidung unter dem weißen Trauerflor. In seinen Taschen fand sich nichts als ein Fetzen Papier.

Es handelte sich um sein rasch hingekritzeltes »Testament«: »An alle, die mit mir zu tun hatten: Der Weg, den ich gegangen bin, war vom Schicksal vorbestimmt. 1992 habe ich gesagt, dass ich mit 45 Jahren sterben werde, und ich habe mein Versprechen gehalten – bitte wechselt mir weder die Kleider noch legt mich in einen Sarg. Fahrt mich einfach mit der Schubkarre am Krematorium vorbei, den Weg zur Kiesgrube hinunter, bis ihr an das große Loch der Grube kommt.«

Es war schon gegen Mittag, als der Imbissbudeninhaber sich anschickte, von innen den Laden zu öffnen. Als er die Tür aufstieß, kollidierte er mit Meister von Datongs Rücken. Die Sonne blendete. Die Leiche wirbelte herum, als wollte sie ihn umarmen. Das war zu viel. Er stieß einen lauten Schrei aus, schlug die Tür zu und rief Hilfe herbei. Die Imbissstube gab er kurzerhand auf. Seine Nachfolge trat bald darauf der weltberühmte Scheißefresser Song Nian an. Er putzte mit seiner Frau den Laden, nahm den Gott des Reichtums weg, der auf dem Altar in der Wandnische thronte, und ersetzte ihn durch ein Bild Meister von Datongs. Wie die Räuber vom Liangshan-Moor tauchte bald die ganze Bande um Hu Niu auf, alle machten dreimal Kotau vor dem Altar, nahmen Platz und aßen und tranken.

Um den vielversprechenden Neuanfang zu feiern, gab es alles zum halben Preis. Das verführte Lao Wei dazu, sein bisschen Kleingeld aus Hu Nius Wohnung zu holen und einen auszugeben. Angesport von der versammelten betrunkenen Nachbarschaft, kippte Mao Dekuang eine Flasche Hirseschnaps, sprang auf den Tisch und deklamierte sein neuestes Werk:

Buddha, ach Buddha, nimm diesen Nichtsnutz mit dir!
Gestern sah ich im Traum die Mutter auf Knien weinen
Und mich mit dem Küchenmesser verfolgen. Als ich schlief,
Fesselte sie mich und lieferte mich in die Psychiatrie ein
Eine Matratze aus feuchtem Lehm
Eine Gitarre mit fehlenden Saiten
Und ich Geisterseher fand im Traum 1000 Yuan auf der
Straße.

Alle applaudierten kräftig. Mao Dekuang kam jetzt so richtig in Fahrt, trank und rezitierte weiter, bis er schließlich vom Tisch kopfüber in die Menge sprang, geradewegs auf Lao Wei und Paris, die gerade herumknutschten. Alle drei stürzten zu Boden. Lao Wei packte fluchend den Idioten und schlug ihn zweimal mit dem Kopf gegen die Wand. Paris, die völlig außer sich war, wollte ihm mit einer zerbrochenen Schnapsflasche eins überziehen, Lao Wei blockte sie ab, und schon riss ihm die Flasche eine Wunde in die Schulter. Beim Anblick des Blutes wurde Paris sofort starr vor Schreck. Schnell riss ihr Hu Niu die unglückselige Flasche aus der Hand und sah sich nach einem Rest Schnaps um, um Lao Weis Wunde damit zu desinfizieren. Die anderen ließen sich in ihrem Suff nicht aufhalten, stürzten sich auf den armen Mao Dekuang und prügelten auf ihn ein, bis der frischgebackene Wirt Song Nian laut »Om mani padme hum!« brüllte. Hu Niu zog den Dichter rasch in Richtung Theke.

Song Nian beschwor die Menge weiter mit buddhistischen Formeln wie ein Rattenfänger. Die Imbissbude glich der Vorhalle eines Tempels. Die betrunkenen Künstler legten die Hände zusammen und baten im Chor Avalokiteshvara um Gnade für die Armen und Schwachen, bis das Dach wackelte. Paris, die sich um Lao Wei gekümmert hatte, fühlte sich bemüßigt, nach Mao Dekuang zu sehen, der mit hängendem Kopf in der Ecke saß und kaum aus den geschwollenen Augen blicken konnte. Hu Niu meinte: »Der ist fertig.«

»Dann schicken wir ihn am besten zu einer Nutte«, lachte Paris.

»Die einzige Nutte, die es hier gab, ist nicht mehr da.«

»Dann soll er eben Pornos gucken«, meinte Lao Wei.

Song Nian, der den Dialog mitbekommen hatte, ging kurz hinter die Theke, ohne seine Mantras zu unterbrechen, und kam mit einer Schaufensterpuppe zurück. Kurzerhand schnitt er ihr ein Loch zwischen die Beine und reichte sie Mao Dekuang. Der ganze Raum grölte. Dann brachten zwei mitleidige Künstler den armen Kerl mitsamt der Plastikpuppe in sein Nest.

»Der ist wirklich am Ende. Vergangenes Jahr waren wir in einer Bar in Lijiang. Er trank und sang und vergaß sich so, dass er einfach das hübsche Mädchen neben ihm packte und in den Arm nahm. Zwei gebrochene Rippen kamen dabei heraus. Und kurz darauf in einer Bar in Lhasa wieder derselbe Ärger und dieselben Rippen gleich noch mal gebrochen«, erzählte Hu Niu.

»Aber jedes Mal wenn er eins draufbekommt, inspiriert ihn das zu neuen Gedichten«, meinte Song Nian. »Und es sind wirklich nicht die schlechtesten.«

»Haizis Gedichte sind auch nicht übel«, sagte Lao Wei. »Trotzdem hat ihn ein Mädchen nach dem anderen sitzengelassen. Einmal hat er zu einem Barmann gesagt: ›Gib mir was zu trinken, ich trage dir dafür ein Gedicht vor‹. Und der hat geantwortet: ›Ich geb dir was zu trinken, damit du mir bitte kein Gedicht vorträgst.‹ Angeblich hat Mao Dekuang das mitbekommen und es mit demselben Trick versucht: Schnaps gegen Gedicht. Bei ihm hat der Barmann gleich die Polizei gerufen.«

»Frauen stehen heutzutage nicht mehr auf Poesie«, mischte sich Paris ein.

»Deshalb hab ich auch damit aufgehört«, grinste Lao Wei.

»Unser Freund Meister von Datong war auch am Ende. Wie

kann man auch weiterleben, wenn man kein Mensch mehr ist?«, sagte Song Nian.

»Genau deshalb wollte er sterben«, sagte Hu Niu. »Und wir, die wir noch da sind, leben weiter, ohne Mensch zu sein.«

Waisenkind der Kaiserstadt

Als der Frühling begann, zogen Lao Wei und Paris zusammen. »Da wir uns ganz gut verstehen«, meinte Lao Wei, »können wir auch für eine Weile zusammen schlafen. Und dann werden wir sehen, ob wir uns überhaupt noch trennen wollen.«

»Ich bin seit einem halben Jahr mit der Miete im Rückstand, und Wasser und Strom sind auch fällig«, sagte Paris. »Das kannst du für mich bezahlen. Das wäre dann dein Beitrag zu meinen Lebenshaltungskosten.«

Da sie sich gerade eben geliebt hatten und sie noch nackt und erschöpft zusammengekauert neben ihm auf dem Bett lag, konnte er nur zähneknirschend zustimmen. Sie machte ihn so verrückt, dass er schon wieder steif wurde, also vögelte er sie gleich noch einmal. »Du hast vielleicht eine Energie«, rief Paris. »Deine Gefängnismauern hast du nicht durchgekriegt, aber mich bringst du fast zum Zerspringen.«

Lao Wei sparte sich einen Kommentar, stand auf, ging zum Klo und wusch sich das Gesicht. Paris räkelte sich träge zwischen den Laken. Was sie essen wolle, fragte er Paris. Irgendwas, antwortete sie. Lao Wei warf Instantnudeln ins Wasser, machte ein bisschen Hackfleisch und Gemüse dazu und servierte, elegant wie ein versierter Kellner, mit einem breiten Lächeln auf dem Gesicht zwei Schüsseln direkt ans Bett. Sie setzte sich auf, kämmte sich mit den Fingern das kurze Haar und schlürfte genüsslich die Nudelsuppe mit der Schüssel in beiden Händen. Als

Lao Wei den Kopf wieder von seiner eigenen Schüssel hob, hatte die Dame ihre schon wieder auf dem Boden abgestellt und sich unter die Bettdecke verkrochen.

Das war ihm zu öde. Es wurde Zeit, einmal die Nase aus dem Zimmer zu strecken. Inzwischen dämmerte es schon wieder über Peking, dieser Stadt, die von allen Seiten in Verkehrsstaus erstickte. »Und diese Person schläft und schläft«, seufzte Lao Wei. Im Künstlerdorf erzählte man sich, dass Paris' Exexfreund der Boss eines Mafiarings gewesen sei, der in ganz Guizhou operierte. Mit fünfzehn war er von zu Hause abgehauen und hatte sich einer Gruppe von Kriminellen angeschlossen, die entlang der Bahnstrecke ihr Unwesen trieben. Eines Tages zückte er ein Messer und rammte es dem Boss der Bande, mit dem er gerade beim Spielen und Zechen war, von hinten in den Nacken. Der Kerl taumelte noch eine halbe Minute, bis es um ihn geschehen war. Dieser brutale Mord aus einer Laune heraus schockte die ganze Gegend, aber da der Mörder noch minderjährig war, entging er der Todesstrafe. Als er nach gut zwanzig Jahren aus dem Gefängnis entlassen wurde, standen die Zeichen für seinesgleichen noch besser, und er nahm gleich die alte Beschäftigung wieder auf. Als er eines frühen Morgens aus einem Nachtklub taumelte, lief ihm die siebzehnjährige Paris in die Arme. Und schon hatte er eine Freundin.

Da Hongkonger Triadenfilme zu dieser Zeit gerade aktuell waren und die mit Schwertern und Waffen herumturnenden jungen Männer darin sich wenig von den Gangstern ringsum unterschieden, war die modebewusste Paris ganz stolz auf ihren neuen Freund. Bis er sie eines Abends in ein verräuchertes Kellerzimmer schleppte, in dem gerade ein Dutzend Frauen und Männer Gruppensex hatten. Als sie sich erschrocken davonmachen wollte, hielt er sie zurück. Dann fiel zuerst ihr Freund und nach ihm noch eine Reihe Fremder über sie her und zuletzt betäubte man sie mit Opium.

Mehrmals versuchte sie, zu entkommen, aber jedes Mal wurde sie zurückgeholt. Eines Tages identifizierte sie durch einen Zufall einen Teamleiter der Sittenpolizei inmitten des illegalen Treibens. Sie bot all ihre Verführungskünste auf, um ihn als Kunden zu gewinnen, und dann machte sie ihn im Bett so rasend, dass er sie am liebsten vom Fleck weg geheiratet hätte. Da die weißen Gangster immer noch die schwarzen fressen, musste sich der Exexfreund fügen und Paris dem Polizisten überlassen.

Das Paar verbrachte ein paar Jahre zusammen, bevor der Teamleiter zum Stellvertretenden Abteilungsleiter avancierte und die Tochter des Bürgermeisters vögeln durfte. Da die seiner Karriere wesentlich förderlicher war als Paris, musste er ihr wohl oder übel den Laufpass geben – nicht ohne ihr zuvor eine gute Stelle als Lektorin bei einer Wochenzeitschrift für Rechtsfragen zu beschaffen, da er ihre Schwäche fürs Schreiben und für urbane Literatur kannte. Besonders gefiel ihr der japanische Bestsellerautor Haruki Murakami. Leider wurde ihr Talent ihren Ambitionen nicht gerecht, und sie flog schon bald wieder bei der Zeitschrift hinaus. Und war wieder arbeitsloser Single.

»Anfangs hatte ich noch richtig viel Geld und ließ es mir in den Bars von Sanlitun gutgehen. Schließlich habe ich ein bisschen mehr drauf als nur oberflächlichen Charme. Ein kleiner Wink genügte in der Regel, um jemandes Aufmerksamkeit zu erregen. Eine Menge verblasster Sterne hingen da rum, wie der alte Rocker Cui Jian, dessen Hit *Der letzte Schuss*, die Hymne der Studentenbewegung von 1989, schon lange verboten war. Das wusste ich. Also bin ich zu ihm hin und habe ihn angequatscht. Was glaubst du, wie der gestrahlt hat! Gerade lief in voller Lautstärke He Yongs alter Song *Müllhalde*, ›Unser heutiges Leben ist eine riesige Müllhalde, wir fressen Körner und scheißen Gedanken‹. So cool! Am liebsten hätte ich so einen geheiratet, aber ich war ja noch keine zwanzig Tage geschieden. Das war alles so deprimierend, ich brauchte ein bisschen Abwechslung. Also bin ich mit ein paar Freundinnen ins Heaven and Earth gegangen, um uns ein paar Männer zu mieten. Ich finde, wenn Männer sich Prostituierte nehmen können, dann können wir das auch, oder? Für einen Blick auf die schärfsten Entchen Chinas wollten wir 10 000 Yuan für eine Nacht spendieren. Doch dann zogen diese weiberhaften Kerle sich aus und drehten sich um … ach du Schande! Wir hätten fast gekotzt. Das Sexgeschäft in unserem Land scheint irgendwie abartig. Wir schüttelten angewidert den Kopf und schrien: Eins, zwei, drei! Und die Entchen rannten davon und riefen: ›Alarm! Haltet sie fest, sie wollen nicht zahlen!‹«

Lao Wei hörte sich diese Geschichten mit wenig Begeisterung an. »Dein wievielter Freund bin ich eigentlich?«

»Ich hab nicht gezählt. Ich weiß nur, dass du von allen der älteste bist.«

»Und du bist die ärmste von all meinen Freundinnen bisher«, maulte Lao Wei.

»Ich bin nicht arm, und so richtig gefallen tust du mir auch nicht. Immerhin bist du unter allen, die ich kannte, der idealistischste.«

Lao Wei musste an die Verfilmung von *Oliver Twist* denken. »Und du bist gewiss das Zerrbild von einem Oliver Twist.«

»Den Film kenne ich auch. Dieses Künstlerdorf ist voll von *Oliver Twist*-Geschichten. Ab und zu wird einer von der Polizei eingesackt, ab und zu wird wieder einer freigelassen, ganz so wie die Bittsteller aus den Provinzen, die mit ihren Petitionen beim Staatsrat in der Hauptstadt aufkreuzen.«

»Künstler sind für dich dasselbe wie Bittsteller?«

»Ja, und? Ich bin doch auch Schriftstellerin, schreibe Romane unter meinem Pseudonym Paris Frühlingsbaum. Gerade schreibe ich an einer ganz ähnlichen Geschichte wie *Oliver Twist*, alles grau in grau wie Rattenfell, sogar die Liebe spielt sich nur im Abwasserkanal ab. Wobei die Londoner Abwasserkanäle lang und breit sind, eher wie unterirdische Flüsse, da können die in Peking nicht mithalten. Ständig verstopft, und dann steigt das Dreckwasser hoch und verbreitet einen widerlichen Gestank.«

»Hast du einen Verlag dafür?«

»Einige Kapitel zirkulieren in Künstlerkreisen, so wie die Untergrundlyrik auch, die Sachen von Mao Dekuang oder Ma Zei oder die von Huang Xiang, dem Vorkämpfer der Guizhouer Widerstandsbewegung. Oder *Massaker* von Liao Yiwu, kennst du das? Die Zeitschrift ›Störenfried‹, die im Künstlerdorf als Kopie zirkuliert, hat alles abgedruckt. Kostet nur ein paar Yuan pro Kopie, aber wer weiß, in zehn Jahren ist sie Kult und jedes Exemplar wird für Zehntausende Yuan gehandelt. Da erscheinen auch meine Sachen.«

Als es schon dunkelte, stand Paris endlich auf. »Was willst du denn jetzt noch aufstehen? Jetzt kannst du auch gleich liegen bleiben«, sagte Lao Wei. Sie antwortete nicht und konzentrierte sich darauf, ihre Augenbrauen zu zupfen und ihre Wimpern zu bürsten. Nebenan war ein weiterer Nachtschwärmer noch nicht lange zu Leben erwacht. Hu Niu stand auf einer kleinen Leiter, in der einen Hand eine Laterne, in der anderen eine Fliegenklatsche, und drosch peng-peng auf die fliegenden Ameisen an der Wand ein. Seit dem späten Nachmittag schon war er ununterbrochen damit beschäftigt gewesen. Am Boden häuften sich tote Insekten. Paris hatte sich die Lippen rot geschminkt, trug noch etwas Gloss auf und ging hinaus auf den Flur. »He, du alter Krachmacher! Wie wär's mit ein bisschen Leben?«

»Die verdammten giftigen Viecher breiten sich überall aus! Hast du das nicht bemerkt?«

»Wie sollte sie? Die schläft doch den ganzen Tag«, antwortete Lao Wei an ihrer Stelle.

»Wenn mich einer durchfüttern würde, bliebe ich auch den ganzen Tag im Bett.« Paris stieß ein Geheul aus und rammte die

Leiter. Man hörte, wie die Leiter umfiel und Hu Niu fluchte. »Verdammte Hexe!«

Lao Wei kam schnell angerannt, aber Hu Niu hatte sich schon wieder aufgerappelt. Sie mussten alle drei lachen. Das Kriegsbeil war schon wieder begraben, und sie brachen auf, um die Nacht zum Tag zu machen. Passenderweise rief unterwegs der Dichter Houzi Lao Wei an, um sich mit ihnen in einem Sichuan-Restaurant namens Shi Zhongtang in der Nähe des Parks mit der historischen Mongolenmauer zu verabreden.

Zhong Zhong, der Inhaber des Restaurants, gehörte ursprünglich zur schriftstellerischen Avantgarde, doch er stürzte sich, von der schwierigen politischen Situation nach dem Tiananmen-Massaker demoralisiert, ins Geschäft und war überraschend erfolgreich. Sein Restaurant war ein Sammelbecken für Legales, Halblegales und Illegales. Wann immer etwas Großes in den Zirkeln der gesellschaftlich Geächteten geschah, saß man im Shi Zhongtang direkt an der Quelle. Und wenn zum Beispiel der ewige Querulant und spätere Friedensnobelpreisträger Liu Xiaobo wieder einmal aus der Haft entlassen wurde, gab er im Shi Zhongtang ein großes Wiedersehensbankett. Abgesehen von eingeschworenen Aktivisten der Demokratiebewegung, Untergrundschriftstellern, Angehörigen von Opfern, Bittstellern bei der Petitionsbehörde, gehörten auch organisierte Buddhisten, Dramatiker, Wahrsager und Schauspieler zu den Gästen. Angeblich entstand die Urfassung der *Charta 08* in einem der Séparées dieses Restaurants. Liu Xiaobos Vorliebe für Zhong Zhongs hausgemachten Hühnerfleisch-Feuertopf nach Sichuan-Art war bekannt, also scharte sich die ganze Räuberbande um die dampfende, scharfe Brühe und kochte dort den ersten Entwurf für eine demokratische Verfassung in der mehrtausendjährigen Geschichte Chinas aus. Auch wenn die in Zivil operierende Staatssicherheit in diesem Fall gepatzt hatte – Liu Xiaobo kam kurz danach dennoch erneut in Haft. Der Entstehungsort der

Charta 08 avancierte zu einer historischen Sehenswürdigkeit. Als sie sein Restaurant durchsuchten, fürchtete Zhong Zhong, sie würden alles auf den Kopf stellen, und blieb dicht an seinen unangenehmen Besuchern. »Gebt den Herren Beamten einen guten Roten Paotai«, wies er die Bedienung an. Dieser Rote Paotai war ein nach geheimem Hausrezept gebrauter Likör. »In Ordnung«, nickte der Einsatzleiter und bat Zhong Zhong, sich mit ihm an einen Tisch zu setzen. Sie zündeten sich jeder eine Zigarette an, tranken Tee, und dann fragte er: »Woher kennen Sie Liu Xiaobo?« Zhong Zhong hatte nicht nur ein lahmendes Bein, sondern auch eine lahmende Zunge. Er schluckte. »Ich, äh, wir, wir sind beide Stott-, äh, Stotterer, seit den Achtzigern, äh, da fing ich, fingen wir, an zu stott-, äh stottern. Wenn der eine, äh, stottert und der, äh, andere, auch, dann stott-, dann stottert man zu z- zweit. Und Lit-, äh, Literaten, sind wir auch, beide.«

»Haben Sie Probleme mit dem Sprechen?«

»Ich, äh, ich spreche doch.«

»Wurde die *Charta 08* hier in diesen Räumen entworfen?«

»Es, äh, heißt, dass auch Hu Jin- äh, Jintaos Programm der, äh, *Acht Ehren und acht Schanden* hier, äh, in diesem Raum entworfen worden s-, äh, sein soll. Deshalb ge- gehört es zu den ungeschr-, äh, ungeschriebenen Gesetzen dieses Lo- Lokals, dass jeder G- G- Gast, die *Acht Ehren und acht Schanden* rez- rezitiert, bevor er s- seinen Roten Pao-Tai trinkt und H- Hühnerfeuertopf isst.«

»Dummes Geschwafel!«

»Verzeihung. Ich schwafele.«

»Aber auf einmal, ohne zu stottern.«

»Ich st- stottere nicht, S- Sie arroganter Bas- Bastard.«

Als Lao Wei und Co. im Shi Zhongtang eintrafen, saß dort der bereits ziemlich betrunkene Dichter Houzi und zechte mit dem Filmregisseur Lao Ying, der gerade aus Japan zurückgekehrt war.

»Wir haben gerade einen avantgardistischen Film in der Mache«, sagte Houzi, »in dem es um Schuldeneintreibung geht.«

Zhong Zhong gesellte sich zu ihnen, tätschelte Lao Weis Glatze und fragte ihn, seit wann er in Peking sei. Erst wollte Lao Wei ihm verraten, dass er bereits seit drei Monaten hier war, überlegte es sich dann jedoch anders. Der Wirt rief nach zusätzlichen Schüsseln und Gläsern, und im Handumdrehen waren zwei weitere Krüge Roten Paotais geleert. »Houzi meint, du wärst ein guter Darsteller für den Bösewicht in unserem Film«, sagte Lao Ying. »Wenn ich dich mir so ansehe, kann ich nur zustimmen.«

Lao Wei sah entgeistert drein, aber Lao Ying fuhr unbeirrt fort: »Der Plot ist folgender. Ein berühmter Dichter der Achtziger, also unser Houzi hier, wird in den Neunzigern zum Geschäftsmann, aber leider geht er nicht nur pleite, sondern ist auch noch über beide Ohren verschuldet. Dann kommt ein frisch aus der Haft entlassener Killer, nämlich du, den die Mafia angeheuert hat, und soll bei ihm Schulden eintreiben. Die beiden sind alte Freunde, im selben Viertel aufgewachsen, aber der Killer will davon nichts mehr wissen, legt dem anderen eiskalt Handschellen an und droht, ihn nicht mehr freizulassen, bevor er nicht seine Schulden zurückgezahlt hat.«

»Weißt du, ich habe ein schwaches Gedächtnis. Ich könnte mir nie im Leben meinen Text merken.«

»He, es gibt keinen Text. Ihr zwei improvisiert einfach. Kamera ab!, und ihr sagt, was euch in den Sinn kommt.«

»Wie geht es denn aus?«

»Das weiß ich noch nicht.«

»Mein Part scheint mir ein bisschen vertrackt.«

»Keine Sorge. Wir haben sowieso nicht vor, den Film in China herauszubringen. Wir machen einfach einen verdammt guten Film, nehmen am Wettbewerb eines internationalen Filmfestivals teil und werden berühmt.«

»Wow! Dann sind wir auch dabei«, riefen Hu Niu und Paris unisono.

»Ihr könnt eine Rolle als Statisten kriegen. In einer Szene gibt es eine Yangge-Tanzvorführung. Dreißig Yuan die Stunde.«

»Ich bin immerhin Lao Weis Freundin, und schlecht aussehen tue ich auch nicht. Da sollte doch irgendeine romantische Nebenrolle für mich drin sein«, pries Paris sich an.

»Klaro, du bist etwas Besonderes. Weiße Haut, geschwungene Augenbrauen, wie ein Straßenmädchen aus Schanghai in den dreißiger Jahren«, spottete Hu Niu.

»Ich gebe dir die weibliche Hauptrolle«, entschied kurzerhand Lao Ying. »Die Frau, die zwischen den beiden verfeindeten Männern steht.«

»Dann will ich aber auch eine Rolle«, meinte Zhong Zhong. »Ihr könnt hier gratis im Restaurant drehen.«

»Alles klar.« Lao Ying leerte sein Schnapsglas in einem Zug.

Das also war der Auftakt zur Schauspielkarriere unserer Nachtschwärmer. Mit Handschellen aneinandergefesselt, drifteten die beiden männlichen Hauptdarsteller wie Flattergeister durch das nächtliche Peking, die Kamera immer dicht an ihre Fersen geheftet. Hungrig und müde landeten sie im Shi Zhongtang, wo sie im historischen *Charta 08*-Séparée jeder mit der einen freien Hand aßen und tranken und zwischendurch mit der weiblichen Hauptdarstellerin Paris flirteten. Im frei improvisierten Drehbuch kamen sie irgendwann auf ihre Affären in den Achtzigern zu sprechen. Paris war tödlich beleidigt und haute Lao Wei eine runter. »Scheißweiber«, fluchte Houzi und bekam von ihr einen Tritt in die Eier. Instinktiv schnellte seine Hand zwischen seine Beine, wobei er so ruckartig an den Handschellen zog, dass er vor Schmerz laut aufschrie. »Schnitt!«, rief Lao Ying und klatschte begeistert in die Hände. »Du kannst mich mal ›Schnitt‹«, meinte Lao Wei. »Ich spiele bei diesem Scheiß nicht mehr mit.« Leider hatte Lao Ying den Schlüssel für die Handschellen eingesteckt.

Als der Morgen graute, schliefen sie vor laufender Kamera ein. Auf einmal stand Liu Xiaobo in der Tür. Was machst du denn hier? Bist du nicht im Gefängnis?, fragte Lao Wei, und Liu Xiaobo antwortete: Zu deprimierend da. Ich habe mir einen Tunnel gegraben, um ein bisschen auf andere Gedanken zu kommen. Soll ich dir vielleicht etwas auf der Flöte vorspielen?, fragte Lao Wei. Er nahm einen Stock und blies darauf herum, aber es wollte kein Ton herauskommen. Das ließ er sich nicht bieten und blies hartnäckig weiter, bis schließlich ein Ton herauskam, allerdings nicht aus dem Stock, sondern aus seinem ganzen Körper, der zur Flöte geworden war und von einem unsichtbaren Mund geblasen wurde. »Das Blut der Schusswunden ist schon getrocknet. Mein Kind, bist du im Jenseits einsam?« Diese Liedzeilen hatte er vor vielen Jahren für die Angehörigen der Opfer vom Tiananmenplatz geschrieben. Damals wie jetzt wusste er nicht, ob er wachte oder träumte, als er hinter sich die Gestalt einer Frau namens Ding Zilin gespürt hatte, die in ihren Armen ein blutüberströmtes Kind wiegte. Ein bisschen wie Mozart, als er sein *Requiem* schrieb, mit dem Gefühl eines ruhelosen Geistes im Rücken, nicht wagend, sich umzudrehen.

Liu Xiaobo applaudierte, doch im Traum konnte Lao Wei ihn nur sehen, aber nicht hören. Dann tauchte er einen Finger in die Brühe des Feuertopfs und schrieb damit zwei Verse an die Wand: *Dies ist nicht der richtige Ort zum Flötespielen, darum mach deinen Körper zur Flöte.*

Einen Monat lang machten Lao Wei und Paris auf Filmstars und verdienten immerhin 10 000 Yuan mit ihrer Schauspielkunst. Der Geschichte fehlte noch das Ende, doch der alkoholisierte Lao Wei ging so sehr in seiner Rolle auf, dass er, als er sich mit seinem Widersacher irgendwo draußen im Kampf auf dem Boden wälzte, diesem unbeabsichtigt so sehr die Kehle zudrückte, dass sein alter Freund beinahe dabei draufging. Als er ein wenig nüchterner wurde, ohrfeigte er sich vor Scham selbst, bat den Freund um Verzeihung, bat auch seine Eltern um Verzeihung, klagte die ganze heruntergekommene Moral der Zeit und des Lebens überhaupt an und wollte sich gar nicht mehr beruhigen. Der sanftmütige Houzi schaute sich fragend um und hustete heftig, bis ihm langsam wieder einfiel, dass sie in einem Film waren. Wie war es so weit gekommen? Und er kam immer noch nicht von Lao Wei los. Unüberlegt griff er nach einer Flasche und schlug sie dem anderen auf den Kopf. Lao Ying, der eben vor sich hin gedöst hatte, wachte auf und war sofort bei der Sache. Er wies den Kameramann an, ganz dicht draufzuhalten, während Lao Wei das Gefühl hatte, dass eine wahre Blutfontäne aus seinem Kopf schoss. Der Kameramann filmte jedes Detail seines blutüberströmten Kopfes im Close-up, auch die Fahrt zum Krankenhaus, die blutstillende Behandlung, das Abbinden der Wunde und die Ohnmacht.

Der Dreh war zu Ende, und die Schauspieler wurden endlich entlassen. Seine Wunde verheilte zwar mit der Zeit, doch Lao Wei hatte sich so an seinen Kopfverband gewöhnt, dass er ihn gar nicht mehr abnehmen wollte, bis Paris darauf bestand. An einem Nachmittag im Frühsommer wickelte er ihn dann vorsichtig ab, und seine Glatze kam wieder zum Vorschein, aber es wurde ihm ganz mulmig dabei. Er kniff die Augen zusammen. »Es geht nicht, ich muss ihn wieder anlegen.«

»Du musst dich einfach wieder an die Sonne gewöhnen.«

»Das musst ausgerechnet du sagen.«

»Ich kann doch nicht auf ewig mein Bett mit einem verwundeten Soldaten teilen.«

»Ich kann auch nicht auf ewig mein Bett mit einer faulen Madame teilen, die nur nachts lebt.«

»Dann zieh Leine.«

»Mach ich.«

Lao Wei hatte genug von den täglichen Streitereien. Liebe stellte er sich anders vor. Ohnehin wurde er langsam alt, wozu brauchte er noch die Liebe? Er hatte einfach zu lange keine nette Frau getroffen und war nur aus Angst vor der Einsamkeit mit Paris zusammengezogen. Er stand auf, ließ die Arme kreisen, schnappte sich seine Flöte, rannte auf die Straße, winkte ein illegales Taxi herbei und fuhr zum Shi Zhongtang, futterte, was er konnte, fuhr weiter nach Sanlitun ins Ausgehviertel, wo er sich hinstellte und Flöte spielte. Er machte es wie viele andere Straßenmusiker, schnallte sich einen Lautsprecher an der Hüfte fest, der mit einem Kabel, das über seinen Rücken lief, mit dem Mikrophon unter seinem Kinn verbunden war, um seine Flötenklänge zu verstärken, so dass er auch auf mehrere hundert Meter durch die wogende Menge hindurch gehört werden konnte. So zog er dann durch das lärmende Treiben und dachte sich zurück in die alte Zeit der Frühlings- und Herbstperiode, als Wu Zixu aus dem Staat Chu nach Wu floh und sich dort flötespielend auf der Straße seinen Lebensunterhalt verdiente. Durch einen glücklichen Zufall traf er auf einen verständigen Menschen, der an seiner traurigen Melodie erkannte, dass es sich um Wu Zixu handeln musste, dessen ganze Familie vom Feind ausgelöscht worden war. Also empfahl er ihn dem Fürsten des Hofes von Wu, der ihm einen guten Posten gab. Schließlich galoppierte Wu Zixu mit den Truppen des verfeindeten Staates zurück in seine Heimat, um dort das Grab des Despoten zu öffnen und die Überbleibsel seiner Knochen zu verdreschen.

Wenn Lao Wei sich an diese Anekdote erinnerte, musste er an die Generation von Menschen denken, die nach 1989 in verzweifelten Hass gestürzt worden waren, an sich selbst, der in armseligen Baumwollklamotten in der Hauptstadt zu überleben versuchte, der zwar die Melodie von Wu Zixu auf der Flöte spielen, aber nicht wie dieser mit einer Armee von toten Geistern gegen die Diktatoren seines Landes anrennen konnte. Sein Inneres bebte, und mit jedem Herzschlag wurde seine Melodie trauriger.

Als ihm schon die Tränen in den Augen standen, klopfte ihm unerwartet jemand von hinten auf die Schulter. Es war Houzi. »Auf dich trifft man aber auch überall, nicht wahr?«, zischte Lao Wei.

»So verdient man aber wirklich kein Geld«, sagte Houzi.

»Mir gefällt's.«

»Die derzeitige Frau an deiner Seite weiß sich besser zu helfen.«

»Was soll das nun wieder heißen?«

»Komm mal mit.«

Lao Wei packte seine Sachen zusammen und ließ sich von Houzi ein paar hundert Meter bis zu einem Eingang mit einem auf alt gemachten Torbogen ziehen. Sie gingen hindurch, und es empfingen sie ein heilloses Durcheinander und ein Höllenlärm, dichtgedrängte Köpfe unter dem grünlichen Licht der Lampen, wie von Elektroschocks gepeitschte Perlfische, die auf dem Meeresgrund hüpfen. »Ist das eine Disko oder was?«, brüllte Lao Wei Houzi ins Ohr. »Meinst du, das hält der Kreislauf von zwei alten Knackern wie uns aus?«

Houzi wies mit dem Zeigefinger in die Höhe. Dort, auf halber Höhe der etwa fünf Meter hohen Decke, hing ein großer Stahlkäfig, wie man ihn für Raubtiere verwendet, und in diesem Käfig hockte splitternackt niemand anderes als seine träge Freundin Paris und imitierte ein herumspringendes Raubtier. Lao Wei schnaubte vor Wut. Beim näheren Hinsehen stellte er fest, dass sie ein hautfarbenes Trikot trug und eine Lockenperücke mit Pferdeschwanz, der im Rhythmus der elektrischen Impulse hin und her wippte, ihr weißes Gesicht dabei so ausdruckslos wie ein Pferdehintern. Lao Wei starrte sie einige Minuten lang an, in ihm tobte ein Sturm der Gefühle, und um ihn herum tobten beängstigend wogende Körper. Houzi schrie: »Irre, was?« »Irrer

Scheißdreck!«, schrie Lao Wei zurück, und beide mussten lachen. Sie zwängten sich bis zur Bar durch und bestellten chinesischen Absinth, was im Grunde nichts anderes war als Hirseschnaps mit Pfefferminzlikör, leerten ihre Gläser und bestellten gleich noch zweimal Whisky auf Eis. Sie begannen herumzuzappeln wie all die anderen. Inmitten der grapschenden, springenden, tobenden Frauen und Männer ringsum fühlte sich Lao Wei mit seinem Rucksack steif und unbeholfen, während der agile Houzi sich munter wie ein Fisch im Wasser wand. Unvermittelt drängte sich ein Typ bis zu ihnen durch, der einer der Barkeeper sein konnte. »Wollt ihr Medizin?«, fragte er. Lao Wei antwortete, nein danke, er sei nicht krank. Der Typ lächelte sarkastisch: »Neu hier, was? Ich geb euch was zum halben Preis.« Er sei aber wirklich nicht krank, beteuerte Lao Wei. »Zwei zum Preis von einem, okay«, sagte der Typ mit seinem fortwährenden Grinsen. »Schluck eine, und du tanzt wie 'n Ass.«

»Wie ein Ass?«

»Guck mal nach oben. So wie die Vortänzerin da. Nimm eine und tanz durch, bis es hell wird.«

»Danke, schon gut«, kam ihm Houzi zu Hilfe. »Wir haben uns an den falschen Ort verirrt.«

Es war noch nicht ganz ein Uhr morgens, als sie aus der Enge der Disko hinaus in die Nacht schlüpften. Houzi als versierter Nachtschwärmer hatte noch nicht genug. Er schleppte Lao Wei zu einem Bürohochhaus in der Nähe von Jianguomenwai. Sie fuhren in den 21. Stock, drückten einen Klingelknopf und betraten eine völlig andere Welt, lauter Fettgesichter und hinter den Fettgesichtern noch ein Haufen undefinierbarer anderer Fratzen. Sie drängten hinein, ohne Höflichkeiten auszutauschen, und Houzi rief direkt nach dem Inhaber der Mahjong-Spielhölle: »Mein Filmpartner Lao Wei zahlt Schutzgeld, behandelt ihn gut.« Dann wandte er sich zu Lao Wei um und erklärte: »Das ist Meister Hu, genannt der Fürst Menchang von Peking, der kommt aus deiner Gegend.«

Meister Hu erhob sich und begrüßte Lao Wei höflich: »Es ist mir eine Ehre, Ihr großer Name ist in aller Munde.« Dann wies er die Bedienung an, den Gästen einen Imbiss und Schnaps zu bringen.

Sie wurden am Fenster platziert an einem Tisch mit insgesamt acht Personen, von denen Lao Wei keinen Einzigen kannte. Auch Houzi kannte nur drei von ihnen. Gegenüber saß ein Mann mit einem ungewöhnlichen Gesicht, eine gewisse Ähnlichkeit mit Lenin ließ sich nicht leugnen. An seiner Seite wiederum sein ehemaliger Waffenbruder Trotzki, der nach der Flucht in den Westen einem Attentat zum Opfer gefallen war. »So nennen mich alle, Trotzki«, scherzte er.

»Er ist ein Schüler des großen Liu Binyan«, flüsterte ihm Houzi zu. »So wie du war er nach dem vierten Juni auf der Flucht in China, doch später haben sie ihm dann als Spion Amnestie angeboten, und einer der Staatsratsältesten, Bo Yibo, nahm ihn unter seine Fittiche. Er ist jetzt so etwas wie der geheime Verbindungsmann zwischen der chinesischen Regierung und den Exilchinesen. Dass unsere ›Landesmutter‹ Song Zuying in der Oper von Sydney auftreten darf, geht angeblich allein auf seine guten Beziehungen zurück.«

»So läuft das nun mal.« Trotzki Nummer zwei hatte gute Ohren. »Freund und Feind vermischen sich, und die alten Animositäten sind obsolet. Bruder Lao Wei macht sich auch nicht schlecht.«

Zuerst die Disko und jetzt das. Lao Wei hielt es kaum mehr aus. Er zwang sich zu einem Kopfnicken und befand, das sei genug der Höflichkeit. Die Tischgesellschaft erhob sich zu einem Toast. Lao Wei stürzte seinen Schnaps in einem Zug hinunter. Um die Atmosphäre etwas aufzulockern, redete Trotzki weiter: »Das Restaurant ›Die fröhliche Stube‹ neben dem amerikanischen Konsulat in Chengdu gehört dem dicken Tang, einem Freund von mir. Neulich war ich dort und habe zum Hühnerfeuertopf eingeladen. Der dicke Tang nahm die Bestellung auf und verschwand mit dem Bediensteten und einem Messer in der Hand in Richtung Hühnerstall, um sechs Hühner zu schlachten. Doch gerade als sie den Käfig aufmachten und sie packen wollten, hackten ihnen die Biester so übel in die Hand, dass sie schreiend losließen. Der Käfig stürzte um, die vorwitzigen Hühner flogen davon, über die Mauer auf das Gelände des amerikanischen Konsulats. Wie der dicke Tang geflucht hat! Heutzutage setzen sich nicht nur habgierige Staatsdiener und korrupte Geschäftsleute in die USA ab, sondern sogar die verfluchten Hühner. Hahaha.«

Die versammelte Tischgesellschaft lachte zustimmend, allein Houzi wagte sich vor: »Na ja, in China herrscht ja auch ziemliches Chaos.«

Es hagelte Proteste. Nur Lao Wei flüsterte ihm ins Ohr: »Wenn sie mich nur rauslassen würden, würde ich mich auch als Straßenfeger durchschlagen.«

Meister Hu gesellte sich zu ihnen. »Lao Wei spielt Flöte, so etwas haben die im Westen noch nie gehört. Wenn der sich einmal draußen einen großen Namen gemacht hat, wird er sich bestimmt ganz schnell bei seinem Vaterland dafür bedanken.«

»Und Meister Hu ist ein versierter Erhu-Spieler, das passt hervorragend zur Flöte. Sind schließlich beides traditionelle Volksmusikinstrumente. Spielt uns doch gemeinsam etwas vor«, schlug Trotzki zwei vor.

Houzi holte Lao Weis Flöte. Er erkundigte sich, was Meister Hu gerne spielen wollte. Meister Hu kratzte sich am Kopf und schlug *Der Osten ist rot* vor. »Bloß keine Revolutionslieder«, winkte Houzi ab. Lao Wei schloss die Augen, setzte sich aufrecht hin und blies drauflos. Absichtlich zog er die Töne in die Länge, was seiner Melodie eine melancholische Färbung verlieh, es klang nach *Meng Jiang weint an der Großen Mauer.* Er spielte mehrere Melodien, und alle lauschten andächtig, während vor dem Fenster allmählich die Lichter der Stadt erloschen und der Mond mit dem Gesicht einer verschrumpelten alten Hexe hinter den Dunstschleiern aufstieg. »Du hast es wirklich drauf«, lachte Meister Hu. Es klingelte an der Eingangstür. »Bis spät in die Nacht kommen hier noch Gäste«, stöhnte er und ging durch den reichlich dekorierten Flur zur Tür, um persönlich aufzumachen. Eine Gruppe Militärpolizisten mit Maschinengewehren im Anschlag stürmte in die Halle. »Keine Bewegung!«, befahl der Einsatzleiter.

Alle verstummten erschrocken.

»Wir haben einen Hinweis bekommen, dass sich hier ein Mordverdächtiger aufhält. Wer ist der Inhaber?«

Meister Hu trat vor. »Kennen Sie sämtliche Gäste mit Namen?«

»Ja.«

»Dann rufen Sie jetzt einen nach dem anderen auf. Alle hören gut zu. Sobald Ihr Name fällt, stehen Sie auf und gehen zur Tür.«

Daraufhin wurden die Namen ausgerufen, und jeder musste vortreten und sich durchsuchen lassen. Tatsächlich fanden sie, wen sie suchten. Es war ein Gast, der Meister Hu vertraut erschienen war, doch an seinen Namen konnte er sich nicht mehr erinnern. Alle starrten auf den Mann, der plötzlich eine Waffe zog, doch einer der Polizisten war schneller. Ein Schuss fiel und traf den Mann in die Hüfte. Trotzki zitterte am ganzen Leib, hatte doch dieser Mordverdächtige eben noch zu seiner Linken am Tisch gesessen und mit ihm gegessen und getrunken.

Mehrere Einsatzwagen brachten die Gäste der Spielhalle in das nächstgelegene Polizeirevier. Die Verhöre dauerten bis zum nächsten Mittag. Der Fürst Menchang von Peking kam erst in der Dämmerung nach Hause und schlief bis Mitternacht, als schon wieder die nächsten »Freunde« vor der Tür standen. Aus den Kreisen der Geächteten erfuhr Lao Wei, dass Meister Hu eine »geheime Mission« hatte und die enormen Kosten zur Bewirtung seiner gut fünfhundert Gäste im Monat von der Staatssicherheit gedeckt wurden.

Als Lao Wei todmüde zurück ins Künstlerdorf kam, lag Paris wie üblich zusammengekauert in ihrer Hundehütte, als wäre sie nie auf gewesen. Er tobte. Er griff nach der Leselampe, um sie zu zerschmettern, nahm aber im letzten Moment doch nur eine Teetasse, die mit lautem Klirren an der Wand zerschellte. Paris bebte vor Schreck. Ohne ein Wort zu sagen, hockte er sich aufs Bett, zog ihr die Decke weg und haute ihr eine runter. Er hatte damit gerechnet, dass sie heftig zurückschlagen würde, aber zu seiner Überraschung lag sie einfach nur passiv da. Er zog sie hoch, so dass sie aufrecht dasaß, und ohrfeigte sie noch einmal. Diesmal zeigte sie immerhin eine Reaktion: »Und jetzt bitte die andere Seite.«

»Was?«

»Immer nur links geht nicht, jetzt bitte mal rechts.« Sie stützte ihr Kinn mit der Hand und reckte es ihm entgegen. Dennoch hörte ihr Kopf nicht auf zu wackeln. »Ich hab zu viel Ecstasy geschluckt, und das verdammte Zittern hört nicht auf. An den Haaren ziehen, ohrfeigen, den Kopf gegen die Wand hauen – es nutzt alles nichts, ich zittere mich noch zu Tode.«

»Selber schuld. So lebt man ja auch nicht.«

»Wie bitte?«

»Du machst dich zum Gespött. Peinlich ist das.«

»Ich bin Vortänzerin. Was ist daran peinlich? Und überhaupt, wer bist du denn, dass du so mit mir redest?«

»Ab sofort bin ich niemand mehr für dich.«

»Dann verpiss dich.« Sie schnellte abrupt mit dem Kopf nach vorn in seine Richtung, doch er wich aus, und sie stürzte zu Boden. Sie rappelte sich auf und verschwand im Bad. Als sie wieder herauskam, zitterte sie immer noch. Lao Wei krempelte die Ärmel auf und haute ihr noch einmal eine runter, so heftig, dass sie taumelte und hinfiel. Blut quoll ihr aus dem Mund. Sie zitterte nicht mehr.

»Wow! Echt cool, Lao Wei!«, sagte sie.

Er begann, seine Sachen zu packen. Sie hielt ihn zurück, mit ihren dünnen Ärmchen, dünn wie Streichhölzer. Sie war zwanzig Jahre jünger als er, und unbewusst fühlte er sich für sie verantwortlich wie ein Vater. Aber für diese Rolle reichte seine Kraft nicht. »Wildfang«, seufzte er. Er kannte eine Gruppe von Musikern aus dem Nordwesten, die sich Wildfang nannten. In einem ihrer bekannteren Songs hieß es: »Wenn man ohnehin schon weiß, dass der Gelbe Fluss austrocknen wird, wozu dann noch die Eisenbahnbrücke bauen? Wenn man ohnehin schon weiß, dass das Mädchen seine Meinung ändern wird, wozu sich dann noch verlieben?« Der Sänger der Gruppe, Xiao Suo, wusste, wovon er redete, denn er starb schon bald an Leukämie.

Sie schwiegen. Lao Wei machte ein paarmal den Mund auf, um etwas zu sagen, und schloss ihn wieder. Paris ging in die Küche, kochte Reisbrei, aß, räumte ein bisschen auf und legte sich wieder hin. Kurz bevor sie einschlief, hörte Lao Wei einen Hahn krähen. »Nicht zu fassen«, dachte er. »Dass in dieser Gegend ein Hahn kräht. Das habe ich schon seit Ewigkeiten nicht mehr gehört.«

Die toten Geister rufen zum Kampf

Wieder dämmerte es. Und wieder nahm nebenan Hu Niu mit der Fliegenklatsche seinen Kampf gegen die Insekten auf. Mao Dekuang streifte immer noch hungrig durch die Straßen des Künstlerdorfs, hungrig sang er: »Das Offensichtliche geschieht, also entsteht nichts. Hat es Liebe gegeben? Nein. Einen Aufruhr gegen die Partei? Nein. Hat deine Mutter dich geboren? Nein. Woher kommst du also? Ich weiß es nicht.«

»Aufhören! Das ist ja unerträglich!«, brüllte Paris zum Fenster hinaus. Lao Wei schreckte aus dem Schlaf auf. »Was ist los? Ein Erdbeben?« Er stand auf, wusch sich und ging hinüber zu Hu Niu.

»Heute Abend gehe ich nicht aus«, sagte Hu Niu von der Leiter herunter. »Ich fahre morgen mit Mao Dekuang ins Bittstellerdorf.«

»Wieso denn das?«

»Um die armen Schlucker zu besuchen.«

»Läuft das auch unter Aktionskunst?«

»Wenn du so willst. Wer in Peking nicht das Bittstellerdorf besucht hat, ist nicht in Peking gewesen.«

»Wer sagt das?«

»Ein Untergrundschriftsteller namens Liao Yiwu.«

»Dann kommen Paris und ich auch mit.«

»Was soll die denn dort? Vortanzen oder was? Im Bittstellerdorf gibt's kein Ecstasy.«

Tatsächlich brachen die vier Langschläfer tags darauf mit ihrer Gewohnheit und standen früh auf. Paris nahm extra ihre Kamera mit, um Hu Nius Performance zu filmen. Sie nahmen den Bus in Richtung Süden, bis nach Taoranting, wo das Petitionsbüro des Staatsrats saß. Die Straße wurde zu einer holprigen Schotterpiste entlang eines vom Wohlstandsmüll verseuchten Flusses. Auf dem Weg lagen mehrere Brückenbögen. »Noch vor einem Monat haben hier etliche Bittsteller gehaust, doch plötzlich waren sie verschwunden.« »Denen ist es vielleicht ergangen wie dir und mir«, sagte Paris. »Man ist sie losgeworden, und sie sind nur noch friedliche runde Kieselsteine.«

Sie ließen sich in einem Schuppen nieder, an dem ein Restaurantschild hing, aßen ranzige Pfannkuchen und warfen dabei verstohlene Blicke auf das staatliche Petitionsbüro. Es hatte etwas von einem wissenschaftlichen Forschungszentrum auf Kreisebene, nach außen hin ziemlich abgeschottet. Lao Wei ging näher heran, um es sich anzusehen. Sofort fuhr ihn ein Wachmann mit roter Armbinde harsch an: »Was willst du hier?«

»Ich suche jemanden.«

»Wen?«

»Meinen Onkel, er wollte eine Petition einreichen.«

»Komm her und erkläre mir genau, was Sache ist.«

Lao Wei zuckte erschrocken zusammen und winkte ab: »Schon gut.« Er zog sich zurück und fand nur Paris. Hu Niu und Mao Dekuang hatten bereits das angrenzende, niedrige Backsteingebäude betreten. Die an einen Gefängnisschlafsaal erinnernde Halle darin nannte sich offiziell »Wartesaal für Petenten«. Überraschenderweise war das Gebäude unverschlossen, sie konnten einfach hineingehen und ein Erinnerungsfoto zu dritt machen. Hu Niu strich über ein faustgroßes Loch in der Wand und sagte: »Warum spielt Paris, das durchtriebene Weibsbild, nicht für uns eine Staatsangestellte, bei der wir uns anstellen, um unsere Petitionen einzureichen?«

Paris lachte. »Wenn ich hier angestellt wäre, würde Lao Wei Jahr für Jahr eine Petition einreichen.« Doch während sie herumalberten, füllte sich die Halle allmählich mit immer mehr echten Bittstellern, bis sie voll war wie eine Sardinenbüchse. »Seid ihr Journalisten?«, fragte einer. »Nein, keineswegs«, antwortete Lao Wei. Keiner wollte ihm glauben. Er stellte sich auf die Zehen, um aus dem Fenster zu spähen, doch auch dort nichts als Bittsteller vom Land in blauen Arbeitsanzügen. Dasselbe Bild in jeder Richtung, stehende, gehende, hockende Hoffende, wie eine Schuppenflechte, die sich über das Gesicht des Vaterlands zog. Sie alle trugen dieselbe Tasche mit ihren brav ausgefüllten Beschwerdeanliegen um die Hüfte, diese Taschen dienten einmal als Behältnisse für japanischen Kunstdünger. Jeder kannte sie. Lao Wei hatte sie schon vor vielen Jahren einmal gesehen, »Japan Urea« stand darauf. Es hieß, das sei das Gastgeschenk des ehemaligen japanischen Premierministers Tanaka Kakuei bei seinem ersten Chinabesuch 1972 gewesen, ein Zeichen für die chinesisch-japanische Freundschaft. Wer hätte gedacht, dass dieses Geschenk das Zeitalter Maos, Dengs, Jiangs überleben und jetzt zur Pflege der zarten Pflänzchen von Gerechtigkeitssinn diente, die die Bittsteller aus den Provinzen mit sich trugen, bis ins Zeitalter Hus.

Wind kam auf und wehte manchem die Unterlagen aus der Hand. An einem Ast über dem Dach flatterte ein Blatt Papier wie eine Trauerfahne. Mao Dekuang fühlte sich von diesem Anblick inspiriert. »Das ist das Gesuch an den Kaiser persönlich.«

»Vor dem Kaiser sind alle Menschen Bittsteller«, witzelte Hu Niu.

Die Leute ringsum lachten. »Ihr habt gut reden«, sagte eine Frau, »mit euren weißen Fettgesichtern.«

»Fettgesichter dürfen keine Petition einreichen oder wie?«, fragte Hu Niu.

»Doch, doch. Bei einem traurigen, deprimierten Gesicht weiß man allerdings gleich, woran man ist.«

Der benachbarte Fluss verbreitete einen üblen Gestank. Die Gebäude auf der anderen Seite des Flusses erinnerten an Luxusdampfer, die durch den endlosen Raum trieben. Diesseits des Flusses warteten die Bittsteller unter freiem Himmel, viele von ihnen waren gerade erst angekommen, hatten ihre Haushaltsutensilien mitgebracht. Wenn sie hungrig wurden, gruben sie irgendwo ein Loch und machten ein Feuer, über dem sie kochten. Waren sie müde, kauerten sie sich in eine Nische an der Wand und zogen vielleicht noch eine Plastikplane als Decke über. Nur ein paar hundert Meter weiter tobte unterdessen der Großstadtverkehr.

Und doch schien der Bezirk wie ein verödetes Nirgendwo, undefinierbar. Die richtige Gegend für dunkle Gestalten, die aus dem Nichts auftauchten und Schutzgeld erpressten. Her mit dem Geld, sonst bist du verloren, halt die Klappe.

Ein alter Mann stand plötzlich vor Lao Wei, als wäre er aus einer Mauerritze geschlüpft, in der Hand einen Stock, wie man ihn zur Züchtigung von Hunden benutzt. Einer Eingebung folgend, fragte ihn Lao Wei im Sichuan-Dialekt: »Woher stammen Sie, Alter?« Der antwortete prompt in einem breiten Guizhou-Akzent, der dem Sichuaner sehr ähnlich ist: »Wieso willst du das wissen?« Sofort fühlte Lao Wei sich dem alten Mann verbunden. Er war 77, ein Körper, der aussah wie geräuchert, dabei drahtig und stramm. Er hatte unter General Peng Dehuai gedient und siegreich gegen die Kuomintang gekämpft, und später hatte er sich auch im Koreakrieg tapfer geschlagen. Als Peng Dehuai politisch in Ungnade fiel, war es auch mit seiner Soldatenlaufbahn vorbei und er war in seine Heimat zurückgekehrt. »In unserer abgelegenen Berggegend bist du einen halben Tag unterwegs, bis du auf eine befestigte Straße stößt.« Er sprach mit großen Gesten, in seinem Mund prangte nur ein einziger schwarzer Zahn, doch an seiner Brust prangten zahlreiche Medaillen für seine militärischen Verdienste wie ein trotziger Gruß aus der Vergangenheit. »Da ich mich von allen am besten auskenne in der Welt, vertrete ich hier die Anliegen meines Dorfes. Gut zehn Tage habe ich gebraucht bis nach Peking und dann noch einmal eine Woche, um die ganzen Papiere auszufüllen und alles Nötige zusammenzutragen. Jetzt habe ich unser Gesuch eingereicht und warte ab.«

»Warum wartest du nicht besser zu Hause?«

»Das geht nicht, einmal zurück, komme ich da nicht wieder raus. Der Dorfvorsteher setzt bei uns die Ein-Kind-Politik um, ein Kind zu viel, und es hagelt saftige Strafen. Der wütet wie ein wildgewordener Gockel. Wer nicht mitspielt, dem wird das Haus genommen, die Ochsen getötet oder irgendetwas kaputtgemacht, das Land beschlagnahmt, der Mann gefesselt. Ist das die Logik der Kommunistischen Partei? Als alter Kommunist kann ich mir das nicht bieten lassen. Deshalb will ich persönlich dafür sorgen, dass das Zentralkomitee erfährt, was die Massen leiden müssen. Der Kreisverwaltung hat das nicht gepasst, und sie haben auf allen erdenklichen Wegen versucht, mich aufzuhalten. Mich! Einen Soldaten von Peng Dehuais Armee, mit Granatsplittern im Schenkel und Abzeichen auf der Brust. Zehntausende feindlicher Soldaten haben mich nicht aufhalten können, wie sollten das so ein paar armselige Kader schaffen?«

»Aber die politischen Richtlinien haben sich doch längst geändert. Inzwischen darf man zwei Kinder haben.«

»Wie bitte? Was treiben die denn bei uns, verdammt?!« Der Alte schien es wirklich nicht gewusst zu haben.

»Geh nach Hause. Wozu hier in der Fremde die Gesundheit ruinieren?«

Eben war laut rumpelnd ein Lastwagen vorbeigefahren, so dass der Alte Lao Wei nicht gehört hatte. Er zeichnete mit seinem Stock einen Halbkreis in den Staub und meinte: »Hier werde ich ausharren, unerschütterlich wie als junger Mann im Schützengraben.«

»Sehr heroisch«, sagte Mao Dekuang, »wäre unser Meister von Datong noch am Leben, dann könntet ihr euch zusammentun.«

»Meister von Datong war früher öfter hier gewesen.« Hu Niu zog ein zusammengefaltetes Papier aus der Jackentasche. »Das ist ein Plan von dieser Gegend, den er gezeichnet hat.«

Die vier steckten die Köpfe über dem Papier zusammen und sahen es sich genauer an. »Mensch, wir sind ja hier erst an der Peripherie und noch gar nicht richtig im Bittstellerdorf.«

Sie nahmen den Bus in Richtung Yongdingmen. Der Weg glich einer Zeitreise. Wie Streichholzschachteln reihten sich ein- oder zweigeschossige Häuser aneinander. Unter der Regie eines höheren Wesens wurden sie zu Akteuren in einem verblichenen Schwarzweißfilm, zusammengepfercht mit all den Fremden, die alle dieselbe Schultertasche und die Last ihres Familienschicksals trugen, mit ihren Rufen und ihrem Stöhnen. Nachdem sie aus dem Bus ausgestiegen waren, blieben die drei an einem Obststand stehen. Eigentlich hatten sie etwas kaufen wollen, aber die Orangen und Äpfel in den Pappkartons sahen so vertrocknet aus wie auf einem Stillleben und verströmten den Geruch von Färbemitteln. »Igitt!«, stieß Paris theatralisch aus. Ein kleinwüchsiger, gebückt gehender Mann mit lauter Medizinpflastern im Gesicht stieß Lao Wei von der Seite an und hielt ihm die Visitenkarte des »Gästehauses der Volksregierung Chifengs« unter die Nase.

»Was kostet das pro Übernachtung?«

»Fünfzig.«

»Zu teuer.«

»Wie viele seid ihr?«

»Wir bleiben nicht hier.«

»Was macht ihr dann hier? Idioten.«

»Schon gut, wir sind Idioten«, versuchte Lao Wei zu beschwichtigen. Hu Niu hatte nicht ganz so viel Feingefühl und fragte den Mann nach dem Weg zum Bittstellerdorf. Der kleine Mann wies verärgert mit dem Zeigefinger auf einen beinamputierten Bettler: »Der ist hier schon seit Jahren Bittsteller. Fragt den.« Hu Niu ging natürlich hin und fragte. Der Bettler warf ihm einen verächtlichen Blick zu und brabbelte irgendetwas Unverständliches in Richtung eines anderen Bettlers, der reglos unter einem Dachvorsprung lag. Die vier sahen einander an und verstanden nicht, was hier los war.

Mao Dekuang entdeckte schließlich eine einfache motorisierte Rikscha, eine von der Art, wie sie im Norden zum Warentransport benutzt werden, ohne Sitze. Die vier schnappten sich ein paar Blätter und platzierten ihre Hintern, so gut es ging, auf der Ladefläche. Der Fahrer, ein rüstiger alter Mann, drehte sich zu ihnen um und sagte: »Gut festhalten, es kann ziemlich holprig werden.«

Beim ersten Startversuch bewegten sich die rostigen Räder nicht von der Stelle, nur der altersschwache Motor heulte laut auf. Der Fahrer trat erneut den Starthebel und zog mit aller Kraft, bis sich die Rikscha endlich in Bewegung setzte, mit der halben Geschwindigkeit eines Ochsenkarrens. Die vier waren damit zufrieden. Nach ein paar hundert Metern jedoch ging die Mühle wieder aus. Paris wollte abspringen, aber der Fahrer rief: »Halt! Warte, es geht gleich weiter.« Drei Minuten später konnten sie die Fahrt tatsächlich fortsetzen. Die Gasse nahm eine Kurve, danach ging es steil bergab. Um Benzin zu sparen, stellte der Fahrer den Motor ab, lehnte sich nach vorn, und sie sausten die Straße hinunter, in voller Fahrt auf einen entgegenkommenden LKW zu. Der Alte wich aus, konnte aber nicht bremsen, und sie landeten beinahe im Graben. Er sprang ab und versuchte wie ein Ackergaul, das Gefährt wieder herauszuziehen. Lao Wei und die anderen kamen ihm zu Hilfe, und auch der betrunken wirkende LKW-Fahrer gesellte sich mit schwankendem Gang zu ihnen. Sie zogen, gebückt mit vereinten Kräften, bis sie die Rikscha wieder auf eine Ebene mit der Straße gebracht hatten. Die vier hockten sich wieder auf die Ladefläche, der Alte trat den Starthebel, und die Fahrt ging weiter. Ein bisschen flotter als ein Jogger waren sie immerhin, als sie sich immer weiter weg von dieser tückischen Straße auf die weite Ebene hinausbewegten. Die Rikscha fuhr nun fast mit Fahrradgeschwindigkeit. Es war schon Mittag vorbei, und kaum jemand war auf der Straße. Zu ihrer Verwunderung durchquerten sie Brachland, auf dem ein paar spärliche Grashalme standen. In unmittelbarer Nähe lag die Trasse eines Hochgeschwindigkeitszugs. Es wurde leicht hügelig. Noch mehrmals ging der Motor aus, und jedes Mal kurbelte der Alte die Maschine wieder an und brachte sie zum Laufen. Der gute Mann ließ sie nicht im Stich.

Die Reisegruppe fand allmählich Gefallen an diesem Ausflug, und sie nutzten die Pausen, um wie die Affen herumzuspringen. Paris schoss ein paar Fotos und meinte: »Wo findet man denn in Peking noch so eine weite, leere Fläche, hier hat ja noch einmal eine Million Platz.«

»Schau mal da in der Mitte, da haben sie schon die Landschaft eingeebnet«, sagte Lao Wei.

»Ganz klar, ein neues Siedlungsprojekt«, stimmte Hu Niu zu.

Nach einer weiteren halben Stunde Fahrt fragte Lao Wei, wie weit es denn noch sei bis zum Ziel. Der Fahrer murmelte nur etwas und starrte auf seine Füße, als rede er mit einem jüngeren Vorgesetzten. Es ging nun wieder so stark bergauf und bergab, dass sie zu Fuß besser vorangekommen wären. Wie einsame Inseln standen ein paar Häuser in der Landschaft, halb zerfallen, mit Haufen von Hausrat vor der Tür. Eine Frau mittleren Alters schimpfte vor ihrem ringsum von Bulldozern bedrohten Haus die Arbeiter aus, ihr Gesicht von Sorgen und Wut gezeichnet.

»So viele Jahre leben wir schon in diesem Haus, und jetzt soll es von heute auf morgen verschwinden.« Wie die letzte Kriegerin in einem verlorenen Kampf zeigte die Frau auf das Schlachtfeld ringsum. Ihre Kinder hatten sich ängstlich im Haus verkrochen. »Erst reden sie ewig von Abfindung und Umsiedlung, dann kommen sie plötzlich mitten in der Nacht mit den Maschinen und leuchten mit ihren grellen Scheinwerfern bis in die Schlafzimmer, so dass man fast verbrennt. Das ganze Dorf ist schon weg, nur ich bin noch hier. Gestern waren sie wieder da und hämmerten gegen die Wände. Aber ich bin noch hier.«

Paris machte ein Foto. Lao Wei entdeckte in dem Gewusel von Menschen und Maschinen eine Katze. Sie hockte unbeweglich zwischen den Mauerresten, geradezu würdevoll. Dies war ihr Revier, und selbst wenn hier morgen nichts mehr wiederzuerkennen wäre, würde ihr Instinkt sie herfinden lassen. Einem Hund fiel nichts Besseres ein, als sein Terrain mit ständigem hilflosen Bellen zu verteidigen.

Der Alte fuhr sie noch ein Stück weit den Hügel hinauf, wo sie erleichtert feststellten, dass sie richtig waren. Noch ein Stück weiter, und sie erreichten die Barackensiedlung. Der Alte stoppte. Sie gaben ihm zehn Yuan, und er machte, dass er fortkam.

Der Anblick des turmhohen Müllbergs genügte, um keinen Zweifel an der zu erwartenden Hässlichkeit des Bittstellerdorfs aufkommen zu lassen. Eine Aneinanderreihung von niedrigen Baracken aus staubgrauen Ziegeln und einfachen Wellblechhütten, auch die Sonnenstrahlen verliehen ihnen keinen Glanz, sondern ließen lediglich die Löcher in den schäbigen Dächern wie blutrote Wunden aussehen. Wie in einem Labyrinth gab es unzählige Ein- und Ausgänge, also folgten sie ihrem Instinkt und fanden einen tunnelartigen Durchgang. Man konnte nur gebückt gehen, wollte man sich nicht den Kopf anstoßen. Der Durchgang verengte sich zunehmend und war bald nur noch einen halben Meter breit. Lao Wei, der etwas pummelig war, blieb fast stecken. Die drei Dünnen lachten ihn aus. »Wo seid ihr, ihr Bittsteller?«, rief Lao Wei und war überrascht, als er zur Antwort das hohle Echo seiner eigenen Stimme vernahm.

Sie spähten durch ein Fenster in eine der Hütten, wo sie auf einer Matte auf dem Boden ein Lebewesen ausmachten. Lao Wei rief noch einmal: »Ist hier ein Bittsteller?«

Wieder das Echo. Schwarze Spinnen webten ihre Netze zwischen den Dachvorsprüngen. »Dieser Durchgang ist zu kompliziert«, seufzte Hu Niu. »Da finden wir bis morgen früh nicht raus.«

»Komplizierter als ein Schweinedarm«, pflichtete ihm Mao Dekuang bei, der es wie immer etwas bildhafter mochte. Sie tasteten sich trotzdem weiter voran. Schließlich trafen sie auf ein Mädchen, dass auf einem mit Honigwabenbriketts befeuerten

Öfchen etwas kochte. »Seid ihr Bittsteller?«, fragten sie plump. Das Mädchen verschwand verschreckt in der Hütte und kam nicht mehr heraus.

Nun waren sie schon stundenlang auf dem Gelände herumgeirrt, ein überdimensionales Fußballfeld voller Baracken, ohne jedes Ergebnis. Es dämmerte, und im Labyrinth stieg hier und da Rauch auf, aber kein Mensch ließ sich blicken. Es war vermutlich der ruhigste Moment seit ihrer Ankunft in der Hauptstadt. Das endlose Hupen des Verkehrs klang so fern wie im Traum, während sie ihre Schritte, ihr Herzklopfen und ihren Tinnitus überdeutlich hörten. Mitleidig begannen die Grillen zu zirpen. »Ich fühle mich wie auf der Suche nach der verlorenen Liebe«, sagte Mao Dekuang.

»Ich fühle mich eher wie im Tunnelkrieg«, meinte Lao Wei.

»Na, dann grab dich mal nach oben durch«, spottete Hu Niu.

Sie sahen sich um. Unvermittelt traf ihr Blick auf die amtliche Verlautbarung an einer Wand, die die Ortsansässigen davor warnte, Räume an Betrüger zu vermieten, die sich als Bittsteller ausgaben, oder an Falun-Gong-Anhänger. Wer verdächtige Personen bemerke, habe sie unverzüglich bei den Behörden anzuzeigen. Bei Zuwiderhandeln sei mit rechtlichen Konsequenzen zu rechnen und so weiter.

»Da haben wir's, verdammte Scheiße«, murmelte Lao Wei. »Hier wohnen garantiert mehr Bittsteller als sonst wer.«

»Oder es hat gerade eine Razzia gegeben«, gab Hu Niu zu bedenken.

Lao Wei wollte sich nicht geschlagen geben. Zähneknirschend klopfte er an eine Tür und stieß sie auf, ohne Antwort abzuwarten. Fünf Männer teilten sich darin ein Bett, doch alle verneinten gleichermaßen entschieden, dass sie »Bittsteller« seien. Lao Wei murmelte eine Entschuldigung und ging wieder hinaus. Zum Spaß hob er den Deckel von einem großen Korb, aus dem sich überraschend ein kleines Bauernmädchen schälte. Sie kletterte heraus und stand verdutzt vor ihnen. Was es gebe, fragte sie. Lao Wei fragte sie lachend, was sie denn monatlich für ihre komfortable Einpersonenunterkunft an Miete zahle? Sie bückte sich und zog die Schuhe an, dann antwortete sie: »Hundert.«

Der Mond war aufgegangen, und im Mondlicht glänzte die Schneide einer Axt auf, die durch die Luft zischte. Lao Wei konnte gerade noch ausweichen. Die Axt streifte das Mädchen in dem Moment, als es sich wieder aufrichtete. Paris kreischte: »Mörder!«, das Mädchen aber schlüpfte agil wie eine Wildkatze unter Lao Weis Arm hindurch und rannte davon. Noch mehr Häscher tauchten aus dem Dunkel auf und kesselten sie ein, ein paar stiegen sogar auf die Dächer. Das Mädchen stürmte in die nächste Hütte, wo sie auf jemanden trat, der dort auf dem Boden lag und sofort laut aufschrie. Der mit der Axt rannte hinterher, im darauffolgenden Handgemenge stürzte die ganze Hütte ein, und das Mädchen schlüpfte aus den Trümmern in die nächste Hütte. Der laute Tumult und die Schreie riefen schließlich das ganze Hüttendorf auf den Plan, mit Knüppeln, Steinen und Schaufeln bewaffnet, stürmten die Leute aus den Baracken. Vor der Übermacht des aufgebrachten Mobs blieb den Killern nur die Flucht, sie tauchten einfach in der Menge ab, bevor es zum Kampf kam. Das Bittsteller-Mädchen hockte auf einem Dach inmitten des Labyrinths, hielt sich die blutende Schulter und stieß lange, gellende Schreie aus wie ein Tier.

»Meine ganze Familie ist tot, nur ich bin noch am Leben, aber sie lassen einfach nicht locker. Tausende Kilometer habe ich zurückgelegt bis hierher, von Heilongjiang bis nach Peking, um eine Anhörung zu bekommen. Und jetzt bin ich schon fünf Jahre da und verstecke mich ständig woanders, und es gibt und gibt keine Anhörung …«

Eine ältere Frau stellte sich auf die Zehenspitzen, um sie vom Dach herunterzuholen. »Du dummes Ding, was willst du denn?

Ich bin schon seit zehn Jahren hier. Zehntausend sind hier, und keiner jammert. Komm jetzt.«

Lao Wei konnte nicht fassen, was hier vor sich ging. Hu Niu und Mao Dekuang fühlten ihren Moment gekommen und packten ihre mitgebrachte weiße Trauerkleidung aus und streiften sie über. Paris hing zitternd an Lao Weis Arm. »Wie Geister. Grauenhaft.« Doch auf einmal wurden die Weißgekleideten immer mehr, aus sämtlichen Ritzen und Ecken des Bittstellerdorfs schienen sie zu kriechen, wie weiße Labormäuse überfluteten sie die engen Wege. Das ganze Bittstellerdorf war eine Versammlung der Trauernden in weißen Umhängen, auf deren Vorderseite stand »Unrecht« und auf der Rückseite die detaillierte Beschreibung ihres Falles in kleinen Schriftzeichen. Einige trugen noch einen Rucksack mit dem gesamten Schriftverkehr zu ihrer Petition.

Die mordlustigen Rufe verhallten allmählich, die Bittsteller wandten sich jetzt den vier Fremden zu, umzingelten sie und redeten auf sie ein: »Wir wollen Gerechtigkeit!« »Was sollen wir tun?« »Los, interviewt uns, ihr Reporter!« »Wann denn?« »Wann auch immer! Sofort!« Die Frauen stießen spitze Schreie aus, die Art von langgezogenen, hohen, schrillen Klagetönen, die wie eine Säge an den Nerven der Fremden zerrten, sie zerschnitten und zusammenzucken ließen. Paris hielt es nicht mehr aus. Ihre Augen waren tränennass. Die Leute streckten die Arme nach ihr aus, zupften sie am Ärmel. Lao Wei stellte sich schützend vor sie. Hu Niu und Mao Dekuang ging es wie Nichtschwimmern, die ins Wasser gefallen waren, alle zerrten an ihnen, umarmten sie, stopften ihnen ausgefüllte Petitionen in die Tasche.

Hu Niu schrie jämmerlich: »Wir sind keine Reporter!« Und Mao Dekuang ohrfeigte sich in einem fort selbst und schrie: »Ich bin gar kein Mensch!« Kurz bevor die Situation völlig außer Kontrolle geriet, kam ein 1,90 Meter großer Hüne von der Müllkippe herunter und rief: »Lasst die Fremden gehen! Lasst sie in

Ruhe!« Sofort löste sich der Mob auf, strömte fort wie nach einem Dammbruch. »Meister von Datong!«, rief Lao Wei.

Eine dunkle Wolke hatte den Mond verschlungen, und aus dem dicht verhüllten Mond war der Meister von Datong herausgetreten, und sein langer Schatten hatte sich auf dem hohen Müllhaufen niedergelassen. Er war in den Körper des 1,90 Meter großen Hünen geschlüpft, und es war seine Stimme, die aus dessen Körper tönte: »Lasst die Fremden gehen! Lasst sie in Ruhe!« In Hu Nius Vorstellung verschmolzen das Bittstellerdorf und das Künstlerdorf zu einem, die Bittsteller und die Künstler wurden eins. Hu Niu driftete ab, driftete die ganze Nacht hindurch mit Meister von Datong und seinem Schatten, ohne zu essen und zu trinken, immer weiter, immer weiter. Zum Glück holte Lao Wei ihn in die Wirklichkeit zurück. Und zum Glück hielt Lao Wei ihn davon ab, sich zu erhängen, auch wenn das Mondlicht eine noch so schöne Schlinge abgegeben hätte.

Doch nun fing der Mond an zu brennen. Zuerst züngelte nur eine winzige Flamme hoch, dünne Rauchschwaden, dann stand der ganze Mond in Flammen, ach was, das ganze Bittstellerdorf stand in Flammen. Erst hinterher erfuhren sie, dass alles hier im Umkreis von fünf Kilometern, einschließlich der Brückenbogen, der offenen Unterstände, der verlassenen Gebäude und der Abrisshäuser, dass all das Teil des Bittstellerdorfes war. Zu Spitzenzeiten war dies ein riesiger brodelnder Kochtopf, in den immerzu Teigtaschen nachgefüllt wurden, selbst unter den Mauern schliefen sie, am Straßenrand lagen sie so, dass die vorbeifahrenden Autos einen Bogen um sie machen mussten. Doch nun hatte im Handumdrehen das Killerkommando, das sich nur scheinbar zurückgezogen hatte, Feuer gelegt, und der nächtliche Himmel färbte sich rot.

Die Menschen stoben auseinander, mit Blaulicht rückte die Feuerwehr an, das Bittstellerdorf, dieses Krebsgeschwür des Vaterlandes, löste sich in Schutt und Asche auf. Noch immer rief die Inkarnation des Meisters von Datong: »Lasst die Fremden gehen! Lasst sie in Ruhe!« Wenige Tage später kehrte Lao Wei, von Zweifeln getrieben, noch einmal zurück, um ihn in den Überresten der Verheerung zu interviewen. Sein richtiger Name war Qi Mu, und er stammte aus Aksu in der Provinz Xinjiang.

Auf den falschen Wagen gestiegen

»Wie lange wartest du schon darauf, deine Petition einzureichen?«

»Seit acht Jahren. Besser gesagt, seit acht Jahren in Vertretung meines Vaters.«

»Was ist mit deinem Vater?«

»Er ist auf den falschen Wagen gestiegen.«

»Wie bitte?«

»Ich verstehe es auch nicht. Denn als mein Vater ins Gefängnis kam, war ich noch nicht einmal geboren.«

»Was hatte dein Vater verbrochen?«

»Nichts. Er ist einfach nur auf den falschen Wagen gestiegen. Damals musste er über Nacht aus Aral Sheri fliehen. Er durchquerte zwei Baumwollfelder, kam an einem Stück Weideland am Ufer des Tarim vorbei, doch dann bog er erst falsch ab in Richtung Wüste Gobi, änderte wieder die Richtung und ging immer weiter, bis der Boden auf einmal weich wurde und die ersten Sanddünen vor ihm auftauchten. Er bekam einen Riesenschreck, denn nun war er in der Wüste Taklamakan gelandet. Er kehrte sofort um, den ganzen Weg zurück zur Hauptstraße. Es handelte sich um eine Verbindungsstraße zwischen Taklamakan, Gobi und der Salzwüste. In beiden Richtungen war kein Ende zu sehen. Die Mittagssonne brannte auf ihn nieder, keine Wolke am Himmel, kein Windhauch, kein bisschen Schatten. Der Oberkörper meines Vaters wurde geröstet wie ein Fladen, die drei Liter Wasser, die er bei sich hatte, waren längst ausgetrunken, er schwitzte, wurde zur Salzwiese. Er hatte keine Kraft mehr zum Weitergehen, konnte aber auch nicht stehen bleiben, also taumelte er weiter, immer weiter geradeaus, wer weiß wie lange, begleitet nur von seinem eigenen Schatten, der ihm wie eine Schildkröte die Beine hinaufkroch. Endlich tauchte am Horizont ein Lastwagen auf. Mein Vater wusste sich nicht anders zu helfen, als sich mitten auf die Straße zu setzen und mit hängendem Kopf zu warten, bis der Lastwagen mit quietschenden Bremsen kurz vor ihm zum Stehen kam, die Reifen qualmten.«

»Ganz schön todesmutig.«

»Was blieb ihm anderes übrig? Der Fahrer streckte den Kopf aus dem Fenster und brüllte: ›Verschwinde! Weg da!‹ Mein Vater sagte nichts. Die Sonne hatte ihm den Verstand weggebrannt. Zwei Soldaten sprangen ab und zogen Vater von der Straße weg. Der Lastwagen fuhr wieder an. Es handelte sich um eine ganze Kolonne, vielleicht zwanzig Militärlaster vom Typ Jiefang.«

»Was, Jiefang? Die damals von der Sowjetunion für den Aufbau des Landes geschickt wurden? Die haben ein unglaublich schweres Fahrgestell und riesige Fronten, die erste Lastwagengeneration des neuen China. So einen bin ich auch einmal gefahren.«

»Die fahren ziemlich langsam. Wie mein Vater, total dehydriert. Irgendwann, so erzählte er später, siegte doch noch sein Überlebenswille. Er richtete sich schwankend auf und sah zu, wie ein Lastwagen nach dem anderen an ihm vorüberzog. Als der letzte gerade schnaufend an ihm vorbeifuhr, kehrten plötzlich seine Kräfte wieder. Er rannte hinterher, ihm war, als ob er gar nicht selber rannte, sondern als schiebe ihn vielmehr eine unsichtbare Hand von hinten an. Er konnte auf einmal sogar hochspringen, landete auf dem hinteren Kotflügel, zog sich mit letzter Kraft hoch und kroch in den mit einer Plane abgedeckten Laderaum. Dort blickte er sofort in eine Reihe von Gewehrmündungen. Ein Offizier herrschte ihn an, er solle gefälligst wieder abspringen, aber mein Vater schüttelte energisch den Kopf. Sie ließen ihn gewähren.

Als er allmählich wieder klar denken konnte, fiel ihm auf, dass neben den Soldaten noch ein Dutzend Männer in Handschellen und Fußfesseln im Laderaum waren. Er war in einem Gefangenentransport gelandet. Meinem Vater schlug das Herz bis zum Hals, doch die Verbrecher waren viel zu geschwächt, sie konnten sich kaum bewegen. Also schloss er einfach die Augen und tat so, als hätte er nichts zu befürchten. Doch es kam fürchterlicher. Bei Sonnenuntergang erreichte der Gefangenentransport die Landwirtschaftsbrigade Xingfu. Xingfu ist ein landesweit bekanntes Arbeitslager. Das große Tor ging auf, und die Laster fuhren auf das Gelände. Auch ein zweites und ein drittes Tor passierten sämtliche Lastwagen ungehindert.«

»Dein Vater ist einfach so da hineingekommen?«

»Das schon. Er ist nur nicht so einfach wieder herausgekommen. Denn weil er auf den falschen Wagen gestiegen war, musste er vierzehn Jahre lang im Xingfu-Gefängnis bleiben.«

»Was?«

»So wie du jetzt muss mein Vater damals auch die Augen aufgerissen haben. Sämtliche Gefangenentransporter, etwa zwanzig Jiefangs, kamen in drei Reihen im Gefängnishof zum Stehen, jeweils mit der Frontseite in Richtung Mauer. Am Himmel hing nur noch ein blasser Rosaschimmer, doch die vier Suchscheinwerfer auf den mit Stacheldraht gekrönten hohen Mauern erhellten unerbittlich den Hof, ein unerträgliches Fiepen kam zusammen mit einer Reihe von resoluten Kontroll- und Verbotsanweisungen aus den Hochtonlautsprechern, als die etwa hundert Gefangenen mit eingezogenen Köpfen und von unzähligen Gewehrläufen eskortiert aus den Lastwagen stiegen. Jeder wurde ausgerufen und musste sich in eine Gruppe einreihen, die jeweils einer anderen Lagerdivision angehörte. Anschließend wurden sie endlich von ihren Fesseln und Handschellen befreit und in das Aufnahmebüro geführt, erhielten zusammengefaltete Bettwäsche und jeder zwei Mantous. Doch die Männer waren viel zu durstig zum Essen, unmöglich, etwas hinunterzubekommen. Sie bildeten eine lange Schlange vor einem Wasserhahn, hielten den Kopf darunter und gönnten sich einen kräftigen Wasserstrahl. Mein Vater stand wie verhext ganz hinten in der Schlange, sein Mund war ausgedörrt, doch er hielt durch. Erst als er bei der Ausgabe der Mantous angelangt war, kam er zur Besinnung, zerrte den älteren Gefangenen, der für die Essensausgabe zuständig war, am Ärmel und rief, das sei alles ein Irrtum! Der andere holte aus und gab ihm eine Ohrfeige. ›Du Mistkerl, kaum angekommen, und schon willst du dir mehr Mantous sichern!‹ Mein Vater hielt sich schützend die Hände über den Kopf und wiederholte, es sei wirklich ein Irrtum. ›Der große Vorsitzende Mao irrt nicht‹, sagte der Alte, ›die Kommunistische Partei irrt nicht, und die Große Proletarische Kulturrevolution irrt noch weniger.‹ So habe er das nicht gemeint, sagte mein Vater. Daraufhin drehte sich der Alte um, rief: ›Wache!‹, und auf der Stelle kamen bewaffnete Soldaten aus dem zweiten Stock herunter und schlugen meinen Vater mit den Gewehrkolben so zusammen, dass er nichts mehr sagen konnte.«

»Hat er nie mehr etwas gesagt?«

»Am darauffolgenden Tag hat mein Vater beim Gruppendrill der neuen Gefangenen den Gehorsam verweigert und wurde prompt gemeldet. Er musste aus der Reihe heraustreten und wurde zusammengeschlagen. Mein Vater krümmte sich und wiederholte immer wieder, ihm widerfahre Unrecht. Unerwartet tauchte der Offizier auf, der persönlich mitbekommen hatte, wie mein Vater auf den Lastwagen gelangt war, und wies mit dem Zeigefinger auf die in großen Schriftzeichen unter dem Wachturm prangende Zeile. Jedes Zeichen betonend, las er vor: ›Tief, Gefängnis, schwer, Erde.‹ Verstehst du das?«

»Nein.«

»Mein Vater hat es auch nicht verstanden, also hat der Offizier ihm erklärt, wie diese vier Zeichen zu verstehen sind: Alles, was dieses Gefängnis betraf, war Staatsgeheimnis, und niemandem war erlaubt, etwas davon nach außen dringen zu lassen. Das habe er ganz gewiss nicht vor, versicherte mein Vater. Darauf erklärte der Offizier lachend: ›Das interessiert mich nicht, denn du kommst hier sowieso nicht raus. Deinen Ausweis haben wir längst der Lagerverwaltung übergeben.‹ Mein Vater protestierte noch einmal, er habe doch nichts verbrochen. Der Offizier seufzte, von wegen, er kenne nur die Gesetze nicht. Einen Gefangenentransport zu entern sei gleichzusetzen mit dem Versuch, in ein Lager einzubrechen, um Strafgefangene zu befreien.«

»Haha, kein geringes Verbrechen.«

»Diesen ungleichen Kampf zu kämpfen war aussichtslos. Mein Vater musste sich wohl oder übel fügen, bekam den Kopf kahl geschoren, zog die Gefangenenkleidung an und begann sein entrechtetes Arbeitslagerleben. Während die übrigen Gefangenen ab und zu die Enge des Lagers verlassen durften, weil sie auf den Feldern für die Baumwollernte eingesetzt wurden, durfte mein Vater, der als Sonderfall galt, nie einen Fuß vor das Tor setzen.«

»Er wurde behandelt wie ein gefangener feindlicher Spion.«

»›Ohne Anklage und Prozess direkt ins Arbeitslager – wo bleibt denn da das Gesetz?‹ Das schrieb mein Vater in seinen Berufungsschreiben. In den ersten zwei bis drei Jahren schrieb er mehrere hundert solcher Berufungsschreiben, alle gingen unter wie Kiesel im tiefen Meer. Die Lagereinheit, in der er gelandet war, war nicht die übelste, man redete ihm gut zu und gab ihm gutgemeinte Ratschläge, aber das nutzte nichts, die Staatssicherheit zerknüllte seine Anträge nur und warf sie in den Papierkorb. Die Gerichte und die Staatsanwaltschaft waren paralysiert, das Revolutionskomitee und die Revolutionsallianz hatten jetzt das

Sagen, da war kein Platz für die Belange kapitalistischer Verräter.«

»Ich erinnere mich, dass es damals aber auch noch die kleinen Verbände zur Durchsetzung der ›Diktatur der Massen‹ gab.«

»Natürlich, an die hat mein Vater auch geschrieben. Sein Einheitsleiter empfahl ihm jedoch nachdrücklich, die Sache für sich nicht noch weiter zu verschlimmern, nur die wenigsten würden es schaffen, mittels einer Überprüfung ihres Falls aus dem Gefängnis herauszukommen. Und wenn es einmal dazu kommen solle, dass er öffentlich an den Pranger gestellt werde, dann könne die Lagerleitung nicht für seine Sicherheit garantieren. Und damit hatte es sich. Mein armer Vater musste sich in sein Schicksal fügen.«

»Einen Menschen für vierzehn Jahre von der Bildfläche verschwinden zu lassen ist keine Kleinigkeit. Was hat denn deine Mutter gemacht?«

»Damals hatte ich noch keine Mutter. Mein Vater war gerade erst 20 Jahre alt. Mein Großvater war früher im Nordwesten Soldat unter General Tao Zhiyue. Er kam ursprünglich aus Shaanxi, aber wegen der großen Dürren und Missernten war er vor dem Hunger geflohen, über Berge von Leichen Verhungerter bis nach Ürümqi. Da er seinen Magen irgendwie füllen musste, geriet er in einer Garnisonsstadt an Taos Armee. Als Tao Zhiyue später in Ungnade fiel, wechselten die Truppen, die vorher unter seinem Kommando standen, sofort auf die Seite der Truppen zur friedlichen Befreiung der Provinz Xinjiang. Mein Großvater tauschte die Insignien der Nationalen Armee auf seiner Soldatenmütze gegen die der Kommunisten und gehörte fortan einer der 22 Revolutionsregimenter an. Die Garnisonsstädte wurden befriedet, Aufstände vonseiten der uigurischen Bevölkerung niedergeschlagen. Aus der siegreichen Armee General Wang Zhens war inzwischen das Regiment zum Aufbau Xinjiangs geworden. Mein Großvater folgte den Zeichen der Zeit, nahm sein neues

Leben an, schrieb sofort nach Hause und schickte seiner Frau das nötige Reisegeld, damit sich die Familie, zu der mein Vater und meine Tante gehörten, in Xinjiang vereinen konnte. Laut meiner Großmutter war der Weg von Shaanxi über den Tong-Pass nach Henan und weiter nach Xinjiang lang und beschwerlich. Fast zwei Monate lang folgten sie denselben Wegen wie die siegreichen Truppen, bis sie in Aksu anlangten. Von da an wohnten sie in einer bescheidenen Hütte, ernährten sich von bescheidenen Hüttenfladen, gruben die Erde um, zogen Abwasserkanäle, bauten Straßen und errichteten Häuser, schufteten viele Jahre lang wie die Ochsen, bis Aksu zum Standort der Landwirtschaftlichen Hochschule Nummer 1 avancierte und zu einer der wichtigsten Anbaugegenden für Baumwolle und Getreide wurde. Die verdammte Propaganda von wegen ›stolzes und glückliches Volk‹ hielt keine zwei Tage, als schon die Kulturrevolution ausbrach. Die neugeschaffenen Revolutionsverbände untersuchten die republikanische Vergangenheit meines Großvaters und setzten seine aufständische Truppe kurzerhand mit konterrevolutionären Nationalisten gleich. Mein Großvater ließ sich das nicht gefallen und wagte es, während einer der Kampfversammlungen gegen die Verunglimpfungen zu protestieren. Die revolutionären Massen prügelten ihn dafür glattweg tot.

Meine Mutter brachte meinen zum Sohn eines Verräters gewordenen Vater zunächst bei meiner Tante in Aral unter. Und so wurde mein Vater zu einem Flüchtigen, der nirgendwo länger bleiben konnte – bis er dann auf den falschen Wagen stieg und erst nach vierzehn Jahren ›Umerziehung‹ freigelassen wurde.«

»Freilassung nach Umerziehung? Wieso das? Gab es inzwischen eine rechtmäßige Beweisführung?«

»Ach was. Mein Vater erzählte, dass er eines Tages während des Mittagessens gerufen wurde. Er stand verwundert auf und folgte den im Stechschritt vorangehenden Wachsoldaten bis vor das dritte, äußerste Tor des Lagers. Er begriff noch gar nicht, was vor sich ging, als sich schon mit einem lauten Rumpeln das Tor hinter ihm geschlossen hatte. Er war so verdattert, dass er zuerst gar nicht wahrnahm, dass vor dem Tor meine Großmutter auf ihn wartete. Das war 1980. Er war vierunddreißig Jahre alt, aber sein Haar war schon ganz grau.«

»War dein Vater selbst schon einmal in Peking?«

»Vor drei Jahren. Doch er wurde von den Behörden sofort wieder zurückgeschickt. Seitdem hat er keine Kraft mehr.«

»Ich würde deinen Vater gerne interviewen.«

»Er ist immer noch in Aksu. Das ist viel zu weit weg von hier.«

»Ich werde hinfahren.«

»Dann musst du dich aber beeilen, denn er liegt bereits im Sterben und wird nicht mehr lange durchhalten.«

Schnaps Marke Glück

Es kostete Lao Wei ein paar Tage, bis er das antike Jadearmband aus Familienbesitz verkauft hatte, um die Reisekosten zu bezahlen, ein paar weitere, um von Paris loszukommen, und noch ein paar, bis er endlich im Zug saß und sich auf die weite Reise quer durch Chinas Norden machte, über das Tiantan-Gebirge in den Süden Xinjiangs nach Aksu, bis zur Langanstraße in der Nähe des Stadtzentrums, bis zu dem alten zweigeschossigen Gebäude und dem Türschild mit dem Namen, den Qi Mu ihm genannt hatte. Als er an die Tür klopfte, war der alte Mann bereits auf dem Kranich ins westliche Paradies geflogen. Qi Mu öffnete ihm.

Lao Wei stellte seine Reisetasche ab, verbeugte sich vor dem Porträt des Verstorbenen und strich über den kalten Stein der Urne mit seiner Asche, als würde er über den erkalteten Arm des Toten streichen. »Ob es im Himmel ein Xingfu-Gefängnis gibt, in dem er nun für immer einsitzt, weil er auf den falschen Wagen gestiegen ist?« In der Abendsonne, die zum Fenster hineinschien, verschmolzen sein eigener und der hünenhafte Schatten Qi Mus zu einem. »Tut mir leid«, sagte Qi Mu.

Lao Wei nickte und sagte leise: »*Mir* tut es leid.« Das Schicksal hatte sie beide zum Narren gehalten. Zufällig hatten sie kurz hintereinander Peking verlassen, doch beide waren zu spät gekommen, um den Alten noch lebend zu sehen. Natürlich war die Trauer für den Sohn ungleich größer, doch auch Lao Wei ging der Tod des Mannes sehr nahe.

»Nun hast du so gekämpft, Vater, und ich hätte dich so gern noch mit diesem Schriftsteller zusammengebracht«, sagte Qi Mu traurig. »Aber der Krebs war einfach schneller.«

Noch einmal sagten beide ungewollt gleichzeitig »Es tut mir leid«. Qi Mu haute sich selbst eine runter: »Ich hätte das Flugzeug nehmen sollen, egal, wie arm ich bin.« Lao Wei dachte dasselbe. Er verzichtete darauf, sich selbst zu ohrfeigen, und ging hinunter vor die Tür, um sich ein bisschen die Beine zu vertreten. In Xinjiang geht die Sonne zwei Stunden später unter als in Peking, so dass es jetzt, zur offiziellen Pekingzeit von 22 Uhr, immer noch hell war und auf der Straße viel los. Eine uigurische Bettlerin sprach Lao Wei an, von Kopf bis Fuß in einen schwarzen Tschador gehüllt. Er verstand kein Wort von ihrem klagenden Sermon, aber er gab ihr trotzdem ein paar Yuan. Als Nächstes traf er auf eine Gruppe blinder Chinesen, die auf ziemlich mitgenommen wirkenden Erhus einfache Liedchen spielten und dazu mit einem Schlagstock im Rhythmus auf den Boden klopften. Lao Wei spendierte wiederum ein bisschen Kleingeld. Erst als er genauer hinhörte, merkte er, dass die Blinden *Auf ins neue Zeitalter* spielten, eine Hommage an Jiang Zemin und den ehemaligen Staatspräsidenten Hu Jintao, also nicht mehr ganz auf der Höhe der Zeit. In einer Ecke verhalf eine größere Gruppe von Tantchen – vermutlich die Ehefrauen pensionierter Soldaten, die sich um den Aufbau des Landes verdient gemacht hatten – Folkloretänzen aus dem Nordosten zu neuer Blüte. Im Kreis tanzten sie um einen uralten Rekorder herum wie die Funkenmariechen der Partei und sangen mit großem Enthusiasmus »56 Völker, 56 Blumen, hai-yo, hai-yo, hai-yo, 56 Brüder und Schwestern, wir sind eine Familie, hai-yo hai-yo hai-yo«. So ungefähr musste es sich anfühlen, wenn jemand mit masochistischer Inbrunst die singapurische Prügelstrafe genießt. Lao Wei hielt sich die Ohren zu und tauchte rasch in die nächstbeste Fressgasse ab. Erst der Anblick der zahlreichen Imbissstände mit Hammelfleischspießen entspannte ihn ein wenig.

Müde und hungrig nahm er Platz, bestellte gegrillte Hammelspieße und lokales Bier. Qi Mu, der ihn gesucht hatte, gesellte sich mit einer Flasche Hochprozentigem zu ihm. Er fragte ihn, wie hochprozentig, und Qi Mu erwiderte: 60. Lao Wei roch an der Flasche. Ohne große Umstände nahm Qi Mu zwei Wassergläser vom Nachbartisch und goss sie randvoll. »Das ist im Xingfu-Lager gebrannter Schnaps, den muss man probiert haben.« Lao Wei nahm einen Schluck, bleckte die Zähne und wartete einen Augenblick, bis er sagte: »Geht runter wie Wasser und brennt wie Feuer. Wenn das kein guter Schnaps ist.«

Die wie ein Rad angeordneten Weidenspieße wurden serviert. Zwischen walnussgroßen Hammelfleischstücken steckten Hammelspeck, Hammelhüfte und Hammelhoden, es roch penetrant nach ranzigem Fett und Schaf, aber von dem starken Schnaps begleitet, schmeckte alles köstlich. »Wunderbar«, rief Lao Wei, und Qi Mu, der schließlich noch jung war, schien seine Trauer auch schnell hinter sich zu lassen. Bis spätabends blieben sie sitzen, aßen und tranken, bis der uigurische Standinhaber, der offenbar kein unbelesener Mann war, sich in ihr Gespräch einmischte: »Sie beide wissen doch sicher, woher dieser Schnaps stammt?«

»Aus dem Königreich Kucha«, antwortete Qi Mu, »deshalb ist der Name auch ein wenig erotisch, er heißt nämlich ›Jadetropfen‹. Mein Vater hat mir die folgende Geschichte erzählt: In den siebziger Jahren verbrachten zwei Gefangene des Xingfu-Gefängnisses, die für den Küchendienst zuständig waren, fünf Jahre damit, jeden Abend unter dem großen Herd in der Küche einen Tunnel nach draußen zu graben. Theoretisch war es möglich, innerhalb von ein paar Wochen vom inneren Bereich des Gefängnisses bis zum zweiten und letzten Mauerring durchzukommen, doch ihre einzigen Werkzeuge waren kleine Spatel, mit denen sie nur sehr langsam vorankamen, und ebenso mühsam war die Beseitigung der Erde und Steine. Eines Abends stürzte der Tunnel überraschend ein, aber nicht von oben. Es klaffte ein Loch nach unten, und der unglückselige Grabende stieß noch einen lauten Schrei aus, bevor er etwa zehn Meter in die Tiefe fiel und nicht mehr nach oben kam. Als er nicht wiederkam, nahm sein Kumpel, der so lange Wache geschoben hatte, an, der andere sei an der Außenmauer angelangt und in die Freiheit gekrochen, und folgte ihm nach. Das war's dann.«

»Sie sind doch nicht etwa in eine alte Grabhöhle gefallen?«, unterbrach Lao Wei. »Ich habe ein bisschen geforscht und festgestellt, dass das Gebiet um Aksu zur Zeit der Han-Dynastie auf der damaligen Seidenstraße lag und Königreich der Kucha genannt wurde, etwa von gleicher Größe wie das Königreich Dunhuang im heutigen Ningxia.«

»Solche alten Grabhöhlen sind nicht selten, das stimmt«, fuhr Qi Mu fort, »aber noch viel seltener sind so riesige alte Weinkeller! Die beiden bedauernswerten Kreaturen hatten viele Jahre wie die Ratten gelebt – und am Ende war alles für die Archäologie und die Schnapsindustrie. Es heißt, dass der Hirseschnaps in den mehreren hundert Tonkrügen, die man aus der Höhle barg, dick wie Matsch war. Schon eine fingernagelgroße Menge davon, verdünnt mit mehreren Litern Wasser, konnte den stärksten Mann umhauen. Die Archäologen schlugen ihre Zelte auf, eine militärische Schnapsbrigade entstand, und durch den Verkauf von Schnapsflaschen mit der Nachbildung einer antiken Tasse aus ›Phosphorjade‹ im Geschenkkarton wurde das Gefängnis mit Geld überflutet wie die Felder am Tarim-Fluss im Frühsommer mit Wasser.«

»Und die Sache mit der Flucht?«

»Nur noch eine Bagatelle. Eine Kleinigkeit, die angesichts des großen Gewinns keine Rolle mehr spielte.«

»Ein Gefängnis, das zur Schnapsfabrik wird, ist schon ein bisschen seltsam.«

»Deshalb hieß der ›Kuchaer Jadetropfen‹ unter den Gefangenen auch immer nur ›Schniedeler Jadetropfen‹.«

»Haha, irre Geschichte. Und dein Vater hat also damals ›Schniedeler Jadetropfen‹ getrunken?«

»Im Gefängnis war Alkohol verboten. Stell dir vor, wo es überall nach Schnaps roch! Und als er draußen war, war ihm der Gedanke zuwider, dafür Geld auszugeben. Erst auf seinem Hochzeitsfest 1982 leerte er unter den Hurrarufen der Hochzeitsgesellschaft eine ganze Flasche und konnte danach sogar noch mit meiner Mutter schlafen. Dabei herausgekommen ist dieser 1,90 große Kerl hier.«

»Das klingt alles so unglaublich, das Gefängnis, der Schnaps, die Geschichte von deinem Vater, der auf den falschen Wagen gestiegen ist, die beiden Kerle, die fünf Jahre lang einen Tunnel graben und dann kurz vor dem Ziel auf einen Han-zeitlichen Weinkeller stoßen. Was haben die wohl zueinander gesagt, als sie sich im Jenseits wiedergetroffen haben?«

»Was schon? Schicksal. Genauso wie in einem Gefängnis zu landen, das ausgerechnet den Namen ›Xingfu‹ trägt, was schließlich ›Glück‹ bedeutet.«

»Schicksal. Ja, damit kennen wir Chinesen uns aus. Alles, was man nicht begreifen kann, nennt man Schicksal. Zum Teufel mit dem verdammten Schicksal.«

Sie tranken ihre Gläser leer und nahmen dann noch ein Glas lokales Bier. Sie hatten längst mehr als genug gehabt, wollten sich aber noch nicht trennen. Als der Schleier der Nacht sich bereits lichtete, sah Qi Mu im Zwielicht die Seele seines Vaters von den Dächern herabschweben und neben ihm Platz nehmen. Erschrocken streckte er die Hand nach ihm aus, doch er griff ins Leere. Lao Wei fiel die Brille herunter. Als er sie vom Boden aufgehoben und wieder aufgesetzt hatte, sah auch er Qi Mus Vater zusammengekauert auf dem Schoß seines Sohnes sitzen, dem Alkohol sei Dank. Er machte eine höfliche Verbeugung. Die Silhouette des Alten zog sich in die Länge und stieg in die Luft wie eine feine Rauchsäule.

Die darauffolgenden Tage verbrachte Lao Wei damit, durch Aksu zu wandern. Enge Straßen, hohe Gebäude und kaum noch eine Spur von der ursprünglichen uigurischen Bevölkerung. Der touristische Slogan »Antike Fremdvölkerstadt« wirkte absurd. Doch die ferne Silhouette des Tomur, des höchsten Gipfels des Xinjiang umschließenden Tianshan-Gebirges, hatte am strahlend blauen Firmament etwas von einer Fata Morgana in der Wüste, ein Spiegelbild des Paradieses. Aksu ist ein uigurisches Wort und bedeutet »weißer Fluss«. Jetzt spannte sich eine Stahlbrücke über den weißen Fluss, bei der ein Obdachloser wohnte, der dort, Tag und Nacht in den Himmel starrend, auf dem Rücken lag und Lao Wei klarzumachen versuchte, dass die Brücke ein Unglück bringender Bogen sei, der Pfeile gegen Allah richte. »So, so«, sagte Qi Mu und legte sich ebenfalls hin, um nach oben zu starren. Lao Wei legte sich daneben. Hier war tatsächlich noch etwas von Aksus Tradition zu Hause. An beiden Ufern des Flusses hausten betrunkene Bettler, allesamt in die Jahre gekommene Moslems, die sich gegen Sonnenuntergang hinknieten, die weißen Turbane abnahmen, sich mit Wasser besprengten, um Körper und Seele reinzuwaschen, und dann, flach auf dem Boden liegend, ihr Gebet murmelten. Sonntags stimmten sie zusätzlich noch einen Gesang mit langgezogenen Tönen an. Manchmal führte dann der Imam mit dem langen weißen Bart gemessenen Schrittes eine Gruppe Gläubige aus der Moschee zum Fluss, wo sie niederknieten und beteten. Die auf- und abebbenden »Allah«-Rufe Hunderter Moslems erinnerten Lao Wei an den Ganges in Indien, wo die untergehende Sonne den Müllhaufen und den Kadavern, aus der Distanz betrachtet, einen poetisch goldenen Schimmer verlieh. Ähnlich poetisch wirkten auch diese armen Säufer, wenn sie sich erhoben, die Hände wuschen und Mohammed um Vergebung ihrer Sünden baten.

Wenn Sichbesaufen eine Sünde war, hatte Lao Wei eine Menge, wofür er um Vergebung bitten musste. Eigentlich hatte er seine weite Reise mit dem Enthusiasmus von jemandem angetreten, der etwas Sinnvolles tun wollte, doch nun war er geendet wie der Affe, der den Mond aus dem Wasser fischen will. Ganz wollte er noch nicht aufgeben. Er schlug Qi Mu vor, sich einmal die Straße anzusehen, auf der sein Vater falsch aufgestiegen war. Qi Mu war sofort dabei und konnte ihnen, dank guter Beziehungen zu jemandem bei der Landwirtschaftlichen Hochschule Nr. 1, einen alten Jeep besorgen, der wie die Jiefang-Modelle noch aus der Zeit des sowjetischen Aufbauprogramms in den frühen fünfziger Jahren stammte. »Auf diesem Sitz saß bereits General Wang Zhen«, prahlte Qi Mu. »Beim bewaffneten Aufstand von Yengisar in der Nähe von Kaschgar 1956 fuhr der alte Wang Zhen genau diesen Jeep und machte mit seinen mit Maschinengewehren und Handgranaten bewaffneten Truppen mehrere rebellische uigurische Dörfer dem Erdboden gleich.«

Lao Wei schnaubte verächtlich. Er hatte gelesen, dass dieser Analphabet von einem General die Bevölkerung zu beiden Seiten des Tianshan wie Fliegen gemetzelt hatte. Uigurische Mütter, die ihre Kinder zur Ordnung rufen wollten, benutzen damals die Drohung: »Sei brav, sonst holt dich der alte Wang Zhen.« Für jeden gefallenen Soldaten der Volksbefreiungsarmee mussten mindestens ein Dutzend Uiguren ihr Leben lassen, ganz gleich, was sie damit zu tun hatten. Als Mao Zedong davon erfuhr, wurde der General nach Peking beordert, um Rechenschaft darüber abzulegen. Dabei prägte er einen Satz, der in die Geschichtsbücher Einzug hielt: »Wenn in Xinjiang auf fünfzig Jahre kein Konterrevolutionär mehr geboren wird, ist das allein mein Verdienst!« Dreißig Jahre später gehörte er zu den vehementen Befürwortern des Massakers vom Tiananmenplatz und prägte einen weiteren Satz für die Geschichtsbücher: »Zweihunderttausend Menschenleben für zwanzig Jahre Macht.« Zwei Seiten der Medaille der Abgründe menschlicher Natur, die sich dieser »Unsterbliche der Kommunistischen Partei« selbst verlieh.

Der durstige Wüstenfluss

Qi Mu setzte sich ans Steuer, und sie fuhren zum östlichen Ende der Stadt hinaus, verweilten ein wenig an der Stelle, wo der Aksu in den Tarim mündet, und folgten dann der Asphaltstraße nach Süden, von der aus sich nach beiden Seiten Baumwollfelder bis zum Horizont erstreckten. Qi Mu gab den Reiseleiter: »Die Landwirtschaftliche Hochschule Nr. 1 hat die Oberaufsicht über gut ein Dutzend Landwirtschaftsbrigaden in dieser Gegend. Landwirtschaftsbrigaden heißen sie deshalb, weil ihre Bewirtschaftung jeweils einem Militärregiment untersteht, militärische Landwirtschaft nennt man das, Bauern und Soldaten ackern hier seit der Befreiung Hand in Hand.«

»So weit draußen gehört alles immer noch zur Landwirtschaftlichen Hochschule?«

»Von Aksu bis Aral und weiter bis zur Taklamakan, über mehrere hundert Kilometer. Man scherzt gerne, dass der Arm der LWH so weit reicht wie das Wasser des Tarim, dort, wo der Tarim in der Wüste endet, endet auch die LWH, denn mit Erdölförderung ist sie nicht befasst. Was die Uiguren angeht, so lebten sie früher seit Generationen im selben Dorf und ernährten sich von dem, was sie fanden. Ein ausgesprochen sesshaftes Volk, dass ungern sein Nest verlässt. Wang Zhen war egal, wie es die Uiguren hielten, er meinte, in dieses riesige Gebiet fällt man einfach zu Pferd ein, nimmt es und erschließt es sich. Zunächst lachte ihn die lokale Bevölkerung hinter vorgehaltener Hand aus. ›Dann viel Erfolg‹, sagten sie, ›nehmt die Salzwüste und die Gobi mit euren Pferden ein – arme Pferde! Hier gibt es nichts zu holen.‹ Doch Wang Zhen ging hin und ließ Kanäle und Dämme bauen und die Wasser des Tarim umleiten zu den Gebieten, die zu Pferd eingenommen worden waren, erschloss die Salzwüste, pflanzte Baumwolle und Getreide an, und die Uiguren machten große Augen. Jetzt verlangten sie Zugang zu Wasser und Wohlstand und probten den Aufstand. Doch wer den Aufstand probte, wurde als Konterrevolutionär unterdrückt. Und so wurden die neu angesiedelten Han-Chinesen auf dem fruchtbaren Land immer wohlhabender, während die Uiguren auf dem Trockenen saßen und immer ärmer wurden. Und die ethnischen Konflikte spitzten sich immer mehr zu.«

»Ich habe gehört, dass es vor nicht allzu langer Zeit in der Landwirtschaftlichen Hochschule Fälle von Selbstmordbombern gegeben hat?«

»In ganz Xinjiang, an Bahnhöfen, Supermärkten, Polizeiwachen und Landwirtschaftsbrigaden gab es innerhalb eines Jahres zig Explosionen, Hunderte von Menschen starben. Laut Wang Zhens Testament sollte sein Geist weiterhin an den Rändern des Sozialismus wachen. Daher wurde seine Asche mit einem Flugzeug über den Tianshan verstreut. Für die Uiguren eine ungeheure Provokation, denn in ihren Augen ist der Tianshan göttlich.«

Inzwischen waren sie bereits über zweihundert Kilometer weit gefahren, hatten die große Brücke über den Tarim passiert und auch die Stadt Aral und waren an den Rändern der Taklamakan angelangt. Von hier war es auf der Wüstenstraße nicht mehr weit bis zum südlichen Ende der Präfektur Khotan. Mit Hilfe von aus Schilf und Tamariskenzweigen gewebten Gittern hielt man den Flugsand zu beiden Seiten der Straße unter Kontrolle. Sie machten kurz Rast, versorgten sich mit Wasser und Trockennahrung und erklommen eine Sanddüne, wo sie Schatten unter einer krummen Euphrat-Pappel suchten. Diese Euphrat-Pappel war innen hohl wie ein dicker Mühlstein. Sie schaufelten den Sand heraus, um darin Platz für ihre Hintern zu schaffen. Gerade als sie sich hinsetzen wollten, schoss eine Eidechse daraus hervor. Na, wenigstens sei es kein Skorpion, meinte Qi Mu. Lao Wei sagte lachend, durch die narkotisierende Wirkung des Skorpiongifts sterbe man angeblich eines recht behaglichen Todes.

Sie machten es sich gemütlich, tranken Wasser und blickten durch die Zweige des Baumes in den endlosen blauen Himmel. Das Besondere an der Euphrat-Pappel, so erklärte Qi Mu, sei ihre Beständigkeit, sie falle tausend Jahre nicht um, und wenn sie umfalle, so sterbe sie tausend Jahre lang nicht ab, und sterbe sie ab, so verrotte sie tausend Jahre nicht. Soso, sagte Lao Wei. Qi Mu klopfte gegen die Innenseite des ausgehöhlten Baumes. Schon ganz versteinert, sagte er, doch die Krone schlage unermüdlich weiter aus. Aber frische Zweige sollten grün sein, wandte Lao Wei ein. Die hier seien ganz verbrannt. Das sei nun einmal so in der Wüste, gab Qi Mu zurück, sämtliche Bäume, Pappeln, Tamarisken, Sanddorn, alle würden von der Sonne rot gebrannt. Er könne es ja ausprobieren. »Mach dich zur Pflanze und bleib ein paar Tage unbeweglich hier stehen, dann bist du auch rot gebrannt, wetten?« »Genau wie dein Vater«, sagte Lao Wei, »dem wurden Hirn und Sinne so weggebrannt, dass er auf den falschen Wagen gestiegen ist. He, wo liegt eigentlich besagte Landstraße?« So eine richtige Landstraße durch die Wüste habe es damals gar nicht gegeben, erklärte Qi Mu. Sie müssten etwa zwanzig Kilometer zurück und dann an der Landwirtschaftsbrigade Nr. 13 abbiegen in Richtung Shayar. Im dortigen Gefängnis hockten jede Menge politischer Gefangener, seine Fläche übertreffe die der Kreisstadt selbst. In der Han-Zeit habe man das heutige Xinjiang das Westliche Territorium genannt, ergänzte Lao Wei, die nach Unabhängigkeit strebenden Uiguren würden es immer noch Ostturkestan nennen, von alters her sei dieses Gebiet für Fremde das größte Gefängnis der Welt gewesen. Es heiße, dass die Hälfte aller chinesischen Verbrecher nach Xinjiang verschickt worden seien. »So ist es«, sagte Qi Mu. »Nimm an, du willst hier als Verbrecher aus dem Gefängnis entwischen und landest in einem dieser immensen Baumwollfelder wie eine Ameise auf einem Fußballplatz. Und dann? Krümmst du dich und krabbelst dort herum und kommst doch nirgends raus.« Aber die zwei Gefängnisköche mit den Spateln hätten es doch versucht, meinte Lao Wei. Das seien nun wirklich zwei typisch uigurische Deppen gewesen, meinte Qi Mu. »Die haben gedacht, wenn sie sich aus dem Gefängnis raus und ins nächste Dorf graben, seien sie gerettet. Haha.«

Die Sonne stand tief im Westen. Sie fuhren einige Kilometer zurück, konnten aber die Abzweigung zu der Unglücksstraße nicht finden. »Nach vierzig Jahren hat sich doch einiges verändert«, bemerkte Qi Mu, »selbst mein Vater würde die Straße vermutlich nicht wiedererkennen.« »Dein Vater ist immerhin ein Geist, gerade der würde wahrscheinlich die richtige Straße finden.« Sie fuhren von der Straße ab Richtung Gobi. Als vor ihnen die Dünen auftauchten, stieg Lao Wei aus und starrte eine Weile in die Ferne. Er verspürte einen unbändigen Drang, ein Stück zu Fuß zu gehen, und Qi Mu folgte ihm nach. Und dann erblickten sie in der Senke zwischen den hohen Dünen eine Oasenstadt, eine glitzernde Wasseroberfläche, zahlreiche Menschen, die zur Stadt hinein- und herausritten. Aus dem Palast hörte man undeutliches Singen. In der Luft erschien eine Hand, die rhythmisch auf den Vollmond trommelte wie auf die kristallene Jade von Khotan. »Vater!«, rief plötzlich Qi Mu. Auch Lao Wei erkannte ihn, Qi Mus Vater, wie er aufrecht in seinem Leichengewand inmitten der Reiter stand.

Die Versuchung war einfach zu groß. Der Klang des Trommelschlags auf dem Mond war nichts anderes als der Klang der wandernden Dünen, auf die sich der leuchtende Orangensaft der Sonne ergoss. Lao Wei ging näher heran, das Tor am anderen Ufer wurde undeutlicher, und dann gab es nur noch brennend heißen Sand. Er zog die Schuhe aus und ging weiter, seine nackten Füße wurden sofort wie von einer Eisenklaue im Samthandschuh von mütterlicher Wärme akupressiert. Er stapfte nach oben und rutschte wieder hinunter, krabbelte wieder hinauf, auf Händen und Füßen, bis zum Kamm der Düne, so dünn und fein wie die Schneide eines Messers, auf den legte er sich und sank sofort ein. Über ihm nur der Himmel, an dem die Sterne zu beiden Seiten der Milchstraße pochten wie die Herzen unzähliger Babys.

Heulend fegte der Wind über ihn hinweg und häufte Sand auf ihn, bis nur noch seine Nasenspitze hervorlugte. Er sprang auf und drehte sich in alle Richtungen, doch überall nichts als unendlicher Wüstensand. »Qi Mu!«, brüllte er, so laut es ging, doch ihm antwortete nur sein Echo. Qiii Muuu! In einiger Entfernung tauchte ein schwacher Lichtstrahl auf.

Er rannte in Richtung des Lichtstrahls. Eben noch war er eindeutig am Rande der Wüste gewesen, hatte nur eine einzige Düne erklommen, doch jetzt hatte er das Gefühl, dass er wie ein Hund auf allen vieren über eine weiche Erhebung nach der anderen krabbeln musste. Er roch Feuchtigkeit. Ein dunkler Schwarm Tigermücken attackierte ihn. Zwecklos, den Kopf mit den Armen zu schützen. Er taumelte und purzelte von der vielleicht zehn Meter hohen Düne hinab, direkt in den stinkenden

Tarim, diesen anarchischen Fluss, der Jahr um Jahr seinen Lauf ändert, und landete zum Glück an einer seichten Stelle im Schilf. »Fang!« Qi Mu warf ihm vom Ufer ein Seil zu.

Noch in derselben Nacht erreichten sie Xingfu und suchten sich ein Zimmer in einer kleinen Familienpension gegenüber dem Gefängnis. Innerlich noch ganz aufgewühlt, setzte Lao Wei sich hin, schrieb ein zweistrophiges Lied und komponierte eine Melodie dazu, die für eine Weile unter den Geächteten zirkulierte.

Tarim, Tarim
Exilierter, eingesperrter Fluss
An der Wüste verdursteter Fluss
Wie der Wind das Schilf am Himmel klingen lässt
Vom Wasser der Ewigkeit durchnässt

Tarim, Tarim
Verfluchter und bestrafter Fluss
Sandige Tränen weinender Fluss
Ob du weißt, wer die Mutter ist?
Ob du das wohl weißt?

Abdu, der uigurische Sänger

Am nächsten Tag nahmen sie den Ort in Augenschein. Das Gefängnis lag gleich gegenüber, dort stand jedenfalls ein hohes Gebäude mit Kachelmosaiken und großen Glasbausteinen. Der funkelnde Reflex der ersten Sonnenstrahlen darauf war wie der unruhige Herzschlag eines Irren. Lao Wei setzte die Sonnenbrille auf und machte ein Erinnerungsfoto von Qi Mu mit den Schriftzeichen »Xingfu-Gefängnis« im Rücken. Der eigentliche Eingang zum Gefängnis lag hinter dem hohen Gebäude. Sie ließen es darauf ankommen und versuchten, daran vorbeizufahren, wurden aber sofort von den Wachleuten zurückgepfiffen, die rote Fahnen schwenkten, um ihnen zu signalisieren, dass hier kein Vorbeikommen war.

Also nahmen sie schleunigst einen anderen Weg, und schon bald konnten sie in einiger Distanz die Stadt Aksu ausmachen. »Jetzt nennt sich dieses Xinjiang schon ›Autonome Uigurische Provinz‹, aber man bekommt keinen einzigen Uiguren zu Gesicht«, seufzte Lao Wei.

Qi Mu lächelte. Er drosselte das Tempo und bog von der Landstraße ab. Sie fuhren an einem neuangelegten Kanal entlang nach Süden, bis sie wieder nur kilometerlange Baumwollfelder im Blick hatten, urbar gemacht von einfachen, ameisengleichen Menschen, Baumwollfelder, die Umerziehungslager waren, auf denen sich Abertausende von Zwangsarbeitern verloren wie eine Handvoll Sand, die man gen Himmel wirft. Ein Lidschlag, und sie waren verschwunden.

Die Furchen am Rande der Felder waren mit weißen Alkaliblumen überzogen. Sie rumpelten noch gut zwei Stunden über unebene Pisten, durchquerten winzige Dörfer auf engen, staubigen Straßen. »Hier ist immer noch die Welt der Uiguren. Gleich erreichen wir ein etwas größeres Dorf namens Ayinke, ein bekanntes Musikerdorf, aber auch eins, in dem man nicht wenige Kämpfer für die Unabhängigkeit Xinjiangs antrifft.«

»Also mal etwas anderes als diese ewigen Hammelfleischbuden?« Lao Wei war ganz aufgeregt.

Es war gerade halb drei Uhr nachmittags, und sie fühlten sich unter den heißen Sonnenstrahlen wie unter Beschuss. Hob man den Kopf und blickte zu den außergewöhnlich hohen Pappeln hinauf, die sie wie ein Paravent vom Himmel abschirmten, glitzerten die Blätter in der Sonne wie ein Schwarm Fische. Die am Dorfeingang im Matsch spielenden Uigurenkinder standen auf, als sie das Auto sahen. Lao Wei streckte den Kopf heraus und schnitt ihnen eine Grimasse. Der Jeep fuhr weiter bis zum Ende des Dorfes.

Sie hielten an einer von Erdwällen begrenzten Kreuzung an, die mit lautem Getrappel Pferdewagen querten. Lao Wei bemerkte ein Mädchen mit einem bunten Kopftuch, das auf dem Bock eines Wagens schaukelnd aus dem Pappelwald gefahren kam. Er fand den Anblick so hübsch, dass er die Kamera aus seinem Rucksack hervorholen wollte. Doch sein Freund packte ihn sofort am Handgelenk und hielt ihn davon ab. Sie zogen sich ein wenig zurück und erkannten aus der Nähe eine alte Frau, die auf der Pritsche des Pferdewagens mit dem Mädchen lag. Der Wagen zockelte noch ein kleines Stück weiter, bis er vor einer Lehmmauer hielt, auf die ein rotes Kreuz gemalt war. Das Mädchen sprang vom Wagen und band das Pferd an, dann half sie der alten Frau aufzustehen und ging mit ihr hinein.

Links von Lao Wei und Qi Mu standen und hockten Uiguren, die sie aus scharfen Adleraugen beobachteten. Rechts von ihnen verströmte ein kannelierter Ofen den Geruch nach Hammelfleischspießen. »Einer fünf Mao«, sagte der Standinhaber mit ziemlich strengem Blick, woraufhin jeder von ihnen sich mit gebleckten Zähnen je einen großen Spieß mit Fleisch und einen mit Innereien einverleibte. Qi Mu unterhielt sich ein bisschen mit den umstehenden Dorfbewohnern, aber in einem von explosiven Lauten geprägten Uigurisch, von dem Lao Wei kein Wort verstand. Dennoch erschienen ihm die Uiguren extrem reserviert und ihre Mienen starr, vielleicht aus Respekt. Ihre Münder umspielte allenfalls der Anflug eines Lächelns, während sie die beiden fortwährend streng musterten.

Sie streiften ein wenig durchs Dorf, fühlten sich aber nicht ganz wohl in ihrer Haut, als wären sie auf völlig fremdem Territorium gelandet. Überall die von schweren Türvorhängen verschlossenen niedrigen Lehmhäuser, von allen Seiten diese Adlerblicke. Außer dem Knirschen ihrer Schritte auf den Wegen war kein Laut zu hören. Selbst die Pferdekarren, die dem Ort etwas Leben verliehen, kamen nicht mehr vorbei. Es war offensichtlich leichter, Sand in Roheisen eindringen zu lassen als einen Han-Chinesen in dieses Dorf. »Lass uns gehen«, sagte Lao Wei.

Qi Mu lächelte resigniert. Doch gerade als sie sich zum Gehen wandten, hörten sie einen Laut, der so plötzlich versiegte, wie er erklungen war. Dann wieder dieser Laut, und jetzt erst hörte man, dass es der Klang einer Qin war, in der Stille wirkte er eindringlicher als das Donnern von Pferdehufen. Lao Wei war so perplex, als hätte die stumme Erde mit einem Mal sperrangelweit ihren Mund aufgerissen.

Qi Mu sagte ihm später, er habe einen mindestens einen halben Meter hohen Luftsprung gemacht. Er selbst konnte sich daran nicht erinnern. Er wusste nur noch, dass er sich vom Spiel dieser Qin magisch angezogen fühlte.

Qi Mu rief ihm nach, aber er war schon bei der nur zehn Meter entfernten Tür und hatte den Vorhang vor der Lehmhütte aufgerissen, als der Hüne sich gerade noch an Lao Wei vorbeidrängte und rasch auf Uigurisch sagte: »Verzeihen Sie bitte die Störung!«

Lao Wei kam zur Besinnung und wurde sich seines ungebührlichen Verhaltens bewusst. Ihm fiel nichts Besseres ein, als die Musik zu preisen, während Qi Mu unablässig Entschuldigungen hervorstieß. Drinnen herrschte eine Minute lang Schweigen, dann sagte jemand barsch auf Chinesisch: »Herein mit euch.«

Der eindringliche Schafgeruch in der dämmrigen Hütte raubte einem den Atem. Lao Wei musste unweigerlich husten, und eine Hand reichte ihm eine Tasse Tee. Sie fanden sich zwischen vier Uiguren auf einem mit Fellen bedeckten, gemauerten Kang sitzend. Qi Mu redete weiter auf Uigurisch auf die Männer ein, Lao Wei sah sich um. Zwei junge Uiguren mit runden Käppis auf dem Kopf, zwischen ihnen eine Dombura. Daneben ein breitschultriger Mann mit kantigem Gesicht, der sehr elegant wirkte und eine Trommel hielt. Außerdem ein kleiner Greis, der mit hängendem Kopf dasaß.

Der lange Qi Mu bewies unerwartetes Geschick, denn nachdem er gut fünf Minuten lang geredet hatte, entspannte sich die Atmosphäre zusehends. Der mit dem kantigen Gesicht hieß Abdu. Er reichte Lao Wei eine kräftige Hand und sagte lächelnd etwas auf Uigurisch, das ihm Qi Mu übersetzte: »Gibt es unter den Chinesen tatsächlich noch Künstler?«

Lao Wei steckte der geächtete Künstler zu sehr in den Knochen, als dass er sich lange bitten ließ. Er holte die zerlegte Bambusflöte aus dem Rucksack und setzte sie zusammen. Die Uiguren wischten sich die Finger an den Kleidern ab und ließen die Flöte untereinander kreisen. Dann gaben sie ihm das gute Stück zurück und bedeuteten ihm, er solle etwas spielen. Er spielte, was ihm gerade in den Sinn kam, *Abschied von einem Freund* und *Trink noch deinen Becher mit mir leer*, Volkslieder aus den Gebieten nördlich der Großen Mauer aus der Tang-Zeit. Seine Zuhörer erhoben sich und klatschten begeistert in die Hände. Dann reichten sie ihm eine Schale uigurischen Birnenschnaps, den er in einem Zug hinunterstürzte. Er schmeckte furchtbar bitter.

Die Uiguren stimmten daraufhin eine alte Volksweise an. Einer sang, und die anderen begleiteten ihn auf der Dombura und mit rhythmischem Händeklatschen. Lao Wei war hingerissen und trank einen Schnaps nach dem anderen, bis ihm die Adern aus der geröteten Stirn hervortraten. Als der Gesang unvermittelt abbrach, war sein Blick gerade zu dem kleinen Fenster gewandert, durch das von außen die Sonnenstrahlen hereindrangen. »Du bist wieder dran«, mahnte ihn Qi Mu mit leiser Stimme. Er setzte die Flöte an die Lippen, ließ sanft seine Finger darübergleiten und stimmte die Melodie von *Die Mütter vom Tiananmen* an …

Er vergaß die Zeit. Vielleicht spielte er nur ein paar Minuten lang, vielleicht ein ganzes Jahrzehnt. In seiner Selbstvergessenheit war ihm, als vernähme er ferne Trommelklänge vom Ende eines langen Korridors her, wie die Schritte von Geistern unschuldig Ermordeter. Die Umzingelung durch diese ruhelosen Seelen zwang seine Kehle, sich zu öffnen.

Mein Kind
Ist dir im Jenseits nicht kalt?
Der Schnee fällt in dichten Flocken
Und färbt das Haar deiner Mutter weiß.
Die Gewehrsalven sind längst verhallt,
das Blut getrocknet.
Mein Kind
Bist du im Jenseits nicht einsam?

Ein heftiger Trommelwirbel setzte ein, wie zur Bestärkung, vielleicht auch aus Protest. Sanft und leise fiel der Saitenklang der Dombura mit ein, fiel wie die Tränen einer Frau, wie herabkullernde Trauben, eine, dann noch eine. Auch über Lao Weis Gesicht rollten traubengleiche Tränen. Mit bebender Stimme sang er weiter.

Mutter,
Mit wem sprichst du da unter dem Fenster?
Wärme doch dein Kind
mit dem Lichtschein der Lampe.
Trostlos die Gräber, die Gespenster,
endlos das Menschenleben.
Mutter,
Wem nutzt dein Wehklagen?

Lao Wei versank in der Erinnerung an das Blutbad. Die Uiguren stimmten in seinen Klagegesang ein, die Trommel verhallte, noch einmal ließ sich die Flöte hören, wie ein Band zu jener anderen Welt, in der wir alle früher oder später landen werden. Doch solange wir noch leben, halten wir uns möglichst fern von dieser Welt, auch wenn dort Menschen sind, die uns einmal nahestanden, von Schüssen durchlöcherte Sterne und Monde, das getrocknete Blut wie Rost, der von ihren Wunden abblättert.

Obwohl er schon seinen ganzen alkoholisierten Atem im Gesang aufgebraucht hatte, tanzte seine trunkene Seele noch immer am Rande der Welt. Sie lieh sich seinen Mund, um den vier Uiguren ihr Herz auszuschütten. Die Panzer des sechzehn Jahre zuvor auf dem Tiananmenplatz in Peking verübten Massakers kamen in seiner Erinnerung wieder einer nach dem anderen auf die Menschen zugerollt, eine Masse von Stahlhelmen unter dem Mantel der Dunkelheit, wie glänzende schwarze Krähen. »Mehr als dreißigtausend Soldaten«, stieß er leicht lallend hervor. Qi Mu übersetzte seine Worte simultan wie ein Ko-Dichter, selbst ganz bewegt und aufgewühlt. »Und den Truppen gegenüber eine unzählbare Masse aus Studenten und Zivilisten.«

»Und dann?«

»Dann wurde ganz Peking zu einem Militärübungsplatz. Aus Angst davor, getötet zu werden, versteckten sich die Bewohner in ihren Häusern. Kurz darauf war die Ordnung durch die Macht der Gewehrläufe wiederhergestellt, und die Leute wagten sich wieder auf die Straße. Das Massaker wurde zu einem Zwischenfall stilisiert, und alle wurden gruppenweise in der offiziellen Deutung des ›Zwischenfalls‹ durch das Zentralkomitee unterwiesen. In der Regierung blieb alles beim Alten. Wer damit nicht einverstanden war, wurde verhaftet. Auch ich.«

»Und wovon singst du in deinem Lied?«

»Dieses Lied habe ich später geschrieben. Ich habe es für eine Mutter komponiert, die ihr Kind verloren hat. Sie heißt Ding Zilin, und ihr einziges Kind wurde mit siebzehn Jahren von den Soldaten erschossen. Deshalb wollte sie nicht weiterleben. Doch sie hat sich gezwungen, weiterzuleben, um Gerechtigkeit für ihr

Kind zu fordern. In mehr als zehnjähriger Arbeit hat sie Augenzeugenberichte von über hundert unglücklichen Müttern und Vätern zusammengetragen und diese Zeugnisse über die Bluttaten zu einem Buch zusammengestellt, damit sie nicht in Vergessenheit geraten.«

»Wurden viele Kinder getötet?«, fragten die Uiguren etwas naiv nach. Abdu fügte noch hinzu: »Ich war damals in Urumqi und sah die Demonstrationen der Studenten. Ich erinnere mich an einen uigurischen Studentenführer namens Kaixi. Es gibt sicher nicht viele, die ein so bitteres Lied singen möchten, oder?«

»Bis heute bin ich der Einzige. Niemand will an diesem Leid teilhaben. Die Leute möchten unbeschwert ein sonniges Leben führen.«

»Ich bin achtundzwanzig Jahre alt«, sagte Abdu nachdenklich. »Und auch ich möchte ein unbeschwertes Leben führen. Wenn ich heute im Dunkeln lebe, dann nur, damit meine Kinder morgen ein Leben im Licht führen können.«

»Schreibst du Lieder?«

»Nein. – Doch. Also gut, ich will dir ein uigurisches Lied vorsingen. Eure Mütter haben ihre Kinder verloren. Gut, hört einmal her, was wir verloren haben.«

Abdu ließ seine Finger einige Minuten lang in feinen Wellenbewegungen über die Trommel beben. Dann unterbrach ein kehliger Klagelaut den Rhythmus, der durch Mark und Bein ging. Schließlich öffnete er die Lippen und begann zu singen.

Wo ist mein Vaterland?
Wo ist mein altes Heimatdorf?
Wo ist meine Liebste?

Am Ende jeder Zeile folgte jener langgezogene Klagelaut, und das für die jahrzehntelang in der Wüste unterdrückt lebenden Uiguren typische Leid bahnte sich wie bitteres Salzwasser seinen Weg an die Oberfläche.

Mein Vaterland zerronnen.
Mein Heimatdorf zerronnen.
Meine Liebe zerronnen.

Lao Wei nahm noch einen Schluck. Er hatte das Gefühl, als höre er die uigurische Entsprechung zu *Die Mütter vom Tiananmen*, denn waren nicht auch das Vaterland, die Heimat, die Liebsten der Han-Chinesen in diesem Massaker zerronnen? Einmal war er mit dem wieder einmal frisch aus der Haft entlassenen Liu Xiaobo zu Ding Zilin gegangen, wo sie sich darüber unterhielten, was sie machen würden, wenn ihr Traum von einer demokratischen Gesellschaft tatsächlich wahr geworden wäre. Liu Xiaobo meinte, er wolle weiter als Autor tätig sein oder als Lehrer, er war gerne Lehrer. Ding Zilin aber starrte auf das Bild ihres verstorbenen Sohnes an der Wand und meinte: »Wenn es so weit ist, werde ich mich zurückziehen und den berühmtesten Platz Pekings denjenigen überlassen, die gerne die Helden spielen wollen.« Liu Xiaobo fragte sie, warum, und sie antwortete, die Leute würden dann wahrscheinlich von schmerzlichen Erinnerungen nichts mehr wissen wollen.

Abdu fuhr mit seinem leisen Gesang fort.

Ich habe kein Vaterland …
Ich habe kein Heimatdorf …
Ich habe keine Liebste …

Lao Wei konnte nicht anders, als zur Flöte zu greifen. Er wollte dem neben ihm schluchzenden Uiguren mit seinem Musikinstrument und seiner tausendjährigen Tradition Trost spenden.

Er hoffte, mit dieser Bambusflöte, an der unzählige Jahre ihre Spuren hinterlassen hatten, die Brüder dieses fremden Volkes, die wie er selbst Umwälzungen, Massaker, Vertreibung, Auslöschung und Entwurzelung erlebt hatten, für einen Moment zur Ruhe kommen zu lassen, einen Moment, in dem sie still die Silhouette des Mondes auf dem Wasser betrachten könnten oder den Schatten, den die unendlichen Weite ihres Landes im Universum wirft. Er hoffte, dass sie vergäßen, ob sie Uigurisch oder Chinesisch sprachen, und sich einfach stumm gegenübersitzen konnten, nur dieses eine Mal, wo Wind und Wolken um ihr Gegenüber streiften und sie dabei noch einmal den Abschiedskuss der verstorbenen Geliebten spürten.

Qi Mu fiel ebenfalls in Abdus gebetsähnlichen Gesang ein.

Wo ist mein Vaterland?
Wo ist mein alter Heimatort?
Wo ist meine Liebste?

Lao Wei fügte noch eine Zeile an: »Wo ist mein Allah?« Überraschenderweise verstand Abdu sofort. Mit leuchtenden Augen lehnte er sich zu ihm herüber und fragte: »Du glaubst an Allah?« Lao Wei erinnerte sich an ein Wort Mahatma Gandhis: »Ich bin Buddhist. Ich bin Hindu. Ich bin Moslem.« Um ihn nicht zu enttäuschen, nickte er. Abdu lächelte.

Er setzte sich zu ihm und verriet ihm mit gedämpfter Stimme, dass er sich als Kämpfer für die Unabhängigkeit Xinjiangs verstehe. Qi Mu zuckte zusammen. Abdu fügte hinzu, das bedeute nicht viel, denn im Grunde sei im Süden Xinjiangs jeder ein potentieller Unabhängigkeitskämpfer, es sei gut möglich, dass die Dorumba und die Trommel in seinen Händen sich eines Tages in Bomben und Gewehre verwandelten und seine Tränen in Blut. Qi Mu konnte sich nicht beherrschen und begann, mit ihm zu diskutieren. Abdu sagte: »Ich weiß, dass du ein Kind der Landwirtschaftlichen Hochschule Nr. 1 bist. Dein Vater oder dein Großvater gehörten wahrscheinlich zu denjenigen, die mit dem kommunistischen Guerillaführer Wang Zhen in Xinjiang eingefallen sind. Dein Vater oder dein Großvater waren wie er die Henker unseres Volkes. Immer größere Gebiete unseres Territoriums habt ihr besetzt, und selbst vor der Wüste Gobi nicht haltgemacht. Damit können und wollen wir uns nicht abfinden. Lehnt einer von uns sich gegen euch auf, tötet ihr seine ganze Familie, sind es zehn, exekutiert ihr das ganze Dorf. Schonungslos metzeln eure Waffen ein Dorf nach dem anderen nieder. Wangs Soldaten waren Verbrecher, sie töteten ohne Gnade, Frauen und Kinder, Alte und Junge, keinen ließen sie entkommen.« Qi Mu widersprach: »Ja, ich gebe zu, dass an den Händen meiner Elterngeneration das Blut der Uiguren klebt, aber sie hatten es eben so von der Kommunistischen Partei eingetrichtert bekommen: China muss befreit werden, und Xinjiang ist ein Teil Chinas. Fernab ihrer Heimat mussten sie in diesem unwirtlichen Gebiet ihren Dienst tun, und die Idee, der sie verpflichtet waren, war die Sicherung der Grenzen des Staatsgebiets. Heute sind sie längst alt geworden, doch wenn sie Rufe nach der ›Unabhängigkeit für Xinjiang‹ hörten, würden sie wahrscheinlich sofort zu den Waffen greifen.« Mit einem kalten Lächeln fragte Abdu: »Und wo ist deine Waffe?« Niedergeschlagen erwiderte Qi Mu: »Ich habe keine Waffe. Mein Großvater war Soldat, mein Vater beging das Verbrechen, auf den falschen Wagen zu steigen. Ich habe viele Jahre lang versucht, eine Petition für seine Rehabilitierung einzureichen.«

Zu viel Bleigeruch lag nun in der Luft, darum bemühte sich Lao Wei, das Thema zu wechseln: »Abdu, war das, was du gerade gesungen hast, ein traditionelles Lied?«

Er schüttelte den Kopf: »Nein, das ist von mir.«

»Wie viele können es singen?«

»Keine Ahnung.«

Nun mischte sich der kleine alte Mann neben ihnen ein, der die ganze Zeit mit hängendem Kopf dagesessen hatte: »Abdus Lieder sind weit verbreitet. Die Uiguren auf beiden Seiten der Taklamakan singen sie genauso wie Moslems im Ausland.«

»Für mich klingt es sogar wie eine uigurische Version von *Die Mütter vom Tiananmen*«, stimmte Lao Wei zu. »Doch mir war nicht klar, dass ihr Uiguren ein besseres Gedächtnis habt als wir Han-Chinesen.«

»Was willst du damit sagen?«

»Ich rede von eurer Geschichte in diesem Lied. Du bist gerade mal über zwanzig und gedenkst mit deinem Lied des Blutes und den Tränen eures Volks von vor fünfzig Jahren. Aber die jungen Leute, die in den Städten des chinesischen Zentralgebiets aufwachsen, entsprechen beinahe allesamt den Wunschvorstellungen unserer diktatorischen Regierung und haben das Blut und die Tränen, die unser Volk vor 1989 vergossen hat, bereits vergessen. Weil man ihnen die Informationen vorenthält, wissen die meisten Leute nichts von Ding Zilin und Hunderten weiterer Mütter, die Jahr um Jahr zu den Seelen ihrer toten Kinder beten.«

Qi Mu, der doch keine besonders poetische Ader hatte, sagte unumwunden: »Was soll das Gerede von wegen Uiguren und Chinesen? Warum dieses Ihr und Wir? Wo ist der Unterschied zwischen den Massakern in der Vergangenheit und denen der Gegenwart? Frische Blutspuren legen sich über die älteren, und das führt nun einmal dazu, dass die Leute sich immer nur an die jüngsten Gräueltaten erinnern. Sobald sich eine neue Tragödie ereignet, gerät das Unheil, das in der Vergangenheit angerichtet wurde, in Vergessenheit.«

Lao Wei hielt sich weiter an die Mittel des Künstlers: »Worin liegt die Bedeutung des Liedes, das du gerade gesungen hast? Für mich betont es den universellen Schmerz angesichts von Entwurzelung, Staaten- und Heimatlosigkeit.«

Das laute Geräusch eines Motors unterbrach das Gespräch.

Dann lüftete sich der schwere Türvorhang und eine junge Uigurin in geblümtem Umhang mit zwei kleinen Kindern an der Hand schlüpfte herein. Sie tauschte höflich Begrüßungsformeln mit den Besuchern aus und nahm auf dem Kang Platz. Lao Wei hatte sich die ganze Zeit gefragt, wer eigentlich der Herr in diesem Haus war. Erst beim Abschied begriff er es.

Wie es sich unter Künstlern gehört, umarmten sich alle zum Abschied innig. Abdu nahm einem seiner Brüder das runde Käppi vom Kopf und setzte es Lao Wei auf.

Als die beiden zur Tür hinausgingen, ergoss sich die Sonne wie ein Wasserfall über sie. Lao Wei kniff die Augen zusammen und ging mit Qi Mu in Richtung des geparkten Mietwagens. Er wusste, dass Abdu und die Seinen ihnen noch immer nachsahen, aber er drehte sich nicht um. In diesem vordem so feindseligen uigurischen Dorf schien nun mehr Wärme zu herrschen. Die Adleraugen ringsum blickten immer noch scharf, aber etwas hatte sich verändert. Lao Wei hatte endlich verstanden, warum der Tarim alljährlich seinen Flusslauf änderte, hatte verstanden, warum Mensch und Tier in dieser Region, deren Fläche etwa dreimal so groß war wie Deutschland, einen unbändigen Drang nach Freiheit verspürten.

Viele Jahre später, Lao Wei war längst nach Deutschland geflohen, lernte er, auf einer Veranstaltung zur Erinnerung an die schändliche Bücherverbrennung durch die Nazis achtzig Jahre zuvor, einen iranischen Sänger kennen. Der Mann hatte wegen eines religionskritischen Liedes im Gefängnis gesessen und war, sobald er wieder draußen war, aus dem Land geflohen. So wie damals der Ayatollah Khomeini 5 Millionen Dollar auf Salman Rushdies Kopf ausgesetzt hatte, war der jetzige iranische Staat bereit, 100 000 Dollar für den Kopf dieses Mannes zu zahlen. Ein Münchner Schriftsteller hatte ihn bei sich aufgenommen. Nachdem er dort ein halbes Jahr lang inkognito untergetaucht war, erlebten Lao Wei und die anderen Anwesenden seinen ersten öffentlichen Auftritt nach der Flucht.

Er saß allein auf der Bühne, spielte und sang mit zittriger Stimme, er zitterte am ganzen Körper. Nur dann, wenn sein Gesang zu einem lauten Heulen aufbrauste, hob er das Kinn ein wenig. Auf einmal musste Lao Wei an Abdu denken. Der Mann kam ganz woanders her, aber vieles an seinem Äußeren erinnerte ihn an den Uiguren, nicht zuletzt seine Musik, aus der ähnliche Ängste und Hoffnungen zu sprechen schienen.

Abdu landete später ebenfalls im Gefängnis. Nicht lange nachdem Lao Wei den Süden Xinjiangs verlassen hatte, trat Abdu öffentlich mit seinem Lied *Wo ist mein Vaterland* auf. Es war nicht einmal nötig gewesen, seine Dombura und seine Trommel durch ein Gewehr und Munition zu ersetzen – sie verurteilten ihn auch so zu drei Jahren Arbeitslager. Wang Lixiong, ein Schriftsteller und Freund Lao Weis, lernte ihn im selben Gefängnis kennen und hatte sofort einen guten Draht zu ihm.

»Als ich reinkam, war Abdu schon eine Weile da, außerdem noch ein alter Mann, der als Wirtschaftsverbrecher galt«, erinnerte sich Wang Lixiong. »Das Gefängnis war eher klein. Es gab einen Innenhof für den Ausgang, der zum Himmel hin von Gitterstäben begrenzt wurde wie ein Vogelkäfig. Wir liefen oft in diesem Vogelkäfig auf und ab und führten flüsternd Streitgespräche. Stimmt, sagte Abdu einmal, am 11. September stürzten die Twin Towers ein, und dreitausend Menschen starben in den USA. Aber dass danach sämtliche Moslems der Welt unter Generalverdacht standen, kam der KP Chinas nur recht, ein willkommener Grund, die turkstämmigen Uiguren noch mehr zu drangsalieren. Wir mussten es schlucken und die Klappe halten, so wie wir seit drei Generationen alles schlucken und die Klappe halten. Aber nicht mehr lange. Der Friede in Xinjiang steht auf tönernen Füßen.«

»Zum Glück war ich noch vor den Unruhen dort«, sagte Lao

Wei, »damals herrschte zumindest oberflächlich Friede zwischen Uiguren und Han-Chinesen.«

»Ich habe sieben Jahre später in Taiwan ein Buch herausgebracht, in dem ich Abdu zum Protagonisten gemacht habe. Da waren in Xinjiang bereits Unruhen ausgebrochen, Häuser und Autos brannten, und viele Menschen starben. Und die Gewalt nahm täglich zu. Xinjiang wird noch zum Palästina Chinas werden. Und alles, weil die gegenwärtigen Diktatoren immer wieder in den Wunden bohren, die eine Geschichte von Eroberung und Unterdrückung hinterlassen hat. In China leben heute 7,2 Millionen Uiguren, etwa doppelt so viele wie Tibeter, auf Dauer lassen die sich nicht so einfach unterdrücken.«

»Du bist mir vielleicht ein Prophet. Aber du weißt auch, dass schon in Homers Epen niemand einer Kassandra Glauben schenken wollte. Da mussten erst die Soldaten aus dem hölzernen Pferd kommen und Troja in Schutt und Asche legen, bis man sich zu spät auf ihre Worte besann.«

»Haha, genau, so eine Kassandra bin ich auch. Deshalb hat mich die Staatssicherheit auch wegen ›Diebstahls von Staatsgeheimnissen‹ verhaftet und ins Kreuzverhör genommen. Ich hatte mir geschworen, nicht zusammenzubrechen, keinen einzigen Namen zu nennen, und dann kam doch der Name von jemandem, der mir geholfen hatte, auf den Tisch. Ich war über mich selbst so entsetzt, dass ich mich entschloss, mich lieber selbst zu töten, als noch ein Wort zu sagen.«

»Wäre das denn möglich gewesen?«

»Wir waren an einem Ort, der äußerlich wie eine Pension aussah. Ich bat darum, einen Augenblick allein nachdenken zu dürfen. Kaum hatten sie mich allein gelassen, zertrat ich meine Brille, nahm eine Glasscherbe und tastete an meinem Hals nach der Schlagader. Ich setzte an und traf eine Vene. Als sie mich stürzen hörten, stürmten sie das Zimmer und brachten mich sofort in eine Klinik. Ich hatte viel Blut verloren, aber ich überlebte.«

»Kassandra konnte sich wegen eines Fluchs der Götter auch nicht selbst töten. Sie musste weiterleben und mitansehen, wie ihre Prophezeiung in Erfüllung ging.«

»In diesem Land glaubt man sowieso nicht an Gott oder die Götter, also verhallen Kassandrarufe erst recht ungehört. Immerhin verzichteten sie nach dem Selbstmordversuch auf weitere Kreuzverhöre, erlösten mich von der Einzelhaft und steckten mich gleich ins Gefängnis, wo ich das Glück hatte, auf jemanden wie Abdu zu treffen. Außerhalb des Gefängnisses hätten wir uns nie kennengelernt, und selbst wenn, dann wären wir keine Freunde geworden.«

»Was ich noch nicht verstanden habe – was waren denn das für Staatsgeheimnisse, die du angeblich gestohlen hast?«

»Ach, ich hatte von einem pensionierten KP-Veteranen Unterlagen über die militärische Eroberung und Neuordnung Xinjiangs kopiert, die ganze Organisationsstruktur. Für die Recherchen zu meinem Buch *Himmelsbestattung* war ich auch mehrmals in Tibet und habe dort internes Material kopiert. Aber das hat seltsamerweise niemanden interessiert. Aber bei Xinjiang haben sie sofort aufgemerkt. Xinjiang ist und bleibt eine unendliche Geschichte.«

»Und was ist aus Abdu geworden?«

»Ich habe ihn später noch einmal in Aksu getroffen und mit ihm was getrunken. Seine Lieder waren noch trauriger als zuvor.«

Ein Preis stiftet Ärger

Lao Wei fuhr zurück nach Peking und wohnte dort wie gehabt im Künstlerdorf. Eines Tages erhielt er einen Anruf von Liu Xiaobo. Er konnte es nicht fassen, denn nach allem, was er wusste, saß dieser Mensch im Gefängnis. »Wann haben sie dich denn entlassen?«, fragte er.

»Niemand hat mich entlassen, ich hocke immer noch im Knast.«

»Und da darfst du einfach so telefonieren?«

»Meine Seele hat die Mauern durchbrochen. Ich stehe im Wind und kann genau einen Anruf in die Rückseite der Zeit machen.«

Einen Anruf in die Rückseite der Zeit machen? Das war doch eine Zeile aus einem von Lao Weis frühen Gedichten! Ein Schauer lief ihm über den Rücken. Er eilte sofort in die Stadt. Die Abendsonne stand eingeklemmt zwischen den Hochhäusern, die Hochhäuser selbst steckten unter einer dichten Dunstglocke. Unterwegs im Taxi kam es Lao Wei so vor, als sei die Welt ganz plattgedrückt und auch die blendenden Sonnenstrahlen nichts als hauchdünne Eierpfannkuchen. Er fuhr bis zur Wanshoulu, zum Wohnheim der Staatsbank, Liu Xiaobos alte Wohnung lag im vierten Stock. Er rannte nach oben und klopfte. Liu Xia streckte den Kopf aus der Tür. »Wo ist Xiaobo?« Er stellte sich auf die Zehenspitzen, um über sie hinweg in die Wohnung zu spähen.

»Der sitzt wegen der ›Charta 08‹ im Bau.«

»Aber wir haben erst 2007, er sollte noch zu Hause sein.«

»Ach ja! Dann sollte er wohl zu Hause sein. Und du bist jetzt auch da. Nur, wo ist Xiaobo?«

»Ich bin draußen.«

Lao Wei sprang vor Schreck in die Höhe. Da stand Liu Xiaobo mit einem Schwert in der Hand, stampfte mit den Füßen auf und wetterte: »Ich war gerade unten und habe ein bisschen Schwertkampf geübt. Wie konntest du das vergessen, Liu Xia?«

»Doch nicht etwa schon wieder mit dieser Bohnenstange aus Shandong, die behauptet, der ›Demokratiekönig von Penglai‹ zu sein? Das war ja schon das dritte Mal diese Woche!«

»Ach, davon habe ich im Internet gelesen. Es hat sich längst herumgesprochen, dass dieser Demokratiekönig mit akribischer Sorgfalt zwanzig Longquan-Schwerter für Demokratie und Freiheit geschmiedet hat, die er zwanzig hervorragenden Kämpfern für Demokratie und Freiheit verehren will.«

»Genau. Von ganz weit her kommen sie angerannt. Und an einem so heißen Tag wie diesem musste ich einfach schwertkämpfen gehen. Hör mal, Liu Xia, morgen gebe ich deinem alten Vater eins, dann kann er damit Taijijian üben.«

»Dem reicht ein Holzschwert. Dieses Eisending da kannst du dem Museum spenden.«

»Und du Lao Wei, willst du keins?«

»Was soll ich denn damit?«

»Du hast doch einen Preis bekommen. Dann kannst du es zu deinen öffentlichen Auftritten mitnehmen, das schindet Eindruck.«

»Ich? Was für einen Preis?«

»Den *Freedom to Write Award* des unabhängigen chinesischen Schriftstellerverbandes. Sie haben abgestimmt, und du bekommst den Preis für deine Texte vom unteren Rand der Gesellschaft.«

Lao Wei verzog die Mundwinkel zu einem Lächeln. »Das wird gefeiert«, rief Liu Xia, und er folgte dem Ehepaar nach unten, wo sie ein Taxi zum Restaurant Shi Zhongtang nahmen, der Sauf- und Fressbastion der Konterrevolution, natürlich im historischen *Charta 08*-Zimmer, zu einem Gelage mit einem Haufen Schnorrer. Nach ein paar Gläsern Rotem Paotai blubberte ihr Blut ungefähr so wie die Brühe im scharfen Feuertopf. Der gläserne Preispokal steckte in der Tasche des Vizepräsidenten des unabhängigen Schriftstellerverbands, Jiang Qisheng. Die Leute bettelten, er solle ihn herausholen und herumreichen, aber Liu Xiaobo war strikt dagegen, man solle doch bitte angemessene Ehrfurcht wahren.

Lao Wei war an diesem Abend so glücklich wie in seinem ganzen Leben nicht. Er hatte schon ordentlich einen sitzen und rief mit Liu Xia nach Musik. Man musste zugeben, dass ihn Liu Xia, was die Sauferei betraf, locker in die Tasche steckte. Liu Xiaobo dagegen, der keinen Tropfen anrührte, kauerte nach ein paar Runden scharfer Hähnchenteile in seiner Ecke und beobachtete still den tobenden Kampf. Dann erhob er sich und sagte: »Meine Herrschaften, ich bin müde, ich gehe jetzt wieder ins Gefängnis was lesen.« Liu Xia packte ihn am Hemdkragen, doch der Kragen war leer.

Lao Wei und Paris brachten Liu Xia nach Hause. Inzwischen war es etwa drei Uhr morgens, und die sonst zum Erbrechen verstopfte Hauptstadt war wie leergefegt, die Menschen- und Automassen wie vom Erdboden verschluckt. Der Taxifahrer war auch nicht mehr nüchtern und zischte wie eine Rakete durch die Stadt. Lao Wei machte einen auf korrupten Parteikader und grölte auf dem Rücksitz mit Paris und Liu Xia im Arm alte Lieder. Peking war wirklich eine Kulturwüste. Doch immerhin stand jetzt der Mond hell und stabil am Nachthimmel, und wenn ihr Taxi immer weiterfuhr, würden sie irgendwann einfach mitten in sein Leuchten hineinfahren. »Die Malerei von Miró und Gauguin ist Mondmalerei«, bemerkte Liu Xia, »die Menschen wirken darin zerbrechlich und traurig wie zarte Pflänzchen.«

Als Lao Wei tags darauf am Nachmittag erwachte, stellte er fest, dass er sich gar nicht von der Stelle bewegt hatte. Er lag im Gästezimmer des Restaurants Shi Zhongtang und versuchte krampfhaft, sich an die vergangene Nacht zu erinnern. Dann trat der Wirt Zhong Zhong ins Zimmer und meinte, er habe ein ungutes Gefühl. »Wie ungut?«, fragte Lao Wei. »Dieses ungute Gefühl kommt mir bekannt vor.« Schon hörte man unten ein lautes Poltern, und kurz darauf stand die Sicherheitspolizei im Zimmer. Der hat wirklich den sechsten Sinn, dachte Lao Wei. Sein Herz klopfte wie wild.

Die Polizisten grüßten den Wirt. Dann rückten sie Lao Wei auf die Pelle. »Sehr erfreut, Herr Wei.«

»Leck mich mit deinem ›erfreut‹. Kennen wir uns?«

»Beim ersten Mal Fremde, beim zweiten Mal Freunde, sagt man. Aber hier ist es nicht so nett, finden Sie nicht auch? Lassen Sie uns woanders in Ruhe miteinander reden.«

»Ich finde es hier sehr nett.«

»Viel zu stickig hier.«

»So? Ich fühle mich hier sehr wohl.«

»Kann gar nicht sein, es ist furchtbar stickig. Gehen wir besser zur Polizeiwache und machen es uns dort gemütlich.«

»Ohne mich. Kein normaler Mensch bewegt seinen Arsch ohne guten Grund auf eine Polizeiwache. Wenn ich mitkommen soll, dann bestehe ich auf dem vom Gesetz vorgeschriebenen Prozedere. Könnte ich bitte Ihre Dienstmarke und den Haftbefehl sehen?«

»Aber ich bitte Sie, Sie missverstehen mich. Sie sind doch ein Literat, wie kämen wir dazu, Sie zu verhaften? Dennoch ist jeder Bürger zur Kooperation mit den Organen des Gesetzes verpflichtet. Daher werden Sie doch sicher gerne mit uns mitkommen.«

»Und wenn nicht?«

»Sachte, sachte. Wir handeln im Namen der Öffentlichkeit. Es gibt keinen Grund, nicht aus voller Überzeugung mit uns zu kooperieren.«

Unaufgeregt machten sie eine Leibesvisitation und fragten Lao Wei, ob er denn kein Handy habe? Lao Wei fragte zurück, ob sie denn nicht wüssten, dass es auf dieser Welt auch noch Leute gibt, die kein Handy haben? Nun übernahm er kurzerhand die Führung und machte sich mit den Beamten im Schlepptau auf den Weg nach draußen. Als sie an den Toiletten vorbeikamen, sagte er kurz: »Ich muss mal«, verschwand im Männerklo und schloss von innen ab. Er war so schnell, dass den Polizisten nichts übrigblieb, als draußen Wache zu halten und wiederholt an die Tür zu klopfen. »Kann man nicht einmal mehr in Ruhe scheißen!?«, rief Lao Wei von drinnen und zog sein im Stiefel verstecktes Handy heraus. Eilig tippte er den Satz »Die Bullen wollen mich mitnehmen« ein, aber sein lahmes Billighandy hatte die SMS noch nicht verschickt, als er plötzlich ring-ring von irgendeinem verdammten besoffenen Idioten einen Anruf bekam.

Lao Wei betätigte wie verrückt die Klospülung, aber das nutzte wenig. Während er sich den Hintern abwischte, dachte er, dass er sich wohl noch nie zuvor so intensiv mit seinem Hintern befasst hatte. Es nutzte alles nichts. Die Polizisten hämmerten gegen die Tür, und er musste wieder hinaus. Wie es sich für einen Banditen gehört, händigte er sein Portemonnaie und sein Handy aus. Wiederholt ermahnte er die Polizisten, bloß gut darauf aufzupassen. »Als ob das nötig wäre«, sagte der Einsatzleiter.

»Und ob«, sagte Lao Wei, »wer sich vor euch nackt machen muss, der muss gerade auf seine Rechte pochen.« »Ihr verdammten Sichuaner«, sagte der Polizist. »Undankbares Pack.«

Ein schwarzer Wagen fuhr vor. Lao Wei wurde unsanft hineinbefördert, wo er eingeklemmt zwischen vier Polizisten Platz nehmen musste. In zwanzig Minuten hatten sie die Datuner Polizeiwache erreicht. Vom belebten Vorzimmer aus kam er in eine dröge Amtsstube mit drei staubigen Stühlen. Die Polizisten schlossen erleichtert von außen die Tür und unterhielten sich dort. Außer Lao Wei war nur noch ein weiterer, etwas ramponiert wirkender Künstler im Raum. Er zog ein Päckchen Zigaretten aus der Tasche und bot ihm eine an. Lao Wei lehnte ab. Der andere zündete sich eine an, nahm ein paar hastige Züge und sagte: »Keine Sorge, Mann. Halb so wild.«

Lao Wei verzog die Mundwinkel und enthielt sich eines Kommentars.

»Ich kenne Yu Shicun«, fuhr der Künstler fort. »Wir sind alte

Saufkumpane. Der hat ein Buch geschrieben, *Nicht das wahre Dao*, verkauft sich gar nicht schlecht. Ich habe den Eindruck, ihr zwei seid euch nicht unähnlich. Nicht allzu runtergekommen, aber auch nicht gerade reich, nicht gerade konterrevolutionär, aber auch nicht gerade nicht konterrevolutionär, nur eifrig am Stänkern. Literaten und Künstler stänkern nun mal, das war schon immer so. Jeder erstbeste Kunstheini hat seinen eigenen Überwachungsbullen, einen wie mich. Weil sie so viel stänkern. Aber es kommt auch was dabei rum. Nur die besten Stänkerer machen Kohle und werden berühmt.«

Lao Wei musste lächeln. Er gab zu, dass er Yu Shicun auch gut kannte.

»Yu Shicun kommt aus Hubei, du aus Sichuan. Klar müsstet ihr euch begegnet sein. Wenn einer Essays schreibt, dann kennt man ihn im ganzen Land. Anders als die einfachen kleinen Schlucker, die ihr Lebtag nicht aus ihrem Hutong rauskommen und keine Sau kennen. Ich war schon einmal bei euch in Chengdu. Der Himmel immer grau, aber geiles Essen und hübsche Weiber. Und genauso viele bekannte Schriftsteller wie in Peking. So wie du oder dieser Liu Shahe …«

»Woher willst du wissen, was ich schreibe?«

»Ich hab keine Ahnung, Mann, ich bin eher unbedarft. Hab nur die Sachen von Yu Shicun gelesen. An die von Liu Xiaobo kommt man ja nicht ran, nur das, was im Netz ist. Der hat echt Nerven. Hat sich so ungefähr jeden Tag einen Streit mit der Regierung geliefert. Von dir habe ich wahrscheinlich auch schon was gelesen, ich kann mich nur nicht mehr erinnern. Hast du an der Beida studiert? Hilf mir mal auf die Sprünge. Es gibt so viele Fälle in letzter Zeit. Mein Hirn ist von der ganzen Rumrennerei schon ganz zerschlissen. Sag schon.«

»Ich habe ein Buch über Chinesen am Rande der Gesellschaft geschrieben.«

»Chinesen am Rande der Gesellschaft? Ah ja, stimmt, mir

dämmert was. Ich bin schon seit zehn Jahren Zivilfahnder, da hätte ich jede Menge Material für dich. Keiner weiß besser als ich, was die einfachen Leute so umtreibt. Und dann noch die ganzen Auswärtigen, die als Wanderarbeiter nach Peking kommen oder um ihre Petitionen einzureichen. Arme Schweine. Ich verstehe mich mit denen. Ein Zivilfahnder lebt auch am Rande der Gesellschaft.«

»Du hast Macht. Und das unterscheidet dich von denen.«

»Ich und Macht! Leben wir noch unter dem alten Mao oder was? Von wegen ›Der Glorienschein des braven Soldaten Lei Feng‹! Als wären wir Polizisten bei den Leuten besonders angesehen. Außer unserer Uniform unterscheidet uns nichts, aber auch gar nichts von den kleinen Leuten. An wen können wir uns denn wenden, wenn wir Ärger haben? Die Bevölkerung ist ja sogar aufgerufen, sich über uns zu beklagen, und jeder kriegt Belohnung dafür, uns eins reinzuwürgen. Und bei wem legen wir dann Beschwerde ein? Bei euch Schriftstellern vielleicht?«

»Du solltest ein TV-Drama schreiben. Kriminaldramen sind beliebt.«

»Dieser Drehbuchschreiber, wie hieß er ... Hai Yan, der jetzt Restaurantbesitzer ist, von dem kommt ständig was im Fernsehen. Der hat mit unseren Polizeidramen viel Geld gemacht. Das muss ihm der Neid lassen. Egal, wie absurd die Geschichten sind, das Geld fließt nach Schema F ...«

Mannomann, dachte Lao Wei, was für ein Schwätzer. Der schafft es, jeden Mist schönzureden.

Herein kam eine neue Gruppe von Staatsdienern. Das Polizeidrama konnte beginnen. Der Leiter war groß gewachsen und attraktiv, ein echter Tony Leung. Und die anderen zwei schienen kaum der Obhut ihrer Mama entwachsen, sie hätten gute Stand-ins für den Comic-Helden Klein Mazi abgegeben.

»Sind Sie Lao Wei? Freut mich. Schon viel von Ihnen gehört.« Das also war der Prolog.

Rollen üben

Der Leiter der Polizeiwache ging voran. Lao Wei wurde in einem Pulk Polizisten in den ersten Stock gebracht, durch einen langen Korridor bis zu einem Konferenzzimmer. Ein Tisch so groß wie für eine ZK-Konferenz nahm etwa ein Drittel des Raumes ein. Ringsum standen Stühle und vor der Wand zwei riesige Bildschirme. Alles schien bereit zur Lösung eines schwierigen Falles. Gleichgültig zog Lao Wei einen Stuhl heran, wurde aber sofort von dem Tony-Leung-Doppelgänger gestoppt, der ihn anwies, vor dem Fenster Platz zu nehmen. Wieder wurde er wie im Polizeiwagen dicht zwischen vier Polizisten gezwängt. Der Raum war zwar wesentlich größer als der enge Wagen, doch in der auf einmal zum Zerreißen gespannten Atmosphäre fühlte man sich wie in einem dunklen Verlies. Tony Leung baute sich vor ihm auf und musterte Lao Wei aus halbgeschlossenen Augenlidern. Der Schwätzer stand links daneben und rauchte ausnahmsweise schweigend seine Zigarette. Die beiden Babyface-Mazis hatten die Arme vor der Brust verschränkt und machten einen auf üble Schlägertypen. Lao Wei hatte ja schon viel erlebt, aber abgebrüht wie ein Politiker war er immer noch nicht. Er lachte laut. »Da ihr mich nun schon bis hierher geschleppt habt, wie wär's dann mit einer kleinen Vorstellungsrunde?«

»Sicherheitsbüro der Stadt Peking. Mein Name ist Jiang«, sagte Tony Leung. Er verzog keine Miene. Wirklich gut trainiert.

Lao Wei bedankte sich höflich. Keine Reaktion. Es blieb ihm nichts anderes übrig, als beschämt zu schweigen.

Nun war die Reihe wieder an Tony Leung. Jede Silbe betonend, fragte er: »Sie wissen, warum Sie hier sind?«

»Ich weiß es nicht«, antwortete Lao Wei.

Er kam sich wirklich vor wie in einer verdammten Fernsehserie.

Der nachfolgende Rollentext folgte in etwas flotterem Rhythmus.

Sie wissen es nicht?

Ich weiß es wirklich nicht.

Lassen Sie uns offen miteinander sprechen.

Ich möchte ebenfalls offen mit Ihnen sein. Sagen Sie mir, was Sie von mir wollen.

Sie sind ein intellektueller Wortführer. Es erübrigt sich wohl, Sie darauf hinzuweisen.

Sie scheinen mir eher ein intellektueller Wortführer zu sein als ich, wenn ich Sie darauf hinweisen darf.

Was führt Sie nach Peking?

Ich zuckele ein bisschen rum.

Einen Scheiß tun Sie! Aufstehen!

Kurze Dialogpause. Tony Leung warf Lao Weis Stuhl um und stürzte sich auf ihn. Die beiden Mazis folgten seinem Beispiel, und im Handumdrehen hatten die drei ihn überwältigt. Der Schwätzer sperrte schnell die Tür von innen ab. »Du Arschloch«, brüllte Tony Leung, packte Lao Wei an den Schultern und zog ihn hoch. »Ihr Dreckschweine«, schimpfte er. »Prügelnde Polizisten! Schämt euch was!«

Der Dialog ging weiter.

Wenn Sie mich weiter provozieren, schlage ich zu.

Sie haben zuerst provoziert. Ich bin schließlich kein Verbrecher. Es ist gegen das Gesetz, die Hand gegen mich zu erheben.

Die Hand habe ich erhoben? Wenn ich die Hand erheben will, dann mach ich das. Wen interessiert das, wenn du hier herumzeterst? Du verdammter Sichuaner Bauerntrampel weißt wohl immer noch nicht, wo du hier bist. Das hier ist Peking, die Hauptstadt des Landes, kapiert? Und du erzählst mir, du zuckelst hier bloß ein bisschen herum? Hältst du uns für Dreijährige oder was?

Der nicht mehr ganz so beherrschte Tony Leung verdrehte Lao Wei den Arm, und es fehlte nicht viel, und er hätte ihm den Hals umgedreht. Lao Wei rastete aus. Mit hochrotem Kopf schrie er: »Ist das hier die Mafia oder was? Kraft des Gesetzes das Gesetz missachten? Was steht da auf der Wand? ›Der Arm des Gesetzes im Dienst des Volkes‹. Könnt ihr nicht lesen? Na gut. Wenn ihr Wichser meint, ihr könnt die Leute schlagen, wenn ihr keine Zeugen habt, dann stürze ich mich eben aus dem Fenster!«

Ehe Tony Leung sich's versah, hatte Lao Wei sich aus der Umklammerung befreit, war zum Fenster gestürzt und hatte es aufgerissen. Ein schneidender Wind drang ins Zimmer. Die drei Polizisten reagierten sofort, stürzten sich auf Lao Wei und rollten in einem Knäuel mit ihm über den Boden. Der Schwätzer, der vorgegeben hatte, die Zeitung zu lesen, war ebenfalls aufgestanden, schloss schnell das Fenster und zog die Vorhänge zu. Lao Wei hatte keine Chance. Sie verschränkten ihm jetzt beide Arme auf dem Rücken und stießen ihn vornüber auf den Tisch. Immer noch wehrte er sich verzweifelt. Aber auch die Polizisten hatten bald keine Kraft mehr. Sie waren schließlich Kripofahnder und keine Bereitschaftspolizei.

»Ihr verdammten Arschlöcher kennt weder Recht noch Gesetz!«, fluchte Lao Wei weiter.

»Wer kennt hier weder Recht noch Gesetz?«, keuchte Tony Leung. »Haben wir dich denn misshandelt und beleidigt? Nichts dergleichen. Du wolltest grundlos aus dem Fenster springen. Das konnten wir ja wohl nicht mitansehen und mussten dich retten. Und bei einer unvorhergesehenen Rettungsaktion geht es auch mal ein bisschen ruppiger zu.«

»Das ist also eure Art, kraft des Gesetzes dem Wohl der Bevölkerung zu dienen? Wie viele habt ihr denn schon auf dem Gewissen? Wie viele sind denn schon vor euren Augen in den Tod gesprungen? Ich bin kein Verbrecher. Legt mir doch Handschellen an, wenn ihr euch traut, ich ergebe mich meinem Schicksal!

Wenn ich nicht sterbe, dann stürze ich mich eben aus dem Fenster. Wenn ich krank bin, dann steckt mich in die Psychiatrie und lasst mich untersuchen. Macht ruhig weiter. Los, schlagt mich, direkt unter dem Schriftzug ›Der Arm des Gesetzes im Dienst des Volkes‹. Ihr malt den Staat schwarz und die Gesetze ebenfalls. Und so etwas nennt sich Polizist, eine Schande ist das. Bewerbt euch doch gleich bei der Polizei in Nordkorea!«

»Schon gut, schon gut«, lenkte Tony Leung ein. »Setzen wir uns und unterhalten uns in Ruhe, einverstanden?«

Sie ließen ihn los. Einen Moment lang rührte sich keiner von ihnen. »Du bist vielleicht ein sturer Bock, Lao Wei«, sagte Tony Leung. »Zum Fürchten. Ich setze mich zuerst, okay?«

Beide Seiten brachten ihr Äußeres in Ordnung und nahmen eine geschäftsmäßige Miene an. Lao Wei und Tony Leung saßen sich jetzt auf Augenhöhe gegenüber, Lao Wei vor der Wand und der schöne Tony vor dem Fenster. Neben ihm nach wie vor die beiden Babyface-Mazis. Später erfuhr Lao Wei, dass sie frisch von der Polizeiakademie waren und erst seit kurzem im Einsatz, kein Wunder, dass sie so viel Eifer an den Tag legten. Es war amüsant zu beobachten, wie der rechte Mazi mit seinen dicken Brillengläsern vor dem Babyface den Feind eine halbe Stunde lang mit gekreuzten Armen observierte, bis er müde wurde, die Brille absetzte und Augenübungen machte.

Der Schwätzer zog sich wieder zurück, gähnte und steckte den Kopf in seine Zeitung.

Der Ton der Rollentexte wurde etwas milder.

Beim ersten Mal Fremde, beim zweiten Mal Freunde.

Also geben Sie zu, dass Sie mich geschlagen haben.

Macht nichts. Wenn wir hier fertig sind, können Sie schreiben, was Sie wollen. Das Internet ist voll von Artikeln über die Brutalität der Polizei und wie sich standhafte Verfechter der Unabhängigkeit Xinjiangs dagegen zur Wehr setzen und dass die Schriftsteller verpflichtet sind, über diese Missstände zu berichten. Ach, Lao Wei, Sie hatten doch schon öfter mit unsereins zu tun, wer durchschaut hier wen? Diese Aktion eben, aus dem Fenster springen zu wollen, entlarvt Sie von vornherein als alten Hasen, der genau weiß, wie man für Schlagzeilen sorgt. Hätten Sie das im zehnten oder im zwanzigsten Stock auch gemacht? Ich habe keine Angst davor, dass wir den Fall nicht abschließen, und auch keine Angst, dass irgendwer aufsteht und für Sie Gerechtigkeit fordert. Schlimmstenfalls lege ich meine Uniform ab, wechsle das Fach und verdiene vermutlich viel mehr Geld als zuvor.

Sie haben wirklich kein Schamgefühl.

Fangen Sie wieder mit den Beleidigungen an? Na gut, lassen Sie Dampf ab. Wer hat heutzutage noch Schamgefühl? Die Intellektuellen genauso wenig wie die einfachen Leute. Aber Lao Wei, wenn wir uns hier über Grundsätze einigen wollen, gut, dann können wir uns doch ein wenig über ein paar Fragen auf Basis dieser Grundsätze unterhalten. Leute wie Sie und Ihre Busenfreunde Yu Shicun, Liu Xiaobo oder dieser Uigurenanwalt Gao Zhisheng, Sie kennen die Grundsätze, Sie alle sind unsere Freunde. Nur ein Vollidiot glaubt daran, dass es sinnvoll sei, mit dem Kopf durch die Wand zu rennen und sein Leben für eine gerechte Sache zu geben. Nach den Gesetzen des Dschungels hofft doch verflucht nochmal jeder, ein anderer würde es tun und er selbst überleben …

Gut, es reicht. Weshalb bin ich hier? Nun sagen Sie schon.

Sie wissen es wirklich nicht?

Solange Sie es mir nicht sagen, weiß ich es nicht.

Okay. Sie haben doch einen Preis bekommen, nicht wahr?

Richtig. Ich habe den 5. *Freedom to Write Award* des Unabhängigen chinesischen Schriftstellerverbands im internationalen P. E. N. bekommen.

Und warum?

Ganz einfach. Ich habe etwas Gescheites veröffentlicht, und der Schriftstellerverband belohnt es mit einem Preis.

Wer konkret hat Ihnen den Preis zugesprochen? Liu Xiaobo?

Das hat mit Liu Xiaobo nichts zu tun. Das ist das Ergebnis einer Abstimmung unter den Mitgliedern des Schriftstellerverbands.

Wer sind die Mitglieder?

Woher soll ich das so genau wissen? Es ist ja nicht so, dass ich darum gebeten hätte, einen Preis zu bekommen.

Haben Sie vor, ihn persönlich entgegenzunehmen?

Selbstverständlich.

Und wo soll die Preisverleihung stattfinden?

Darüber bin ich nicht informiert. Sie erfahren es sicher vor mir. Dann können Sie mir ja Bescheid geben.

Morgen ist Mittherbstfest, ein schöner Anlass zum Feiern.

Ich möchte lieber zur Preisverleihung, ein noch schönerer Anlass zum Feiern.

Ich mache Ihnen einen Vorschlag. Ein Vorschlag, nichts weiter.

Ich bin ganz Ohr.

Gehen Sie da nicht hin.

Und warum nicht?

Sehr witzig. Das fragen Sie noch? Ihr Name ist schon bekannt genug, meinen Sie wirklich, er muss noch so ins Rampenlicht gestellt werden?

Ich darf dort nicht fehlen.

Ich schlage trotzdem vor, dass Sie nicht hingehen.

Und wenn ich darauf bestehe?

Dann müssen wir Sie leider hierbehalten. Oder woanders. Auch für uns kein Spaß, denn wir müssen bei Ihnen bleiben.

Soll das heißen, auch wenn ich hingehen will, kann ich nicht? Ich werde festgehalten?

Niemand hält Sie fest. Ich schlage lediglich vor, dass Sie nicht hingehen.

So, ein Vorschlag, ja? Gut, ich gehe nicht hin.

Ist das ein ernsthafter Entschluss?

Ich weiß ohnehin, dass ich keine Wahl habe. Selbst wenn ich heute hier wegkommen sollte, werde ich morgen auf halben Weg aufgehalten oder mitten in der Preisverleihung von euch abgeführt.

Sie haben eine blühende Phantasie.

Ich bin ein Schriftsteller. Mich mit Staatsorganen messen ist dagegen nicht mein Metier. Ich gehe nicht hin.

Sehr schön. Danke. Also müssen wir gar nicht mehr weiterreden.

Das heißt, ich kann gehen?

Ich muss meinen Vorgesetzten Bericht erstatten. Nur ein klein wenig Geduld. Wir bleiben bei Ihnen, bis wir das Ergebnis kennen. Was zu trinken?

Die Atmosphäre war nun recht entspannt. Der Schwätzer ging hinaus und kam kurz darauf mit ein paar Flaschen Mineralwasser zurück. Dann verließ Tony Leung den Raum, um zu telefonieren. Anschließend hockten alle locker plaudernd zusammen, und die vier Polizisten frönten ihrer Tabaksucht, bis Lao Wei die Augen brannten. Gierig leerte er eine Flasche Wasser. Der Schwätzer reichte ihm gleich die nächste. »Wie man sich täuschen kann in diesen sensiblen Typen aus Sichuan. Auf den ersten Blick ganz sanft, und dann wollen sie plötzlich in Rage aus dem Fenster springen«, sagte er lächelnd.

»Dieser Kollege hier«, ergänzte Tony Leung, »ist schon eine Ewigkeit bei der Zivilfahndung und hat viel Erfahrung im Umgang mit Leuten jeden Kalibers. Ich dagegen komme aus Shandong, wir sind ein bisschen einfacher gestrickt, leicht erregbar und ohne viel Sinn für Humor. Als du etwas von ›herumzuckeln‹ gefaselt hast, habe ich gedacht, du willst uns zum Narren halten.«

»Herumzuckeln ist aber gar kein Sichuan-Dialekt«, sagte Lao

Wei. »Ich glaube, du hast wirklich keinen Humor und schlägst beim kleinsten bisschen Alarm. Warst du beim Militär? Bei deinem Aussehen solltest du besser Schauspieler werden.«

Alle lachten. »Gut geraten«, sagte Tony Leung. »Ich war tatsächlich einmal Soldat, Panzersoldat, um genau zu sein. Wenn man den ganzen Tag in einem eisernen Kasten steckt, lernt man schnell, und wenn man als Neuling ständig den Schikanen durch die älteren Soldaten ausgesetzt ist, fördert das die Aggressivität. Aber wenn so ein wild gewordener Kerl aus Sichuan sich plötzlich aus dem Fenster stürzen will, ist man im ersten Moment immer noch verblüfft.«

Draußen dunkelte es allmählich. Lao Wei fragte nach der Uhrzeit. Es war schon nach fünf. »Warum fragst du, wo du doch nur am Herumzuckeln bist?«, fragte der Schwätzer, »ich und Herr Jiang hier, wir haben kleine Kinder zu Hause und hätten nichts dagegen, ein bisschen früher hier herauszukommen.«

»Es dauert nicht mehr lange«, sagte der schöne Tony, »wir haben schon deine Freunde informiert, dass sie dich abholen kommen.«

»Was soll das nun wieder? Ich finde allein nach Hause, oder meinetwegen bringt ihr mich zurück, aber wozu meine Freunde bemühen?«

Die Polizisten tauschten Blicke und murmelten zögernd: »Abwarten … Es dauert nicht mehr lange.«

Um halb acht hatte sich bereits der Schleier der Dunkelheit über alles gelegt. Ständig gingen Polizisten ein und aus. Lao Wei hing apathisch auf seinem Stuhl. Er nahm alles um sich herum nur noch nebelhaft war. Dennoch konnte er in diesem Nebel Münder ausmachen, die sich unablässig bewegten und einen Dialog führten, den er vor ein paar Tagen gelesen hatte: »Warum bist du nach Jerusalem gekommen?« – »Um zu vergessen.« – »Um was zu vergessen?« – »Das habe ich vergessen.«

Der Witz stammte von dem israelischen Schriftsteller Amos

Oz. Obwohl ihm diese Zeilen durch den Kopf gingen, hatte er gerade nicht das geringste Interesse, sich zu fragen: »Warum bist du nach Peking gekommen?« – Das überließ er den Polizisten, die in ihrer Karriere solche Fragen zu stellen gewohnt waren, auf die den Verdächtigen eine Antwort wie »Ich weiß es nicht« nicht gestattet war.

Aber es war ihnen gestattet, die Verbrechen, die sie als Verbündete der Macht begingen, am Ende einfach zu vergessen.

Nach Hause deportiert

So spät am Abend erwartete Lao Wei keine Freunde mehr, die ihn abholen kämen. Doch sie kamen, jedenfalls welche, die sich seine Freunde nannten, die Männer vom Chengduer Staatssicherheitsbüro. Ihr Anführer war ein ambitionierter junger Mann namens Huang Sheng. Li Xiang, Lao Weis persönlicher Überwachungsmann seit vielen Jahren, fegte aufgeregt zur Tür herein und polterte: »Lao Wei, verdammt nochmal, was fällt dir ein, an irgendwelchen Versammlungen teilnehmen zu wollen?«

»Ich nehme an keinerlei Versammlungen teil«, entgegnete Lao Wei, »aber einen Preis zu bekommen ist eine Ehre für jeden Schriftsteller, da geht man selbstverständlich hin.«

Die Pekinger Polizisten zogen sich in eine Ecke zurück und ließen die Sichuaner ihre Kämpfe unter sich ausfechten. Tony Leung erlaubte sich noch einen Scherz: »Aber, aber, wenn alte Landsleute zu Besuch kommen, dann liegt man sich doch weinend in den Armen, oder? Die Männer haben alles stehen und liegen gelassen, nicht gegessen, nichts getrunken, um herzueilen, nun lass sie doch nicht ihr Gesicht verlieren, Lao Wei. Geh mal hübsch mit den Herren nach Hause.«

»In Peking bleibst du jedenfalls nicht. Nun mach uns keine Scherereien und komm heute Nacht mit uns nach Chengdu.«

»Ganz bestimmt nicht.«

»Wieso das? Fürchtest du Schwierigkeiten mit uns?«

»Genau andersherum. Ich fürchte, ihr werdet Schwierigkeiten mit mir haben.«

»Die Preisverleihung morgen kannst du dir sowieso abschminken. Wozu also noch hierbleiben?«

»Ich möchte mich noch mit ein paar Freunden treffen, ein paar Bars ausprobieren. Hierherzukommen und sich zurechtzufinden war nicht gerade einfach. Wenn ich mich jetzt einfach nur, weil es euch in den Kram passt, nach Hause schleppen lasse, wäre das ja alles vergebliche Mühe gewesen, oder?«

»Hör mal, wir haben noch gar nicht gegessen. Gehen wir doch zusammen aus, trinken einen und fahren danach erst nach Hause. Wie wär's?«

»Ich bin ein Krimineller, ihr seid Polizisten, als ob ich Lust hätte, mit euch was trinken zu gehen!«

»Das war jetzt aber nicht nett, Lao Wei. Wann hätte ich, Li Xiang, dich je als Kriminellen bezeichnet?«

»Kurz gesagt, ich trinke keinen Arbeitsschnaps mit euch. Wollt ihr mich besoffen machen, damit ich willig mit euch mitgehe? Solange ihr mich nicht in Handschellen legt, werde ich mich niemals darauf einlassen, mitzukommen. Und ihr kennt mich nach all den Jahren zu gut, um nicht zu wissen, dass mir auf halbem Weg Dummheiten einfallen könnten.«

»Was stellst du dir vor? Gut, Karten auf den Tisch. Du kannst nicht hierbleiben. Wir müssen jetzt kooperieren und miteinander einen Weg finden.«

»Wenn das so ist, gut. Dann fahren wir morgen.«

»Das wäre also geklärt. Morgen früh geht's los.«

»Ich bin kein Frühaufsteher. Morgen Nachmittag.«

»Wie du willst, morgen Nachmittag also.«

»Gut. Dann können wir jetzt ja jeder unserer Wege gehen. Wir sehen uns morgen.«

»Ausgeschlossen. Wir als alte Freunde bleiben bis zur Abreise zusammen. Nun hab dich nicht so, Lao Wei. Lass uns ausgehen und entspann dich.«

»Du behandelst mich also doch wie einen Kriminellen. Dann komme ich nicht mit.«

Huang Sheng war nicht umsonst Leiter dieses Einsatzes. Er wusste, wann es an der Zeit war, ein Machtwort zu sprechen. »Schluss jetzt. Wo auch immer der Herr Wei wohnen mag, dort bringen wir ihn hin und suchen uns eine Bleibe in der Nähe. In der Nacht sind alle Katzen grau.«

Das Geschachere hatte ein Ende, und beide Seiten lachten wie Geschäftspartner nach erfolgreichen Verhandlungen. Sie gingen hinaus, wo sie der eiskalte Wind empfing, der vom Erdgeschoss bis in den ersten Stock hinaufkroch und sie frösteln ließ. Li Xiang flüsterte ihm ins Ohr: »Lao Wei, unter uns, nun verrate mir mal, was du wirklich in Peking zu suchen hast. Sich hier mit diesem Pekinger Haufen zusammentun und am Ende dabei draufzahlen, das passt nicht zu dir.«

Die Hauptstadt- und die Provinzfahnder verabschiedeten sich sehr höflich voneinander. Lao Wei stand stocksteif dazwischen, als würde er sich sonst mit einer üblen Krankheit infizieren. Tony Leung klopfte ihm noch auf die Schulter und meinte: »Beim ersten Mal Fremde, beim zweiten Mal Freunde, was? Wenn du mal wieder nach Peking kommst, gehen wir zusammen aus.« Lao Wei zuckte zurück und wusste nicht, was er sagen sollte. Die Straßen waren voller Autos und Menschen, überall blinkende Neonlichter, und nur zu gern wäre er einfach darin abgetaucht.

Eine halbe Stunde später kehrte er mit den Polizisten zurück ins Shi Zhongtang, wo sie zusammen zu Abend aßen. Huang Sheng versuchte, die Situation schönzureden. »Ist doch besser, wir geben unser Geld bei deinen alten Freunden aus, nicht wahr, Lao Wei?«

Sie ließen sich mitten im hellen und geräumigen Saal nieder. Huang Sheng bestellte den hausgemachten Hühnerfeuertopf. Auf das Essen schien es ihnen nicht gerade anzukommen, noch bevor es serviert wurde, trank jeder ein großes Glas hochprozentigen, sämtliche Geschmacksnerven betäubenden Schnaps. Lao Wei hatte sich nun schon lange unter den Geächteten getummelt und immer gern die Rolle des unverwüstlichen Zechers gespielt, man traf sich mit ein, zwei, drei Kumpanen, trank drei, vier, fünf Schnäpse, schlug auf den Tisch, rückte die Schemel, vergaß das Leben und den Tod, und wenn man zwischendurch ein wenig nüchterner war, griff man zur Qin oder zur Flöte, und die Stimmung stieg. Doch ganz selten hatte Lao Wei keine Lust auf Schnaps, und schon der Geruch widerte ihn an. Wie das? Weil ihm die Lust verging, wenn er genervt war. So wie jetzt. Anders als die Zivilfahnder, die a priori eine gute Konstitution hatten, die in der Ausübung ihrer täglichen Pflichten einiges gewohnt waren und daher durchaus mal mit dem Feind einen trinken konnten.

Gefangen zwischen Huang Sheng und Li Xiang, überließ Lao Wei es den beiden Polizisten, großspurig von der harmonischen Gesellschaft und der Einigkeit von Polizei und Volk zu palavern. Der Wirt Zhong Zhong, der am Nebentisch Gäste bediente, erfasste Lao Weis Dilemma mit einem Blick und kam dem Freund zu Hilfe. Normalerweise trank er keinen Tropfen, jetzt aber trank er ein Glas Schnaps und begann ein Gespräch. »Ihr habt ja einen langen Weg gemacht bis hierher, ganz schön anstrengend. Danke, dass ihr euch seit Jahren um Lao Wei kümmert. Er ist ein guter Freund von mir, wisst ihr, einer der abgefahrensten Schriftsteller Chinas, aber leider auch einer der abgedrehtesten, keine Ahnung von Politik, wisst ihr, weil er so abgefahren ist, ist er eben auch so abgedreht, und gerade darum mag ich ihn.«

Sogar die vom Alkohol schon völlig benebelten Polizeiteufel waren überrascht von diesen Worten, die ersten des ehemaligen Avantgardeschriftstellers und jetzigen Restaurantinhabers Zhong Zhong, an die Lao Wei sich überhaupt erinnern konnte. Die Gelegenheit schien Lao Wei günstig, um etwas loszuwerden, das ihn schon lange beschäftigte. Nun löste sich auch seine Zunge: »Schon seit über zehn Jahren überwachen Sie mich jetzt, Li Xiang, am längsten von allen. Vor Ihnen gab es Xiao Song, einen ziemlich belesenen jungen Mann. Da er sich nicht genug abgrenzte, wurde er stattdessen mit der Falun Gong beauftragt. Sein Vorgänger war Abteilungsleiter Cao. Cao war früher einmal Soldat in Qinghai und hatte schon einiges mitgemacht, vielleicht kam es deshalb zu seiner schweren Pankreatitis. Er ging drauf, weil der Arzt im Krankenhaus ihn ohne Bezahlung nicht retten wollte. Als ich frisch aus dem Gefängnis entlassen war, hat er mich ab und zu besucht, manchmal in Ausübung seines Amtes, aber oft auch einfach nur so, um mich Flöte spielen zu hören, das genügte ihm. Wir waren beide einsam, und beide waren wir frustriert. Obwohl auch er mich ständig mit seinen Teams vorladen und verhören musste, hat mich die Nachricht von seinem Tod schwer getroffen. Und jetzt, zehn Jahre später, wo euer Auftauchen mich an diese Geschichte erinnert, habe ich sie immer noch nicht ganz begriffen. Die Nachfolger von Lao Cao waren alle wesentlich fieser, und dennoch muss ich sagen, dass ihr Polizisten, jeder für sich genommen, gar nicht so schlimm seid. Außer wenn einer von seinen Begierden mitgerissen wird, vor allem von der Gier nach Macht. Du, Li Xiang, hast mir in all den Jahren zwar wenig geholfen, geschadet hast du mir aber auch nicht. Halb so wild.«

»Früher waren gute und schlechte Leidenschaften kein Thema«, sagte Huang Sheng. »Man hat über so etwas gar nicht gesprochen. Polizisten sind auch Menschen, und miteinander reden ist schon einmal ein guter Anfang. Die Zeiten Maos und

Deng Xiaopings sind vorbei, wir leben in einer Gesellschaft der Analyse und des Ausgleichs, einer Gesellschaft mit weniger Widersprüchen. Solange du dich nicht danebenbenimmst, sind wir dankbar, dass wir nicht so viel Arbeit mit dir haben, und lassen dich in Ruhe. In Chengdu sitzen die Leute schon immer gerne zusammen, trinken Tee, essen gut, und wenn einer Hilfe braucht, ist man zur Stelle. Wenn dein Freund gerne in Chengdu ein Restaurant aufmachen will und dabei hilft, dich auf den richtigen Weg zu bringen – keine Sorge, ein Anruf genügt, und die Sache ist geritzt.«

Li Xiang schlug dieselbe Saite an: »Sobald du über die Grundlinie hinaus bist, können wir über alles reden.«

»Grundlinie? Dann reden wir doch über meinen Pass. Zählt der nicht zur Grundlinie? Wie oft habe ich jetzt schon einen Pass beantragt, warum bekomme ich keinen?«

»Als du im Gefängnis warst, wurde deine Registrierung von Chengdu nach Fuling verlegt und der Depp, der sich mit deinem Antrag befasst, ist ein sturer Bock, was soll man machen?«, sagte Li Xiang.

»Wenn wir das in Chengdu handhaben könnten, gäbe es keine Probleme«, pflichtete ihm Huang Sheng bei.

»Ich wohne in Chengdu und unterstehe eurer Jurisdiktion, warum bin ich dann in Fuling am Jangtse gemeldet? Das sind doch Kindereien. Und eure Staatsschutzbehörde ist doch wohl überall präsent? Mein Anwalt Teng Biao, Absolvent der Beida, kennt sich wirklich aus und hat sich den Fall genau angesehen. Er kommt zu dem Ergebnis, dass die Stadt Chengdu einfach die Verantwortung übernehmen kann, und was das kleine Fuling dazu sagt, interessiert niemanden einen Furz.«

»Ich habe doch längst mit der Meldebehörde in Fuling telefoniert, aber deren Chef, ein Mann namens Zhang Shuming, lässt nicht mit sich reden.«

»Ihr habt mich auf ewig im Sack, so sieht's aus. Ich kann noch hundertmal einen Antrag einreichen und das Ganze am besten als Aktionskunst vermarkten. Sonst nichts. Nicht ich bin es, der euch Ärger macht, ihr seid es, die mir Ärger machen. Soll ich noch mehr Preise gewinnen, noch höhere Auflagen im Ausland erreichen? Passt euch das?«

»Nun reg dich nicht so auf. Wir fahren zurück und sehen, was sich machen lässt«, sagte Huang Sheng.

Die getrübte Stimmung beflügelte den Alkoholkonsum, und Lao Wei konnte bald nicht mehr gerade auf seinem Stuhl sitzen. Die Polizisten dagegen bewahrten Haltung. Er zwang sich, mit ihnen anzustoßen, doch seine Lider wurden schwer, er fiel ständig vornüber wie ein Specht und schlug dabei Li Xiang fast die Brille von der Nase. Als er sich in die andere Richtung wandte, sah er schemenhaft ein schwarzgekleidetes Mädchen mit wackelnden Hüften auf sich zukommen, tack tack tack klackerten ihre hohen Absätze über den Boden. Jetzt erkannte er sie. Paris, von der er sich gerade erst getrennt hatte. Hu Niu hatte ihr erzählt, dass die Polizei Lao Wei mitgenommen hatte, und sie war sofort hergeeilt.

Ein charmantes Lächeln lag auf ihrem blassen Gesicht. Nun stand sie am Tisch, die linke Hand auf Lao Weis Schulter, in der rechten ein Glas, und sagte: »Ich bin die Freundin von Lao Wei. Ich zolle an seiner Stelle den drei werten Herren Polizisten meinen Respekt. Prost!« Dann leerte sie das Glas.

Die Polizisten hoben höflich ihre Gläser, nippten aber nur ein bisschen. Paris schielte sie durch ihr Glas hindurch an. »Das hier ist Schnaps, meine Herren.«

Also tranken auch sie auf ex. Paris forderte sie zu einer weiteren Runde auf. Sie wussten nicht, was hier gespielt wurde, aber dieses zarte Mädchen schien eine ziemliche Schnapsdrossel zu sein, denn auch nach zwei Wassergläsern voll Paotai sagte sie immer noch freundlich und wortgewandt: »Vielen Dank, dass Sie in meiner Abwesenheit auf Lao Wei aufgepasst haben.«

»Lao Wei hat ja echt ein Händchen mit Frauen«, lallten die Polizisten nicht ohne Neid. »Eine hübsche Freundin nach der anderen!«

Mittags packte Lao Wei eilig seine Sachen und nahm Abschied von den anderen Geächteten im Künstlerdorf, während die Polizisten geduldig draußen warteten. Paris und Hu Niu begleiteten ihn zum Wagen und umarmten ihn noch einmal kräftig. Vierzig Minuten später erreichten die vier Polizisten und ihr Verbrecher den Pekinger Flughafen, und wenig später hoben sie ab, geradezu unwirklich. Huang Sheng und Lao Wei tauschten in Wolken und Nebel Gedanken aus, während die anderen zwei erschöpft in ihren Träumen versanken. Draußen war es schon nachtschwarz, als sie in der – wie üblich in dichten Smog gehüllten – Heimat landeten. Ein großer VW Santana erwartete sie, und zum dritten Mal innerhalb von zwei Tagen fand sich Lao Wei in einem Auto eingepfercht zwischen vier Polizisten.

Unterwegs wie üblich Stau. Es war schon neun Uhr abends, als der Wagen vor seinem Wohnhaus hielt. Lao Wei schloss auf und ging hinein. Im sehr leer wirkenden Zimmer erhob sich seine Mutter und ging auf ihn zu, nicht ohne zu schimpfen: »Was machst du denn da draußen für Sachen?«

»Ich mache keine Sachen, ich habe einen Preis bekommen.«

Die Zeit lief plötzlich rückwärts bis 1994, als Lao Wei, frisch aus der Haft entlassen, als verlorener Sohn wieder nach Hause kam. Auch damals war seine Mutter aufgestanden, auf ihn zugegangen, hatte ihn gepackt und gesagt: »Was machst du denn für Sachen da draußen, ich habe mir solche Sorgen gemacht!«

»Ich mache keine Sachen, ich habe im Gefängnis gesessen«, hatte er geantwortet.

Wie schnell ist die Zeit vergangen! Die Erde und der Staatsapparat drehen sich gleichmütig weiter. Mutter und Sohn sind alt geworden.

Epilog

Damit kommen diese Erinnerungen an ein jähes Ende. Als Lao Wei an seinem Augenzeugenbericht aus dem Gefängnis schrieb, war es ihm genauso gegangen, Nacht um Nacht hatte er durchgeschrieben und irgendwann trotzig den Stift hingeworfen. Heute schreibt er nicht mehr mit dem Stift, heute lebt er nicht mehr in China, sondern in Berlin. Vor allem platzen nicht mehr ständig Polizisten ungebeten in seine Wohnung.

Lao Wei klappt den Laptop zu und geht im Zimmer auf und ab, niedergeschlagen wie ein müder Vogel im Käfig. Wie viele Tage und Nächte hat er so verbracht? Er stöbert zwischen den Manuskripten im Regal und stößt auf eine Kalligraphie, die er noch nicht hat aufziehen lassen. In kräftigen Pinselstrichen steht da: »Der müde Vogel kehrt zurück nach Hause.« Das stammt aus dem Gedicht *Zurückkehren* von Tao Yuanming: »Gemächlich ziehen die Wolken hinter den Bergen vorbei / Der Vogel ist des Fliegens müde und kehrt nach Hause zurück.« Tao Yuanming verabscheute seinerzeit die Politik der Jin-Dynastie, in der er lange militärische und juristische Ämter innehatte. Von einem Tag auf den nächsten gab er seinen Posten am Hof auf und lebte von da an zurückgezogen in seiner ländlichen Heimat. Und hinterließ zahlreiche zu Klassikern gewordene Verse wie diese.

Am Vorabend seiner Flucht ins Exil besuchte Lao Wei einen alten Mann, einen Seelenverwandten Tao Yuanmings. Sie saßen sich lange schweigend gegenüber, bis von draußen ein heftiger Windstoß zum geöffneten Fenster hereinblies. Der alte Mann stand auf, schloss das Fenster, murmelte »Der Herbst kommt« und rezitierte dann spontan zwei Zeilen aus einem Tang-Gedicht: »Im Wind die gelben Blätter / Unter der Lampe ein weißhaariger Mann.« Lao Wei klopfte das Herz vor Erregung. Er wollte schon fragen: »Machen Sie sich viele Gedanken über Ihr Alter?«, doch aus seinem Mund kam etwas anderes: »›Im Regen die gelben Blätter‹ hieß die Zeile, glaube ich, der Tang-Dichter Sikong Shu hat sie für Lu Lun geschrieben.« Der Alte klatschte begeistert in die Hände. »Du hast wirklich ein gutes Gedächtnis. Ich hatte eben den Wind gespürt und habe deshalb kurzerhand aus Regen Wind gemacht. Aber Herbstwind und Herbstregen haben gleichermaßen etwas Melancholisches, nicht wahr?«

Lao Wei fand, dass es nicht dasselbe war, doch er wollte nicht zu vorlaut sein. »Ich tische nur mein kümmerliches Wissen auf, um Sie zum Lachen zu bringen.«

Der Alte seufzte. »In der heutigen Zeit fällt es nicht leicht, diesem Bild vom ›weißhaarigen Mann‹ gerecht zu werden. Ein alter Mann, der in Ruhe unter einer Lampe lesen und schreiben kann, darf sich glücklich schätzen. Dein Vater und ich, wir haben beide noch in der alten Zeit studiert. Er sieht das sicher genauso.«

Lao Wei nickte. »Ich habe einmal die Biographie meines Vaters aufgezeichnet. An die Zeit der großen Hungerkatastrophe, als vier Millionen Menschen starben, habe ich selbst kaum Erinnerung, mein Vater hat mir davon erzählt. Zum Beispiel von jenem Dichter, der sich erhängte. Vater hat ihn vom Baum heruntergenommen, ausgemergelt wie eine Scheibe Trockenfleisch. Ich habe in meinen Aufzeichnungen dazu notiert: ›Die Seele des Dichters stand im Tor des Mondlichts und sah zu, wie seine sterbliche Hülle auf dem Rücken seiner Leidensgenossen fortgetragen wird. Und Vater spürte, wie sich Körper und Seele des Dichters trennten und fühlte sich von diesem Tag an dazu verurteilt, auf ewig mit krummem Rücken die Last des toten Körpers mit sich herumzutragen. Ob das die Strafe Gottes für den Atheisten war?‹«

»Ich kenne diesen Dichter, Jin Gan hieß er«, sagte der Alte. »Wir waren zusammen in einer größeren Gruppe von ›Konterrevolutionären‹. Er war noch keine dreißig.«

»Ich hätte zu gerne eine Kalligraphie von Ihnen, im Sinne dieser Gedichtzeilen von den gelben Blättern? Könnte ich so dreist sein, Sie darum zu bitten? Ich würde sie mein Leben lang aufbewahren.«

Der Alte holte die vier Utensilien des Kalligraphen hervor. Lao Wei half ihm, die Tusche am Tuschstein zu reiben und aufzulösen. Der Alte krempelte die Ärmel hoch und nahm einen mittelgroßen Pinsel zur Hand. Er zögerte. »Eigentlich ist es zu früh dafür.« Dann setzte er an und ließ den Pinsel von seiner Energie geleitet über das Papier gleiten: »Der müde Vogel kehrt zurück nach Hause.«

Lao Wei erschrak beim Anblick der Zeichen. Der alte Mann schien zu ahnen, dass er fliehen wollte, und die Zeile Tao Yuanmings sprang ihn an wie eine Mahnung. »Wissen, wann es Zeit ist, zurückzukehren.« Doch dann fügte der Alte neben die vier großen Zeichen in kleinerer Schrift die Zeile an: »Lesen und Schreiben liegen in deiner Natur, das ist deine wahre Berufung.«

So sollte es sein. Es verschlug ihm die Sprache.

Lao Wei öffnete das Fenster seines Arbeitszimmers im fremden Land. Draußen drängten unter den letzten Schneeresten schon das Gras und die Blumen hervor, und er meinte die winzigen Ameisen zu sehen, die dazwischen herumkrabbelten. Nun lugte auch die Sonne zwischen den dunklen Wolken hervor. Wenn er die Augen schloss und wieder öffnete, sah er den Mond durch Kiefern scheinen und mit dem nächsten Wimpernschlag die Augen seines Vaters zwischen den Kiefern aufblitzen. »So sollte es sein.« Er schrieb.

Am darauffolgenden Tag rief Lao Wei seine Mutter an. Noch bevor die alte Frau nach einem Hustenanfall etwas sagen konnte, machte das deutliche Rauschen des anspringenden Mithörgeräts alles zunichte. Ihm taten die Ohren weh, und er legte gleich wieder auf. Er seufzte laut. Dasselbe verzweifelte Aufstöhnen wie damals, als er von der Polizei nach Hause eskortiert worden war und die Mutter an ihre ersten Worte den Satz anschloss: »Dein Vater hat Krebs.«

Entsetzt stieß er sofort die Tür zum Zimmer seines Vaters auf, der einen traurigen Anblick bot. »Vater«, war das Einzige, was er hervorbrachte. Seine Mutter schlüpfte ins Zimmer, setzte sich mit gekreuzten Beinen auf das Krankenbett und begann mit ihrer Falun-Gong-Therapie. Tatsächlich vermochte ihre Energie die blassen Wangen seines Vaters rot zu färben. »Möchtest du etwas trinken?«, fragte Lao Wei. Der Vater nickte, und Lao Wei hielt ihm die Tasse an den Mund, doch dann klopfte sein Vater auf den Nachttisch. Lao Wei zog die Schublade auf, in der eine Packung Morphintabletten lag, doch sofort blockte die Mutter ihn mit dem rechten Arm ab, während ihre Linke ungerührt mit der energetischen Therapie fortfuhr. Lao Wei wusste nicht, was er tun sollte.

Eine Stunde lang praktizierte seine Mutter die Aktivierung der Selbstheilkräfte durch Falun Gong. Der Körper seines Vaters schien deutlich reanimiert, doch er war immer noch zu schwach, um mit seinem Sohn zu reden. »Dein Vater hatte als junger Mann Tuberkulose. Er wurde zwar kuriert, doch es sind Ablagerungen geblieben. Vor drei Monaten fing er an, ununterbrochen zu husten, bis er keine Stimme mehr hatte. Als ich ihn ins Krankenhaus brachte, stellten sie beim Röntgen fest, dass er bereits einen walnussgroßen Tumor im rechten Lungenflügel hat. Es ist nichts mehr zu machen.«

»Und warum hast du mir nichts gesagt?«

»Hätte das etwas genutzt?«

»Es geht nicht darum, ob es etwas genutzt hätte. Ich bin sein Sohn.«

»Und was für ein dummer, ignoranter Sohn du bist, treibst dich sonst wo herum und machst uns Ärger. Oder willst deinem Vater Morphin geben.«

»Was ist daran falsch?«

»Das ist eine Droge, die nichts bringt außer Abhängigkeit.«

»Ja und? Er leidet Schmerzen.«

»Damit wird der Schmerz nur vorübergehend betäubt, und hinterher verstärkt er sich nur.«

»Lass uns doch erst einmal sehen.«

»Er hat Schmerzen, die Schmerzen werden gelindert, danach hat er noch stärkere Schmerzen, und dann stirbt er vor Schmerzen. So machen die Krankenhäuser Geld und bringen Menschen um.«

»Du bist viel zu kaltherzig. Ich verstehe dich nicht.«

»Niemand auf dieser Welt ist kaltherziger als die Ärzte. Wenn ich ihn dem Krankenhaus überlasse, bekommt er Chemotherapie, wird mit Schläuchen gespickt und muss jeden Tag zehn Stunden lang diese Infusionen ertragen. Wenn die Venen der Hand verstopft sind, nehmen sie die am Hals, dann die am Fußgelenk, eine riesige Menge Blut fließt ab in die Infusionsflaschen! Weil seine Körperflüssigkeit nur sehr langsam fließt und nichts mehr absorbieren kann. Die Kosten für diese Behandlung explodieren dabei wie eine Schwarzmarktaktie, erhöhen sich ständig ohne jeden Nutzen. Irgendwann habe ich die Nadeln herausgezogen und deinen Vater mit nach Hause genommen. ›Wie können Sie ihm das antun?‹, hat der Arzt gefragt.«

»Es tut mir leid, Mutter, aber ich verstehe das auch nicht.«

»Man wird in diese Welt wiedergeboren, um seine Schulden zu begleichen. Als ich jung war, hat mir jemand wie dein Vater gefehlt, und als ich dann glaubte, mit ihm den Mann meiner Träume gefunden zu haben, habe ich mich in einen anderen verliebt und ihn gehasst. Und dann ist mein Pianist in den Armen deines Vaters gestorben, aber der Knoten in mir ließ sich nicht lösen. Erst als ich die große Lehre entdeckt habe, die mein Inneres von Grund auf umgewälzt hat, hat sich etwas verändert. Und doch habe ich noch keinen inneren Frieden gefunden. Ich frage mich immer wieder, gibt es das, Liebe? Gefühle? Doch, das gibt es. Doch ich muss für die Sünden meiner Jugend auf ewig büßen.«

»Vielleicht schuldete Vater dir noch etwas aus seinem früheren Leben?«

»Wir sind alle Ameisen. Vielleicht schulde ich dir noch etwas aus meinem früheren Leben. Und dein Großvater schuldete deinem Vater etwas. Alles ist ein ewiger Kreislauf.«

»Wenn wir schon von Kreislauf reden«, fiel völlig überraschend sein Vater in die Konversation ein, »dann bringt mich bitte zurück in meinen Heimatort.«

Unglaublich, woher er plötzlich die Kraft nahm, aber sein Vater stand auf und aß eine ganze Schüssel Reissuppe. Dann ging er ganz allein ins Bad und wusch sich. Doch kurz darauf hörte man ein Poltern. Lao Wei ging schnell hinterher, um seinem gestürzten Vater aufzuhelfen. Er setzte ihn in die Wanne, ließ heißes Wasser einlaufen und wusch ihn. So wie sein Vater es mit ihm gemacht hatte, als er klein war, ihn mit Seife geschrubbt hatte, seinen kleinen Penis, der vom Tragen der damals üblichen Hosen mit offener Naht immer so furchtbar schmutzig war, dass man ihn besonders gründlich schrubben musste, bis er wieder frisch wie ein kleiner Pfirsich war. Lao Wei versank in seine Erinnerungen, sein Vater schrumpfte vor seinen Augen zu dem kleinen Jungen, der er einmal war, und er schrubbte seinen Hintern und seinen Bauch. Doch als er ihn auch zwischen den Beinen waschen wollte, blockte ihn der Vater mit beiden Händen ab. »Du brauchst dich nicht zu schämen«, sagte er sanft, wie zu einem Kind. »Ohne diesen Teil von dir wäre ich gar nicht auf der Welt.«

Der Vater blieb eisern. Er musste ihm die Seife reichen, damit der alte Mann sich selber wusch.

Sein Vater war schon achtzig, doch noch nie waren sie sich so nahegekommen. Nach dem Bad brachte Lao Wei ihn zurück ins Bett, zog ihm frische Sachen an. So sah er schon viel besser aus. »Zeit, sich zu bewegen. Jeder in seine Richtung.« Auf dem Weg zum Bahnhof, um die Fahrkarten zu besorgen, kam ihm wieder jenes Zitat des griechischen Philosophen Sokrates in den Sinn: »Ich sterbe, und ihr werdet leben. Ob das gut ist, wissen allein die Götter.«

Seine Mutter packte die Koffer für Vater und Sohn. Als die Zeit zum Aufbruch gekommen war, sagte sein Vater weinend: Dieser Abschied ist für immer. Nein, das ist nur vorübergehend, sagte die Mutter. Sobald es dir bessergeht, kommst du zurück. Bevor sie zur Tür hinaus waren, legte seine Mutter seinem Vater noch ein gerahmtes Bild von sich in die Hand, auf dem sie als junges Mädchen mit zwei langen Zöpfen zu sehen war. »Das ist bestimmt ein effektives Schmerzmittel«, scherzte sie.

Am dritten Tag nach seiner Rückkehr erreichten Vater und Sohn das Heimatdorf des Vaters, wo das Familiengrab der Weis unverändert inmitten der Hügellandschaft lag wie ihr Bauchnabel. Vom Bauchnabel abwärts, zwischen zwei wie ein Fußspann wirkenden Hügeln, lag einmal der von den Vorfahren der Weis errichte Viereckhof, der vor vielen Jahren dem Feuer zum Opfer gefallen war. Lao Wei nahm den Vater huckepack und trug ihn durch das seichte Wasser des Flusses. Derselbe Fluss war vor acht Jahren noch mehrere Meter tief gewesen und voller beinahe ferkelgroßer Riesensalamander, deren Nachwuchs nachts so laut fiepte, dass man sie überall hörte. Am Vorabend der Ausrufung des »Reichs des Großen Wohlstands« hatte man angeblich einen Riesensalamander entdeckt, aus dessen Mund ein ellenlanges Seidenband hing mit der Aufschrift: »Der falsche

Drache sinkt, der echte Drache steigt auf, südlich des Flusses wird großer Frieden herrschen.« Diese Prophezeiung war der Auslöser für die Revolte der Landbevölkerung gewesen.

»Ist das wirklich der Toudu?«, wunderte sich Lao Wei. »Und wo ist der Fährmann?«

»Hier ist der Fährmann«, rief es vom anderen Ufer, wo die Gestalt eines Mannes angelaufen kam. Der Vater kniff die Augen zusammen und erkannte De Cheng, einen jüngeren Verwandten mütterlicherseits, einer von Lao Weis Cousins. Auf dem Land sprach sich doch immer noch alles in Windeseile herum, wirklich beachtlich. De Cheng nahm Lao Wei den Vater ab und trug ihn weiter. Dabei schimpfte er: »Fünfzig Jahre lang war ich Fährmann, und dann auf einmal blockieren sie den Zulauf, und das Boot, das Generationen von Passagieren befördert hat, gammelt zwei Sommer lang im ausgetrockneten Flussbett, bis es auseinanderfällt. Brennholz habe ich draus machen dürfen!«

»Aber der Fluss war doch schon immer hier. Warum haben sie das gemacht?«

»Am oberen Flusslauf ist ein großer Staudamm errichtet worden, der einen hundert Millionen Kubikmeter fassenden Stausee abschließt, wie ein Bankkonto. Und wir sitzen auf dem Trockenen.«

»Seit wann vergleicht man Wasser mit Bankkonten?«

»So heißt es in der Propaganda der Kreisverwaltung. Diese Gegend verfügt über keinerlei mineralische Rohstoffe, dafür aber über reichlich Wasser. Mit Wasser kann man Strom erzeugen, den kann man verkaufen, und bald fließt er in Form von glänzenden Münzen zurück.«

»Mhm«, sagte Lao Wei geistesabwesend. Die Abendsonne fesselte seine Aufmerksamkeit, es sah aus, als hätte jemand ein rotes Ei an einem Berggipfel aufgeschlagen, dessen klebriger Inhalt sich nun über die Hügel ins Tal ergoss. Die Vögel zwitscherten, die Rinder und Schafe wurden nach Hause getrieben, und hinter den trägen Tieren trotteten die Alten und die Jungen, die Menschen der Gegend, deren Gesichter so dunkelgelb waren wie die Erde, die sie bewirtschafteten. Als Schriftsteller, der über diese Menschen schrieb, wusste Lao Wei, dass jeder von ihnen, der dazu in der Lage war, in die Stadt ging und nie mehr zurückkam, wenn er nicht musste. Wenn einer blieb, dann nur deshalb, weil er sich nicht vom Fleck bewegen konnte.

Die Gegend war in den vergangenen Jahren grüner geworden, die Wälder dichter. Wenn sich die dummen jungen Kälber in den Wäldern verirrten, mussten die Kinder sie suchen gehen, trafen auf Wildschweine, Schakale und Wölfe. Mit etwas Glück schafften sie es auf den nächsten Baum und riefen um Hilfe. Später wurden die Kinder gar nicht mehr auf die Suche nach den Rindern geschickt, denn die Rinder fraßen zwar viel Grün und wurden rund und kräftig, jedoch gab es keine Äcker mehr für sie zu pflügen. Da die arbeitsfähigen Männer in die Stadt gingen, um sich als Wanderarbeiter zu verdingen, lagen die kleinen Felder auf dem Land bald brach. Wie sie so über die von Unkraut überwucherten Reisfelder gingen, kam Lao Wei nicht umhin zu fragen: »Wenn das Landvolk so gar nichts mehr anbaut, wovon ernährt ihr euch dann?«

»Was brauchen Alte und Kinder schon zu essen?«, fragte De Cheng zurück. »Man ernährt sich von dem, was man eben so in der Erde findet, das reicht.«

Anstelle des alten Viereckhofs waren inzwischen zwei Reihen neuer Backsteinhäuser errichtet worden. De Cheng brachte Lao Wei und seinen Vater in den ersten Stock des Südostflügels, wo schon das Bett für den Vater hergerichtet war. Es war exakt derselbe Ort, an dem der alte Großvater sein ganzes Leben lang geschlafen hatte, doch alles war neu und roch penetrant nach frischer Farbe. Als De Cheng das Moskitonetz aufhielt, um den

Vater ins Bett steigen zu lassen, war es, als legte sich die unsichtbare Hülle des Großvaters an seinen angestammten Ort. Die Zeit lief rückwärts, Vergangenheit und Gegenwart prallten aufeinander, die vielen Jahre dazwischen kollabierten, Lao Wei wurde sein Vater, oder eher: wie sein Vater, seine Bewegungen, sein Tonfall und seine Haltung erinnerten an den Vater vor zwanzig Jahren. Und sein Vater wurde sein Großvater, ein faltiger, ledriger Körper, der schon die Zeichen des nahenden Todes trug. Bedauerlicherweise hatte Lao Wei selbst keine Kinder. Keine seiner Freundinnen während seiner Jahre als herumziehender Dichter in den achtziger Jahren wollte mit ihm Kinder haben. Aber es war noch nicht aller Tage Abend.

Lao Wei öffnete die Koffer und nahm sehr vorsichtig die Sauerstoff- und Infusionsvorrichtungen heraus und hängte sie am Deckenbalken auf, von wo zu Großvaters Zeiten einmal die Kletternattern und die gereiften Schinken hingen. Er wickelte die ziemlich langen Schläuche mehrfach auf, weil er sich Sorgen wegen der Mäuse machte. Sein Vater blieb eine Weile still und regungslos liegen, dann stöhnte er hoch, und Lao Wei bat De Cheng eilig, heißes Wasser zum Sterilisieren aufzusetzen. Dann krempelte er selbst die Ärmel auf und breitete, ganz wie ein erbarmungsloser Arzt, die Utensilien für die Morphin-Injektion auf dem Nachttisch aus. Doch De Cheng schüttelte energisch den Kopf: »Westliche Medizin taugt nichts.«

»Wer sagt das?«

»Der legendäre Wunderheiler Hua Tuo.«

»Haha, der Hua Tuo, den General Cao Cao hat köpfen lassen? Das ist 1700 Jahre her.«

»Hua Tuo lebt. Er hat die schwersten Krankheiten geheilt.«

»Wo?«

»Zehn Meilen flussabwärts in einem Marktflecken namens Pinghe. Jeder im Umkreis von hundert Meilen kennt ihn, sogar den Krebs des Provinzgouverneurs hat er geheilt.«

»Wie ist der richtige Name dieses Hua Tuo?«, meldete sich der Vater hinter dem Moskitonetz zu Wort.

»Luo Wugeng.«

»Das ist der Leibarzt deines Großvaters gewesen. Er muss jetzt schon hundert Jahre alt sein. Unglaublich.«

»Er wird gegen Abend hier eintreffen, Onkel«, sagte De Cheng, »bis dahin musst du durchhalten.«

Obwohl er sich ein bisschen dämlich vorkam, war Lao Wei erleichtert. Er ging hinunter in die Halle, wo bereits Dutzende von nahen und fernen Verwandten zusammengelaufen waren, bahnte sich einen Weg durch die lebhafte Menge zu den Gedenktafeln der Ahnen und bezeugte der des Großvaters seine Ehrerbietung. Erst dann rief er laut: »Ihr stört die Ruhe der Ahnen!« Doch das Landvolk erwiderte: »Was willst du, Auswärtiger? Benimm dich!«

Hua Tuo erschien erst gegen Mitternacht. Der Vater atmete bereits schwer und litt unerträgliche Schmerzen. Hua Tuo schlüpfte unter das Moskitonetz, setzte sich im Schneidersitz auf Vaters Bauch und atmete tief ein und aus, bis sein Atem wie Nebel aus ihm hervorquoll und beide wie in einer Wolke saßen. Dann erst packte er die Handgelenke des Vaters und stieß Akupunkturnadeln hinein. Der Vater schrie auf wie ein verwundetes Tier in der Wildnis. »Das stärkt die Lunge«, sagte Hua Tuo. »Mit dieser Behandlung macht man tote Pferde wieder lebendig.« Dann wies er seinen Gehilfen Luo San an, Kräuter aufzukochen.

Hua Tuos Medizinbeutel bestand zu Lao Weis Schrecken aus aufgeblasener Schlangenhaut. Unter De Chengs Führung gingen sie in die Küche, wo Luo San den riesigen Wok zum Schweinefutterkochen auswusch, dann eine bunte Vielfalt wohlduftender Kräuter und einen Holzbottich voll Brunnenwasser hineingab und alles auf großer Flamme aufkochen ließ. Zehn Stunden lang köchelte die Brühe, immer wieder goss Luo San ein bisschen

Wasser nach und kontrollierte die Temperatur, bis er schließlich die Kräuter abseihte und ein halbvoller Wok mit dem lehmfarbenen medizinischen Sud übrig blieb. Die Hähne krähten, im Osten ging die Sonne auf, und der Vater wurde die Treppe hinuntergetragen, begleitet von einem herumwuselnden Haufen Verwandtschaft, alle wollten helfen, und keiner wusste, wie. Hua Tuo murmelte ein paar Worte, dann hob er das Ende seines hüftlangen weißen Bartes über eine Petroleumlampe, versengte die Spitze und blies die Asche in den Sud. Nun befahl er Luo San, dem Vater ein meterlanges Bambusrohr in den Mund zu stecken und ihm die Medizin einzuflößen.

»Auf dem Land heilen sie die Menschen wie die Ochsen«, grummelte Lao Wei, während er zusah, wie der Vater wie ein ebensolcher Ochse wiederkäute und sein Stöhnen und seine Atemnot im Gurgeln der Flüssigkeit untergingen. Sein Vater schien nur noch aus chinesischem Medizinsud zu bestehen. Schließlich rief Hua Tuo »Stopp!«, befahl, dem Vater Hemd und Hose auszuziehen, ihn in den Trog zu legen und im Sud zu baden.

Der arme Vater fiel im Trog in den Schlaf oder vielleicht auch nur in Ohnmacht. Lao Wei rief ihn mehrfach leise an, keine Reaktion. Er ging ganz dicht mit dem Ohr an ihn heran und lauschte auf seinen Atem, der überraschend ruhig ging. Dann hob er den alten Mann heraus, trocknete ihn ab und trug ihn wieder hinauf. Ein Funke vom Herdfeuer sprang auf das Gewand des neben dem Herd eingeschlafenen Hua Tuo, das sofort Feuer fing. Sofort sprang Luo San hin und erstickte es. »Schnell! Bringt den Unsterblichen ins Bett!«, rief das Landvolk aufgeregt. Doch Luo San beruhigte sie: »Hier ist es schön warm, wir lassen ihn hier liegen. Wenn man ihn bewegt, kann der Meister nicht schlafen, und wenn der Meister nicht schlafen kann, bekommt der Lehrling Ärger.«

Und so schliefen der Vater und der Wunderheiler zwei Tage und zwei Nächte lang durch, zusammengerollt wie Hunde. Als Hua Tuo erwachte, war der Vater immer noch ganz benommen. Lao Wei zollte dem alten Mann Respekt. Hua Tuo erhob sich, ordnete seine Kleider und ging nach nebenan in die Halle. Schnell zog man einen großen Lehnstuhl für ihn heran. Er nahm Platz, ließ sich von Luo San Tee zum Gurgeln bringen, schloss dann die Augen und saß in stiller Meditation da. Lao Wei verbeugte sich vor ihm: »Meister, verzeihen Sie mir.«

Hua Tuo legte die Faust zum Gruß in die Hand. »Bitte sehr.«

»Ihre Methoden sind unvergleichlich, wirklich außergewöhnlich. Ich bewundere Sie zutiefst«, fuhr Lao Wei fort.

»Das ist nicht nötig.« Hua Tuo strich sich über den Bart. »Ich mache nichts weiter, als herkömmliche Methoden anzuwenden. Die Schmerzen haben deinen Vater psychisch stark angegriffen, er hat seit Tagen nicht mehr richtig geschlafen, war wie eine Lampe, deren Öl versiegt ist. Da musste ich ihm mit starker Medizin beikommen, was man eben ›ein totes Pferd zum Leben erwecken‹ nennt. Diese vom alten Meister überlieferte Medizin namens Mafeisan besteht zum größten Teil aus narkotisierenden Kräutern. Einem normal Kranken gibt man zweimal davon zu trinken, und das genügt. Bei deinem Vater musste ich das Vielfache der normalen Menge verwenden, eine Dosis, die jedes Maultier und jedes Kamel umhauen würde und einen Menschen sowieso. Da er sie nicht richtig hinuntergebracht hat, musste ich ihn kurzerhand darin baden.«

»Sie haben ihm also eine Vollnarkose verpasst. Wird mein Vater jetzt noch eine Weile so weiterschlafen?«

»Das Menschenleben ist wie ein Traum. Lange schlafen hat noch niemandem geschadet. Der Legende nach schlief der Urahn unseres Fachs, Chen Tao, der zweihundert Jahre alt wurde, bis zu einem Monat lang am Stück. Wahrscheinlich waren sich sein Wach- und sein Schlafzustand sehr ähnlich.«

»Dann waren sich wohl sein Leben und sein Tod auch ziemlich ähnlich?«

»So ist es.«

Nun wusste Lao Wei nichts mehr zu sagen. Vage erinnerte er sich daran, von der Medizin namens Mafeisan und Hua Tuos Anekdoten im Roman *Die drei Reiche* gelesen zu haben. Der bekannte Heiler Hua Tuo hatte am Ende der Östlichen Han-Dynastie nach seinem Vorbild des legendären göttlichen Landmanns Shen Nong Hunderte Kräuter ausprobiert, um Mafeisan zu entwickeln, was als Anästhetikum für Operationen eingesetzt wurde, wodurch zahlreiche Schwerstkranke geheilt werden konnten. Daraufhin lud ihn der unter schlimmen Kopfschmerzen leidende Tyrann Cao Cao an den Hof ein. Nach detaillierter Diagnose kam Hua Tuo zu dem Schluss, Li Fu müsse Cao Cao den Kopf abhacken, die »Windwurzeln« herausnehmen und ihn dann wieder annähen. So würde er nie wieder Kopfschmerzen haben. Doch der für die hohe Wissenschaft blinde Cao Cao erwiderte auf diesen Vorschlag erbost: »Wenn du mir den Kopf abhacken willst, dann hacke ich dir zuerst deinen ab.« Und das war das Ende des berühmten Arztes.

»Cao Cao litt unter einem Hirntumor.« Hua Tuo nahm einen Schluck Tee. »Mit ›Windwurzeln‹ meinte er einen Tumor im Gehirnstamm, der sich operativ entfernen lässt. Der Tumor in der rechten Lunge deines Vaters lässt sich nicht entfernen. Also lass ihn ruhen.«

»Wie meinen Sie das, ›lass ihn ruhen‹?«

»Lass ihn ruhen heißt: lass ihn ruhen.«

Der Atem des Vaters ging immer schwächer, seine Gesichtsfarbe wurde von blass zu grau, als hätte er Vergiftungserscheinungen. Hua Tuo untersuchte ihn eingehend und bat dann Luo San um seine Tasche, der er ein kleines Weidenmesser entnahm. Das schliff er eine Ewigkeit lang an einem Jadestein, setzte es anschließend auf Vaters Oberbauch an und schnitt ein kleines Loch hinein. Als er gerade einen schmutzigen Lederschlauch einführen wollte, rief Lao Wei: »Einen Augenblick!« und hielt ihm den sterilisierten Infusionsschlauch aus dem Krankenhaus hin. Hua Tuo warf einen Blick darauf und auf die ganze Installation am Deckenbalken, riss alles herunter und schmiss es kurzerhand aus dem Fenster. Unten freuten sich die halbnackten Kinder, spielten damit, bliesen in die Infusionsflaschen, doch als sie hineinpinkeln wollten, kam ein alter Mann zur Tür heraus und rief: »Halt! Die kann man gut als Essigflaschen nehmen!«

Luo San gab löffelweise von dem warmen Kräutersud in den Lederschlauch und fütterte Vaters innere Organe, stundenlang, bis der Bauch des Vaters sich bewegte und wie bei einer Überschwemmungskatastrophe Urin und Kot aus dem Vater herausplatzten und das ganze Bett einsauten. Die umstehenden Gaffer brachten sich flink in Sicherheit. Nur Hua Tuo blieb am Bett, tauchte die Finger in Urin und Kot, probierte beides, sann dann eine Weile nach, zog den Schlauch aus Vaters Oberbauch und verschloss diesen mit einem Kräuterpflaster. Daraufhin befahl er, den Vater ein weiteres Mal in dem Trog mit dem warmen Kräutersud zu baden.

Der Mond strahlte hell, und es waren kaum Sterne zu sehen. Eine Wildgans kam wie aus dem Nichts herbeigeflogen und setzte sich auf den Fenstersims. Der Vater richtete sich im Trog auf und deutete mit dem Zeigefinger auf den Vogel. Lao Wei dachte, er sei endlich wieder bei Bewusstsein, und stieß einen Freudenschrei aus, doch schon sank sein Vater wieder zurück, und Lao Weis fortgesetzte Rufe blieben ohne Erwiderung, der Vater tat keinen Atemzug mehr. Ob er bloß im Traum eine Spiegelung gesehen hatte?

Mit Hilfe Luo Sans zog Lao Wei den Vater aus dem Trog und trug ihn, nass wie er war, in die große Halle und legte ihn vor der Ahnengedenktafel ab. Der Sargmacher arbeitete unermüdlich hinter dem Haus, und ebenso unermüdlich strömte die entfernte Verwandtschaft der Weis aus den abgelegensten Gegenden herbei. Vom anderen Ufer des Toudu reisten sie an wie eine dunkle Horde, und sogar die blinden Wandermusiker vom unteren Flusslauf sammelten sich mit ihren Musikinstrumenten in Pinghe und wateten, vorsichtig mit den Stöcken tastend, flussaufwärts. Ein sechsjähriger Junge führte sie durch den Fluss und hatte selbst alle Mühe, voranzukommen. Immer wieder rief er: »Macht Platz! Platz da!«

Lao Wei saß vor der Haupthalle und spähte ins Weite. Er hatte den Eindruck, die Bergsilhouette dehne sich aus und dunkle Wolken quollen aus ihr hervor und aus den dunklen Wolken dunkle Menschengestalten. Er bat De Cheng, einen Bambusstab aufzustellen und eine Sturmlaterne daran aufzuhängen, während Luo San zusammen mit drei anderen einen großen Tisch für acht Personen aufbaute, an dem die Blinden Platz nahmen. Die Blinden begannen sofort zu rezitieren, zu singen, ihre Instrumente zu spielen, Trommeln aus der Sichuan-Oper und Erhus, spielten *Der Goldbarren* oder *Die gefallene Lotusblume*. Die erste Geige der Blinden nannte sich nach dem berühmten Attentäter Gao Jianli aus der Zeit der Streitenden Reiche. Er stand auf, machte eine krummbeinige Verbeugung, nahm einen Schluck Schnaps, stampfte mit einem Bein den Rhythmus auf den Boden, zupfte plong plong plong die Saiten einer mit Schweinehaut bespannten Daoqin, wie sie nur im alten Sichuan verwendet wurde, und hob mit schneidend hoher Stimme zum Gesang an: »Der Wind rauscht oh!, die Wasser des Yi sind kalt, / Der Soldat geht fort oh!, und kehrt nie zurück!« Die Trommeln und Becken der Sichuan-Oper hoben zu einem mächtigen Radau an, dann echoten die übrigen Blinden den Refrain: »Und kehrt nie zurück oh!, und kehrt nie zurück!« Was für ein anrührender Gesang!

Hua Tuo rief als Erster: »Wunderbar!« Dann applaudierte das ganze Landvolk enthusiastisch. Nun folgte Gao Jianlis Rezitativ:

»Es heißt, die Wasser des Yi flossen ruhig, Jing Ke trug ein drei Ellen langes Schwert und die Karte von Yan, ging nach Qin, um den Qin-Kaiser zu töten, doch er fand sein tragisches Ende in einem aussichtslosen Kampf. Eine Million Qin-Soldaten mordeten weiter, wer könnte sie aufhalten? Wer würde, wenn der Himmel sich schon entschieden hatte, noch einmal wagen, den Qin-Kaiser zu töten? Gao Jianli war's! *Plong plong plong.* Gao Jianli, mein Vorfahr, der für immer sein Augenlicht verlor!«

Die Zuhörer lauschten fasziniert. Lao Wei aber war das alles nicht ganz geheuer, und er ging lieber zurück in die Halle, um bei seinem Vater zu wachen. Was hatten die Geschichten von den historischen Attentätern denn mit dem traurigen Schicksal seines Vaters zu tun? Wieder graute ein neuer Tag. Er gähnte. Nun gähnte auch Hua Tuo, und das Landvolk fiel einer nach dem anderen um. Zwischen Tag und Nacht, zwischen Wachen und Schlaf, schlingerten die Jahre wie Wasser in einer Waschschüssel, die Zeit stand kopf. Bis dann eines frühen Morgens, vielleicht war es schon vormittags, Hua Tuo sich erhob und nach draußen ging und mit seinem Rosshaarwedel in der Luft herumfuchtelte, um einen schwarzen Mückenschwarm zu vertreiben. Luo San folgte ihm mit dem Vater auf dem Rücken nach, und auch Lao Wei und De Cheng folgten Luo San mit dem Gepäck. Hinter ihnen die Familienangehörigen mit ihren schwarzen Turbanen, der Flügel einer verwundeten Krähe, der sich dunkel über die Landschaft legte. So ging es über den Fluss und die Hügel hinauf, entlang derselben Strecke, die man damals mit dem verstorbenen Großvater genommen hatte, auf gewundenen Pfaden den Hügel hinauf. Der Zug dieser Alten und Kinder bewegte sich unendlich langsam, und aus der Höhe – nein: aus dem Universum betrachtet, sah es bestimmt so aus wie für jemanden, der von einem Hausdach aus Ameisen auf dem Boden krabbeln sieht.

Als die Sonne schon hoch am Himmel stand, erreichte der Wei-Klan das Familiengrab. Lao Wei nahm Luo San den Vater ab und bettete ihn sanft unter einen Baum. Diese Stelle auf halbem Weg den Berg hinauf hatte ein hervorragendes Fengshui, es war der Bauchnabel dieser weiten Landschaft. Als 1958 das Volk, dem neuen Kaiser Mao Zedong gehorchend, zur Erhöhung der Stahlproduktion sämtliche Bäume auf diesem Hügel fällte, wurde genau an dieser Stelle ein Hochofen errichtet. Das Volk riss die Erde auf und förderte die seit Hunderten von Jahren in dieser Erde ruhenden Gebeine seiner Vorfahren zutage und mit ihnen jede Menge Münzen, Schwerter und andere kostbare Grabbeigaben, die man unbesehen in den Hochofen steckte und einschmolz, zu einem Klumpen Metall, der dann hinunter ins Dorf gebracht und mit wehenden Flaggen, auf denen »Wir überholen England und übertrumpfen die USA!« stand, stolz der Kommune präsentiert wurde.

»Es müssen Tausende von Gräbern gewesen sein, die sie aufgerissen haben«, sagte Hua Tuo, »keiner von ihnen hätte noch gewusst, was zu den Gräbern ihrer eigenen Vorfahren gehörte.«

»Doch die Ahnen sind noch hier«, sagte Lao Wei, »man spürt ihre Anwesenheit.«

»Sicher, all die Lis und Wangs und Zhangs sind hier, doch keiner weiß, wer wessen Ahnen sind.«

Lao Weis Großvater war jedoch ganz sicher hier, und nun würde auch sein Vater hier bleiben, so viel stand fest.

In seiner üblichen chaotischen Betriebsamkeit fällte das Landvolk Bäume und trug alles zusammen, um eine einfache Strohhütte zu errichten, die Hua Tuo als Erster betrat. Sinnierend ging er darin auf und ab und dachte an den König Wen von Zhou, der vor dreitausend Jahren im vermutlich ersten staatlichen Gefängnis in der Geschichte Chinas saß, Leben und Tod vergaß und das Orakel nach dem *Yijing* befragte. Er befahl Luo San, in die rechte und linke Holzwand jeweils ein rundes Loch zu sägen, um den

Wind, der hier harsch über die Berge blies, durch die Hütte fahren zu lassen. Dann setzte er sich im Schneidersitz kerzengerade hin und hatte vor seinen Augen die Welt wie ein buntes Mosaik in einem waschbeckengroßen Fenster versammelt. »Das nennt man ›Vom Grund des Brunnes in den Himmel schauen‹«, sagte er und strich sich über den Bart, »der ideale Blick, um den Wechsel der Jahreszeiten zu beobachten.«

Lao Wei hockte sich im Schneidersitz daneben, um ebenfalls mit erhobenem Kopf einen Blick zu wagen. »Wir sind hier an einer der sogenannten Drachenadern, die man aus dem Fengshui kennt, nicht wahr?«, sagte er ignorant.

»Vielleicht eher Vogeladern«, korrigierte Hua Tuo lächelnd. »Im Buch *Die fröhliche Reise* des Philosophen Zhuangzi heißt es: ›Im Nordmeer gibt es einen Fisch namens Kun, man weiß nicht, wie viele Li groß er ist. Dieser Fisch wandelt sich zu einem Vogel namens Peng, man weiß nicht, wie viele Li weit seine Spannweite ist. Wenn er fliegt, verdecken seine Flügel den Himmel wie dunkle Wolken.‹ Daher werden diese beiden Gipfel hier Kun und Peng genannt. Von dem gegenüberliegenden Berg Kun aus betrachtet, sieht der Peng aus wie ein Vogel, der sich niedergelassen hat, die Klauen in den Boden gekrallt, als ob er fortfliegen möchte und nicht kann, umgeben von einer langgestreckten Bergkette, über die die Wolken ziehen. Und die Ruhestätte deines Großvaters liegt am Bauch des Vogels, er beschützt die nachfolgenden Generationen deines Klans. Ich möchte nicht gleich von einem kometenhaften Aufstieg sprechen, doch wann immer hier eine Tragödie geschieht, wird darauf ein großes Glück folgen.«

Lao Wei wollte anmerken, dass er keine Nachkommen habe, doch er schwieg lieber. Ein paar kräftige Männer trugen den Zedernholzsarg herein. Hua Tuo ließ darin ein weiches Bett aus Bambusmatten und Baumwolle für den Vater richten. Dann nahm er seine linke Hand und fühlte den Puls. »Er ist noch da«, murmelte Hua Tuo, »doch sein Puls ist sehr schwach, schwer zu sagen, wie lange er noch reicht. Wache hier und gib acht auf jede Bewegung. Womöglich wird dein Vater noch einmal den Kopf umwenden und etwas sagen, bevor er in die andere Welt hinübertritt.«

Der Wind heulte, die Blätter fielen. Die Vögel am Himmel hätten auch Fischschwärme im Meer sein können, wie sie ihre Kreise zogen, bevor sie in ihre Nester zurückkehrten. Hua Tuo verbeugte sich, ließ den Rosshaarwedel durch die Luft kreisen und begab sich gemessenen Schrittes im Schein der untergehenden Sonne den Berg hinunter. Ihm folgte in fröhlichem Durcheinander das Landvolk. Zuletzt verabschiedete sich De Cheng: »Wenn irgendetwas ist: schrei, so laut du kannst. Wir hören dich.«

Auf all die turbulenten Tage folgte eine Zeit der Stille. Lao Wei knabberte kalte Reisbällchen, trank frisches Quellwasser, dann schloss er sich in die Hütte ein und saß dort nach Hua Tuos Vorbild im Schneidersitz, bis ihm die Beine weh taten. Er befand, dass er nicht für diese Haltung geeignet war, und machte es sich lieber bequem. Hier auf dem Berg war es wohltuend kühl, und dieser Ort mit seiner idealen Geomantik war besonders angenehm. Draußen sammelte er Zweige und Blätter, mit denen er sich sein eigenes Nest neben dem Sarg errichtete, in das er zum Schlafen kroch. Im Traum sah er, wie der Vater aufstand, um sein Nest herumging, zur Tür hinaus und im Mondschein pinkelte. Er musste lachen. Und auch der Mond lachte. Selbst der Großvater stieg aus seiner Gruft und lachte so schallend, dass Lao Wei das Lachen im Halse stecken blieb.

Fünf Tage waren vergangen, doch sein Vater war nicht wieder zu sich gekommen. Er wusch ihn täglich und versuchte ihn zu füttern. Da das nicht funktionierte, machte er es nach Hua Tuos Vorbild und trichterte ihm über einen Lederschlauch warme Milch und verdünnten medizinischen Aufguss in den Oberbauch.

Es war Mittag vorbei und unerträglich heiß. Der blaue Himmel war wie eine trächtige Kuh mit einem aufgeblähten Bauch, auf dem sich die Adern abzeichneten, die Sonne wiederum das neugeborene, klägliche Schreie ausstoßende Kälbchen. »Mann, ist das deprimierend«, murmelte Lao Wei, »wie lange muss ich das noch mitmachen?« Plötzlich ein Laut wie ein Quaken, Blitz und Donner, die glasierten Kacheln an der Familiengruft sprangen in Stücke. Lao Wei fürchtete, das sei die Antwort des Himmels auf die Vernachlässigung seiner Sohnespflichten. Schnell kniete er sich vor den Vater, machte einen Kotau nach dem anderen und sagte laut: »Vater, sei nicht ungeduldig mit deinem armseligen Sohn! Ich schwöre, dass ich auch drei Jahre lang hier bei dir wachen werde, ein vorbildlicher Konfuzianer will ich sein, damit du und Meister Konfuzius ihre Freude an mir haben.« Von wegen. Aus einer Hundeschnauze wächst kein Elfenbein, und wie um ihm zu zeigen, dass er das nur zu gut wusste, kam als Antwort des Vaters ein stinkender Furz.

Lao Wei rümpfte die Nase und runzelte die Stirn. Hatte er sich getäuscht, oder bewegte sich der Boden? Er bewegte sich, ein bisschen, noch ein bisschen, Lao Wei schrie »Himmel!« und wollte eben hinausrennen, als ein lautes Grollen aus der Erde tönte und die Hütte wackelte. Der Sarg fiel bei dem Beben um, der Vater fiel aus seinem Bett, aber zum Glück nur direkt auf Lao Wei. Tausend Donner dröhnten gleichzeitig. Der Himmel ließ seine Axt niedersausen und spaltete krachend die Erde wie eine Wassermelone.

Lao Wei, geschockt, betäubt, fühlte sich einen Augenblick lang in einem Strudel herumwirbeln, oder nicht er wirbelte, sondern alles wirbelte um ihn herum, er selbst war geborgen im Uterus des Nichts, in absoluter Stille. Sah so das wahre Universum aus, wie ein Embryo in absoluter Stille? Der kurze Augenblick schien Jahre zu dauern. »Vater«, rief er. Da merkte er erst, dass der Vater nach wie vor auf seinem Genick hing und auf dem Vater das eingestürzte Dach der Hütte. Er streckte wie eine Schildkröte den Hals unter dem Vaterpanzer heraus und kroch mit ihm unter den nicht sehr schweren Weidenzweigen, mit denen das Dach gedeckt gewesen war, zur Hütte hinaus.

Das Erdbeben setzte sich fort, die Hügel fielen in sich zusammen und die Geröllmasse bewegte sich fächerförmig in Richtung Tal. Von dort stieg schwefelgelber Rauch auf, der dem Himmel die gleiche Farbe verlieh wie die der Erde. Von den beiden erhabenen Gipfeln Peng und Kun stand nur noch Peng, denn Kun war wie enthauptet. Aus dem Stumpf seines Halses sprudelten die Erdmassen wie Blutströme. Lao Wei spähte in die Ferne, und ihm schien, es hätte sich von dort ein Drache erhoben, der auf die Berge zugeflogen kam. Es dauerte eine Weile, bis er begriff, dass der Damm gebrochen war und die 100 Millionen Kubikmeter Wasser, die die Regierungspropaganda als »Bankkonto« bezeichnet hatte, alles im weiteren Umkreis überfluteten und vernichteten. Noch Wochen später fand man Tausende von Wasserleichen, die in Astgabeln, an den Behelfswegen entlang der Klippen und an Felsvorsprüngen baumelten wie Trauerfahnen im Wind.

Ihre alte Heimat wurde unter Wasser- und Geröllmassen begraben, und Lao Wei und sein Vater waren die einzigen Überlebenden des weitverzweigten Wei-Klans. Am Tag nach dem Erdbeben regnete es so heftig, dass Lao Wei die Steinplatten aufhebelte und in der geräumigen Kammer des Familiengrabs Unterschlupf suchen musste. Hier war es immerhin warm und trocken, und es roch wie zuvor angenehm nach Minze und Beifuß. Lao Wei bat den Großvater um Schutz. Schlafen konnte er nicht, also massierte er einfach seinen Vater von Kopf bis Fuß, bis der wieder ganz rosig aussah. Dann kam er auf die Idee, ihm den Lederschlauch in den Mund zu stecken und ihn damit zu beatmen.

Danach war alles wie ein Wunder. Der alte Hua Tuo sollte mit seinen Worten recht behalten; auf das große Unglück folgte das Glück. Der Regen hörte auf, die Sonne kam hervor, die Luft war wie gereinigt, frisch und klar, die Welt schien wie am ersten Tag der Schöpfung.

Lao Wei meinte Stimmen zu hören und kroch aus dem Grab heraus. Dann pfiff er ohrenbetäubend auf zwei Fingern, und tatsächlich antworteten ihm durch das immer noch vorherrschende Tosen des Wassers hindurch menschliche Stimmen.

Er kletterte auf die nächste Erhebung, um besser nach unten spähen zu können, schrie und fuchtelte mit den Händen. Irgendwo schien ein Rettungstrupp unterwegs zu sein.

Über ihm tauchte ein Helikopter auf. Er zog sein Hemd aus und schwang es durch die Luft, jedoch vergeblich. Also machte er sich vorsichtig an den Abstieg. Normalerweise war man innerhalb einer Stunde im Tal, doch die gewohnten Wege waren nicht mehr da, er musste sich neue Pfade suchen und brauchte zwei Stunden, bis er am Rand des schlammigen Wassers angekommen war. Die Felder seiner Familie waren überflutet, und dort, wo der alte Viereckhof früher in einem Tal zwischen zwei Hügeln lag, war nichts außer einem Wasserspiegel. Ihm fiel ein, dass der richtige Name des Konfuzius, der als Schutzpatron aller Lernenden gilt, Qiu, »der Hügel«, war. Kong Qius Eltern zeugten ihn der Legende nach ebenfalls in einem Dorf zwischen zwei Hügeln im Staat Lu. Die Mutter war unverheiratet und verfluchte das Schicksal, als sie schwanger wurde. Kong Qiu, der später auch »das Licht in dunkler Nacht« genannt wurde, kam ihren Klagen zum Trotz auf die Welt. Nie erfuhr er von seiner Mutter, wer sein Vater war.

Schweigend stand Lao Wei da und zollte der Vergangenheit Respekt, die unter dem Wasser begraben lag. Es dauerte nicht lange, bis eine Gruppe von Soldaten des Katastrophenschutzes sich näherte. Der Erste, der ihn erreichte, packte ihn an den

Schultern und rief freudig: »Ein Überlebender! Ich habe den ersten Überlebenden gefunden!« Er drehte Lao Wei zu sich um. »Mensch, bin ich froh. Von weitem fürchtete ich, es wäre nur ein Baumstumpf.«

Die anderen Soldaten kamen heran und bestaunten ihn wie ein vom Himmel gefallenes Spielzeug. »Sämtliche öffentlichen Straßen, die Autobahn und die Bahnstrecke, alles in der Umgebung dieses Flusses ist vernichtet«, erklärte ihm der leitende Offizier. »Wir sind seit vierundzwanzig Stunden im Einsatz und haben alles abgesucht. Sie sind der erste Überlebende, den wir gefunden haben.«

»Mein Vater ist noch oben, auf halbem Weg den Berg hinauf.«

»So ein Glück! Dann war wenigstens nicht alles umsonst.«

Die Soldaten wetteiferten miteinander, wer von ihnen Lao Wei mit Mineralwasser, Brot, Milch und Keksen versorgen durfte, es war viel zu viel. Lao Wei ließ sich auf die Erde plumpsen und stopfte wie ein Wolf Essen in sich hinein. Er schwitzte wie verrückt. Die Soldaten waren auf Zack und errichteten flink ein Zelt, um ihn vor der Sonne zu schützen. »Danke«, sagte Lao Wei. Es war wohl das erste Mal seit seiner Geburt, dass er so etwas wie staatliche Fürsorge genoss. Er wusste gar nicht, wie ihm geschah.

Dann gesellte sich ein Mann mittleren Alters, ein Glatzkopf wie er, zu ihm unter das Zeltdach. Der Offizier stellte ihn vor: »Das ist Professor Zhang, einer der technischen Betreuer des Staudammprojekts der Stadt- und Provinzregierung, der sich vor Ort davon überzeugen will, welche Anreize das Erdbeben mit sich bringt.«

»Anreize?«

»Ich war schon oft in dieser Gegend und habe die Topographie genau im Kopf«, erklärte Professor Zhang eilig. »Das ganze Gebiet von Tianmen bis Longmen, vom Gipfel des Peng bis zum Gipfel des Kun, war schon immer stark erdbebengefährdet. Die Erde hat auch immer wieder gebebt, aber nur schwach, es kam nie zu größeren Schäden. Aber durch das aufgestaute Wasserreservoir am Oberlauf des Flusses wurde die Sache gefährlicher. Das ist, wie wenn man einen viel zu großen Topf voller Wasser auf einen wackeligen alten Herd stellt, und der bricht irgendwann zusammen.«

»Ihre Analyse kommt ein bisschen spät«, bemerkte der Offizier.

»Ich habe seit zehn Jahren dagegen opponiert, auch Huang Wanli hat dagegen angekämpft, niemand wollte auf uns hören. Das rapide Wirtschaftswachstum verlange nach dem Staudamm, hieß es, alle wichtigen Ströme des Landes wurden in verschiedenen Staustufen gestaut, manche mit sehr viel größerer Wasserkapazität als hier. Der berühmteste unter ihnen, der Gezhou-Staudamm am Jangtse, durch den Maos Traum von der »Verwandlung der Schluchten in einen See« verwirklicht wurde, ist der gefährlichste, eine ökologische Zeitbombe. Dann die Zipingpu-Talsperre, 186 Meter hoch, ein Stausee, der 315 Millionen Kubikmeter Wasser umfasst. Dort wird mehr Wasserkraft gewonnen als am Nil in Afrika. Doch die Erdkruste hält dem Gewicht nicht stand und deshalb dieses Erdbeben, induziertes Erdbeben nennt man das. Die Städte Beichuan, Yingtou und die ganze Gegend um Dujiang sind betroffen, Zehntausende sind dort umgekommen.«

»Gun hat wegen eines Staudamms seinen Kopf verloren.«

»Gun?«

»Der Vater des legendären Urkaisers Dayu. Im *Klassiker der Berge und der Meere* heißt es, zur Zeit des Urkaisers Yao habe es viele Überschwemmungen gegeben, ständig sei die Bevölkerung entwurzelt worden. Deshalb befahl Yao seinem Minister Gun, die Flüsse zu regulieren. Gun errichtete überall Dämme, staute das Wasser höher und höher, und nach neun Jahren bestand das Land nur noch aus Stauseen, und die Menschen waren erbost. Um den Volkszorn zu beruhigen, blieb Yao nichts anderes übrig, als Gun enthaupten zu lassen.«

»Ich kenne diese Anekdoten«, seufzte Professor Zhang. »Nach Guns Tod verbrachte sein Sohn Dayu weitere neun Jahre damit, Kanäle zu graben und das Wasser umzuleiten, zur großen Erleichterung der Bevölkerung. Doch heutzutage sind hier eine Menge Guns unterwegs, stehen bei den Staudammprojekten unter Vertrag und scheffeln Geld damit, denen kommt man nicht bei.«

»Schluss mit dem Gerede über Politik«, mischte sich der Offizier ein. »Wir leben in einem riesigen Land, da fragt eben niemand, was aus einer kleinen Region wie dieser hier wird.«

Als sie das Zelt abbauten, fühlte sich Lao Wei wie neugeboren. Er wusch sich das Gesicht mit Mineralwasser und rasierte sich mit Professor Zhangs Rasierer. »He, das ist bestes Mineralwasser aus den tibetischen Bergen«, scherzte der Offizier.

Lao Wei hielt inne. »Was kostet das denn die Flasche?«

»Alles von einer großen Firma für die Katastrophenhilfe gespendet«, lachten die Soldaten. »Da du unser einziges lebendes Katastrophenopfer bist, wird dir eine kaiserliche Behandlung zuteil.« Dann zogen sie ihm noch die dreckigen Sachen aus und gaben ihm eine frische Soldatenuniform. Lao Wei schlüpfte hinein, sah an sich herunter und meinte: »Das ist ja eine dieser Hosen, in denen man aussieht, als baumele einem eine Ratte vom Hosenbund. So sehe ich aus wie ein Jäger. Das geht nicht.«

»Was heißt hier, das geht nicht? Soldaten leben nah an der Natur«, sagte der Offizier. »Wenn du in ein paar Tagen im Fernsehen bist, vergiss nicht, dich bei den Rettungsmannschaften zu bedanken.«

Lao Wei sagte nichts mehr. Er übernahm die Führung den Berg hinauf zu seinem Vater. Sie kletterten auf dem kahlen Berg herum, bis sie auf einen herrlich grünen Sekundärwald stießen, den einzigen hier. Gleich darüber lag der geomantische Idealpunkt, die Vogelader, der Ort, an dem Lao Weis Urahnen begraben lagen. Der Vater war aufgewacht. Ungläubig sah Lao Wei wieder und wieder nach oben, wo der Vater unbeweglich auf einem Felsvorsprung stand. Unfassbar, dachte Lao Wei. Nun hat er offenbar so lange gelegen, dass er nur noch stehen will, und wie fest er steht! Wie ein Baum. Oder eher wie ein Adler, der seine Klauen fest in die Erde gräbt.

Lao Wei rannte förmlich den Berg hinauf, er wollte in diesem Augenblick am liebsten für den Rest seines Lebens den Berg hinaufrennen. Solange man lebt, gibt es noch Hoffnung.

Er achtete nicht auf die Ameisen, die neben ihm den Berg hinaufkletterten, Hunderte, Tausende? Ach was, Millionen mussten es sein. Über verschlungene Wege zogen sie um, von unten nach oben. Man meint, Ameisen kröchen langsam, doch es gibt so viele davon – ehe man es sich versieht, haben sie die Menschen überholt. Sie laufen und laufen, bis ans Ende des Himmels.

Fragen an den Himmel

Darf ich fragen, wer das war, der in welchem Jahr in welchem Monat an welchem Tag einst die Prophezeiung über den Tag des Weltuntergangs gemacht hat? Hat er nicht mit eigenen Augen den Götterwagen vorüberziehen und über die Berggipfel hinaus entschwinden sehen? Als er mit einem Wort den Weg des Himmels kundtat, hatte er da nicht auch sein eigenes Schicksal entschieden und wurde zu einer hölzernen Marionette, die in ein tiefes, schwarzes Loch stürzt?

Wessen Verhalten imitieren wir? Auf welcher Straße gehen wir? Wessen Essensreste teilen wir uns? Wer war es, der schon lange vor dem Beginn des Weltraum-Zeitalters Pläne schmiedete, um von diesem Planeten zu fliehen?

Darf ich fragen, wie viele Wiedergeburten wir durchlaufen müssen, um vom Diesseits ins Jenseits zu gelangen? Das Meer der Bitternis ist bodenlos, und der Pilot ausgerechnet ein Blinder! Darf ich fragen, an welchem Ort das Leben liegt? Welche Nacht ist heute Nacht? Wer ist es, der uns ein Leben lang an der Nase herumführt?

Darf ich fragen, wo der Staat anfängt? Und wo hört er auf? Welches Geheimnis verbirgt sich hinter Leben und Sterben, Aufstieg und Untergang? Konspiration ist die Grundlage des Regierens, monströse Lügen werden in die Gebetbücher geschrieben, die man täglich laut von den Kindern vorlesen lässt. Wer ist das, der Lumpenfürst? Wer ist der kleine Clown, der auf Erden herrscht? Darf ich fragen, seit wann wir uns daran gewöhnt haben, vor dem Fernseher zu sitzen und gelassen Entführungen, Morde, Schmuggel, Hunger und Sonntagsreden von Präsidenten über uns ergehen zu lassen?

Darf ich fragen, ob dein Haus schon immer da lag, wo sich einmal jene Dynastie befand? Darf ich fragen, ob das Bürohochhaus, in dem du arbeitest, schon immer auf dem Erbe eines großen Mannes errichtet ist, den du nie kanntest? Kommt nicht aus deinen Schubladen seltsames altes Hausgerät zum Vorschein, das dreitausend Jahre altes Chinesisch spricht? Darf ich fragen, was denn ein Mensch mit Schlangenkopf symbolisiert? Triffst du auf den Wasserwegen, die sich durch die Mauerritzen ziehen, die Urkaiser Shen Nong und Dayu, die historischen Gestalten Shang Yang, Xiangyu, Yu Ji und den Tang-Kaiser? Steigen Sun Yatsen, Lu Xun, Tschiang Kai-schek und Lin Fa aus versteinerten Wellen an Land?

Darf ich fragen, wer dein Kollege dort im Spiegel ist? So fern und doch so nah, wer ist das eigentlich, der da im Spiegel lebt? Wie viele Male wirst du mit Tränen in den Augen den Spiegel verhängt haben, bis dein schwarzes Haar weißen Frost angesetzt hat? Gibt es nicht einen Spiegel, den man nicht verhängen kann?

Wer war der Glückliche, der das Tor zur Wahrheit geöffnet hat? Triumphierend ritt er sein schwarzes Pferd und sagte: »Ich kam, sah und siegte.« Gerne wüsste ich, wer denn, angesichts dieser Leere, noch wen besiegen kann?

Der Samen eines Mannes kann sämtliche Frauen der Welt schwängern, der Samen eines Tyrannen kann sämtlichen Männern der Welt schlechte Gedanken einpflanzen. Ich aber wüsste gern, zwischen wessen Beinen der Hebel zum Aufbrechen der

Geschichte hängt? Warum bitte explodiert die Bevölkerung? Warum brennt der Wald ab? Warum hat sich Yuan Shikai selbst zum Kaiser ernannt? Warum knien sich die Nordkoreaner zur kollektiven Hypophysenresektion nieder?

Warum umschließen die wundersamen musikalischen Zyklen Bachs die Klassik und die Moderne? Werden van Goghs *Sonnenblumen* noch weiter im Preis steigen? Ob er sich im Jenseits noch einmal umbringen kann? Wie viele mathematische Lösungen hat die Formel des Lebens? Wem sollen wir Glauben schenken?

Wer hat dann die moderne Geisteskastrationstechnik erfunden, die ausgerechnet Palasteunuchen zu einer Besonderheit des alten China macht? Warum war Li Bai vom Leben enttäuscht? Warum lebte Shen Congwen zurückgezogen? Warum starb Hu Yaobang vor Zorn? Warum weinte Zhao Ziyang inmitten der Massen auf dem Tiananmenplatz, vor allen Leuten? Was ist der Unterschied zwischen dem fünften April und dem vierten Juni? Sind Li Dazhao und Zhang Zhixin nicht Vater und Tochter? Die Erde alt und der Himmel verödet, Keller und literarische Inquisition, Krämpfe und Hautabschürfungen, neun Generationen einer Familie und die Kulturrevolution, Transformation und Mao Zedong … Warum ist das alles passiert, ist es Teil eines Ganzen? Darf ich fragen, warum Konfuzianismus und Daoismus sich gegenseitig ergänzen? Und wann wurde der Kommunismus zum Standardmodell? Warum gibt es neben der offiziellen Geschichtsschreibung eine inoffizielle Geschichtsschreibung und warum neben der inoffiziellen Geschichtsschreibung auch noch handgeschriebene Texte, die in der Volkstradition weitergereicht wurden?

Darf ich fragen, warum unsere Vorstellungskraft so armselig ist? Warum sind von dem riesigen Tonkrug unserer Mythologien nichts als Scherben übrig? Wo sind die Reste der Kultur des Ba-Volkes abgeblieben? Wer wird Himmel und Erde in Bewegung setzen, um diese wohl auf immer verlorenen Schriften aufzuspüren?

Darf ich fragen, wer das einem ausgetrockneten Brunnen gleichende Lächeln Allahs dekodieren kann? Wer sah einst die Gruppe von Dämonen, die unter seinem Kommando die Chongqinger Werft einnahm?

Wer kann sagen, wo die Kinder und Enkelsöhne des Gelben Kaisers heute sind? Und die Nachfahren des Urkaisers Shun, sind das vielleicht die Straßenhändler vor dem Tor des Himmlischen Friedens? Haben die Jünger des Konfuzianismus sich je gegen die eigene Zunft gewandt, mit den Rotgardisten kollaboriert und den Gedenkstein des Konfuzius zerschmettert?

Wer wird Utopia wiedererrichten?

Darf ich fragen, ob das, was die Mütter gebären, Kinder aus Fleisch und Blut sind oder nur Maschinen in Menschengestalt? Sind die uns vererbten Gene manipuliert worden? Wer hat absichtlich unseren Körper und unseren Geist auseinandergenommen und die Unterschiede zwischen Abtrünnigen, Revolutionären, Zwergen, Riesen, Bischöfen, Schauspielern, Prostituierten, Friseuren, Anführern, Bauern, Offizieren, Dichtern, Idioten und Leuten mit übernatürlichen Kräften geschaffen? Wie viele Philosophien hat die Menschheit begründet? Und wie viele Staatsstreiche haben wiederum die Philosophien provoziert? Wer ist die Frontfigur der industriellen Revolution? Wer trägt die Hauptschuld an der Umweltverschmutzung?

Darf ich fragen, was ein Gesunder ist?

Wer war die erste Leihmutter? Wer war der erste Samenspender? Wer war der erste Aidspatient? Wer war der erste Bettler, der für Geld sein Blut verkauft hat? Darf ich fragen, wie uns die Retortenbabys eine ethisch und moralisch Neue Welt eröffnen werden? Und ist das Gegenteil davon der angeborene Größenwahn oder ein ureigenes Minderwertigkeitsgefühl? Woran können wir noch glauben, wenn wir den Glauben daran aufgeben, dass Nachkommen durch natürliche Fortpflanzung entstehen? Wenn wir uns umwenden und auf die untergegangene Weisheit des Altertums zurückblicken, wo wir vom ununterbrochenen Singsang des Buddha hypnotisiert werden, dann frage ich, wer ist heute ein Allwissender, lebt ein abgeschiedenes Leben, ohne sich um das Weltliche zu kümmern, und arbeitet an der eigenen Vervollkommnung?

Wer ist der doppelgesichtige Geist, der mit zwei Stimmen gleichzeitig spricht? Nicht Mensch und nicht Dämon, nur die geteilte Erfahrung der Bitternis. Warum bewegt sich das schwere Mobiliar von selbst? Warum verblassen still und heimlich die Farben der Fotos? Was ist das für eine von wem durchbrochene alte Hofmauer, die auf einem Haufen neben dir liegt? Darf ich fragen, mit wessen Geheimnis in den Händen du auf die Vergangenheit zurückblickst?

Darf ich fragen, warum du zurückgekehrt bist, Vagabund? Dein einstiger Rivale ist schon alt, der Wachhund blind und taub. Wen willst du deine ausgeleierte Zither hören lassen? Wozu das Mitleid? Und du, Weltreisender, wessen Krallen haben dich so zugerichtet?

Generationen von Witwen, die um ihre zu früh gestorbenen Kinder und Enkel trauern. Die Kriegsfeuer sind erloschen, und es bleibt eine Stadt wie eine Wand von Grabsteinen. Ich möchte wissen, ob es außerhalb dieser Erde noch Kampfplätze für stationierte Truppen gibt? Wer kennt einen namens Bauer des Nichts? Wird es wohl nach vielen Jahren noch einen Künstler geben, der Tausende von Kilometern zurücklegt, um ein Grab zu besuchen, und kurzerhand einen Totenkopf mitnimmt, um damit sein Bücherregal zu dekorieren?

»Welchen von neunundneunzig Wegen würdest du gehen? Welche unter neunundneunzig Masken würdest du wählen?« Darf ich fragen, wer dir so schwierige Fragen stellt? Und wenn du noch so gut überlegst und analysierst, die Antwort wird doch ein weißes Blatt Papier bleiben. Warum quälst du andere Leute mit solchen Fragen?

Darf ich fragen, warum du tausendfach deinen Namen kritzelst? Mit jedem hingekritzelten Namen siehst du einem Dämon ins Gesicht. Darf ich fragen, wie viele Male du schon diesen Kampf mit dem Symbol deiner selbst ausgefochten hast? Wessen Stift korrigiert dich, nachdem du unerbittlich die Gedichte korrigiert hast? Seit wann leidest du unter Schlaflosigkeit, Migräne und Keuchhusten? Hält die Tinte deiner Lungen wirklich so gut?

Darf ich fragen, wie lange die Blätter des Spätherbsts dem kalten Winterwind widerstehen können? Wie viel Traurigkeit steckt in der Melodie des tänzelnden Verfalls? Darf ich fragen, wie spät es ist? Ist dein Abschiedskonzert schon zu Ende? In der großen Halle wirbeln endlos Blätter herum. Wessen derart erschöpftes Keuchen ist das?

Wer ist der große Meister? Wer bestimmt die Struktur des Untergrund-Mausoleums? Wer ist das unheilbare Genre der Literatur? Wer ist das tiefgründige Schriftzeichen? Wer ist der aus dem Mund der Leiche herausgezogene Apfel? Wer ist die lüsterne

Schlucht? Joyce, Valéry, Zhuangzi, Eliot, Faulkner – darf ich fragen, wie ihre jetzige Adresse ist?

Wer ist der, der sich vergeblich die Seele aus dem Leib weint? Wer ist der vergeblich Meditierende? Wer ist der vergeblich Wütende? Der vergeblich Korrupte? Lass dir sagen: Der große Meister ist kein Mensch.

Darf ich fragen, wer um dich herum diese Mauern errichtet hat?

Wer ist da am Auseinanderfallen? Wer fällt da noch einmal auseinander? Du liest dieses Buch, du begräbst diesen Abgrund; du liest dieses Buch noch einmal, du begräbst diesen Abgrund noch einmal. Darf ich fragen, wessen Kollaps um das Hundertfache heftiger sein wird als der Asiens?

Wer ist das kleine Mädchen, das dir gratuliert? Sie überreicht dir eine Blume und zieht sich dann zurück. Sag, wann tat sich vor deinen Augen diese Leere auf? Sag, wer ist die Biene, die dich in die Mühle gelockt hat? Wer ist jene Bauersfrau, die dort so friedlich neben dem Ofen schläft? Wer ist die Kuh, die dir deine Verjüngung prophezeit? Sag, wann hat sich vor deinen Augen diese Leere aufgetan?

Wer hustet aus dem Marmor heraus, so dass der Rotz die Massen auf den Kopf trifft? Modernisierung der Sprache! Mechanisierung! Kommerzialisierung! Revolutionierung! Wer hat die Bewegung von 1989 angezettelt und die Musen wie aufgescheuchte Hühner davonstieben lassen? Wer ist das, der auf dem Markt lauthals sein Gewissen feilbietet?

Wer ist das, der ein Volkslied anstimmt, und das ganze Land fällt mit ein? Wann haben wir angefangen, unseren Arsch zum

Gesicht zu machen, Hochstapler zu werden, Helden ohne Noblesse? Wohin flüchten die menschlichen Gaben angesichts der ungezügelten menschlichen Gier? Wer ist der Kerl, der da niederkniet im Hungerstreik und den Dialog mit den Diktatoren sucht? Wer ist das, der in der Open-Air-Toilette auf dem öffentlichen Platz mit Scheiße spielt? Wer gibt in der Universität Seminare über Demokratie? Wer ist zum achten Mal auf Besuch in Europa und den USA? Wer ist das, der einsam und zurückgezogen lebt? Wer ist das, der sich noch irrer als alle anderen aufführt?

Darf ich fragen, Schöpfer Gottes, wo du jetzt bist? Darf ich fragen, wo du jetzt bist, Schöpfer des Dynamits? Teilt ihr euch das gleiche Bett im Reich der Schatten? Die, die dort zu Beginn einer neuen Ära vor ihren Kindern im Staub liegen, wessen Opfergaben sind sie?

Der Priester des Altertums führt im Kopf des modernen Dichters rituelle Tänze auf. Dieser sagt: »Sonne!« Jener sagt: »Sonne!« Dieser sagt: »Wasser!« Jener sagt: »Wasser!« Dieser sagt: »Verbrechen!« Jener sagt: »Verbrechen!« Wenn der Lauf der Zeiten zu einem Echo kollabiert, wohin werden sie dann treiben, Hand in Hand?

Brich deinen Schädel auf und lass die Quelle des Brahmanen dein Gehirn waschen. Die Elite streift sich die Robe des Magiers über und betritt die Bühne, von der aus sie gebückt zwischen den Beinen hindurch auf das wütend tobende Publikum blickt. Wer ist hier der Verrückte? Wer ist der Erfinder des Magischen, der die Leute im blubbernden Schmelztiegel durchdrehen lässt? Im Theater zum Gedenken der Helden dirigiert Karajan den Dämonentanz, maskierte Riesen verbiegen die Spitzen der Kirchtürme, der Ruf eines Horns erschüttert die Welt. Warum will die bewaffnete Armee von Zentauren die Hauptstadt stürmen? Warum erwächst der jungfräuliche Wald aus dem Kugelhagel? Dreh dich! Dreh dich! Flamme der Gefühle! Flamme des Verlangens! Flamme, die die Jugend, Träume, Glasflaschen und Bildung zu Asche macht. Darf man wissen, ob der, der da mit dem Feuer spielt, Deng heißt oder Li oder Yang? Wer hat sie kastriert oder dazu genötigt, auf ihre alten Tage dieses Land zu vergewaltigen?

Hoch wogen die Fluten post mortem. Die Kinder werden als Abnormale lebendig mit den Toten begraben. Das war gestern. Was wird heute und morgen sein? Vergiftet euch! Geht zugrunde! Degeneriert! Vergesst! Wir werden auch ohne Gesicht und ohne Haut weiterleben. Wir werden tanzen, auf den unzähligen Leichen der Vergangenheit und Gegenwart herumtrampelnd, tanzen. Tanzen, scham- und skrupellos!

Darf ich fragen, wo das Tanzen seinen Ursprung hat? Wie wird unser Tanzen koordiniert? Einen flotteren Rhythmus, bitte! Schneller! Das Festland fällt auseinander, die tektonischen Platten kollidieren, aber wir setzen es neu zusammen, wir setzen es ganz neu zusammen. Der Vesuv bricht aus, und die alte Stadt Pompeji wird vernichtet, der Himalaya thront über der aufsteigenden Lava wie ein mit Kaiserschnitt geholtes Neugeborenes. Wer hat schon einmal das Getöse des Steinmeers vernommen? Wer das Jammern der Berggipfel? Der Schlamm schlägt wie ein irrer roter Wolf gegen die Felsen und hinterlässt den Abdruck seines Gebisses, hinterlässt Blut und Haar, dann zieht er sich zurück, tritt verzweifelt den direkten Rückzug an, die Unterhosen der Zeit färben sich rot, trocknen, verhärten, die Landschaft verändert sich schlagartig, verändert sich schlagartig mit diesem geheimnisvollen Menstruationszyklus, wer hat die rote, rote Flechte gesehen, die das ganze Tal bedeckt? Wer hat die rote, rote steinerne Monatsbinde gesehen, die vom Gipfel herunterhängt? Da sind noch ein paar Stiefel, die Stiefel eines unwissenden Mannes, die dort für immer zurückbleiben, wie herrlich! Wenn wir sterben, werden wir vielleicht fragen, wer uns erst verlockt und dann auf uns herumgetrampelt hat? Tanzt, tanzt! Einen schnelleren Rhythmus, bitte! Noch schneller! Die Sonne geht auf, barfuß tanzen wir unter den Sohlen der Sonne. Tanzt! Indianer, Chinesen, Amerikaner, Franzosen, Hebräer, ganz gleich wer, tanzen wir, barfuß, Hand in Hand, tanzt! Werden wir uns dem Jüngsten Gericht widersetzen können? Werden wir das Jüngste Gericht aufhalten können? Wie viele Menschen beten bei Tagesanbruch? Wie viele Menschen knien beim Sonnenuntergang nieder? Das Wasser des Ganges, der Sand des Gelben Flusses, die Körper jungfräulicher Mädchen, die Nieren jungfräulicher Knaben, nehmt sie alle mit! Trampelt nicht auf uns herum! Trampelt nicht auf uns herum! Wie viele Frauen tanzen in den Armen ihrer Männer, weinen in den Armen ihrer Männer. Schlagt uns doch, los, schlagt uns! Warum sollen wir wie in Trance unser Leben riskieren, um dann wieder die Wunden unseres Gegenübers zu lecken? Warum sollen wir uns selbst mit der Lederpeitsche züchtigen? Geliebter, Geliebter, stöhnst du vor Lust oder vor Schmerz? Wer, wer ist es, der uns durch unsere eigene Hand bestraft? Das ist wahre Liebe! Das also ist Liebe! Klagende Balladen singend, tanzen wir, grün und blau geschlagen, tanzen wir. Sonne! Mond! Wir tanzen in deinem inneren Kern, in deinem Schatten, in deinem Jadepalast. So viele menschliche Herzen brechen aus drei Fuß tiefem Löß hervor, aus der dünnen Luft hervor, aus unseren Körpern, häufen sich zu einem pulsierend anschwellenden Berg, sprengen die bronzene Scheibe der Sterne, tanzt, tanzt, ein bisschen schneller, bitte, noch schneller! Lasst Mann und Frau miteinander tanzen, Schwestern, Vater und Sohn, Körper und Seele, Hand und Fuß, Gesicht und Hüfte, Lippen und Töne. Ah, die Götter kommen und packen uns an den Haaren, die Teufel kommen und packen uns am Hintern, tanzt, tanzt! Springt zwischen dem Nichts und der Materie hin und her, zwischen Nacktheit und Behausung, Mars und Merkur, Wille und Instinkt, Yin und Yang, immer hin und her. Jagt die Sprachen zum Teufel! Spanisch, Chinesisch, Englisch, Japanisch, tanzt, tanzt, nieder mit den Klassenschranken! Nieder mit den Regierungen, nieder mit den Pässen und den Banknoten! Nieder mit den Nationalitäten, mit den Trachten! Nieder mit den ethnischen Bräuchen! Kommt her, kommt, Chinesen, Koreaner, Tibeter, Miao, Yi, Naxi, Russen, Germanen, Araber, mit nackten Ärschen tanzen wir im ewigen Licht, tanzen unter den Sohlen, die uns verführten, unter den Sohlen, die auf uns herumtrampeln. Darf ich fragen, welcher Tag der Feiertag der Häftlinge ist? Wir tanzen und tanzen, wir ebnen die nationalen Grenzen ein, damit wir sie ungehindert heimlich passieren können. Wer ist in diesem Wettkampf Gewinner und wer Verlierer? Wer wird als Erster von den Stricken der Imagination stranguliert? Tanzt tanzt tanzt tanzt tanzt … Darf ich fragen: Können wir den Jüngsten Tag aufhalten? Können wir?

Wer ist der schönste Tänzer des Universums?

Erste Fassung entstanden zwischen Herbst 1992 und Frühling 1994 im Tumen-Gefängnis, Sichuan.
Die letzte Fassung entstand zwischen Winter 2012 und April 2014 in Berlin.

Nachbemerkung und Danksagung der Übersetzerin

Ein zentraler Begriff dieses Romans lautet »jianghu«. Liao Yiwu verwendet »jianghu« mal als Verb, mal als Substantiv, als Bezeichnung einer Gruppe, einer Handlung, einer Lebensweise. Wörtlich bedeuten die beiden Schriftzeichen schlicht »Flüsse und Seen«, und recherchiert man die ältesten Belegstellen dafür, wird man beim daoistischen Philosophen Zhuangzi (vermutlich 365–290 v. Chr.) fündig: »Der Fisch lebt in Flüssen und Seen und hat doch am wenigsten einen Begriff vom Wasser; der Mensch lebt im Dao und hat doch am wenigsten einen Begriff davon.« Aha. Liao Yiwu hat offenbar einen anderen Begriff davon, denn mit Wasser hat die Gruppe von Menschen, in die er nach seinem Gefängnisaufenthalt geraten ist, wenig zu tun. Was sagt das Wörterbuch? »Alle Ecken und Enden des Landes«, »überall«, »vagabundieren«. Vagabundieren – das passt doch immerhin zu Lao Wei, der ständig »on the road« ist. Aber funktioniert das als Nomen? Ich suche weiter und werde bei dem hier immer wieder zitierten Roman *Die Räuber vom Liangshan-Moor* aus der frühen Ming-Zeit fündig. Die Räuber, eine Art chinesischer Robin Hoods, bezeichnen sich selbst als »jianghu« im Sinne von »fahrenden Rittern«. Und seither, so verrät mir meine chinesische Enzyklopädie, sei der Begriff auch häufig in Kampfkunst-Schmonzetten anzutreffen, beziehe sich auf die Lebenskunst der Kungfu-Kämpfer und von dort abgeleitet auf die Unterwelt. Weshalb man auch die Mafia des modernen Hongkonger Genrekinos als »jianghu« bezeichne. Kampfkunst? Mafia? Das will alles nicht so recht zu Lao Wei passen. Doch die Fährte stimmt. Nach langen Recherchen und Herumprobieren mit verschiedenen Vokabeln für diese Spezies ist meine Übersetzung bei »Geächtete« gelandet. Nicht einfach Rebellen, Herumtreiber, Boheme … sondern außerhalb der Gesellschaft Stehende, die ihre Eintrittskarte zur Teilhabe verloren haben, weil sie sich einmal oder mehrmals kritisch gegen ihren Staat geäußert haben.

»Jianghu« war nur einer von zahlreichen Begriffen in diesem Roman, die vom Übersetzer besondere Sensibilität und ausgiebige Recherche erforderten. Die vorliegende deutsche Übersetzung ist die Welterstausgabe des Romans überhaupt, sie entstand auf der Grundlage eines unlektorierten Manuskripts des Autors, das von ihm im Laufe der Arbeit noch einige Male abgeändert wurde. Ich war die erste Leserin dieses Manuskripts, und es war von vornherein abzusehen, dass neben der eigentlichen Übersetzungsarbeit auch sehr viel editorische Arbeit zu leisten sein würde, offensichtliche Fehler, Auslassungen und Wiederholungen zu korrigieren, Absätze einzufügen, widersprüchliche Stellen mit dem Autor zu klären … Dass die fünf Teile des Romans zu unterschiedlichen Zeiten, zwischen 1992 und 2014 entstanden sind, merkt man ihnen auch sprachlich und stilistisch an. Je weiter sich der Autor von seinen vier traumatischen Jahren Haftzeit entfernt, desto leichter, erzählerischer wird sein Stil, und wir erkennen den Liao Yiwu wieder, der uns durch seine Gespräche mit Menschen am Rande der Gesellschaft eine lebendige Geschichte Chinas erzählt. Den Satz »Polizisten sind auch Menschen« aus Teil V dieser literarischen Autobiographie würde man so in Teil I gewiss nicht finden. Jeder der fünf Teile steht für sich und bildet doch ein Ganzes mit den anderen Teilen. Der thematische und inhaltliche Zusammenhalt ist da, Lao Weis Familiengeschichte begleitet uns von Anfang bis Ende des Buches, seine Themen sind Magie, Träume, Unterwegssein, Ausgegrenztsein und unter anderen Ausgegrenzten, Geächtete, neue Freunde und neue Wege zu finden. Durch alle Handlungsstränge ziehen sich als Leitmotiv Tod und Wiedergeburt. Neben den zahlreichen namenlosen Toten durch Massaker, Hungersnöte und politische Kampagnen sterben in diesem Roman acht Menschen, die Lao Wei nahestehen. Die Umstände ihres Todes und ihre Beerdigungen gehören zu den eindringlichsten Schilderungen des Romans. Doch alle, so suggeriert uns der Autor, sind sie ruhelose Geister, sie wirken stets über ihre Lebenszeit hinaus. Der Roman repräsentiert in der Vielfalt seiner fünf Teile, die sechzehn Jahre im Leben von Liao Yiwus Alter Ego Lao Wei umfassen, das buddhistische Rad der Wiedergeburt Samsara (wörtlich »beständiges Wandern«). Obwohl Lao Wei im Epilog behauptet, sein Roman ende abrupt, endet er sehr passend – mit der Logik der ewigen Wiederkehr, der wiederholten Frage seiner Mutter: »Was machst du da draußen für Sachen?«

Eine solche Übersetzungsarbeit braucht Zeit. Mehr als drei Jahre habe ich mit Lao Wei gelitten und gelacht, geweint und mich gewundert. Ermöglicht wurde dieser intensive Arbeitseinsatz durch verschiedene Förderer, bei denen ich mich an dieser Stelle sehr herzlich bedanken möchte:

Ich danke der Dialogwerkstatt Zug für die Verleihung des Anerkennungspreises 2013 des Zuger Übersetzerstipendiums,

dem Deutschen Übersetzerfonds für ein Reisestipendium nach Sichuan 2014,

dem Literarischen Colloquium Berlin für die Einladung zur Berliner Übersetzerwerkstatt 2014,

der Robert-Bosch-Stiftung für ein Aufenthaltsstipendium im Übersetzerhaus Looren 2014, an das sich Aufenthalte mit den besten Übersetzeraussichten der Welt und den schönsten Fachsimpeleien am Kamin anschlossen.

Außerdem haben mich folgende Personen bei dieser Arbeit unterstützt und inspiriert, durch Weisheit und sprachliches Wissen, treffende Kritik und manchmal einfach das richtige Wort: Wolfgang Behr, Thomas Brovot, Jürgen Dormagen, Alice Grünfelder, Marie Luise Knott und ganz besonders Su Xiaoqin. Kristian Wachinger danke ich für sein so dezidiertes wie sensibles Lektorat.

Und nicht zuletzt danke ich dem Autor Liao Yiwu, für sein Vertrauen, seine Geduld, seinen Humor und seine Kochkünste. Ich wünsche ihm, dass er mit seiner Frau und der kleinen Ameise in Berlin glücklich bleibt.

Glossar

Ba Ureinwohner von Sichuan, auch heute noch gebräuchlicher alter Name für die Provinz Sichuan.

Bodhidharma japanisch Daruma, lebte vermutlich zwischen 440 und 528 und gilt als der Begründer des Chan-(japanisch Zen-)-Buddhismus. Seine Biographie beruht auf Legenden aus späteren Jahrhunderten und ist daher historisch nicht gesichert.

Bodhisattwa bezeichnet im Mahayana-Buddhismus ein nach höchster Erkenntnis strebendes Wesen (Vorstufe zum Buddha). Es strebt die Erleuchtung (paramita) an, um sie zum Wohl der Lebenden einzusetzen.

Buch der Berge und der Meere chinesisch *Shanhaijing*, gilt als das älteste überlieferte Werk der chinesischen Mythologie und entstand vermutlich in der Zeit der Streitenden Reiche (475–221). Seine 18 Kapitel enthalten mythologische Erzählungen des Altertums, Mythen der chinesischen Geographie, Flora und Fauna.

Buch der Wandlungen chinesisch *Yijing* oder *Zhouyi*, gilt einerseits als Orakelbuch, aber auch als philosophischer Klassiker. Sein ältester Teil besteht aus 64 Gruppen von je sechs durchgehenden (Yang) oder unterbrochenen (Yin) Linien, den sogenannten Hexagrammen. Der Abbildung folgen jeweils der Name des Hexagramms, seine Erklärung und eine Handlungsanweisung. Die Handlungsanweisungen gehen der Legende nach auf König Wen von Zhou (11. Jahrhundert vor Christus) zurück.

Dem *Buch der Wandlungen* kommt in diesem Roman eine zentrale Bedeutung zu. »Die Welt ist in stetem Wechsel und Wandel begriffen. Alles was ist, ist eben deshalb dem Tode verfallen: denn Geburt und Tod sind zwar Gegensätze, aber sie sind notwendig aneinander geknüpft. Aber indem alles vergeht, was gewesen ist, ist dennoch kein Grund da, zu sagen: ›Es ist alles ganz eitel‹; denn dasselbe Buch der Wandlungen zeigt auch, dass alle Wandlungen nach festen Gesetzen sich vollziehen«, schreibt der Sinologe Richard Wilhelm über die Hexagramme im Vorwort zu seiner Übersetzung des *Tao te king* (Eugen Diederichs Verlag, 1910).

Cao Cao (155–220) berühmter chinesischer General, Politiker und Dichter in der späten Han-Zeit. Er ging sowohl als gnadenloser Tyrann wie als scharfsinniger Militärstratege in die Geschichte ein. Durch geschicktes Taktieren eroberte er das gesamte chinesische Reich nördlich des Jangtse und begründete die Wei-Dynastie.

Die drei Reiche chinesisch *Sanguo yanyi*, ist ein historischer Roman von Luo Guanzhong aus dem 14. Jahrhundert. Er handelt von den Wirren nach dem Untergang der späten Han-Dynastie und dem Kampf um die Oberhoheit in China zwischen den Reichen Wei, Shu (dem heutigen Sichuan) und Wu im dritten Jahrhundert nach Christus (208–280).

Die Räuber vom Liangshan-Moor chinesisch *Shuihu zhuan*, ist ein chinesischer Roman aus dem 14. Jahrhundert. Er handelt von den Abenteuern einer Gruppe von Geächteten (Jianghu), die in Robin-Hood-Manier den Reichen nehmen und den Armen geben. Liao Yiwu verwendet im vorliegenden Roman zahlreiche Motive dieser Geschichte.

Drei Prinzipien des Volkes Demokratische Leitsätze der 1912 gegründeten Republik China. Die Prinzipien der Volksgemeinschaft, der Volksrechte und der Volkswohlfahrt. Später titelgebend für die Nationalhymne der Republik China (heute Taiwan).

Fürst Menchang (gest. 280 vor Christus) war ein hoher Minister im Staat Qi zur Zeit der Streitenden Reiche. Das bekannte chinesische Sprichwort »Ein kluger Hase hat immer drei Verstecke« geht auf eine Geschichte aus seiner Amtszeit zurück.

Guan Yu (160–219) war ein chinesischer General in der Zeit der Drei Reiche und Gefährte von Liu Bei, dem Gründer des Staates Shu (heute Sichuan). Nach der verlorenen Schlacht von Fancheng (219) ließ General Lü Meng ihn hinrichten und schickte seinen Kopf an Cao Cao. Guan Yu spielt eine wichtige Rolle im Roman *Die drei Reiche* und wird wie Cao Cao bis heute als große Persönlichkeit der chinesischen Geschichte verehrt.

Huaihai Kampagne chinesisch *huaihai zhanyi* (auch: Schlacht von Xubeng), bezeichnet die Strategie für die entscheidende Schlacht zwischen den Truppen der kommunistischen Volksbefreiungsarmee und den nationalistischen Truppen der Republik (unter der Führung von General Tschiang Kai-schek) 1948–49. Über 800 000 Soldaten der Nationalarmee wurden von der zahlenmäßig stark unterlegenen VBA in Xuzhou strategisch eingekesselt und geschlagen. Dieser Sieg ermöglichte der VBA kurz darauf die Eroberung Pekings.

Kongzi (mythologische Lebensdaten 551–479) latinisiert Konfuzius, auch Kong Qiu, lebte zur Zeit der Östlichen Zhou-Dynastie im Staat Lu. Namensgeber der Lehre des Konfuzianismus, deren Kern die Erschaffung einer göttlichen Ordnung durch die Harmonie des Einzelnen mit dem Weltganzen ist. Der Konfuzianismus sieht in der Bildung den Weg zur moralischen Selbstkultivierung des »Edlen«. Konfuzius gilt deshalb als Schutzpatron der Lernenden. Seine Lehren wurden erst ca. hundert Jahre nach seinem Tod im *Lunyu* (deutsch *Gespräche*) von seinen Schülern aufgezeichnet.

König Wen von Zhou gilt als Begründer der Zhou-Dynastie (trad. 1122, wahrscheinlich eher 1045–221), der längsten Dynastie der chinesischen Geschichte. Der letzte König der vorausgehenden Shang-Dynastie Zhouxin war ein grausamer Tyrann, der den Zhou-Herzog und späteren König Wen von Zhou zwei Jahre einsperrte. Während der Gefangenschaft soll dieser der Legende nach die Hexagramme des mythischen Urkaisers Fu Xi interpretiert und das *Buch der Wandlungen* geschaffen haben.

Laozi ist ein legendärer chinesischer Philosoph. Angeblich arbeitete er im 4. Jahrhundert vor Christus als Archivar in der Bibliothek von Zhou. Enttäuscht vom politischen Chaos und dem Verfall seines Landes, gab er seine Stelle auf und ging fort, bis er am Shangu-Pass von dem Wachposten Yinxi aufgehalten wurde, der ihn erst weiterziehen ließ, nachdem er seine Lehren aufgeschrieben hatte. Danach, so heißt es, ritt er auf einem Wasserbüffel nach Westen und verschwand. Seine Lehren sind heute als *Daodejing* (auch: *Tao te king*) bekannt. Die antiautoritäre, weltabgewandte daoistische Philosophie unterscheidet sich deutlich vom Daoismus als Religion, in dem Alchemie, Kosmologie und Magie eine wichtige Rolle auf dem Weg zur Erleuchtung spielen.

Lei Feng (1940–1962), war ein Soldat der chinesischen Volksbefreiungsarmee und gilt bis heute als nationales Vorbild der Selbstlosigkeit. Die Kampagne »Vom Genossen Lei Feng lernen«, die Mao 1963 ins Leben rief, wird bis heute immer wieder aufgewärmt, um soziales Engagement in der Gesellschaft zu fördern.

Liu Ling (221–300) war einer der »Sieben Weisen vom Bambushain«, ein daoistischer Lebemann, der eine Existenz auf dem Land im Einklang mit der Natur einem Posten am Kaiserhof vorzog. Angeblich folgte ihm sein Diener auf Schritt und Tritt mit einem Weinschlauch und einer Schaufel, um ihm Wein einzuschenken und ihn gegebenenfalls an Ort und Stelle zu begraben, sollte er vor Trunkenheit tot umfallen. Andere Geschichten erzählen, Liu Ling sei zu Hause stets nackt herumgelaufen und habe seinen Gästen erklärt, die ganze Welt sei sein Zuhause und sein Zimmer seine Hose.

Lu Zhishen chinesischer Bettelmönch, wörtlich Lu, der »tiefgründige Weise«. Einer der 108 Heldenfiguren aus dem Roman *Die Räuber vom Liangshan-Moor.* Lu war ein Hüne, der nach einem unbeabsichtigten Mord in ein buddhistisches Kloster floh, sich aber trotz seiner Gutmütigkeit nicht an die Regeln halten konnte, Fleisch aß und sich betrank. Doch schließlich gelangte er zu Ruhm und Respekt, nachdem er 23 Dieben im Klostergarten den Garaus gemacht und einen Weidenbaum mit bloßen Händen ausgerissen hatte.

Peng Dehuai (1898–1974) berühmter kommunistischer Militär und Chinas Verteidigungsminister 1954–59. Er kämpfte noch in den 1920er Jahren für die Truppen der Kuomintang, wechselte dann aber auf die Seite der Kommunisten. Teilnehmer des Langen Marschs und Befehlshaber der Achte-Route-Armee. Nach 1945 besiegten Pengs Truppen die Kuomintang in Nordwestchina und gliederten das gesamte Gebiet, inklusive Xinjiang, in das Gebiet der heutigen Volksrepublik ein.

Schnee im Juni eigentlich *Schnee im August.* Schlüsselszene aus dem Drama *Dou E geschieht Unrecht* von Guan Hanqing (1230–1300). Die unschuldig zum Tode verurteilte Dou E sagt als Beweis ihrer Unschuld voraus, dass es im Sommer schneien wird. Anspielung Liao Yiwus auf die unschuldig Getöteten vom vierten Juni.

Wang Jingxi (1923–1970) genannt »Eisenmann«, wurde durch seinen unerschrockenen Einsatz bei der Ölgewinnung in Daqing zu einem berühmten kommunistischen Rollenmodell.

Wang Zhen (1908–1993) Teilnehmer am Langen Marsch 1934–35, gilt als einer der »Acht Untersterblichen der Kommunistischen Partei Chinas«. Als Befehlshaber der kommunistischen Truppen gegen die Nationalarmee 1945 bis 1949 sicherte er 1949 die kommunistische Herrschaft in der Region Xinjiang. Wang galt als Hardliner und entschiedener Befürworter der blutigen Niederschlagung der Studentenproteste auf dem Tiananmenplatz am 4. Juni 1989.

Wu Zixu (gest. 484 vor Christus) lebte zur Zeit der Frühlings- und Herbstperiode und war Minister im Staat Wu. Er riet Prinz Guang, seinen Cousin König Liao von Wu zu töten und selbst den Thron von Wu zu usurpieren. Dann nahm er Rache für den Tod seines Vaters in Chu, indem er 506 v. Chr. Chu eroberte, das Grab des Königs Ping von Chu öffnete und seine Gebeine verprügelte. Wu Zixu gilt in der chinesischen Geschichte als ein Rollenmodell für Loyalität.

Xinhai-Revolution begann mit einem Militärputsch am 10. Oktober 1911 und mündete am 12. Februar 1912 in die Abdankung des letzten chinesischen Kaisers und die Gründung der Republik China.

Inhalt